ANDREA VANONI | Im Herzen rein

Das Buch

Paula Zeisberg stehen harte Zeiten bevor. Privat steckt sie in einer Krise mit ihrem Freund Ralf und beruflich sieht sich die Leiterin der neunten Berliner Mordkommission mit einem ihrer schwersten Fälle konfrontiert: den Morden an drei Frauen, die vor allem Paulas Freundin, die Staatsanwältin Christiane Gregor, zutiefst verstören.

Als in Berlin-Mitte auf einer Parkbank eine Tote entdeckt wird, wie beim Taubenfüttern erstarrt, ist Chris Gregor schockiert: Genau in dieser Haltung sitzt sie Tag für Tag in ihrer Mittagspause auf exakt derselben Parkbank. Handelt es sich nur um einen schaurigen Zufall? Oder treibt der Installationskünstler Josef Heiliger, der Christiane am Tatort seine Karte zusteckt, ein böses Spiel mit ihr?

Kurz darauf wird eine zweite Frauenleiche gefunden. Auch diesmal handelt es sich um eine makabre Inszenierung, und wieder fühlt sich Christiane kopiert. Paula setzt sehr auf die Hilfe des forensischen Gutachters Professor Bach, doch die Ermittlungen scheinen sich im Kreis zu drehen ...

Die Autorin

Andrea Vanoni, geboren 1963, war nach ihrem Studium als Assistentin am Wiener Burgtheater und als Dramaturgin am Kieler Opernhaus tätig. Heute arbeitet sie als selbstständige Agentin für Drehbuchautoren, Regisseure und Kameraleute. Nach »Totensonntage« ist »Im Herzen rein« ihr zweiter Roman.

ANDREA VANONI

Im Herzen rein

Thriller

Diana Verlag

FSC
Mix
Produktgruppe aus vorbildlich bewirtschafteten Wäldern und anderen kontrollierten Herkünften

Zert.-Nr. SGS-COC-1940
www.fsc.org

Verlagsgruppe Random House FSC-DEU-0100
Das für dieses Buch verwendete FSC-zertifizierte Papier *München Super* liefert Mochenwangen Papier.

2. Auflage
Originalausgabe 05/2008

Redaktion | Barbara Raschig
Umschlagmotiv | Getty Images/John-Francis Bourke
Umschlaggestaltung | Hauptmann & Kompanie Werbeagentur, München – Zürich, Teresa Mutzenbach
Herstellung | Helga Schörnig
Satz | Leingärtner, Nabburg
Druck und Bindung | GGP Media GmbH, Pößneck
Printed in Germany 2008
978-3-453-35219-3

www.diana-verlag.de

Für Ernst

PROLOG

Woran dachte sie? Als die U-Bahn hielt und Leute hereinkamen, befürchtete er, es könnte sich jemand zwischen sie stellen. Aber das passierte nicht, er konnte sie weiter ungestört in der Spiegelung der Scheibe beobachten – ihre großen Augen, den weichen Mund.

Er stand hinter ihr, nur zwei Schritte entfernt. Er hätte noch näher gehen und ihren Duft einatmen können. Es wäre nicht einmal ein Risiko gewesen, direkt neben ihr zu stehen. Keiner nahm den anderen wahr. Eine Studentin las in ihren Unterlagen; der Mann mit der Aktentasche auf den Knien hatte seine Augen geschlossen; ein kleines Kind patschte mit den Händen an das Fensterglas; die Frau mit den vier Einkaufstüten stierte vor sich hin. Er liebte die Abgestumpftheit der Menschen in der Großstadt.

Die nächste Station war Kurfürstendamm. Als der Zug seine Fahrt verlangsamte, machte sie einen Schritt auf die Tür zu. Sie blieb stehen, ohne sich festzuhalten. Den Ruck beim Anhalten nutzte sie als Schwung zum Aussteigen.

Er folgte ihr.

Der Bahnsteig war voll; er brauchte nicht aufzupassen, sie würde ihn nicht bemerken. Sie trug schwarze Schuhe mit Absätzen, Nylonstrümpfe und einen Rock, der bei jedem Schritt hin und her wippte. Er beobachtete, wie sie die Treppe hinauflief und sich nach rechts wandte. Er nahm die letzte Stufe langsam, um nicht aufzufallen, und suchte sie. Sie wartete an der Ampel. Als das Licht auf Grün sprang, schlenderte sie über die Straße, wie jemand, der die Pflichten des Tages hinter sich hatte.

Es erregte ihn, dass sie unwissend vor ihm herging, nicht wusste, was auf sie wartete. Er spürte die Spannung im Nacken. Obwohl es Ende September war, wehte Sommerluft durch die Straßen, und die Menschen gingen leichtfüßig. Ja, dachte er, die Menschen bewegen sich im Sommer anders als im Winter, unabhängig von der Kleidung. Die junge Frau vor ihm ging jetzt entspannt am Biersalon vorbei. Sein Jagdfieber ließ ihn die Dinge überdeutlich wahrnehmen. Sein Blut pochte in den Schläfen. Die Vorstellung von dem Ereignis, das kommen würde, erfüllte ihn mit einem kribbelnden Gefühl. Die gute Laune der blonden Frau würde seine Verbündete sein.

Sie verschwand in der Passage zum Filmpalast. Vielleicht wollte sie ins Kino, dann würde er gleich im dunklen Raum in ihrer Nähe sitzen.

Er stellte sich vor den Schaukasten mit den Fotos, um den Eingang im Auge zu behalten. Als sie langsam wieder herauskam, machte er zwei Schritte auf sie zu, zeigte auf das Plakat und fragte, ob sie den Film schon gesehen habe. Sie lächelte, nein, sie habe sich gerade eine Karte gekauft. Er sagte, das werde er auch tun, er habe gehört, es sei ein schöner Film.

Nachdem er die Karte gekauft hatte, ging er wieder auf die Straße. Er sah sie am Verkaufsfenster des Donut-Ladens an der Ecke. Der Verkäufer mit einer weißen Schiffchen-Mütze flirtete mit ihr, wobei er seine Mütze abnahm und sie wie ein Boot auf Wellen durch die Luft bewegte. Sie lachte. Er setzte die Mütze quer auf, worüber sie noch einmal lachte, und stellte ihr einen Becher Kaffee und einen Schokoladen-Donut hin.

Während sie aß, bettelte ein junges Mädchen sie an. Sie hörte ihr freundlich zu, gab aber kein Geld, sondern kaufte dem Mädchen einen Donut mit Kakao. Beide aßen und redeten. Sie gab dem Mädchen dann doch noch eine Münze und ging zum Kino.

Er folgte ihr durch die Passage und das Foyer zum Einlass. Die Angestellte riss seine Karte ab, ohne ihn anzusehen.

Im Saal war es schon dunkel. Wo hatte sie sich hingesetzt? Das Licht auf der Leinwand wechselte. Er hatte ihre Silhouette vor Augen – unter Hunderten würde er sie erkennen. Das hintere Drittel war gut besetzt, da war sie nicht. Dann hatte er sie im Blick – sie saß weiter vorn, allein auf einem Mittelplatz. Er blieb in der Nähe des Eingangs und setzte sich an den Rand. Als der Film begann, rutschte sie tiefer und legte den Nacken auf die Rückenlehne des Sitzes. Er beobachtete sie – der Film interessierte ihn nicht.

Beim Abspann blieb sie noch sitzen. Er ließ sich von den anderen Zuschauern hinausschieben. Im Foyer wartete er an der Seitenwand und blätterte in den ausgelegten Flyern, bis sie an ihm vorbei war.

Vor dem Kino blieb sie unschlüssig stehen. Das war sein Moment. »Wie hat Ihnen der Film gefallen?«

»Sehr gut. Ich liebe romantische Komödien.« Sie strahlte.

»Ja«, sagte er, »ich auch. Sie machen gute Laune.« Sie lachte, da sei er anders als die meisten Männer.

Er nickte, zeigte auf den Haägen-Dazs-Laden direkt neben dem Kino. »Ein Eis?« Dabei betrachtete er ihren Mund.

»Gute Idee«, sagte sie, »Schokoladeneis mit Streuseln und eine Kugel Zitroneneis dazu – süß und sauer.«

Er brachte Waffeltüten mit Schoko und Zitrone, für sich dasselbe. Er machte sich nichts aus Eis. Er schaute ihr zu, wie sie das Eis schleckte, dabei plauderte sie. Sie war Bibliothekarin, hatte aber hier in Berlin keine Stellung gefunden und arbeitete in einer Firma zum Einscannen von Dokumenten. Abends ging sie gern ins Kino. Heute war sie schon um sechs gegangen, weil sie um neun noch zu einer Lesung wollte. Sie schwärmte von dem brasilianischen Autor, Paolo Gonzalez, der heute aus seinem neuen Bestseller las: *Geschichten des Windes.*

Er tat überrascht: »Ich habe auch schon überlegt, ob ich da hingehe.«

Es klappte. Sie biss an. »Ihnen hat der Film gefallen, da werden Sie die Geschichten von Gonzalez mögen. Kommen Sie doch mit.«

Sie hatte ihn aufgefordert, alles lief wie am Schnürchen. Er spürte, dass ihm heute alles gelingen würde. Er hatte die richtige Taktik.

Sie wollte zur U-Bahn gehen, er sagte, sein Auto stehe gleich um die Ecke.

»Dann nehmen wir Ihr Auto«, schlug sie vor.

Heute ist mein Tag, dachte er, als er aus der engen Parklücke fuhr, um ihr danach die Tür von innen zu öffnen, damit sie einsteigen konnte.

Vor der Ampel betätigte er die Zentralverriegelung, ohne dass sie es merkte.

Sie fuhren rechts in die Budapester Straße und dann in der Hofjägerallee auf die Siegessäule zu. Sie erzählte von ihrer langweiligen Arbeit und von einer Kollegin, die ständig Schokolade aß, obwohl sie abnehmen wollte.

Als er an der Siegessäule falsch abbog, war sie irritiert.

Sie versuchte, ihn zum Anhalten zu bringen. Dann schlug sie gegen die Scheibe und schrie. Er reagierte auch nicht, als sie weinte.

Er fuhr auf ein Gewerbegebiet, öffnete mit der Fernbedienung das Garagentor der Lagerhalle und fuhr hinein.

Mit einer Pistole zwang er sie, auszusteigen und durch die Stahltür in sein Atelier zu gehen. Mit der Geste eines charmanten Gastgebers zeigte er auf die Kücheneinrichtung an der Wand, die Badewanne und das große Bett mit den Arm- und Beinfesseln. »Sie sehen, es ist alles für ein komfortables Leben vorhanden.«

Er deutete auf einen der sechs Monitore, die überall im Raum verteilt waren. Auf den Bildschirmen war ein Käfig mit einer Pritsche zu sehen.

»Was ist das?«, fragte sie panisch.

»Eine Stätte der Andacht. Eine Kapelle. Für die Zeit, in der ich außer Haus bin.« Er lächelte, während er ein Exemplar von Paolo Gonzalez' *Geschichten des Windes* aus dem Küchenschrank nahm und es ihr zuwarf. »Als Ersatz für die Lesung. Und ich kann Ihnen versichern, Sie verpassen nichts. Vorlesen kann er nicht.« Er rollte den Schrank aus Edelstahl zur Seite, öffnete die Eisenklappe im Boden, die vorher verdeckt gewesen war, und reichte ihr die Hand, damit sie vor ihm die Treppe hinunterging. »In diesem Luftschutzbunker ist im Krieg das MG 41 zusammengesetzt worden.«

Der Käfig mit der Pritsche, der auf dem Bildschirm zu sehen war, befand sich ganz hinten in dem Kellergewölbe. Die Tür stand offen. Aus der Truhe neben der Treppe nahm er Decken und gab sie ihr. »Die Liege ist etwas hart.«

Sie räusperte sich, schluckte und musste zweimal ansetzen, bevor es ihr gelang, die Worte auszusprechen. »Könnten Sie die bitte auflassen?« Sie deutete auf die Käfigtür.

Er überlegte kurz und stimmte zu.

Sie zögerte, den Käfig zu betreten. »Ich muss morgen wieder zur Arbeit.«

Er nickte. »Morgen früh werden Sie wieder draußen sein.« Auf dem Weg zur Treppe drehte er sich noch einmal um. »Ich werde nicht lange wegbleiben.«

1

»Dein erster Mordfall«, sagte sie stolz lächelnd zu ihrem Spiegelbild, während sie versuchte, ihre blonden Locken zu bändigen. Jeden Morgen standen sie ihr so wild vom Kopf ab, dass sie wie der Puppenteufel aussah, ohne den sie als Kind nicht ins Bett gegangen war. Ihr Haar war so kräftig und dick, dass ihre Mutter immer gesagt hatte, du hast richtiges Pferdehaar. Sie trug es im Nacken gestuft, manchmal mit Scheitel, wie ihre Brüder früher, aber heute kämmte sie es glatt nach hinten. Neuer Job, neue Strenge. Natürlich stellte es sich wieder auf, wenn es getrocknet war, da half dann Gel. Die Augenbrauen hatte sie gestern Abend noch gezupft. An den Wimpern musste sie nie viel machen, sie waren dicht und lang, und sie wurde gelegentlich gefragt, ob die künstlich seien. Sie hatte große Augen und volle Lippen. Sie wusste, dass Männer auf ihr Aussehen abfuhren. Trotzdem hatten ihre Brüder immer gesagt, du wirst nie einen Mann kriegen, du bist für Männer ungenießbar, viel zu grob und zu autark.

Chris freute sich über den Ruf zu ihrer ersten Leiche. Ihrem Antrag auf den Wechsel in die Mordabteilung war überraschend schnell stattgegeben worden. Die letzten vier Jahre war sie bei der Sitte gewesen, und sie hatte die Nase voll von Frauen, die sich immer wieder in die Hände von Männern begaben, von denen sie geschlagen, vergewaltigt und gefoltert wurden. Anfangs hatte sie versucht, sie aus diesen Umständen herauszuholen, ihnen sogar andere Wohnmöglichkeiten besorgt, obwohl das nicht ihre Aufgabe war. Aber ihre Bemühungen waren fast immer gescheitert, weil die Frauen wieder zu ihren Peinigern zurückliefen. Jetzt aber wurde sie zu einer gerufen, die nicht zurücklaufen konnte. Sie lag ermordet am Spreekanal.

Als sie ihren Wagen aus der Tiefgarage fuhr, dachte sie, dass es witzig war, dass in ihrem ersten Fall auch die Neunte zuständig war. Sie wurde von Paula Zeisberg geleitet, einer Freundin, die ihr von dem Wechsel in die Mordabteilung abgeraten hatte und nun im Urlaub war. *Vertauschte Rollen*, dachte Chris, *sie ist irgendwo an der Ostsee, und ich stehe am Tatort und gebe Anweisungen*. Es war klar, warum Paula ihr abgeraten hatte. In ihrer neuen Abteilung hatte es seit Jahren nur eine einzige Frau gegeben, die nun in den Ruhestand ging und an deren Stelle sie trat – eine dröge Jungfer mit immer dünner werdenden Haaren, die sie sich selbst kupferrot färbte. Sie hatte ihr gleich gesagt: »Wer hierherkommt, will keine Kinder und keine Familie.« Wie recht sie hatte! Nach ihren letzten Erlebnissen in puncto Liebe – oder besser: Sex – wollte sie nur noch eins: beruflichen Erfolg. Sie hatte schon zu viel versäumt. Während ihre Brüder in der Wirtschaft Karriere machten, hatte sie sich verzettelt mit Tennis, Kunst, Musik, Steilwandklettern und erotischen Abenteuern, die letztlich nichts brachten. Sie ahnte, dass sie eigentlich nach dem idealen Mann suchte, nach einem Typen, der mit ihr fertig werden konnte und außerdem selbstsicher und intelligent genug war, ihren Brüdern und ihrem Vater Paroli zu bieten. Dabei sollte er attraktiv sein und erfolgreich, möglichst als Künstler, und in der Steilwand nicht ganz unten hängen bleiben.

Als sie die Paulstraße hinunterfuhr, erreichte sie die Querstraße Alt Moabit bei Gelb, sah im letzten Moment, wie die Ampel auf Rot schaltete, und gab Gas. Schuldbewusst murmelte sie: »Mist.« Sie wusste nicht, ob auf dieser Kreuzung geblitzt wurde, aber sie hatte Glück.

Sie parkte ihren Mini Cooper an der Luther-Brücke kurz vor dem Schloss Bellevue und ging schnell den Spazierweg zum Spreekanal Richtung Kanzleramt hinunter. Sie trug Jeans und Turnschuhe und unter ihrem leichten Trenchcoat eine Sportbluse mit Reißverschluss. Hier unten am Fluss war die Luft noch morgendlich kühl, aber die durchdringende Wärme der Sonne war schon zu spüren. Es war eine belebende Mischung, und sie spürte, wie ihr die Luft über das Gesicht und den bloßen Hals strich. Sie steuerte auf eine der Parkbänke zu, auf der sie immer ihre Mittagspause mit einer Latte macchiato verbrachte. Das Moabiter Gericht war nur zehn Minuten zu Fuß entfernt, einschließlich des kurzen Stopps im Bistro, wo sie sich den Kaffee holte, um ihn hier auf der Bank zu trinken. Sie liebte es, das Glitzern auf dem Wasser zu beobachten, während sie das Sandwich, das sie meistens nur halb aß, an die Tauben verfütterte.

Der Menschenauflauf war direkt in der Nähe ihrer Bank. Nachdem sie sich durch die Neugierigen bis zum Absperrband und zur Polizei gedrängt hatte, sah sie, dass die Spurenexperten schon ihre Fähnchen gesteckt hatten. Jenseits der Wiese, links von ihr, lag die *Beamtenschlange*, der Wohnblock für Regierungsbeamte. Sie sah die Leiche genau hinter ihrer Mittagsbank liegen: eine zusammengekrümmte Frau. An ihrem Kopfende stand ein Supermarktwagen mit Tüten. Auf der Bank davor saß eine Frau im blauen Kleid. Sie war ihr mit dem Rücken zugewandt. Sie wunderte sich darüber, dass niemand diese Frau auf der Bank beachtete, die trotz der Leiche hinter ihr seelenruhig dasaß und die Tauben vor sich fütterte. Chris sah, dass sie etwa ihr Alter hatte. Aber wer war sie, dass sie hier in all dem Trubel so ungerührt saß und die Vögel fütterte? Sie trat einen Schritt näher und blickte in ein Gesicht von ätherischer Zartheit, die blassblauen Augen in einem seltsam verklärten Blick erstarrt, und begriff, dass sie in die Augen einer Toten sah. Diese Erkenntnis war fast wie eine körperlich unangenehme Berührung. Im nächsten Moment bemerkte sie auch, dass die Tauben ebenso erstarrt waren wie die Frau, die sie scheinbar fütterte.

»Sie hat keine Papiere bei sich, nichts, rein gar nichts. Wir wissen nicht, wer sie ist«, sagte jemand neben ihr.

Chris drehte sich um und schaute in dunkle Augen, die sie anlächelten. Der Mann trug, wie die anderen, einen Schutzanzug, aus der Kappe quoll dichtes braunes Haar hervor, dazu kräftige Augenbrauen und eine gerade Nase.

»Ich nehme an, Sie sind Staatsanwältin Gregor«, sagte er mit warmer Stimme.

Sie nickte und hielt ihm die Hand hin.

Er zog schnell den Handschuh aus. Sein Händedruck war kräftig und warm. »Ich bin Oberkommissar Marius Seefeld.«

Sie nickte. »Geht es hier um zwei Tote?«

»Diese schöne Schaufensterdekoration ist die Tote.« Er zeigte auf die Frau im blauen Kleid. »Die hinter der Bank ist nur betrunken. Wahrscheinlich eine Alkoholvergiftung, meint Dr. Kirch. Der Krankenwagen wird gleich da sein. Wir werden sie vernehmen, wenn sie wieder nüchtern ist. Herbert! Hier ist Frau Staatsanwältin Gregor.«

Der Angesprochene, etwa fünfzig, mit grauen Augen, kam zu ihnen. »Ich bin Hauptkommissar Justus, stellvertretender Leiter der Kommission.«

Die Staatsanwältin gab ihm die Hand.

»Merkwürdig, nicht? Sie sieht aus, als ob sie noch lebt«, sagte Justus. »Mitten in der Bewegung erstarrt. So etwas habe ich noch nicht gesehen. Nur als Wachsfigur im Kabinett bei Madame Tussaud in London.« Er wandte sich wieder seinem Team zu.

»Bis später«, sagte Marius Seefeld und ging dem Krankenwagen entgegen, der langsam angefahren kam.

Sie ging zögerlich um die Tote herum und spürte einen beklemmenden Druck auf der Brust. Das Opfer saß auf *ihrer* Bank und hatte *ihr* Alter und *ihre* Figur. Etwas über dreißig, schlank, blondes Haar. Neben ihr stand der gleiche Kaffeebecher, wie sie ihn mittags immer im Bistro holte. Mit Deckel, sodass nichts überschwappte. Dieser hier hatte auch einen Deckel und stand genauso rechts neben der Toten, wie sie ihn immer hingestellt hatte. Das kann doch alles nicht wahr sein, dachte sie. Und die Tote fütterte Tauben, genau wie sie – die linke Hand mit dem Sandwich im Schoß und die rechte Hand ausgestreckt. Chris erinnerte sich, wie die Tauben mit Trippelschritten auf die hingeworfene Krume zugelaufen waren. Die erste hatte sie aufgepickt, die anderen hatten dann versucht, sie ihr wegzuhacken. Diese Tauben hier waren in der Bewegung erstarrt – genauso wie die Frau mit dem ausgestreckten Arm. Chris fröstelte. Sie hatte das Gefühl, ihrem Spiegelbild gegenüberzustehen.

»Hoch mit ihr!«, wies der Sanitäter seinen jüngeren Kollegen an, und sie hievten die Trage mit der betrunkenen Obdachlosen in den Wagen. Chris verfolgte mechanisch, wie sie die Doppeltür zuwarfen, sich von Herbert Justus ein Papier auf einem Holzbrett unterschreiben ließen, einstiegen und langsam abfuhren, aber ihre Gedanken waren woanders. Möglicherweise war das alles nur Zufall und Einbildung. Klar war, dass dieser Fall kompliziert und spektakulär war und dass sie Paula von Anfang an als Ermittlerin dabeihaben wollte, um nicht mit diesem Herbert Justus in einer Sackgasse zu landen. Ohne zu zögern, rief Chris ihre Freundin an, erreichte aber nur die Mailbox. Zum Glück hatte sie den Namen des Hotels, wo Paula und Ralf Urlaub machten.

2

Paula öffnete die Tür zum Balkon und schaute auf die sanfte Brandung der Ostsee. Die Wellen kräuselten sich und rollten auf den Strand. Sie liebte dieses Rauschen – wie das Meer sich zusammenzog und sich mit einer neuen Welle wieder streckte. Dann war für einen Moment Stille.

Zwei Jogger liefen am Wasser entlang. So früh morgens war es frisch, doch gegen elf wurde es warm wie im Sommer. Und das in der zweiten Septemberhälfte. Die alte Frau kam wie jeden Morgen mit ihrer Tüte, um die Möwen zu füttern, die ersten Kinder planschten in den Wellen, und das junge Paar bezog seinen Strandkorb. Ralf schlief noch, und Paula genoss es, auf dem Balkon zu sitzen und zu spüren, wie langsam im Urlaub die Zeit verging.

Das Telefon klingelte. Sie ging hastig ins Zimmer, damit Ralf nicht aufwachte. Die Rezeption wusste doch, dass sie keine Anrufe wollten.

»Zeisberg.«

»Guten Morgen, Paula. Chris hier. Entschuldige, dass ich störe.«

»Chris! Das ist ja eine Überraschung.« Sie sprach so leise wie möglich und sah zu Ralf hinüber, der aber noch schlief. »Was ist? Willst du uns besuchen kommen? Es ist schön hier.«

»Gute Idee, geht aber leider nicht. Meine Versetzung hat überraschend schnell geklappt.«

»Du bist jetzt in *Eins Kap*?«

»Seit heute – und ich stehe schon vor einer Leiche. Ich musste für einen Kollegen einspringen.«

Ralf drehte sich knurrend auf die andere Seite.

»Aber deswegen rufe ich dich nicht an. Ich rufe an, weil ich dich um etwas bitten möchte.«

»Und das wäre?«

»Es ist ein merkwürdiger Fall. Die Tote sitzt auf der Bank, als ob sie noch leben würde. Die linke Hand hat sie im Schoß mit einem Sandwich, den rechten Arm hält sie ausgestreckt, als ob sie Tauben füttert. Und Tauben sind auch da. Die sehen aus, als ob sie picken, sind aber auch tot. Eine Szene wie im Wachsfigurenkabinett.«

»So sitzt die Tote vor dir?« Paula versuchte, sich das vorzustellen.

»Ja, ganz seltsam. Sie ist aber hier nicht umgebracht worden – sie wurde in dieser Haltung hierhergebracht.«

»Mit der ausgestreckten Hand?«

»Ja.«

»Und was ist deine Bitte?«

»Die Bank, auf der sie sitzt, ist an der Spree zwischen Bundeskanzleramt und Schloss Bellevue. Die Medien werden sich auf den Fall stürzen.«

Paula schaute aufs Meer. Was Chris erzählte, war weit weg.

»Du müsstest sie sehen! Sie sieht aus, als ob sie noch atmet. Sie ist frisiert und trägt Lippenstift. Ganz natürlich, aber tot. Mitten in der Bewegung erstarrt. Und das im Regierungsviertel.«

»Du hast immer noch nicht gesagt –«

»Dein Team hat den Fall, Paula. Alle sind hier. Nur du nicht.«

»Montag bin ich zurück und übernehme. Dann arbeiten wir das erste Mal zusammen. Du als meine Chefin.« Paula konnte sich diesen Hinweis nicht verkneifen.

»Heute ist erst Mittwoch. Gerade am Anfang können entscheidende Fehler gemacht werden. Dein Vertreter ist diesem Fall nicht gewachsen, Paula.«

Ralf war aufgewacht und gab Paula Zeichen, mit dem Telefonieren aufzuhören.

»Justus hat Erfahrung. Er hatte sich damals auch auf meine Stelle beworben.«

»Du hast sie aber bekommen, nicht er. Routine reicht hier nicht. Alle Fehler, die jetzt gemacht werden, gehen nachher auf dein Konto. Alles, was jetzt passiert – oder eben nicht passiert. Ich informiere dich als deine Freundin, Paula.«

»Hast du ein Problem?«

»Nein. Aber wenn dieser brisante Fall falsch angefangen wird –«

Paula sah Ralf gestikulieren, hatte am Hörer die drängende Chris und fragte genervt: »Gibt es denn irgendwelche Anhaltspunkte dafür?«

»Wofür?«

»Dass etwas falsch läuft.«

»Nein, nein. Ich meine nur –« Und dann hörte Paula sie hektisch sagen: »Ich kann jetzt nicht weiterreden.«

Sie hörte ein Rascheln, Stimmen im Hintergrund und die Aufforderung, den Typen wegzuschaffen.

»Hallo, Chris, hallo ... Hörst du mich noch?«

»Ich muss Schluss machen.«

»Was ist denn da los?«, fragte Paula alarmiert.

»Justus hat ein Problem«, sagte Chris, dann brach das Gespräch ab.

Ralf saß jetzt aufrecht im Bett. »Das glaub ich nicht.« Seine Stimme vibrierte. »Nicht in diesem Urlaub. Honeymoon zum Zehnjährigen. Erinnerst du dich? Deswegen fünf Sterne. – Wer war das überhaupt?«

»Chris. Vom Tatort. Mein Team hat den Fall, und sie ist die ermittelnde Staatsanwältin.«

»Sie ist doch gar nicht in deiner Abteilung.«

»Ist auch ganz neu.«

»Und die will, dass du jetzt kommst?«

Sie verstand, dass er sauer war, wenn sie jetzt abfahren würde. Aber er wusste seit zehn Jahren, dass sie diesen Beruf hatte und dass sie keine Beamtenseele war. Außerdem hatte sie noch nichts von Abfahren gesagt.

»Ich arbeite jetzt mit ihr zusammen.«

»Herzlichen Glückwunsch. Hast du sie dazu überredet?«

»Im Gegenteil, ich habe das nicht gewollt.«

»Das hast du ihr aber nicht gesagt, oder?«

»O doch. Aber ich kann es ihr nicht verbieten.« Sie ärgerte sich über Chris' Entscheidung, und nun nahm Ralf sie deswegen auch noch unter Beschuss.

»Warum hat sie das gemacht? Ist sie geil auf Leichen?« Sein Ton war böse.

Paula blieb ruhig. »Die *Eins Kap* ist für Staatsanwälte die Möglichkeit, Karriere zu machen. Das heißt, sich gegen 300 Staatsanwälte durchzusetzen. Berlin ist die größte Staatsanwaltschaft in Europa.«

»Und was will sie? An die Spitze?«

»Wahrscheinlich. Sie ist ehrgeizig. Als Frau zur *Eins Kap*

zu gehen bedeutet: Ich verzichte auf Kinder. Schwanger werden darf man da nicht und andere private Verpflichtungen haben auch nicht. Sonst ist man weg vom Fenster.«

»Und was will sie nun von dir?«

»Sie will, dass ich komme.«

»Ach nee! Und warum, bitte schön?«

»Sie ist beunruhigt über den Fall.«

»Ihre erste Leiche, und nun sollst du Händchen halten?«

»Ich denke, die Leiche lässt sie kalt. Ich glaube nicht mal, dass sie bei einer Obduktion mit der Wimper zuckt.«

»Was dann?«

»Sie traut Justus nichts zu.«

»Justus! Um Justus geht es bestimmt nicht.«

War er eifersüchtig? Das musste es sein. In den letzten Monaten hatte er nichts dagegen gehabt, wenn sie Überstunden machte oder weg musste und keine Zeit hatte. Aber ihm passte es nicht, dass sie eine Freundin hatte, die nicht in einer festen Beziehung lebte, das wusste sie. Sie nahm den Koffer aus dem Schrank und begann, ihre Sachen hineinzuwerfen.

Ralf moserte. »Wie oft haben wir uns mit diesem Urlaub getröstet, wenn du wieder mal ein Wochenende durchgearbeitet hast. Schon vergessen?«

»Nein. Aber ich habe auch nicht vergessen, dass du dafür sorgen wolltest, dass kein Anruf durchgestellt wird. Warum ist das überhaupt passiert? Mein Handy war jedenfalls aus!«

»Ich erwarte einen Anruf von meinem Zürcher Galeristen«, gab Ralf zu.

»Aha. Aber nun war es nicht dein Galerist.« Sie lief hin und her und sammelte alles ein. »Ich würde auch lieber tagsüber mit dir im Strandkorb sitzen und abends schön auf der Seebrücke.«

»Sieht aber gar nicht danach aus.« Ralf schlug auf das Kissen, sagte dann aber sanft: »Nur noch drei Tage, dann bist du sowieso in Berlin.«

Paula verstand ihn, und es war ja auch liebevoll, dass er so für ihre gemeinsame Zeit kämpfte. Sie hatten es gerade in diesem Urlaub sehr schön gehabt. Es war wie ein zweiter Honeymoon gewesen, das machte ihr die Abreise schwer. Sie wollte es gar nicht an sich heranlassen. Wenn sie jetzt auf ihn einginge, würde es ihr noch schwerer fallen zu fahren. Aber nachdem ihre Freundin das Gespräch so abrupt abgebrochen hatte mit den Worten »Justus hat ein Problem ...«, konnte sie nicht mehr bleiben. Sie musste Ralf abwehren und bei ihrer Entscheidung bleiben, da führte kein Weg dran vorbei.

Sie nahm ihre Wäsche aus der untersten Schublade. »Das ist ein spektakulärer Fall, den schafft Justus nicht – da hat Chris recht. Und wenn er Fehler macht, geht's später auf mein Konto. Wenn ich hierbleibe, habe ich nachher unnötigen Stress und viel mehr Arbeit. Davon wärst du dann auch betroffen.«

»Ich bin jetzt betroffen. Mich interessiert, was jetzt ist«, beharrte er. »Wer weiß schon, was später ist.«

Sie sah ihn im Bett sitzen – wie Struwwelpeter: kerzengerade, mit beiden Fäusten auf der Bettdecke – und musste lachen.

»Ich zähle wohl gar nicht mehr«, sagte er resigniert.

Mit diesem Ton kriegte er sie sonst immer. Sie ging schnell ins Bad, um ihre Toilettensachen einzusammeln.

»Du machst einen großen Fehler!«, rief er.

»Wenn ich in meinem Job einen großen Fehler mache, bin ich tot«, rief sie zurück.

3

Chris konzentrierte sich darauf, ein neutrales Gesicht zu machen, um in ihrer neuen Position gelassen zu wirken. Sie ärgerte sich, dass sie wegen dieses Idioten das Gespräch hatte abbrechen müssen. Er war über das Band gesprungen und hatte mit ein paar Schritten vor ihr gestanden. Es war so schnell gegangen, dass sie gar nicht wusste, wie ihr geschah. Noch während sie telefonierte, war er so aufdringlich geworden, dass sie ihn gepackt hatten, um ihn wegzubringen, aber er hatte sich gewehrt und ihr seine Karte so dreist vor die Nase gehalten, dass sie sie nehmen musste, und dabei war ihr das Handy heruntergefallen. Groß, ein sportlicher Typ, mit Strickmütze tief in die Stirn gezogen; und er hatte behauptet, er habe Informationen zu dem Fall. Die zwei Beamten beförderten ihn aus dem Sperrbezirk, und er verschwand zwischen den Schaulustigen. Sie überlegte, ja, er hatte gesagt, er müsse ihr etwas Wichtiges sagen.

Justus und die zwei Beamten hatten das nicht gehört. Sicher war sie sich auch nicht, sie hatte ja versucht, Paula zu verstehen. Es war sowieso ein solcher Trubel, denn auch Journalisten, Fotografen und Kameraleute hatten sich bis zum Absperrband gedrängelt und sie fotografiert. Morgen würden die Medien sicher berichten: »Jogger attackiert Staatsanwältin«. Sie spürte immer noch seinen stechenden Blick. Sie sah sich um, ob jemand sie beobachtete. Sicher konnte man ihr den Schrecken ansehen. Jedenfalls war es ein unangenehmer Zwischenfall gewesen, und eigentlich müsste sie sich bei Herbert Justus bedanken, denn er hatte geistesgegenwärtig den Beamten befohlen, ihn vom Tatort zu entfernen.

Sie ging zu ihm, aber er winkte ab und murmelte: »Irre gibt's überall«.

»Passiert denn so etwas öfter?«

»Hatten wir schon ein paarmal.«

Okay, also hatte es nicht an ihr gelegen, dass ein Zuschauer verrücktspielte. Gerade heute bei ihrem ersten Auftritt war ihr das wichtig. Sie lächelte Justus kurz zu und ging zur Tagesordnung über: »Ist der Gerichtsmediziner schon da?«

»Ja, dort drüben.« Er zeigte auf einen hageren, mittelgroßen Mann. »Herr Doktor Kirch«, rief er laut.

Der Gerichtsmediziner kam auf sie zu und stellte sich vor. Mit dunklen Knopfaugen sah er sie aufmerksam an.

»Ist die Frau am Herzschlag gestorben?«, fragte sie.

»Nein, dann wäre sie umgefallen. Die Todesursache scheint ein Nadelstich zu sein. Schauen Sie, hier.« Er zeigte ihr einen roten Glasknopf, genau in der Mitte der linken Brust.

Chris durchzuckte es, als sie die Nadel an dieser empfindlichen Stelle sah.

»Der Knopf ist das Ende einer Stahlnadel, die ihr vermutlich ins Herz gestoßen wurde. Die Frau ist eindeutig länger als zehn Stunden tot, die Leichenstarre ist voll ausgebildet. Sie beginnt in Teilen des Körpers nach etwa vier Stunden, je nach Gewicht und Außentemperatur, und ist dann nach acht bis zehn Stunden ganz ausgebreitet. Zwei bis drei Tage später löst sie sich wieder mit dem Zerfall der Muskeln. Davon gibt es hier noch keine Anzeichen. Sie muss schon in dieser erstarrten Haltung hergebracht worden sein. Wann wollen Sie die Obduktion?«

»Ich rufe Sie an. Ich warte noch auf Nachricht von Frau Zeisberg. Ich möchte sie dabeihaben.«

Kirch schrieb ihr seine Handynummer auf. »Wissen Sie, dass der Name Moabit auf die Hugenotten zurückgeht?«

Chris wusste es nicht, obwohl sie in diesem Stadtteil schon seit Jahren arbeitete.

»Die französischen Glaubensflüchtlinge nannten ihren neuen Wohnsitz *Terre de moab*, in Anlehnung an das Alte Testament, weil sie hier genauso Zuflucht gefunden hatten wie die Israeliten im Land der Moabiter nach ihrem Auszug aus Ägypten.«

Wann würde sie so viel Routine haben, dass sie angesichts einer Leiche über die Herkunft von Namen reden könnte? Im Moment fehlte ihr nicht nur die Routine – sie war aufgewühlt von der Toten auf ihrer Bank.

»Kann die Leiche abtransportiert werden?«, wollte Herbert Justus wissen.

»Von mir aus, ja«, sagte Kirch und sah Chris fragend an.

»Einverstanden, wenn der Polizeifotograf mit den Fotos fertig ist. Ich brauche Fotos aus allen Perspektiven und aus unterschiedlichen Abständen«, sagte sie.

Justus rief dem Fotografen zu: »Hast du alles?«

»Alles im Kasten.« Scholli zeigte den aufgerichteten Daumen.

»Gut, dann ab mit ihr.«

Zwei Männer kippten die Leiche in Sitzhaltung auf die Trage mit dem Leichensack und zogen den Reißverschluss zu. Mit diesem Geräusch streckte Kirch der Staatsanwältin die Hand hin. »Dann bis später.« Er lächelte knapp und ging Richtung Absperrung.

»Ich muss weiter«, sagte Justus.

Sie wurde auch nicht mehr gebraucht. Ein Polizist bahnte ihr eine Gasse durch die Neugierigen. Sie nickte ihm zu und ging zur Lutherbrücke, wo ihr Wagen parkte.

Sie ließ sich auf den Sitz fallen und zog die Autotür zu. In diesem geschützten Raum überfiel sie noch einmal der Schrecken. Sie sah die Tote vor sich, in ihrem blauen Kleid auf der Parkbank, mit den blonden Haaren, aber mit ihrer Frisur und mit ihrem Gesicht: Sie sah sich selbst als Tote dort auf der Parkbank sitzen. Sie starrte aus dem Fenster und ermahnte sich zur Vernunft: Chrissie, du bist eine intelligente Frau, die sachlich und analytisch denken kann, deswegen bist du erfolgreich als Staatsanwältin. Du stehst mit beiden Beinen im Leben, bist weder schreckhaft noch paranoid, sondern ausgesprochen realistisch. Dies ist ein ganz normaler Tag in der neuen Abteilung. Du hast deiner ersten Leiche gegenübergestanden, die ein bisschen ungewöhnlich aussah. Zufällig saß sie auf derselben Bank, auf der du gewöhnlich deine Mittagspause verbringst. Sie fütterte Tauben, wie viele Spaziergänger es dort jeden Tag tun. Auch auf dieser Bank. Und viele Frauen Anfang dreißig sind schlank und haben blondes Haar – und im Übrigen: deines ist ja in Wahrheit gar nicht blond, sondern blondiert. Außerdem stellt jede Rechtshänderin den Kaffeebecher automatisch rechts neben sich. Und als ihre innere Stimme ihr entgegenhielt, der Killer habe die Situation ja eben gerade deshalb so inszeniert, verdrängte sie diesen Einwand. Reine Fantasie, keine Realität. Sie startete ihren Mini Cooper und drehte die Musik von Pop auf Klassik.

Sie fuhr nicht direkt ins Büro, sondern erst einmal in die entgegengesetzte Richtung, einfach, um zu fahren und abgelenkt zu werden. In ihrem Mini fühlte sie sich wohl, sie fuhr gerne herum. Neulich hatte sie gelesen, dass die Deutschen lieber Auto fahren als alle ihre europäischen Nachbarn, und fühlte sich mit dem Gedanken angenehm normal. Sie wollte noch ein Stück fahren und dann beruhigt ins Büro gehen.

Sie hupte, als ein Auto vor ihr scharf bremste.

Sie würde auf keinen Fall irgendjemandem sagen, dass sie den Eindruck hatte, der Täter würde sie spiegeln. So ein Verdacht, ohne Indizien, geäußert von einer Staatsanwältin, die neu in der Mordkommission war, würde sie in ein merkwürdiges Licht stellen. *Nicht belastbar*, wäre das Harmloseste; eher würde man sie für verrückt halten.

Für sie war es selbstverständlich, dass Paula ihren Urlaub abbrach, aber sie war nicht sicher, ob sie heute noch kam. Aber auch ihr würde sie nicht sagen, wo sie ihre Mittagspause verbrachte. Vielleicht würde sich Paula daran erinnern. Im Radio kam der Wetterbericht. Es sollte weiter schön bleiben, obwohl es auch jetzt schon der wärmste Herbst seit hundert Jahren war. Sie hatte nichts dagegen, sie liebte blauen Himmel.

Sie wendete und fuhr zur Staatsanwaltschaft. Als Erstes würde sie in das Aktenarchiv ihrer früheren Abteilung gehen, um alle Verurteilungen noch einmal durchzusehen. Wenn es tatsächlich jemand auf sie abgesehen haben sollte, dann könnte das Motiv Rache sein. Bei den Angeklagten, die ihre Krankheiten und Defekte mit Gewalt an Frauen ausgelassen hatten, hatte sie sich stets für ein hohes Strafmaß eingesetzt, und einige der Verurteilten hatten ihr übel gedroht. Damals hatte sie das kaltgelassen, aber jetzt fiel es ihr wieder ein.

Sie drehte die Musik lauter, um den Gedanken zu verscheuchen, die Versetzung in die Abteilung für Mord könnte ein Fehler gewesen sein.

4

»Eine Stahlnadel ins Herz?«, fragte er erneut.

»Ja.«

»Christiane, da hast du ja gleich beim ersten Mal einen wunderbaren Fall.«

Fand sie nicht, aber bitte.

»Und die Tauben – waren sie aus Plastik oder echt?«, fragte er interessiert.

»Echt.«

»Also präpariert. Gibt es Firmen, die solche Tierpräparationen machen?«

»Weiß ich nicht.«

Was für ein glücklicher Zufall, hatte sie gedacht, als sie auf dem Flur des Moabiter Gerichts in Hubertus Bach gerannt war. *Die* Koryphäe für Tätermotivation bei Mordfällen. Der Beste in Deutschland, wahrscheinlich in Europa.

Sie kannte ihn vom Studium. Nach vielen Jahren hatte sie ihn vor drei Monaten hier im Gericht wieder getroffen. Er war zurückhaltend wie früher, hatte sie gesiezt und schien sich nicht besonders an die gemeinsame Zeit zu erinnern. Sie hatte ihn gefragt, wie lange sie sich nicht gesehen hätten. Dreizehn Jahre waren es gewesen. So lange, und er hatte sich kaum verändert. Er war immer noch der jungenhafte Typ mit den strahlend blauen Augen und trug noch das gleiche Eau de Cologne, das nach Zitrone und Thymian duftete.

Hubertus Bach hatte eine erstaunliche Karriere gemacht, und dennoch ging wie damals Ruhe und Gelassenheit von ihm aus.

Er bewohnte die Mansarde unter dem Dach und sie das Zimmer einen Stock tiefer; sie bereitete sich auf das Referendarexamen vor, und er schrieb an seiner Habilitationsarbeit. Sie trafen sich oft in der Küche der Vermieter, weil die Frau mit Krebs im Krankenhaus lag und sie abwechselnd dem Vater die Betreuung der beiden kleinen Kinder abnahmen. Da sie sich die Bücher in der Bibliothek ausliehen und mit nach Hause nahmen, konnten sie zugleich ein Auge auf die Kleinen haben. Hubertus machte das gewissenhaft und hatte, anders als sie, dabei keine Konzentrationsschwierigkeiten. Er konnte sich zweiteilen, und ihm gelang beides perfekt. So war auch seine Karriere weitergegangen – perfekt. Es dauerte nicht lange, da war er der jüngste Professor für forensische Psychiatrie in Deutschland, ging bald darauf in die USA, arbeitete mit dem FBI zusammen und löste einige spektakuläre Fälle. In den USA hatte sein Job darin bestanden, aus den Bauteilen des Verbrechens den »Architekten« herauszulesen, wie er kürzlich im Fernsehen gesagt hatte. In Deutschland war das noch unüblich.

Sie war auf dem Weg ins Archiv, um die Prozessakten durchzusehen, in denen der Richter sich ihrem hohen Strafmaß als Anklägerin angeschlossen hatte.

Jetzt hoffte sie, Hubertus Bach könnte ihr irgendetwas über den Täter sagen. »Was für ein Typ ist denn überhaupt zu so etwas fähig?«

Er überlegte. »Ein Serienmörder«, sagte er.

»Wie bitte?«

»Ein Serienmörder«, wiederholte er. »Dieser Mörder hat sicher schon vor dieser Tat Gewaltdelikte begangen. Habt ihr schon etwas herausgefunden?«

Er warf einen kurzen Blick auf sein Handy, steckte es aber gleich wieder weg. Hatte er nach der Uhrzeit gesehen? Sie wusste, dass er sehr beschäftigt war, wollte ihn aber jetzt nicht gehen lassen.

»Wir sind erst am Anfang der Ermittlungen. Wie kommst du darauf, dass es ein Serienmörder sein könnte?«

Er klemmte seine Aktentasche unter den Arm. »Wie du die Tat beschreibst, steckt in der Durchführung des Verbrechens so viel Energie, dass ich mit weiteren Auftritten rechne. Dieser Mann hat nicht im Affekt eine Nachbarin erschlagen – er hat eine Welt herausgefordert.« Er überlegte einen Augenblick. »Oder eine Person.«

»Wie meinst du das?«

»Er könnte seine Mutter hassen. Ich kenne einen Fall, da hat der Täter sechs Frauen das angetan, was er eigentlich seiner Mutter antun wollte.«

»Wie habt ihr das herausgefunden?«

»Die Mutter war sein siebentes Opfer.«

»Grauenhaft.« Chris schoss durch den Kopf: Und wenn so einer sie als Opfer im Visier haben sollte?

»Man muss erst einmal das gerichtsmedizinische Gutachten abwarten. Wann ist die Obduktion?«

»Am Nachmittag.«

»Und wer macht sie?«

»Der Gerichtsmediziner, der am Tatort war, Dr. Kirch.«

»Ach der.«

»Was heißt *ach der?*«

»Es gibt hochintelligente Menschen, mit denen man solche schwierigen Fälle lösen kann. Der *homo normalus* hingegen fabriziert die Fehler selbst, an denen er dann scheitert.«

»Und wer ist so ein zuverlässiger Mann in der Gerichtsmedizin?«

»Professor Klaus Posch. Er ist der Leiter der Gerichtsmedizin an der Charité.«

»Was kann denn bei einer Obduktion schiefgehen?«

»Im schlimmsten Fall kann übersehen werden, dass die Frau schon tot war, bevor die vermeintliche Mordwaffe eingesetzt wurde. Es kann auch sein, dass diese Inszenierung auf der Parkbank der Verschleierung des eigentlichen Verbrechens dienen soll. Es gibt mehrere Möglichkeiten. Der Gerichtsmediziner muss alle Spuren an der Leiche genau erkennen und richtig deuten. Davon hängt die Aufklärung ab. Nach der Obduktion kann ich dir vielleicht mehr sagen.« Er schaute zur Uhr. »Du hast meine Handynummer.«

Sie ging Richtung Treppe und drehte sich noch einmal um. Bach stand immer noch da und sah ihr nach.

»Du gehst doch zur Obduktion?«, rief er.

»Natürlich.« Sie winkte ihm zu und rannte die Treppe hinunter zum Archiv.

Dort verbrachte Chris die Zeit bis zum Mittag. Alle Verfahren, die sie in den letzten drei Jahren bis zur Verurteilung des Täters geführt hatte, betrafen Delikte gegen Frauen. Sie versuchte sich an die zu erinnern, die mit Wut und Hass auf das Urteil reagiert hatten. Manche saßen noch in Moabit ein. Von ihrem neuen Büro aus konnte sie die Strafvollzugsanstalt sehen. Der Leiter hatte ihr oft von Drohungen der Strafgefangenen berichtet. Sie interessierte sich aber nur für die Entlassenen.

Sie ging systematisch und gründlich vor, Akte für Akte.

Auf dem Deckblatt jeder Akte standen die Daten, die Chris für ihre Erinnerung reichten. Hinter den Urteilen verbargen sich bittere Wahrheiten: sexueller Missbrauch, Misshandlungen, Schizophrenie, Wahnvorstellungen – die ganze Vielfalt des Bösen. Bach hatte ihr zu Anfang des

Gesprächs gesagt, der Mörder habe sicher schon vorher Gewaltdelikte begangen.

Einen Fall las sie ausführlich. Er war ihr damals schon nahegegangen. Das Opfer war eine Chilenin. Eine freundliche Frau mit sanften Augen. Sie war aus ihrem Heimatland emigriert und hatte die Eltern zurücklassen müssen, weil sie als Opfer des Regimes schon zu krank waren. Gleich bei ihrer Ankunft in Deutschland hatte sie im Zug einen Mann kennengelernt, der sich als Kaufmann ausgab und bereit war, ihr zu helfen und eine Wohnung zu besorgen. Sie war nicht misstrauisch, weil sie aus Chile solche Hilfsbereitschaft gewöhnt war. Wenn sich die Menschen dort nicht gegenseitig halfen, hatten sie keine Chance. Doch hinter der freundlichen Fassade dieses Mannes verbarg sich die Hölle, in der sich Misshandlung und Missbrauch steigerten. Die Frau hatte Abgründe erfahren, die sie nicht einmal wiedergeben konnte, als Chris sie, unterstützt von einer Psychologin, stundenlang anhörte, um ihr zu helfen, sich aus dieser Verstrickung zu befreien. Es gelang ihr schließlich mithilfe von zwei Zeuginnen, den Kerl, der die Chilenin gefoltert hatte, für drei Jahre ins Gefängnis zu bringen. Ein Jahr Untersuchungshaft war bereits vergangen, als das Urteil rechtskräftig wurde. Chris rechnete damit, dass er mit guter Führung schon nach zwei Dritteln seiner Strafe auf freien Fuß kommen würde. Sie warf einen Blick auf das Datum des Urteils – dieser Zeitpunkt war bereits überschritten. Er könnte schon seit ein paar Monaten wieder draußen sein.

Sie erinnerte sich, wie hoffnungslos Vilma de la Fuente dreinschaute, als zwei Wachleute ihren Peiniger nach der Urteilsverkündung abführten und er ihr noch etwas auf Spanisch zurief. Chris hatte sie anschließend danach gefragt. Es war eine Drohung gegen sie als Staatsanwältin gewesen, und Vilma hatte ihr geraten, das ernst zu nehmen. Ihr eigenes Schicksal schien ihr ohnehin besiegelt, sobald er wieder entlassen würde. Sie konnte es sich nicht anders vorstellen.

Chris notierte sich den Namen des Verurteilten und auch die Anschrift Vilmas. Zur Mittagspause beschloss sie, nach Hause zu fahren, bevor sie Paula vom Zug abholen würde.

5

Paula stand auf dem Bahnhof von Usedom und hatte noch fünf Minuten, bevor der Zug kam. Der Himmel war strahlend blau. Die Fähnchen auf dem kleinen Bahnhof flatterten im Wind. Sie atmete noch einmal die Meeresluft ein.

Sie hoffte, dass Ralf die letzten Tage trotzdem noch genießen würde. Er könnte ihr dann alles erzählen – wer beim Frühstück war, wer am Strand, wie oft er gebadet hatte und ob die Eltern dem Kind einen neuen Ball gekauft hatten. Er beobachtete stets alles genau, weil er Fotos und Skizzen für seine Bilder machte.

Außer ihr warteten nur eine Mutter mit zwei Kindern und eine alte Dame auf die Bäderbahn nach Züssow. Dort würde sie in den ICE nach Berlin umsteigen. Als der Zug hielt, half sie der alten Dame beim Einsteigen und setzte sich in den hinteren Teil. Ein Schwarm Möwen überflog den Zug in Richtung Meer.

Nach dem Umsteigen saß sie allein im Großraumwagen. Es tat ihr leid, dass sie zu Ralf so schroff gewesen war. Aber wie hätte sie ihm sonst standhalten sollen? Ganz sicher verstand er als Künstler nicht, dass sie diesem Druck im Job nachgeben musste. Aber vielleicht würde er sie mit seinem beginnenden Erfolg mehr verstehen lernen.

Sie lehnte sich zurück und schaute aus dem Fenster. Die Landschaft mit Wiesen und Maisfeldern glitt vorüber, und sie dachte daran, was sie in Berlin erwartete.

Ihr Team rechnete erst Montag mit ihr. Ohne Chris' Anruf säße sie jetzt nicht im Zug. Ein anderer Staatsanwalt hätte ihr nicht nahegelegt, den Urlaub abzubrechen, und aus dem Team hätte auch niemand darum gebeten; Justus schon gar nicht, weil er den Fall lieber ohne sie bearbeiten würde, und die anderen nicht, weil sie ihr den Urlaub nicht vermasseln wollten.

Es war typisch für Chris. Ihr Ehrgeiz trieb sie in etwas hinein, und dann mussten gleich alle Mittel und Kräfte eingesetzt werden, um das Problem zu bewältigen. Aber in diesem Fall hing ihr Erfolg als Staatsanwältin von der Arbeit der Ermittler ab. Und natürlich wird sie wollen, dass ihr erster Fall in der Mordkommission schnell gelöst wird. Nur – wie wird sich das auf die Zusammenarbeit auswirken? Es wird nicht einfach werden, die richtige Abgrenzung zu setzen, dachte Paula besorgt.

Sie nahm das Handy und rief Justus an.

»Welchen Fall bearbeitet ihr gerade?«

»Du brauchst dir keine Sorgen zu machen, Paula, wir kommen klar.«

»Was für ein Fall ist es?«

»Wir sind noch am Tatort, um uns ein vollständiges Bild zu machen. Waldi spricht gerade mit der Frau, die die Tote entdeckt hat.«

»War das die Obdachlose?«

»Nein. Die ist im Krankenhaus, die hat gar nichts mitgekriegt. Aber was willst du? Das ist alles Routine.«

»Die wesentlichen Fakten, Herbert«, sagte sie ungeduldig. Sie konnte förmlich sehen, wie er nach Luft schnappte. Natürlich, korrekt wie immer, in Anzug und Krawatte. Ihr war klar, dass er sich sträubte, sie jetzt schon zu informieren.

»Du kommst doch erst Montag wieder.«

»Die ermittelnde Staatsanwältin hat mich gebeten, meinen Urlaub abzubrechen.«

Unwirsch gab er nach: »Der Fall ist heute um neun reingekommen. Die Ermordete ist noch nicht identifiziert. Sie sitzt auf einer Parkbank. Ist aber nicht hier umgebracht worden, wie Kirch meint.« Aus seinem Mund klang es nach einem alltäglichen Mordfall. »Wir haben alles im Griff, Paula. Du kannst deine letzten Urlaubstage genießen.«

»Herbert, ruf die Gerichtsmedizin an und bitte um einen Obduktionstermin für 14.30 Uhr! Ich werde dort sein.« Justus schien geschockt, aber bevor er etwas sagte, fügte Paula hinzu: »Staatsanwältin Gregor werde ich selbst benachrichtigen. Also dann bis morgen früh bei der Besprechung.« Sie drückte das Gespräch weg.

Dann rief sie ihre Freundin an. »Ich sitze bereits im Zug und komme 14.07 Uhr an. Die Obduktion habe ich um 14.30 Uhr angesetzt.«

»Hoffentlich kann er dann.«

»Wer?«

»Professor Posch. Er wird sie selbst durchführen. Ich habe mich persönlich darum bemüht. Ich will mit den Besten zusammenarbeiten. Wir können uns keine Fehler leisten.«

Die typische Unsicherheit des Neulings, dachte Paula, die Besten als Allheilmittel. »Wenn es ihm nicht passt, sag mir bitte, welche Zeit er vorschlägt.« Ihr Ton war kühl.

»Ich hole dich vom Bahnhof ab«, sagte Chris und verabschiedete sich.

Paula sah, wie ein Bauer mit dem Trecker seine Egge über das Feld zog. Eine Staubwolke folgte ihm.

Chris fing schon an, sich einzumischen.

Die gestörte Ordnung der Dinge erregte Paula. Auf einer Parkbank zu sitzen war Ausdruck alltäglichen Lebens, und den hatte der Killer benutzt, um mit einem Mord zu schockieren. In nächster Zeit würde sie sich immer wieder fragen, was macht der Täter gerade? Auf diese Weise würde er bei ihr sein. Ralf hatte sich schon ein paarmal beklagt: Du lebst mehr mit dem Mörder als mit mir. Sie wusste aber, so würde sie ihm näherkommen, Schritt für Schritt. Wie würde er sich ihr das erste Mal zeigen? Ein Satz Sigmund Freuds kam ihr in den Sinn. »Wer, wie ich, böse Dämonen aufweckt, um sie zu bekämpfen, muss darauf gefasst sein, dass er in seinem Ringen selbst nicht unbeschädigt bleibt.« Paula fühlte deutlich, dass sie diesmal bereit sein müsste, Schaden in Kauf zu nehmen. Schaden, der vielleicht auch ihre Freundschaft zu Chris betreffen würde?

Die Landschaft hatte sich verändert, Kartoffelfelder wechselten mit Mischwäldern. Als der Wald aufhörte, kam hinter einer Kiesgrube ein Stoppelfeld, auf dem Kinder Drachen steigen ließen.

Ihre Gedanken kehrten zu Chris zurück. Freundschaften zwischen Polizisten und Staatsanwälten gab es selten. Eigentlich waren es zwei Klassen. Selbst in der Freizeit waren die Welten verschieden, in denen sie sich normalerweise bewegten. Außer auf den Weihnachtsfeiern und Sommerfesten traf man sich nicht außerhalb des Dienstes.

Sie hatte Chris vor vier Jahren auf einer Vernissage kennengelernt. Eigentlich hatte Paula keine Lust gehabt, dort hinzugehen, solche Events waren nicht ihre Sache. Aber Ralf hatte sie überredet. Sie zog sogar das enge grüne Kleid an, das er ihr gerade geschenkt hatte, und die Sandaletten mit den hohen Absätzen.

Die Galerie war in der Dircksenstraße in Mitte, und sie fanden keinen Parkplatz in der Nähe. Sie liefen Arm in Arm, und Ralf passte sich ihrem Schritt mit den hohen Absätzen an. Die Galerie in den S-Bahn-Bögen war voll mit Besuchern. Ralf traf gleich Kollegen, und sie sah sich die Bilder an. Sie waren großformatig und zeigten Männer und Frauen in verschiedenen Posen, die Szenen waren mit Texten versehen wie bei Comics.

»Sie sind die Einzige, die sich die Bilder ansieht. Sie sind bestimmt Kunstkritikerin.« Eine Frau, Chris nämlich, hatte sie mit offenem Blick angelächelt.

»Nein, ich verstehe wenig von Kunst. Aber dieses Bild hier gefällt mir. Ihnen auch?«

»Ja, schon. Ehrlich gesagt, interessieren mich mehr die Menschen. Und wenn ich irgendwo allein bin, schaue ich mich um und überlege mir, mit wem ich gerne sprechen würde. Da habe ich Sie entdeckt.«

»Danke«, sagte Paula. »Dann haben Sie mit der Branche wohl auch nichts zu tun?«

»Nein. Haben Sie Lust auf ein Glas Wein?« Sie gingen zusammen zum Getränketisch. »Ich stelle immer wieder fest, dass es mehr Frauen mit interessanten Gesichtern gibt als Männer. Finden Sie nicht auch?«

Paula wusste dazu nichts zu sagen, sie hatte solche Betrachtungen noch nicht angestellt. »Es käme wohl darauf an, was ein Gesicht interessant macht«, überlegte sie.

»Meinen Sie, Gesichter können täuschen?«

»Das ist meine Erfahrung, ja.«

Die Frau gab ihr die Hand. »Ich heiße Chris Gregor.«

»Ich bin Paula Zeisberg.«

»Paula gefällt mir. So hieß meine Lieblingspuppe.«

Paula erinnerte sich an eine Chris aus der Schule, die sie immer geärgert hatte. Das sagte sie aber nicht.

Chris Gregor zeigte auf Ralf auf der anderen Seite des Tisches. »Schauen Sie mal. Der sieht doch zum Beispiel nett aus, sympathisch. Aber interessant? Eher doch langweilig. Finden Sie nicht?«

Paula wusste nicht, ob Chris wirklich ahnungslos war oder ob sie einfach plapperte. Sie tat, als sei Ralf ihr fremd, und sagte: »Ich denke, er ist auch ein Künstler.«

»Das glaube ich nicht. Dazu sieht er viel zu brav aus.«

»Manchmal sehen auch Künstler brav aus«, sagte Paula, »und manche, die brav aussehen, sind es gar nicht.«

»Sind Sie Psychologin?«

Das konnte ironisch gemeint sein. »Nein, aber ich habe mit Menschen schon überraschende Erfahrungen gemacht. Ich denke, man sieht ihnen selten an, wer sie sind.«

»Wollen wir einen Test mit dem da drüben machen?«

»Okay. Er ist Künstler und sehr zuverlässig.«

»Brav?«

»Sehr brav.«

Chris zog überrascht die Augenbrauen hoch.

Paula lachte. »Wir leben seit zehn Jahren zusammen.«

»Oh, nein, wie peinlich. Ich möchte das wiedergutmachen.«

Von da an trafen sie sich regelmäßig. Zumal sie auch beruflichen Gesprächsstoff hatten. Sie liebten es beide, sich in ganz unterschiedlichen Lokalen zu treffen. Sie probierten gern Neues aus. Ralf blieb aber für Chris weiterhin langweilig. Für sie war er ein »Biedermann«, der immer nur

Zimmer malte. Später wurde er dann zum »Hausmann« befördert, wegen seiner Kochkünste. Paula tolerierte Chris' Meinung, für die bei einem Mann nicht die Eigenschaften zählten, die ihn für eine langjährige Beziehung befähigten. Chris verstand ihrerseits, dass Paula lieber in einer Beziehung lebte, als Affären zu haben. Sie brauchte sogar eine Freundin wie Paula, die stabil war. Eine, zu der sie offen sein konnte, vor der sie sich nicht zu verstecken brauchte. Paula wusste, dass Chris sie gerade deswegen mochte, weil sie so anders war.

Dass Chris mal ihre Chefin werden würde, damit hatte sie allerdings nicht gerechnet. Morde waren bisher nicht ihre Sache gewesen.

Paula hatte die Schuhe ausgezogen und ihre Füße auf den Sitz gegenüber gelegt. Sie schaute auf ihr Handy – noch eine halbe Stunde bis Berlin.

6

Vom Gericht war es nicht wirklich nah bis in die Hubertusallee in Grunewald, aber Chris schaffte die Strecke in fünfzehn Minuten, wenn es keine Absperrungen wegen eines Staatsbesuchs gab.

Zu Hause warf sie ihre Tasche auf den Holztisch in der Küche und setzte Teewasser auf. Die Vier-Zimmer-Altbauwohnung war ihr Nest, in das sie nicht einmal gern Gäste einlud. Außer einem Liebhaber oder Paula kam hier niemand herein. Und wenn sie sich einsam fühlte, setzte sie sich an das kleine Klavier im Wohnzimmer und spielte Fugen von Bach. Lange Zeit war es der Traum ihres Vaters gewesen, dass sie Pianistin werden würde. Eine erfolgreiche natürlich. Er hatte seine schon als Kind hübsche, wenn auch eigensinnige Tochter sehr geliebt und hatte ihr mehr zugedacht als nur die alltägliche Juristerei, die er selbst als Leiter einer Zivilkammer am Landgericht betrieb. Es war klar, dass seine beiden Söhne Jura studierten – Eberhard, der zwei Jahre älter als Chris war, und Gunther, der anderthalb Jahre jüngere. Aber Chris sah er als etwas Besonderes. Sie sollte nicht bloß praktischen Zwecken dienen, wie dem Ausarbeiten von Verträgen, was Gunther jetzt für eine große internationale Firma in Hamburg erledigte, oder eine Firma leiten, wie es Eberhard als Vorstandsprecher eines Stahlkonzerns in Düsseldorf tat. Doch Chris fühlte sich nicht als Künstlerin, sie wollte ihr Leben nicht ausschließlich der Musik widmen, auch wenn sie Spaß am Klavierspielen hatte und eine Zeit lang viel übte. Sie wäre nie eine erfolgreiche Pianistin geworden. Und erfolgreich wollte sie sein, da sah es mit der Juristerei weit besser aus. Damit war sie groß geworden, und der Vater war ihr Vorbild.

Sie warf einen Blick in den Spiegel und bürstete ihr Haar, bis die Kopfhaut richtig durchblutet war. Durch die Sonne war es noch heller geworden. Sie betrachtete kritisch ihr Gesicht. Ihre Augen schienen im Moment mehr grau als blau. So fühlte sie sich auch: grau, vor allem, wenn sie an die Tote dachte, die wie sie auf ihrer Parkbank gesessen hatte.

Heute Morgen hatte sie sich noch über ihre erste Leiche gefreut, doch inzwischen sah sie die Sache nicht mehr rosig. »Möchte er mich da auch so steif erstarrt auf der Bank sitzen sehen?«, fragte sie grimmig in den Spiegel.

Ihr Blick fiel auf das Familienfoto, das sie hinter den Spiegel gesteckt hatte. Bei dem Gedanken, sie vielleicht nie mehr wiederzusehen, wurde ihr leicht schwindelig, sie stützte sich an der Wand ab, fühlte sich schlapp, setzte sich auf den Toilettendeckel und dachte daran, dass sie gleich Paula abholen musste. Daher raffte sie sich auf, fuhr sich mit beiden Händen durch das Haar, spülte sich am Waschbecken den Mund aus, befeuchtete ein Handtuch und kühlte ihr Gesicht damit. Nur nicht weich werden, dachte sie, du siehst nur einen Spuk. Und wenn es kein Spuk ist, dann brauchst du deine Energie. Und deine Entschiedenheit.

Sie wollte sich etwas anderes anziehen und überlegte, was. Sie trug Jeans und eine lange bunte Kette über der taillierten weißen Bluse. Weil sie stolz auf ihre Figur war, trug sie gern eng anliegende Kleidung. Sie hatte kein Gramm Fett zu viel. Als Teenie wäre sie gern Model geworden, aber zu der Zeit war ihr Busen schon zu groß. Models mussten androgyn sein. Sie entschied sich für ihr dunkelblaues Kostüm mit der taillierten Jacke.

Während sie ihre Mails checkte und Tee trank, dachte sie an Vilmas Peiniger. Er stammte aus Westfalen und wirkte freundlich und ausgeglichen. Niemals hätte man einen so brutalen Menschen hinter dieser Maske vermutet. Sie würde nachfragen, wann er entlassen worden war.

Sie starrte aus dem Fenster. Durch die schon gelblich gefärbten Baumkronen fielen Sonnenstrahlen ins Zimmer, und Chris bemerkte, wie trübe die Fensterscheiben waren. Sie würde keinen Fensterputzer bestellen, würde jetzt keinen fremden Mann in die Wohnung lassen.

Sie ging auf den Balkon und atmete tief ein. Mittags roch es noch nach Sommer. Vom Sportplatz klang das Geschrei der Jungs herüber, die Fußball spielten. Als Schülerin hatte sie auch Fußball gespielt, und sie spürte Sehnsucht nach ihrer Kindheit. Wie gerne wäre sie jetzt auf dem Platz drüben und würde dem Ball hinterherrennen.

Aber ihre Kindheit war weit weg – ihre Zukunft im Moment auch. Sie musste sich auf die Situation einlassen und diesen übergeschnappten Killer hinter Gitter bringen. Irgendwann würde alles vorbei sein, und sie würde darüber lächeln, wie auch über die anderen Schwierigkeiten, die sie in ihrem Leben überwunden hatte.

7

Pünktlich um 14.07 Uhr fuhr der Zug in den Hauptbahnhof ein. Paula wartete, bis er hielt, und drückte auf den grünen Türöffner. Sie dachte daran, heute Abend nach Usedom zurückzufahren, wenn sie sich einen Überblick verschafft und dem Team Anweisungen gegeben hatte. Für Ralf war dieser Urlaub das Nacherleben einer Kindheit, wie er sie sich immer gewünscht hatte: im Sand buddeln und eine Burg bauen, ausgedehnte Wanderungen am Strand machen und sich im Strandkorb ein gruseliges Märchen vorlesen lassen. Abends an der Bar hatten sie dieses grässliche Gemisch aus Himbeersaft und Wodka getrunken, den *Leningrader,* der sie dazu brachte, über die albernsten Dinge zu lachen. Im Bett hatte er sich dann angeschmiegt, was er »sich mit ihr einwickeln« nannte. Paula stellte sich vor, wie Ralf jetzt in ihrem Strandkorb saß und Skizzen machte, die seine Enttäuschung über ihre abrupte Abreise widerspiegelten.

Die Tür öffnete sich, und Paula konzentrierte sich auf das, was vor ihr lag.

Ein kräftiger Mann wollte ihren Koffer aus dem Zug heben, aber sie war schneller und dankte ihm lächelnd.

Während sie Ausschau nach Chris hielt, zog sie den Koffer hinter sich her. Dann fuhr sie mit der Rolltreppe in die Haupthalle hinunter. Chris kam ihr winkend entgegen.

Sie trug ein schickes Kostüm, so etwas wie *Jil Sander,* und dazu eng anliegende Sommerstiefel. Ein bisschen überzogen, dachte Paula, jedenfalls für eine Staatsanwältin bei *Eins Kap.* Aber sie sah fabelhaft aus, das edle Schwarzblau des Kostüms ließ ihr blondes Haar heller leuchten. Und sie war sehr schlank. Nach dem guten Essen im Urlaub und mit noch ein paar Pfunden mehr fiel es Paula besonders auf. Am liebsten hätte sie Chris gleich etwas abgegeben; sie konnte es vertragen. Die Welt war ungerecht, stöhnte Paula innerlich.

Chris erkannte Paula schon an ihrer Haltung auf der Rolltreppe – typisch, wie sie die Stufen herunterkam, um schneller unten zu sein.

»Du siehst erholt aus.«

Paula fasste ihr an die Hüfte. »Und du hast kein Gramm zu viel. Hallo.«

»Mit *erholt* meine ich: braun gebrannt und entspannt.«

»Nur bis ich auf der Waage war.«

»Das Problem mit den Pfunden hast du nur, weil du sonst keine Probleme hast.«

Paula verzog das Gesicht. »Probleme habe ich genug. Aber lassen wir das leidige Thema.«

»Probleme, mit denen du nicht fertig wirst, hast du nicht«, beharrte Chris. »Gut, lassen wir das.«

Sie dachte daran, wie unterschiedlich sie in Temperament und Intellektualität waren. Paula erledigte die Dinge, wie sie kamen, während Chris sich auf Ziele ausrichtete. Paula handelte intuitiv, während Chris Konzepte ersann. Paula amüsierte sich manchmal über diese »Konstruktionen«, weil sie meinte, die Dinge ergäben sich aus einer inneren Logik. Sie war praktisch orientiert, Chris liebte Theorie und geistige Abenteuer, Paula war Handwerkerin. Darin sah Chris den eigentlichen Grund, weshalb Paula nach dem zweiten Semester Jura das Studium abgebrochen hatte, um Polizistin zu werden. Der theoretische Unterschied zwischen Totschlag und Mord, worüber Chris ihre Doktorarbeit geschrieben hatte, interessierte Paula nicht. Sie wollte den Mörder stellen. Paula war wahrscheinlich auch nur deswegen nicht mit Ralf verheiratet, weil er ihr nie mal in netter Form einen Heiratsantrag gemacht hatte. Dabei würde sie mit einer Einladung beim Italiener an der Ecke zufrieden sein. Chris bräuchte für einen Heiratsantrag mindestens Venedig mit Gondeln und Flair.

Sie gingen zu dem Mini Cooper, den Chris hinter dem Hauptbahnhof geparkt hatte.

»Lass uns mal wieder Tennis spielen«, schlug sie vor, weil Paula so unzufrieden mit ihren zusätzlichen Pfunden aus dem Urlaub war. Paula spielte nicht so lange wie sie, war aber begabt. Sie reagierte schnell und hatte ein gutes Auge. Das ist angeboren, hatte sich Chris nach einer Niederlage getröstet, als sie mal einen schlechten Tag hatte.

»Tennis? Okay. Nach der Verhaftung. Abgemacht.«

»Mit Revanche. Abgemacht.«

»In welchen Medien war es schon?«

»In allen Mittagsmagazinen.«

»Lokal?«

»Überall. Die Frau im blauen Kleid ist die heiße Nachricht, wohin du schaust. Bringen wir deine Sachen erst zu dir?«

»Lass uns gleich zur Charité fahren – sie ist doch um die Ecke.«

Chris hatte die Antwort erwartet und fuhr schon in diese Richtung.

»Justus ist bei Posch, um ihn über die Ermittlungsergebnisse zu informieren.«

»Ach? Welche denn?«, fragte Paula belustigt. Typisch Justus, dass er sich an den Prof ranschmiss, auch wenn es noch nichts zu berichten gab.

Chris bog rechts in die Invalidenstraße ein und fuhr am Museum Hamburger Bahnhof vorbei. »Tut mir leid, dass ich dir den Urlaub versaut habe.«

»Hast du nicht. Er war wunderbar. Außerdem ist es besser, wenn ich gleich da bin. Es ist dein erster Mordfall, da kannst du Unterstützung gebrauchen.«

Chris ließ diese Bemerkung so stehen.

»Wieso macht Kirch eigentlich nicht die Obduktion?«

»Posch war eine Empfehlung von Professor Bach.« Sie warf Paula einen kurzen Blick zu. »Spezialist für forensische Psychiatrie.«

»Und was hat der damit zu tun?«

Chris hupte kräftig, weil jemand sie abdrängte. »Idiot! – Bach ist auch Profiler. Ausgebildet beim FBI.«

Paula fand sich in ihrem Vorurteil bestätigt. Chris als Vorgesetzte war nicht nach ihrem Geschmack. Sie hatte nicht nur eingegriffen – wie sie vorher schon befürchtet hatte –, sondern sogar einen Übergriff gemacht; sie hatte Posch eingesetzt und bemühte sich um einen Profiler. Chris hupte noch einmal. Paula wusste, dass sie mit weiteren Überraschungen zu rechnen hatte.

Sie waren jetzt da. Paula wiederholte ihre Frage, was Bach mit dem Fall zu tun habe, nicht noch einmal, sondern stieg rasch aus.

8

Es war kurz vor halb drei, als sie die Eingangshalle der Charité betraten. Paula kannte den Weg. Sie würden pünktlich im Sektionssaal sein, wenn sie noch einen Schritt zulegten.

Im Aufzug lehnte sich Chris gegen die Wand und streckte ihre Wirbelsäule. Der Tag war für sie eine Herausforderung, mit der sie in dem Maße nicht gerechnet hatte. Weil sie die Stille nicht aushielt, fragte sie: »Kennst du Posch? Er ist ein attraktiver Mann.«

»Ja. War das der Grund, weshalb du ihn haben wolltest?« Ihr Ärger ließ sie das fragen, aber sie lenkte gleich auf ein anderes Thema. »Das ist sicher deine erste Autopsie.«

Chris nickte. »Ich habe mal eine Dokumentation gesehen, aber das ist natürlich etwas anderes.«

Paula trat an die Aufzugstür und marschierte sofort los, als sie sich öffnete. Von den Fahrstühlen aus ging es nach links und dann nach rechts zu den Leichenhallen. Vor dem Autopsieflügel zeigte sie auf eine Kammer, deren Tür offen stand. »Das Familienzimmer«, sagte sie, ohne im Tempo innezuhalten, »da warten die, die zur Identifikation bestellt werden.« Das Zimmer war leer.

Paula zog Chris in den Umkleideraum, deutete auf das Regal, in dem die grünen Sektionskittel, Hauben und Plastiküberschuhe lagen. Sie zogen die Sachen über und setzten den Weg fort – durch eine weiße Tür, einen breiten Korridor entlang, vorbei an Computerterminals, Rollbahren und weiteren Türen. Der Autopsiesaal 4 befand sich ganz am Ende.

»Da sind Sie ja«, rief Professor Posch.

Die Obduzenten und der Sektionsgehilfe sahen zu ihnen herüber. Alle waren grün gekleidet mit Handschuhen,

OP-Kappen und Mundschutz. Scholli Klein, der Fotograf vom Tatort, hatte seine Basketballkappe auch durch eine Plastikhaube ausgetauscht. »Justus ist gerade gegangen«, sagte er.

Die Wände waren weiß lackiert, Tische und Schränke aus Edelstahl. Hygiene war oberstes Gebot. Chris sah mit Unbehagen die Gerätschaften auf dem Rollwagen: Skalpelle, Knochenzangen, Handsägen, Organmesser, Schädelmeißel. Einfach nur registrieren, sagte sie sich, und wenn es komisch riecht, nicht atmen. Die junge Frau von *ihrer* Parkbank lag nackt und noch in Sitzhaltung erstarrt auf dem Sektionstisch – einer Stahlplatte mit einer Rinne für die austretenden Flüssigkeiten beim Aufschneiden. Für Chris war der Anblick der Toten wie der Blick auf eine Schwester oder sogar wie auf sich selbst. Am oberen Ende des Tisches befand sich an der senkrechten Stange eine große runde Anzeige für das Gewicht.

55 kg, las Paula. Sie betrachtete die Tote. Paula hatte im Sektionssaal schon allerlei gesehen, Fleisch im Stadium der Verwesung, auch Leichen, die durch Gewalteinwirkung so entstellt waren, dass sie kaum noch als Menschen zu erkennen waren. Diese Tote war unversehrter als all die verwesten Leichen, aber Paula empfand ihren Anblick bedrückend. Die von ihrem Mörder aufgezwungene Sitzhaltung wirkte hier auf dem Tisch grotesk und brutal, als hielte er sie noch im Griff.

Chris betrachtete Posch. Er war ein großer Kerl mit kurzem dichtem Haar, gerader Nase und ausgeprägtem Kinn, sein Gesicht war weiß wie Tofu, seine dunklen Augen blickten konzentriert und wach. Er stellte seinen Kollegen Dr. Weinert und den Sektionsassistenten Wenk vor. »Ist die Identität der Toten inzwischen bekannt?«

Chris schüttelte den Kopf. »Noch nicht.«

Posch nickte und berichtete: »Die Tote ist angekleidet fotografiert worden mit allen Details, Vorder- und Rückseite. Das Kleid ließ sich von oben bis unten aufknöpfen, die Tote trug keine Unterwäsche. Es sind auch schon Proben von Haaren und Fingernägeln genommen worden, aber mit der äußeren Leichenschau haben wir gewartet. Fragen?«

Chris schüttelte den Kopf.

Posch nahm sein Diktiergerät vor den Mund. »Äußere Leichenschau: Leichnam einer circa zweiunddreißig Jahre alten Frau von schlankem Körperbau, 165 Zentimeter lang, 55 Kilo schwer.« Er sah Paula an. »Wir werden jetzt den Körper an einigen Stellen mit Tupfern abreiben, um mögliche DNA-Spuren festzustellen. Der Täter wird sie an den Händen und Füßen berührt haben, wo er sie gefesselt hat.«

»An den Lippen auch. Er könnte sie geküsst haben«, sagte Paula.

Dr. Weinert reichte Posch den Tupfer, mit dem er der Toten über den Mund fuhr.

»Am Hals bitte auch«, fügte sie hinzu.

Posch betrachtete den Hals, während Weinert ihm wieder einen Tupfer hinhielt. »Flecken sind nicht sichtbar.« Er nahm einen Tupfer für die rechte Seite des Halses und einen zweiten für die linke Seite.

»Und die Region um die Brustwarzen«, sagte Paula.

»An der Mamilla hat er sie natürlich berührt, um den Nadelstich zu setzen, doch ich fürchte, er hatte Handschuhe an.« Er tupfte die Brüste ab, insbesondere den Bereich um den roten Glaskopf der Nadel, die in der linken Brust steckte.

Als Chris diesen Knopf in der Mitte der Brust sah, wurde ihr wieder flau im Magen.

Posch diktierte weiter: »Die Todeszeichen sind zuverlässig ausgeprägt. Leichenstarre ist noch in allen großen und kleinen Gelenken des Körpers vorhanden. Die Leichenflecke entsprechen der Auffindungssituation des Körpers in einer sitzenden Position, linker Arm im Schoß liegend, rechter Arm abgewinkelt und leicht vorgestreckt – wie zum Füttern von Vögeln. Die blau-violetten Leichenflecke zeichnen sich besonders kräftig entlang der unteren Körperhälfte und der beiden Beine ab.« Er drückte auf die Stellen. »Die Flecke können mit kräftigem Fingerspitzendruck gerade noch weggedrückt werden. – An beiden Handgelenken lassen sich deutlich Fesselungsspuren feststellen. Man sieht jeweils 0,4 Zentimeter breite zirkulär um das Handgelenk laufende Hautrötungszonen, zum Teil mit oberflächlicher Hautabschürfung. Besonders deutlich sind die Markierungen ellenwärts und speichenwärts. Am linken Handgelenk befinden sich zwei ebensolche Marken, die sich überkreuzen.« Er machte seinem Kollegen ein Zeichen. »Von beiden Handgelenken werden Tupferabstriche und Klebefolien asserviert.«

Dr. Weinert begann zu tupfen und zu kleben. Posch deutete auf die Fußgelenke, die Scholli daraufhin fotografierte.

»Diese Fotos möchte ich bitte mit Maßstab haben«, sagte Posch und setzte sein Diktat fort: »Ähnliche Fesselungsmarken befinden sich auch beidseits in der Knöchelregion.« Dann wandte er sich der linken Brust zu. »Auf der linken Brustwarze sitzt eine erbsengroße rote Glasperle. Sie ist der Kopf einer langen Stahlnadel, die herausgezogen«, langsam zog er die Nadel heraus und hielt sie dem Kollegen hin, der mit dem Schieber die Länge maß, »neunzehn Zentimeter misst. Verkrustetes Blut am Rand des nun freien Einstichkanals.«

Posch warf einen Blick auf die immer noch mit angezogenen Beinen daliegende Tote. Er wandte sich an Weinert. »Bringen wir sie in Position für eine gynäkologische Untersuchung.«

»Sollen wir die Leichenstarre brechen?«

Posch nickte. »Ihre Muskulatur ist gut entwickelt, wahrscheinlich hat sie Sport getrieben.«

Wenk ging zum Fußende des Tisches. Während Posch das Becken festhielt, packte er den linken Oberschenkel mit beiden Händen und versuchte mit aller Kraft, das Hüftgelenk zu beugen. Das gewaltsame Zerreißen erstarrter Muskelfasern war offenbar nicht so einfach, denn Dr. Weinert trat hinzu, fasste mit beiden Händen das andere Knie und bedeutete Wenk, er solle das Gleiche ihm gegenüber tun. Dann zogen sie beide die Knie auseinander, und man hörte, wie das Muskelgewebe riss.

Chris ging zu dem Stuhl in ihrer Nähe und setzte sich. Sie dachte an einen Fall in ihrer vorigen Abteilung, bei dem sie einen Ehemann angeklagt hatte, der sich gewaltvoll an seiner Frau vergangen hatte, wobei ihr auch Muskelgewebe zerrissen worden war. Die hier ist jetzt wenigstens tot, dachte sie.

Weinert richtete eine Lampe auf den Genitalbereich, den Posch nun untersuchte. Genitalregion und After waren unauffällig und sauber.

»Ich sehe keine Gewebeverletzungen. Die großen und kleinen Schamlippen zeigen weder Rötung noch Abschürfung«, sagte Posch.

Er ließ den Kollegen Abstriche nehmen vom After, von den Schamlippen, vom Scheideneingang und aus dem Scheidengewölbe. Außerdem wünschte er auch einen Abstrich in der Mundhöhle und untersuchte den Kopf.

Chris ging wieder an den Tisch, um genau sehen zu können.

»Bis zu zwanzig Zentimeter lange, blonde, glatte Kopfhaare, fest haftend, glatt herabfallend.« Er durchwühlte das Haar, fand keine Schwellungen oder Verletzungen, und klopfte gegen den Kopf. »Schädel mit gleichmäßig sonorem Klopfschall.« Er tastete alles ab, sah in die Ohren und bog sie ab. »Auch die Gesichtsschädelknochen sind fest, die Gehörgänge frei, hinter den Ohren keine Verletzungen. Das Gesicht ist sorgfältig geschminkt, Rouge, Wimperntusche, rosa Lippenstift. Make-up in Beige-Braun findet sich auf Gesicht und Hals bis zum Kleidansatz sowie an den Unter- und Oberschenkeln. Eine vier Zentimeter lange Narbe, schmal wie ein Strich, verläuft vom Knöchel des Zeigefingers bis zur Mitte des Handrückens. Eine weitere Narbe findet sich rechts im Unterbauch, vier Zentimeter lang und strichförmig, vermutlich von einer Blinddarmoperation.« Dann fuhr er fort: »Silberner Nagellack auf Finger- und Fußnägeln.« Er beugte sich über den Brustkorb. »Das Sektionsmesser bitte.«

Paula sah Chris verstohlen an. Wie ging es ihr? Es war eine Sache, eine Karriere mit schnellen Beförderungen anzugehen, und eine andere, die dazugehörigen speziellen Situationen zu handhaben, wie diese hier am Leichentisch. Chris steckte in einem grünen Kittel, der für ihre schmale Statur eine Nummer zu groß war, sie wirkte aber nicht verloren, sondern machte einen entschlossenen Eindruck. Sie stand näher am Tisch als nötig, und Paula hätte es nicht gewundert, wenn Posch, der offensichtlich an ihr interessiert war, ihr ein Messer gereicht und sie es genommen hätte. *Welchen Schnitt soll ich machen?* Und er, lächelnd: *Versuchen Sie es einfach*. Sie wusste, dass sie einen Weg eingeschlagen hatte, auf dem sie hart um die Anerkennung der Männer kämpfen musste.

Mit einem kurzen Blick zu Chris und Paula sagte Posch: »Jetzt kommen wir zum Wesentlichen.« Und dabei führte er einen kräftigen Schnitt durch – quer von Schulter zu Schulter und längs von der Drosselgrube bis zur Schamregion.

Der Sektionsgehilfe machte gleichzeitig einen Schnitt quer über den Kopf, von Ohr zu Ohr. Dann klappte er die Kopfhaut nach vorne, und Chris sah das Gesicht der Frau wie eine Gummimaske in sich zusammenfallen. Wie viele Arten des Sterbens es gibt, dachte sie, bevor ihre Gedanken vom Geräusch der kreischenden Säge unterbrochen wurden, mit der Wenke jetzt den Schädel öffnete. Es ging ihr durch Mark und Bein. Immer wieder sah sie die Frau auf ihrer Bank sitzen und die Tauben füttern – sah sie sich selbst Tauben füttern. Sie wusste, dass Wenk jetzt das Gehirn herausnehmen würde, um es zu wiegen. Und sie dachte, dass darin die Erinnerungen des Lebens gespeichert waren. Aber nicht nur die Erinnerung an pickende Tauben, sondern auch an das Gesicht des Mörders: seine Augen, seine Lippen – und an seine Hand, die ihre Brust ergriffen hatte, und die andere, die die Nadel mit der roten Glasperle geführt hatte.

Dr. Weinert trennte von dem großen T-förmigen Körperschnitt aus an der Bauchwand schichtweise erst das Fettgewebe ab und dann die Muskulatur. Beide Ärzte betrachteten Magen und Leber, Milz und Bauchspeicheldrüse. Chris roch den Gestank des Todes, den speziellen Geruch gekühlter Organe, und ihr fiel »Das Parfum« von Süskind ein, das diesen Odor als delikate Beimischung in kostbarem Parfum pries. Sie war erstaunt, wie schön ein toter Körper von innen aussah. War diese Frau je geliebt worden?

»Nichts Auffälliges«, sagte Posch, bevor er sich der linken Brust zuwandte. Vorsichtig folgte er dem Verlauf der Wunde und legte den Stichkanal frei. Er stellte fest, dass der Kanal von der linken Brustwarze durch das Unterhautfettgewebe und den vierten Zwischenraum der Rippen in die linke Kammer des Herzbeutels verlief.

»Die Geflügelschere bitte.«

Er hatte tatsächlich »Geflügelschere« gesagt, dachte Chris und beobachtete, wie Posch die Rippen zerteilte: wie bei einer Weihnachtsgans – ebenso leicht ging es. Dann stemmte er mit Weinert den Oberkörper auf. Die beiden beugten sich darüber und schauten sich die Brustorgane an. Posch trennte mit sicheren Schnitten Herz und Lungen heraus und legte die Organe in eine Metallschale.

Als Chris das Herz in seiner Hand liegen sah, dachte sie, es ist nur noch ein Muskel, eine mechanische Pumpe, die nicht mehr funktioniert. Der süßliche Geruch wurde schärfer. Chris atmete ein, wodurch ihr übel wurde. Posch schien das bemerkt zu haben, seine Stimme klang sanfter.

»In einem Areal von zwei mal drei Zentimetern befinden sich drei Einstiche von jeweils 0,3 Zentimeter Durchmesser. In der Vorderwand der linken Herzkammer gibt es ebenfalls eine Durchbohrungsstelle, 2,5 Zentimeter unterhalb der Herzbasis, und eine weitere 1,5 Zentimeter links vom absteigenden Ast der linken Herzkranzarterie. In diesem Bereich ist die Herzaußenhaut dünnschichtig eingeblutet. Alle Stichkanäle enden in der linken Herzkammer. An zwei Stellen zeigt sich eine Verletzung der Kammerscheidewand.«

Paula fragte: »Sind diese Stiche die Todesursache?«

»Bei Ansicht der Organe habe ich keine Veränderungen festgestellt, die auf vorher bestehende Krankheiten deuten. Die Tote war eine gesunde Frau. Die Todesursache ist eine Herzbeuteltamponade, eine Blutung im Herzbeutel, die von den Herzwandverletzungen der linken Kammer stammt. Bedingt durch die Nadelstiche.«

»Sie ist also erstochen worden«, sagte Paula.

»Ja. Der Täter hat ein paarmal zugestoßen. Er hat mit der drei Millimeter dicken Nadel den Einstich direkt in die Brustwarze gesetzt und von da aus dreimal durch die Rippen ins Herz gestoßen. Um das ungestört tun zu können, hat er die Frau vorher an Hand- und Fußgelenken gefesselt.«

»Hat er sie auch vergewaltigt?«, fragte Paula.

»Dafür haben wir keinen Anhaltspunkt«, erwiderte Posch. »Wir werden natürlich die Abstriche auf Spermien untersuchen.«

»Die Tote ist in der Leichenstarre an den Fundort gebracht worden. Und passte genau in die Sitzposition«, sagte Paula.

»Sie haben recht, der Körper muss vor dem Eintritt der Leichenstarre gezielt positioniert worden sein, damit er dann so fixiert war.«

»Sie meinen, der Täter hat sie vorher so hingesetzt, wie sie auf der Bank sitzen sollte?«, wollte Chris wissen.

»Ich denke, ja.«

Dr. Weinert und der Sektionsgehilfe legten die entnommenen Organe wieder zurück in die Brust- und Bauchhöhle. Der Leichnam würde zur kosmetischen Wiederherstellung wieder zugenäht werden. Auf dem Beistelltisch am Fußende des Sektionstisches waren vorher aus den Organen kleine Teile für die feingeweblichen Untersuchungen herausgeschnitten und in Formalin eingelegt worden.

»Wie lange hat das Erstarren gedauert?«, fragte Paula.

Posch warf einen Blick auf den Körper. »Neun Stunden. Als Richtwert.«

»Welche Handlungen hat der Täter noch an ihr vorgenommen, wenn er sie nicht vergewaltigt hat?«, fragte Chris.

Posch zog sich die Handschuhe von den Händen. »Ich nehme an, er hat sie psychisch gequält. Falls wir keine Spermien finden, haben wir keine Hinweise auf spezielle sexuelle Gelüste.«

»Wie alt könnte der Täter sein?«

Posch überlegte. »So, wie er die Nadel eingestochen hat, muss er genaue anatomische Kenntnisse haben. Ich würde sagen, er ist keinesfalls siebzehn oder achtzehn, eher Mitte zwanzig und älter.«

»Hatten Sie schon einmal einen vergleichbaren Fall auf dem Tisch?«, fragte Paula.

Posch zog ein Gesicht, aus dem Paula Bedauern herauslas. »So gut durchorganisiert, nein. Nicht andeutungsweise. Der Täter muss sich mit den Phasen der Leichenstarre genau auskennen, sonst hätte er sie nicht so auf die Bank setzen können, wie Hauptkommissar Justus es mir beschrieb und wie ich auf den Fotos sah.«

»Ein Mediziner?«

»Könnte sein. Ein normaler Mensch weiß nicht, dass die Leiche auf dem Transport abgepolstert werden muss. Es darf keine Erschütterungen geben, sonst erschlaffen die Muskeln in den Gelenken, und die Haltung verrutscht. Eigentlich geht das nur, wenn man die Tote in einen Rollstuhl setzt, den man vorsichtig über eine Rampe in einen

Kleintransporter schiebt. Schlaglöcher müssen auf jeden Fall gemieden werden.«

»In dem Rollstuhl hat er die Tote dann vom Auto zur Parkbank geschoben, dort hat er sie auf die Bank gehoben, hat Pappbecher und Tauben aufgestellt und den Rollstuhl wieder mitgenommen.«

Posch nickte. »So könnte es gewesen sein.«

Chris erinnerte sich, wie sie der Toten heute Morgen in die Augen geschaut hatte. »Wieso waren ihre Augen offen?«

Posch musterte die Staatsanwältin. »Er hat vor dem Erstarren der Leiche dafür gesorgt, dass ihr die Lider nicht zufallen.«

»Wie hat er das gemacht?«

»Er könnte ihr Streichholzstückchen dazwischengeklemmt haben. Das muss er in den ersten drei Stunden gemacht haben, weil die Augenlider und das Kiefergelenk als Erstes erstarren. Deswegen muss er ihr auch die Kinnlade hochgebunden haben, damit sie nicht herunterklappt. Das Tuch konnte er dann nach drei oder vier Stunden abnehmen.«

Paula konnte wieder einmal feststellen, wie ehrgeizig Chris war, denn so ein konkretes Interesse in diesem Stadium der Ermittlung hatte sie bislang noch bei keinem der Staatsanwälte erlebt. Natürlich war es okay, sie konnte so viel fragen, wie sie wollte, und Paula war es nur recht, wenn jeder, der mit diesem rätselhaften Verbrechen zu tun hatte, sich möglichst intensiv damit befasste.

Dr. Weinert hatte inzwischen aufgeräumt und gesellte sich zu ihnen.

Der Sektionsgehilfe hatte noch zu tun. Er musste die langen Schnitte an dem Leichnam wieder vernähen – beide Beine entlang von der Knöchelregion an aufwärts, von den Handgelenken bis zur Schulter, sowie die langen Schnitte auf der Vorderseite und dem Rücken. Dort war nichts gefunden worden, aber die Fett- und Muskelschichten hatten präpariert werden müssen, um zu sehen, ob es Verletzungen oder Druckstellen gab. Für das Zusammennähen würde der Gehilfe einige Meter Garn brauchen. Paula wusste aus Erfahrung, dass man der jungen Frau später im Totenhemd nicht mehr ansehen würde, wie zerlegt der Körper gewesen war. Die Totenstarre würde sich lösen, und die Frau würde friedlich daliegen – die Hände auf dem Körper gefaltet, als hätte sie sich mit ihren Schmerzen versöhnt.

Scholli zwinkerte Dr. Weinert zu. »Ich habe ein Foto gemacht, wie Sie gerade den Meißel zum Aufschlagen der Felsenbeine ansetzen. Hier.« Er zeigte es dem Arzt im Display der Kamera und versprach ihm einen Abzug.

Posch führte Paula und Chris auf den Flur. »Sie sehen, Frau Gregor, man muss schon eine ganze Menge Kenntnisse haben, um alles so präzise hinzukriegen, wie Sie es heute an der Spree vorgefunden haben.« Er lächelte. »Mal kein hirnloser Metzger.«

»Sie meinen, endlich mal einer, dem Sie fachliche Anerkennung zollen?«, sagte Paula.

»Wenn Sie es so ausdrücken wollen.« Er lachte und machte Chris ein Kompliment wegen ihres Parfüms. »Eine Erholung nach dem Todesduft da drinnen, nicht wahr?«

Chris dachte an alle möglichen Moschuszutaten. »Sie sind sicher nicht verwöhnt, Professor Posch.«

Er bestätigte das lachend und wurde dann ernst. »Die Fälle, die ich hier bekomme, haben immer etwas Abgeschlossenes. Aber was ich heute sah, kommt mir vor wie ein Vorspiel.«

»Zu was?«, fragte Paula.

»Zu einer Oper vielleicht.«

»Welche Oper?«, fragte Chris. Sie dachte an »Macbeth« von Verdi oder Schostakowitsch, aber diese Opern meinte er sicher nicht. Das waren zwar blutrünstige Spektakel, aber nicht das, was sich hier abgespielt hatte.

Paula betrachtete Posch. Flirtete er mit der Staatsanwältin, oder hatte er noch etwas, was für sie wichtig sein könnte?

»Ein Spiel mit obsessiver Lust und Wahn«, sagte er nachdenklich.

9

Poschs Aussagen arbeiteten in Paula. Der Täter hatte sein Opfer gefesselt, um es mit dieser Präzision erstechen zu können. Es hatte still sitzen müssen, damit er die Nadel durch die Brustwarze ins Herz stoßen konnte. Dreimal hatte er zugestochen und jedes Mal die Herzkammer getroffen.

Und dabei schien es ihm nicht um Sex zu gehen. Vielleicht hatte er die Frau sogar wie eine Porzellanpuppe behandelt, damit sie auf der Parkbank natürlich wirkte und nicht von Misshandlungen ramponiert. Selbst bei der Tötung hatte er sie an der Oberfläche kaum verletzt. Was war sein Motiv? Ruhm über diese makabre Ausstellung? Obsessive Lust und Wahn, wie Posch sinniert hatte?

Paula rief Justus im Büro an. Zur Aufklärung der Identität der Toten hatten sie einen Presseaufruf herausgegeben, aber noch keine Rückmeldungen erhalten. Außerdem waren sie dabei, Bewohner des nahen Wohnblocks zu befragen, ob sie etwas Ungewöhnliches beobachtet hatten. Paula wies ihn an, die Befragungen auf die ganze Gegend auszudehnen und nach einem Mann mit einem Rollstuhl zu fahnden. Die morgige Besprechung setzte sie für zehn an.

Nach der Obduktion brauchte Paula einen Grappa, außerdem hatte sie Hunger. Sie schlug Chris das Café gegenüber dem Friedrichstadtpalast vor.

Beim Hineingehen schaute sich Paula die ausgestellten Torten, Törtchen und Salate an. Sie setzten sich und stießen mit Grappa an. Als sie sich schüttelten, drehte der Kellner sich um und grinste. »Ist ja nur Obst.« Paula bestellte noch einmal »Obst« und eine Shrimpspfanne.

»Für mich Mineralwasser und Kaffee«, sagte Chris.

»Für dich muss die Obduktion ganz schön heftig gewesen sein«, meinte Paula. »Aber mit der Zeit bekommt man Routine.«

Chris nickte.

»Für mich war es diesmal aber auch heftig«, gab Paula zu. »Gerade diese erzwungene Haltung, unheimlich.«

»Auf der Parkbank sah sie aber ganz natürlich aus. Das war eher unheimlich. Und dass sie etwa in unserem Alter ist. Auch ein ähnlicher Typ, oder?«

»Ähnlich? Das darfst du gleich von Anfang an nicht zulassen«, sagte Paula. »Striktes Gebot: Identifiziere dich nicht mit dem Opfer.«

»Ja, ja, schon klar«, stimmte Chris zu. »Aber merkwürdig, diese Art der Inszenierung, findest du nicht?«

»Ja, das ist ausgeklügelt.«

»Und das Motiv, das dahintersteckt?«

»Das Motiv? Dazu kann man jetzt noch nichts sagen. – Dass du aber auch gleich am Anfang so einen spektakulären Fall kriegen musst. Besser wäre erst einmal ein einfacher Fall gewesen, oder? So gerätst du gleich unter starken Druck.«

»Hauptsache, er wird erfolgreich gelöst«, schränkte Chris ein.

»Das Wichtigste ist, dass wir in der Arbeit frei bleiben und uns von oben nichts reingedrückt wird, nur weil die Medien verrücktspielen.«

Chris legte ihre Hand auf Paulas Unterarm, als sie gerade nach der Shrimpspfanne griff. Paula war hungrig, ihr war flau im Magen. Chris sagte: »Ich werde dir den Rücken frei halten.«

Paula nickte, worauf Chris ihren Arm losließ und sie sich endlich die Shrimps auftun konnte.

Der Kellner brachte das Mineralwasser für Chris. »Der Kaffee kommt gleich.«

»Hast du mal überlegt, was ist, wenn wir diesen Fall nicht aufklären?«, fragte Paula, nachdem der erste Hunger gestillt war.

»Das stelle ich mir nicht vor«, wehrte Chris entschieden ab. »Wir werden den Täter überführen.«

»Bisher habe ich meine Fälle alle gelöst.«

»Deswegen habe ich dich hergebeten. Deinem Vertreter traue ich nicht so viel zu.«

»Die Presse wird von Anfang an Lärm machen. Das könnte dich enervieren.«

»Ich bin keine Berufsanfängerin, Paula.«

»In unserer Abteilung ist das anders als in deiner vorigen.«

»Schon klar. – Wie war es denn im Urlaub?«

»Herrlich. Ein süßes Hotel. Wunderschön und direkt am Meer. Immer das Meer vor Augen. *Horizontgucken* ist für mich die größte Erholung. Berge sind nichts für mich. Da habe ich immer das Gefühl, die müsste ich erst mal wegschieben.«

Chris lächelte. »Eine Steilabfahrt im Pulverschnee ist aber auch herrlich.«

Der Kellner brachte den Kaffee.

»Beschreib mal, was du genau am Tatort gesehen hast, als du ankamst und dann vor der Toten standest.«

»Zunächst war schon ein ziemlicher Menschenauflauf dort. Ich näherte mich von der Wiese her, stieg über das Absperrband. Auf der Bank sah ich mit dem Rücken zu mir eine Frau im blauen Kleid sitzen, und zwischen mir und der Bank lag ein Körper, eine Frau, die ich erst für das Opfer gehalten habe. Wie sich dann aber herausstellte, war das eine volltrunkene Obdachlose. Ich ging um die Bank herum und wunderte mich über diese Frau, die da auf der Bank saß und Tauben fütterte. Aber dann habe ich ihr ins Gesicht geschaut und ihre glasigen toten Augen gesehen. Außerdem bewegten sich die Tauben nicht, ich wusste also, es waren Attrappen. Dennoch, es war wirklich spooky – die Frau hatte ihren Arm ausgestreckt, als würde sie wirklich Tauben füttern. In dem Moment dachte ich ja auch noch, die Leiche ist die Frau da auf der Erde hinter der Bank. Ich realisierte erst, dass die Frau tot war, als ich ganz nah war und ihr direkt ins Gesicht schaute. Den anderen ist es auch so gegangen. Kennst du das: Du siehst etwas und glaubst es nicht und musst noch mal hinsehen, um es zu glauben?«

»Ja«, sagte Paula zögernd, »aber nicht bei der Arbeit.«

»Also, die Frau sah aus, als ob sie nur in der Bewegung innehält, so natürlich und lebendig.«

»Auf dem Tisch sah sie unnatürlich und ziemlich tot aus.«

Chris sah Paula an. »Ich dachte, dich interessiert, was ich am Tatort gesehen habe.«

»Ja, natürlich. Sehr sogar«, beschwichtigte Paula.

»Als ich dann vor ihr stand, habe ich ihre glasigen Augen gesehen. Was grotesk aussah, denn es schien so, als ob sie sich gleich bewegen würde. Sie war ja auch nicht bleich wie eine Leiche. Die sind doch sonst bleich, oder?«

»Ja. Die Frau war geschminkt.«

»Das habe ich Posch auch sagen hören. Am Tatort habe ich es nicht gesehen.«

Sie hat halt keine Erfahrung, dachte Paula. »Aber die Tauben müssen doch künstlich ausgesehen haben.«

»Überhaupt nicht. Zwar auch in der Bewegung erstarrt, aber echt. Mit echten Federn, alles echt. Und in unterschiedlichen Bewegungen erstarrt. Wie bei einem Schnappschuss. Du wirst es auf den Fotos sehen.«

»Wirklich schade, dass ich nicht am Tatort war. Ich werde mir die Fotos morgen ansehen.«

»Und dann stand noch ein Kaffeebecher neben der Frau. Wie bei jemandem, der sich zu einer Pause hingesetzt hat. *Coffee to go* stand auf dem Becher.«

»Der Becher hat wahrscheinlich schon dort gestanden. Ein Mörder wird kaum einen Kaffeebecher neben seine Leiche stellen.«

»Die Tauben hat er auch arrangiert.«

»Die passen zur Haltung der Frau. Aber der Becher? – Was für Schuhe hatte die Frau an?«

»Schwarze Schuhe mit Absätzen.«

»Und wie sah das Kleid aus?«

»Blau. Du hast es doch bei Posch gesehen.«

»Ja, schon, aber nicht angezogen. Du lässt dir alles aus der Nase ziehen.«

»Ein schmales blaues Kleid, durchgeknöpft. Nicht sehr modisch, eher klassisch.«

»Wie ging es dir beim Anblick deiner ersten Leiche? Darüber hast du noch gar nichts gesagt. War es ein Schock?«

»Nö. Nur seltsam in dieser Szene. Und es gab noch einen Jogger, der einfach über die Absperrung gesprungen ist und mir seine Visitenkarte zugesteckt hat. Das war auch merkwürdig.«

Für Paula nicht. Sie hatte schon mehrfach erlebt, dass Wichtigtuer in den Sperrbezirk eindrangen. Das war für sie nicht außergewöhnlich. Ein Mann war einmal immer wieder über das Absperrband gesprungen, und Tommi hatte ihn kurzerhand mit Handschellen an einen Laternenpfahl gekettet. Der Bursche hatte ihr natürlich keine Visitenkarte zugesteckt. Aber wenn man so attraktiv war wie Chris? Paula dachte, dass selbst Ralf, der kein Fan von Chris war, gesagt hatte, er könne sich kaum einen Typen vorstellen, der bei ihr Nein sagen würde. »Männer stecken dir doch öfter ihre Karten zu – beim Verlassen des Flugzeugs, in der Hotellobby, und sogar von Auto zu Auto bei Rot an der Ampel – mit dem Spruch, dass sie dir etwas Wichtiges sagen müssen.«

Chris hätte dem zustimmen und darüber lachen können. Sie saß aber da, als wäre es ein Problem, über das man nachdenken sollte. Paula hatte generell nicht die größte Geduld mit Anfängern, aber ehrgeizige Anfänger, die sich mit Nichtigkeiten aufhielten, machten sie ungeduldig. »Wie wirkte der Jogger auf dich?«

»Aggressiv und provozierend. So um die vierzig, groß und sportlich.«

»Steht ein Beruf auf der Karte?«

»Nein.«

»Trägt beim Joggen Visitenkarten mit sich rum – was folgern wir daraus?«, spöttelte Paula.

Chris zuckte die Schultern. »Geltungssucht?«

»Auf jeden Fall ist es ungewöhnlich.«

Chris nickte. Paula betrachtete sie, wie sie so ernst dasaß, und wechselte das Thema. »Kennst du diesen Bach näher?«

»Ich kenne ihn aus meiner Studienzeit. Ein Glücksfall, dass er mir gerade gestern über den Weg gelaufen ist«, sagte sie. »Er ist *die* Autorität als Profiler.«

Paula hatte ihn im Fernsehen gesehen, ein smarter, gelassener Typ. Wahrscheinlich hatte er sich diese Nonchalance in den USA zugelegt, als er beim FBI tätig gewesen war. »Und was hat er mit Posch zu tun?«

»Sie haben zusammen studiert.«

»Wieso habt ihr über den Fall gesprochen?«

»Ich kam direkt vom Tatort und habe ihm von meiner ersten Toten erzählt.«

»Und? Was hat er gesagt?«

»Es werde nicht bei dem einen Mord bleiben.«

Paula lachte. »Die alte Geschichte: Frag einen Zahnarzt, und er wird dir sagen, deine Zähne müssen gemacht werden. Frag einen Onkologen, und er wird dir sagen, es könnte Anzeichen von Krebs geben. Frag einen Profiler, und er wird dir sagen, es ist ein Serienkiller.«

Chris reagierte nicht auf den Witz. »Jedenfalls habe ich deine Teammitglieder kennengelernt. Sie sind sehr nett.«

»Stell dir vor, ich freue mich sogar, sie morgen wiederzusehen. – Und was hast du dann gemacht? Hast du noch mit einem von ihnen gesprochen?«

»Nein. Ich bin ins Büro gegangen und habe mit Posch telefoniert. Dann bin ich noch nach Haus gefahren, bevor ich dich abgeholt habe, und hab ein bisschen auf dem Balkon gesessen. Die Sonne war so schön.«

Während sie bezahlten, dachte Chris an den Peiniger von Vilma del Fuente, der sie nach der Urteilsverkündung bedroht hatte und der wieder auf freiem Fuß war. Das hatte sie bereits recherchiert. Aber sie konnte Paula nicht um seine Überprüfung bitten, ohne ihr von ihren Ängsten zu erzählen. Sie konnte ihr nicht alles offenbaren. Sie würde sie für verrückt halten, zumindest für ungeeignet in der Mordkommission. Und das wäre ungut für ihre erste Zusammenarbeit. Bestimmt würde sich sowieso bald alles in Luft auflösen, dann könnte sie ihr immer noch davon erzählen, und sie würden gemeinsam darüber lachen. Auch unter Freundinnen war es wichtig, den richtigen Zeitpunkt zu wählen.

Chris' Auto stand noch bei der Charité. Sie stiegen in eine Taxe und nannten ihr Ziel. Der Fahrer fuhr nicht sofort los, sondern nahm einen Kaffeebecher mit Plastikdeckel und der Aufschrift *Coffee to go* vom Beifahrersitz und nippte daran.

»Was ist das denn?«, fragte Chris leicht überreizt.

»Eine Latte macchiato«, sagte der Fahrer. »Ich fahr schon seit heute Morgen.«

Chris war froh, dass sie nicht über ihre Ängste gesprochen hatte, denn Paula würde jetzt sagen: Da siehst du, überall gibt's diese Becher.

Nachdem der Taxifahrer Paulas Koffer im Wohnungsflur abgesetzt und mit einem mürrischen »'n Abend« die Tür hinter sich zugezogen hatte, stand sie im Dunkeln und fühlte sich einsam. Trotz der späten Stunde ging sie noch zur Nachbarin, um ihren Kater abzuholen. Er schnurrte, Paula nahm ihn auf den Arm und schmiegte sich an ihn. Sie füllte seinen Fressnapf, setzte sich auf den Stuhl und beobachtete, wie er gierig sein Trockenfutter verschlang.

Langsam entspannte sie sich und versuchte, die Situation so hinzunehmen, wie sie war. Am meisten Widerstand spürte sie, wenn sie an Chris' Beschreibung der Toten dachte. Tote würden für sie nun alltäglich sein. Wollte sie also jedes Mal so ein Aufhebens machen?

Sie sah immer wieder, wie Chris mit ihrem Gesicht der Toten ganz nahe kam, fast Nase an Nase, um etwas festzustellen. Was? Dass sie tot war? Seltsam.

10

Paula erwachte, weil Kasimir auf ihr Bett gesprungen war und schnurrend nach seinem Platz suchte. Er tapste ein paarmal über sie hinweg und legte sich schließlich auf Ralfs Kopfkissen.

Während sie den Kater streichelte, überlegte sie, was sie geträumt hatte. Es war irgendein krudes Zeug, das mit Chris zu tun hatte, aber es fiel ihr nicht mehr ein. In den vier Jahren, die sie sich nun kannten, war eine Freundschaft entstanden. Sie mochte diese Frau, auch, weil sie anders war als sie selbst. Chris hatte noch nie eine feste Beziehung gehabt, sondern immer wechselnde Affären, die sie beendete, wenn die Männer ihr zu nah kamen. So sah Paula es jedenfalls und schloss daraus, dass Chris Beziehungsängste hatte. Die Freundin protestierte dagegen, denn sie sah es als Stärke, dass sie den Alltag nicht mit einem Mann teilen musste. Sie hatte ihr Leben im Griff und brauchte keinen Typen zum Anlehnen. So sah sie es. Sie wollte Frische und Leidenschaft und sich darin immer wieder neu entdecken. Deswegen machte sie sich auch gern mal lustig über Paulas Beziehung. Chris empfand Lebensgemeinschaften wie stehende Gewässer, die Beweglichkeit und Vorankommen im Beruf hemmten. Jedenfalls für die Frau. Sie war ehrgeizig und wollte ihrem Vater gefallen. In Paulas Augen war das *die* stabile Männerbeziehung in Chris' Leben. Chris lachte, wenn Paula das sagte, und meinte, sie habe das Glück, eine gute Vaterbeziehung zu haben, die sie stark und selbstständig gemacht hatte.

Stark und selbstständig war sie, woher sie es auch immer hatte, und das war sicher auch ein Grund, weshalb die Gespräche mit ihr so interessant waren – gleichgültig ob über die Eltern, die Kollegen oder die Männer. Aber nun arbeiteten sie das erste Mal zusammen, und Paula war diese Verknüpfung von Privatem und Beruflichem unbehaglich. Als Freundin wollte sie ihr nahe sein, aber als Kommissarin musste sie sich von der Staatsanwältin abgrenzen.

Es war ohnehin selten, dass eine Freundschaft über die hierarchischen Schranken hinweg funktionierte. Paula kannte kein Beispiel.

Chris gab nicht zu, dass ihr die Arbeit an einem Mordfall Probleme machte – es fing schon an, kompliziert zu werden. Aber Paula kannte sie viel zu gut, als dass ihr das entgehen konnte. Sie spürte, dass der Druck Chris zu schaffen machte. Sie war anders als sonst. Da hätte sie über diesen blöden Jogger mit seiner Visitenkarte gelacht. Doch plötzlich klang eine berufliche Seite an, die Paula fremd war. Nicht dissonant, aber fremd. Vielleicht war Chris in ihrer Arbeit ja immer so ernst und genau. Vielleicht war gerade das der Ehrgeiz, über den beide bislang nur Witze gemacht hatten, den sie nun aber womöglich zu spüren bekam. Es war schon ziemlich übertrieben, nur dem Leiter der Gerichtsmedizin die Obduktion anzuvertrauen. Aber vielleicht war sie zu ungeduldig mit Chris, vielleicht gerade weil sie ihre Freundin war. Mit einer fremden Staatsanwältin als Neuling in der Abteilung wäre sie vermutlich geduldiger gewesen. Sie würde sich noch einmal mit ihr treffen, damit sich nicht gleich am Anfang eine Missstimmung einschlich.

Sie ging durch den Haupteingang ihrer Dienststelle in der Keithstraße. Über dem Eingang reckten sich zwei Jünglingspaare, die auf den Köpfen jeweils eine Schale voller Blumen und ein Gefäß mit Früchten trugen. Sie schmunzelte, als sie daran dachte, wie wohl sich Chris hier fühlen würde, umgeben von starken jungen Männern. Der Pförtner winkte ihr zu und rief etwas von Urlaub und guter Laune. Sie nickte ihm freundlich zu und spürte, wie gern sie in dieses schöne alte Gebäude zurückkam. Die Decke in der hohen Halle hatte Kassetten in Lindgrün, Orange und Gelb, mit violetten Sternen in der Mitte. Die Marmortreppen rechts und links wurden auf beiden Seiten von Säulen mit Kapitellen und farbenprächtigen Akanthusblättern flankiert.

Als sie die breiten Stufen hinaufging, sah sie, wie Tommi aus dem Sitzungsraum lugte, schnell den Kopf zurückzog und die Tür schloss. Tommis Kinderspiele.

Sie ging nicht erst in ihr Büro, sondern gleich ins Sitzungszimmer. Als sie die Tür aufmachte, stand das Team dort aufgebaut wie ein Chor. Tommi gab mit erhobenen Armen den Einsatz, und alle sangen im Kanon »Herzlich willkommen – herzlich willkommen – herzlich willkommen!«

Paula war gerührt. Es klang richtig geprobt. Alle standen im Halbkreis – Herbert Justus, Ulla, Marius, Waldi und Max.

Sie warf ihren Trenchcoat auf den Kühlschrank und gab jedem die Hand.

»Schön, dass du wieder da bist, Paula«, sagte Tommi. Justus wandte ein, die Chefin hätte ruhig ihren Urlaub bis zum Schluss genießen sollen.

Wie immer nannte er sie »Chefin« und nicht »Paula« wie die anderen, als wollte er sich stets an die Kränkung erinnern, dass sie ihm vorgezogen worden war.

Paula sah gleich, dass an ihrem Platz eine Rose lag, sicher von Ulla. Sie mochte an ihr, dass sie sich sogar in diesem Job ihre romantische Seite bewahrte und ihr half, auch in schwierigen Situationen die gute Stimmung aufrechtzuhalten. Ulla lächelte, hakte sie unter und führte sie zu ihrem Platz, und Paula tat so, als wäre die Blume ein Präsent von allen, hielt sie hoch und bedankte sich.

Zur Feier des Tages schenkte Max Kaffee ein, und Ulla schnitt den selbst gebackenen Pflaumenkuchen an.

Da Zimmer 312 das größte Büro war, stand hier der lange Tisch, an dem das Team zu Besprechungen zusammenkam. Eigentlich war es das Büro von Herbert Justus und Max Jahnke, dem Dienstältesten und dem Jüngsten. Manche aßen hier auch zu Mittag, weil es in der Keithstraße keine Kantine gab. Kein Wunder, dass es immer unordentlich war. Dieses »Chaos des Westens« – aus Fünf-Minuten-Terrinen, Kaffeepulver und angebrochenen Milchtüten – nahm der Ossi Justus hin, weil er gern Gesellschaft hatte.

Paula setzte sich und zog die Mappe mit den Fotos zu sich heran. »Ist der Obduktionsbericht da?«

»Ist da«, sagte Ulla. »Hab ihn schon kopiert. Wer möchte?« Sie hielt die Berichte hoch.

»Ihr könnt gleich mal reinschauen – ich sehe mir so lange die Fotos an«, sagte Paula.

Das erste war eine Aufnahme aus ein paar Metern Entfernung. Die Tote saß aufrecht auf der Parkbank, die dreimal so lang war wie normal. »War sie angelehnt?«

»Der untere Teil des Rückens wurde von der Lehne gestützt«, sagte Marius.

Paula warf ihm einen kurzen Blick zu. Er sah gut aus und frisch, sie konnte ihn fast riechen. Aus seinem Blick konnte sie die Freude darüber herauslesen, dass sie wieder da war.

Die Tote schien tatsächlich gerade Tauben zu füttern. Mit der rechten Hand, die im Schoß ruhte, hielt sie ein Sandwich, während die linke den Vögeln ein paar Krumen zuzuwerfen schien. Rechts neben ihr stand ein Kaffeebecher. Das klassisch blaue Kleid ließ vermuten, dass sie eine Frau gewesen war, die nicht jeder Mode hinterherlief und ihre Freizeit mit Bedacht verbrachte. Sie trug keinen Schmuck, aber vielleicht hatte der Täter ihn ihr abgenommen. Frisur und Make-up deuteten ebenfalls auf eine zurückhaltende Frau. Sie schien die Tauben zu betrachten, aber die Nahaufnahmen zeigten, dass sie ins Leere starrte. »Wo hat sie gearbeitet?«

»In einem Center für Digitalisierung in der Bundesallee.«

»Wie habt ihr das herausgefunden?«

»Ihr Chef hat sich gestern gemeldet, nachdem er unseren Aufruf im Radio gehört hat. Sie heißt Silvia Arndt.«

»Warum ist nicht gleich jemand zu ihrem Arbeitsplatz gefahren?«, fragte sie ärgerlich, was Marius zu einem kleinen Lächeln veranlasste.

»Der Anruf kam erst gegen Abend«, sagte Tommi.

»Soll ich da gleich hin?«, fragte Waldi.

»Nein, mach ich selber«, entschied sie.

Die Tauben sahen auf den Fotos vermutlich echter aus

als in Wirklichkeit, weil man nicht erwartete, dass sie sich bewegten, so als hätte der Fotograf sie in einem Bewegungsmoment festgehalten. Paula erinnerte sich an *Stop dance* aus ihrer Kindheit: Sie tanzten zur Musik, bis einer plötzlich die Stopp-Taste drückte, und jeder Tänzer musste mitten in der Bewegung anhalten und so verharren.

Sie betrachtete die Nahaufnahmen von dem Kaffeebecher. Er war milchig braun mit der dunkelbraunen Aufschrift *Coffee to go*. Genau wie bei dem Taxifahrer gestern, nichts Besonderes also.

Auf den Fotos aus dem Blickwinkel der Toten sah man die Promenade, das Geländer an der Böschung zur Spree und das gegenüberliegende Ufer. Paula schaute genauer hin und entdeckte einen Angler. »Habt ihr die Personalien von dem Angler?«

»Von welchem Angler?«, fragte Justus.

»Von dem hier auf dem Bild. Scholli wird ihn ja nicht reinkopiert haben.«

»Ich habe keinen gesehen. Tommi, war da ein Angler? Du hast doch die Gegend abgeklappert.«

Verärgert hielt sie Justus das Foto vor die Nase. Er griff danach.

»Ich glaube, weiter oben, Richtung Kanzleramt«, sagte Tommi.

Paula nahm Justus das Foto weg und zeigte es Tommi. »Ist das Richtung Kanzleramt?« Dabei erinnerte sie sich an Chris' Bericht über den Jogger, der sich durch die Neugierigen gedrängt hatte, bevor er über die Absperrung gesprungen war, und schaute noch einmal auf das Foto. »Waren keine Zuschauer da?«

»Doch, wie immer«, sagte Tommi.

»Dann hat Scholli dieses Foto gleich zu Anfang gemacht, oder?«, fragte sie.

Nun schauten sich alle das Foto an.

»Eindeutig«, sagte Marius, »diese Aufnahme hat er sofort gemacht, als er angekommen ist. Der Angler ist bestimmt abgehauen, als sich die Leute ansammelten.«

»War dann ja richtig Trubel«, ergänzte Tommi.

Ein Versäumnis, dachte Paula. »Wie ihr den Burschen auftreibt, ist euer Problem. Morgen will ich ihn zur Vernehmung im Büro haben. – Wer hat die Tote gefunden?«

Justus hatte den Anruf vom großen Lagedienst um 8.30 Uhr bekommen. Eine Bewohnerin aus der *Beamtenschlange* hatte die Tote entdeckt und die Polizei verständigt. Die Kollegen vom Abschnitt 34 hatten den Tatort gleich gesichert, und Waldi hatte die Frau befragt.

»Und?« Paula sah Waldi an.

»Sie führt ihren Hund jeden Morgen aus. Zunächst ist ihr nichts aufgefallen, aber als ihr Dackel die Tauben angekläfft hat und sie nicht weggeflogen sind, hat sie genauer hingesehen und entdeckt, dass sie tot sind, und die Frau auf der Bank auch. Sie hat sofort vom Handy aus die Polizei alarmiert. Vorher war offensichtlich niemandem aufgefallen, dass da eine Tote saß, obwohl da morgens früh immer Jogger und Spaziergänger unterwegs sind.«

»Habt ihr herausgefunden, wie die Tote zur Parkbank gebracht worden ist?«

»Bisher nicht«, sagte Justus. »Auch die Obdachlose, die hinter der Parkbank lag, hat nichts mitgekriegt.«

»Professor Posch vermutet, dass der Täter die Leiche mit einem Rollstuhl dort hingefahren hat. Das ist ein Ansatz. Da müssen wir dranbleiben. Irgendjemand wird das beobachtet haben. Das Auto müsste ein Kleinbus sein, wo die

Frau, im Rollstuhl sitzend, über eine Rampe reingefahren werden kann. Morgen sehr früh müssen alle Jogger und Spaziergänger danach befragt werden.«

»Was ist die Todesursache?«, fragte Tommi, der das Gutachten nur überflogen hatte.

»Erstochen mit einer angespitzten Stahlnadel, die einen roten Glaskopf am Ende hat. Ist euch so etwas als Waffe schon mal begegnet?«

Sie schüttelten den Kopf.

Paula beauftragte sie auch mit der Ermittlung über die Herkunft des Kaffeebechers und der Tauben. »Wo sie gekauft und präpariert wurden und so weiter.«

Sie ging in ihr Büro, wo ihr ein muffiger Geruch entgegenschlug – wie immer nach dem Urlaub. Sie öffnete die Fenster und hörte die Anrufe auf ihrer Mailbox ab, die während ihres Urlaubs eingegangen waren. Ihre Mutter erkundigte sich, ob sie sie im Urlaub besuchen komme – »leider schon vorbei«, murmelte Paula –, und ihre Schwester Sandra berichtete, dass Manuel jetzt schwimmen könne. »Freischwimmer, Mami, du musst Freischwimmer sagen«, hörte Paula den Siebenjährigen im Hintergrund. Der letzte Anruf war nur ein Geräusch. Sie lehnte sich einen Moment zurück und dachte an ihre Familie und das Dorf. Sie sah die Mutter Wäsche aufhängen, den bellenden Spitz der Nachbarin, den Edeka-Laden, die Kirche.

Sie gab sich einen Ruck und griff nach ihrem Dienstapparat, um Chris anzurufen. Doch bevor sie wählen konnte, hatte sie ein fremdes Gespräch in der Leitung. Irritiert rief sie: »Hallo? Ist da jemand in der Leitung?«

»Spreche ich mit Paula Zeisberg?«

»Ja«, sagte Paula ungeduldig. Sie konnte seine Stimme nirgendwo unterbringen.

»Hallo, Paula, hier ist Jonas Schumann. Erinnerst du dich?«

Sie wollte es nicht glauben! Jonas!

Ihr Herz schlug schneller, und sie hoffte, dass sich das Gespräch verschieben ließe. »Hallo, Jonas, ich bin gerade beschäftigt, ruf mich doch später noch mal an. Am frühen Abend – passt dir das?«

»Kein Problem, Paula. Also bis dann.«

Sie drückte auf die Gabel und hielt den Hörer gegen die Brust. Sie überlegte, wie lange es her war, dass sie Jonas das letzte Mal gesehen hatte. Acht Jahre? Oder neun? Jedenfalls war es kurz vor ihrer ersten Begegnung mit Ralf gewesen. Das war der Beginn ihrer Beziehung mit Ralf gewesen: als sie aus Würzburg von dem Kongress zurückgekommen war.

Damals war sie eingeladen worden, um einen Vortrag über polizeiliche und zivile Strukturen in Krisengebieten zu halten. Man hatte ihr dann auch angeboten, sich an der Schulung weiblicher Polizeikräfte im Libanon praktisch zu beteiligen, aber das hatte sie ausgeschlagen.

Beim Durchblättern des Programms hatte sie ein Foto von Jonas Schumann gesehen, der als Arzt für *Ärzte der Welt* über Unterernährung und Kindersterblichkeit referierte. Er war die große Liebe ihrer Kindheit gewesen, und nun war er ein attraktiver Mann geworden. Wie früher hatte er blondes, volles Haar, sorglos gekämmt. Wenn er sprach, unterstrich er manches mit geschmeidigen Bewegungen, und seine Körpersprache machte das glaubhaft, was er berichtete.

Er schilderte Erlebnisse, die er auf den Philippinen gehabt hatte, wo Kinder an Masern oder Tetanus starben, erzählte von unterernährten Säuglingen in Bangladesch und schwer schuftenden Kindern in Schwarzafrika, die nicht älter waren als zehn. »Wir dürfen diese Kinder nicht vergessen, müssen ihnen in ihren Nöten helfen. Kinder geben der Welt eine eigene Energie, die wir brauchen«, hatte er gesagt und großen Applaus dafür bekommen.

Inzwischen saß er in der Leitung der Organisation und traf sicherlich kaum noch Kinder oder Kranke, sondern führende Politiker und die Sprecher großer Konzerne, um sie für Spenden und Projekte zu gewinnen.

Natürlich hatte sie ihn damals in Würzburg nach dem Vortrag angesprochen. Er hatte sich den Abend freigemacht, sie waren zusammen in eine gemütliche Weinstube gefahren und hatten die Erlebnisse aus ihrer Kindheit aufgefrischt. Dennoch war eine Distanz zwischen ihnen geblieben, und sie war zu scheu gewesen, ihm zu gestehen, dass nur er für sie unter den Jungs gezählt hatte. Er war zwei Klassen über ihr gewesen – warum hatte er eines Tages in ihrem Unterricht neben ihr gesessen? Wie ein Traum war diese eine Schulstunde für sie gewesen, an der er völlig überraschend teilgenommen hatte. Ihre linke Wange glühte förmlich, so deutlich konnte sie ihn neben sich spüren. Vergeblich hatte sie versucht, sich auf das vor ihr liegende Blatt mit den Matheaufgaben zu konzentrieren. Ihre Gedanken wollten nicht gehorchen, sie wanderten von dem Stoff immer zu ihm. Ohne den Kopf zu heben, spürte sie, dass er sie ansah. Das Blut strömte ihr heiß durch die Adern. Sie versuchte, sich zusammenzureißen, und kaute verlegen auf dem Band ihres Kapuzenshirts. Wieder versuchte sie, ihre Aufmerksamkeit auf den Aufgabenzettel zu richten. Sie kannte den Lösungsweg für die Aufgabe, aber sie konnte ihn nicht anwenden. Nicht, solange dieser Junge so dicht neben ihr saß, dass sie seinen Duft riechen konnte. Nervös strich sie sich durch ihre Locken und warf ihm dabei einen verstohlenen Blick zu. Als sich ihre Blicke für einen kurzen Wimpernschlag trafen, tat ihr Herz einen Sprung. Er sah sie an!

Mag er mich auch?

Er war anders als die Jungen in ihrer Klasse. Unter den dunklen Augenbrauen ruhten ein Paar blaugrüne, wache Augen, umrahmt von dichten, seidigen Wimpern. Wie bei Alain Delon auf dem Filmplakat, wo er Romy Schneider einen zarten Kuss auf die Stirn haucht. Das Bild hatte sie in der Schulbibliothek heimlich aus einem Buch über *Die schönsten Filmküsse* herausgetrennt. Nun hing es in ihrem Zimmer zwischen den Fotos von ihrer Katze.

Sie hatte Jonas als Messdiener in der Kirche entdeckt und war vor allem seinetwegen hingegangen. Jonas' Mutter war Haushälterin bei dem Gemeindepfarrer.

Paulas Schwester Sandra hasste die Kirchgänge, aber sie war sonntags immer schon als Erste fertig angezogen und gekämmt.

Und dann stand plötzlich die Lehrerin neben ihr. Sie hatte sie nicht in die Klasse zurückkommen sehen. Sie sammelte die Arbeiten ein, aber Paula hatte nichts auf ihrem Blatt.

»Abgeben, Paula!«

Fassungslos sah sie auf ihren Aufgabenzettel. Da stand nichts.

»Gib ab, Paula, die Zeit ist vorbei«, wiederholte Frau Mundner.

»Aber ich ...«

»Kein Aber.« Sie griff nach Paulas Heft und ging zurück zu ihrem Schreibtisch.

Die Mädchen hinter ihr kicherten albern und flüsterten. Nun begannen auch noch die Jungen, die Köpfe zu recken und in ihre Richtung zu feixen.

Was haben die denn?

Als sie an sich herabsah, entdeckte sie zu ihrem Entsetzen den Grund. Ein Knopf ihrer Bluse war offen, und der oberste fehlte. Sie hörte, wie Hotte Maier »Muh« machte, und alle lachten.

Die Schulklingel erlöste sie. Sie griff nach ihrem Rucksack und stürzte hinaus. Tränen standen ihr in den Augen, und sie suchte Zuflucht auf dem Mädchenklo, wo sie sich einschloss, bevor die anderen sie finden konnten.

Schließlich waren sie verschwunden, und auch auf dem Flur hörte sie nichts mehr. Langsam öffnete sie die Tür und spähte hinaus. Niemand mehr da. Nun erst traute sie sich auf den Heimweg. Traurig ging sie durch den Flur, vorbei an den Garderobenhaken, an denen noch ihr Turnbeutel hing.

Plötzlich stand er vor ihr. Vor Schreck ließ sie ihren Rucksack fallen.

»Hallo, Paula.«

Jonas hatte auf sie gewartet!

»Und? Hast du ein gutes Gefühl bei den Rechenaufgaben?«

»Ich hätte schon alles gewusst, aber dann hat mir Frau Mundner ja das Heft weggenommen.«

Sie bückte sich, um ihren Rucksack aufzuheben. Als sie sich aufrichtete, bemerkte sie, dass sein Blick auf ihre halb offen stehende Bluse gerichtet war. Verlegen raffte sie den Stoff zusammen.

»Das muss dir vor mir nicht peinlich sein«, beruhigte er sie. »Warte, ich helfe dir.«

Aus einer Brusttasche seiner Lederjacke zog er eine Sicherheitsnadel und fasste in den oberen Rand des Hemdes. Als seine Knöchel dabei ihren Hals berührten, hielt sie den Atem an.

»Siehst du, alles wieder in Ordnung.«

Und so, wie Romy Schneider es tun würde, hauchte sie »Danke schön, Jonas, das war sehr nett von dir.«

In Würzburg, als sie mit ihm essen war, hatte sie nach dem dritten Glas Wein wissen wollen, warum er in dieser einen Stunde neben ihr gesessen hatte.

Er behauptete, man habe ihm die Aufsicht übertragen, weil die Mathelehrerin während der Klassenarbeit zu einer Schulkonferenz musste. Aber warum hatte er dann nicht vorne am Pult gestanden, sondern neben ihr gesessen? So viele Jahre danach war es nicht mehr herauszufinden, und offen gestanden war es ihr auch egal.

Ihr Beruf war desillusionierend und verlangte ihr Härte ab. Fakten. Logik und Rationalität waren ihr tägliches Brot. Aber wenn sie zurückging in ihre Kindheit, fand sie viele Traumbilder.

Nur hatte sie jetzt leider keine Zeit, sie hatte viel zu tun und musste sich darauf konzentrieren.

Sie wählte Chris' Büronummer.

»Hallo Chris. Ich komme eben aus der Teambesprechung und würde dir gern noch ein paar Fragen zum Tatort stellen, nachdem ich jetzt die Fotos gesehen habe.«

»Soll ich in die Keithstraße kommen?«

»Im Moment passt es nicht so gut. Ich dachte, wir könnten heute Abend etwas essen gehen. Ich habe mal wieder Appetit auf chinesisch, das habe ich irrsinnig lange nicht gegessen.«

»Wie wäre es denn mit thailändisch?«

»Nein, chinesisch. Mit Glutamat.«

»O Gott. Um siebzehn Uhr habe ich einen Termin. Danach rufe ich dich an. An welchen Chinesen denkst du?«

»Hongkong Garden, Fasanen-/Ecke Kantstraße«, sagte Paula.

Sie verließ das Büro, um in die Wohnung des Opfers zu fahren. Sie nahm niemanden mit, denn sie brauchte eine Weile für sich allein.

11

Sie hatte ihr Auto ein Stück entfernt vom Büro geparkt und freute sich über ein paar Schritte an der frischen Luft. Doch schon nach kurzer Zeit hatte sie das ungute Gefühl, dass jemand hinter ihr ging. Als sie ihren Wagen öffnete, stand Marius an der Beifahrertür und sah sie über das Autodach hin an. Seine Haut war braun gegerbt durch die vielen Stunden, die er mit Kajakfahren verbrachte, und ließ seine Zähne noch weißer blitzen. Er rauchte nicht, roch immer angenehm frisch, ob morgens oder abends, wie sie es bei keinem anderen sonst kannte. Er war anziehend für Frauen, aber es war ihr nicht aufgefallen, dass es ihm bewusst war.

»Marius, was machst du hier?«

Er hatte die Arme auf das Autodach gelegt und sein Kinn auf die Handrücken. Jetzt hob er den Kopf ein wenig und zog die Augenbrauen gespielt sorgenvoll zusammen. »Ich habe keine andere Möglichkeit gesehen, um dich allein zu sprechen.«

Paula zog ihrerseits die Augenbrauen hoch und grinste. »Keine andere Möglichkeit, als mir wie ein Verbrecher zu folgen?«

»Kommt es dir so vor?«

»Du bist ein ganzes Stück hinter mir hergegangen, das nenne ich verfolgen.«

»Du lässt mir keine andere Wahl. Ich hatte schon vor deinem Urlaub das Gefühl, dass du mich meidest und dich lieber von Tommi oder Max begleiten lässt.«

»Das bildest du dir ein. Ich weiß gar nicht, wie du darauf kommst. Wir sind doch nun schon seit Jahren befreundet. Und jetzt kommst du mir damit.«

»Sicher spürst du, dass ich mehr für dich sein möchte als nur ein befreundeter Kollege.«

»Was ist denn plötzlich los mit dir? Als ich damals versetzt wurde und die Abteilung übernommen habe, hast du doch auch eingesehen, dass ich als deine Chefin nicht länger eine Affäre mit dir haben kann. Du hast das akzeptiert. Und es lief doch die ganzen Jahre sehr gut so.«

Er blickte kurz zum Himmel, und das Sonnenlicht, das durch die Bäume fiel, streifte sein Haar. »Aber du musst doch auch merken, dass da immer noch mehr ist zwischen uns. Ich will meine Gefühle nicht wegen irgendwelcher Dienstpläne ersticken.«

Paula musste lachen. »Musst du ja nicht, es steht ja nirgends: Küssen im Dienst untersagt!«

Sie sah ihn entschlossen an. »Also schön. Regeln wir das! Zwischen uns gibt es nur ein dienstliches Verhältnis, mit kollegialer Freundschaft. Geregelt?« Sie drückte auf den Knopf der Fernbedienung, und die Zentralverriegelung löste sich mit einem Klacken.

»Hast du dich nicht auch mal gefragt, ob das Ganze nicht ein Fehler war?«, fragte er.

»Was – die Affäre? Oder die Trennung?« Sie wollte einsteigen, und er machte die gleiche Bewegung auf seiner Seite.

Sie hielt inne und sah ihn über das Autodach hin an. »Es geht nicht nur darum, dass ich kein Verhältnis mit einem Dienstabhängigen will, Marius. Ich lebe seit zehn Jahren mit Ralf zusammen.«

»Aber ihr seid so verschieden, ihr lebt in unterschiedlichen Welten. Was hast du mit Kunst zu tun?«

Sie lachte rau. »Wir haben unsere gemeinsame Welt. Und überhaupt, wie willst du das beurteilen?«

Er sah sie ernst an. »Ich könnte mir auch vorstellen, dich zu heiraten.«

Sie war schockiert. Die Frau in ihr freute sich ein bisschen über diesen überraschenden Antrag, aber dennoch ärgerte sich Paula über den Übergriff. Marius kam ihr zu nahe und missachtete ihre Situation. Aber sie wollte sich jetzt in keine Diskussion zwingen lassen. »Ein Heiratsantrag?« Sie lachte. »Hier über das Autodach im Parkverbot? So einen unpassenden Antrag habe ich noch nicht bekommen.«

Plötzlich war er mit drei, vier Sätzen um den Wagen herum, und sie spürte seinen harten Griff am Oberarm. Sie sah ihn eisig an.

Er ließ ihren Arm sofort los. »Es tut mir leid, Paula.«

»Was bildest du dir eigentlich ein?«

Er sagte hastig: »Es tut mir wirklich leid. Das wollte ich nicht.«

Ihr wurde die Anstrengung bewusst, die es sie kostete, ihn auf Abstand zu halten. Sie musste ihm klarmachen, dass jeder Versuch von ihm sinnlos war und es bei ihr außer Abweisung nichts zu holen gab. Dabei merkte sie, dass es ihr nicht ganz leicht fiel. Er hatte recht, vor dem Urlaub war es ihr schwergefallen, ihre Gefühle, die mehr waren als Sympathie, rauszuhalten. Aber sie wollte nach all den Jahren nicht wieder hineingezogen werden, und sie wollte Ralf nicht betrügen. Sie machte eine kleine Bewegung auf Marius zu und sagte mit Nachdruck: »Hör auf damit, Marius. Ich sage dir ganz ernst, lass das.« Dann riss sie die Fahrertür auf und stieg ein.

Sie hatte kaum den Schlüssel ins Zündschloss gesteckt, da saß er neben ihr auf dem Beifahrersitz. »Okay, ich habe verstanden. Und es tut mir leid, dass ich dich bedrängt habe. Ich verspreche, dass es nicht mehr vorkommen wird.« Er streckte ihr förmlich die Hand hin. »Frieden.«

»Wir hatten doch gar keinen Krieg«, lachte sie, »aber gut: Frieden.« Sie gab ihm die Hand. Seine fühlte sich sehr angenehm an, und für einen Moment erinnerte sie sich, wie gut sie streicheln konnte. Sie wischte den Gedanken sofort beiseite. Die Entscheidung, die sie damals getroffen hatte, war die richtige gewesen.

»Ich will mir die Wohnung auch ansehen«, sagte er. »Es gibt keinen Grund, weshalb du mich ausschließen solltest.«

Sie warf ihm einen kurzen Blick zu, sagte: »Jetzt nicht mehr«, und startete den Wagen.

Paula hatte allein in die Wohnung gewollt, weil sie sich am besten in einen anderen Menschen versetzen konnte, wenn sie ungestört war. In einer Wohnung war so vieles, durch das Paula etwas von den Lebensgewohnheiten und der Persönlichkeit der Getöteten erfahren konnte. Wie hatte sie gelebt, besaß sie einen großen Bekanntenkreis? War sie in eine Beziehung verwickelt, frisch verliebt, oder hasste sie Männer? Aus allen Dingen in der Wohnung konnten wichtige Hinweise hervorgehen. Ihr Mörder war vermutlich ein

Mann, der sie kannte oder der sie zumindest eine Weile beobachtet und eingekreist hatte. Irgendwann musste er sie angesprochen haben – sie muss vertrauensvoll mit ihm umgegangen sein, denn höchstwahrscheinlich hatte er sie aus der belebten Innenstadt mitgenommen. Wenn er sie schon länger kannte, war das kein Problem, und dann würde sie in der Wohnung vielleicht Spuren von ihm entdecken. Sollte sie aber nur eine Beute für ihn als Raubtier gewesen sein, könnte er sie auch einmal oder mehrere Male vorher kontaktiert haben, um eine Vertrauensebene aufzubauen. Der nette Bewohner aus demselben Haus, ein freundlicher Nachbar, den sie immer am Kiosk getroffen hatte, jemand, der ihr schon zum dritten Mal zufälligerweise im Kino begegnet war, oder eine Bekanntschaft aus dem Internet, mit der sie sich angefreundet hatte, der sie aber persönlich noch nicht begegnet war. Paula wollte herausfinden, was für ein Typ sie gewesen war. Wie war ihr Bad? Welches Make-up nahm sie? Welche Schuhe trug sie, welches Bettzeug hatte sie, welches Parfum benutzte sie, und wie roch es in ihrer Wohnung? War sie auf die Farbe Blau fixiert, war sie ordentlich und gut organisiert oder ein chaotischer Mensch, bei dem alles durcheinanderflog? Jedes Detail konnte ihr Hinweise geben und eine erste Idee für die Ermittlung bringen. Jedenfalls, wenn sie nicht abgelenkt war.

Marius hatte die ganze Zeit ruhig dagesessen, nicht einmal das Radio angestellt und nach einem Sender gesucht, wie er es sonst immer tat. Er trug Jeans und eine seiner drei Lederjacken. Er behauptete, er trage nichts anderes als Lederjacken, weil sie so robust waren.

Sie konnte seinen typischen Geruch wahrnehmen, nach Leder und Seife. Selbst sein Rasierwasser ging in diese Richtung. Sie mochte diesen Geruch immer schon, und inzwischen war er ihr vertraut. Im Moment verwirrte er leicht ihre Sinne. Ihr Hals war trocken. Sie würde sich auf keinen Fall in erotischen Treibsand begeben.

Jemand rannte ihr fast ins Auto, sie drückte sofort auf die Hupe, dreimal kräftig. Der Mann sprang zurück und drohte. Ihr Herz klopfte.

Marius sagte mit seiner tiefen Stimme: »Alles gut gegangen.«

Der Tonfall erinnerte sie an Nächte, die sie eng umschlungen verbracht hatten. Erinnern darf man sich ja mal kurz, ausnahmsweise, beruhigte sie sich.

Marius öffnete die Wohnungstür, während Paula Justus anrief. Die Spurenexperten würden in einer Stunde anrücken. Das gab ihr Zeit, sich in Ruhe umzusehen.

Im Büro von Silvia Arndt, in dem sie noch vor der Wohnung waren, hatten sie erfahren, dass sie in Berlin keine Stelle als Bibliothekarin gefunden und stattdessen in der Firma in der Bundesallee gearbeitet hatte, wo sie die Akten und andere Informationen digitalisierte und zur Langzeitspeicherung auf Mikrofilm spielte. Vor zwei Jahren war Silvia Arndt aus Flensburg gekommen, nachdem ihre Mutter an Krebs gestorben war und ihr Vater wenig später einen tödlichen Autounfall gehabt hatte. Warum gerade Berlin, wusste keiner der Kollegen. Sie hatte wenig geredet und ihre Arbeit sorgfältig und ohne Beanstandung gemacht. Von ihrem Arbeitsplatz bis zu ihr nach Hause in der Sigmaringer Straße waren es nur zwei U-Bahn-Stationen.

Langsam ging Paula den Flur entlang und durch die Zimmer. Auf den ersten Blick war nichts Auffälliges zu erkennen. In der Küche standen zwei Teller in der Spüle, wohl vom Frühstück und Abendbrot. Im Bad lag ein Handtuch auf dem Boden, und Paula fragte sich, ob das auf Eile hindeutete, denn sonst war die Wohnung äußerst ordentlich. Die Wäsche in der Maschine hatte Silvia Arndt wohl nach dem Kino aus der Trommel nehmen wollen. Sie wolle sich einen »romantischen Film im Filmpalast« ansehen, hatte sie ihrer Kollegin im Büro gesagt. Auf dem Stuhl neben dem Bett, das ordentlich gemacht war, lagen die Sachen, die die Kollegin beschrieben hatte, Jeans und eine rosa Bluse. Sie hatte sich also umgezogen, bevor sie ins Kino gegangen war. Der Kleiderwechsel könnte bedeuten, dass sie verabredet gewesen war.

Als Justus, Max und die Mitarbeiter der Spurensuche eintrafen, sagte Paula: »Die Bettwäsche geht zur Kriminaltechnik, auch die beiden Teller mit Besteck in der Spüle. Und sämtliche Hausbewohner müssen befragt werden.«

»Alles heute?«, knurrte Justus.

»Wenn du es nicht schaffst, fordere noch Leute an. Der Fall knallt uns jetzt schon um die Ohren, wenn du mal einen Blick in die Presse wirfst.«

Als sie wieder im Auto saßen, diesmal Marius am Steuer, sagte er beiläufig: »Im Filmpalast läuft noch derselbe Film. Wie wär's, wenn wir ihn uns ansehen?«

Sie warf ihm einen spöttischen Blick zu. »Gute Idee. Wir fahren jetzt gleich zum Kino«, sie zwinkerte ihm zu, »um das Personal zu befragen.«

Marius sagte sofort: »Ay, ay, Boss.«

Als er starten wollte, bat Paula ihn, noch zu warten. Sie wollte die Straße einen Moment auf sich wirken lassen. Vielleicht hatte der Täter Silvia Arndt hier beobachtet. Vielleicht hatte er dort drüben gestanden und war ihr zum U-Bahnhof Fehrbelliner Platz und bis ins Kino gefolgt. Oder war sie zu Fuß gegangen? »Okay«, sagte sie, und Marius fuhr los.

Paula klappte die Mappe auf, in der drei Fotos lagen, die sie aus der Wohnung mitgenommen hatte. Auf dem ersten war Silvia Arndt etwa neunzehn, vielleicht zur Zeit ihres Abiturs, das nächste zeigte sie vor einer Bücherwand als Bibliothekarin. Auf dem dritten stand sie mit buntem Halstuch an der Reling eines Spree-Dampfers, im Hintergrund das Bundeskanzleramt. Ihre Augen strahlten.

Dieses Foto berührte Paula besonders, denn später hatte Silvia auch in der Nähe des Kanzleramtes auf der Bank gesessen. Doch da war sie tot, und ihre Augen blickten glasig.

Marius hielt vor dem Kino auf dem Kurfürstendamm.

»Ich sehe mir einen romantischen Film im Filmpalast an«, waren Silvias letzte Worte im Büro gewesen. Hatte sie den Liebesfilm noch gesehen?

Als Paula ausstieg, rief Chris an. »Ich habe dir schon zwei Nachrichten auf der Mailbox hinterlassen. Jetzt sitze ich in deinem Hongkong-Laden – völlig allein! An den großen Tischen mit den vielen Stühlen sitzt kein einziger Gast. Ist das deine Vorstellung von einem gemütlichen Abend?«

Paula musste lachen. Sie wusste, dass der Laden oft leer war, aber das Essen war gut, die Bedienung freundlich, und im Hintergrund spielte immer angenehme Musik. »Bleib ruhig da«, sagte sie. »Ich komme gleich, dann sind wir schon mal zu zweit.«

Sie entschuldigte sich bei Marius. »Ich habe nicht gewusst, dass Chris schon so früh anrufen würde. Ich bin mit ihr im Hongkong Garden um die Ecke verabredet.«

»Dann komme ich später nach«, sagte Marius trocken, »ihr könnt mir schon mal Tandoori aus dem Backofen bestellen.«

»Das ist indisch! – Sag mir gleich Bescheid, wenn hier jemand Silvia Arndt wiedererkennt. Ich lasse mein Handy an.«

Als sie davonging, spürte sie, dass er ihr nachschaute. Es war ihr angenehm. Sie fühlte sich gut in seiner Gegenwart. Und er war nicht nur ein zuverlässiger Mitarbeiter, immer freundlich und ausgeglichen, sondern verstand es auch, die Dinge aus ihrer Sicht zu sehen.

Das Restaurant war vollkommen leer. Chris hatte sich auch noch in die hinterste Ecke gesetzt. Allein mit einer Tasse Tee.

»Hallo«, sagte Paula grinsend, »da können wir ja in Ruhe reden.«

»Und es hört wirklich keiner mit«, schmunzelte Chris.

Als sie sich setzten, läutete Paulas Handy. Es war Ulla. »Ein Jonas Schumann hat angerufen.«

»Was wollte er?«

»Hat er nicht gesagt. Es klang privat.«

»Ja, ist es auch. Ich wollte ihn eigentlich anrufen, aber wenn er sich noch mal meldet, sag ihm bitte, ich habe keine Zeit. Ich habe einen schwierigen Fall.«

»Okay. Mach ich.«

»Wer war das?«

Paula lachte. »Meine Jugendliebe.«

»Und? War er dein Erster?«

»Nein. Es war gar nichts. Ich weiß nicht einmal, ob er mich mochte. Es war eine einseitige Schwärmerei.«

»Dann hat er dich wenigstens nicht gekränkt.«

Der Kellner wartete, und Paula bestellte Hongkong-Ente und ein Bier, Chris nahm ein vegetarisches Gericht und noch einen grünen Tee.

»Er war zwei Klassen über mir, und nach dem Abi ging er nach Köln, Medizin studieren. Ich hatte ihn längst vergessen, da klingelt das Telefon, und er ist am Apparat. Ich war mitten in den Abi-Vorbereitungen, und ich brauchte jede Minute zur Arbeit, aber als ich seine Stimme hörte und er mich zu einer Party einlud, habe ich zugesagt. Ich habe alles stehen und liegen lassen und mich nur noch darauf vorbereitet. Zum Glück war ich gut drauf an dem Abend, hatte nach außen die richtige Distanz, um locker flirten zu können, aber innerlich sah das natürlich anders aus. Ich war zu schüchtern, um ihn zu fragen, warum er ausgerechnet mich eingeladen hat.«

»Wahrscheinlich aus Angst, verletzt zu werden.«

Paula lachte. »Stimmt. Ich hätte mich nicht davon erholt, wenn er gesagt hätte, Renate Nowicki konnte nicht. Das war nämlich die, die er später beinahe geheiratet hätte. Viel gesprochen haben wir ohnehin nicht, die meiste Zeit haben wir getanzt. Er war einer der besten Tänzer der Schule, und ich schwebte im siebten Himmel. Es war das einzige Mal, dass ich mit ihm ausgegangen bin. Am Schluss brachte er mich nach Hause und küsste mich vor der Haustür. Mir war ganz schwindlig, aber nach diesem Abend habe ich nichts mehr von ihm gehört.«

»Das war's?«

»Vor etwa neun Jahren habe ich ihn dann zufällig auf einem Kongress in Würzburg getroffen, es ging da um Unterstützung für Dritte-Welt-Länder. Wir waren zwar zusammen essen, aber da war auch nichts. Und heute hat er wieder angerufen.«

»Klingt wie ein Teenietraum.«

»Ist es.«

»Willst du den Traum jetzt noch einmal nachleben?«

Paula lächelte. »Nein, jedenfalls nicht, solange ich so im Stress bin.«

»Sehr weise. Was hast du über die Tote herausgefunden?«

»Sie hieß Silvia Arndt und war erst seit zwei Jahren in Berlin und offensichtlich ziemlich allein. Ihre Wohnung hat keinen Balkon. Stell dir vor, sie hatte Blumenkästen mit Geranien *im* Wohnzimmer vor den Fenstern stehen. Das hab ich noch nie gesehen. Sie muss große Sehnsucht nach Natur gehabt haben.«

Der Kellner brachte die Getränke und Wärmeplatten für das Essen.

Chris entschied, Paula zu erzählen, dass sie den Tatort sehr gut kannte, weil sie in ihrer Mittagspause häufig auf derselben Bank gesessen hatte.

»Du jeden Tag auf derselben Bank wie die Ermordete? Das ist sehr komisch. Wahrscheinlich bist du die erste Staatsanwältin, der das passiert. Und dann noch bei deinem ersten Mord.« Paula kicherte, als sie sich die Entenscheiben auf ihren Teller legte. »Du musst zugeben, das ist Ironie des Schicksals.«

Chris sagte nichts.

Paula probierte die Ente. Sie schmeckte ihr so gut wie die letzten Male. Das Fleisch war zart und die Haut kross.

»Stell dir vor: Ich hab sogar schon gedacht, dass mich vielleicht jemand gezielt damit erschrecken wollte«, sagte Chris jetzt. »Vielleicht aus Rache. Dabei ist mir eingefallen, dass vor drei Jahren ein Angeklagter nach seiner Verurteilung Drohungen gegen mich ausgestoßen hatte, weil sich der Richter meiner hohen Strafmaßforderung angeschlossen hatte. Ich hab sogar im Archiv nachgesehen: Dieser Gewalttäter müsste seit einem halben Jahr wieder auf freiem Fuß sein.«

»Ich denke, den Aufwand dieser Inszenierung würde ein normaler Vergewaltiger nicht treiben. Wenn er sich rächen wollte, würde er dich überfallen und vergewaltigen.« Sie sah Chris' Gesicht. »Entschuldige, so hab ich das nicht gemeint. Aber wenn er sich rächen wollte, dann wäre *das* logisch. Außerdem müsste er dich vorher beobachtet haben ... Na ja, das wäre natürlich möglich«, setzte sie wie im Selbstgespräch fort und bemerkte nicht, dass Chris flau wurde bei der Selbstverständlichkeit, mit der sie diesen Gedanken äußerte. »Ist dir denn mal irgendwas aufgefallen? Zum Beispiel als du da auf der Bank gesessen hast?«

Chris schüttelte den Kopf.

»Na, also. Wie schmeckt's denn?«

»Grässlich.«

12

Als Chris im Auto nach Hause fuhr, war sie sicher, dass ihre Entscheidung, Paula nichts von ihren weiteren Überlegungen mitzuteilen, richtig war. Paula würde sie für verrückt erklären – und das noch gespickt mit ein paar schönen Witzen über ihre Anziehungskraft auf Männer. »Die steigen dir überall nach, warum nicht auch über Absperrbänder«, so in der Art. Aber dennoch fiel ihr immer wieder dieser Jogger ein, der ihr seine Visitenkarte aufgezwungen hatte. Es war bestimmt nicht das erste Mal, dass er dort vorbeigekommen war. Meistens liefen Jogger dieselbe Strecke. Warum sollte er sie da nicht mittags schon mal gesehen haben? Und wenn sie ihn beeindruckt hatte, könnte er ihr aufgelauert haben und gefolgt sein. Wenn der Täter sie mit der Toten imitieren und ihr Angst einjagen wollte, musste er sie vorher beobachtet haben. Er musste wissen, dass sie dort jeden Mittag saß, ihre Latte macchiato trank und die Tauben mit den Sandwich-Resten fütterte. Deshalb hat der Killer die Leiche auf diesen Platz gesetzt, genau so, wie sie immer dagesessen hatte. Aber würde der Täter am Fundort der Leiche der Staatsanwältin anschließend seine Karte zustecken? Sie war zwar als solche nicht erkennbar, aber auf jeden Fall als Angehörige des Ermittlungsteams. Und wenn er ihr schon vorher gefolgt war, wusste er natürlich, dass sie Staatsanwältin war. Er suchte auf aggressive Art Kontakt zu ihr, ganz sicher. Aber warum gerade dort? Und was wollte er von ihr?

Chris verfing sich im Netz ihrer Gedanken und kam nicht weiter. Alles war ihr unheimlich.

Auf jeden Fall war ihr der Jogger näher gekommen als die beiden Ex-Lover, die gestern Nacht in ihren Erinnerungen aufgetaucht waren, als sie sich schlaflos hin und her wälzte. Sie würde auch Hubertus Bach nichts von ihren Verfolgungsängsten sagen, aber sie überlegte, ihn anzurufen, um ihn nach seiner generellen Einschätzung des Joggers zu fragen.

Als sie zu Hause war, rief sie ihn an.

Sie erreichte ihn auf dem Handy. Er bat sie, zurückrufen zu dürfen, weil er gerade auf der anderen Leitung ein Gespräch mit einem Kollegen in Boston habe.

Chris blieb am Schreibtisch sitzen und wartete. Sie begann Dreiecke und Quadrate zu malen, immer mehr, und malte über das ganze Blatt alles akribisch zu einem Spinnennetz aus, bis endlich das Telefon klingelte.

Sie entschuldigte sich, dass sie ihn abends störe, sie wolle sich für seinen Tipp wegen der Obduktion bedanken – Posch sei sehr sorgfältig gewesen.

»Hat er etwas von sexuellem Missbrauch gesagt?«

»Wir warten noch auf die Analyse der Abstriche. Bisher haben wir keine Anhaltspunkte.«

»Wenn sich da nichts ergibt, liegt der Akzent auf der Präsentation.«

»Was meinst du damit?«

»Dann liegt der größte Energieaufwand in der Art des Tötens und der anschließenden Zubereitung der Leiche und nicht so sehr in dem, was vorausgegangen ist.«

»Das musst du mir genauer erklären.«

»Wenn ich sage Präsentation, vergleiche ich ihn mit einem Bildhauer. Die hauptsächliche Anstrengung liegt da nicht in der Beschaffung des Materials, sondern im Bearbeiten.«

»Beschaffung des Materials wäre hier das Beschaffen des Opfers?«

»Ja, aber sein Hauptinteresse liegt nicht im Jagen und Töten, sondern im Verwirklichen seiner Vision. Nämlich, wie die Frau auszusehen hat – bis in jede Einzelheit, bis zu diesem Pappbecher, von dem du mir erzählt hast. Er weiß genau, wie die Tote aussehen muss, wie und wo sie sitzen muss. Auf der Parkbank, die er sich vorher ausgesucht hat. Das ist die Wahl des Ausstellungsortes. Was glaubst du, was für ein Aufhebens Künstler davon machen, wo und wie sie ihr Kunstwerk platzieren.«

»Wo und wie sie eine Tote hinsetzen!?« In Chris sträubte sich alles gegen diesen Vergleich.

»Nun, heutzutage gäbe ein Künstler alles dafür, wenn sein Werk mit einem Schlag das Interesse der Weltöffentlichkeit gewinnen könnte. Das ist der Traum jedes Künstlers, der ja für die Präsentation und nicht für sich arbeitet.«

Es schien eine schlüssige Argumentation, aber sie musste widersprechen. »Mir haben Künstler immer gesagt, sie hören auf ihre innere Stimme und nicht auf den Markt.«

»So eine innere Stimme hat auch der Täter«, sagte Bach. »Er handelt zwanghaft, auch wenn er weiß, was er tut. Er kann es nicht unterlassen. Und wenn es abläuft, kann er es nicht bremsen.«

»Meinst du, er würde an den Tatort zurückkehren, wenn die Polizei da ist?«

»Er würde es wohl kaum versäumen. Ebenso wenig wie ein Künstler die Vernissage versäumt, wo sein neues Werk gezeigt wird. Er will die Wirkung sehen, die es auf das Publikum hat. Dafür hat er gearbeitet.«

In Chris hatte sich während der Unterhaltung das Bild zusammengesetzt: Tatsächlich sitzt die Tote wie ein Ausstellungsstück auf der Parkbank, neben ihr der Kaffeebecher und vor ihr die Tauben, die sie zu füttern scheint. Die Polizei kommt – und ganz sicher gehört sie mit zu der Szenerie, die der Killer beabsichtigt hatte, die ersten Zuschauer bleiben stehen, Menschen sammeln sich an, in der Mitte die Staatsanwältin, die der Mörder schon Tage vorher beobachtet hatte, als sie zur Mittagspause auf derselben Parkbank saß und auch Tauben fütterte. Er stand unter den Neugierigen, genoss deren Sensationslust und nahm dann sie, Chris Gregor, in seinen Fokus, verfolgte ihre Bewegungen, sah ihre Ratlosigkeit, während er sich so sicher fühlte, dass er der Versuchung nicht widerstehen konnte, das Risiko des Spiels zu erhöhen, und über die Absperrung sprang, auf sie zuging, ihr seine Visitenkarte gab. Sie sah noch, wie er grinste, als er von den Beamten weggeführt wurde. So wird es gewesen sein. Das überzeugte sie, obwohl sie sich dagegen wehrte. Deswegen hatte sie Hubertus Bach angerufen: Sie wollte ihre Fantasien an der Erfahrung des Spezialisten orientieren. Paula hätte ihr da nicht helfen können, auch wenn sie eine gute Ermittlerin war. Sie hatte es bisher auch mit Mördern zu tun gehabt, aber dieser Killer war ganz anders. Das war auch aus Poschs Bemerkungen deutlich herauszuhören gewesen.

Nun erzählte sie Bach von dem Mann, der über die Absperrung gesprungen war.

Sie hörte ihn leise lachen.

»Warum lachst du?«

»Wegen einer Erinnerung. Ich habe einen Fall in Denver, Colorado, gehabt, wo der Täter die Polizei am Tatort mit einer Videokamera gefilmt hat. Er ist dann über die Absperrung gestiegen und hat einen der Polizisten gebeten, ihn zusammen mit der Leiterin der Ermittlung aufzunehmen. Der Beamte wollte nicht, aber der Täter beteuerte, das sei sein Lebenstraum. Er versprach, der Polizei auch eine Kopie zu schicken, und drängelte so lange, bis die Leiterin zustimmte und ihm seinen Wunsch erfüllte. Er hat tatsächlich eine Kopie der Videoaufnahme geschickt. Diese Aufnahme war es, die später half, ihn zu überführen.«

»Du meinst, wenn sich der eine Täter filmen lässt, kann ein anderer Täter auch seine Visitenkarte dalassen?«

»Aufgrund dieser Erfahrung schließe ich das nicht aus. Wie hat denn der Leiter der Mordkommission darauf reagiert?«

»Leiterin. Paula Zeisberg. Aber die war im Urlaub. Ihr Vertreter, Herbert Justus, schien solche Zwischenfälle gewöhnt zu sein. Sie haben ihn einfach aus dem Sperrbezirk hinausbefördert und fertig.«

»Und ist dir sonst noch etwas aufgefallen? Hat er etwas gesagt, oder konntest du aus seiner ganzen Haltung noch etwas ablesen?«

»Ich erinnere mich an seine Worte: *Ich muss Ihnen etwas Wichtiges sagen.*«

»Dann würde ich ihn anrufen und fragen, was er zu sagen hat.«

»Das wäre eigentlich Aufgabe der Ermittler. Ich habe die Sache Paula Zeisberg auch schon erzählt, aber sie war wenig beeindruckt. Sie meint, es kommt immer wieder vor, dass Passanten die Absperrung überspringen; ihrer Erfahrung nach ist das reine Wichtigtuerei.«

»Ruf ihn selbst an, privat. Du bist eine attraktive Frau, vielleicht interessierte ihn auch nur das.«

»Daran habe ich auch schon gedacht. Aber er wird auf einem persönlichen Treffen bestehen. Und da würde ich mich nicht wohlfühlen.«

»Verstehe ich. Verabrede dich mit ihm an einem Ort, wo genügend Menschen sind, dann würde ich kein Risiko darin sehen. Die Wahrscheinlichkeit ist schon groß, dass er nichts weiter als ein Verrückter ist, der sich vor dir wichtigmachen wollte. Da wird Frau Zeisberg schon recht haben. Sollte sich aber doch etwas anderes ergeben, dann kann sie sich der Sache annehmen. Im Moment sieht es so aus, als ob dich die Ermittler nicht ernst nehmen.«

Das stimmte, schon der Gedanke ärgerte sie. Aber Bach hatte recht – falls der Jogger, Josef Heiliger, Hinweise zu dem Fall gäbe, könnte das Team ihn sich dann vorknöpfen.

Nach diesem Gespräch fühlte sie sich leichter. Es hatte sie beruhigt. Ihre Zweifel, die Nummer morgen anzurufen, waren beseitigt. Sie erinnerte sich jetzt auch daran, dass sie bedrohliche Dinge direkt angehen musste, damit sie nicht zu Gespenstern würden. Statt sich etwas einzubilden, musste sie auf das Problem zugehen, das war auch sonst ihre Erfahrung. Sie hatte in einer Untersuchung gelesen, dass die meisten Menschen durch ihre Fantasien und Projektionen zum Opfer würden. Das wollte sie auf keinen Fall. Daher war sie sogar froh, dass sie für diesen Fall zuständig war und nicht durch die Presse oder aus zweiter Hand davon erfahren hatte und dann keine Möglichkeit gehabt hätte, sich einzuschalten. Vielleicht war diese Parkbank am Spreekanal ein Zufall und der Jogger nur ein harmloser Wichtigtuer. Vielleicht aber war sie wirklich in Gefahr. Und dann könnte sie sich nur selbst helfen.

Ihr kam ein naheliegender Gedanke, den ihre Ängste nur überlagert hatten. Vielleicht würde sie Josef Heiliger im Internet finden. Sie war überrascht, wie viele Treffer der Name bei Google erzielte.

Josef Heiliger war ein erfolgreicher Künstler. Er machte Installationen, früher hatte er gemalt. Geboren war er am 17. 2. 1970 in Oberhausen, sein Vater war Bergarbeiter. Laut der *Frankfurter Allgemeinen Zeitung* und der *Zeit* war er im Moment *der* Herausforderer in der Kunstszene. »Die Welt braucht Rebellen wie mich. Die Worte *Angst, Problem, Harmonie* und *Stumpfheit* habe ich schon in der Jugend aus meinem Vokabular verbannt.« Der Leitsatz seiner Kunst lautete: Wahrgenommene Wirklichkeiten sind Produkte medialer Täuschungsmaschinerien.

Sie überlegte, was er damit meinte. Alles, was sie sah, war eine Täuschung? Die Frau im blauen Kleid auf der Parkbank war gar nicht tot? Oder gar nicht da?

Blödsinn, dachte sie und las weiter.

Kritiker sahen ihn als authentischen Künstler. Die Titel seiner Werke waren provokant: »Requiem für drei Augäpfel« (1995), »Der symbolische Tod« (1997), »Fatale Strategien« (2001), »Transparenz des Bösen« (2003) und »Höllische Nonne« (2006).

Er hatte viele Auszeichnungen gewonnen, wurde als der Shootingstar der Szene bezeichnet – nicht zuletzt, weil die Preise seiner Werke in schwindelnde Höhen schossen.

Konnte so jemand ein Killer sein?

Sie rief Bach gleich noch einmal an.

»Heiliger ist ein erfolgreicher Künstler. Da wird er als Täter nicht infrage kommen. Der bearbeitet seine Probleme, Neurosen, Psychosen oder was sonst auch immer in seiner Kunst. Damit hat er ein Ventil. So einer muss nicht morden.«

»Davon würde ich so grundsätzlich nicht ausgehen«, entgegnete Bach. »Die Psyche von Menschen ist viel komplizierter, als wir ahnen. Man kann jemanden nicht aufgrund seines Berufes als Täter ausschließen. Auch nicht aufgrund eines gewissen Bekanntheitsgrades. Noch wissen wir gar nichts.«

»Ich habe Künstler bisher als interessante Menschen kennengelernt. Meistens jedenfalls«, fügte sie hinzu, nachdem ihr Ralf eingefallen war.

»Auch Mörder sind interessante Menschen«, lachte Bach. »Da könnte ich dir viel erzählen.«

»Also gut, ich werde ihn anrufen.«

»Vielleicht triffst du ihn ja auch. Danach werden wir bestimmt mehr wissen. Triff ihn aber bitte nicht allein.«

13

Obgleich es eine kühle Nacht war, ließ er den Motor nicht laufen. Seine Augen brannten, weil sie auf den Eingang des Cafés fixiert waren. Endlich kam sie. Allein, wie er gehofft hatte. Er sah, dass sie sich umgezogen hatte, und stellte sich vor, wie sie auf der Personaltoilette die lange weiße Schürze, die schwarze Bluse und schwarze Hose ausgezogen und sich frisch gemacht hatte. Nun war sie aufgeputzt in einer roten Bluse mit dicker Perlenkette im großen Ausschnitt. Sie sang vor sich hin, wie er an ihren Lippen erkennen konnte. Sie ging auf ihr Auto zu, öffnete die Tür mit dem Remote Controller, riss sie mit Schwung auf, warf die Handtasche hinein und zog den engen Rock hoch, um besser einsteigen zu können. Die Tür knallte zu, das Licht flammte auf, und sie fuhr zügig los.

Er folgte ihr und schaltete die Scheinwerfer erst nach fünfzig Metern ein. Er witterte, dass sie etwas vorhatte, etwas Sexuelles. Und an der nächsten Kreuzung fand er es bestätigt – sie nahm nicht den Weg nach Hause. Es ist mitten in der Nacht, wie lange willst du dich noch herumtreiben?, schimpfte er.

Sie fuhr am Bundeskanzleramt vorbei, dann an der *Schwangeren Auster*, und bog vor dem Schloss Bellevue links ab. In der Lietzenburger Straße hielt sie vor einem großen Appartementhaus. Die meisten Fenster waren dunkel. Er sah auf die Uhr: eins.

Sie stieg aus und ging zum Eingang des Hochhauses.

Als sie klingelte, konnte sie die Haustür gleich danach aufdrücken – sie wurde also erwartet.

Langsam fuhr er an ihrem Wagen vorbei, wendete an der nächsten Kreuzung und fand einen Parkplatz in der kleinen Seitenstraße schräg gegenüber dem Appartementhaus. Er löschte das Licht, stieg aus und überzeugte sich, dass hier unbeschränktes Parken erlaubt war. Niemand würde seine Nummer aufschreiben, wenn er den Wagen zwei Tage stehen ließ. Er würde keinen Fehler machen – auch nicht nachts allein im Auto warten, was Passanten auffallen könnte, und dann über das Kennzeichen identifizierbar sein.

Er hatte die junge Frau tagelang beobachtet. Jetzt war es so weit. Langsam bewegte er sich auf das Appartementhaus zu. Auf der anderen Straßenseite ging ein Mann mit einer Aktentasche vorbei, später kamen zwei junge Türken, die sich laut unterhielten.

Er stand, unsichtbar für Passanten, im Schutz der Einfahrt neben dem Haus.

Als nach einer Stunde das Licht im Treppenhaus wieder ansprang, wusste er, dass sie es war.

Er löste sich aus dem Schatten, huschte zu seinem Wagen und duckte sich.

Suchend blickte er hin und her, bis er sie zwischen zwei geparkten Autos erspähte. Er kannte den rhythmischen Hall ihrer Schritte und spürte ihren Herzschlag, selbst über diese Distanz. Wovor lief sie davon? Sie konnte ihn nicht gesehen haben. Aber es gefiel ihm – so würde er sie schneller umarmen. Er sehnte sich danach, sie flehen zu hören. Er sog die Luft ein. Ihm war, als hörte er sie bereits schreien. Seine Haut kribbelte von den Zehen bis zu den Haarwurzeln.

Lautlos und schnell näherte er sich seiner Beute, stand jetzt hinter ihr, hielt ihr mit der einen Hand den Mund zu und stieß ihr mit der anderen Hand die Pistole ins Genick. »Wenn du leben willst, tu genau, was ich dir sage«, zischte er ihr ins Ohr. Er roch, dass sich ihr Parfum mit der Ausdünstung von Schweiß mischte. »Klapp den Sitz nach vorn.«

Sie gehorchte. Er stieg rückwärts hinten ein und zog sie auf den Fahrersitz vor sich.

»Mach die Tür zu.« Er drückte ihr die Pistole gegen den Hals.

Sie gehorchte.

»Fahr los.«

Sie startete.

Er verbot ihr zu sprechen und spürte seine ansteigende Erregung.

Es war alles vorbereitet.

Sie fuhren an der Skandinavischen Botschaft mit den grünen Lamellen vorbei, die nachts verschlossen waren, dann die Hofjägerallee entlang auf die Siegessäule zu.

Sanft rieb er den Pistolenlauf an ihrem Hals und dirigierte sie mit barschem Ton. »Rechts!«, befahl er, als die Seestraße kam, wo sie über die Brücke Richtung Westhafen in das Gewerbegebiet fahren sollte. Das Gelände war in der Nacht ausgestorben.

Mit der Fernbedienung öffnete er das Garagentor und wies sie an, ihren Wagen neben seinem VW-Kombi abzustellen. Während sich das Tor wieder schloss, führte er sie durch die Eisentür in seine Halle. Er lächelte über ihren schrillen Aufschrei, als sie den Holzstuhl mit den Lederfesseln erblickte. Aber niemand außer ihm konnte sie hören.

Sie kreuzte die Arme über der Brust und weigerte sich, ihre Kleider abzulegen. Er betrachtete ihre Angst und Wut, als redete sie ohne Ton; er hatte ihre Stimme ausgeblendet.

Plötzlich schwieg sie, starrte ihn an, holte tief Luft und schrie wie eine Wahnsinnige. Er dachte an das Brüllen von Rindern auf dem Schlachthof. Sie witterte den Tod.

Als sie Luft holte, sagte er: »Wenn du nicht tust, was ich dir sage, wirst du sterben.«

Sie schrie, außer sich vor Angst, und er wartete, bis sie erschöpft war.

Er ging zu der Butangasflasche im Küchenbereich, an der ein Flammenwerfer angeschlossen war, öffnete das Ventil und entzündete die Flamme. Sie war klein und blau, flackerte und tanzte, bereit, bei einer weiteren Drehung des Ventils wie eine Furie nach vorne zu springen.

»Wenn du dich nicht ausziehst, werde ich dir die Kleider vom Leib brennen.«

14

Als Chris am nächsten Tag zum Telefon griff und die Nummer wählen wollte, klingelte es. Sie zuckte mit der Hand zurück und starrte den Apparat wie ein Tier an. Nach dem vierten Läuten hob sie schließlich ab.

»Mutti hier, hallo, Christiane. Ich wollte dich nur erinnern, dass wir morgen kommen. Nicht, dass du das vergisst.«

»Nein, das vergesse ich nicht«, sagte sie automatisch. Sie musste sich auf die Worte der Mutter konzentrieren, die ausgerechnet jetzt, wo sie sich auf das Telefonat mit Heiliger eingestellt hatte, anrief.

»Ich dachte, ich erinnere dich besser – du arbeitest doch so viel.«

»Ja, gut. Ich freue mich. Es ist schon so lange her, dass ihr in Berlin wart. Wann kommt ihr denn?«

»Erst gegen zwei. Aber da können wir immer noch schön einkaufen gehen. Das hat Papa nämlich vorgeschlagen.«

»Der Gute«, lachte Chris. »Dann bis morgen, tschüs.«

Sie legte auf. Dann reckte sie sich, stieß ein lautes »Haa« aus. Der Schreck war verflogen, und sie wählte, ohne zu zögern, Heiligers Nummer. Sie fühlte sich unwohl, aber das änderte sich, als sie seine kräftige Stimme hörte.

»Oh, das überrascht mich«, sagte er, nachdem sie ihren Namen genannt hatte.

Wusste er gleich, wer sie war? »Was überrascht Sie?«

»Haben Sie Ihr Bild in der Zeitung gesehen?«

»Welches Bild?«

»Da stehen Sie hinter der Toten. Es sieht aus, als ob Ihre Hand auf deren Schulter liegt, während sie die Tauben füttert.«

»Sie haben behauptet, Sie würden mir etwas zu diesem Fall sagen.«

»Sie meinen, wer der Täter ist?«

»Wenn es das ist, ja, bitte.«

»Am Telefon würde ich das ungern tun.«

»Sie können in mein Büro kommen. Wissen Sie, wo die Staatsanwaltschaft ist?«

»Weiß ich nicht. Möchte ich aber auch nicht. Wie wäre es um achtzehn Uhr in der Galerie Kaldewey in der Fasanenstraße? Da wird eine neue Arbeit von mir gezeigt.«

Schon wieder, dachte sie im Hinblick auf die Tote als Kunstwerk. »Von Ihnen? Sind Sie Maler?«, fragte sie scheinbar ahnungslos.

»Wenn man so will. Man könnte auch sagen bildender Künstler. Ich mache Installationen. Falls Sie wissen, was das ist«, fügte er hinzu.

Frech, dachte sie. »Sie können es mir erklären.«

»Gern, wenn Sie kommen. Um achtzehn Uhr, Fasanenstraße 27.«

Als sie die Galerie betreten wollte, wurde sie gleich wieder hinausgedrängt. Der Raum war voller Menschen, es ging zu wie in einer heiß begehrten Disco. Die Besucher hatten sich hineingezwängt, aber gerade war eine Gegenbewegung entstanden, die die letzten wieder auf die Straße zurückdrückte.

Sie wollte schon aufgeben, als jemand neben ihr fragte, ob sie den Sturm auf die Bastille noch einmal versuchen wolle oder ob sie lieber gemeinsam ein ruhiges Plätzchen aufsuchen sollten. Sie hatte ihn nicht bemerkt. Er stand neben ihr – volle Lippen, ausdrucksstarke Augen, das Haar halblang, in einem gut geschnittenen schwarzen Anzug, mit schwarzem Stehkragenhemd darunter.

Er schaute auf die Uhr. »Pünktlich wie die Staatsanwälte«, stellte er spöttisch fest.

Am Telefon hatte er auch bereits ihren Namen gewusst, obwohl er in den Medien nicht erwähnt worden war. Sie hatte das überprüft. Was wusste er noch von ihr?

Ihr war es recht, dass sie nicht hineinkamen, so würde sie schneller ihre Informationen bekommen und könnte Bach vielleicht noch treffen.

»Lassen Sie uns hier draußen bleiben. Das ist besser, als sich drinnen gegenseitig zu zerquetschen.«

»Wie Sie wünschen.« Immer wieder grüßten ihn Leute, die neu hinzukamen und ebenfalls draußen bleiben mussten, und wenn sie nicht grüßten, schauten sie herüber und sprachen über ihn.

Josef Heiliger. Chris hatte den Namen noch nie gehört, aber das bedeutete nichts, denn in der letzten Zeit hatte sie sich um die Kunstszene nicht kümmern können.

»Sie können mir etwas über den Mörder sagen?«

Er grinste. »Ich kann Ihnen sagen, dass ich nichts über ihn weiß.«

Sie zwang sich zu einem Lächeln. »Als Sie mir Ihre Visitenkarte in die Hand drückten, sagten Sie, Sie hätten mir etwas Wichtiges mitzuteilen. Deswegen sollte ich anrufen.«

Er wurde ernst. »Ich war beeindruckt von dem, was ich da sah. Im ersten Moment hielt ich es für eine Installation.«

»Im ersten Moment?«

»Ja. Ich bin da schon mal vorbeigelaufen, als noch keine Polizei da war, und ich war erstaunt, dass dort jemand eine Installation aufgebaut hatte. Offen gestanden, hielt ich es für ein Kunstwerk.«

Sie musterte ihn, aber er war völlig ernst.

»Das müssen Sie mir erklären«, sagte sie.

»Zuerst dachte ich, da sitzt eine Frau und füttert Tauben, aber als ich näher kam und sich nichts bewegte, nicht mal die Tauben, wusste ich, dass es eine Installation ist. Ich lief ziemlich schnell, wollte nicht anhalten und dachte, das sehe ich mir auf dem Rückweg genau an, und als ich zurückkam, war da der Menschenauflauf. Ich war überrascht, dass die Installation an diesem Platz so einen Erfolg hatte. Aber dann erfuhr ich, was da geschehen war.«

»Gut. Und warum haben Sie mir dann Ihre Visitenkarte gegeben?«

»Ich wollte Sie wiedersehen.« Er flirtete mit ihr, und in einer anderen Situation hätte es ihr gefallen.

»Wann sind Sie das erste Mal dort vorbeigekommen?«

»So um acht.«

»Und da hielten Sie die Frau mit den Tauben für eine Installation.«

Er grinste. »Sie bewegte sich nicht. Und Tote liegen normalerweise ja irgendwo im Gebüsch, oder?«

»Nicht immer, wie Sie sehen.«

»Jedenfalls erwartet man nicht so eine Tote. Aber auch ein Kunstwerk zeigt nicht das, was man erwartet. Im Gegenteil – es will überraschen, Nachdenken und Schock auslösen.« Er sah ihr fest in die Augen. »An diesem Aufbau war alles präzise und kalkuliert – bis hin zur Positionierung der Tauben. Das sind Merkmale einer Installation. Sie schöpft das Äußerste an Planung für die Wirkung aus. Nicht nur das Konzept muss super sein, sondern auch die Ausführung. Kunst fordert Akkuratesse.«

»Ich spreche von Mord und Sie von Installation.«

»Deswegen sind Sie doch gekommen, damit ich Ihnen erkläre, was eine Installation ist. Am besten an einem praktischen Beispiel und am besten an einem, das Sie anspricht.« Grinsend setzte er hinzu: »Oder das Sie aufregt.« Er zog sie zur Eingangstür der Galerie. »Mit Aufregung und Empörung setzt auch das Interesse ein.«

Er machte einen hellwachen und nüchternen Eindruck, und wie sie sehen konnte, hatte er auch Erfolg. Er war keiner, der Dinge um sich herum nicht richtig einschätzen konnte. Sie mochte seine Provokationen nicht. Unter anderen Umständen hätte sie nicht zugelassen, dass er so mit ihr sprach. Doch sie wollte ihn so viel wie möglich reden lassen. »Wenn Sie den Ort ringsherum mit einbeziehen, begreifen Sie, was eine Installation ist. Stellen Sie sich vor, die Parkbank hätte in der Neuen Nationalgalerie gestanden, genau so wie an der Spree-Promenade: Dann würde man es eine Installation nennen.«

»Inklusive der Polizisten?« Sie hatte jetzt den Ton gefunden.

Er schüttelte den Kopf und schnalzte mit der Zunge. »Die Polizisten würde ich durch Duane-Hanson-Figuren ersetzen. Kennen Sie seine Plastiken?«

Chris erinnerte sich. »Sie wirken wie echte Menschen aus dem Alltag. Ein Touristenpaar mit Kamera um den Hals zum Beispiel.«

»Kompliment.« Heiliger neigte den Kopf. »Der Effekt ist der extreme Naturalismus. Wenn Sie auf Hansons Touristenpaar zugehen, halten Sie die beiden für lebendig. Darin besteht die Wirkung.«

»Aber dann merkt man, dass sie sich nicht bewegen.«

»Richtig. In dem Moment gibt sich die Künstlichkeit zu erkennen. Aber wo lässt die Natürlichkeit ihre Maske fallen, wenn die Figur nicht aus Plastik ist, sondern aus echten Muskeln, die präpariert wurden?«

»Wenn es als Mord erkannt wird.«

»Lassen wir den mal beiseite. Stellen Sie sich vor: Gestern war sie noch am Leben, und heute ist sie Teil einer Installation. Nach drei Tagen ist die Arbeit weltberühmt, und ein halbes Jahr später kauft sie das Museum of Modern Art in New York.«

Sie führte den Gedanken weiter. »Im Museum gibt es immer diese kleinen Schildchen mit dem Namen des Künstlers drauf. Was würde in diesem Fall da stehen?«

Sie sah, dass er schwer atmete und sie fixierte. Sie versuchte, seinem Blick standzuhalten. Ihr wurde heiß dabei, und sie schaute weg. Sie spürte Angst aufsteigen. Es machte sie nervös, dass er nicht antwortete. Sie wollte weg und suchte nach einem abschließenden Satz.

In diesem Augenblick wurde Heiliger von einem Mann zur Seite gezogen und in ein Gespräch verwickelt.

Chris nahm ihr Handy und rief Bach an. Sie wollte, dass er kam, um sich Heiliger anzusehen. Hubertus bedauerte, er habe gerade Gäste aus Wien.

»Können wir uns dann morgen Vormittag sehen?«, fragte sie nach.

»Morgen ist Samstag, da besuche ich meine Mutter.«

»Das kannst du ja mal verschieben«, insistierte sie. »Also, was ist?«

Er wollte nicht und fand gleich noch ein Argument: »Es ist ungeschickt für dich als Neue in der Abteilung, irgendwelche vielleicht wichtigen Dinge mit mir zu besprechen. Als Außenstehendem. Es ist etwas anderes, wenn du offiziell die Zustimmung bekommst.«

»Was für eine Zustimmung?«

»Es gibt die Möglichkeit in schwierigen Fällen, dem ermittelnden Team einen externen Berater zur Seite zu stellen. Dann ist es okay, wenn du mit dem Berater Zeugen oder Verdächtige befragst und die Ergebnisse von ihm ausgewertet werden.«

»Es ist Freitagabend – vor Montag ist da nichts zu machen.«

»Dann sollte zumindest die Leiterin der Mordkommission dabei sein.«

Ihr war klar, dass Paula einbezogen werden musste, aber gleich jetzt? Sie hatte Paula nicht darüber informiert, dass sie sich mit dem Jogger hier traf, und wollte erst mal allein mit Hubertus reden. Außerdem hatte sie Paula auch nicht von dem gestrigen Telefonat mit Bach berichtet.

Chris sah, dass Heiliger seine Unterhaltung beendete und zu ihr zurückkam. »Ich muss aufhören. Kann ich nachher noch einmal anrufen?«

»So um zehn. Dann ist mein Besuch gegangen.«

»Bis später.«

Als sie das Handy wegsteckte, stand Josef Heiliger wieder vor ihr. »Ich will Ihnen nach der Theorie nun eine echte Installation zeigen.«

Er fasste sie am Arm und zog sie durch die Besucher. Dabei redete er weiter auf sie ein.

»Die erste Installation überhaupt war das berühmte Pissoir von Duchamps 1917 in Paris. Was Sie gleich sehen, ist die Spitze einer Entwicklung, die immer schneller fortschreitet. Dabei ist die entscheidende Frage: Was kann unsere Aufmerksamkeit noch fesseln? Die Frage nach dem Sinn erreicht uns nicht mehr. Stattdessen gelten dramatische Anstöße und heftige Impulse, die vielleicht sogar einen Schock auslösen.« Er blieb so abrupt stehen, dass sie ihm auf den Fuß trat. Er ergriff mit beiden Händen ihre Arme und schaute sie seltsam an. Wütend? Herausfordernd? Gierig? Er ließ sie aber gleich wieder los und fuhr fort: »Dann lebt die Frage nach dem Sinn vielleicht noch einmal auf und röchelt wie ein Gespenst: Was soll das alles?«

Er zog sie weiter, vor ein großes Wasserbecken aus durchsichtigem Plexiglas. Auf einem Lattenrost lag ein nacktes Paar, das sich umarmte, während sich das Becken mit Wasser füllte. Stetig stieg es an, und die Liebenden klammerten sich aneinander, bis nur noch ihre Gesichter aus dem Wasser ragten. Dann wurden auch diese überspült. Die langen Haare der Frau schwebten um sie herum, das Wasser stieg weiter, und die Bewegungen des Paares erstarben.

»Überlebt die Frau?«, fragte Chris provozierend.

Heiliger konterte: »Sie würden unter meinen Händen auch nicht sterben.«

»In dem Becken da?«

»Oder auf der Parkbank.« Er lächelte charmant.

15

Die Leuchtschrift *Filmpalast* zog sie an.

Sie hatte sich von Heiliger verabschiedet, als das Wasser im Becken wieder bis auf den Grund gefallen war und das Liebespaar sein Spiel von Neuem begann.

Sie war langsam zum Ku'damm gegangen, hatte keine Lust, direkt nach Hause zu fahren. Die Begegnung mit dem Künstler hatte ihr zugesetzt.

Ihr war bewusst, dass sie neben allem anderen noch das Problem hatte, Paula nicht von dem Treffen mit einem wichtigen Zeugen erzählt zu haben. Sie hatte gehofft, etwas Konkretes, Belastendes oder Entlastendes zu finden. Aber die Sache war in der Schwebe geblieben. Sie war keinen Schritt weitergekommen. Für sie war es ein Widerspruch, dass jemand seine Spuren so raffiniert verbarg, sich dann aber den Ermittlern per Visitenkarte präsentierte. Könnte jemand so planvoll und zugleich so plump sein?

Während sie die Menschen auf der Straße beobachtete, versuchte sie sich zu entspannen. Sie spürte ihren schmerzenden Nacken und bewegte den Kopf hin und her. Sie wollte sich ablenken, aber ihre Gedanken blieben bei Heiliger. Sie wusste natürlich, dass Serienmörder oft auf sich aufmerksam machen wollten. Aber bisher war es nur eine Behauptung Bachs, dass es sich um einen Serienmörder handelte.

Sie stand nun vor dem Kino und ging an den erleuchteten Schaukästen mit den Filmfotos vorbei zur Kasse. Der Verkäufer blickte nur kurz auf, als er den Preis nannte. Der würde sich weder an sie noch an irgendeinen anderen Besucher erinnern.

Im Foyer holte sie sich ein Bier und eine Tüte Popcorn. »Läuft der Film gut?«

»So wie heute ist es jeden Abend«, sagte der Verkäufer freundlich.

Eine ältere Dame riss die Karte ab und wünschte viel Spaß.

Drinnen war es so dunkel, dass sie stehen blieb. Als die Werbung begann, hatte sie genug Licht, um die Sitzreihen mit den Umrissen der Zuschauer zu sehen. Sie ging langsam nach vorne, bis dahin, wo niemand mehr saß, und nahm am Rand Platz. Sie wollte nicht alleine in der Mitte sitzen. Sie achtete nicht auf die Werbung. Ihre Füße waren vom langen Stehen auf der Vernissage heiß und angeschwollen. Sie zog ihre Schuhe aus und legte sie umgekehrt auf die beiden Lehnen des Vordersitzes, damit sie sie anschließend nicht suchen musste. Die Bilder auf der Leinwand lenkten sie ab, sie atmete auf und rutschte im Sitz herunter, sodass sie ihren Kopf aufstützen konnte. Dann streckte sie die Beine aus, und ein Schuh fiel herunter.

Aber die Ablenkung hielt nicht an. Sie musste wieder an Silvia Arndt denken, an das Jugendfoto, das neben den Obduktionsfotos in der Akte lag, und daran, dass dieses Kino hier ihre letzte Station im Leben gewesen war.

Sie drehte sich um, das Kino war gut gefüllt. Die Zuschauer saßen oft zu zweit, meistens mit einem freien Platz zu ihren Nachbarn rechts und links. Die Reihen hinten waren dicht besetzt. Es war unwahrscheinlich, dass sich jemand einen Fremden merken würde. Der Aufwand, die

Kinobesucher aus Silvia Arndts Vorstellung per Medienaufruf zu suchen, würde sich nicht lohnen. Als nach der Werbung das Kino noch mal hell wurde, sah sie sich erneut um und war sicher, dass sie später niemanden wiedererkennen würde.

Dann begann ein Liebesfilm, der sie kalt ließ. Sie fand, dass man schon ziemlich einsam sein müsste, um von diesen Hollywoodklischees berührt zu werden. Aber vielleicht waren gerade Frauen mit solchen Sehnsüchten Opfer von Männern, die sie geschickt zu bedienen vermochten. War Heiliger nicht jemand, der sich mit Wirkungen, Effekten und Verführungen beschäftigte?

Sie ging während des Films hinaus. Dabei versuchte sie, sich in Silvias Situation zu versetzen. Wo könnte der Täter sie angesprochen haben? Auf der Straße? Sie blieb stehen. In welche Richtung könnte sie gegangen sein? Sie hatte keine Ahnung. Alles war möglich.

Zu Hause stellte sie den Fernseher an, aber ohne Ton, und machte sich in der Küche einen Salat. Als die Tagesschau begann, stellte sie den Ton an. In dem Beitrag über das Verbrechen, das das ganze Land beschäftigte, zeigten sie Silvia Arndt, wie sie auf der Parkbank saß. Dann berichteten sie mit ein paar Sätzen aus ihrem Leben und blendeten Kindheits- und Jugendfotos ein. Anschließend wurde die Bevölkerung zur Mithilfe aufgerufen und die Telefonnummer genannt, unter der sachdienliche Hinweise gemeldet werden konnten. Chris schaltete ab und rief Bach an.

»Hallo, Hubertus. Hast du die Nachrichten gesehen?«

»Ja. Nichts Neues.«

»Ich habe in dem Gespräch mit Heiliger keine Anzeichen gefunden, die uns weiterbringen.«

Bach lachte. »Das ist eine Kunst. Dazu braucht man jemanden wie mich, der Erfahrungen auf diesem Gebiet mitbringt.«

»Deswegen würde ich dich gern treffen. Am besten gleich morgen. Du hast angekündigt, dass der Täter wieder morden wird. Wir dürfen also keine Zeit verlieren.«

»Gut. Dann fahre ich morgen ausnahmsweise später zu meiner Mutter. Der Sache zuliebe und dir zuliebe. Wie wär's um elf bei dir im Büro?«

»Sehr gut, danke. Ich weiß aber nicht, ob Paula Zeisberg dabei sein kann.«

»Das würde ich empfehlen.«

»Offen gestanden, ist es mir peinlich, dass ich sie nicht über meine Verabredung mit dem Jogger informiert habe und nicht über unser Telefonat.«

»Gerade deswegen. Wir sollten das morgen nachholen. Es gibt eine Menge Missverständnisse, wenn wir sie nicht einbeziehen. Stell dir vor, der Jogger ist tatsächlich der Täter, dann wird sie dir das nie verzeihen. Seid ihr nicht befreundet?«

»Ja. Und daher weiß ich auch, dass sie nicht so leicht zu überzeugen ist. Stell dir das nicht so einfach vor.«

»Ich weiß – die eingefahrenen Wege, die alten Methoden. Alles klar.«

»Du meinst, du könntest sie davon überzeugen, dass der Täter auch ein Künstler sein könnte, der aus Menschen Skulpturen macht? Dass zumindest die Möglichkeit besteht?«

»Ich denke schon.«

»Sie lebt seit vielen Jahren mit einem Künstler zusammen.«

»Das wird es nicht leichter machen. Aber dieser hochexplosive Fall ist dein erster Fall, und wenn du auf irgendwelche Empfindlichkeiten von Mitarbeitern Rücksicht nimmst, bist du verloren.«

»Du hast recht. Also um elf in meinem Büro.«

16

Paula war früh auf den Markt gegangen und hatte eingekauft, weil Ralf morgen zurückkommen würde und sie als Geste der Versöhnung für ihn kochen wollte.

Als sie heute früh aufgewacht war, hatte sie solche Sehnsucht danach, seine Stimme zu hören, dass sie ihn angerufen hatte, obwohl sie wusste, dass er noch schlief. Aber er freute sich, so liebevoll geweckt zu werden. Es war ein Telefonat mit wenigen Worten, nur um sich nahe zu fühlen. Er wollte danach weiterschlafen, und sie war aus dem Bett gesprungen, um vor ihrem Termin noch zum Markt zu gehen. Vor allem brauchte sie Fleisch zum Grillen, Rucola, schwarze Oliven – die Ralf besonders mochte – und andere Leckereien, mit denen sie ihn überraschen wollte.

Während sie die Sachen im Kühlschrank verstaute, erklärte sie ihrem Kater: »Stell dir vor, meine Staatsanwältin will, dass ich zu ihr ins Büro komme. Am Samstag!« Chris hatte darauf gedrängt, dass auch Bach mit dabei sein würde. Er hielt Gastvorlesungen an internationalen Universitäten und war als Profiler und Gerichtsgutachter tätig. Chris versprach sich Hilfe von ihm, vermutlich weil sie meinte, die Dekoriertesten wären die Besten. Paula war in dieser Einschätzung schon manches Mal enttäuscht worden. Sie gab nichts auf Titel und Ehrenbezeichnungen, sie verließ sich auf ihre Wahrnehmung und die konkreten Ergebnisse.

Als sie Richtung Moabit fuhr, dachte sie an den gestrigen Tag. Marius war bis zur Abendvorstellung im Kino geblieben und hatte den Angestellten Fotos von Silvia Arndt gezeigt, aber niemand hatte sie erkannt. Auch das Ergebnis der Spurensuche in der Wohnung war enttäuschend. Es waren keine Fremdspuren gefunden worden. Silvia Arndt hatte offenbar nie Besuch gehabt. Die Aufrufe in den Medien, wer sie in der fraglichen Zeit gesehen hatte, waren ohne Ergebnis geblieben. Es hatten sich nur Wichtigtuer gemeldet, die keine ernst zu nehmenden Hinweise geben konnten. Auch die letzten gerichtsmedizinischen Untersuchungen hatten nichts Neues gebracht, es gab kein Sperma, keine Haar- oder Schweißspuren vom Täter. Es war, als hätte er sein Opfer gar nicht berührt. Selbst die Nachricht aus dem kriminaltechnischen Institut über das Mordwerkzeug war enttäuschend. Die rote Glaskugel war ausgebohrt und an der Nadel mit einem Klebstoff befestigt worden, den es in jedem Baumarkt gab. Den Stahlstift hatte der Täter wahrscheinlich selbst auf die gewünschte Länge zugeschnitten und die Spitze scharf geschliffen. Alles, ohne Spuren zu hinterlassen.

Blieb noch die Frage, ob der Täter Silvia Arndt gekannt hatte oder nicht. Besucht hatte er sie jedenfalls nicht – laut Spurenermittlung –, und die Hausbewohner hatten auch keine Besucher gesehen. Sie kannten Silvia Arndt nur von flüchtigen Begegnungen im Treppenhaus oder Fahrstuhl, und da war sie immer allein.

In ihrem Computer waren ebenfalls kaum Adressen oder Personen zu finden, mit denen sie in der letzten Zeit Kontakt gehabt haben könnte. Aus der Telefonrechnung ging hervor, dass sie mit niemandem telefoniert hatte, außer mit einem Reisebüro. Waldi war sofort hingefahren. Silvia

Arndt hatte sich nach der Blumeninsel Madeira erkundigt, aber nicht gebucht.

Außerdem hatte Paula gestern noch das Gespräch mit dem Angler gehabt, der auf einem der Tatortfotos zu sehen war. Tommi und Max hatten ihn morgens wieder am gegenüberliegenden Ufer angetroffen. Er kam dann um elf ins Büro, weil er immer von fünf bis zehn angelte. Der fünfundsechzigjährige Rentner Kurt Ettee – ein Hugenotte, wie er betonte –, wurde in Moabit geboren. Sein Großvater und sein Vater hatten schon in der Spree geangelt und ihn als Buben mitgenommen.

Ettee erzählte, dass man sich beim Angeln konzentrieren müsse und ringsherum nichts wahrnehme. Angeln sei eine Fisch*jagd.* »Da hält man nicht nur die Schnur ins Wasser und wartet«, sagte er, empört darüber, wie sich Laien das Angeln immer vorstellten. »Man muss die Tiefe des Wassers ausloten, um die Schnur mit dem Köder auf die richtige Länge einzurichten: gekochte Kartoffeln oder Brötchenteig für Friedfische wie Schleie und Regenwürmer für Raubfische wie Barsche. Die Köder müssen ständig erneuert werden, damit die Fische den Haken nicht entdecken. Und die Pose muss man immer im Blick haben, sonst verpasst man, wenn ein Fisch beißt. Dann braucht man sich gar nicht erst hinzusetzen. Ich lege immer drei Angeln aus und habe damit viel zu tun.«

Paula hatte sich alles ruhig angehört. Als er fertig war, schwieg sie, bis die Ruhe ihn nervös machte. Sie dachte, ein Angler würde das lange aushalten, weil das stille Sitzen sein Element war. Aber Ettee rückte unruhig hin und her und sagte dann: »Kurz nach dem Auswerfen der ersten Angel habe ich am anderen Ufer einen Krankenpfleger gesehen.«

»Woran haben sie den erkannt?«, fragte sie.

»Er hat einen Rollstuhl geschoben.«

»Und woran konnte man erkennen, dass er Krankenpfleger war?«

»Am Rollstuhl.«

»Und wohin hat er den Rollstuhl geschoben?«

»Zu der Bank drüben.«

»Und dann?«

»Er setzte die Frau auf die Bank und ging mit dem Rollstuhl weg.«

»Die Gelähmte war eine Frau?«

»Sie hatte ein blaues Kleid an.«

»Und was machte der Krankenpfleger dann?«

»Er ging wieder zurück.«

»Zur Lutherbrücke? Nach links von Ihnen aus?«

Ettee nickte. Er nahm seine graue Schiebermütze ab, kratzte sich am Kopf und setzte sie wieder auf.

Paula hatte noch versucht herauszubekommen, was der »Krankenpfleger« anhatte, wie lange die Frau auf der Parkbank gesessen und was sie getan hatte. Aber es war nichts weiter zu erfahren. Ettee hatte an dem Morgen früher aufgehört zu angeln als sonst, weil er zum Arzt musste. Es war schwer einzuschätzen, ob er tatsächlich nicht mehr gesehen hatte oder nicht mehr gesehen haben wollte. Er sah aus, als ob er zu den Leuten gehörte, die nichts äußern, was ihnen Scherereien bringen könnte. Sie beschloss, ihn in den nächsten Tagen morgens beim Angeln zu beobachten und selbst zu sehen, wie viel man von seiner Position aus erkennen konnte.

Immerhin wusste sie nun, dass Professor Posch mit dem Rollstuhl recht gehabt hatte. Sie hatte das Team angewiesen, weiter nachzuforschen, ob sich jemand finden lasse, der gegen fünf in der Nähe der Lutherbrücke etwas Auffälliges beobachtet hatte. Reine Routine, aber vielleicht würde dabei etwas herauskommen.

Als sie im Gericht die Treppe zu Chris' Büro hinaufging, freute sie sich, dass sie in der Keithstraße arbeitete und nicht hier. Dieser gotische Bau mit seinen breiten Treppen in drei Richtungen und den Emporen mit den Spitzgiebeln war ihr zu bombastisch. Das hohe, sakral wirkende Gebäude strahlte eine Autorität aus, die jeden Besucher zu einem kleinen Menschen schrumpfen ließ.

Sie klopfte an Chris' Bürotür und trat gleich ein.

Das Büro war groß. Neben dem wuchtigen Schreibtisch, auf dem etliche Akten lagen, gab es eine Sitzecke mit einem Couchtisch. Durch die drei Fenster zum Innenhof blickte man direkt auf die Mauer der Strafvollzugsanstalt mit den Stacheldrahtrollen. Verständlich, dass Chris in der Pause zur Spree fuhr.

Bach war schon da. Er stand auf, um Paula zu begrüßen.

Sie schätzte ihn auf vierzig oder etwas darüber. Er war blass und schlank, hatte aber ein fleischiges Gesicht mit einem Grübchen im Kinn. Mit seinen hellblauen Augen lächelte er sie freundlich an.

»Ich freue mich, Sie kennenzulernen. Ich habe Ihren letzten Fall in den Medien verfolgt. Ich bin beeindruckt. Ich schätze Kompetenz, gerade heute, wo es vielen nur noch um die Karriere geht.« Er wartete einen Augenblick, ob sie etwas sagen würde, und fügte dann hinzu: »Kompliment. Haben Sie den Täter erschossen?«

Paula warf Chris einen schnellen Blick zu. Beide wussten, dass Paula die Frage unangenehm war. Der Täter war eine Frau gewesen, was keiner gewusst hatte, und der tödliche Schuss, den Paula hatte verhindern wollen, war von einem Scharfschützen abgegeben worden.

Chris sagte schnell: »Wir sind seit zwei Stunden hier und gehen das Material durch. Professor Bach hat gerade das Sektionsgutachten gelesen.«

Er nahm wieder hinter dem Schreibtisch Platz, und Chris zog einen Stuhl heran, sodass beide Frauen ihm gegenübersaßen. Paula irritierte diese Sitzordnung, aber das ging sie nichts an.

»Frau Gregor hat um diese Unterredung gebeten«, sagte Bach, »weil sie meine Meinung zu einem Vorfall hören möchte, der sich bei der Ermittlung am Fundort der Leiche ereignet hat.«

»Du weißt, dieser Typ, der mir seine Visitenkarte in die Hand gedrückt hat«, sagte Chris. »Er heißt Josef Heiliger. Ich habe Professor Bach von diesem Auftritt erzählt, und er gab mir den Tipp, ihn anzurufen und zu fragen, was er mir Wichtiges zu sagen hat.« Sie berichtete kurz, was sie über Josef Heiliger herausgefunden hatte, dass sie sich mit ihm verabredet hatte und wie die Installation Der *Untergang der zwei Liebenden* auf sie gewirkt hatte.

Paula hörte aufmerksam zu. Sie hatte ihre eigene Meinung über den Jogger, ob er nun ein Künstler war oder nicht, und war erstaunt, wie anders ihre Freundin damit umging. Würde es nicht ein Mordfall sein und Chris nicht die Leitende Staatsanwältin, hätte sie es für einen Flirt gehalten. In Paulas Augen fand dieser Kerl Chris attraktiv und wollte Kontakt aufnehmen, aber da er ein exaltierter Künstler war, musste sein Auftritt natürlich auch entsprechend verrückt sein. Dabei hatte er Instinkt bewiesen, denn das passte zu Chris. Dramatische Liebesszenen gefielen ihr. Paula erinnerte sich an die eine oder andere Affäre, die ihr die Freundin erzählt hatte, und immer ging es um Verrücktheiten, Auftritte, unmögliche Uhrzeiten oder Treffpunkte. Einer hatte sich mal mit ihr am 13.13. um 13.13 Uhr auf dem Eiffelturm verabredet, und sie war tatsächlich am 13. Januar, den sie als den 13. Monat verstand, hingeflogen. Und es war eisig kalt, als sie seine Liebeserklärung bekam. Aber dass sie jetzt innerhalb ihres Jobs auf diesen exaltierten Auftritt reagierte, irritierte Paula.

Als ahnte Chris ihre Gedanken, beendete sie die Geschichte damit, dass sie von sich aus nach Paulas Hinweis keinen Zusammenhang mehr zwischen dem Jogger und dem Mordfall gesehen hätte, dass Professor Bach da aber anderer Meinung sei und sie deswegen hier zusammengekommen seien. »Es gibt eben Dinge, die sieht man nicht, wenn man keine lange Erfahrung hat.« Sie deutete mit einer Handbewegung auf Bach, ohne Paula dabei auszuschließen.

Paula war neugierig auf Bachs Begründung. Was könnte Bach daraus machen, dass dieser Heiliger sich ihrer Freundin auf unkonventionelle, vielleicht auch rücksichtslose Art genähert hatte?

Bach schob seinen Schreibtischsessel ein Stück zurück, als bräuchte er mehr Raum. »So wie sich mir der Fall darstellt, nehme ich stark an, dass der Täter bei den Ermittlungen am Fundort anwesend war.« Er betrachtete Paula.

Er wartet, ob ich widerspreche, dachte sie, reagierte aber nicht. Was weiter?

»Was dieses Verbrechen kennzeichnet, ist die Mühe der Präsentation.« Er dozierte langsam und blickte so konzentriert, als wollte er das Raffinement des Täters dabei durchschauen. »Das habe ich noch nicht erlebt. Offenbar diente alles, was der Mörder tat, dieser öffentlichen Zurschaustellung – das Ausnutzen der Totenstarre, die schonende Behandlung der Leiche, das blaue Kleid, passend zur Augenfarbe, die Tauben und der Kaffeebecher. Eine Frau, die auf ihrem Spazierweg eine Pause macht und Tauben füttert. Sicher wollte er sehen, welche Wirkung seine Inszenierung erzielte.«

Mein Gott, alles leere Luft, dachte Paula. Natürlich konnte es sein, dass sich der Täter unter die Neugierigen gemischt hatte, um die Arbeit der Polizei zu beobachten. Aber sie bezweifelte, dass er seine Visitenkarte abgegeben hätte. »Hast du den Jogger gefragt, warum er am Tatort war?«, fragte sie Chris.

»Hab ich. Er läuft jeden Morgen dort entlang. Er wohnt weiter oben an der Spree – in Berlin Mitte. Er war schon einmal um acht vorbeigelaufen und hatte die Frau, die sich nicht bewegte, für eine Installation gehalten. Auf dem Rückweg musste er wegen der Schaulustigen anhalten. Dann hat er mich gesehen und wollte mich kennenlernen.«

»Wenn jemand über eine Polizeiabsperrung springt, um eine Frau kennenzulernen, würde mich das als Psychiater interessieren«, sagte Bach. »Aber wenn diese Absperrung ein Mordopfer von Schaulustigen trennt, würde ich als Profiler den Ermittlern empfehlen, darauf zu reagieren.«

Paula ärgerte sich, dass Bach sich in ihre Arbeit einmischte. »Und wie sollte ich Ihrer Meinung nach reagieren?«, fragte sie spitz.

»Ihn observieren.«

»Dafür bekomme ich keine Genehmigung«, stellte sie klar und wandte sich an Chris. »Das müsstest du auf deine Kappe nehmen, es wäre ziemlich ungewöhnlich.« Paula gefiel nicht, dass Bach ihr konkrete Maßnahmen vorschlug. Sie wollte ihn in seine Schranken verweisen und bat ihn kühl, ihr zu erklären, was der Unterschied zwischen einem forensischen Psychiater und einem Profiler sei.

Bach reagierte freundlich. »Als Psychiater bin ich Analytiker kranker Seelen von Straftätern, begutachte und heile sie. Ich kenne meine Patienten als Psychiater. Als Profiler hingegen nicht. Da versuche ich, ein *Bild* des Patienten herzustellen. Als Profiler frage ich: Warum setzte der Täter die Frau in diese spezielle Position? Warum baute er Tauben vor ihr auf? Warum sollte sie wirken wie eine Installation – um den Begriff von diesem Heiliger zu benutzen. Warum stellte er den Kaffeebecher mit Sand neben sie? *Warum* machte er alles so, *wie* er es machte? Wir denken immer, die Menschen tun etwas Vernünftiges. Aber was ist für sie vernünftig? Etwas, das ihnen nutzt. Ja. Dabei entscheidet aber *ihre Psyche*, was ihnen nutzt. Dem einen nutzt Geld, dem anderen eine schöne Frau. Unser Täter fand es für sich *nützlich*, die von ihm ermordete Frau im blauen Kleid auf eine Parkbank ans Spree-Ufer zu setzen. Aber warum? Wir müssen *seiner* Art zu denken auf die Schliche kommen. Die Presse, das Fernsehen, alle sprechen nun von ihm. *Das* wollte er. Aber warum setzte er die Frau auf diese Bank und nicht auf eine andere? Warum sollte sie sitzen und nicht liegen? Oder sollte sie nur die Lust am Taubenfüttern ausdrücken?« Nach einer Atempause fuhr er gleich fort: »Die Beweggründe sind identisch mit denen eines Künstlers. Das mag einem passen oder nicht, aber man muss es erst einmal akzeptieren. Wer dazu bereit ist, kann dann weiter in den Fall eindringen.« Er sah Paula unverwandt an.

»In der Kunst gilt die Maxime *anything goes*, die Qualität von Kunst besteht nicht mehr im Handwerk des Arbeitens, sondern im Handwerk des Vermarktens. Wie finde ich die größte Aufmerksamkeit? Am besten mit einem Tabubruch. Die Steigerung ist der Gesetzesbruch. Zum Beispiel, wenn man für eine Installation eine echte Leiche benutzt. Sie erinnern sich an die Körperausstellungen im letzten Jahr? Echte Menschenkörper waren präpariert und farbig gestaltet. Die Medien sorgten für einen solchen Massenandrang, dass die Ausstellung vierundzwanzig Stunden am Tag geöffnet war. Das hatte es noch nie gegeben.« Er sah Paula ernst an. »Diesen Punkt haben wir erreicht, das ist die Realität. Nur konventionelles Denken blockiert uns, das Offenkundige wahrzunehmen.«

»Dass der Mörder bereits seine Visitenkarte abgegeben hat?«

Bach zog die Augenbrauen hoch und ignorierte die zynische Frage. »Ich habe eine Bitte«, sagte er.

»Und die wäre?«

»Wenn Sie ihn verhaften, möchte ich mit ihm reden.«

Paula antwortete nicht. Sollte er seine Besuchsanträge woanders stellen. Sie arbeitete in einer großen Behörde, pendelte nicht zwischen Atlanta und Berlin und hatte sich an Vorschriften zu halten. Innerhalb dieser Beschränkung gab sie ihr Bestes, auch wenn das manchmal nicht genug war. Mit dieser Bescheidenheit und diesem Respekt vor dem Alltag hatte sie zu leben. Chris war da anders, sie bewunderte alles, was herausragte, und strebte selbst danach. So war sie in ihren Beziehungen mit Männern, in ihrer Kleidung, ihrem Auftreten, und so war sie auch in ihrem Beruf, wie Paula immer mehr begriff.

Paula saß kerzengerade auf der Stuhlkante, bereit, jederzeit zu gehen, und sah auf die Uhr, während Bach vor sich die Tatortfotos ausbreitete.

»Kein normaler Täter würde die Tat so vorbereiten«, murmelte er.

Kein Täter ist normal, regte sich Paula innerlich auf.

Bach schob die Fotos in eine Reihe und murmelte weiter: »Er hat es selbst getan.«

Paula hatte schon gehen wollen, nun wollte sie aber doch wissen, worauf er anspielte.

»Was hat er selbst getan?«, fragte sie.

»Er hat die Tauben gefangen, sie getötet und präpariert. Sie sehen – kommen Sie doch bitte einmal herum.«

Paula ging um den Schreibtisch und sah ihm über die Schulter.

»Hier. Sie sehen, dass die Vögel in unterschiedlichen Bewegungsmomenten erstarrt sind. Wenn man die Fotos so nebeneinanderlegt, sieht es aus wie der Anflug *einer* Taube in Einzelbildern: hier mit flatternden Flügeln und vorgestreckten Krallen zur Landung, dort die ersten Schritte, dann ein Plustern und schließlich das Vorstrecken des Köpfchens, um etwas zu picken.«

Paula sah es jetzt auch: Die Posen der fünf Vögel passten in die Bewegungsabfolge einer Taube im Anflug.

»Er hat seine Opfertiere in diese Positionen gezwängt«, Bach tippte auf die einzelnen Fotos, »vielleicht mithilfe vorgeformter Drahtkorsetts, und hat sie erstochen – vielleicht mit einer Nadel ins Herz. Wie die Frau. Fragen Sie den Gerichtsmediziner, ob sich bei den Tauben in der Haut über dem Herzen ein Stich findet.«

Paula ging zu ihrem Stuhl zurück, blieb aber stehen. »Wie kommen Sie darauf, dass er es so gemacht hat?« Langsam fragte sie sich, weshalb sie ihm überhaupt so geduldig zuhörte.

»Er hat nicht zum ersten Mal getötet. Bisher aber nur Tiere.«

»Und wie kommen Sie darauf?«, fragte sie weiter – gleich würde sie ihn haben.

»Wer eine so kunstvolle Inszenierung mit einer so unverwechselbaren Handschrift durchführt, ohne Spuren zu hinterlassen, hat dies nicht zum ersten Mal getan. Wenn Menschen als Übungsobjekte ausscheiden – und davon hätten wir erfahren –, müssen es Tiere gewesen sein. Zum Beispiel Tauben.«

Paula holte Luft. »Irrtum, Herr Professor. Diese Tauben waren keine Übungsobjekte für den Tod der Frau. Der Mörder hat die Tauben nicht erstochen und in der gewünschten Form erstarren lassen. Er hat sie getötet, wahrscheinlich vergiftet, aufgeschnitten und ausgenommen und sie dann wie eine Socke umgestülpt, um das Fett sorgfältig von der Innenhaut abzuschaben und sie zu waschen. Anschließend hat er einen neuen Innenkörper aus Styropor geformt und ihm die Haut mit dem Gefieder übergezogen, wieder nach dem Socken-Umstülp-Prinzip, diesmal in umgekehrter Richtung. Etwas anderes hat er an diesen Tauben nicht geübt.«

Während Paulas Ausführung hatte Bach seine Sachen zusammengeschoben und in die Ledertasche gepackt. »Tut mir leid, Chris, aber ich habe in zwanzig Minuten eine Verabredung und muss los.«

Aha, dachte Paula, jetzt fallen seine aufgeblasenen Thesen in sich zusammen.

Er gab ihr die Hand und sagte: »Ich frage mich, ob das Kleid auch Teil der Inszenierung war. Sind Sie sicher, dass das blaue Kleid der Toten gehörte?«

Paula reagierte nicht auf diese Frage.

In der Tür drehte er sich noch einmal um. »Er wird seinem Gott ein zweites Opfer bringen.«

Als er die Tür hinter sich geschlossen hatte, setzte sich Paula, wobei sie abwehrend die Hände hob. »So kann man einen Fall nicht angehen. Nur heiße Luft. Dieser Kerl verwirrt dich. Das lasse ich nicht zu. Und ich lasse mich auch nicht davon abbringen, Fakten zu ermitteln. Er hat doch selbst gesagt, die meisten sind nur auf Karriere aus und nicht auf Kompetenz. Er ist der Typ des ehrgeizigen Bluffers.«

Chris hatte der bisherige Verlauf des Gesprächs nicht gefallen, das war Paula schon während der Unterredung klar geworden, aber darauf durfte sie keine Rücksicht nehmen.

Chris sah sie mit leerem Blick an. »Befanden sich eigentlich am Kaffeebecher Spuren?«

Paula schüttelte den Kopf. »Keine Fingerabdrücke, kein Speichel. Aber der Becher ist vorher benutzt worden. Im Sand waren Kaffeereste. Er ist sicher von spielenden Kindern auf die Bank gestellt worden.«

Chris erhob sich müde und nahm hinter ihrem Schreibtisch Platz.

Diese schlappe Haltung erregte Paula. »Das war pure Fantasie, wie Bach die Tauben als Übungsobjekte beschrieben hat«, sagte sie, ohne ihren Ärger zu verbergen. »Er hatte nicht den geringsten Anhaltspunkt. Und dasselbe mit dem Kleid. Das ist doch ein Witz! Es ist reine Spekulation, dass das Kleid nicht der Toten gehört! Ebenso, dass der Täter wieder morden wird.«

»Aber vielleicht gehört das Kleid wirklich zur Inszenierung. Das ist doch nicht ausgeschlossen«, wandte Chris ein.

»Theoretisch nicht, aber wir werden es nie beweisen können. Deswegen kann Bach das auch einfach behaupten. Im Büro hatte Silvia Arndt Jeans mit einer Bluse an. Ob sie ein blaues Kleid besaß, wussten die Kollegen nicht. Und im Kino konnte sich niemand an sie erinnern.«

»Und wenn du dir ihren Kleiderschrank noch mal ansiehst?«

»In ihrem Schrank kann es nicht hängen – sie hatte es ja an.«

Chris machte eine unwirsche Armbewegung.

Paula wollte ihr jetzt eine Grenze zeigen. »Chris, nun mal weg von den Emotionen. *Wenn* es ihr Kleid war, kann es nicht da hängen! Oder? Sonst hätte sie nämlich zwei gleiche gehabt, nicht wahr? Und wenn es *nicht* ihr Kleid war, kann es *auch* nicht da hängen, oder? Und ob dieses Kleid zu ihrer Garderobe passt oder nicht, ist nicht einzuschätzen. Keine Frau hat einen so uniformen Geschmack.«

Chris sprang auf und ging hin und her.

Paula versuchte, sie zu beruhigen. »Was macht dich so nervös?«

»Glaubst du, mir ist nicht bewusst, welche Erwartungen auf diesen Ermittlungen liegen, die ich leite?«

»Du irrst dich«, entgegnete Paula, »die Ermittlungen leite ich. Du leitest das Verfahren. Das ist ein kleiner Unterschied.«

Chris blieb abrupt stehen und sagte schroff: »Um den Fall zu lösen, brauchen wir Bach.«

»Und vergeuden kostbare Zeit mit Geschwätz, das niemanden überzeugen kann«, erwiderte Paula entschieden und ging.

17

Er betrachtete die Monitore in der Halle. Er hatte sie so angebracht, dass er von überall die Frau im Käfig sehen konnte. Sie lag auf der Pritsche, mit roter Bluse und schwarzen, rot gepunkteten Schuhen. Er schaltete das Mikrofon ein und sagte: »Hallo, Chrissie! Appetit auf einen Früchtetee?« Die Frau im Käfig sprang auf und schrie. Er drückte den Ton aus und beobachtete sie weiter. Als sie sich erschöpft setzte, ging er zum Stahlschrank, rollte ihn zur Seite und wuchtete die Eisenplatte hoch, die die Treppe zum Verlies abdeckte. Als er die Stufen herunterkam, sprang die Frau auf und klammerte sich an die Stäbe. Streng fragte er: »Hast du die Sätze gelernt?« Sie nickte. Er befahl: »Sage sie. Aber so, dass du sie auch meinst.«

Sie begann mit zittriger Stimme. »Warum bist du so lange weggeblieben? Ich habe vor Sehnsucht gebebt.«

»Weiter.« Er schob den Schlüssel in das Schloss, öffnete aber noch nicht.

Die Hände an den Gittern, sank sie auf die Knie. »Ich verzehre mich nach dir. Ich liebe dich.«

Er schloss auf, und sie folgte ihm die Treppe hinauf.

»Weiter!«

»Meine Liebe vernichtet mich. Welch schöner Tod.« Ihre Stimme brach ab.

Er drehte sich um und sah sie streng an.

Sie fuhr fort: »Wir sind uns so vertraut. Alles weißt du von mir.« Oben angekommen, fragte sie: »Warum nennen Sie mich Chrissie?«

Er fuhr so schnell herum, dass sie vor Schreck fast die Stufen hinuntergefallen wäre. »Das steht nicht im Text«, sagte er. »Aber es ist eine schöne Erfindung. Dafür wirst du belohnt. Ich setze mich dort auf den Stuhl, und du wirst dich vor mir ausziehen.«

Er beobachtete, wie sie sich entkleidete. Er weidete sich an ihrer Angst, mit der sie sich zitternd nackt bewegte. Sie musste sich drehen, mit kleinen Bewegungen, damit ihre Brüste hüpften.

Dann sprang er auf und warf seine Beute auf das Bett. Er nahm zwei Handschellen, die mit Ketten an den Bettgittern befestigt waren. Als sie um sich schlug, spannte er den Revolver und drohte abzudrücken, wenn sie sich nicht fesseln ließe.

Sie hielt still, und er befestigte auch die Fußschellen. Dann legte er zwei Metallringe mit Stromkabeln, die mit einem Transformator verbunden waren, um die Brüste und ein Metalldreieck auf die Scham. Er benutzte den Dimmer wie ein Musikinstrument, indem er den Regler langsam hoch- und wieder herunterschob, gerade so, wie er ihr Wimmern hören wollte. Danach hatte er Sex mit ihr.

Anschließend befreite er sie von ihren Fesseln, befahl ihr, das blaue Kleid anzuziehen und sich in den Rollstuhl zu setzen. Er rollte einen Standspiegel herbei und gab ihr Make-up und Lippenstift, damit sie sich zum Ausgehen zurechtmache. Sie wischte ihre Tränen ab, schminkte und frisierte sich. Er beobachtete sie genau und befahl ihr, die Lippen noch einmal nachzuziehen.

Als sie fertig war, rollte er den Spiegel zur Seite und zeigte auf eine Stellwand. Sie sollte sich nun vorstellen, auf dieser Wand einen Film zu sehen. Dazu sollte sie sich bequem hinsetzen, so wie sie es beim Anschauen eines Filmes tun würde.

In dieser Stellung fotografierte er sie. Dann befahl er ihr, sich auf den Stuhl daneben zu setzen. Danach musste sie das blaue Kleid bis zur Hüfte wieder aufknöpfen. Er fesselte sie so fest an den Stuhl, dass sie sich nicht mehr rühren konnte.

Er spürte einen ekstatischen Rausch, als er sah, wie sie auf seine Hand starrte. »Die Todesangst fährt dir ins Herz.« Die spitze Stahlnadel mit dem roten Glaskopf zielte auf ihre Brust.

»Ins Herz ... Herz ... Herz«, wiederholte er flüsternd.

18

Paula holte Ralf vom Bahnhof ab. Sie war zu früh da und wartete auf den einfahrenden Zug. Er brachte ihr die Erinnerungen an ein gemächliches Lebenstempo, die Seeluft und das Sonnenlicht auf dem Wasser. Sie freute sich auf Ralfs Erzählungen und lachte, als der Zug beim Halten quietschte.

Ralf stieg ganz in der Nähe aus. Sie lief auf ihn zu und nahm ihn in den Arm. Sie hielten sich lange umschlungen. Dann schob sie ihn von sich und betrachtete ihn. »Gut siehst du aus.« Sie küsste ihn und nahm seine Umhängetasche. »Du hast hoffentlich im Zug nichts gegessen.«

»Nein.«

»Das ist gut. Ich war gestern auf dem Markt und koche nachher.«

»Hast du inzwischen einen Kochkurs gemacht? Ich dachte, du jagst einen Killer.«

Sie stupste ihn für diese kleine Frechheit und hakte sich bei ihm ein. »Bist du heute noch geschwommen?«

Er erzählte, wie schön die See gerade heute war, und sie sah alles deutlich vor sich: das weite Meer mit dem blauen Himmel darüber, die blau-weißen Strandkörbe, die Promenade und das Hotel mit den gelben Markisen.

Zu Hause führte sie ihn auf den Balkon und präsentierte ihm den gedeckten Tisch: auf weißem Tuch das Silberbesteck von ihrer Großmutter, das sie extra poliert hatte, rosa Papierservietten, kunstvoll drapiert auf weißen Tellern mit blauem Rand, und überall verstreute Asternblüten in Blau, Rot und Rosa.

»Hoi, so feierlich. Gibt es etwas Besonderes?«, fragte er.

»Nur deine Rückkehr«, sagte sie trocken. »Willkommen daheim.«

Sie reichte ihm ein Glas Prosecco und stieß mit ihm an.

Nach einem großen Schluck inspizierte er den blauen Elektrogrill: Das Wasser unter dem Rost war schon eingefüllt. Er folgte ihr in die Küche, wo sie das Baguette in den Ofen schob und die Vorspeisen in kleine Schüsseln verteilte.

Er war auffallend still.

»Es hat mir leidgetan, dass ich so plötzlich abreisen musste«, sagte sie.

»Der erste Tag und die erste Nacht waren schwer.«

Sie nahm ihn in den Arm. »Ich weiß, Ralf. Aber es wäre gleich zu Anfang schiefgelaufen, wenn ich nicht da gewesen wäre.«

Er machte sich los und legte das Lamm-, Schweine- und Kalbfleisch, das sie jeweils in einem anderen Sud eingelegt hatte, auf eine Platte.

»Chris hat die Abteilung gewechselt«, sagte sie.

»Hattest du erzählt. Und da ist sie gleich für deinen Fall zuständig?«

»Eigentlich nicht. Sie musste den zuständigen Kollegen vertreten. – In das Olivenöl mit Balsamico-Essig habe ich etwas Senf und Zucker getan. Und frischen Knoblauch.«

»Sehr gut. Und was hast du da?«

»Getrocknete Tomaten, eingelegte Pilze und Knoblauchzehen, Pasten aus Schafskäse. Dieser hier mit Chili und Paprika, und der mit Spinat, und der mit Knoblauch.«

Sie wusch den Rucola, ließ ihn in einem Sieb abtropfen und legte ihn auf ein frisches Geschirrhandtuch. Dass Chris einen Künstler ins Spiel gebracht hatte, würde ihn sicher interessieren. »Als Chris am Tatort war, ist so 'n Typ über die Absperrung gesprungen und hat sie angemacht. Josef Heiliger. Kennst du ihn?«

»Heiliger?« Er lachte.

Sie hielt beim Schnippeln der Radieschen inne. »Was ist daran witzig?«

Er schüttelte den Kopf und schien sich zu amüsieren.

»Kennst du ihn?«

»Jeder in der Kunstszene kennt ihn. Er war in Miami vertreten und hat gerade eine Ausstellung in der Fasanenstraße.«

Sie erinnerte sich an Chris' Bericht von der Vernissage. Sie schob alles Geschnipselte auf dem Brett zusammen, um es später mit der Salatsoße zu vermischen.

»Er macht Installationen. In der Fasanenstraße stellt er den *Untergang der zwei Liebenden* aus. Zwei Umarmende, die in einem großen Becken vom Wasser überspült werden.«

Sie reichte Ralf das Tablett mit den Vorspeisen und bat ihn, es auf den Balkon zu bringen. »Möchtest du Bier oder Rotwein?«

»Lieber Rotwein.«

Sie goss für beide ein. Ralf drehte den Grill auf die höchste Stufe und legte das Fleisch darauf. »Und? Ist er bei ihr gelandet?«

Sie setzten sich.

»Das kann man so nicht sagen.« Sie hob das Glas, um zu trinken. »Er beschäftigt sie.«

»Kann ich mir vorstellen.« Er probierte von allem. »Super, die Vorspeisen.«

Sie wartete, ob er noch etwas über diesen Heiliger sagen würde. Er konzentrierte sich aber auf das Grillen, und als er das erste Stück Fleisch kostete, schmunzelte er. »Du hast gut gekocht.«

»Gut eingekauft«, lachte sie. »Die richtigen Zutaten sind entscheidend – das sagt jeder Sterne-Koch.«

Er prostete ihr zu. »Hast du ein schlechtes Gewissen?«

»Ich habe Lust, dich zu verwöhnen.« Sie ging in die Küche, um die Salatschüssel zu holen, in die sie noch die Radieschen- und Apfel-Stückchen geworfen hatte. Den Rucola brachte sie eingehüllt im Geschirrtuch mit.

»Heiliger ist vor allem ein Marketingstratege«, sagte er.

»Du meinst, er ist erfolgreich im Verkaufen?«

»Heiliger und Erfolg sind Synonyme. Ihn interessiert nichts anderes. Er ist ein Macher, und seine ganze Kunst liegt in der Provokation. Er spielt auf der Klaviatur der Medien, als hätte er das von Kindheit an geübt.«

»Klingt ein bisschen neidisch.« Sie beugte sich über die Balkonbrüstung, sagte: »Vorsicht«, und schleuderte das zusammengefaltete Geschirrtuch mit den nassen Salatblättern ein paarmal im Kreis. Ein paar Tropfen spritzten Ralf ins Gesicht.

»Hej!«, rief er.

»Ich hab doch gesagt: Vorsicht«, lachte sie.

»Er macht Provokationskunst. So nennt er das.« Ralf wendete das Fleisch noch einmal, bevor er ein Stück auf Paulas Teller legte. »Er will aufrütteln und verstören. Er hat mir erklärt, du musst überhaupt erst mal erreichen, dass deine Sachen wahrgenommen werden.« Ralf drehte den Grill auf die kleinste Stufe. »Ich habe ihn gefragt, wie ich das machen soll. Ich kann doch nur malen und es jemandem zeigen, wenn er es sehen will.«

Paula hob den Rucola vorsichtig mit zwei Salatlöffeln unter die Soße.

»Er hält mich für'n Frosch. Frosch, hat er gesagt! Du machst kleine Hüpfer, das sind deine Farbtupfer. Ich hab ihn gefragt, was er damit meint. Er sagte: Ein Frosch ist kein Tiger. Die Leute schauen auf den Tiger und wünschen sich Tiger-Fantasien. Du musst sie in Schrecken versetzen. Am besten mit der Maske des Todes.« Er probierte den Salat. »Lecker.«

»Hast du Zeitung gelesen oder ferngesehen?«

»Klar. Ich wollte doch wissen, weshalb du abgereist bist.«

»Und hast du Fotos gesehen?«

»Natürlich. Die Frau im blauen Kleid auf der Parkbank, die Tauben füttert.«

»Hat das Ähnlichkeit mit einer Installation im Sinne Heiligers?«

»Durchaus. Ich habe ein Foto von seinem Auftritt am Tatort gesehen. Sicher wollte er die Inszenierung für sich nutzen.«

»Du meinst, deswegen ist er über die Absperrung gesprungen?«

»Halte ich für möglich.«

»Meinst du, er wäre auch imstande, für seinen Ruhm noch weiter zu gehen?«

»Du meinst, jemanden umzubringen?« Ralf nahm noch ein Stück Fleisch. »Heiliger verachtet Grenzen. Aber ich traue niemandem zu, ein Mörder zu sein.«

Paula hatte genau zugehört. Dieser Heiliger war sicher

ein extremer Typ, aber er schien ihr nicht der Täter zu sein. Der Mörder, der Silvia Arndt umgebracht und so drapiert auf die Bank gesetzt hatte, war ein Wahnsinniger. Bachs Ansicht über die Ähnlichkeit mit einer Kunstinstallation konnte sie nicht überzeugen. Auch nicht nach dem, was Ralf gesagt hatte.

Ralf erzählte aus der Geschichte der Installationskunst. Er kam richtig in Schwung, und sie freute sich. Nach der Mousse au Chocolat mit Vanilleeis und verschiedenen Früchtesoßen holte er einen Fotoband, um ihr klassische Installationen zu zeigen, angefangen bei dem berühmten Pissoir, weiter über Menschen-Imitationen aus Plastik bis hin zum verpackten Reichstag. Paula sperrte sich gegen die Bach'sche These, fragte sich nun aber doch, wie weit man wohl noch davon entfernt war, dass in einem Kunstband die tote Silvia Arndt auf der Parkbank präsentiert auftauchen würde.

Als Paula in die Küche ging, um Streichhölzer für die Windlichter zu holen – es sollte ein schöner, gemütlicher Begrüßungsabend werden –, klingelte ihr Handy. Es war der große Lagedienst. »Eine Tote im blauen Kleid ist im Kino Filmpalast gefunden worden.«

19

Sicher war es eine Verwechslung. Die Frau im blauen Kleid beherrschte die Medien, und immer wieder wurde der Filmpalast erwähnt, und die Polizei hatte mehrfach öffentlich gefragt, ob jemand die Frau am 18. September in der 20.30-Uhr-Vorstellung in diesem Kino gesehen hatte.

Paula war genervt. »Die Frau im blauen Kleid ist Mittwoch auf einer Parkbank der Spree-Promenade gefunden worden. Vorher war sie im Filmpalast, aber da lebte sie noch. Überprüfen Sie Ihre Information.« Oder sollte dieser Anruf ein Witz sein? Sie ließ sich Namen und Dienstgrad des Beamten geben.

Der beharrte darauf, dass alles korrekt sei. Die Nachricht komme aus dem Abschnitt 27. Paulas Gedanken rasten: A 27 war der Polizeiabschnitt in Charlottenburg, zuständig für den Filmpalast, insofern könnte es stimmen. »Okay, ich werde hinfahren.«

Sie ging auf den Balkon und legte den Arm um Ralf. »Es tut mir leid.«

»Was?«

»Es ist absurd. Sie behaupten, dass im Filmpalast eine tote Frau im blauen Kleid sitzt.«

Ralf fand es ebenso absurd wie sie, aber immerhin beschäftigte ihn der mögliche Irrtum, der sich in der Nachrichtenkette irgendwo eingeschlichen hatte, mehr als seine Enttäuschung über den abgebrochenen Abend. Sie dankte ihm für sein Verständnis und rannte los.

Auf dem Weg nach Charlottenburg rief sie erst das Team an und dann Chris.

»Filmpalast? Wieso Filmpalast?«, fragte die verwirrt.

»Wenn meine Info stimmt, haben wir den gleichen Fall noch mal.«

»Wie bitte?« Chris war entsetzt, aber Paula hatte keine Zeit, darauf einzugehen.

Als sie ankam, war vom Team noch niemand da.

Das Kino war hell erleuchtet. Die örtliche Kripo hatte vor dem Gebäude alles abgesperrt, einschließlich der Schaukästen auf dem Bürgersteig. Weil der Fußgängerweg so breit war, konnten die Passanten jenseits des rot-weißen Bandes noch vorbeigehen, aber viele blieben neugierig stehen. Zwei Uniformierte bewachten das Flatterband, ohne auf die Fragen zu reagieren.

Paula ging durch die Kinopassage bis zum Foyer. Der Schichtleiter sagte, der Notarzt habe den Tatort gleich wieder verlassen, weil die Tote bereits seit Stunden tot sei. Sie war erst im Saal entdeckt worden, als alle Zuschauer bereits gegangen waren und ein Mitarbeiter den Abfall einsammeln wollte. Er war noch da, außerdem auch der Geschäftsführer und die Frau, die die Karten abgerissen hatte. Paula bat sie, sich als Zeugen für ein Gespräch bereitzuhalten. Erst einmal wollte sie sich umsehen. Sie zog den Schutzanzug mit Kappe, Handschuhen und Überschuhen an und betrat den Kinosaal.

Sie ging bis zur Toten, die mit einer Tüte Popcorn in der Hand in einer der vorderen Reihen am Rand saß, so als würde sie immer noch den Film sehen. Ihre Augen waren geöffnet, hatten aber den stumpfen Ausdruck einer Blinden. Ihr rechter Schuh lag umgedreht auf der Lehne des Vordersitzes: ein schwarzer Schuh mit Absatz und roten Punkten. Obwohl der Beamte am Telefon schon von einem blauen Kleid gesprochen hatte, war sie schockiert, nun mit eigenen Augen zu sehen, dass die Tote das gleiche Kleid anhatte wie Silvia Arndt. Ihr fiel Bachs Äußerung ein: Ich frage mich, ob das blaue Kleid zur Inszenierung gehört.

Jetzt war es klar: Das Kleid hatte *nicht* Silvia Arndt gehört. Der Mörder hatte es ihr angezogen, so wie dieser Frau auch.

Die Frau war schlank und hatte blonde Haare – ganz der Typ, hinter dem der Killer her zu sein schien. Derselbe Typ wie das erste Opfer und im gleichen Alter.

Silvia Arndt war auf eine Weise missbraucht worden, die selbst bei der Obduktion nicht geklärt werden konnte. Es waren keine Spuren von Vergewaltigung festgestellt worden, aber Professor Posch war sicher, dass der Täter sie psychisch gefoltert habe. Er hatte sie gefesselt, sodass sie sich nicht bewegen konnte, und durch die Brust erstochen. Die Nadel hatte er stecken lassen, das Blut abgewischt und gewartet, bis alles trocken war, und dann das Kleid zugeknöpft. So hatte sie gesessen, bis sie steif war und er sie im Rollstuhl abtransportieren konnte. Hatte er diese Frau auch mit der Nadel getötet? Und steckte sie noch? Wo war eigentlich der Gerichtsmediziner? Sie schaute zum Eingang.

Und wieder hatte der Täter sein Opfer in die Öffentlichkeit gesetzt. Hatte er absichtlich das Kino gewählt, in dem auch Silvia Arndt gewesen war? War derselbe Film gelaufen? Hatten der Film oder das Kino eine Bedeutung? Wie war es ihm überhaupt gelungen, eine Tote in die Vorstellung zu bringen, ohne dass das jemand bemerkt hatte?

Ein Blitzlicht schreckte sie aus ihren Gedanken. Sie wollte schon losfauchen, sah aber rechtzeitig, dass kein dreister Journalist eingedrungen war; es war Scholli, der die Polizeifotos machte. Jetzt kam auch Dr. Kirch. Sie begrüßte ihn kurz und machte ihm Platz. Er beugte sich über die Tote, knöpfte das Kleid auf und legte die Brust frei.

Paula hielt kurz die Luft an. Kirch beugte sich vor, verdeckte ihr die Sicht und sagte: »Derselbe Täter.« Sie schob ihn beiseite. Die linke Brust war mit einem roten Glasknopf »geschmückt«.

»Nadeleinstich?«, fragte sie mechanisch.

»Ja.« Die Augen hinter seiner Brille waren ausdruckslos, seine Haut war fahl. Er wirkte erschöpft, nicht viel lebendiger als die Tote. »Die Leichenstarre ist in vollem Umfang eingetreten. Sie ist seit über zehn Stunden tot. Genau wie beim vorigen Fall.«

Justus kam dazu. »Kann die Spurensicherung rein?«

»Ja, wenn Scholli alles fotografiert hat.«

Justus winkte den Fotografen herbei.

»Ist Frau Gregor da?«, fragte Paula.

»Bisher nicht.« Justus schüttelte den Kopf.

Als Scholli erschien, deutete sie auf die Handtasche, die rechts von der Toten auf dem hochgeklappten Sitz lag. »Ich muss sehen, wie die Tote gesessen hat und was um sie herum war«.

»Geht klar«, antwortete er.

Sie öffnete die Handtasche und fand darin nichts weiter als einen Flakon mit Chanel N° 5. Ratlos legte sie die Tasche wieder genauso zurück, wie sie dort gelegen hatte.

Sie ging ins Foyer, wo das Kinopersonal am Süßigkeitenstand auf sie wartete, und fragte Waldi nach der Staatsanwältin. »Frau Gregor bezahlt gerade das Taxi.«

Paula bat die Kinoangestellten noch um Geduld und ging auf die Straße.

Dort war inzwischen der Teufel los. Ungefähr dreißig Journalisten und Fotografen drängten sich hinter der Absperrung und riefen: »Frau Hauptkommissarin!« »Frau Zeisberg!« Einige benutzten auch nur ihren Vornamen. Paula reagierte nicht. Sie sah, dass Chris Mühe hatte durchzukommen. Sie winkte zwei jungen Uniformierten zu und wies sie an, der Staatsanwältin Platz zu verschaffen. Die beiden drängten die Presse zurück und bahnten ihr eine Gasse.

»Wieder?«, fragte sie angespannt und sah Paula an.

Die nahm ihren Arm und zog sie in die Kinopassage. An der Kasse blieb sie stehen und erklärte knapp, was sich hier abgespielt haben musste. »Die entscheidende Frage ist, ob jemand gesehen hat, wie der Täter die Frau in die Vorstellung brachte«, sagte sie.

Chris schob Paula schon mitten im Satz beiseite, verlangte, die Leiche zu sehen, und ging auf den Saaleingang zu.

»Du musst den Schutzanzug überziehen. Warte, ich hol dir einen«, rief ihr Paula hinterher und ließ einen von Max aus dem Bus holen. Dann wartete sie ab, bis Chris ihn angezogen hatte, und folgte ihr ins Kino.

»Das ist nicht wahr«, flüsterte Chris, als sie vor der Toten stand.

»Kennst du sie?«, fragte Paula.

»Warum sitzt sie denn *so* da?«

Paula dachte, Chris sollte doch besser zur Wirtschaftskriminalität gehen, wie der Vater ihr schon geraten hatte. Sie versuchte, Chris zu besänftigen, aber sie stand wie hypnotisiert vor der Toten. Paula fragte betont munter: »Wie war denn dein Wochenende?«

Keine Reaktion.

»Deine Eltern waren doch da. Was habt ihr denn gemacht?«, fragte sie weiter nach.

»Wir waren essen«, kam es tonlos.

»Aha.« Paula gab auf. »Ich unterhalte mich jetzt mit den Leuten vom Kino.«

Am Saalausgang drehte sie sich noch einmal um. Die Freundin stand vor der Toten, als erwartete sie ein Wunder. Ihr blondes Haar strahlte fast weiß im Licht der Scheinwerfer – wie ein Leuchten um ihr Gesicht. Die Tote kam in Bewegung, und diese Bewegung übertrug sich auf Chris. Die Leiche wurde mit den abgewinkelten Knien auf eine Trage gehoben und in Richtung Ausgang balanciert, wo Paula stand.

Sie ging schnell zum Geschäftsführer und fragte, ob es

irgendwo einen Ort gäbe, an dem sie sich ungestört unterhalten könnten. Er wies auf die Tür neben der Kinokasse, Paula nickte. Tommi rief, ob der Rollstuhl zur Untersuchung abtransportiert werden könne.

»Welcher Rollstuhl? Wieder ein Rollstuhl?«

»Hast du noch nicht mit Herrn Walther gesprochen?«, fragte er mit Blick auf Paulas Begleiter.

»Er hat zusammengeklappt neben dem Sitz gestanden«, sagte Walther. »Da, wo die Tote gesessen hat.«

»Hab ich nicht gesehen.«

»Sie haben ihn neben die Theke mit den Süßigkeiten gestellt, bevor sie die Polizei gerufen haben«, rief Tommi.

»Sehr intelligent. Ich will ihn sehen.«

Der Rollstuhl stand fahrbereit neben der Bar. Er war ohne Motor und hatte Schiebegriffe. Paula konnte nichts Auffälliges entdecken. »Habt ihr Spuren gefunden?«

»Nein. Er geht ins Labor zur genauen Untersuchung.«

»In Ordnung.« Paula nickte. »Ich bin im Büro von Herrn Walther. Sag Marius Bescheid.«

Im Büro stellte Cornelius Walther seine Mitarbeiter vor: Asta Grabow, die Frau am Einlass, und Oliver Branitz, den Filmvorführer, der auch die Süßigkeiten verkaufte und sich um den Abfall kümmerte. Der Geschäftsführer hatte im Kassenhäuschen gesessen. »Ich habe den Mann mit dem Rollstuhl nicht gesehen.«

»Den Mann?«, fragte Paula.

»Nein«, sagte Walther. »Er wäre mir aufgefallen.«

»Der Mann?«

»Ich habe ihn ja nicht gesehen«, sagte er ungeduldig.

Paula sah ein, dass ihm die Leiche im Kino zu schaffen machte. Geduldig sagte sie: »Ich meine, vielleicht war es eine Frau, die den Rollstuhl geschoben hat.«

Er sah sie verblüfft an. Die Vorstellung fiel ihm nicht leicht. »Ja. Könnte auch gewesen sein.« Dann sagte er: »Er kann die Karten auch schon früher gekauft haben.«

»Können Sie sich an die Kartenkäufer erinnern?«

Walther schüttelte den Kopf. »Die Vorstellung läuft gut. Ein romantischer Streifen mit Brad Pitt. Da ist oft 'ne Schlange, da merke ich mir keine Gesichter. Figur und Kleidung sehe ich durch mein Kassenfenster sowieso nicht.«

Paula stimmte zu. »Vielleicht hat die Person die Karten schon vorher gekauft und konnte den Rollstuhl vor der Vorstellung zügig durchschieben. – Ist Ihnen etwas aufgefallen?«, wandte sie sich an Oliver Branitz.

Er schüttelte den Kopf. »Ich war beschäftigt, habe den Typen mit Rollstuhl nur aus den Augenwinkeln mitgekriegt – und auch nur von hinten. Er trug einen Parka und eine Kappe.«

»Frau Grabow«, wandte sich Paula der Kartenabreißerin zu, »haben Sie ihn von vorn gesehen?«

»Ja, schon«, antwortete sie zögerlich.

»Sie können ganz in Ruhe versuchen, sich zu erinnern. Setzen Sie sich. Herr Walther, kann ich mit Frau Grabow allein hier im Büro bleiben?« Als Walther und Branitz hinausgingen, kam Marius herein.

»Das ist mein Kollege Seefeld – Frau Grabow, sie reißt die Karten ab«, stellte Paula die beiden vor.

Marius lehnte sich an die Ecke des Schreibtischs, etwas entfernt, und machte sich unsichtbar. Das konnte er, unauffällig werden und dabei alles mitkriegen.

»Frau Grabow, als der Mann mit dem Rollstuhl auf Sie zukam, haben Sie sicher erst die Frau im Rollstuhl gesehen.«

»Ja, die habe ich zuerst gesehen. Beim Kartenabreißen

gucke ich ja sowieso meistens runter, von einer hingehaltenen Karte zur nächsten.«

»Aber Sie haben nicht erkannt, dass die Frau tot war.«

»Nein. Sie hatte eine Baseball-Kappe auf und eine Brille. Ich habe noch gedacht, wie nett, dass sie Lippenstift trägt. Mir hat das gefallen. Die meisten Menschen im Rollstuhl sind nicht zurechtgemacht.«

»Ja, das verstehe ich«, bestärkte Paula die Frau.

»Dann habe ich die Karten abgerissen. Die anderen Zuschauer, die am Einlass anstanden, hatten den beiden Platz gemacht, sie konnten direkt durch, brauchten nicht zu warten.«

»Und wie sah der Mann aus?«

»Er trug einen Parka, so wie in den Siebzigern. Und auf dem Kopf hatte er so eine Kappe wie die Frau. Partner-Look. So eine mit dem New-York-Zeichen drauf, einem N und einem Y übereinander.« Sie schaute Paula fragend an.

»Ja, kenne ich.«

»Der Mann trug auch eine Brille, aber mit getönten Gläsern.«

»War er groß?«, fragte Marius.

Frau Grabow überlegte.

Bevor sie antwortete, öffnete sich die Tür, und Max stand gebeugt im Türrahmen. Paula fragte ungeduldig: »Was ist? Kriegst du den Mund nicht auf?«

»Den schon, aber nicht die Tür.« Eine von Max' kleinen Frechheiten.

»Welche Tür?«

»Die vom Ford Transit im Halteverbot vorm Kino. Stuttgarter Kennzeichen. Justus meint, es ist der Wagen der Toten.«

»Wie kommt er darauf?«

»Auf dem Boden der Ladefläche liegt ein Damenschuh. Er passt zu dem auf der Lehne vor der Toten.«

»Hat er rote Punkte? Ein schwarzer Schuh?«

»Yes, Ma'am.«

Paula entschuldigte sich bei Frau Grabow und bat Marius weiterzumachen.

Tommi wartete schon und drängte die Fotografen und Schaulustigen grob zur Seite. Als sie durch die Gasse ging, hörte sie wieder ihren Namen in allen Tonlagen.

Der Scheinwerfer einer Stablampe flammte neben ihr auf. Jemand stieß sie von hinten, fast wäre sie auf den Wagen gefallen. Sie drehte sich aber nicht um, sondern starrte durch das Heckfenster auf den Schuh aus schwarzem Wildleder mit roten Punkten aus glattem Leder. »Mach den Wagen auf.«

Tommi rief ihr von der Fahrerseite zu: »Schon geschehen.« Er öffnete von innen die Tür auf der Beifahrerseite. Paula beugte sich in das Auto. Es war der Schuh, kein Zweifel. Tommi leuchtete jeden Zentimeter ab. Auf dem Boden hinter dem Fahrersitz lag außerdem eine schwarze Kappe mit weißem N und Y. Sie überließ Tommi die Sicherung des Wagens. Max bahnte ihr den Weg zurück.

Am Büro wartete Chris auf sie und wollte wissen, was sich bisher ergeben hatte. Sie war bleich, und Paula spürte, dass sie sich zusammenriss. »Wir haben den Wagen der Toten gefunden. Im Halteverbot vor dem Kino.«

»Ist sie mit dem Auto gekommen?«

Paula sah sie verblüfft an und überging dann die Frage einfach. »Es ist ein Transporter, wo hinten ein Rollstuhl reinpasst. Der Täter ist direkt vor das Kino gefahren und hat den Rollstuhl den Gang entlang ins Kino geschoben. Karten hatte er wahrscheinlich schon. Die Werbung lief bereits, sagte die Kartenabreißerin. Er hat die Tote nach vorne zur zehnten Reihe geschoben, sie auf den Außensitz gehoben, den Rollstuhl zusammengeklappt und an den Eingang der Reihe gestellt. Dort ist er vom Kinopersonal gefunden worden. Dann hat er sich wohl auf der anderen Seite neben sie gesetzt.«

»Hat die Frau am Einlass ihn erkannt, konnte sie ihn beschreiben? Würde sie ihn wiedererkennen?«

»Nein. Er hatte eine Baseball-Kappe in die Stirn gezogen und trug eine getönte Brille. Dazu einen Parka, wie einer vom Zivildienst.«

»Also jung?«

»Sie schätzt so Mitte zwanzig.«

An Chris' Augen konnte sie sehen, dass ihre Gedanken hin und her liefen. »Wer ist die Tote?«, fragte sie leise.

Paula zuckte die Achseln. »Das wissen wir noch nicht.«

»Ihr habt doch den Wagen.«

»Wir müssen warten, bis jemand in der Zulassungsstelle ist. Vor sieben ist da nichts zu machen.«

Max kam zu ihnen. »Im ADAC-Atlas haben wir eine Reparaturrechnung gefunden. Die Halterin heißt Johanna Frenzi. Sie wohnt in der Wörther Straße am Käthe-Kollwitz-Platz. Und an der Kappe im Auto befinden sich Haare.«

Paula atmete auf. Sie beauftragte Max, die Kappe zu holen. »Besorg die Telefonnummer, und ruf in der Wörther Straße an. Wenn sich keiner meldet, bestell den Schlüsseldienst.« Sie erklärte Chris, dass sie sich um die Zeugen kümmern müsse. Die Freundin hielt sie am Arm fest, sagte dann aber doch nichts. Paula beruhigte sie. »Dieses Mal hat er Fehler gemacht. Er ist gesehen worden, und wir haben Spuren. Vielleicht finden wir auch noch etwas in der Wohnung des Opfers. Und wir werden über die Medien weitere Zeugen finden. Irgendeinem wird etwas aufgefallen sein. Man kann nicht in eine öffentliche Veranstaltung gehen und so davonkommen. Am besten, du fährst jetzt nach Hause und schläfst dich aus.«

»Es geht schon«, sagte Chris. »Ich würde gern mitkommen in die Wohnung.«

»Du kannst da nicht helfen. Es ist besser, wenn du Distanz behältst – und einen kühlen Kopf.«

»Bitte.«

»Okay, Chris, dann komm mit. Mal sehen, was Marius herausgefunden hat.«

Dabei nahm sie sie fest am Arm und schob sie ins Büro. Chris ließ es sich gefallen. Bei Marius hatte sich nichts Neues ergeben. Der Täter hatte das Kino ungesehen verlassen. Paula wollte es nicht glauben. Wie war das möglich? Nahmen sich die Menschen nicht mehr wahr? »Holt mir Frau Grabow noch einmal, die Frau, die die Karten abgerissen hat.«

Max kam mit der schwarzen Kappe in einer Plastiktüte herein und meldete, der Schlüsseldienst sei unterwegs zur Wohnung. Paula hielt die Kappe so ins Licht, dass sie die Haare sehen konnte. Es sah aus, als seien es Männerhaare. Sie witterte die Beute und hatte das Gefühl, auf einer Spur zu sein.

Frau Grabow trat ein. »Sie wollten mich noch einmal sprechen? Mehr weiß ich aber nicht.«

Paula zeigte ihr die Kappe in der Plastiktüte. »Hat der Mann, der den Rollstuhl schob, so eine getragen?«

»Ja, genau so eine. Mit diesen weißen Buchstaben drauf.«

»Danke, Frau Grabow. Sie haben uns sehr geholfen.« Paula gab ihr die Hand. »Dann können Sie jetzt nach Hause gehen.«

Paula fühlte sich frischer. Jetzt fiel ihr das Silvestre auf, dieses scheußliche Eau de Cologne, das Max immer benutzte. Sie spürte eine Hand auf dem Rücken – Marius stand hinter ihr und sah sie verlegen an.

»Was ist?«, fragte sie gereizt.

»Ich habe dich gefragt, ob du hier fertig bist.«

Sie wollte keine Einladung auf einen Drink, sie wollte keine Nähe, von niemandem und nichts. »Ich fahr noch in die Wohnung. Frau Gregor und Max begleiten mich.«

Max grinste Marius an wegen der Abfuhr und hielt Paula die Tür auf.

Auf der Straße wurden sie von Journalisten und Fotografen umzingelt. Paula erkannte Magnus Meier, den Tommi die *Qualle* getauft hatte, weil er klein war und einen Kugelbauch hatte, und Tom Haffner von der Sendung *taff* (»Ich komme von taff und bin taff«) und Gustl Ätsch von *Kripo live*, den sie wegen seiner bunten Halstücher den *Papagei* nannten.

Sie lächelte freundlich, weil sie die Journalisten brauchte. »Morgen wird es eine Pressekonferenz geben.« Ein Fragengewitter prasselte auf sie ein. »Das ist ein Versprechen.« Nach diesem Zugeständnis wurde sie durchgelassen.

Hinter sich hörte sie Chris' Stimme: »Innerhalb der nächsten achtundvierzig Stunden werden wir den Täter fassen.«

Paula konnte es nicht glauben. Wie konnte sie diese Zusage machen?

Schon wurde sie von Chris weitergeschoben. »Komm, wir nehmen deinen Wagen.«

20

Ahmed, der Mann vom Schlüsseldienst, wartete schon. Er hatte irgendwo geklingelt und sich bereits die Haustür öffnen lassen. Sie nahmen den Fahrstuhl, und er drückte auf den Knopf zum vierten Stock. Sie standen eng gedrängt. Als Max Ahmed fragte, ob er aus Berlin sei, musste Paula lachen. Diese Frage war die übliche Anmache an der Hotelbar, wie ihr Chris immer wieder erzählt hatte.

Paula sah Chris an, die blieb aber todernst. Sie schien mit ihren Gedanken woanders zu sein, und die beiden Männer grinsten hilflos. Alle waren froh, als der Fahrstuhl hielt und sie aussteigen konnten.

An der Tür von Johanna Frenzi klingelte Paula noch einmal, und nachdem sich nichts rührte, machte Ahmed sich an die Arbeit. Sie wies ihn an, das Schloss auszuwechseln, damit sie auch für den Spurendienst Schlüssel hatte. Max verteilte frische Schutzanzüge und Latexhandschuhe. Paula und Chris zogen sie gleich über, während Max noch wartete, bis Ahmed fertig war.

Durch einen kleinen Flur traten sie in zwei Zimmer, die durch eine Flügeltür verbunden waren. Im vorderen Raum stand ein großer Esstisch aus Kirsche mit vier Stühlen. Er war vollgepackt mit Papieren, Zeitungen, Büchern, CDs, einem Pullover und gebrauchtem Geschirr. Links an der Wand stand ein Sofa aus blauem Cordsamt mit losen Polstern, daneben ein roter Sessel und eine Mini-Stereoanlage. Über dem Sofa war eine Pinnwand, vollgesteckt mit Schnappschüssen und Zettelchen.

Paula erklärte Chris, dass sie sich gern vorm Eintreffen der Spurensicherung einen ersten Eindruck vom Tatort verschaffen würde. Die Wohnung konnte durchaus der Tatort sein.

Das Bett war nicht gemacht. Paula schaltete das Deckenlicht ein und trat näher. Sie zog die Daunendecke zur Seite, sah aber weder Blutflecken noch andere Spuren auf Laken und Kopfkissen.

»Die Betten gehen in die KT zum Serologen«, rief sie Max zu, der gerade hereinkam.

Auf dem Stuhl beim Kleiderschrank lagen zusammengerollte Nylons, und über der Lehne hing ein rotes Seidenkleid mit dünnen Trägern. Vielleicht hatte Johanna Frenzi das angehabt und hatte es ausziehen müssen, bevor der Täter sie für Stunden fesselte.

Paula ging zurück ins Wohnzimmer. Zwischen den Dessous auf einem Sessel lag ein alter Steiff-Teddy aus Kindertagen.

Chris war ihr gefolgt. »Es sieht aus, als ob sie gerade nur hinaus ist und gleich zurückkommen würde. Unheimlicher Gedanke, dass sie weggegangen ist und nie mehr zurückkehrt, findest du nicht?«

Paula rief Justus von ihrem Handy aus an. Sie berichtete ihm von dem ersten Eindruck in der Wohnung. Im Kino nahmen sie noch den Tatort auf, was Stunden dauern würde.

Sie bat Max, die Spurensicherung kommen zu lassen, und setzte sich mit Chris in die kleine Küche. Auf dem Tisch stand eine Tüte mit Rooibos-Tee, und sie konnte nur schwer der Versuchung widerstehen, Wasser aufzusetzen.

»Wir wissen jetzt, dass Bach recht hatte und das Kleid zur Inszenierung gehört«, sagte Chris. »Es ist ziemlich ausgeschlossen, dass beide Frauen zufällig das gleiche Kleid besitzen und es beide auch zufällig an ihrem Todestag, den sie ja nicht kannten, angezogen haben.«

Der süffisante Ton nervte Paula. Jetzt, nach dem zweiten Mord, war sie auch schlauer.

»Auch in dem anderen Punkt hat Bach recht«, legte Chris nach.

Paula hob die Augenbrauen.

»Dass es sich um eine Serie handelt.«

Zu einer Serie gehören drei, dachte Paula. Mindestens.

Sie schlug Chris vor, nach Hause zu fahren und auszuschlafen. Als sie nicht reagierte und nur vor sich hin starrte, versuchte sie ihr zu erklären, wie positiv sich die Situation verändert habe. Sie hatten den Wagen des Opfers, der vom Täter gefahren worden war, und es bestand eine gute Chance, dort Spuren zu finden. Außerdem hatten Zeugen gesehen, dass er eine Baseball-Kappe mit NY-Emblem trug, und im Auto war eine gefunden worden. Es klebten sogar noch Haare an ihr.

»Warum sollte die von ihm sein?«, fragte Chris.

Paula konnte nicht begreifen, warum die Freundin immer noch so negativ drauf war. »Es waren keine blonden langen Haare vom Opfer, das konnte ich sehen. Er könnte nach dem Kino noch irgendetwas aus dem Auto geholt haben und dabei die Kappe im Wagen verloren haben.« Paula bemühte sich um einen zuversichtlichen Ton, aber es schien nichts zu bringen. Im Gegenteil, Chris sah sie merkwürdig an.

»Was ist mit dir?«, fragte Paula mit Nachdruck.

»Ich war im Filmpalast.«

»Ja, ich auch. Da kommen wir ja gerade her!«, sagte Paula.

Chris reagierte heftig. »Das meine ich nicht. Ich war vor zwei Tagen dort in der Abendvorstellung.«

»Wieso das?«

»Nachdem ich Josef Heiliger bei seiner Vernissage getroffen hatte. Es war da in der Nähe, ich kam zufällig an dem Kino vorbei und sah, dass die Vorstellung gerade anfing. Es lief noch derselbe Film, den Silvia Arndt gesehen hatte. Irgendwie hatte ich den Impuls, der Situation nachzuspüren, in der sie gewesen ist.«

Das scheint ihr gut gelungen zu sein, dachte Paula, verärgert über diese Emotionalisierung einer Arbeit, die einem schon naturgemäß unter die Haut ging und besser kühl und sachlich getan wurde. »Und *hast* du nachgespürt?«

»Ich habe gedacht, vielleicht gehe ich gleich wieder. Aber als ich saß, war ich froh, einen Moment Ruhe zu haben. In der Galerie habe ich die ganze Zeit gestanden, und meine neuen Schuhe drückten. Im Kino konnte ich sie ausziehen und meine Füße massieren.«

Was hatte das zu bedeuten? Chris war nicht der Typ, der irgendetwas dahererzählte. Sie hatte sehr gute Examina gemacht und war von ihrem Vater schon früh auf Logik und Sachlichkeit trainiert worden, um nicht zu sagen *dressiert* worden. Daher galt ihre Liebe auch mehr Bach als Schumann.

»Ich habe die Schuhe auf die Sitzlehne vor mir gestellt. Einer ist runtergefallen.«

Paula musste sich Luft machen. »Schwarze Schuhe mit roten Punkten?«

Chris nahm das nicht als Sarkasmus. »Nein, das nicht. Ich trug ja auch kein blaues Kleid. Aber ich habe auf demselben Platz gesessen wie die Tote. Und meine Haltung war ähnlich.«

Paula hatte gehofft, sie würde eine vernünftige Erklärung für Chris' angespannte Laune erhalten, aber was sie jetzt hörte, klang nach Beziehungswahn. Sie schien sich mit der Toten zu identifizieren. Oder was war mit ihr los?

Paula war nicht begeistert gewesen, dass Chris sich in die Mordkommission hatte versetzen lassen wollen, aber da war es ihr nur um ihre Freundschaft gegangen. Sie hatte nicht daran gezweifelt, dass Chris den Job bewältigen und auch hier sehr erfolgreich sein würde. Umso fassungsloser war sie nun darüber, dass sich Chris persönlich mit einem Opfer identifizierte! Und am ersten Tatort dann auch noch dieser Jogger!

Die Freundin erklärte jetzt mit tonloser Stimme: »Beim ersten Tatort war es genauso.«

»Wie bitte?! Was war da genauso?«

»Ich habe dir mal erzählt, dass ich mittags nichts esse und statt in die Kantine an die Spree gehe. Ich habe da immer auf derselben Bank gesessen und Tauben gefüttert. Und eine Latte macchiato getrunken, die ich mir vorher im Bistro an der Ecke geholt habe.«

»Bist du verrückt?«

»Nein. Ich habe genauso dagesessen, an genau derselben Stelle wie Silvia Arndt. Auch die Sache mit den Tauben. Ich habe sie gefüttert und hatte immer denselben Kaffeebecher neben mir stehen.«

Chris sagte das in einer so klaren und entschiedenen Weise, dass Paula fragte: »Und wo hast du den leeren Kaffeebecher dann immer gelassen?«

»In den Abfallkorb geworfen. Was denkst du denn.«

»Dann könnten Kinder ihn da herausgeholt und damit gespielt haben. Sie haben Sand reingefüllt und ihn auf die Bank gestellt. Könnte sein.«

Chris nickte. »Ein paar Meter weiter ist ein Spielplatz.«

»Na, siehst du.«

»Aber jetzt im Kino stand neben der Toten so eine ähnliche Handtasche, wie ich sie habe.«

»Hattest du sie denn auch mit, als du nach der Vernissage dort warst?«

»Ja.«

Etwas in Paula wehrte sich, es zu glauben. Sie dachte an Kinder, die alles bis ins kleinste Detail erfinden, damit man ihnen eine unglaubwürdige Geschichte abnahm. »Welches Parfüm hattest du benutzt?«

»Chanel N° 5.«

Das irritierte Paula. Bleich und klein saß Chris vor ihr, das weißblonde Haar wie eine Kappe um den Kopf, aus der einzelne Strähnen sperrig abstanden, die Lippen rot, die Augen dunkel. Irgendwie kam sie ihr vor wie ein Kind im Waisenhaus, das sich nicht mehr gegen Strafen zu wehren wagte. Die Schultern so schmal, dass man die siegreiche Tennisspielerin nicht mehr vermuten würde, die sie in Wirklichkeit war.

»Vor fünf Jahren hat mich schon mal ein Mann verfolgt. Als ich noch in der Uhlandstraße wohnte. Damals kannten wir uns noch nicht. Immer, wenn ich aus dem Haus kam, hat er auf mich gewartet. Manchmal auch in der Tiefgarage in der Nähe meines Autos.«

»Und?«

»Dann bin ich umgezogen.«

»Ist er dir gefolgt?«

»Nein.«

»Vielleicht waren das Zufälle. Oder er hat sich dann ein neues Opfer gesucht. Spanner sind keine Mörder. Aber wenn du willst, können wir ihn aufspüren und überprüfen.«

»Sollte man auf jeden Fall machen.« Sie überlegte einen Moment. »Natürlich sage ich mir auch dauernd, das kann alles Einbildung sein. Da sitzen jeden Tag Spaziergänger, einige von ihnen füttern auch Tauben. Von denen wird sich keiner angesprochen fühlen, sonst hätten sie sich ja schon gemeldet. Aber seit ich im Kino vor der Toten stand, die auf demselben Platz saß wie ich, in derselben Haltung, auch mit Schuhen auf der Lehne vom Vordersitz, seitdem kann ich nicht mehr an Zufall glauben. Du, Paula?« Chris' Augen waren rot vor Angst oder Wut.

Paula begriff das alles noch nicht richtig. Vor ihr saß ihre Freundin, die die leitende Staatsanwältin war, und erzählte ihr etwas von Imitation. Wenn alles so stimmte, wie sie es darstellte, würde es Paula allerdings auch für möglich halten, dass der Täter die Staatsanwältin kopierte, die dann seinen diabolischen Schachzug am Tatort selbst entdecken und entschlüsseln sollte. »Ziemlich abgefeimt«, dachte sie laut.

»Wer?«

»Dieser Killer natürlich. Warum tut er das?«

»Um mir Angst zu machen.«

»Nehmen wir mal an, jemand hat dich tatsächlich kopieren wollen, um dich in Angst zu versetzen. Dann hätte er wissen müssen, dass du am Tatort erscheinst und nicht dein Kollege. Richtig?«

»Ja«, bestätigte Chris. »Dieser Punkt spricht eigentlich gegen meine Theorie, denn ich hatte gar keinen Dienst, sondern Neuenfeld. Und nur weil seine Mutter in der Nacht überraschend in die Klinik kam, war er gleich nach Frankfurt gefahren. Außer dem Großen Lagedienst, bei dem er sich abgemeldet hatte, wusste niemand davon.«

Paula sah das auch als entscheidendes Argument gegen Chris' Verdacht.

Sie erhob sich und ging auf und ab. Sie musste sich bewegen. Sie verstand nicht, in was sie hier hineingeraten waren. »Warum hast du mir nichts davon gesagt?«

»Du hättest mich für verrückt gehalten. Schon ohne dass du wusstest, was mit mir los war, erschien ich dir merkwürdig.«

»Kunststück. Du musst dich ja ziemlich beschissen gefühlt haben. Und außerdem kenne ich dich – so was entgeht mir nicht.«

Sie setzte sich der Freundin gegenüber und nahm ihre Hand, die auf dem Tisch lag. »Chris, überlass mir die Sache und fertig! Achtundvierzig Stunden hast du der Presse gesagt, okay. Du wirst so lange zu mir ziehen, und Ralf bleibt zu Hause, damit du nicht alleine bist.«

Sie reagierte nicht darauf. »Ich frage mich, wer davon wusste, dass ich im Kino war.« Hatte Chris überhaupt zugehört?

»Wo warst du vorher überall?«

»Erst im Büro, dann zu Hause und um achtzehn Uhr auf der Vernissage, wo ich diesen Heiliger getroffen habe.«

»Hast du dich von ihm verabschiedet, als du gegangen bist?«

»Ja.«

»Theoretisch könnte er dir also gefolgt sein. Hast du etwas bemerkt?«

»Nein. Auch im Kino nicht. Ich habe mich zwei oder drei Mal umgedreht, weil ich sehen wollte, wie viele Leute in dem Film waren und ob es sich lohnen würde, die Nachfragen nach möglichen Zeugen zu verstärken. Aber da achtet keiner auf den anderen.«

»Hast du jemanden gesehen, der dir gefolgt ist oder dich beobachtet hat oder sonstwie auffällig war?«

»Nein. Nichts.«

Max schaute zur Küche herein. »Ich habe ein Tagebuch gefunden.«

»Gut«, sagte Paula. »Sieh dir bitte auch die Zettelwirtschaft auf dem Tisch an. Wir müssen herausfinden, wo sie gearbeitet hat.«

Max nickte und verschwand.

Sie wandte sich wieder Chris zu.

»Wenn dir der Täter persönlich nahe ist, haben wir jetzt eine Chance, ihn dingfest zu machen.«

»Und die wäre?«

»Über die DNA von den Haaren an der Baseball-Kappe. Wir können von jedem, der sich dir nähert, eine DNA-Probe nehmen und sie vergleichen. Stimmt sie überein, wissen wir, dass er die Ermordete kannte.«

»Und wie nah muss er mir kommen, bis ihr eine DNA-Analyse von ihm macht?«

»Wenn der Täter dich imitiert, muss er dich kennen. Er wird die Wirkung seines Tuns genießen wollen. Deine Angst. Der Mord macht dir Angst, und die will er unbedingt sehen, wenn er dich meint. Also wird er kommen.«

Chris überlegte einen Moment. »Josef Heiliger«, sagte sie, »er ist der Einzige, der mir ins Kino gefolgt sein könnte. Niemand wusste, dass ich ins Kino gehen wollte, ich wusste es ja selbst nicht.«

»Wir können sein Alibi überprüfen. Aber ich kriege keinen Gerichtsbeschluss, um ihm Blut abzunehmen. Dazu reicht die Auffälligkeit mit der Visitenkarte nicht. Im Gegenteil, jeder Richter würde das als entlastend werten. *Belastendes* haben wir nicht. Oder?«

»Nein.«

»Raucht er?«

Chris schüttelte den Kopf. »Ich habe ihn nicht rauchen sehen.«

»Vielleicht kannst du ihm ein paar Haare auszupfen oder

seinen Rasierapparat entwenden.« Das war kein wirklich ernst gemeinter Vorschlag. Doch wenn Chris von dem Verdacht, Heiliger könnte der Mörder sein, nicht loskam, wäre es in diesem Fall eine Möglichkeit, ihn durch einen heimlichen DNA-Vergleich zu überprüfen. Wenn es Heiligers Unschuld beweisen würde, hätte ihre Freundin immerhin ein Problem weniger. Und wenn sich ihr Verdacht bestätigen sollte, dann könnten sie gegen ihn vorgehen.

Chris schüttelte wieder den Kopf. »In seine Wohnung gehe ich nicht. Und wie soll ich ihm Haare ausrupfen?«

»Wir können natürlich sein Alibi überprüfen, aber was bringt das? Wenn er sagt, er war zu all den fraglichen Zeiten alleine im Atelier und kann das nicht beweisen – was hätten wir davon? Gar nichts. Außer dem Sprung über die Absperrung gibt es kein Indiz, oder?«

Chris schüttelte wieder den Kopf. »Und die DNA-Probe müsstet ihr auch erst noch im Labor analysieren lassen.«

Paula wurde klar, wie tief die Angst in Chris steckte. Dieser zweite Mord hatte sie in Horror versetzt. Sie schien sich bereits als nächstes Opfer zu sehen. »Wenn du sicher sein willst, musst du dich in polizeilichen Gewahrsam begeben.«

Chris hob abwehrend die Hände. »Ich werde etwas für die DNA-Analyse besorgen.«

»Gibt es jemanden, der dir übel mitspielen will? Vielleicht jemand, der sich rächen will?«

»Es gab mal einen Angeklagten, der nach dem Urteil eine Drohung gegen mich ausgestoßen hat. Er ist wieder frei. Ich habe das schon recherchiert. Der, von dem ich dir beim Chinesen erzählt habe.«

»Ich lasse ihn überprüfen.« Paula machte sich eine Notiz. »Gibt es ein auffälliges Verhalten bei einem deiner Ex-Liebhaber?«

»Nein. Da ist alles ruhig.« Jetzt huschte sogar ein Lächeln über Chris' Gesicht. »Ich habe mich immer geschickt aus der Affäre gezogen und keine Eitelkeiten verletzt.«

Paula lächelte auch – über ihre kluge Freundin, die oberkluge Staatsanwältin.

»Du bist eine gute Polizistin, Paula, du wirst den Kerl erwischen. Du hast gehört, dass ich dir vertraue – in achtundvierzig Stunden hast du ihn.«

Es klang nicht, als habe sie einen Witz gemacht. Sie meinte es ernst.

Nachdem sich Paula ins Bett geschlichen hatte, um Ralf nicht zu wecken, lag sie wach und starrte ins Dunkel.

Chris' Angst, von dem Täter gemeint zu sein, brachte sie aus dem Gleichgewicht, und damit gefährdete sie auch ihre Karriere. Wie lange würde Chris ihre Angst vor den Kollegen und ihrem Vorgesetzten verheimlichen können? Paula überlegte, wie sich diese Angst auf ihre Ermittlungen auswirken könnte. Chris' Ehrgeiz würde sich vielleicht noch verstärken. In diese Richtung ging wahrscheinlich auch ihre Absicht, von Heiliger eine DNA-Probe holen zu wollen. Paula hatte kein gutes Gefühl bei dieser Aktion gegen Heiliger.

Sie ging noch verschiedene Möglichkeiten durch, bis sie erschöpft in den Schlaf sank.

21

Es war schon sehr spät, als Chris von Paula in der Nacht zuvor zu Hause abgesetzt worden war. Paula hatte ihr angeboten, noch mit hinaufzukommen, aber das wollte Chris ihr nicht zumuten. Sie waren beide müde.

Kaum war Paula losgefahren, hatte Chris das Gefühl, beobachtet zu werden. Als sie durch den Vorgarten ging, hörte sie es hinter den Fliederbüschen rascheln, als würde ihr jemand auflauern. Sie meinte sogar, ihn atmen zu hören, und wollte schreien: Lass mich, verschwinde! Aber sie konnte ihre Lippen nicht bewegen. Auch die Beine waren steif, und sie musste sich zwingen, Schritt für Schritt auf die Haustür zuzugehen. Zitternd schob sie den Schlüssel ins Schloss und versuchte, schnell ins Haus zu kommen. Sie wollte nicht sterben. Als sie es geschafft hatte, warf sie sich mit ihrem Körper von innen gegen die Haustür. Sie musste Atem schöpfen, dann zog sie sich die Treppe hinauf.

In den frühen Morgenstunden war sie aufgewacht, weil sie im Traum ohne Fallschirm aus dem Flugzeug fiel und der Wind ihr die Augen aufriss. Sie hatte sich die Bettdecke gegen das Gesicht gepresst, doch der Schlaf ließ sich nicht zurückholen. Genauso wenig wie ihr altes Leben, das für sie das *eigentliche* Leben war, nicht dieses bedrohliche, in dem sie sich jetzt befand und in dem sie sich verraten und ausgeliefert fühlte. Sehnsüchtig dachte sie daran, wie glücklich sie vorher gewesen war. Sie hatte viel gelacht, war erfolgreich und gesegnet mit allem, was die Welt zu vergeben hatte – wie ihr Vater immer sagte.

Es war ein grundlegender Unterschied, ob man irgendwo im Einsatz mit einer Leiche konfrontiert wurde, wie Paula das immer wieder erlebte, oder ob man kurz zuvor selbst in genau derselben Situation gewesen war, so wie sie auf der Parkbank oder im Kino. Paula begriff das anscheinend nicht. Chris erinnerte sich, dass sie in Griechenland einmal einen Freund vom Flugzeug abgeholt hatte, der sie fröhlich begrüßte. Als er dann erfuhr, dass die vorherige

Maschine, auf die er eigentlich gebucht war und die er nur verpasst hatte, abgestürzt war, wurde er kreidebleich, Todesangst überkam ihn, und er musste sich übergeben. Und sie hatte auf derselben Bank und demselben Kinoplatz gesessen, nur zu einer anderen Zeit.

Sie setzte sich aufrecht hin und forderte ihren Verstand heraus. Sie verdankte ihren Aufruhr keiner unfassbaren Macht, sondern nur einem einzigen Menschen. Sie musste diesen Menschen finden und zur Strecke bringen.

Wieder sah sie den Jogger auf sich zukommen und hörte seine Anspielungen, mit denen er sich regelrecht als Mörder von Silvia Arndt präsentiert hatte. Würde er das jetzt bei der zweiten Toten wiederholen?

Heiliger, Josef Heiliger: Sie zermalmte seinen Namen regelrecht zwischen den Zähnen. Paula hatte vorgeschlagen, seine DNA mit den Haaren an der Kappe zu vergleichen, die sie im Auto gefunden hatten. Natürlich gab es dafür keinen Gerichtsbeschluss. Und die Verbindung zwischen der Präsentation der Leichen und Heiligers Installationen würde Richter Bülow vielleicht sehen, aber es war kein hinreichender Tatverdacht, um eine Blutentnahme anzuordnen. Ihm ging es ja auch nicht an den Kragen!

Chris stand auf, um Badewasser einzulassen. Sie musste diesen Namen abwaschen, wegspülen, neutralisieren. Das hatte sie sogar mit achtzehn schon einmal geschafft. Damals war sie schrecklich verliebt gewesen in einen Mann, der mit einer anderen schlief. Sie hatte gegen ihr Gefühl angehen müssen und so lange geübt, bis er ihr gleichgültig geworden war, bis sein Name nur noch aus fünf bedeutungslosen Silben bestanden hatte. Eine Leistung, auf die sie stolz war. Aber dieser Mann hier war mit einem Mord in ihr Leben eingebrochen. Vor vier Tagen – vor einer Ewigkeit – war ihr Leben noch in Ordnung gewesen. Da hatte sie sogar überlegt, ob sie wieder mit Tennis anfangen sollte. *Das* war ihr Problem gewesen – ob sie Tennis spielen oder einen Spanisch-Kurs machen sollte. Würde sie jemals wieder dorthin zurückgelangen?

Mit einem Vollbad wollte sie sich beruhigen. Sie nahm ihren Lieblingsbadeschaum *Magnolie* und mischte das Wasser so, dass es nicht zu heiß war, damit es sie nicht erschöpfte. Sie saß im Schaumbad und versuchte, sich bewusst zu machen, in welch angenehmer Situation sie eigentlich lebte.

Warum sollte sich das ändern? Wer würde das wollen? Wer könnte ein Interesse daran haben?

Ihre Eltern waren Samstagmittag zu Besuch gekommen und wollten bis Sonntag bleiben. Das hatte sie aber abgelehnt. Sie brauchte den Tag, um sich zu stabilisieren. Und sie hatte es geschafft. Bis Paulas Anruf kam, abends um halb elf.

Morgens war sie lange im Bett geblieben und dann zum ersten Mal ins Spa im Hotel Intercontinental gegangen, dem schönsten in Berlin. Das hatte sie sich gegönnt, mit Massage, Sauna und Kosmetik, um ihre Seele zu streicheln. Und abends war sie wieder in ihr Buch versunken, das sie schon im Spa begonnen hatte: *Der Teufel trägt Prada*, typische Frauenliteratur – komisch und sarkastisch: die Geschichte einer ehrgeizigen Aufsteigerin, die dem Stress schließlich nicht mehr standhält, dafür aber Mr. Right trifft. Solche Frauenromane las sie sonst nicht, auch nicht, wenn sie Weltbestseller waren. Aber sie wollte sich unbedingt ablenken, am besten mit etwas, was sie sonst nie tat. Als sie sich eingelesen hatte, tauchte sie tatsächlich in die Geschichte ein und las sich fest.

Da hatte das Telefon geklingelt und sie aus dem New Yorker Lifestyle zurückgeholt in die Schattenwelt ihrer Ängste.

»Es ist wieder eine Frau umgebracht worden. Genauso wie beim vorigen Fall«, waren Paulas Worte, und die Erwartung einer neuen Attacke hatte sich in ihr ausgebreitet. Sie hatte ihre Füße in die Schuhe gezwängt und war losgerannt. Auf der Treppe hatte sie sich gesagt, hetz dich nicht, eine Leiche kann nicht weglaufen, aber sie konnte über ihren Witz nicht einmal lächeln.

Sie nahm ein Taxi und ließ sich fünfzig Meter vor dem Kino absetzen. Es hatte sich schon ein Pulk von Neugierigen gebildet, und die Polizei regelte den Verkehr auf dem Kurfürstendamm. Würde er auch wieder da sein?

Langsam und umständlich schob sie sich durch die Menschen und blickte sich um. Sie wollte ihn auf jeden Fall entdecken, falls er alles beobachten würde. Ausgerechnet Paula vereitelte ihr Vorhaben. Sie hatte sie kommen sehen und zwei Polizisten angewiesen, ihr eine Gasse zu bahnen.

Schon nach einer knappen Erklärung von Paula hatte sie begriffen, was los war, und wollte sofort zu der Toten gehen. Aber zuerst musste sie noch den Schutzanzug überziehen.

Als sie den hell erleuchteten Kinosaal betrat, sah sie genau das, was sie befürchtet hatte. Die Tote saß auf dem Platz, auf dem sie nach der Heiliger-Vernissage auch gesessen hatte.

Wie eine Marionette ging sie Schritt für Schritt den Gang hinunter zu der Toten. Eisig breitete sich Angst in ihrem Körper aus. Sie musste die Tote so angestarrt haben, dass Paula sie fragte, ob sie sie kenne. Nur eine Frage beherrschte sie: Warum sitzt sie denn genauso da, wie ich gesessen habe?

Sie musste Paula sonderbar vorgekommen sein, denn sie hatte plötzlich etwas ganz anderes gefragt: was sie mit ihren Eltern unternommen habe. Paula ging dann weg. Aber sie konnte sich nicht vom Fleck rühren und war stehen geblieben, bis sie die Leiche forttrugen.

Sie war erst wieder zu sich gekommen, als Paula ihr erzählte, dass der Täter eine getönte Brille, eine Baseball-Kappe und einen Parka getragen hatte. Und es gab Spuren, sogar DNA-Spuren. Und sie versuchte sich damit zu beruhigen, dass man Heiliger jetzt überführen würde. Sie war jetzt überzeugt davon, dass er der Täter war. Nur er konnte wissen, dass sie im Kino war und auf diesem Platz gesessen hatte. Sie saß sonst nie am Rand und zog auch nie die Schuhe aus. Aber ihre Füße hatten wehgetan, nachdem sie auf der Vernissage so lange gestanden hatte.

Um das innere Zittern zu überwinden, das sie beim Anblick der Leiche überfallen hatte, ging sie dann bewusst in die Flucht nach vorn. Sie sagte den Journalisten vorm Kino, dass sie den Täter in achtundvierzig Stunden gefasst haben würden. Und sie hatte es in dem Moment auch glauben wollen. Im Fahrstuhl hatte Paula gelacht. Natürlich hatte sie darüber gelacht, worüber sonst? Später hatte sie Paula gesagt, dass nur Heiliger sie verfolgt haben konnte. Natürlich hatte sie Heiliger nicht gesehen, es war ja auch nicht so schwierig, jemanden zu beobachten und dabei unentdeckt zu bleiben. Paula war nicht einmal bereit, mit ihr zusammen einen Vorwand zu erfinden, um für Heiliger einen Beschluss zur Blutentnahme zu kriegen. Und ohne Paulas Rückendeckung konnte sie das nicht riskieren. Jedenfalls nicht, ohne ihre persönlichen Gründe aufzudecken. Und das schied aus. Sie würde sich nicht als eine von einem Wahnsinnigen Verfolgte outen. Hier ging es um sie persönlich, die Verantwortung konnte sie keinem anderen Menschen übertragen.

»Das kann niemand«, sagte sie laut und ließ warmes Wasser nachlaufen. »Niemand kann die Verantwortung für sein Leben abgeben.«

Im Badewasser fühlte sie sich jetzt entspannter. Sie erinnerte sich, wie sie sich von Heiliger verabschiedet, sich durch die Menschen hinausgedrängt und über Handy ein Taxi gerufen hatte. Es war keines gekommen, so war sie zu Fuß Richtung Filmpalast gegangen, und jetzt in der Erinnerung fiel es ihr auf: Ihr war ein Auto gefolgt. Das Bild kam ihr deutlich ins Bewusstsein. Sie hatte den Wagen gesehen, während sie nach ihrem Taxi Ausschau hielt. Es war eine schwarze Limousine mit verspiegelten Scheiben gewesen. Fenster, durch die man nicht hineinsehen, aber von innen beobachtet werden konnte. Dadurch war ihr der Wagen aufgefallen, denn solche Fenster machten sie aggressiv. Der Wagen hatte etwa hundert Meter von der Galerie entfernt geparkt. Sie hatte nicht gesehen, dass jemand eingestiegen war. Jetzt dachte sie, diese hundert Meter hätte Heiliger problemlos von ihr unbemerkt zurückgelegt haben können.

Sie hatte es schon deswegen nicht bemerkt, weil ein Taxi kam, das sie für ihres hielt. Natürlich hatte sie gewinkt, aber es saß schon jemand drin. Ärgerlich hatte sie dem Wagen nachgeschaut und dabei gesehen, wie die schwarze Limousine aus der Parkspur ausscherte. Sie hatte nicht weiter darauf geachtet, sondern war Richtung Filmpalast gegangen.

Als sie dann den Ku'damm überquerte, dachte sie an das Liebespaar und daran, wie es vom Wasser überspült worden war.

Die Installation hatte sie beeindruckt. Sie wusste aus ihrem Studium, dass es eine der mittelalterlichen Torturen war, mit denen die Kirche voreheliche Liebe bestraft hatte. Sie erinnerte sich an einen Kupferstich über einen Vorfall in der Bretagne. Das Liebespaar war entdeckt worden, weil die junge Frau schwanger war. »Was zusammen will, wird von der Kirche zusammengeführt«, waren die Worte des Predigers, als die Gemeinde das Bett auf der Sandbank aufstellte und die Kirchendiener die Liebenden anketteten. Der Kupferstich zeigte, wie die Menschen aus dem Dorf am Strand standen und zusahen, wie die Flut langsam stieg, um die Unglückseligen zu ertränken. So hatte Heiliger es in seiner Installation nachgebildet.

Dass sie dann ins Kino gegangen war, war zwar Zufall gewesen, doch es war womöglich kein Zufall, dass die Mercedes-Limousine mit den dunklen Scheiben gerade in dem Moment wieder auftauchte, als sie die Fahrbahn zum Kino überquerte. Jetzt erst wurde ihr klar, dass es Heiliger gewesen sein konnte, der ihr gefolgt war und dann vom Wagen aus natürlich sehen konnte, dass sie in die Kinopassage ging.

Von dieser Geschichte hatte sie Paula nichts erzählt, sie fiel ihr erst jetzt ein. Aber sollte sie ihr überhaupt davon erzählen? Sie hatte sich das Kfz-Kennzeichen nicht gemerkt und wusste nicht einmal, ob der Wagen ihr wirklich gefolgt war. Paula würde dem vermutlich genauso wenig Bedeutung beimessen wie der Tatsache, dass der Killer sie im Kino imitiert hatte. Sonst hätte sie sie nicht so angeschaut, als würde mit ihr etwas nicht stimmen, und hätte nicht begonnen, unvermittelt von ihren Eltern zu reden. Oder hatte sie sie nach den Eltern gefragt, um zu testen, ob sie die alltäglichsten Sachen überhaupt noch zusammenkriegte? Und wie würden die Kollegen reagieren, wenn sie erführen, dass sich die neue Staatsanwältin in ihrem ersten Fall von dem Täter attackiert fühlte?

Da sie in den letzten Tagen nicht mehr an die Spree, sondern in die Kantine gegangen war, hörte sie die Sorgen der anderen bei der Essensausgabe oder am Nebentisch: ablaufende Fristen, Verfahrensvorschriften, abgelehnte Anträge. Keinen einzigen von ihnen berührten die Fälle, weder die Opfer noch die Täter. Im Gegenteil – sie brauchten sie. Ohne Mörder und Totschläger wären sie arbeitslos. Die Täter waren keine Gefahr für sie, die waren nur Stichwortgeber in einem Spiel, in dem Richter und Staatsanwälte die Hauptrollen hatten. Es war ihr klar – von ihnen hätte sie nichts weiter als Unverständnis und Spott zu erwarten. Im schlimmsten Fall Suspendierung vom Dienst.

Wie unmöglich war Paulas gestriger Vorschlag gewesen, zu ihr zu ziehen, bis sie den Täter geschnappt hätten. Ralf würde dann aufpassen! Das würde sie mehr als lächerlich machen. Nein, sie musste da durch. Schon früher hatte sie sich bei Problemen immer gesagt, du musst da durch, es gibt Schlimmeres.

Aber Schlimmeres gab es jetzt nicht mehr. Was konnte schlimmer sein, als auf bestialische Weise ermordet zu werden? Aber sie würde der Angst ins Gesicht blicken. Wenn jemand Katz und Maus mit ihr spielte, dann sollte nicht *er* über sie lachen, sondern *sie* über ihn! Später vor Gericht nämlich. Sie sah sich schon in der Robe zweimal lebenslänglich beantragen für diese brutalen Morde.

Auf dieses Ziel würde sie jetzt zugehen. Punktum.

Sie schreckte auf, als das Telefon klingelte, sprang aus der Wanne und wäre mit ihren nassen Füßen fast ausgerutscht. Sie hörte Paulas Stimme:

»Bist du schon wach? Ich habe mir die Sache mit Bach noch einmal durch den Kopf gehen lassen.«

»Und?«

»Wenn du dich damit besser fühlst, schick mir Bach ins Team. Ich bin bereit, mit ihm zu arbeiten. Der Auftrag muss aber von euch ausgehen. Ich krieg das in meiner Abteilung nicht durch.«

Chris war erleichtert. Endlich begriff Paula etwas und sah ein, dass man für diesen Fall einen Spezialisten brauchte. Chris hatte nicht die Absicht, Hubertus Bach in ihr ganz persönliches Problem einzuweihen, aber die Ermittlungen würden jetzt auch so in die richtige Richtung gehen.

Sie spürte wieder Energie aufsteigen. Sie sagte Paula, dass sie Freitag bereits mit ihrem Abteilungsleiter gesprochen und ein Okay bekommen hatte und dass Bach bereit sei und nur auf ein Startzeichen warte.

Paula schlug vor, dass Chris ihn nachher selbst in der Sitzung vorstellen sollte.

Wahrscheinlich wollte sie das, weil sie immer noch nicht von ihm überzeugt war.

Chris zog den Bademantel über, faxte Paula die wichtigsten Daten von Bachs beruflichem Werdegang und kochte sich einen starken Kaffee, um fit zu sein für den Auftritt mit Hubertus Bach vor den konservativen Ermittlern.

22

Paula hörte das Surren des Faxgeräts, ging in den Flur und nahm die eingegangene Seite, wobei sie einen Blick in die Küche warf – Ralf machte Spiegeleier. Sie überflog das Fax, wählte Justus' Nummer und ging für das Telefonat ins Schlafzimmer, damit Ralf sie nicht hören konnte. »Vor dem Frühstück wird nicht gearbeitet!«, protestierte er immer.

Sie wollte ihn nicht ärgern, denn vorhin hatte er sie liebevoll geweckt. Sie hatte seine Hand auf ihrem Haar gespürt, dann ein Streicheln an der Wange. Er hatte ihr eine Tasse Tee gebracht. Den Wecker um sieben hatte sie verschlafen, aber zum Glück war er aufgewacht.

»Das Frühstück ist gleich fertig«, verkündete er im Sonntagston und verschwand in die Küche.

Sie setzte sich auf, schlürfte vorsichtig den heißen Tee und überlegte noch, ob sie eine Zusammenarbeit mit Bach wirklich akzeptieren konnte. Was ihr und ihren Kollegen gegen den Strich ging, war das oftmals unkonkrete und für sie schwer nachvollziehbare Gerede von Profilern, das ihnen mitunter wie Wahrsagungen vorkam. Genau so hatte sie Bach am Samstag in Chris' Büro wahrgenommen. Allerdings hatte sich seine »Hellseherei« nun bewahrheitet: Das blaue Kleid gehörte zur Inszenierung, ein weiterer Mord war geschehen. Wenn dies kein Zufall war – und es war offensichtlich keiner –, dann war der Mann ein Könner, wie Paula nun anerkennen musste.

Jetzt hatte sie Justus am Apparat. »Guten Morgen, Herbert. Auf Wunsch von Frau Gregor habe ich Professor Bach am Samstag in ihrem Büro getroffen. Er war Professor für forensische Psychiatrie an der FU, hat dann beim FBI ein zweijähriges Training zum Secret Agent mit leitender Funktion absolviert und hat auch an Kursen in der Spezialeinheit für Serienverbrechen an der National Academy teilgenommen.« Sie schaute auf das Fax. »Ein Praktikum beim Morddezernat des NYPD zum Erstellen von Täterprofilen hat er auch gemacht. Außerdem hat er an spektakulären Fällen als Profiler gearbeitet. Er ist der beste Mann auf diesem Gebiet.«

»Ich weiß«, sagte Justus. »Ich habe ihn neulich im Fernsehen gesehen. Er hat sich zu den Morden in Brüssel geäußert.«

»Gut. Ich wollte nur sagen, dass er von heute an mit uns zusammenarbeitet. Das geht von der Staatsanwaltschaft aus. Frau Gregor wird ihn nachher zu unserer Besprechung mitbringen und vorstellen. Wäre nett, wenn alle vorbereitet sind und auch das Büro tipptopp ist und so weiter.«

»In Ordnung«, sagte er.

Sie konnte nicht einschätzen, ob er wirklich überzeugt war. Er hatte aus alten DDR-Zeiten immer noch Ressentiments gegen die USA und vieles, was von dort kam. Manchmal verhielt er sich auch ganz anders. Sie hatte ihn eigentlich bitten wollen, die anderen zu verständigen, weil sie ihre Spiegeleier warm essen wollte, es dann aber doch für besser gehalten, die Anrufe selbst zu machen. Sie wollte die Kollegen für die Zusammenarbeit positiv stimmen und eine mögliche Ablehnung Bachs von Anfang an verhindern. Es war das erste Mal, dass sie einen externen Berater hinzuzogen.

Tommi war sofort einverstanden. Er ließ in seiner Freizeit keine Folge der amerikanischen Serien aus und frohlockte: »Super! Da muss er uns ein paar Fälle erzählen.« Auch die anderen Kollegen konnte sie mit Bachs Biografie beeindrucken.

»Die Eier sind gleich kalt«, rief Ralf aus der Küche.

Im Büro begrüßte Ulla sie aufgeregt. »Dieser Jonas Schumann hat wieder angerufen.«

»Hast du ihm nicht gesagt, dass ich keine Zeit habe?«

»Doch. Er hat sich ja auch sehr entschuldigt und will nur einmal kurz Hallo sagen nach so langer Zeit. Er sagt, er ist mit dir zu Schule gegangen.«

»Ja, stimmt. Also gut, gib mir die Nummer.«

»Alle warten schon.«

»Danke, ich komme gleich.«

Jonas! Schon wieder.

Sie sah seine blitzenden Augen vor sich und die Grübchen, wenn er lachte, in die sie so verliebt gewesen war. Das Schlimme an der Pubertät war gewesen, dass sie sich manchmal so völlig orientierungslos gefühlt hatte. Und dann auch niemanden fragen konnte. Als wären Fragen das Eingeständnis von Dummheit gewesen. Und Bescheidwissen war Erwachsensein. Teilweise fühlte sie sich erwachsen, viel erwachsener, als ihre Eltern sie behandelten, teilweise aber fühlte sie sich ganz kindlich, und vieles tat sehr weh. Die Eltern sahen sie überhaupt nicht so, wie sie war. Sie war fremd in ihrer eigenen Familie. Manchmal hatte sie sich vorgestellt, sie würde ihrem Vater die Medikamente aus seinem Praxiszimmer klauen und sie alle auf einmal schlucken, um zu sterben. Sie hatte dann weitergeträumt, ihre Eltern würden schluchzend hinter ihrem Sarg hergehen und jammern, dass sie nicht liebevoller mit ihr umgegangen waren. Aber nachdem es Jonas gab, verschwanden diese Fantasien, denn nun träumte sie, dass sie jederzeit mit ihm fliehen könnte. Das tröstete sie, und sie war abwechselnd wütend, resigniert und auf rosa Wolken, von denen sie leider immer wieder abstürzte.

Sie war sich damals sicher, dass ihre Liebe zu ihm heilig war, weil sie ihm zum ersten Mal im Gottesdienst begegnete. Gott hatte die Augen darauf. Die Eltern würden sie belächelt haben, wenn sie es gemerkt hätten, so hatte sie es vor ihnen versteckt. Ihrer Schwester hatte sie nichts gesagt, und auch sonst kannte niemand ihr Geheimnis. Sie glaubte damals an Gott und überlegte jetzt, ob sie an Gott geglaubt hatte, weil Jonas sein Messdiener war, oder ob sie in Jonas so verliebt war, weil er Gott diente.

Als Paula den Sitzungsraum betrat, spürte sie die Anspannung der anderen. Sie waren alle versammelt und warteten auf den Profiler. Es war aufgeräumt wie nie, und der Tisch war vorbildlich eingedeckt: Kaffee, Mineralwasser, Tassen und Gläser neben den Unterlagen und Notizblöcken. Die Sitzordnung war mit Chris abgesprochen: Professor Bach am Kopfende, sie als Staatsanwältin ihm gegenüber und die anderen zwischen diesen beiden Polen, Paula in der Mitte.

Tommi zog hastig die Tür zu. »Sie kommen.«

Chris hatte ihre Haare zusammengebunden, trug Jeans, Jackett, Perlenkette und Seidentuch. Bach war wieder im pfeffergrauen Anzug, mit einem dunkelblauen Hemd und braunen Schuhen der teuren Sorte. Er kam auf Paula zu, begrüßte sie und nickte in die Runde.

Waldi stand ihm am nächsten. Mit seinem blonden Lockenkranz um die Glatze herum und dem Sonnenstrahl, der ihm ins Gesicht fiel, sah er aus wie ein griechischer Gott.

»Das ist Waldemar Wehland«, stellte Paula ihn vor.

Bach gab ihm die Hand. »Ich freue mich auf die Zusammenarbeit.«

Als Nächsten stellte sie Babyface Max Jahnke vor, anderthalb Kopf größer als Bach, der nun zu ihm aufblickte und bemerkte: »Sie sind der Jüngste?«

Max lachte, als sei es ein Kompliment.

»Marius Seefeld«, sagte Paula. Marius fuhr sich mit seiner linken Hand schnell durch sein borstiges dunkles Haar. Eine Unsicherheit, obwohl er immer so gelassen war?

Danach kam Tommi. Er hatte sich wieder im Sonnenstudio nachgebräunt, und Paula musste an Ralfs Bemerkung »Schwarzenegger für Arme« denken. »Tommi Blank«, stellte sie ihn vor. Sein Händedruck war so kräftig, dass jeder das Gesicht verzogen hätte, aber Bach lächelte. Dann wandte er sich Herbert Justus zu, der sein Haar heute besonders streng nach hinten gekämmt hatte. Bevor sie seinen Namen nennen konnte, sagte er selbst »Herbert Justus«, fügte »stellvertretender Kommissionsleiter« hinzu und schlug sogar leicht die Hacken zusammen. Sie wollte es kaum glauben – interessant, diese Ablagerungen von Tradition.

Bach nickte.

Als Paula Ulla vorstellen wollte, kam er ihr zuvor: »Guten Tag, Frau Messmer.«

Er hatte gepunktet, Ulla strahlte. Ein Taktiker, dachte Paula, er hat sich vorher erkundigt, weil er weiß, dass es gut ist, die Frauen einer Gruppe auf seiner Seite zu haben.

Chris war Bach gefolgt, hatte auch jeden mit Handschlag begrüßt und bot ihm nun den Platz an der Stirnseite an.

Als alle saßen, sagte sie: »Oberstaatsanwalt Rauball hat mir zugestimmt, bei diesem Fall einen Experten hinzuzuziehen: Professor Bach als Profiler. Er hat sich schon in einem Gespräch mit Frau Zeisberg und mir dadurch ausgezeichnet, dass er einen weiteren Mord voraussagte und zudem erkannte, dass das blaue Kleid von Silvia Arndt auf der Bank Teil der Präsentation war – und nicht ihr eigenes. Ungewöhnliche Prognosen, aber gestern wurden sie durch den neuen Mordfall bestätigt.«

»Wie sind Sie darauf gekommen, dass das blaue Kleid zur Inszenierung gehört?«, fragte Justus gleich nach.

»Die Frage drängte sich mir über die äußerst sorgfältige Präsentation auf. Der Killer schien nichts dem Zufall überlassen zu haben. Warum sollte er dann die Kleidung benutzen, die sein Opfer zufällig anhatte?«

»Und warum«, wollte Justus weiter wissen, »haben Sie angenommen, dass der Täter weitermorden würde?«

»Dieser Mann hat nicht im Affekt eine Nachbarin erschlagen, sondern er hat eine Welt herausgefordert. Wenn in der Durchführung eines Verbrechens – der Präparierung der Leiche und ihrer risikoreichen öffentlichen Ausstellung – so viel Energie steckt, dann drängt sich mir der Verdacht auf, dass er seine Geschicklichkeit und Erfahrung nutzen wird, um die Öffentlichkeit weiterzuschocken.«

Das Team war beeindruckt. Chris setzte hinzu: »Stellen Sie sich vor, wir hätten Professor Bach früher konsultiert, dann hätten Sie direkt nach dem ersten Mord mit der Suche nach dem Kleid begonnen und den Täter über seinen Kleiderkauf aufgespürt. Johanna Frenzi wäre womöglich noch am Leben.«

Paula ärgerte sich über den Vorwurf. Was wollte Chris damit erreichen? *Wenn* und *hätte* nutzten jetzt nichts – sie mussten nach vorn arbeiten und den richtigen Ermittlungsansatz finden. In welche Richtung sollten sie marschieren? Es gab im Team eine Tendenz, in die Breite zu gehen, jeden einzelnen Spaziergänger zu befragen, jeden Kinobesucher, intensive Zeugenbefragungen in den Wohnhäusern der beiden Opfer durchzuführen, ganze Rechercheteppiche über dem Ku'damm um das Kino herum auszubreiten, mit einer großen Tür-zu-Tür-Aktion die riesige Beamtenschlange zu durchkämmen und aufwendig mit der

Bevölkerung zusammenzuarbeiten und sie über jede neue Wendung zu informieren.

Es gab aber auch die andere Strategie: die gefundenen Spuren und Hinweise präzise auszuwerten und sich in die Richtung weiterzubewegen, in die sie deuteten. Das erforderte mehr Expertenkunde, schärfere Intelligenz und ein genaues Arbeiten in eng definierten Feldern. Paula zog diese Arbeitsweise vor, mit ihr hatte sie ihre größten Erfolge gehabt, und der Einsatz Bachs ging in diese Richtung. Was da nützen würde, wäre eine Täterbeschreibung, und die erwartete das Team nun von ihm. Dazu gehörten Angaben zu Beruf, Alter, sozialem Status, verheiratet oder ledig, wo er wohnen könnte, seine Gewohnheiten, vielleicht auch, ob er geistig gestört war oder hochintelligent, welche Bildung er hatte und so weiter. Man wusste ja schon von der Obduktion Silvia Arndts her, dass er medizinische Kenntnisse besaß, und sie wartete gespannt darauf, ob auch Bach ihn als Mediziner beschreiben würde.

Paula überging Chris' Vorwurf, Bach nicht früher gerufen zu haben, hinter dem sie die Angst spürte, alles könnte falsch laufen. Zu viel Angst beschwor oft gerade das herauf, wovor man sich fürchtete.

Bach sagte, er werde sicher etwas Zeit brauchen, um die Akten gründlich durchzusehen, aber er höre sich gerne die aktuellen Ermittlungsergebnisse an.

Paula gab Anweisung, als Erstes zu ermitteln, woher die Kleider stammten. »Marius, kannst du das übernehmen?« Er nickte und machte sich eine Notiz. »Fang bei den großen Kaufhäusern an. Auch ausgelaufene Modelle.«

Max berichtete, dass Johanna Frenzi im Lindencafé als Kellnerin gearbeitet hatte. Sie war am 13. April 1976 in Stuttgart geboren worden, hatte keine Eltern mehr und wohnte seit drei Monaten in Berlin. Sie war ledig, und es gab keinen Hinweis auf einen festen Freund oder jemanden, mit dem sie am Tag ihres Todes verabredet gewesen sein könnte.

»Wie beim ersten Opfer«, sagte Ulla.

»Ja, aber ihre Wohnungen waren sehr unterschiedlich«, sagte Max. »Silvia Arndts Wohnung war tipptopp, die Kleider im Schrank sogar nach Farben sortiert. Alles pedantisch, wie beim Militär – Unterhemden auf Kante. Johanna Frenzis Wohnung dagegen war unaufgeräumt, genial chaotisch.«

»Dann müssen wir annehmen, dass sie vom Wesen her doch sehr unterschiedlich waren«, sagte Bach, »Wohnungen verraten eine Menge über den Charakter.«

»Ja«, bestätigte Max, »bei Silvia Arndt hat nichts auf Freunde hingedeutet, während ich bei Johanna Frenzi das Gegenteil vermute. Da gibt's eine Menge Zettelchen und Fotos auszuwerten.«

Justus fügte hinzu: »Für irgendwelche Schlussfolgerungen müssen erst die Ergebnisse der Spurensicherung und der Obduktionsbericht abgewartet werden.«

»Von Alter und äußerer Erscheinung her sind sie aber ähnlich«, meinte Marius.

Bach betrachtete noch einmal die Fotos und stimmte zu.

Paula konnte nicht widerstehen, Bachs hoch gepriesene Nützlichkeit gleich einmal zu testen, denn immerhin gab es einen neuen Fall, über den er noch nichts gesagt hatte. Und dieses Mal hatte der Täter Spuren hinterlassen. »Herr Professor Bach, können Sie uns schon irgendetwas über den Täter sagen?«

Er antwortete nicht, stand auf und machte ein paar Schritte. Schritte ins Leere?, fragte sie sich boshaft, denn jede Art von Posen – Aufundabgehen, Umschweifigkeit und Wirkungspausen – waren ihr zuwider.

»Aussagen über den Täter.« Er wiederholte ihre Worte. Wollte er Zeit schinden?

Er blieb stehen, blickte alle am Tisch an. Sie warteten gespannt.

»Erkenntnisse über den Täter erhalten wir mittels der Tatanalyse. Hier unterscheide ich hinsichtlich des Verbrechensablaufs zwei Teile: Der erste Teil umfasst das Kidnappen des Opfers bis zur Tötung, der zweite Teil die Präparation der Leiche bis zu ihrem Absetzen auf der Parkbank an der Spree und im Kino. Was immer der Täter im ersten Teil mit den Opfern angestellt hat – bisher haben wir keine Spuren, die uns etwas darüber sagen.«

»Vielleicht ergibt sich bei der Obduktion von Johanna Frenzi etwas«, sagte Chris.

»Mag sein, aber im Moment wissen wir noch nichts darüber«, erwiderte er. »Über den zweiten Teil dagegen wissen wir viel. Der Mörder hat seine Opfer sorgfältig und zeitaufwendig präpariert und sie anschließend in besonderen Situationen der Öffentlichkeit präsentiert. Nun frage ich mich: Auf welche Weise kennzeichnet das den Täter? Was sagt das über ihn?« Er wartete ab, aber als sich niemand äußerte, fuhr er fort: »Kriterium Nummer eins: Zwanghaftigkeit. Ich beziehe mich jetzt nur auf den zweiten Teil der Tat: War sein Verhalten hier zwanghaft? Zwanghaftes Verhalten nennen wir *die Handschrift* des Täters. Oder war es von ihm – ich möchte es mal salopp sagen – clever, die Leichen so zu präsentieren? Das bezeichnen wir dann als *modus operandi*, was bedeutet, der Täter hätte diesen Teil auch anders gestalten können.«

»Er hat die Präsentation ja bereits variiert«, warf Chris

ein. »Das zweite Opfer hat er nicht auf eine Parkbank gesetzt, sondern ins Kino.«

Paula bemerkte, dass Bach der Freundin offenbar Sicherheit gab, was sie ihr gönnte.

»Sehr richtig«, sagte er. »Die Ausführung ist insgesamt bewusst kalkuliert und damit variabel. Die Zwanghaftigkeit - man kann auch sagen: Sucht - würde sich bei einem gewöhnlichen Serienkiller auf die Frau beziehen, nicht auf die Öffentlichkeit. Er würde die Leiche nicht unter Komplikationen durch die Stadt befördern, nur um sie der Öffentlichkeit auf einer besonderen Bühne zu präsentieren. Sie wissen von Professor Posch, wie vorsichtig man beim Transport in der Totenstarre sein muss, damit sich die Haltung durch Erschütterungen nicht verändert. Jemand, der in psychisch kranker Weise auf Frauen fixiert ist, würde das Opfer nicht auf eine öffentliche Parkbank setzen, sondern zu Hause in den Fernsehsessel. Er würde mit ihr reden, sie beschimpfen, tadeln oder loben. Er würde sie in diesem natürlichen Zustand haben wollen, damit sie ihm lebendig erscheint. Damit seiner Illusion nichts entgegensteht, sie säße da schön, jung und lebendig vor ihm im Sessel.«

»Warum lässt er sie dann nicht am Leben und fesselt sie nur?«, fragte Tommi.

»Weil er Angst vor ihr hat. Darum muss er sie töten. Entweder lässt er sie am Tatort zurück, oder er behält sie in einer bestimmten Nähe zu sich. Wenn er sie verscharrt, wählt er einen Ort, der eine Bedeutung für ihn besitzt, der ihm nahe ist, zum Beispiel der Garten hinter seinem Haus, wo er sie auch aufsuchen und vielleicht noch mit ihr sprechen oder schimpfen kann. Er will mit den toten Opfern weiterhin etwas zu tun haben. Ich kenne keine Ausnahme.« Er machte eine Pause.

Mit einem schnellen Blick in die Runde sah Paula, dass ihm alle konzentriert folgten. Die Sicherheit, mit der Bach seine Sätze formulierte, ließ ihn kompetent wirken, aber Paula reichte das nicht; sie brauchte Fakten, die sie überprüfen konnte. »Sie wollen sagen, dass unser Täter von solchen Zwanghaftigkeiten nicht eingeschränkt ist. Richtig? Die Art, wie er uns seine Leichen anbietet, wird nicht bestimmt durch einen krankhaften Zwang, so meinen Sie, sondern durch einen rationalen Zweck. Eine gezielte Aktion mit einem vernunftgesteuerten, uns einleuchtenden Ziel. Meinen Sie das?«

»Ganz recht«, bestätigte er.

»Dann frage ich Sie, welchen Zweck soll so eine Inszenierung haben?«

»Die Aufmerksamkeit der Öffentlichkeit zu fesseln«, sagte Tommi, der Bach bereits bewunderte, wie ihr nicht entgangen war.

»Davon müssen wir ausgehen, ganz klar«, bestätigte Bach.

»Aber was nutzt ihm die Aufmerksamkeit? Wenn wir ihn schnappen, schadet sie ihm«, wandte Waldi ein, und Paula gab ihm recht.

»Das ist die entscheidende Frage«, sagte Bach. »Was hat der Täter von einer solchen Show?«

Wenn Bach hierauf keine konkrete Antwort parat hätte, würde er bei ihr verloren haben. Denn seine beiden richtigen Prognosen – ein weiterer Mord und das blaue Kleid – konnten auch kesse Behauptungen gewesen sein und zufällig gestimmt haben. Vielleicht hatte er bewusst geblufft.

Alle suchten nach einer Antwort auf Bachs Frage. Aber außer öffentlicher Provokation fiel ihnen nichts ein. Weltweit hatten Fernsehstationen die Bilder gezeigt, und Interviewanfragen liefen ständig bei der Presseabteilung vom LKA ein. Marius hatte vorhin grinsend bemerkt, dass Paula in kürzester Zeit die berühmteste Polizistin werden könnte, wenn sie auf all die Interviewwünsche einginge.

»Er will schockieren«, sagte Justus.

»Das ist auch meine Meinung«, sagte Bach. »Nur, für welchen Zweck braucht er so viel Aufmerksamkeit?« Er hatte sich inzwischen wieder gesetzt. »Haben Sie jemals eine Leiche gehabt, die mit solcher Sorgfalt hergerichtet und eingekleidet war?«

Sie verneinten.

»Das dachte ich mir. Daher habe ich Ihnen einen Fotoband mitgebracht.« Bach entnahm seiner Aktentasche ein großformatiges Buch, stand auf und legte es aufgeklappt und für alle sichtbar in die Mitte. »Was sehen Sie auf diesem Foto?«, fragte er Max.

»Eine dicke Frau mit Lockenwicklern unter dem Kopftuch, rosa Pulli, dunkelblauem Minirock, die Hände am Griff des überladenen Einkaufswagens vom Supermarkt.«

Bach wählte eine andere Abbildung und bat Tommi, das Foto zu beschreiben.

»Ein Mann und eine Frau sitzen auf einer Bank. Der Typ mit Glatze trägt eine Sonnenbrille, außerdem einen geringelten Pullover mit blauen Shorts, weiße Turnschuhe und Socken. Die Frau rechts neben ihm ein kurzärmeliges Hawaiihemd, schwarze Slipper und lila Bermudas. Sie hat ’n paar Kilo mehr drauf als Ulla.« Er grinste Ulla an, kniff dabei ein Auge zu und fuhr fort: »Über dem rechten Unterarm hängt der Schultergurt von ihrer Handtasche, die rechts neben ihr auf der Bank steht.«

»Fällt den anderen an den beiden noch etwas auf?«

»Sie sehen groggy aus«, sagte Waldi.

Bach legte ein Foto des ersten Opfers daneben. »Was unterscheidet das Paar von Silvia Arndt hier auf der Parkbank?«

Max beugte sich über den Tisch. »Sie füttert Tauben und die anderen ruhen sich aus.«

»Silvia Arndt ist tot, und die anderen beiden leben«, ergänzte Justus.

Bach fragte Marius: »Was meinen Sie dazu?«

»Wenn wir nicht wüssten, dass Silvia Arndt tot ist, würden wir keinen Unterschied zu den lebenden Menschen erkennen.«

»Genau«, sagte Max, »unsere Tote sieht im Vergleich zu dem erschöpften Paar sogar lebensfroh aus.«

»Ganz recht«, bestätigte Bach. »Und nun kommt die Überraschung –«

»Das Paar ist auch tot«, rief Tommi seine plötzliche Erkenntnis dazwischen.

»Nein, das Paar ist nicht tot. Es war nie lebendig. Es ist ein Kunstwerk. Genauso wie die Frau mit dem Supermarktwagen. Der Künstler hat Menschen maßstabsgetreu aus Glasfiber und Polyesterharz gegossen und detailgenau modelliert, mit jeder Hautfalte und jeder Sommersprosse. Die Kleidung ist echt, das Haar ist echt und die Accessoires sind es auch. Er hat äußerst realistische Alltagssituationen geschaffen. Selbst in Kunstausstellungen hielten die Besucher sie oft für echt. Ich kann auch ein eigenes Erlebnis hinzufügen. Vorige Woche folgte ich einer Einladung in das Haus eines Kunstsammlers im Grunewald. In der Eingangshalle stand ein Bodyguard. Meine Bekannte grüßte ihn, ich schmunzelte schon, und sie beklagte sich, dass er nicht zurückgegrüßt hatte. Sie ahnen es: Der Bodyguard war ein Kunstwerk. Er sah so echt aus, dass man dachte, gleich bewegt er sich. Ich will damit sagen, unsere Leichen sind ebenso kunstvoll bearbeitet worden wie diese lebensechten Skulpturen.«

Alle betrachteten noch einmal die Fotos und gaben ihm recht.

»Sie stimmen mir also zu, dass unsere toten Frauen mehr Ähnlichkeit mit diesen Kunstwerken haben als mit normalen Leichen?«

»Ganz klar«, sagte Tommi. Er zog aus dem Buch ein Foto, das wohl als Lesezeichen gedacht war. »Sie haben hier noch ein Foto – von einer Hinrichtung durch Erhängen. Ist das in den USA?«

»Nein. Kanada, Toronto.«

»2004 steht drunter«, sagte Tommi.

Justus schüttelte den Kopf. »Das kann nicht sein. In Kanada wurde die Todesstrafe 1976 abgeschafft.«

»Ganz recht«, stimmte Bach zu. »Es ist aber keine Hinrichtung – auch wenn es genau so aussieht. Es ist ebenfalls ein Kunstwerk. Die kanadische Künstlerin Sarah Sarendon nennt es provozierend *Glücksfall.* Gerade heute machen Künstler Furore mit erschreckend realistischen Darstellungen von Menschen. Es gibt noch einen australischen Künstler, dessen Figuren aus Silikon ebenfalls lebendig zu sein scheinen. Ihre Haut hat Poren, Rötungen und Äderchen, sie haben echte Haare, sogar Härchen in der Nase, Finger- und Zehennägel.«

Marius hob die Hand: »Für mich ist die exakt naturalistische Nachbildung von Menschen reines Handwerk. Das ist doch keine Kunst.«

Bach lächelte. »Niemand kann heute sagen, was Kunst ist. Niemals sind die Vorstellungen davon so diffus gewesen wie heute. Was heute Kunst ist, bestimmen die Märkte, aber wir wissen nicht, aufgrund welcher Gesetze. Eines scheint klar: Wenn jemand behauptet, etwas von ihm Präsentiertes sei Kunst, und er schafft es, weltweite Aufmerksamkeit zu erreichen, dann ist ihm das Entree in die heiligen Hallen gelungen. Nachdem Kunst im Lauf der Geschichte alle formalen Fesseln gesprengt hat, thematisch in die tiefsten Niederungen gestiegen ist, und die griechische Vorstellung von Schönheit sich ins Gegenteil verkehrt hat, gibt es nichts Neues mehr. Und für Künstler ist jetzt das zentrale Problem, wahrgenommen zu werden. Der Künstler muss provozieren. Und die stärkste Provokation ist der Tabubruch. Was waren Tabuverletzungen in der Kunst? Der erste Geschlechtsakt vor einem Kunstforum, Tierschlachtungen in Kunsthallen, Halbieren von echten Kühen, die in durchsichtiges Plastik eingegossen und ausgestellt wurden, Darstellungen von Sadismus, sich steigernde Perversionen. Im Internet gab es einen vorgeführten Suizid. Ein Künstler kaufte den Filmstreifen für eine Installation in der Tate-Galerie. Diese Spektakel machen weltberühmt. Vor zwei Jahren gab es in den Kunsthallen die Ausstellung echter Leichen. Ohne Gesetzesbruch, ohne vorausgegangene Morde; sie waren gekauft worden. Der Künstler hat sie artifiziell bearbeitet und mit abgezogener Haut, gefärbten Muskelsträngen und Innereien ausgestellt. Die Menschen stürmten die Ausstellung. Deswegen blieb sie Tag und Nacht geöffnet. Das hatte es noch nie gegeben. Der Magnet waren die echten Leichen. Bisher gab es Plastiken, die wie echte Menschen aussehen, jetzt gab es zum ersten Mal Leichen, die als Plastiken hergerichtet waren. Eine Steigerung dieser Schock-Ästhetik gibt es nur durch Gesetzesbruch. Und der ultimative Gesetzesbruch ist Mord.«

Schweigen.

»Den Mord zu einem Kunstwerk zu machen würde alles Bisherige übertreffen.« Er hielt inne.

»Wenn wir uns darauf einlassen und die Frau im blauen Kleid als Kunstwerk betrachten, was für ein Künstler könnte es dann sein?«, fragte Paula.

»Jemand, dessen Ehrgeiz pathologisch ist und der mit diesen Mordwerken den Schritt in das Scheinwerferlicht der Medien macht. Der neue Leonardo da Vinci.«

23

»Nehmen Sie an, dass er weitermorden wird, um seinen Ruhm zu vergrößern?«, fragte Marius.

Bach zog die Augenbrauen hoch. »Ich sehe keinen Grund, weshalb er aufhören sollte. Wer Erfolg hat, will mehr.«

Paula warf Chris einen Blick zu. »Was hat ein Künstler – und noch dazu ein pathologisch ehrgeiziger Künstler – davon, wenn sein Werk berühmt wird, er aber anonym bleiben muss?«, fragte sie.

Bach nickte. »Genau das ist sein Problem. Trotzdem will er erkannt werden, egal wie widersprüchlich das ist. Ich rechne damit, dass er Signale sendet. Er wird uns Zeichen setzen.«

Vielleicht war es diese Formulierung, vielleicht seine sanfte Rechthaberei, vielleicht aber auch die mit gewagten Prognosen gepaarte Selbstsicherheit – jedenfalls war Paulas Ungeduld so gewachsen, dass sie inzwischen ganz kribbelig war. Bachs Thesen schwebten in der Luft. Auf feste Befunde war er nicht eingegangen, Professor Poschs Feststellung, der Täter müsse fundierte medizinische Kenntnisse haben, hatte er gar nicht erwähnt. Ihr reichte es.

Sie stand auf und sagte, es sei für sie jetzt Zeit, zum Arbeitsplatz von Johanna Frenzi zu fahren, und bat Marius, sie zu begleiten.

Bach wollte mitkommen. Darauf war sie nicht gefasst. »Wollen Sie nicht auch die Wohnung des Opfers ansehen?«

»Sehr gern.«

Sie beauftragte Tommi, Professor Bach in die Wohnung zu bringen, wo die Spurensicherung immer noch tätig war. So konnte sie mit Marius ohne ihn in das Café fahren.

Als sie dann mit Marius alleine war, spürte sie seine Anspannung, und sie ahnte, dass er nur zu gerne wieder ein sehr privates Gespräch begonnen hätte. Also bat sie ihn, das Steuer zu übernehmen. Das Autofahren würde ihn vielleicht ein bisschen ablenken. Sie brauchte ein wenig Zeit für sich, um ihre Gedanken zu sammeln. Sie wollte sich Bach gegenüber zukünftig anders verhalten – direkter, vielleicht auch aggressiver. In der Sitzung hatte sie bemerkt, wie schwer es ihr tatsächlich fiel, sich auf die Zusammenarbeit mit dem externen Gutachter einzulassen.

»Du findest bei Männern immer ein Haar in der Suppe«, fing Marius an.

Sie wandte sich ihm zu. Das klang nach dem Auftakt zu einem umfassenderen Vorwurf.

»Also?«, fragte sie herausfordernd.

Er ließ sich nicht provozieren, sondern blieb bei diesem therapeutischen Ton, den Paula überhaupt nicht ertragen konnte. »Du kontrollierst von Anfang an jede Art von Beziehung – aus Angst, dir könnte jemand zu nahe kommen.«

Das hatte sie doch schon einmal gehört. Früher waren es die Männer, die keine Nähe wollten, heute anscheinend die Frauen. Dabei hatte sie die kurze sexuelle Beziehung mit Marius vor einigen Jahren nicht beendet, weil sie keine Nähe ertrug, sondern weil sie seine Chefin geworden war. Von dem Moment an hatte er sich ihren Anweisungen unterordnen müssen, da konnte sie nicht mit ihm ins Bett gehen. Wie recht sie hatte, zeigte sich jetzt, denn ohne ihr damaliges Intermezzo würde er jetzt nicht diesen Ton anschlagen.

Kaum hatte sie das gedacht, da kam die volle Breitseite: »Du bist voller Sehnsucht danach, geliebt zu werden.«

Das konnte sie nicht durchgehen lassen! »Deine tiefen Einsichten haben doch nicht etwa was mit der Sitzung eben zu tun?«

»Doch. Aber dein Sarkasmus nutzt dir nichts. Du bist von diesem Bach zwar angetan, nur spielst du die Tour andersrum.« Er sah kurz zu ihr hinüber. »Auch wenn die Kollegen das nicht merken.«

Er war eifersüchtig auf Bach – das konnte nicht wahr sein! Sie durfte auf den Unsinn unter keinen Umständen eingehen, doch sie wollte auch nicht streiten; das konnten sie sich jetzt bei den Ermittlungen nicht leisten. »Ich verstehe, was du meinst, aber ich würde das Thema gerne erst einmal zurückstellen. Ich habe eine Frage, die mir im Moment wichtiger ist.«

»Und die wäre?«

»Mich interessiert, was du zu seinen Theorien sagst.«

»Das meine ich ja! Das ist es ja gerade, was ich sagen will!« Sie wandte sich verblüfft zu ihm um. Ereiferte er sich? »Sie sind beeindruckend, und du blockst gegen ihn!«

Sie fragte ihn nicht, ob er einen Knall habe, sondern sagte beschwichtigend: »Ich habe ihn in Ruhe seine Ausführungen machen lassen. Meinst du nicht auch, seine

Theorie vom Künstler als Täter ist ein bisschen weit hergeholt?«

»Er sagt nicht, dass der Täter mit Sicherheit ein Künstler ist, er sagt, dass es so sein *könnte*. Für mich war das überzeugend. Ein Geistesgestörter wäre nicht diszipliniert genug, beide Taten so durchzuorganisieren. Das ist doch evident. Wer das nicht einsieht, hat persönliche Ressentiments gegen Bach. Und du hättest nicht einmal was dagegenzusetzen!«

Sie blickte aus dem Fenster. Hatte sie hier irgend so eine dubiose Männersolidarität vor sich? »Ich bin gerne bereit, mit dir die Dinge sachlich zu diskutieren, aber nicht in diesem Ton.«

Marius wäre fast auf den bremsenden Mercedes aufgefahren. Paula war angeschnallt, bekam aber einen Schreck. »Pass doch auf!«, brüllte sie ihn an.

»Entschuldigung. Vielleicht kannst du mir mal sagen, warum du verhindert hast, dass Bach uns begleitet. Mich jedenfalls hätte es interessiert, wie er mit einer ganz konkreten Situation umgeht.«

»Mich nicht.«

»Und? Gibt es dafür einen Grund?«

»Gibt es.«

»Und der wäre?«

»Das Café, zu dem wir fahren, gehört einem Medienkünstler. Georg Valentin. Er malt und fotografiert. Jetzt macht er Videokunst. Er ist eine kleine Berühmtheit.«

Sie hatte ihn erwischt.

»Woher weißt du das?«, fragte er erstaunt.

»Ich war schon eine halbe Stunde vor dir im Büro und habe ins Netz geschaut. Das Wichtigste für unsere Arbeit ist der Informationsvorsprung.«

Er ärgerte sich über die Belehrung. »Ha ha.« Er musste sich auf die Straße konzentrieren, weil er in eine Parklücke zurücksetzte. Als er den Motor abgeschaltet hatte, fragte er: »Und warum sollte Bach nicht dabei sein?«

»Ich akzeptiere seine These von einem Künstler als Täter. Aber bei den konkreten Ermittlungen möchte ich den Blick auch für andere Möglichkeiten frei haben.«

Als sie auf das Café zugingen, hielt sie ihn am Arm fest. »Marius, wir machen hier jetzt Routinearbeit. Dafür brauchen wir keinen persönlichkeitspsychologischen Ansatz. Nur einen klaren, unvoreingenommenen Blick. Okay?«

Er machte sich los und betrat das Lokal. Sie zog schnell noch den Reißverschluss ihrer schwarzen Windjacke hoch. Sie wollte nicht, dass die Gäste ihre *Sig Sauer* sähen, die sie am Gürtel trug. Früher hatte sie zu einer normalen Zeugenbefragung nie eine Pistole mitgenommen. Aber seit sie dabei einmal an die Wand gestellt und bedroht worden war, ging sie nicht mehr unbewaffnet. Damals hatte sie die Kerle schließlich beruhigen können, aber ihrem Begleiter waren sie an den Kragen gegangen. Als er blutend am Boden lag, forderten die Typen von ihr, dass sie die Bluse auszog. Das war hier zwar nicht zu erwarten, aber damals hatte sie es auch nicht erwartet.

Sie gingen durch das schlichte Café mit den Glasfronten zur Haupt- und Seitenstraße. An der rechten Wand befanden sich große Monitore, davor eine Espressotheke. Auch in dem hinteren Raum hingen Monitore an den Wänden. Die schwarz gekleideten Kellner und Kellnerinnen trugen lange weiße Schürzen. Sie waren jung und balancierten ihre Tabletts gut gelaunt durch die Tische.

Eine von ihnen war Johanna Frenzi gewesen. Im Gegensatz zu der zurückgezogen lebenden Silvia Arndt muss sie eine wache Frau mit Großstadterfahrung und wohl auch genügend Menschenkenntnis gewesen sein; so jemand würde sicher nicht in die erstbeste Falle tappen. Andrerseits hatte sie hier wie auf einer Bühne gearbeitet, sodass der Killer sie stundenlang beobachten und ihre Reaktionen studieren konnte. Vermutlich hatte sie ihn bedient und mit ihm gesprochen. Er hätte genügend erfahren können, um ihr aufzulauern, sie zu überfallen und in sein Versteck zu schleppen. Er wird sie morgens zwischen neun und zehn umgebracht haben, denn etwa neun Stunden brauchte es, bis die Leichenstarre genug ausgeprägt war, um sie in der beabsichtigten Haltung ins Kino zu befördern und dort hinzusetzen.

»Wann haben Sie Johanna Frenzi das letzte Mal gesehen?«, fragte sie den Besitzer des Cafés. Der Videokünstler war ein ausgezehrter Mann um die fünfzig, der sie an einen Tisch führte und Mineralwasser für alle orderte, als sie keine anderen Wünsche äußerten. Mit dunklen Augen, die tief in den Höhlen lagen, sah er Paula an. »Donnerstag. Sie hat bis nachts um halb eins gearbeitet.«

Im Kino war sie Sonntag tot aufgefunden worden – abends. »Haben Sie sie in den letzten Tagen gar nicht vermisst?«

»Nein. Sie hatte drei Tage frei. Da drüben, die brünette Kellnerin, das ist Katharina, vielleicht weiß sie etwas. Heute Mittag hätte Johanna wieder Dienst gehabt. Und nun das.« Er hatte in der Zeitung schon von dem Mord gelesen.

Nachdem Paula mit Johannas Kollegin Katharina gesprochen hatte, kehrte sie an den Tisch zu Georg Valentin zurück. Er klagte, wie schrecklich die Geschichte sei, dabei riss er die Hände hoch und fuchtelte mit ihnen in der Luft. Dann wurde er wieder ganz sanft und beschrieb Johanna Frenzi als zauberhaftes, wundervoll offenes und vergnügtes Mädchen. »Sie war voller Liebe«, sagte er. »Und sie brauchte viel Liebe. Sie war Schütze, Aszendent Löwe, doppeltes Feuer, keine, die lange bei einem Mann bleiben konnte.« Er lachte. »Sie wollte keinen Mann täglich bekochen und Kinder zur Schule bringen. Sie war wie ein Gedicht von Jacques Prévert: Belle comme le jour, si heureuse, si joyeuse, aussi chaude aussi vivante que l'été – Sie war kostbar und vergänglich.« Bei dem letzten Wort erschrak er. »Aber nicht auf diese Weise.« Sein dünnes Haar stand wirr vom Kopf ab. Er nahm Paulas Hand, sie spürte seine Wärme. »Wie immer ich Ihnen helfen kann, bitte sagen Sie es mir, und ich werde es tun.« Er schaute sie hypnotisch an.

Sie blickte zu Marius, der die ganze Zeit stumm dagesessen hatte. Hinter ihm auf dem Monitor an der Wand lief ein Film, dessen Akteure sie waren, wie sie hier am Tisch saßen: sie zwischen den beiden Männern. Es war die Situation, die sie gerade erlebt hatte und die gerade vergangen war: Valentins Hände flogen wieder durch die Luft, er lachte herzlich, dann sah er gleich wieder traurig aus und ergriff ihre Hand. Auf dem Monitor kam alles ein bisschen später, so als buchstabierte der Film dem Leben hier am Tisch hinterher. Doch ohne Ton wirkten Valentins Gesten übertrieben.

»Was ist das? Filmen Sie uns?«

Valentin erklärte überschwenglich, er filme stets einige Tische, seit Berlin Hauptstadt geworden war. »Viele Maler kommen hierher, und daher habe ich glücklicherweise noch eine letzte Aufnahme von dem berühmten Ingenheim, wie er hier mit der Schauspielerin Moni Vrobel saß. Sie wissen, er ist vor einer Woche gestorben. Sie saßen hier, wie wir, und waren auch im nächsten Moment auf dem Monitor zu sehen. So wie wir jetzt.« Er strahlte. »Ausgewählte

Aufnahmen bearbeite ich, schneide sie zusammen und zeige sie auf der Documenta. Dort werden meine Caféhausbesucher in den Raum der Kunst erhoben. Und über diese künstlerisch verdichtete Realität gibt es dann wiederum Berichte, Bücher und andere Filme.« Er überlegte. »So steigen meine Gäste in den Himmel der großen Sterne auf, wo Marilyn und James warten.«

»Ich möchte da gar nicht hin«, sagte Paula milde, weil sein Enthusiasmus sie an Ralf erinnerte. »Mir würde es genügen, wenn Sie mir die Aufnahmen der letzten vier Wochen ausleihen. Ich verspreche, Sie kriegen sie alle wohlbehalten zurück.«

Er schaute sie an, als wunderte er sich über die Idee einer Spielgefährtin. »Ich vertraue Ihnen. Aber«, er wandte sich auch Marius zu, »trinken Sie jetzt ein Glas Champagner mit mir.«

Paula willigte ein. Danach würde sie hier erst einmal verschwinden und Marius zurücklassen. Er müsste dann auf die Filme warten und dafür sorgen, dass sie ihm alle übergeben würden.

Valentin hob das Glas, flüsterte feierlich: »Auf Johanna«, und trank es in einem Zug leer.

Im Auto auf der Fahrt ins Büro dachte Paula noch einmal an Valentin, diesen sonderbaren Menschen. Ihr gefiel, dass er so hilfsbereit war. Er hatte von seinem Geschäftsführer Johannas Arbeitszeiten aufschreiben lassen, hatte immer wieder überlegt, ob ihm doch irgendetwas Besonderes aufgefallen war, und ihr bereitwillig erlaubt, mit jedem vom Personal zu sprechen. Alle mochten Johanna, aber engeren Kontakt hatte nur die Kollegin Katharina gehabt. Katharina hatte eine sonnige Ausstrahlung, die Paula an einen Kürbis in sattem Orange erinnerte. Fakten wusste sie allerdings kaum zu berichten, weil sie sich mehr stimmungsmäßig ausgetauscht hatten. Paula dachte über den Ausspruch Johannas nach, lieber Geliebte als Ehefrau zu sein. Solange die Männer die Mama und die Hure trennten, wollte sie nicht die Mama sein, habe sie gesagt und damit ihre schnell wechselnden Verhältnisse erklärt. In den letzten zwei Wochen aber hatte sie nur noch von einem Mann gesprochen. Katharina hatte gedacht, das könnte halten, nachdem sie anfangs so von ihm geschwärmt hatte, aber bald schon war nur noch davon die Rede, dass er gewalttätig war. Leider kannte Katharina den Namen nicht, sie wusste aber, dass sich Johanna von ihm trennen wollte.

»Hatte sie Angst vor ihm?«

Katharina zuckte die Achseln. »Keine Ahnung. Sie war kein ängstlicher Typ.«

Paula hatte sich alle Mühe gegeben, etwas über diesen gewalttätigen Liebhaber herauszufinden, aber er war offenbar nie ins Lokal gekommen; Johanna hatte sich immer außerhalb ihrer Arbeitszeiten mit ihm getroffen. Da Paula nicht nachließ, fiel Katharina noch ein, dass Johanna es hasste, wenn sich ihre Lover ins Café setzten, um sich bedienen zu lassen, vielleicht auch noch meckerten, dass sie zu nett zu anderen war. Einen hatte es gegeben, der täglich gekommen war, was Johanna besonders nervte. Ein Mittvierziger, breitschultrig, mit einem Leberfleck unter dem linken Auge, den sie als Träne beschrieb. Paula hatte Marius beauftragt, das Personal nach diesem Typen zu fragen, um seinen Namen herauszufinden.

Entscheidend war für Paula gewesen, was Katharina über Johannas freie Tage gesagt hatte. »Hatte sie sowieso frei, oder hat sie extra Urlaub genommen?«

»Jeder von uns hat alle vier Wochen drei Tage frei. Das ist normal.«

»Hat sie gesagt, was sie in dieser Zeit tun wollte?«

»Nein.«

»War es üblich, dass sie an freien Tagen abends mal hereinschaute?«

»Nein. Wir sind alle froh, wenn wir in der Freizeit mit dem Laden nichts zu tun haben.«

»Oder war es üblich, dass sie Sie in diesen Tagen mal anrief oder etwas mit Ihnen unternahm, Kino oder so?«

»Kino kam nicht infrage, weil ich an ihren freien Tagen meistens arbeiten musste, aber normalerweise hat sie angerufen und erzählt, was sie gerade macht oder vorhat oder mit wem sie den Abend verbringen will.«

»Gab es solche Anrufe zwischen Donnerstag und Sonntag letzter Woche?«

»Nein.«

»Ist Ihnen das aufgefallen?«

»Ja, ich dachte, vielleicht ist sie krank. Einige von uns hatten Grippe in den letzten Wochen.«

»Haben Sie versucht, sie zu erreichen?«

»Ja, ich habe es viermal versucht. Das letzte Mal Sonntag.«

»Um wie viel Uhr?«

»So um zwei Uhr mittags rum. Aber sie ist nicht rangegangen. Sie hatte auch keine Mailbox an, weil sie diesen Typen, der ein paar Tage lang hier rumsaß, überhaupt nicht in ihrem System haben wollte. Er hat sie echt genervt.«

»Ist das der, der gewalttätig war?«

»Nein, der nicht. Der mit dem Leberfleck.«

Vielleicht hatte der Täter Johanna Frenzi schon Donnerstagnacht oder am Freitag gekidnappt. Der Todeszeitpunkt lag in den frühen Morgenstunden des Sonntags. Er hatte sie vielleicht von Donnerstag oder Freitag bis Sonntag früh in einem Versteck oder Gefängnis eingesperrt.

Beim Autofahren hatte Paula Zeit, sich zu überlegen, was für ein Typ Johanna gewesen war. Sie selbst würde niemals so weit gehen, wie es für Johanna offenbar unerlässlich war: den schnellen Flirt, die Herausforderungen, die Verführung, denn Paulas Leben war mit dem Job und den Menschen, die ihr nahestanden, vollständig ausgefüllt. Durch Ralf war Sexualität ein Teil dieses Lebens, aber sie war nicht von einem solchen Teil abhängig; von keinem einzelnen Menschen, von keinem Thema, keiner Sache. Diese Unabhängigkeit machte sie ausgeglichen und stark. Immer wieder hatte sie erlebt, wie schwach Menschen wurden, wenn sie sich abhängig machten – von Drogen, Alkohol, Sex, einem Menschen, einem Ort oder dem Job. Damit war Unglück verbunden, so war ihre Erfahrung. Wovon war Johanna Frenzi abhängig gewesen? Von neuen Reizen, von Selbstbestätigung? Von Sex? Oder hatte sie Sex nur als Gegenleistung für Anerkennung gekannt?

Sie fuhr die Reinhardtstraße entlang und überquerte die Brücke über die Spree Richtung Bundeskanzleramt. Rechts am Bundespressestrand, einem Café mit angekarrtem Sand, saßen einige Leute in Liegestühlen und hielten ihre Gesichter der Sonne entgegen.

Paula rief Ulla im Büro an, ob Tommi aus der Frenzi-Wohnung zurück sei. Nein, war er nicht, es gab auch noch keinen abschließenden Bericht über die Spurensuche in der Wohnung. Ulla sagte, sie habe ihn aber gerade anrufen wollen, weil das Büro von Professor Posch wissen wollte, wer zur Obduktion komme.

»Wann haben die angerufen?«

»Etwa vor einer Stunde.«

»Du brauchst Tommi nicht anzurufen, ich fahr da gleich hin.«

»Außerdem hat wieder dieser Jonas Schumann angerufen. Ich hab ihm gesagt, dass du keine Zeit hast.«

»Danke. Ich bin dann bei der Obduktion.«

Paula fuhr im Kreisverkehr ganz um die Siegessäule herum, wieder in die Richtung, aus der sie gerade gekommen war, und dann in die Invalidenstraße zur Charité.

Jonas Schumann. Er ließ nicht locker. Merkwürdig. Wahrscheinlich hatte er inzwischen einen Bauch, eine Mutti mit drei Kindern neben sich, und sie würde sich mit ihm langweilen. Dazu hatte sie weiß Gott keine Zeit.

Sie wurde vom Verkehr nicht aufgehalten, kam zügig durch und betrat schon nach zehn Minuten den Sektionssaal.

Sie war erstaunt, dass Chris zwar dort war, sie aber vorher nicht darüber informiert hatte. Sie ärgerte sich, dass keiner von ihren Leuten sie verständigt hatte, auch Ulla nicht.

Posch begrüßte sie kurz und setzte seine Arbeit fort, wobei er wieder alles, was er zu sagen hatte, auf seine Stenorette sprach oder der Staatsanwältin erklärte.

Mit einem kurzen Lächeln begrüßte sie Scholli, der gerade Fotos machte, den Kollegen Dr. Weinert und den Sektionsassistenten Wenk.

»Mit der äußeren Leichenschau sind wir durch«, sagte Chris. »Das Besondere hier ist, dass sie nicht ganz nackt unter dem blauen Kleid war, sondern einen Slip trug. Der Slip enthält getrockneten Ausfluss, und Professor Posch meinte, wenn wir Glück haben und der Täter Johanna Frenzi sexuell missbraucht hat, könnte es sich dabei um Spermien handeln. Dann hätten wir die DNA.«

Eine DNA-Spur haben wir auch durch die Baseballkappe mit den Haaren, dachte Paula, aber natürlich könnte die auch einem anderen gehören. Sie trat etwas näher an den Sektionstisch. Dies war nun die zweite junge Frau, die so verkrümmt auf dem Tisch lag, bevor eine Woche vergangen war. Sie hoffte inständig, dass sie den Täter hätten, bevor mehr passieren würde.

Posch hob sein Diktiergerät und beugte sich über den Oberkörper der Toten. »Es befinden sich typische Strommarken im Bereich beider Brüste.«

Paula trat etwas näher und sah schärfer hin. Diese zweite Tote hatte zusätzliche Qualen ertragen müssen. Kreisförmige Brandspuren liefen um beide Brüste. Der Täter hatte sie offensichtlich mit glühenden Stahlringen gefoltert.

»Um den Warzenvorhof herum gibt es zwei ringförmige Verbrennungszonen mit oberflächlicher schwärzlicher Hautankohlung, zum Teil auch Blasenbildung der Haut mit rötlicher Verfärbung im Randsaum. Die insgesamt acht Zentimeter durchmessende Verletzungszone ist begrenzt durch einen porzellanartigen Rand. Die Breite der bandförmigen Strommarke beträgt etwa einen Zentimeter. Es gibt symmetrische Veränderungen an beiden Brüsten.« Posch gab dem Fotografen ein Zeichen für Nahaufnahmen und ging zwei Schritte zum Unterleib der Toten, während die Kamera ein paarmal klickte. »Ähnliche Hautverbrennungen, aber dreieckförmig, befinden sich direkt oberhalb der Schambehaarung zwischen Nabel und Scham«, fuhr er fort, während Scholli auf seinen Einsatz wartete. Der Täter hatte Johanna Frenzi auch dort mit einem glühenden Eisen gefoltert.

»Die Basis des Dreiecks verläuft parallel zur Schamhaargrenze und ist acht Zentimeter lang.« Er wartete, bis der Kollege mit seinem Messschieber die beiden anderen Seiten des Dreiecks gemessen hatte.

»Beide Schenkel des Dreiecks messen jeweils 5,5 Zentimeter.« Er gab dem Fotografen ein Zeichen und deutete für seinen Kollegen auf die beiden Handgelenke der Toten. »An beiden Handgelenken lassen sich eindeutige Fesselungsspuren feststellen.«

Während er die Beschreibung fortsetzte, fragte sich Paula, ob ein Künstler – für seine schockierende Installation – die von ihm getöteten Frauen vorher noch mit glühenden Eisen foltern müsste. Oder nutzte er zusätzlich die Chance, um seine bestialischen Triebe zu befriedigen? Wenn sie Bachs Gedanken der Unterteilung des Verbrechensablaufs in einen ersten und einen zweiten Teil folgte, konnte man sagen, dass der erste Teil das Zerstören war und der zweite Teil das Restaurieren. So gesehen war die Idee nicht abwegig, dass es sich um zwei Täter handeln könnte. Zwei, die symbiotisch zusammenarbeiteten. Das gab es sicherlich. Anschließend würde sie ins Büro fahren und Bach anrufen.

Posch war nun dabei, den Unterleib zu untersuchen, und konnte keine weitere Auffälligkeit in der Genitalregion und am After entdecken; die großen und kleinen Schamlippen waren unverletzt und zeigten weder Rötung noch Abschürfung. Er ließ den Kollegen Abstriche von After, Scheideneingang und Scheidengewölbe nehmen und wünschte auch einen Abstrich aus dem Gebärmutterhalskanal.

Posch wies auf eine Tätowierung hin, die Johanna Frenzi auf dem linken Oberschenkel hatte.

»Es ist das astrologische Symbol für Schütze«, sagte Paula.

Scholli machte davon eine Großaufnahme.

Während er diktierte, sah Paula, dass die junge Frau ebenso wie Silvia Arndt silbern lackierte Fuß- und Fingernägel hatte.

Nach der inneren Leichenschau, bei der Posch den gleichen Stichkanal wie bei Silvia Arndt feststellte, fragte sie ihn, ob dieser Stich wieder die Todesursache war.

Er nickte. »Auch hier haben wir eine Herzbeuteltamponade, also eine Blutung im Herzbeutel, die von Nadelstichen in die Herzwand der linken Kammer stammen.«

»Wie bei Silvia Arndt hat er auch hier ein paarmal ins Herz gestochen?«

»Ja, dazu hat er wieder eine 19 Zentimeter lange, drei Millimeter dicke Nadel benutzt und den Einstich direkt in die Brustwarze gesetzt. Um durch die Rippen genau ins Herz zu treffen, musste sie still sitzen. Aus diesem Grund hat er sie an Händen und Füßen eng gefesselt.«

»Hat er sie vergewaltigt?«

»Rein äußerlich gibt es genauso wie letztes Mal keinen Anhaltspunkt dafür. Vielleicht finden wir aber dieses Mal Spermien. Ich werde bei der Analyse auf Eile drängen und Sie sofort anrufen.« Er fügte hinzu, da Johanna Frenzi in einem Café gearbeitet habe, werde man auf jeden Fall noch eine Blutalkoholbestimmung machen und auch anderen Drogenkonsum prüfen.

Paula wollte sich bereits verabschieden, als Posch sagte, die Frau hätte sowieso nicht mehr lange gelebt.

Paula sah ihn überrascht an.

»Sie hatte Leberkrebs. Ich bin sicher, wir werden Metastasen finden.«

Paula fühlte sich unwohl und wollte gehen, aber Posch hielt sie auf. »Haben Sie eigentlich schon irgendwelche Hinweise?«

Paula schüttelte den Kopf.

»Das Merkwürdige an unserem Freund ist doch, wie kunstvoll er die Damen drapiert und unter welchem Risiko er sie dann irgendwo unters Volk setzt – das erfordert höchste organisatorische Fähigkeiten. Und dieses Mal hat er noch mehr getan, als er zum Töten hätte tun müssen – die Folterung vorher. Seine Präsentation und die Folterung vorher sind zwei ganz verschiedene Dinge. Einmal kalter, brutaler Sadismus, und dann diese Mühe anschließend. Er muss sie ja auch noch frisiert und geschminkt haben, bevor oder nachdem er ihr diese Brandwunden zufügte. Für mich macht das keinen Sinn.«

24

Chris' Zeit reichte gerade, um die Nachrichten im Büro durchzusehen und den Anrufbeantworter abzuhören, auf dem sie die Nachricht fand, dass Heiliger sie um 14 Uhr zu einem Rundgang ins Deutsche Guggenheim einlud. »Da Sie sich für Installationen interessieren«, hatte er hinzugesetzt. Immer wieder fand sie den Namen Deutsche Guggenheim komisch, obwohl sie wusste, dass er sich aus Deutsche Bank und Guggenheim Foundation zusammensetzte und es ein Joint Venture zwischen der Bank und dem Museum war.

Natürlich wollte sie da hingehen. Sie putzte sich schnell die Zähne und rief vorher noch Bach an. Sie erreichte nur seine Mailbox. Aber wo war das Risiko? Sie traf Heiliger an einem öffentlichen Ort, wie Bach ihr schon vor der Vernissage geraten hatte, und sie würde nirgendwo hingehen, wo sie mit ihm alleine war. Immerhin bestand die Möglichkeit, dass Heiligers aggressive Exzentrik ihn vielleicht zu irgendeiner Demaskierung treiben würde. Alles, was Bach über den Täter gesagt hatte, entsprach dem Eindruck, den sie von Heiliger hatte. Er war Künstler, er war sogar erfolgreich, aber das reichte ihm nicht, er war von großem Ehrgeiz getrieben. Und es war möglich, dass die Haare an der Kappe von ihm waren ...

Chris lief schnell die breiten Treppen der großen Halle hinunter, die wie eine Kathedrale wirkte. Ihre Schuhe klapperten auf dem Stein. Sie winkte dem Pförtner kurz zu, und als sie hinaustrat, holte sie tief Luft und dachte, welch wundervoller Septembertag, wenn ich nicht diesen Horror am Hals hätte.

Während sie in ihrem Mini Cooper Richtung Brandenburger Tor zu der Verabredung fuhr, ging sie noch einmal Bachs Bemerkungen auf der Sitzung durch. Bach war der Meinung, dass der Mörder den Fortgang der Ermittlungen genau verfolgte. Und er beobachtet und verfolgt *mich*, dachte sie. Wie leicht das für ihn war. Wenn sie am Tatort war, wenn sie im Fernsehen befragt wurde, wenn sie zu ihrem Wagen ging, wenn sie nach Hause kam, in die Wohnung, in der sie allein wohnte. Seit sie diesen Fall bearbeitete, interessierten sich die Medien für sie. Doch sie wusste, dass sie auch von *ihm* beobachtet wurde. Und wieder empfand sie dasselbe wie beim ersten Mal, als sie der Toten im blauen Kleid auf der Parkbank gegenübergestanden hatte: die lähmende Angst des Opfers, das den Atem des Jägers im Nacken spürt.

Ihr war klar, dass es besser war, wenn sie sich nicht in Gefühle und Grübeleien verstieg, was ihr immer wieder passierte, sondern den klaren Gedanken Bachs folgte: ein Künstler als Täter, von krankhaftem Ehrgeiz getrieben, achtlos seinen tatsächlichen Erfolgen gegenüber, ankämpfend gegen ein pathologisches Unwertgefühl. Sie war jetzt die heimliche Jägerin, nicht mehr die Gejagte.

Sie hupte den Taxifahrer auf seine Sonderspur zurück und beschleunigte. In ihrem Mini fühlte sie sich wohl. Selbst auf so einer kurzen Strecke gab er ihr Kraft. Sie hatte ihn mit Bedacht gewählt. Er war klein und wendig im Stadtverkehr, schnell und spritzig wie ein Sportwagen, und sie fand immer einen Parkplatz. Das richtige Auto für kleine Fluchten. Auch wenn sie diese Möglichkeit, einfach mal schnell für einen oder zwei Tage abzuhauen, gar nicht ausschöpfte. Aber sie könnte es jederzeit tun! Auch mitten in der Nacht. Sie war unabhängig von Bahn- oder Flugzeiten. Dieses Gefühl von Freiheit brauchte sie.

Direkt gegenüber der Deutschen Guggenheim fand sie einen Parkplatz, schloss ab und wartete, bis der Verkehr stockte und sie die Straße überqueren konnte. Sie fühlte sich von den Autofahrern beobachtet und bewegte sich wie auf einem Laufsteg. Etwas Spaß musste sein.

Sie schaute zur Uhr und zweifelte nicht, dass er schon da war. Aber draußen stand er nicht, und am Einlass sah sie ihn auch nicht.

Sie wartete noch fünf Minuten, dann kaufte sie eine Karte. Er würde sie finden, die Kunsthalle war nicht unübersehbar groß.

So entschieden sie war, diesem Kerl nicht auszuweichen, so erleichtert war sie doch darüber, dass er nicht da war und ihr die Begegnung vielleicht erspart bliebe.

Ein Museumsangestellter machte sie darauf aufmerksam, dass sie ihre Handtasche ins Schließfach legen müsse. Erst dann durfte sie den Ausstellungsraum mit der großen Wolfsinstallation betreten.

Langsam ging sie an den vielen Wölfen entlang. Obwohl sie wie eingefroren waren in der Bewegung, schien das Rudel durch die fünfzig Meter lange Halle zu jagen. Die rennenden Bestien fletschten die Zähne und stierten, als wollten sie eine Beute zerfleischen. Die Tiere, die im Sprung waren, hingen in unterschiedlicher Höhe an durchsichtigen Fäden, als rasten sie einen unsichtbaren Berg hinauf. Als wollten sie die dicke Glaswand am Ende des Saals überspringen. Sie schafften es aber nicht, krachten oben gegen das Hindernis und stürzten mit schmerzhaft verkrümmten Leibern zu Boden. Ihr kam die unsinnige Idee, dass es ihr auch so ergehen könnte, wenn ihre Angst, von diesem Wahnsinnigen umgebracht zu werden, wie eine Glaswand funktionieren würde, gegen die sie anrannte. Ich erwische ihn nicht und er mich nicht, aber der Aufprall gegen diese Angstwand lässt mich abstürzen. Sie steigerte sich so hinein, dass sie meinte, die Tiere brüllen zu hören.

»Wie viele Wölfe sind das?«, fragte sie den Wärter.

»Neunundneunzig.«

»Sind die echt?«

»Nein.«

»Sie sehen aber so aus.«

»Ja, sie sehen aus wie echte Wölfe, aber ihre Felle sind präparierte Schafspelze.«

Als er weg war, streichelte sie eines der Tiere gegen den Strich – es war kaum zu glauben, dass es Schafspelz war.

Langsam ging sie zurück zum Eingang. Heiliger war nirgends zu sehen. Vierzig Minuten waren verstrichen, und ihre Mittagspause ging zu Ende. Sie holte ihre Tasche aus dem Schließfach, kaufte einen Katalog und blickte noch einmal zurück auf die Wolfsinstallation. Ihre Spannung hatte nachgelassen. Jetzt war sie enttäuscht, dass er nicht gekommen war. Aber nur, weil sie etwas von ihm für den

DNA-Vergleich brauchte. Einen anderen Grund gab es nicht. Auch wenn Paula behaupten würde: »Wenn er dich nicht als Mann interessierte, hättest du ihn nicht als Täter aufgebaut.« Aber das war unsinnig.

Ihr gegenüber würde sie diese Verabredung am besten gar nicht erwähnen. Wozu auch? Er hatte ihr die Nachricht hinterlassen, war aber nicht gekommen. Er hatte sie sitzen lassen.

25

Als Paula die Wohnungstür aufschloss, hörte sie Ralf in der Küche werkeln. Sie warf ihre Tasche Richtung Kleiderständer, woraufhin Kasimir einen Satz machte. Sie lockte ihn wieder an und streichelte ihn. Schnurrend drängte er sich gegen ihre Beine.

»Kann ich helfen?«, fragte sie, als sie die Küche betrat.

»Ja. Setz dich hin und unterhalte mich.« Ralf goss ihr ein Glas Wein ein. »Ich mache zur Abwechslung mal grüne Heringe. Frisch aus dem Lafayette.«

Sie legte ihr Handy auf den Tisch und prostete ihm zu. »Lecker.« Sie wusste nicht, warum *frische* Heringe *grüne* Heringe hießen, aber sie wusste, dass sie sehr frisch waren, wenn Ralf sie machte.

Sie nahm einen Schluck Wein. Das war jetzt genau das, was sie brauchte.

»Wie war dein Tag?« Ralf schnitt Zwiebeln für die Bratkartoffeln.

»Anstrengend. Wir haben jetzt einen Profiler als Berater. Professor Bach. Er war heute bei der Teambesprechung dabei. Chris wollte ihn unbedingt. Ich war nicht so begeistert, aber für dich wäre die Sitzung interessant gewesen.«

»Wieso?« Er wälzte die Heringe in Mehl.

»Es ging um Kunst. Was ist der Sinn von Kunst?« Sie streckte die Beine aus, nahm das Glas und brachte den Wein in kreisende Schwingungen.

»Interessant.« Er wandte sich lächelnd zu ihr um. »Und was ist der Sinn von Kunst?«

Sie überlegte. Jetzt, da sie es sagen sollte, konnte sie es nicht formulieren.

»Du weißt es nicht.« Ralf lachte. »Entweder war der Professor eine Niete, oder du hast nicht aufgepasst. Aber du hast Glück. Du hast einen Hausprofessor, der dir das erklären kann. Möchtest du?«

Paula war neugierig.

Er nahm mit der Hand Salz aus einer Glasschüssel und streute es über die Heringe. Dann legte er den Zeigefinger an die Nase und dachte nach. »Die Kunst entsteht durch den Künstler und den Kunstmarkt. Wie eine Aktie durch die Bank und den Aktienmarkt entsteht. Die Bank erfindet ein Papier – eine Aktie, einen Optionsschein, also irgendein Papier, auf dem etwas steht, das du nicht verstehst, und der Markt reagiert darauf, positiv oder negativ. Dann steigt das Papier im Wert, oder es fällt. Der Künstler erfindet auch ein Papier, eine Leinwand, eine Skulptur oder eine Installation, und darauf reagiert der Markt. Der Preis von dem Kunstwerk steigt oder sinkt. Wie das kommt, dass der Preis von der Aktie oder dem Kunstding steigt oder sinkt, weiß man nicht. Aber man kann darauf wetten. Wer eine Aktie kauft, wettet darauf, dass der Preis steigt. Wer ein Kunstding kauft, wettet ebenso, dass der Preis steigt. Manche Spekulanten oder Galeristen gewinnen, andere verlieren. Wer rechtzeitig eine Aktie von Klimt gekauft hat, vielleicht für zwanzigtausend Mark, der hat gut gewettet und kann sie nun für zwanzig Millionen Dollar verkaufen. Kunstgegenstände sind Wettscheine in einem Spiel, dessen Regeln nicht feststehen.«

Das war typisch Ralf. Er merkte nicht, dass er Mehl an der Nase hatte, aber er wusste, wie kompliziert die Dinge in dieser Welt waren. Sonst ärgerte sie das, dieses Mal interessierte es sie. »Und der Künstler kann diese Wette oder das Spiel nicht beeinflussen?«

»Doch.« Er wendete die Bratkartoffeln.

»Wie denn?«

»Er muss wie der Finanzjongleur eine Nachricht in die Medien bringen, damit die ganze Welt auf seine Kunst starrt.«

»Und wie kann er das machen?«

»Durch die Erzeugung einer Sensation. Durch einen Schock.« Er setzte das Essigwasser mit den Pfeffer- und Senfkörnern, dem Lorbeerblatt, Salz und Zucker auf die Flamme. »So, gleich fertig, deck mal den Tisch. Soll ich noch eine Flasche aufmachen?«

»Verstehe ich noch nicht ganz. Also ein Beispiel. Du malst eine Frau –«

»Besser eine ganze Serie von einer Frau«, unterbrach er sie.

»Also gut, du malst von einer Frau eine Serie von Bildern, und dann bringst du die Nachricht in Umlauf, dass du diese Frau vorher ermordet hast. So meinst du?«

»Das würde sicher klappen.«

»Aber dann kommst du ins Gefängnis.«

»Ach, so lange wirst du nicht sitzen. Ein paar Jahre mit guter Führung. Das lohnt sich doch. Hol mal die Teller.«

Paula wunderte sich, wie salopp Ralf über seine *heilige Kunst* sprach und wie naiv er Gefängnisstrafen sah.

Er nahm den Essigsud vom Herd und legte die Heringe in die erhitzte Pfanne. Es zischte. Er trat einen Schritt zurück und fragte: »Was hat das mit eurer Sitzung zu tun?«

Sie deckte den Tisch. »Du hast doch die beiden ermordeten Frauen im Fernsehen gesehen?«

»Ja.«

»Bach behauptet, in der Präsentation der Leichen steckte ein solcher Gestaltungswille, dass der Täter sie buchstäblich als Kunstwerke hergestellt hat.«

Ralf wendete die Heringe noch einmal und sagte, sie möchte die Bratkartoffeln schon auf die Teller legen. »Warum nicht. Wenn er schon eine Serie von Bildern, oder was immer er macht, vorproduziert hat, die Sachen dann ausstellt und es schafft, sich noch ein bisschen in Verdacht zu bringen, sodass er voll im Scheinwerferlicht steht, es ihm aber doch nicht nachgewiesen werden kann ...« Er nahm die Pfanne, kam damit an den Tisch und legte ihr einen Hering auf den Teller. »Einen oder zwei?«

»Erst mal einen.«

Er setzte die Pfanne zurück auf den Herd, goss beiden Wein nach, hob das Glas und sagte grinsend: »Wenn diese Theorie stimmt, wirst du ihn nie schnappen. Prost!«

»Wenn du so weiterredest, isst du deine Heringe alleine.«

Er lachte. »Aber nicht, wenn du erst mal probiert hast.«

Er hatte recht. Als sie den dritten nahm, dachte sie, Fisch macht ja nicht dick. In dem Moment klingelte ihr Handy, Justus war dran.

»Ein Museum Unter den Linden hat Bombenwarnung gegeben. Die vom SEK haben das Schließfach geöffnet.«

»Was für ein Schließfach?«

»Das Schließfach einunddreißig im Guggenheim.«

»Und was haben wir damit zu tun?«

»Es war keine Bombe drin, sondern eine Puppe im blauen Kleid.«

26

Wegen der Absperrung parkte Paula ihren Wagen schon in der Charlotten-, Ecke Französische Straße und ging die dreihundert Meter bis zur Deutschen Guggenheim zu Fuß. Dort musste sie sich noch einmal ausweisen und ließ sich zum Leiter des Sondereinsatzkommandos bringen. »Der letzte Angestellte hatte beim Rundgang bemerkt, dass eines der Schließfächer für die Besuchertaschen immer noch verschlossen und der Schlüssel nicht aufzufinden war. Das war noch nie passiert, und er hat, angesichts all der Terroranschläge, die Polizei alarmiert. Wir haben das Fach Nummer 31 geöffnet. Der Bombenalarm hat sich zum Glück als falsch erwiesen. Ich habe gerade Entwarnung gegeben.«

Paula sagte: »Das hat man mir schon am Telefon gesagt.«

»Vielleicht habe ich Sie umsonst rufen lassen. Ich gelte manchmal als übereifrig, aber darüber setze ich mich hinweg.«

»Manchmal ist das notwendig.«

Er holte Luft. »Die Zeitungen sind voll mit den ermordeten Frauen im blauen Kleid, und Sie sind die zuständige Leiterin der Ermittlung.«

Paula nickte.

»Dann wird Sie interessieren, was wir in dem Fach gefunden haben.«

Paulas Handy klingelte. Eine Festnetznummer, die sie

nicht kannte. Wahrscheinlich irgendein Journalist, dachte sie und meldete sich. »Zeisberg.«

»Paula Zeisberg?«

»Ja. Was gibt's?«, fragte sie ungeduldig.

»Hier ist noch mal Jonas Schumann.«

»Hallo, Jonas.« Woher hatte er ihre Handynummer? Ulla konnte sie ihm nicht gegeben haben.

»Endlich habe ich dich nun doch noch erreicht. Hast du vielleicht jetzt Zeit?«

»Im Moment ist es ganz schlecht. Ich bin im Guggenheim in einem Dienstgespräch.«

»Oh, tut mir leid, dann rufe ich später noch mal an.«

»Okay.«

Auf Bitte des SEK-Leiters wurde eine durchsichtige Plastiktüte gebracht: Darin lagen eine Barbiepuppe im blauen Kleid und eine kleine Holzbank. »Auf dieser Bank hat die Puppe in dem Fach gesessen.«

»Wer legt denn eine Barbiepuppe ins Schließfach?«

Der Einsatzleiter zuckte mit den Schultern. »Keine Ahnung. Kinder sind manchmal maulig und wollen ihre Puppe nicht mehr tragen. Ich hab auch so eine Kleine. Das habe ich als Erstes gedacht. Aber blaues Kleid und Bank, diese Kombination aus den Nachrichten hat sich mir eingeprägt. Es könnte ja damit zusammenhängen.«

»Sie haben richtig gehandelt.« Paula dachte daran, was Bach gesagt hatte: Er wird ein Zeichen setzen. Sie drehte und wendete die Plastiktüte, um sich die Puppe genau anzusehen.

Die Barbie hatte blondes, im Nacken gestuftes Haar, das blaue Kleid wurde mit einem weißen Gürtel zusammengehalten, der mit einem roten Knopf verschlossen war. Am Hals trug sie eine Halskette mit rundem Anhänger. Paula wusste, dass die Barbie die bekannteste und meistverkaufte Puppe der Welt war. Als sie in den Sechzigern in Deutschland eingeführt wurde, war sie eine Sensation: eine Puppe als Erwachsene, mit einer Garderobe für Erwachsene, immer nach der neuesten Mode. Die Kinder lieben sie immer noch. Barbie als Reiterin mit Pferd, Barbie als Stewardess mit Flugzeug, und hier die Barbie auf einer Parkbank.

Wieder klingelte Paulas Handy. Sie sah auf das Display. War das wieder dieselbe Nummer wie eben? »Ja?«, fragte sie kurz angebunden.

»Noch mal Jonas. Ich sehe gerade, dass das Guggenheim Museum um die Ecke von mir bist. Ich könnte dich dort abholen. Auf einen kurzen Drink?«

»Gut«, sagte Paula knapp, dann wandte sie sich wieder dem Mann neben ihr zu. »Mehr war nicht in dem Fach – nur diese Puppe und die Holzbank?«

»Nichts anderes.«

Als Paula gehen wollte, hielt er sie noch auf. »War das jetzt Zufall? Oder könnte eine Verbindung zu den Morden bestehen?«

»Ich lasse die Puppe untersuchen. So ist das schwer zu sagen. Aber ich bin Ihnen sehr dankbar, dass Sie mich verständigt haben.« Sie verabschiedete sich, nachdem sie den Empfang quittiert hatte.

Beim Hinausgehen blieb sie stehen und betrachtete das Rudel Wölfe, das vor ihr davonzurennen schien. Jeder einzelne Wolf war in einem anderen Bewegungsmoment erstarrt. Dasselbe Prinzip wie bei den Tauben, dachte sie.

»Sind das ausgestopfte Wölfe?«

Der Angestellte winkte ab. »Nein, alles Attrappen, von einem Filmarchitekten für den Künstler gebaut. Sie wirken aber echt, nicht wahr?«

Sie nickte. So echt wie die Tauben.

Sie betrachtete noch einen Moment die Wölfe und dachte an die Begegnung, die ihr jetzt bevorstand.

Er wartete bereits auf der Straße, und sie erkannte ihn sofort an seinem schüchtern-frechen Lächeln. Seine Haare waren kurz, und er trug einen Seitenscheitel. Vielleicht waren die Geheimratsecken ein bisschen größer geworden, aber er war immer noch der jungenhafte Typ. Er hatte keinen Bauch, sondern war schlank und durchtrainiert. Langsam ging sie auf ihn zu.

»Jonas Schumann«, sagte sie einfach.

»Paula.« Nach einem Moment sagte er entschuldigend: »Im Büro habe ich dich nicht erreichen können. Da musste ich dich auf dem Handy anrufen.«

»Woher hast du die Nummer?«

»Ich bin immer noch tätig für *Ärzte der Welt*. Da habe ich gute Kontakte zu den Medien.«

»Aha«, sagte sie nicht sehr erfreut. »Ich habe einen schwierigen Fall und bin total im Stress.«

»Ja, ich habe dich im Fernsehen gesehen.« Er sah sie ruhig an. »Du hast dich nicht verändert seit Würzburg.«

»Danke.« Sie schüttelte ihren Kopf so, dass ihre Locken flogen. Sie lachten beide.

»Schenkst du mir trotz deiner Mörderjagd ein bisschen Zeit? Oder wirst du erwartet?«

»Nun bist du hier, nun nehmen wir einen Drink.«

Sie ließ ihr Auto stehen und ging mit ihm über den Gendarmenmarkt zur Newton Bar. Das Besondere hier, wo riesengroße Aktfotos von Helmut Newton hingen, war die Theke, die bei warmem Wetter ein Stück nach draußen gerollt wurde, sodass die Gäste bei ihren Cocktails einen Blick auf den Gendarmenmarkt hatten. Heute war einer der

Abende, an denen das noch möglich war. Sie bestellten zwei Mojitos.

»Du hast dir viel Mühe gemacht, mich zu erreichen«, sagte sie.

»Ein Treffen mit dem KSC-Konzern ist abgesagt worden, deshalb habe ich unerwartet frei. Als ich in der Zeitung deinen Namen las, dachte ich, es wäre witzig, wenn wir uns wiedersehen.« Er lächelte.

»Zwanzig Jahre sind seit unserer Kindheit vergangen.«

Die Drinks kamen, und sie prosteten sich zu.

Sie erinnerte sich an den Abend, als sie zusammen tanzen waren. Inzwischen war ihr eingefallen, dass sie sich den Kuss und das Schwindelgefühl eingebildet hatte und dass er sie in Wahrheit gar nicht geküsst hatte.

Jetzt saß er vor ihr und war ihr merkwürdig vertraut.

Sie nippten an ihren Drinks.

»Wie geht es dir?«, fragte sie.

»Gut. Ich bin viel unterwegs und muss in ein paar Tagen nach Islamabad.«

»Was sagt deine Frau dazu?«

»Ich bin nicht verheiratet. Ich glaube, das passt nicht zu diesem Leben. Und Kinder schon gar nicht. Hast du Kinder?«

»Nein.«

»Aber einen Mann.«

»Ich bin nicht verheiratet, lebe aber mit einem Mann zusammen.«

»Kriegst du das mit deinem Job auf die Reihe?«

»Es gibt Probleme, aber im Prinzip geht es ganz gut.«

Sie schmunzelte über seine Grübchen, die jetzt mehr Lachfalten geworden waren und die ihr so gefallen hatten. Sie hätte gerne gewusst, ob er sie damals gemocht hatte oder nicht. Als er sein Glas nahm, sah sie seine Uhr. Immer noch dieselbe Uhr; das war ihr schon in Würzburg aufgefallen, aber sie hatte nicht danach gefragt. »Die hast du doch damals schon gehabt, oder?«

Er streckte die Hand aus. »Sie ist von meinem Großvater. Du erkennst sie wieder?«

Das gefiel ihr – die Uhr vom Großvater, die er nicht gegen eine neue Uhr ausgetauscht hatte.

Er stellte sein Glas ab. »Ich habe heute einen Bericht über diesen Fall im Fernsehen gesehen.«

»Was haben sie gesagt?«

»Sie haben über die zweite Tote gesprochen. Das ist ja ein Hammer. Tot im Kino, und auch im blauen Kleid.«

Er sah sie an, und sie spürte, dass das Thema nur ein Vorwand für ihn war und er eigentlich an etwas anderes dachte. »Habt ihr schon eine Ahnung, wer es sein könnte?«

Der Alkohol hatte ihre verspannten Schultermuskeln gelockert.

»Nein.«

»Ihr habt bestimmt Hinweise aus der Bevölkerung erhalten, oder?«

»Ja. Massenhaft.«

»Der Typ hat ja ziemlich Glück gehabt, dass ihn im Kino keiner erkannt hat. Bringt die Tote im Rollstuhl dahin. Das ist doch auffällig.«

»Sollte man meinen.«

»War es *Eine Sommernacht*?«

»Ja.«

»Ich habe zufällig denselben Film gesehen. Auch im Filmpalast. Ist nur ein paar Schritte von meinem Hotel entfernt.«

Paula streckte sich ein bisschen. »Wenn du eine Aussage machen willst, dann unter der im Fernsehen angegebenen Nummer.« Sie hatte keine Lust, jetzt auch noch mit ihm über den Fall zu reden. Sie war enttäuscht über diese Wendung.

Er lachte über ihre Bemerkung wie über einen Witz und erzählte, wann er in den Film gegangen war.

Wieso begriff er nicht, dass sie das gar nicht interessierte? Sie war neugierig auf ihn; aber nicht auf seine Kommentare über die *Taubenfrau* oder die *Frau im Kino,* wie sie in den Medien genannt wurden.

Warum hatte sie sich doch noch darauf eingelassen, ihn zu treffen? Sehnsucht nach der Kindheit? Wartete sie auf eine nachgereichte Liebeserklärung? Sie erinnerte sich, wie oft sie gehofft hatte, dass der uneheliche Sohn von Henriette Schumann ihr sagen würde: *Ich habe mich in dich verliebt, Paula, ich möchte mit dir gehen.* Aber das passierte nicht. Er hatte nicht einmal gesagt, *Paula, ich finde dich nett,* oder *Paula, du bist hübsch,* wie es andere getan hatten. Manchmal hatte er ihr bei etwas geholfen, danach war er aber wieder verschwunden.

Während sie so tat, als hörte sie ihm zu, als er von dem Film erzählte, dachte sie an einen Spätsommernachmittag bei ihrer Freundin Hella. Damals war sie zwölf. Sie trug Sandalen an den nackten Füßen und hatte ihren roten Schirm dabei, weil es nach Regen aussah. Hella hatte sie überredet, mit ihr in den Eissalon am Marktplatz zu gehen. Arno, der Schäferhund, sollte nicht mit, aber er *wollte* unbedingt, bellte und sprang immerzu an ihr hoch. Hella pfiff ihn nicht zurück, und Paula war aufs sichere Trampolin im Garten geklettert. Sie sprang vor Angst mit wild rudernden Armen in die Luft, übertrieb es und landete auf dem Rasen. Arno war die ganze Zeit bellend drum herumgetobt und biss ihr jetzt in den großen Zeh. Sie weinte und schrie, Hella sei nicht mehr ihre Freundin. Ihr Schreck war größer als die Wunde, auf die Hellas Mutter ein Pflaster klebte. Zu Hause machte sie weiter das große Theater, weil sie meinte, eine Blutvergiftung zu haben. Schließlich rief ihre Mutter bei Frau Dr. Sperling an und vereinbarte, dass Paula gleich in die Praxis käme. Auf dem Weg dorthin begegnete sie zwei frechen Zigeunerjungen von den Kirmesleuten, die einen schwarz-weiß gefleckten Bullterrier an der Leine hatten, der völlig ausrastete, als Paula auf der anderen Straßenseite vorbeischleichen wollte. Er zerrte so stark, dass er die beiden Jungs hinter sich herzog und fletschend immer näher kam. Der knurrende Hund war ihr schließlich so nahe, dass sie sich schon mit zerrissenen Beinen sah. Die Jungs grinsten gemein, zogen aber das schwarz-weiße Muskelpaket nicht weg. Sie war kurz vor einer Ohnmacht, als plötzlich Jonas neben den Bengeln stand. Er packte die Leine und zog sie kräftig zurück. Der Abstand zwischen ihr und dem Hund wurde größer. Die Jungen brüllten Jonas an, er solle verschwinden, sonst würden sie die Töle auf ihn loslassen. Aber da er größer war als sie, nahm er sie bei den Ohren und sagte etwas zu ihnen, das Paula nicht verstehen konnte. Da rannten sie mit dem Monster an der Leine davon.

Als sie weg waren, sah Jonas Paula an. Ihre Knie zitterten noch, und sie wusste nicht, was sie sagen sollte. Er nahm ihre Hand. Hoffentlich spürt er nicht, wie heiß sie wird, dachte sie. »Wohin willst du?«, fragte er mit seiner schönen Stimme.

»Zu Frau Dr. Sperling«, brachte sie knapp heraus.

Ohne ein Wort zu sagen, begleitete er sie zu der Ärztin und nahm im Wartezimmer neben ihr Platz, bis sie dran war. Sie stand unter Strom, aber nicht mehr wegen ihrer

Angst vor einer Blutvergiftung. Viel zu schnell wurde sie in das Sprechzimmer gerufen. Frau Dr. Sperling beruhigte sie, dass der Biss nicht schlimm sei. Als Paula dann wieder ins Wartezimmer kam, sah sie nur leere Stühle, er war weg.

»War Pfarrer Mattes eigentlich wie ein Vater für dich?«

Er lachte.

»Wie kommst du da jetzt darauf?«

»Weiß ich auch nicht – fiel mir gerade ein.« Paula betrachtete den Schatten seines Bartes, der sich abzeichnete.

»Er hat sich sehr um mich gekümmert und dafür gesorgt, dass ich Abi gemacht habe. In der Oberstufe haben wir oft lange Gespräche geführt.«

»Dann war er so etwas wie ein Vater für dich.«

»Ja«, sagte er, »unbedingt.« Er lachte.

Paula hatte immer sein schöner Mund gefallen.

Er wurde wieder ernst und schien zu überlegen – als wolle er ihr etwas anvertrauen. Dann sagte er: »Nach dem Abi hat er mir gestanden, dass er mein Vater ist.«

Als katholischer Pfarrer hatte er seinem Sohn dieses Geständnis gemacht. Die Liebeserklärung eines Vaters an seinen Sohn: Du gehörst zu mir, du bist nicht vaterlos.

»Ich konnte frei entscheiden, ob ich ihn beim Standesamt als meinen leiblichen Vater angeben wollte. Er hätte die Sanktionen auf sich genommen.«

»Und?«

Sein Lächeln erinnerte sie plötzlich an das von Pfarrer Mattes. »Ich habe alles gelassen, wie es war.«

»Hast du mit deiner Mutter darüber gesprochen?«

»Nein. Nur du weißt es nun.«

Paula pickte mit dem Strohhalm die Minzeblätter in ihrem Glas auf.

Der Alkohol, zusammen mit der Aufregung, benebelte sie leicht. Sie stellte ihr Glas weg und lächelte ihn an, als würde sie ihn fragen: Worüber sprechen wir nun?

»Du hast einen anstrengenden Tag hinter dir«, sagte er entschuldigend.

Sie spürte den säuerlich-herben Geschmack des Cocktails auf ihrer Zunge. »Ich freue mich, dich zu sehen, Jonas. Und ich habe gerade an die Geschichte mit den Hunden gedacht. Erinnerst du dich noch?«

Er lachte. »Ja. Wir sind zusammen zu der Ärztin gegangen, weil dich einer gebissen hatte.«

»Stimmt. Warum hast du das eigentlich getan?«

Er grinste. »Weil ich damals schon wusste, dass du eine attraktive Frau wirst, Paula.«

Sie lachte. »Bitte, mehr davon.«

»Du siehst gut aus, bist intelligent, warmherzig und mutig.«

»Woher weißt du das alles?«

Er blieb bei seinem flirtigen Ton. »Wie mutig du bist, hast du mir ja mit den Hunden vorgeführt. Du hast nicht mit der Wimper gezuckt, hast ihnen standgehalten, und als die Jungs merkten, dass ihre Drohung nichts brachte, haben sie aufgegeben und sind gerannt. Mich hat das so beeindruckt, dass ich neben dir hergehen wollte, damit sich dein Mut auf mich überträgt. Und dann bin ich mit ins Wartezimmer von der Sperling, bis sie dich zur Behandlung gerufen haben. Stimmt's?«

Ja, es stimmte, wobei er ihr die mutige Rolle zuschrieb, die eigentlich er übernommen hatte.

Er erklärte ihr, dass sein Handeln meistens von dem Gedanken der Nächstenliebe bestimmt war. Vielleicht war es der Einfluss seines Elternhauses. »Auch das, was ich jetzt mache, entspricht dem. Obwohl wir grundsätzlich ›Hilfe zur Selbsthilfe‹ leisten.« Dann plauderte er davon, dass Berlin nur ein Zwischenstopp auf dem Wege nach Afghanistan sei, und erzählte von seiner Arbeit dort. Seit Wahlen stattfänden, würde man auch an Reformen auf dem Gesundheitssektor arbeiten. Das Ziel sei die Liberalisierung des Gesundheitssystems. Nach Militäreinsätzen müsse die Bevölkerung in den betreffenden Gebieten gesundheitlich versorgt werden, und die dazu nötigen Dienstleistungen würden zunehmend an private Unternehmen und Organisationen vergeben. »Da müssen wir auch gegen Korruption angehen. Unsere Erfahrungen aus Lateinamerika helfen uns, zu immer besseren Ergebnissen zu kommen.« Er betrachtete Paula. »Du siehst, wir arbeiten beide mit dem gleichen Ziel – wir wollen Leben retten.«

Paula zog skeptisch die Augenbrauen hoch. Johanna Frenzis Leben hatten sie nicht retten können. Chris behauptete sogar indirekt, es sei ihr Fehler gewesen, weil sie nicht gleich Bach als Profiler hinzugezogen habe. »Ja«, sagte sie, »wir versuchen es.«

»Sicher. Du kämpfst für Gerechtigkeit und willst ungerechtes Sterben verhindern.«

Sie prostete ihm mit dem letzten Schluck zu, weil er mögliche Gemeinsamkeiten betonte. »Nur, dass du viele Menschenleben rettest und dafür weit reist.«

»Das klingt abenteuerlich. Ist es teilweise auch, aber ganz anders, als man sich das allgemein vorstellt. Es ist harte Arbeit.« Er zuckte mit den Schultern. »Aber sinnvoll.« Er sah sie nachdenklich an. »Warum jagst du Mörder? Und bringst dich dabei selbst in Gefahr?«

»Vielleicht klingt es albern, aber ich will Gerechtigkeit.«

»Das ist gar nicht albern, aber abstrakt.«

»Für mich ist es ganz konkret.«

»Ja, klar. Aber dein persönliches Motiv?«

Sie lachte. »Da habe ich noch nicht in meiner Tiefe gewühlt. Eine Therapie habe ich bisher nicht gebraucht.«

»Hauptsache, man weiß, was man will, und hat dafür die entsprechende Kraft. Bist du mit deinem Fall weitergekommen?«

»Nicht wirklich. Man braucht immer viel Geduld und Durchhaltevermögen. Aber wir haben Chancen, weil der Täter anfängt, uns zu attackieren. Er setzt Zeichen, er droht, er rückt näher.«

»Bringst du dich da nicht in Gefahr?«

Sie dachte an Chris. »Manchmal schon. Große Fehler kann man sich nicht leisten.« Es war das falsche Thema, sie spürte wieder ihre Anspannung. Sie musste auf jeden Fall noch Chris anrufen und ihr von dem Vorfall im Guggenheim berichten. Sie wollte es aber nicht in Jonas' Gegenwart tun. Ihr Handy hatte sie ausgeschaltet, doch jetzt wurde sie nervös.

»Es tut mir leid, ich muss gehen, Jonas.«

Er brachte sie zum Auto, wartete, bis sie eingestiegen war, und winkte ihr hinterher.

Zu Hause fand sie die Wohnung leer. Sie ging in die Küche, gab dem Kater etwas zu fressen und versuchte, Chris zu erreichen. Es waren aber nur Mailbox und Anrufbeantworter eingeschaltet. Sie hinterließ keine Nachricht. Die Frau im blauen Kleid war in aller Munde, jeder kannte sie, und der deftige Berliner Humor erfand bereits Anekdoten. Die Nachricht mit der Barbiepuppe könnte für Chris wie ein schlechter Witz rüberkommen und ihr den Schlaf rauben.

Also bat sie sie lediglich um einen Rückruf morgen früh vor der Sitzung.

Mit Jonas' Lächeln vor Augen schlief sie ein.

27

Um sechs in der Früh weckten Paula die Glocken von der Gethsemane-Kirche gegenüber. Sie hatte sich im Gästezimmer schlafen gelegt. Der schwierige Fall und dann noch Ralfs schlechte Laune gestern Nacht, da hatte sie lieber allein schlafen wollen. Sie liebte die Wohnung, hasste aber das frühe Gebimmel. Ralf hatte ihre Vorschläge, eine andere Wohnung zu suchen, immer gebremst. Morgens um sechs und abends um sechs läuteten die Glocken. Die alten Bewohner des Bezirkes liebten das, weil für sie die Kirche das Symbol ihrer Befreiung war. Immer wieder sprachen sie über den Oktober 1989, als der Pfarrer den Widerstandskämpfern Zuflucht im Gotteshaus geboten hatte. Tausend Bürger hatten dort bei einer Mahnwache campiert, umzingelt von der Volkspolizei. Im Schutz der Kirche und mithilfe des Telefons, was sonst in der DDR Mangelware war, hatten sie ein Zentrum des Widerstands geschaffen und damit entscheidend zur Öffnung der Mauer beigetragen. Ohne diese Bürgerbewegung hätte es keine Maueröffnung gegeben, und ohne Wiedervereinigung würde Paula nicht hier wohnen – und sich nicht über den Glockenlärm ärgern.

Sie zog die Decke über den Kopf, konnte aber nicht mehr einschlafen. Außerdem sprang Kasimir auf das Bett, tapste auf ihr herum und schnurrte. Sie schlug die Decke zurück und setzte sich auf die Bettkante, wobei der Kater einen Satz machte und ein Stück auf dem Dielenboden entlangrutschte. Er kam zurück und rieb sich wieder an ihren Beinen, das mochte er besonders und nutzte jede Gelegenheit dazu. Als sie schließlich aufstand, sprang er davon und tapste mit seinen samtenen Pfoten über die Holzdielen.

Paula reckte und streckte sich, machte die fünf Tibeter und ging ins Bad. Als sie unter der Dusche stand, fiel ihr Chris ein, wie sie unter der hellgrünen Plastikhaube Posch bei der Obduktion beobachtet hatte. Auf ihn hatte sie vermutlich kühl und stark gewirkt, so wie auf alle um sich herum, doch Paula kannte sie auch verletzlich.

Diese Verletzlichkeit entstand aus ihren Widersprüchen. Kühl und rational war sie einerseits, konnte sich zu Handlungen zwingen, bei denen jeder andere sich gesträubt hätte. Andererseits war sie eine leidenschaftliche Frau. Ab und zu eine Affäre zu haben reizte sie mehr, als den Alltag über Jahre hinweg mit demselben Mann zu verbringen. Außerdem konnte sie sich nicht vorstellen, Hausfrau und Mutter zu sein. Sie brauchte die Bestätigung durch ihre Arbeit. Und sie bewunderte ihren Vater, von dem sie erzählt hatte, dass er gelegentlich eine Liebschaft hatte. Chris hatte Affären, war aber auch wählerisch. Sie war immer skeptisch, wenn von Liebe gesprochen wurde, und sagte, sie verschwende ihre Energien nicht mit romantischen Illusionen. Das machte sie für Männer reizvoll, sie schienen zu spüren, dass sie nicht an ihnen klebte. Bevor Paula mit Ralf an die Ostsee gefahren war, hatte sie sie gefragt, wie denn ihr Bild vom idealen Mann aussehe. Chris hatte geantwortet, ein Rilke lesender Automechaniker, der Salsa tanzt und sie orgiastisch in den Armen wiegt. Sie hatten beide gelacht, aber eine ernsthafte Äußerung zu diesem Thema würde man von ihr nicht bekommen.

Nun fühlte sie sich von diesem Killer aufs Korn genommen. Wenn ihr tatsächlich jemand auf so aufwendige Weise Angst machen wollte, musste er sie kennen. Wer würde sich sonst die Mühe machen und ein solches Risiko auf sich nehmen? Paula hatte die Männer ihrer letzten Affären überprüfen lassen. Sie waren das, was Chris »Kerle« nannte, und Kerle waren Männer, die knallige Akzente in ihr Leben brachten. Alles, was sie sonst nicht hatte. Ihr Kollege Neuenfeld zum Beispiel machte ihr den Hof, aber er hatte keine Chance.

In diesem Licht sah Paula Chris' Affinität zu Heiliger. Er war ein »richtiger Kerl«. Ein interessanter Künstler. Ihre Absicht, von dem Jogger illegal eine Haarprobe oder Ähnliches zu holen, fand Paula bedenklich. Im Allgemeinen ging die Freundin sehr rational vor, aber ihre Angst, verbunden mit einer Faszination für diesen Heiliger, machte sie blind. Sie sah ihn als Täter, sie wusste nur nicht, aufgrund welcher Indizien sie ihn überprüfen sollte.

Im Auto auf dem Weg zum Büro versuchte sie zum dritten Mal vergeblich, Chris zu erreichen. Das Handy war ausgeschaltet, im Büro war sie noch nicht, und zu Hause nahm sie nicht ab.

Vielleicht könnte sie sie vor der Sitzung noch über den Bombenalarm und die Puppe informieren, sonst wäre sie die Einzige, die die Information nicht hätte.

Als sie ankam, waren Bach und Chris schon da.

Er saß wieder auf demselben Platz. Vor ihm auf dem Tisch lag nichts. Er machte sich keine Notizen, benutzte keinen Block, kein Diktafon. Er wirkte wie ein eleganter Besucher, der nicht gekommen war, um zu arbeiten, sondern um einen Eindruck zu gewinnen, wie die Welt aussah, in der der Teufel wütete.

Ohne vorher mit Chris sprechen zu können, eröffnete Paula die Sitzung und berichtete über den Fund im Guggenheim. Sie tat es nur für Chris, denn die anderen wussten schon Bescheid. Doch Chris schien verärgert, wurde blass und starrte Paula an, als wäre es ihr Fehler, dass sie nicht erreichbar gewesen war. Paula erwähnte extra, dass sie es dreimal versucht hatte, aber sie schien das gar nicht zur Kenntnis zu nehmen. Sie war angespannt und völlig zu.

»Das ist das Zeichen«, sagte Bach, »das er uns schicken wollte.«

»Wie sieht denn die Barbiepuppe aus?«, wollte Tommi wissen.

Paula gab ihm die Puppe in der durchsichtigen Plastiktüte. »Nimm sie aber nicht raus, sie muss noch in der KT auf Spuren untersucht werden.«

Er sah sich die Puppe im blauen Kleid, mit den blonden Haaren, dem weißen Gürtel mit dem roten Knopf und der Kette mit dem runden Anhänger genau an.

»Ich habe heute Morgen mit unserem Psychologen vom LKA telefoniert«, sagte Justus in Richtung Bach, während die Puppe reihum ging. »Doktor Krampe ist der Meinung, dass die Puppe aus dem Schließfach nichts mit unseren Morden zu tun hat. Warum sollte sie auch? Ich habe mit dem Museum telefoniert. Gestern Nachmittag war eine Schulklasse dort. Und alle Schüler mussten ihre Sachen in die Schließfächer legen. Mit Sicherheit hat ein Kind seine Puppe dort vergessen und den Schlüssel vom Fach mitgenommen. Ich werde nachher die Lehrerin anrufen.«

Chris hatte die Plastiktüte mit der Puppe in der Hand, und Paula sah, dass ihre Hände zitterten. Sie starrte auf die Barbie. Paula hätte sie gern gefragt: Was ist denn los?

Aber das wollte sie nicht vor den anderen. »Das Fach Nummer 31 liegt eigentlich zu hoch für ein Kind, ich habe es mir angesehen. Was für eine Klasse war es denn?«, fragte sie Justus.

»Die Mädchen sind zehn.«

»Ich war mit zehn schon eins fünfundsechzig«, sagte Max.

»Wie wurde die Barbiepuppe denn in dem Schließfach aufgefunden?«, fragte Bach.

»Sie saß auf der Holzbank, die auch im Plastikbeutel ist.«

»Das ist doch seltsam«, sagte Waldi. »Sie trägt ein blaues Kleid und sitzt auf einer Bank – wo dies schon zu einem Medienbild geworden ist.«

»Und eine rote Perle steckt in ihrem Bauch«, sagte Tommi.

Justus wehrte ab. »Vielleicht ist an dem roten Knopf gar keine Nadel. Und wenn schon, sie steckt nicht im Herzen, sondern hält den Gürtel. Eine Stecknadel ist die einfachste Möglichkeit, ihn zu befestigen.«

Bach war um den Tisch herumgegangen. »Darf ich sie noch einmal haben?«

Chris nickte. »Bitte.«

Er nahm die Tüte, schob seine Brille auf die Stirn und betrachtete sie von allen Seiten. Dann fragte er Paula: »Ist das Nagellack auf den Zehen?«

»Ja.«

»Das ist typisch für Mädchen. Sie schminken ihre Puppen«, sagte Justus.

»Was ich meine: Hat die Puppe original angemalte Nägel, oder wurde der Nagellack aufgetragen?«

»Es ist Nagellack. Er ist vor Kurzem aufgetragen worden, sonst wäre er schon abgeblättert.«

Bach sah sich die Puppe noch einmal genau an, gab sie

Chris zurück und ging an seinen Platz. »Sie finden es suspekt, wenn ich Gedanken äußere, die Ihnen *zufällig* erscheinen. Sie beruhen aber auf meinen Erfahrungen. So, wie es zu den Erfahrungen von Herrn Justus gehört, dass Puppen auf Kinder schließen lassen. Aber hier haben wir es mit einem schweren Verbrechen zu tun, und die Frage ist, ob auch in solchen Zusammenhängen Puppen auftauchen. Und das tun sie. Neben Satanskulten und Voodoo-Riten fallen mir mehrere Fälle mit Barbiepuppen ein. Und immer handelte es sich um erwachsene Männer. Der eine spickte jeden Quadratzentimeter einer Puppe mit Nadeln und ließ sie auf einer Wiese liegen. Er hatte – wie sich später herausstellte – in seiner Kindheit einen Kinderkeller gehabt, in dem er mit Tieren und Puppen experimentierte, sie malträtiert, verkohlt und getötet hatte. Dort lebte er Aggressionen und Frustrationen aus, die seine Eltern und die sonstige Umgebung sanktionierten. Dort hatte er sich in grausamen Spielen an hilflosen Objekten für das gerächt, was er von seinem strengen Vater oder der dominanten Mutter ertragen musste, ohne sich wehren zu können. Dieser heimliche Kinderkeller war sein Rückzugsort, an dem er sein konnte, wie er war. Und er wurde später auch seine Mörderhöhle, in die er die Frauen verschleppte. So einen Kinderkeller könnte unser Täter auch haben.« Er sah in die Runde. »Bei einem anderen Fall in Colorado bin ich auch um meine Meinung gebeten worden. Mehrere Fotos zeigten einen Mann von Ende zwanzig in Tarnkleidung, der mit einem Gewehr und einer verstümmelten Barbiepuppe stolz am Kühler seines Kleinlasters posierte. Damit hatte er kein Gesetz gebrochen. Ich empfahl, ihn zu beobachten. Es würde ihm möglicherweise bald nicht mehr genügen, seine Fantasien an Puppen auszuleben. Man befolgte meinen Rat nicht. Drei Wochen später wurde eine gefolterte Frau ermordet aufgefunden. Die Serie setzte sich fort, und man fasste den Täter schließlich. Es war der Mann von dem Foto.« Er machte eine Pause. »Der Besitzer dieser Puppe hier hat sie nicht gefoltert, aber in ihr steckt eine Nadel, und ihre Fußnägel sind frisch mit Nagellack bestrichen.«

Chris betrachtete die Puppe wieder. Die anderen waren aufgestanden und standen um sie herum.

Bach erklärte: »Auffällig ist, wie unser Täter die Opfer herrichtete. Und diese Barbie ist auch hergerichtet worden. Auch dass sie in dem Schließfach auf der Bank saß, passt in das Raster der kunstvollen Inszenierungen, mit denen wir es zu tun haben. Ich meine mich zu entsinnen, dass im gerichtsmedizinischen Befund von Silvia Arndt Nagellack erwähnt wird. Als ich es las, kam mir schon die Idee, es könnte ein künstlerisches Detail der Arbeit des Täters sein. Ich hatte Sie schon anrufen wollen, um zu fragen, ob der entsprechende Nagellack in der Wohnung Arndt gefunden worden war. Vielleicht könnte man das mal feststellen.«

Paula fragte Ulla: »Wo ist die Liste?«

»Die habe ich im Computer«, sagte sie und stand auf.

»Nimm die Puppe gleich mit«, sagte Paula, »und schick sie in die KT. Ich brauche das Untersuchungsergebnis noch heute.«

Ulla nickte und verließ den Raum.

»Silvia Arndt hatte lackierte Finger- und Fußnägel«, bestätigte Paula. »Silbern, wie die von der Barbie.«

Ulla kam zurück und brachte den Ausdruck der Liste, die alle Dinge aus Silvia Arndts Bad aufzählte. »Nagellack ist nicht dabei.«

»Ich schlage vor, den Chemiker zu beauftragen, den Lack

an der Puppe mit dem Lack der Opfer zu vergleichen«, sagte Bach. »Natürlich ist die Puppe das Symbol für *Kindheit.*« Dabei sah er Justus an. »Der Täter hat die Puppe an einen Ausstellungsort für Kunstwerke gesetzt. Der Mann, den Sie suchen, ist von extremem Ehrgeiz beherrscht. Er will immer mehr Erfolg. Wozu die Puppe? Ich gehe bei dem Täter im zweiten Teil des Verbrechensablaufs – der Präsentation – nicht von einem zwanghaften Verhaltensmuster aus. Ich suche nach dem rationalen Zweck, der von seinem Ehrgeiz getragen ist.« Er erhob sich, schob seinen Stuhl an den Tisch. »Wir werden eine Barbiepuppe als ein Motiv in seinem Kunstwerk finden.« Er verbeugte sich knapp und ging zur Tür. »Und rufen Sie in der Schule an.«

In der Tür drehte er sich noch einmal um. »Ich habe gehört, das Café, in dem unser zweites Opfer arbeitete, gehört einem Medienkünstler.« Dann schloss er die Tür hinter sich.

Paula blickte zur Uhr und beendete die Besprechung für die Mittagspause. Bevor sie den Raum verließ, bat sie die anderen, die Pressekonferenz vorzubereiten. »Ich hatte sie zwar für heute Mittag anberaumt, aber einer von euch muss sich mit der Presseabteilung in Verbindung setzen, damit sie auf morgen verschoben wird.«

»Ich habe ein paarmal versucht, dich anzurufen, weil ich dir die Sache mit dem Bombenalarm erzählen wollte, aber du warst nicht zu erreichen. Auf keiner Leitung«, sagte Paula, als sie neben Chris die Treppe hinunterging. Sie meinte es als Frage, wollte wissen, wo Chris gewesen war, aber die antwortete nicht. Sie blieb unentschlossen stehen. Paula schlug vor, gemeinsam einen Kaffee zu trinken. Chris nickte, und Paula deutete Richtung Balzac gleich an der nächsten Ecke. Schweigend gingen sie nebeneinanderher.

Die Sonne schien durch das bereits gefärbte Laub. Ein goldener Herbsttag. Paula mochte dieses Licht. Sie gingen die Keithstraße unter den alten Kastanien entlang, vorbei an den Häusern mit den herrschaftlichen Wohnungen. Diese Straße war eine Oase mitten in der City des alten Westberlin. Als sie das Balzac betraten, hörten sie das laute Trompeten von Elefanten aus dem nahen Zoo.

Chris stellte sich gleich an einen der hohen Tische, sie wollte sich offenbar nicht lange aufhalten. Paula fragte, ob sie auch einen Cappuccino wolle, und bestellte an der Theke. Chris verlangte zusätzlich einen Likör.

Als sie den Amaretto zum Mund führte, prostete Paula ihr mit dem Kaffee zu. Chris stellte das Glas zu hart auf die Platte und sagte: »Ich war im Guggenheim, in dieser Wolfsausstellung. Gestern in meiner Mittagspause. Ich hatte eine Kritik über die Installation gelesen und wollte mir das ansehen.«

»Ja, interessant. Ich habe nur einen flüchtigen Blick darauf geworfen. Schon eine geniale Idee, ein Rudel von neunundneunzig Wölfen so aufzustellen, als ob sie wie verrückt versuchen, ein Hindernis zu überwinden.« Paula hoffte, Chris mit diesem unbekümmerten Ton aus ihrer trübsinnigen Stimmung zu holen.

»Ich hatte das Schließfach 31«, sagte Chris.

Paula traute ihren Ohren nicht. Setzte sich Chris schon wieder zu etwas in Beziehung, was mit dem Fall zu tun hatte? In einem Museum in Berlin gibt es Bombenalarm, das Viertel wird abgesperrt, das Fach geöffnet, und dann kommt Chris und sagt, sie sei es gewesen, die genau dieses Fach gehabt habe.

»Hast du die Eintrittskarte noch?«

»Nein.«

Vielleicht war es ein Fehler gewesen, sie das zu fragen. Es zeigte Misstrauen und würde sie nicht gesprächiger machen. Sie war blass, und Paula kam es vor, als sei ihr Gesicht schmaler geworden.

Paula bezweifelte gar nicht, dass sie sich diese Ausstellung mit den Wölfen angesehen hatte, aber wieso wusste sie die Nummer ihres Schließfachs noch? Paula merkte sich nie die Nummer eines Schließfachs. Doch die Freundin sah nicht aus, als würde sie lügen, eher wie eine Frau, die den Schrecken, den sie erfindet, selbst glaubt.

»Das Schließfach 31! In dem diese Barbie gefunden wurde. Begreifst du das?« Chris rüttelte an Paulas Arm.

Sie antwortete bewusst ruhig. »Es ist bislang nur eine Theorie Bachs, dass die Puppe von dem Täter stammt.«

»Ich hatte das Schließfach, und jemand ist nach mir gekommen und hat diese Puppe da reingesteckt. Du hast doch gehört, was Bach gesagt hat: Silvia Arndt besaß selbst keinen Nagellack!«

Paula betrachtete sie nachdenklich.

»Du fühlst dich wohl sehr überlegen«, sagte Chris aufgebracht.

»Warst du allein im Guggenheim?«

»Ja. Aber eigentlich war ich mit Heiliger verabredet. Er hatte mir auf die Mailbox gesprochen. Er ist dann aber nicht gekommen.«

»Wieso triffst du dich mit ihm?«

»Weil ich die DNA-Probe von ihm will.«

»Sag mir auf jeden Fall Bescheid, wenn du nächstes Mal in dieser Richtung etwas unternimmst. Mach das nicht eigenmächtig. Ich sage dir das als leitende Ermittlerin, auch wenn du meine Chefin bist.« Paula war ungehalten. »Und nun zur Puppe. Wir wissen noch gar nicht, ob der Nagellack an der Barbie derselbe ist wie der an den Mordopfern. Es kann alles noch ganz anders sein.«

»Nein!«

Paula entging das Beben unter dem entschiedenen Nein nicht. Sie dachte, dass sie als Ermittlerin den Fall aufklären musste und dass sie dann am Schluss die Akten mit allen Daten und Fakten der Staatsanwaltschaft übergeben würde – gleichgültig welche Hypothesen, Ansichten oder Probleme der ermittelnde Staatsanwalt im Laufe der Zeit gehabt hatte. »Lass uns das Ergebnis der Kriminaltechnik abwarten.« Sie schaute zur Uhr. »Wenn du willst, kann ich da jetzt hinfahren und mich darum kümmern, dass es vorangeht.«

Chris war einverstanden. Als sie hinausgingen, hakte sie sich bei Paula ein. »Es gibt immer zwei Möglichkeiten«, sagte sie mit einem schiefen Lächeln. »Entweder die Wirklichkeit ist verrückt oder die Person, die sie wahrnimmt.« Sie umarmte Paula. »Ich bin nicht verrückt.«

28

Paula fuhr zum LKA am Tempelhofer Damm, einem großen Gebäudekomplex, modern, licht und weiß, mit langen, offenen Gängen. An der Pforte zeigte sie ihren Ausweis und sagte, sie wolle zur Kriminaltechnik, Abteilung Chemie. Die KT befand sich im Parterre und ersten Stock des LKA und beschäftigte mehr als 500 Mitarbeiter. Paula hatte von unterwegs angerufen und erfahren, dass Dr. Karl Dankert die Untersuchung leite.

Als sie die Werkstatt betrat, beugte sich Dankert gerade über die Barbiepuppe auf dem Tisch, mit einer Zange in der linken und einem kleinen Uhrenmesser in der rechten Hand. Die Barbie lag auf einer Plastikfolie, umgeben von Geräten und Werkzeugen.

»Frau Zeisberg, nehme ich an.« Er blickte nur kurz auf und arbeitete weiter.

»Ja. Haben Sie den Nagellack schon analysiert?«

»Das Ergebnis ist gerade aus dem chemischen Labor gekommen. Der Lack hat genau dieselbe Zusammensetzung wie der Nagellack an den Leichen.«

Wenn das so ist, hatte der Mörder die Puppe in das Fach gelegt, schoss es Paula durch den Kopf. Sie sah, wie Dankert das Medaillon der Barbie, das im Oberteil einer besonders geformten Zange lag, mit einem feinen Messer zu öffnen versuchte. »Wir haben keine Körperspuren an der Puppe entdecken können, weder Haare noch Schweiß, noch Fingerabdrücke. Die Puppe entspricht dem Barbie-Serientyp Nummer T 1073 aus diesem Jahr. Das Modell heißt *The blue dress Barbie.*«

Dankert mühte sich mit dem Medaillon ab und fluchte leise, dass das Ding vielleicht gar nicht zu öffnen sei. Doch dann sprang der Deckel auf.

»Schwuppdiwupp, da haben wir – Geheimnis Nummer vier«, kalauerte er. Mit dem Messerchen tippte er auf das Medaillon. »Dieses kleine Schmuckstück gehört nämlich nicht zu der Puppe. Das wurde ihr zusätzlich umgehängt. Daher wollte ich herausfinden, ob etwas drin ist. Da, sehen Sie? Ein Foto.« Er rückte zur Seite, damit Paula es ansehen konnte.

Das Medaillon hatte etwa einen Zentimeter Durchmesser, und das Foto war so klein, dass man das Gesicht der Frau darauf nicht erkennen konnte. Es war eine Frau im blauen Kleid auf einer Parkbank, das war eindeutig.

Paula kniff die Augen zusammen, um schärfer sehen zu können.

»Ich kann Ihnen eine Lupe geben.« Dankert holte ein Vergrößerungsglas.

»Danke.« Paula erwartete, das Gesicht von Silvia Arndt zu sehen. Sie hatte sich geirrt: Es war Chris' Gesicht.

Paula ließ das Vergrößerungsglas sinken. Ihr Herz klopfte. Der Mörder hatte ein Thema – das blaue Kleid – und ganz offenbar das Ziel, die Staatsanwältin in den Wahnsinn zu treiben.

»Hat es etwas gebracht?« Paula sah Dankerts tief liegende Augen unruhig flackern. Er war Mitte vierzig und hatte einen Dreitagebart, der seine eingefallenen Wangen kaschierte. Seine Haut war bleich. Er schien viel zu rauchen und unregelmäßig zu essen.

»Im Moment sagt mir das Foto nichts«, log sie. Sie legte die Lupe auf den Tisch zurück. »Es könnte aber bedeutsam werden, deswegen möchte ich das Medaillon mitnehmen. Den Bericht kriege ich erst morgen, oder?«

»Ja. Der Mist muss noch getippt werden.« Er stand auf, kramte in seinem Regal, fand eine kleine Pappschachtel und legte die Kette mit dem Anhänger hinein. »Ich schlage vor, es nicht zuzuklappen, weil Sie es dann vielleicht nicht wieder aufkriegen oder das Foto dabei beschädigen. Sie müssen es vorsichtig transportieren.«

Paula bedankte sich und wollte gehen, wartete aber noch, weil er umständlich an seinem dünnen Plastikhandschuh zog, um ihr die Hand zu geben. »Ihr voriger Fall, super Arbeit. Spitze, der Schuss, mit dem Sie den Typen niedergestreckt haben.«

Beim Hinausgehen rief er ihr hinterher: »Ich bin sicher, Sie kriegen dieses Ungeheuer auch.«

Als sie im Auto saß, drehte sie die Scheiben hoch und stellte die Musik laut. Sie wurde von einem Glatzkopf mit Dschingis-Khan-Bart überholt, der seine mit Ringen geschmückte Hand lässig am Steuer hatte und sie angrinste. Dabei zeigte er seinen Brillanten im Vorderzahn und kniff ein Auge zu.

Paula nickte, hob den Daumen und sagte wütend vor sich hin: »Vielleicht bist du ja das Arschloch. Man kann nie wissen.«

Der Typ grinste noch mehr und gab Gas. Sie spürte, wie sich ihr Magen zusammenzog. In Gedanken sah sie die Frau auf der Parkbank vor sich, dann Johanna Frenzi im Kino und dann Chris' Gesicht auf dem Foto im Medaillon. Sie ließ immer Bilder vor ihren Augen entstehen und versuchte, in sie einzudringen. Dabei fragte sie sich: Wie ist es dazu gekommen, dass die Dinge so sind, wie sie sie vorgefunden hat? Doch jetzt kam etwas Neues hinzu: das persönliche Betroffensein, das klares Denken erschwerte. Ihre Freundin wurde von der Regie des Bösen eingekreist, und das machte Paula zu schaffen.

Bachs Vision von dem wahnsinnigen Künstler mit Ruhmessucht konnte dies nicht erklären, denn wenn er Frauen tötete und wie Kunstwerke ausstellte, um berühmt zu werden, brauchte er die ermittelnde Staatsanwältin nicht einzubeziehen. Dies sah eher nach der Rache eines von Chris verurteilten Straftäters aus. Sie hatte einen benannt, der dafür infrage kommen könnte, und den hatten sie überprüft. Er war wegen massiver Gewalt an Vilma del Fuente von Chris angeklagt worden und mittlerweile wieder auf freiem Fuß. Marius hatte ihn überprüft und herausgefunden, dass er ein eindeutiges Alibi für beide Taten hatte. Mehrere Zeugen, die mit ihm weder verwandt noch befreundet waren, hatten das bestätigt. Paula war mit Chris noch andere Möglichkeiten durchgegangen, aber es hatte sich kein substanzieller Verdacht ergeben.

Geblieben war Bachs Vision von dem wahnsinnigen Künstler mit Ruhmessucht. Und wieder kam ihr der Einwand, dass Ruhmessucht die psychische Treibjagd auf die ermittelnde Staatsanwältin nicht erklärte. Sie hatten bislang keine Handhabe, um eine aussichtsreiche Befragung mit Heiliger durchzuführen. Die Überprüfung seines Alibis könnte vielleicht erbringen, dass er als Täter auszuschließen wäre. Doch Chris würde es kaum erleichtern, zu wissen, wer *nicht* infrage kam. Allerdings hatte die Barbiepuppe nun den Akzent verschoben.

Der Täter hätte Chris auch in anderer Weise signalisieren können, dass er sie beobachtete, dass er sie überall in der Öffentlichkeit im Auge hatte. Aber er wählte ein Museum, in dem eine viel besprochene Installation zu sehen war. Das würde er nur tun, wenn er sich in einer solchen Örtlichkeit sicher fühlte. Es war nicht sein erster Besuch im Guggenheim, er wusste sich dort sicher und unauffällig zu bewegen. Er hatte die Barbie in das Fach gesetzt, nachdem Chris ihre Tasche dort herausgeholt hatte. Er rechnete damit, dass die Angestellten bei einem verschlossenen Fach wie bei einer Bombendrohung reagieren würden und die Puppe früher oder später auf dem Schreibtisch der zuständigen Staatsanwältin landen würde. Paula musste zugeben, dass man an Josef Heiliger nicht mehr vorbeikam. Er hätte Chris nach dem Galeriebesuch ins Kino folgen können, er joggte täglich an der Parkbank vorbei, auf der Chris mittags immer gesessen hatte, er war fasziniert von ihr, hatte sich am Fundort der ersten Leiche bemerkbar gemacht, und er schuf Installationen wie das ertrinkende Liebespaar. Er war ein Künstler, der mittels forcierter Provokationen seinen Ruhm vergrößerte.

Paula hatte noch ein Problem. Chris' Angst, verfolgt zu werden, war ein Geheimnis zwischen ihnen. Chris hatte ihr das Versprechen abgenommen zu schweigen, und sie hatte sich als Freundin daran gehalten. Doch nun hatte sich die Situation verändert, und sie fand es richtig, Bach ins Vertrauen zu ziehen.

Er hatte sich als kompetent erwiesen, und gerade für diese Art von Psychoterror war er zuständig. Andererseits freute es Paula, dass er bislang noch nichts davon wusste. Mit seinem Röntgenblick als Profiler hätte er eigentlich etwas von der Absicht des Mörders erkennen müssen, die zuständige Staatsanwältin zu bedrohen. Hatte er aber nicht. Zugeben musste sie aber, dass Bach immerhin gleich darauf gekommen war, dass die Puppe zu den Zeichen des Täters gehörte, und sie war ja deshalb in Chris' Fach gelegt worden, um sie in Panik zu versetzen. Wieso hätte der Killer sonst ihr Foto in das Medaillon kleben sollen? Zudem hatte Bach auch scharfsinnig den Zusammenhang mit dem Nagellack erfasst.

Normalerweise hätte sie ihn gleich angerufen, um ihm das Ergebnis der chemischen Untersuchung mitzuteilen, weil ihre Fairness im Team auch darin bestand, niemandem ein Kompliment vorzuenthalten. Sie wollte aber nicht vorgreifen, sondern erst mit Chris sprechen und sie überreden, Bach gänzlich ins Vertrauen zu ziehen.

Paula hatte Sorge um Chris. Sie musste ihr von dem Foto im Medaillon erzählen und wusste aus Erfahrung, wie Angst einen Menschen verändern konnte.

Sie erreichte sie im Büro und schlug ihr vor, sich am

Eingang des Fritz-Schloß-Parks gegenüber der Staatsanwaltschaft zu treffen. Ein paar Schritte in der frischen Luft an diesem schönen Herbsttag waren geeigneter, Chris die Neuigkeiten mitzuteilen, als das Büro mit seiner hässlichen Aussicht auf Stacheldraht und Gefängnis.

Als sie ankam, wartete Chris schon. Paula hatte die Schachtel mit dem Medaillon dabei.

»Hast du das Ergebnis?«, fragte Chris gleich.

Paula hielt die Neuigkeit noch zurück. »Du hast gesagt, du warst mit Heiliger im Guggenheim verabredet, und er sei nicht gekommen.«

»Ja. Ich habe eine Viertelstunde gewartet und mir dann die Ausstellung angesehen. Dann habe ich meine Tasche aus dem Fach genommen und bin gegangen. Was ist?« Sie war ungeduldig.

»Hast du versucht, ihn auf dem Handy zu erreichen?«

»Nein. Wenn sich ein Mann mit mir verabredet und nicht kommt, telefoniere ich ihm nicht hinterher.«

»Hast du dich umgeschaut, ob er irgendwo zu sehen war?«

»Natürlich. Ich wollte ihn ja treffen. Ich hatte sogar eine Parfumflasche eingesteckt, die er halten sollte, falls ich kein Haar von ihm oder etwas anderes kriegen würde. – Und? Was hat sich ergeben?«

Paula stellte den kleinen Karton auf ihre linke Hand und öffnete den Deckel. Chris konnte das Foto direkt sehen.

»Was ist das?« Sie sah genauer hin.

»Das Medaillon, das die Puppe um den Hals trug. Kannst du das Gesicht auf dem Foto erkennen?«

Chris nahm das Kästchen in die Hand und hielt es so, dass die Sonne darauffiel.

Sie würde es nicht erkennen, Paula musste es ihr nun sagen. »Die Frau auf dem Foto bist du.«

Chris schüttelte den Kopf, ohne den Blick von dem Foto zu nehmen. »Ich hab nicht so ein Kleid.«

»Es ist eine Montage mit deinem Gesicht.«

Chris hörte auf, den Kopf zu schütteln. »Jetzt sehe ich es auch.«

Paula spürte die Panik der Freundin und legte ihr die Hand auf den Arm. »Wir lassen uns nicht unterkriegen«, versuchte sie sie zu besänftigen.

Chris sah sie mit erschreckten Augen an. »Dann ist es dieser Kerl. Dieser Heiliger.«

»Wir werden das überprüfen.«

»Manchmal weiß ich nicht einmal, welche Tageszeit gerade ist oder wo ich bin. Das habe ich noch nie gehabt.« Sie schwieg, schien aber noch etwas sagen zu wollen.

»Was ist?«, fragte Paula.

»Ich möchte Bach ins Vertrauen ziehen. Was meinst du?«

Paula nickte. »Eine gute Idee.«

»Weißt du, wenn ich sehr unsicher bin, fühle ich mich bei Freunden oder Angehörigen nicht wirklich beschützt. Das war immer schon so. Bach ist zwar ein Studienkollege, aber er ist mir nicht nahe. Er muss seinen Job machen, die Dinge kalt durchdenken und dann die entsprechenden Maßnahmen empfehlen, egal, welche es sind. Ich glaube, nur eine neutrale Perspektive auf diesen Wahnsinn kann mir helfen. Verstehst du das?«

»Ich wollte dir auch vorschlagen, ihn einzuweihen.«

Paula nahm das Kästchen, schloss den Deckel und legte ihren Arm um Chris. Sie spürte, dass die Freundin zitterte. »Lass dich beurlauben und fahr irgendwohin, ganz weit weg, wo dich keiner kennt und keiner findet.«

Chris löste sich aus Paulas Arm. »Der Schreck hat jetzt ein Gesicht: meins! Ich bleibe auf jeden Fall hier.«

»Keine Extratouren mehr. Du solltest dann Leute vom MEK dabeihaben. Hast du danach noch einmal Kontakt mit Heiliger gehabt?«

Chris schüttelte den Kopf.

»Ich schlage vor, du rufst ihn an, fragst, was ihn abgehalten hat, und wir überprüfen das.«

Paula brachte sie noch bis zum Gerichtsgebäude. »Immerhin haben wir jetzt einen Grund, dir Polizeischutz zu geben. Wenn du das Gericht verlässt oder von zu Hause weggehst, brauchst du nur die Nummer anzurufen, und dann begleiten dich zwei Leute.«

Paula nahm erleichtert zur Kenntnis, dass Chris einigermaßen gefasst reagierte.

29

Nach dem Treffen mit Chris im Fritz-Schloß-Park fuhr Paula direkt zu Heiliger ins Atelier. Sie hatte sich von Ulla die Adresse besorgen lassen und ihr gesagt, dass sie unangemeldet hinfahren würde.

Auf der Fahrt sammelte sie noch einmal die Anhaltspunkte, die Heiliger verdächtig erscheinen ließen. Erstens: Er war am Fundort der Leiche aufgefallen, weil er über die Absperrung gesprungen war. Zweitens: Von seiner Vernissage aus hätte er Chris ins Kino folgen können. Niemand sonst konnte wissen, dass sie dort war. Drittens: Er wusste, dass sie im Guggenheim war und dass sie ein Schließfach benutzen musste. Natürlich rechnete er damit, dass man ihn früher oder später nach einem Alibi fragen würde – jedenfalls als *Täter* würde er es tun.

Als *Unschuldiger* würde er überrascht sein, von der Polizei gefragt zu werden, warum er nicht zu seiner Verabredung mit Frau Gregor gekommen war. Ob sie ihm wohl etwas in der einen oder anderen Richtung anmerken würde?

Sein Atelier lag in der Burgstraße in Mitte, und zufällig fand sie gleich in der Nähe einen Parkplatz. Bevor sie ausstieg, klingelte ihr Handy. Sie sah, dass es Chris war. Sie riet ihr von einem Besuch bei Heiliger ab. Sie habe sich alles noch einmal überlegt und sei der Ansicht, dass sie Heiliger nur durch einen DNA-Vergleich überführen könnten.

Paula wandte ein: »Ich möchte mir mal einen Eindruck von ihm machen. Vielleicht fällt mir ja irgendwas in die Hände.«

»Er ist viel zu gewieft, als dass er auf eine Befragung nach seinen Alibis nicht vorbereitet wäre. Er wird nur gewarnt, dass wir auf seiner Spur sind, und dann gibt es keine Chance mehr, wegen des DNA-Materials an ihn ranzukommen.« Sie schien in ziemlicher Aufregung zu sein.

»Chris, ich bitte dich. Wenn der so ausgefuchst ist, wie du ihn darstellst, fällt er auf gar nichts rein.«

Chris' Stimme war fast schrill. »Paula, es ist Unsinn, geh da bitte jetzt nicht hin.« Und dann kam es wie eine Anweisung: »Lass uns erst besprechen, wie wir vorgehen.«

»Okay, ich melde mich wieder.« Paula stieg aus dem Wagen und knallte die Autotür zu.

Chris mochte recht haben mit ihren Vermutungen über Heiliger, aber Vermutungen nutzten ihr nichts. Sie musste einen Schritt weitergehen, und dazu war sie entschlossen.

Sie sah sich um. Ein Stückchen weiter führte eine Brücke über die Spree zum Alten Museum mit dem Lustgarten. Sie prägte sich routinemäßig die Umgebung ein, bevor sie zu einer möglicherweise gefährlichen Befragung ging. Sie überquerte die Straße und ging durch die Einfahrt in den Hinterhof eines Fabrikgebäudes. Fabriken gab es hier nicht mehr, aber es war der typische Bau aus rotem Klinker, wie sie zu Beginn des 20. Jahrhunderts in Berlin entstanden waren. Jetzt befanden sich darin Büros, Ausstellungsräume, Modeetagen, Designerfirmen und Ateliers von Künstlern.

Heiligers Atelier sollte im Parterre liegen, aber sie konnte keinen Blick durch die riesigen Scheiben werfen, weil sie geschwärzt waren. Vielleicht konnte man von innen rausschauen, aber nicht umgekehrt.

Sie stieg die halbe Treppe zum Hochparterre hinauf und stand vor der Eingangstür aus schwerer Eiche. Sie war alt und sicher aus einem anderen Haus, vielleicht einem Brandenburger Schloss. Paula konnte keine Klingel entdecken, nur einen eisernen Klopfer in der Mitte der Tür, der wie ein Totenschädel geformt war. Sie schlug den Schädel gegen das Tor, aber es rührte sich nichts. Sie versuchte es noch einmal, diesmal kräftiger. Nichts. Sie bummerte jetzt laut mit der Faust gegen das Holz. Ein Mann mit einem Besen und einem Eimer auf der anderen Seite des Hofes beobachtete sie grinsend. Er sagte: »Er muss da sein.«

Dann klopfe ich eben noch einmal, dachte sie, drehte sich um und erschrak. Direkt vor ihr stand ein großer massiger Mann in Schwarz. Er trug einen Arbeitsoverall. Er hatte die schwere Eichentür so leise geöffnet, dass sie nichts gehört hatte. Ihr fiel ein, was sie alles über Heiliger wusste: großes Medientheater wegen der Ausstellung eines Totenschädels, den er vollständig mit diamantenähnlichen Kunstkristallen überzogen hatte, und sein Spruch, Kunst sei dazu da, irgendwelche Scheißräume der Gesellschaft aufzuhellen. Statements darüber, dass ein Künstler auch ein Geschäftsmann sein müsse, und Aussagen von angesehenen Kritikern, die ihm eine ernsthafte und kritische Auseinandersetzung mit der heutigen Zeit attestierten. Da stand er nun vor ihr, der auf Erfolg versessene Künstler, angeprangert und bewundert, auch von ihrem harmlosen Ralf, der ihr einen Ausspruch Heiligers zitiert hatte: Wenn du große Kunstwerke schaffst, bezahlen die Scheißer, was du verlangst.

Heiliger starrte sie mit finsterem Blick an. Sie wollte sich vorstellen, da dröhnte von drinnen plötzlich laut Musik.

Sie hielt ihm ihren Polizeiausweis hin. Er warf einen Blick darauf, reagierte aber nicht. Er musterte sie noch einmal eindringlich und machte dann eine Bewegung, ihm zu folgen.

Das Atelier war ein großer Loft mit Betonfußboden. In einer Ecke gab es einen kleinen Raum, dessen Tür aufstand: die Toilette. Davor waren eine Badewanne, ein großer Spiegel auf Rädern und zwei Metallregale mit Handtüchern. Eine Küchenzeile nicht weit entfernt davon. Alles war offen. An den Wänden der Halle fielen ihr die großen Flachbildschirme auf, als wolle er von überall her Videos sehen. Die Decke war gespickt mit Scheinwerfern.

Er ging zur Stereoanlage und stellte die unerträglich laute Musik ab. Die abrupte Stille war wie ein Schock. So, als hätte man Paula Stöpsel aus den Ohren gezogen. »Danke«, sagte sie.

Er schritt eilig auf sie zu, sodass sie in Versuchung war, ihre Waffe zu ziehen. Sie tat es nicht, blieb aber bereit dazu.

Er grinste, als hätte er ihre Absicht erkannt. Er ging nah an ihr vorbei, um einen Stuhl heranzuziehen. »Bitte, nehmen Sie doch Platz«, sagte er mit ausgesuchter Höflichkeit.

Sie setzte sich, und während er sich wieder ein paar Schritte entfernte, suchte sie mit ihren Augen blitzschnell den Raum ab. Bis auf einige Bücherstapel und Hunderte von Fotos war alles aufgeräumt. Eine Ecke war wie ein Maleratelier eingerichtet: Farbspritzer an der Wand, Werkverzeichnisse, Farbdosen, Pinsel, farbgetränkte Tücher, alte Wildlederschuhe und Pullover mit Farbflecken und eine halb geleerte Kiste Rotwein.

Sie deutete in die Richtung: »Malen Sie dort?«

»Nein. Ich male nicht mehr –«

Sie sah ihn fragend an.

»Ich mache Installationen.« Er nahm ihr Schweigen für Unverständnis. »Diese Ecke da ist eine Installation mit dem Titel *Sidney Pollocks Atelier*. Davon wurden gestern Katalogfotos für meine neue Ausstellung gemacht.«

»Warum liegt da eine übermalte Barbiepuppe zwischen den Pinseln?«

»Warum. Warum ist die Banane krumm? So können Sie nicht an Kunst herangehen.«

»Woran arbeiten Sie gerade?« Paula wollte erst mal einen Kontakt zu diesem seltsamen Menschen herstellen.

Er schaute sie abschätzend an und antwortete schließlich: »Ich arbeite –«, machte wieder eine Pause und sagte: »– mit Ihnen.«

Paula lächelte. »Mit mir? Wollen Sie mit mir zusammenarbeiten?«

»Genau. Das meine ich.« Er schien sich zu freuen.

»Vielleicht können wir damit beginnen, dass Sie mir ein paar Fragen beantworten.« Sie betrachtete ihn aufmerksam. Er war das, was Chris einen »richtigen Kerl« nannte. Man traute ihm auf den ersten Blick zu, dass er mit schweren Materialien hantierte.

Er lächelte und machte eine Bewegung, mit der er sie zu ihrer ersten Frage einlud.

»Wo waren Sie letzte Woche Montag, am 18. September, spätnachmittags oder frühabends?«

»Aha. In dem Stück, in dem wir kooperieren, sind Sie die Kommissarin und ich der Mörder?« Er lächelte böse.

»Es ist das Stück, das Sie erfunden haben. Vielleicht können Sie Ihre Rolle etwas genauer skizzieren. Zum Beispiel, wenn Sie erzählen, was Sie an jenem Montag getan haben.«

»Silvia Arndt, aha. Wo war ich an jenem Abend?«

Paula stockte der Atem. Der Name der Toten war zwar aus den Medien bekannt, aber dass jemand den Namen sofort mit dem Datum verband, das war ungewöhnlich.

Plötzlich flammte ein Blitz auf, Paula erschrak. »Was soll das?!« Er war mit dem Fuß auf einen kleinen Gummiball getreten, von dem eine Schnur zu einer Kamera mit Blitz führte. Er hatte sie fotografiert.

Paula stand auf, legte ihre rechte Hand auf die Waffe und streckte die linke aus. »Geben Sie mir das Foto«, sagte sie.

Er grinste. »Ich behalte das Foto, und Sie kriegen Ihre Antwort. Wir wäre das?«

Paula überlegte kurz. »Einverstanden.«

»Ich war hier und habe gearbeitet.«

Paula sah auf einer Papierwand drei Zeilen in chinesischer Tinte, konnte sie aber nicht lesen. »Haben Sie Zeugen dafür?«

»Nein. Ich war allein. Besuch – und dann noch unangemeldet – stört mich. Das wissen alle um mich herum. Und Sie jetzt auch. Wollen wir noch mal eine Antwort gegen ein Foto tauschen?«

Paula hatte keine Ahnung, welches Spiel dieser Typ spielte und worauf es hinauslaufen sollte, aber sie konnte sich nicht vorstellen, dass sie etwas riskierte, wenn er ein Foto von ihr besaß.

Er bat sie, wieder Platz zu nehmen und diesmal ihren Polizeiausweis vor den Körper zu halten. Wollte er einen Steckbrief von ihr erstellen?

»Herr Heiliger, Sie haben sich am Fundort der Toten – Sie nannten eben selbst den Namen – bemerkbar gemacht. Sie haben die Absperrung übersprungen und der zuständigen Staatsanwältin Ihre Visitenkarte überreicht. Das ist der Grund, warum ich hier bin. Jeden, der im Zusammenhang mit einem schweren Verbrechen auffällt, überprüfen wir routinemäßig. Was wollten Sie von Staatsanwältin Frau Dr. Gregor?«

Er lächelte. »Es war ein reiner Zufall.«

Paula zog die Augenbrauen hoch. »Springen Sie immer *zufällig* über Absperrungen?«

»Nein. Dass ich mich verliebt habe.«

»Sie wollen mir sagen, Sie sind da zufällig vorbeigejoggt, haben einen kurzen Blick auf jemanden hinter der Polizeiabsperrung geworfen und sich verliebt?«

»Das nennen die Franzosen *coup de foudre*. Man nennt es seit Jahrtausenden nicht zu Unrecht: Liebe auf den ersten Blick. Es unterscheidet sich von der Liebe auf den zweiten Blick.«

Wieder blitzte es auf. Er hatte seine Antwort gegeben und machte nun das Foto.

»Wo waren Sie am Donnerstag eine Woche später, also am 21. gegen Mitternacht und in den frühen Morgenstunden?«

»Ich antworte Ihnen, wenn Sie mir auch eine Frage beantworten.«

»Welche?«

»Glauben Sie – ganz persönlich –, dass der Killer Silvia Arndt kannte und in sie verliebt war?«

Paula holte Luft. Dieser Bursche machte es ihr nicht leicht.

»Die beiden Opfer sind sich vom Typ her ähnlich. Wahrscheinlich sind sie einer Frau ähnlich, die in seinem Leben eine große Rolle gespielt hat. Wahrscheinlich hat er sie behandelt, wie er diese Frau am liebsten behandelt hätte. Gibt es in Ihrem Leben eine bedeutende Frau?«

Seine Augen wurden zu Schlitzen. »Ja.«

»Und wer ist sie?«

»Das werde ich Ihnen nicht verraten.«

»Nein?«

»Es sei denn, Sie ziehen sich aus.«

»Wo waren Sie an dem Donnerstag?«

»Bei einem Sammler in Potsdam. Ich war mit anderen Künstlern eingeladen. Bis Sonntag. Wir haben dort übernachtet.«

»Wann sind Sie an dem Donnerstag ins Bett gegangen?«

»Nach dem Abendessen. Genau weiß ich es nicht. Aber nicht so spät. Der Sammler ist ein älterer Herr.«

»Vor Mitternacht?«

»Könnte sein.«

»Wie heißt der Sammler?«

»Wilhelm Peetsch. Er hat mehrere Gästehäuser auf seinem Grundstück. Meins hieß Mirò.«

»Wie lange waren Sie am Sonntag noch da?«

»Etwa bis neunzehn Uhr.«

Paula hatte sich der Papierwand genähert. Sie las die Sätze, die sie vorher nicht entziffern konnte.

1. *Feuer der Hölle bringt dich zum Leuchten.*
2. *Deine Hölle sind die Qualen, die du anderen zufügst.*

3. Dem Stärksten wird der Adel Luzifers verliehen.

»Hat er seine Opfer geröstet, bevor er sie gebraten hat?«, fragte er.

»Wie kommen Sie darauf, dass der Täter das getan haben könnte?«

»Wieso halten Sie es für möglich, dass ich der Mörder bin?«

»Sagen Sie mir erst, wo Sie waren, als Frau Dr. Gregor im Guggenheim war.«

»War sie da?«

»Sie hatten sich mit ihr dort verabredet. Gestern Mittag.«

»Ich musste plötzlich nach Hamburg, weil ich erfahren hatte, dass dort auf einer Auktion ein Bild von mir versteigert werden sollte. Ich sagte Ihnen ja, dass ich nicht mehr male, und wollte das Bild zurückhaben. Also bin ich sofort losgefahren und dachte, ich wäre rechtzeitig zurück. Dann hat es sich aber doch verzögert, und ich habe verschwitzt, Frau Gregor anzurufen. Ich wusste auch gar nicht, ob sie hingehen würde. Das ist mir jetzt natürlich unangenehm.«

»Wo war die Auktion?«

»Im Auktionshaus Ketterer.«

»Und was war das für ein Bild?«

»*Liebende in Flammen.*«

Aus dem Auto rief sie Chris an. »Ich war bei Heiliger.«

»Und?«

»Für den ersten Mord hat er kein Alibi. Für den zweiten will er bei einem Sammler gewesen sein – das müssen wir überprüfen. Ebenso wie sein Alibi für das Guggenheim.«

»Das interessiert mich.«

»Er sagt, er musste plötzlich nach Hamburg zu einer

Auktion, auf der eines seiner Bilder versteigert wurde, das er unbedingt zurückkaufen wollte.«

»Ist mit Sicherheit gelogen. Aber das lässt sich ja feststellen.«

»Immerhin habe ich mir einen Eindruck von ihm gemacht.«

»Und wie findest du ihn?«

»Vor allem fiel mir auf, dass er sich aus dem Verdacht, ein Mörder zu sein, nichts zu machen scheint. Er ist zynisch und gemein, vielleicht auch sadistisch. Ich halte ihn für rücksichtslos und brutal. Er ist auch raffiniert und intelligent. Ob das alles reicht, werden wir herausfinden. Jedenfalls weiß ich jetzt, dass wir ihn nicht ausschließen können.«

»Wir brauchen einen konkreten Beweis«, drängte Chris. »Und der kann sich nur aus einem DNA-Vergleich ergeben, und dafür brauchen wir sein Blut.«

Wegen eines Staatsbesuchs wurde der Verkehr umgeleitet. Paula wollte eine Abkürzung nehmen und blieb in einer schmalen Nebenstraße hinter einem Müllwagen stecken. Sie warf einen schnellen Blick in den Spiegel, aber hinter ihr waren schon Autos. Sie musste sich also gedulden.

Sie überlegte, ob sie ein paar Telefonate erledigen könnte.

Rechts auf dem Bürgersteig spielte ein Mann mit seiner dreijährigen Tochter. Sie lief auf ihn zu, er griff ihr unter die Arme, warf sie in die Luft, fing sie wieder auf, setzte sie ab, gab ihr einen Klaps, damit sie wieder weglief, und das Spiel ging von Neuem los. Jedes Mal warf er sie ein Stück höher. Sie kreischte, und er lachte. Sie waren inzwischen hinter dem Müllwagen verschwunden, aber als der ein Stück vorrückte, konnte Paula das Spiel weiterverfolgen. Der Mann warf das Kind immer höher, aber er warf es nicht mehr zu dessen Vergnügen hoch, sondern war in einen Wettkampf mit sich selbst geraten und probierte ehrgeizig aus, wie hoch er es überhaupt werfen konnte. Für Paula sah es so aus, als schwebte das Mädchen für einen langen Moment in der Luft.

Ihr fiel ein, wie Jonas ihr von seiner Arbeit erzählt hatte und dass Kinder auf unserer Welt nicht mehr zu erwarten hätten als andere soziale Gruppen, die ebenfalls machtlos sind. Nur werde bei Kindern oft behauptet, das, was man ihnen zufüge, wäre zu ihrem Nutzen oder zu ihrem Spaß. Schrie das kleine Mädchen wohl aus Freude oder aus Angst? Den Vater schien das nicht zu interessieren, er amüsierte sich. Sie hätte sich jetzt gerne mit Jonas darüber unterhalten. Sie erinnerte sich, wie rücksichtsvoll und sanft er früher bei jeder Begegnung mit ihr umgegangen war. Er hatte sie nicht einmal geschubst, was die Jungs in den Schulpausen immer so witzig fanden.

Der Müllwagen bog rechts ab, und der Weg war endlich frei. Paula wäre am liebsten ausgestiegen, um dem Vater die Meinung zu sagen, doch der klemmte sich seine Tochter gerade unter den Arm und verschwand in einem Hausflur.

Vielleicht hatte sie an Jonas gedacht, weil er immer noch nicht abgereist war. Sie konnte seine Anwesenheit einfach nicht völlig vergessen. Es war, als zöge sie alles in Richtung des Hotels, wo er wohnte.

Dass er sie wenig später tatsächlich anrief, bestätigte sie nur in diesem Gefühl. Sie war gerade ins Büro gekommen, da läutete ihr Handy, und zugleich sagte Ulla, Jonas Schumann habe eine Nachricht hinterlassen. Er würde sie gern heute noch treffen, weil er morgen abreisen müsse.

»Ich hab ihn gerade am Ohr«, sagte Paula ihr lachend. Und zu ihm: »Wohin fliegst du denn?«

»Über Frankfurt nach Afghanistan.«

Paula überlegte schnell und entschied sich für eine Stunde Entspannung. »Ich könnte dich um acht im Kempinski abholen.«

»Super, freut mich. Ich warte ab Viertel vor acht unten in der Halle.«

»Schön, bis dahin.«

Als sie ankam, sah sie ihn schon von der Schwingtür aus auf einem der Sofas sitzen. Er sprang auf und umarmte sie, als wolle er sie küssen, legte aber nur den Kopf schräg und lächelte sie strahlend an. »Wir können ein Picknick im Tiergarten machen, mit Mücken und Ameisen, oder auf mein Zimmer gehen, wo wir Musik hätten. Wo hast du dein Auto gelassen?«

»Direkt vor der Tür – und habe dem Portier den Schlüssel gegeben.«

»Das ist gut. Komm.« Er nahm ihre Hand und zog sie zum Fahrstuhl. »Du kannst jederzeit gehen, ohne dass ich sauer bin.«

»Ich weiß«, sagte sie und lächelte.

Sie hatte gehofft, dass sie nicht in einem kleinen Hotelzimmer landen würden, in dem das Bett den ganzen Platz einnimmt. Und tatsächlich hatte er auch ein Wohnzimmer. Er legte Marc Almond auf, eine Musik, die ihr gefiel.

Er öffnete eine Flasche Champagner, füllte die Gläser und sagte: »Willkommen.« Sie stießen an. Dann zeigte er ihr ein paar Fotos von seiner Arbeit: Unterwegs im Sudan, im Flüchtlingslager Kalma, wo *Ärzte der Welt* medizinische Notversorgung für etwa 60 000 Menschen leisten – in

Äthiopien, wo der Schwerpunkt auf der Mutter-Kind-Gesundheit liege. Bis zu 85 Prozent der Bevölkerung dort lebe von weniger als einem Dollar pro Tag, und 40 Prozent seien nicht älter als 14. Er hatte auch Fotos von Afghanistan, wo sie Nothilfe in den Bergen von Ghor leisteten. Nach der Taliban-Herrschaft haben sie die medizinische Grundversorgung mit zwei Krankenhausprojekten sichern können, erzählte er ihr.

Er war aufgestanden, stand jetzt hinter ihr und legte die Hände auf ihre Schultern. Ein wohliges Gefühl kroch ihr über den Rücken.

»Entspann dich«, sagte er, während seine Finger zärtlich ihre Muskeln massierten.

Früher war er immer schüchtern gewesen. Bei ihren Begegnungen hatte er sie kaum berührt, und immer war er danach gleich wieder verschwunden. Damals war er ein Junge in der Pubertät, inzwischen hatte er viel erlebt, andere Kulturen kennengelernt und hatte beruflichen Erfolg. Gab es Gemeinsamkeiten zwischen ihr und ihm?

»Das ist angenehm, Jonas. Aber du solltest das lassen. Ich weiß nicht, was du von mir willst. Du rufst mich an als alter Schulkamerad und erzählst mir von deiner Arbeit. Was willst du?« Wie gut ihr die körperliche Berührung gefiel, sagte sie nicht.

»Muss man immer etwas wollen? Ich habe keine Freunde mehr von früher. Als ich jetzt in der Presse von dir hörte und gerade in Berlin war, dachte ich, ich nehme den Kontakt mal wieder auf. Und ich hatte das Gefühl, du würdest dich freuen.«

Sie sah ihm in die Augen. Wahrscheinlich war sie rot geworden. »Ich habe mich auch gefreut. Aber das heißt doch nicht … Der Beruf lässt uns nicht viel Zeit für private Freundschaften, wenn man so engagiert arbeitet, wie wir es tun. Und schon gar nicht, wenn so eine große Distanz dazwischenliegt.« Wie sollte so etwas überhaupt gehen, fragte sie sich und erschrak darüber, dass sie sich diese Frage überhaupt stellte.

»Von uns persönlich hängt viel mehr ab, als wir meinen.«

»Du bist ein attraktiver Mann, Jonas. Ich war damals furchtbar in dich verliebt. Aber du hast nichts davon bemerkt.«

Er lächelte und zog sie langsam zu sich heran. Sie wollte ihren Kopf an seine Brust legen, wie sie sich das als Mädchen so oft gewünscht hatte, sich ausruhen, einfach träumen. Aber er ließ ihr keine Ruhe, er streichelte sie weiter. Seine Hände wanderten über ihren Rücken und ihre Hüften. Sie spürte seinen Atem. Der Gedanke an Sex lag in der Luft.

Sie dachte daran, wie sie Marius abgelehnt hatte. Sie dachte auch an Ralf und überlegte, ob er wohl zu Hause wartete. Sie wusste, dass sie sich nur in klaren und ehrlichen Verhältnissen wohlfühlte und dass sie selbst auch nicht betrogen werden wollte. Aber sie spürte auch, wie ihr Körper gegen diese Vernunft rebellierte.

Sie schob ihn sanft von sich. »Ich möchte jetzt gehen.«

Er nickte. »Das war versprochen.«

Als er ihr in die Jacke half, strich er ihr sanft über den Rücken. Sie drehte sich um, küsste ihn und verließ das Zimmer.

Im Parterre öffnete sich die Fahrstuhltür zur Lobby, und sie zögerte. Doch als sich die Tür wieder schloss, drückte sie entschieden auf *Öffnen* und stieg aus. Zu dem Stress im Job konnte sie nicht noch privates Chaos gebrauchen.

30

Als Paula beschwingt ins Büro kam, lächelte Marius sie an, und sie lächelte zurück. Sie hatte keine Angst davor, ihn nicht auf Abstand halten zu können.

Die Kollegen waren mit der Vorbereitung der Pressekonferenz so weit fertig und wollten alles mit ihr durchsprechen. Sie diskutierten kurz, was sie der Öffentlichkeit preisgeben sollten und was nicht und wie man weitere Kinobesucher aus der Vorstellung, in die der Killer Johanna Frenzi gesetzt hatte, dazu bringen könnte, sich zu melden.

Anschließend protestierte Marius wegen der digitalen Bänder aus dem Lindencafé. »So viel Material kann ich auf keinen Fall allein durchsehen. Das schaffen wir kaum zu zweit.«

Paula ging mit in sein Büro, wo die Kartons mit den Bändern standen. Zwei Techniker von der KT bauten einen Bildschirm mit Abspielgerät auf.

»Die haben noch ein zweites Gerät mitgebracht, wo sollen sie das hinstellen?«

»Zu mir ins Büro«, sagte sie voller Elan.

Justus teilte ihr mit, dass die Spurenexperten nichts Auffälliges in der Wohnung von Johanna Frenzi gefunden hatten. »Das Bettzeug ist serologisch untersucht worden, aber es gibt keine Fremdspuren. In der Wohnung an sich schon, aber es ist ausgeschlossen, dass dort der Mord passiert ist.«

Der Tatort musste woanders sein. Der Killer hatte Johanna sicher an denselben Ort gebracht wie Silvia Arndt. Aber wohin?

Paula nahm an, dass Ralf gekocht hatte, und beschloss, mit ihm zu essen, sich dann eine Stunde hinzulegen und anschließend noch einmal ins Büro zu fahren. Sie würde sich die Videoaufnahmen ungestört anschauen können, wenn niemand mehr im Büro war.

Bevor sie ging, ließ sie sich von den Technikern die Handhabung des Geräts erklären. Dann fragte sie Marius, ob er im Lindencafé noch etwas herausgefunden habe.

Er saß auf der Ecke des Schreibtisches, ließ ein Bein baumeln und sah sie erwartungsvoll an.

»Was ist?«, fragte sie.

»Ich habe etwas sehr Interessantes herausgefunden. Erzähl ich dir beim Essen, ich lade dich ein.«

»Gern, gute Idee, aber ein andermal.«

»Dir geht's gut«, stellte er fest.

»Ja«, sagte sie. »Und was hast du herausgefunden?«

Er sah sie noch einen Moment schweigend an. »Erinnerst du dich an die Aussagen von Katharina und ihren Kollegen im Lindencafé? Sie haben doch diesen etwas kräftigen Typ beschrieben, der jeden Tag kam. Der mit dem Leberfleck auf der linken Wange.«

»Und was ist mit dem?«

»Ich hab ihn gefunden. Er wohnt im Clipper City Hotel um die Ecke vom Café.«

»War es nicht so, dass er nicht mehr im Café erschienen ist, als Johanna Frenzi freihatte?«

»Ja, das stimmt. Ich bin gleich ins Hotel rüber, habe ihn aber nicht angetroffen. Der Mann heißt Walter Kemper und hat das Zimmer nur noch bis morgen gebucht. Der Angestellte an der Rezeption hat mir gesagt, er müsste eigentlich da sein. Ich habe eine ganze Weile gewartet, aber er kam nicht. Als er schließlich in dem Zimmer nachgesehen hat, waren seine Sachen noch da.«

Das war eine gute Nachricht, und Paula war entschlossen, Kemper nicht abreisen zu lassen, ohne mit ihm ausgiebig gesprochen zu haben. »Fährst du heute Abend mit mir in das Hotel?«

Marius lächelte sie spöttisch an. »Statt essen?«

»Du kannst ja mitkommen. Ralf hat bestimmt gekocht«, sagte sie schmunzelnd.

Marius lehnte dankend ab. Er wollte dann lieber rüber ins KadeWe gehen.

Sie stand auf und griff nach ihrer Jacke, die auf dem Kühlschrank lag.

Marius war sofort da, um ihr behilflich zu sein. Er stand dicht hinter ihr und hielt die Leinenjacke, während sie in die Ärmel schlüpfte. Sie spürte, wie seine Finger ihren Rücken streiften. Sie hatte ein Gespür dafür, ob es absichtlich war oder zufällig – es war zufällig, doch selbst das war ihr zu nahe. Sie machte einen Schritt von ihm weg und knöpfte ihre Jacke zu.

»Ich rufe dich an, wenn ich Kemper erreicht habe«, sagte Marius betont sachlich.

Er war enttäuscht, dass sie nicht mit ihm essen ging, aber das war sein Problem.

Als Paula nach Hause kam, war Ralf nicht da. Normalerweise wäre das Essen fertig gewesen. Für ihre Figur war es besser, abends nichts mehr zu essen, aber er hatte jahrelang darauf bestanden, an dieser Gewohnheit festzuhalten. Sie ärgerte sich, dass er nicht einmal angerufen hatte. Dann hätte sie im Büro noch Videos angesehen, statt quer durch die Stadt nach Hause zu fahren und wieder zurück, um sich mit Marius zur Zeugenbefragung zu treffen. Nun war es sinnlos, noch mal ins Büro zu hetzen.

Aber eigentlich war sie froh, dass sie allein war. Sie gab

Kasimir Futter und streichelte ihn beim Fressen, was er allerdings nicht gern hatte. Ohne innezuhalten, wich er immer wieder aus, sodass er mit dem Hinterteil langsam um den Napf herumging. Es amüsierte sie, ihn bei seinem gierigen Schlingen zu stören. Sie packte ihn, wollte ihn kraulen, aber er fauchte und wehrte sich. Also ließ sie ihn los, und er fraß sofort weiter.

Sie schickte Jonas in Gedanken einen Gruß. Er saß jetzt im Flugzeug nach Afghanistan. Dass sie nun, mit 39, ihre kindliche Verliebtheit mit dieser Begegnung abgeschlossen hatte, freute sie. Die Zeit bis zu Marius' Anruf überbrückte sie, indem sie ihre Fußnägel lackierte. Als sie ihren Pinsel in den Nagellack tauchte, kam ihr die Barbiepuppe in den Sinn, und sie versuchte sich vorzustellen, wie der Täter mit demselben Lack, den er bei Silvia Arndt und Johanna Frenzi verwandt hatte, die Fußnägel der Puppe anmalte, dann mit der Barbie in einer Sporttasche ins Guggenheim fuhr, wo er auf Chris wartete und beobachtete, wie sie ihre Tasche im Fach 31 deponierte. Vermutlich hat er dann seine Tasche auch eingeschlossen und Chris weiterhin im Auge behalten, während die sich die Wölfe ansah und auf – ihn? – Heiliger wartete. Nachdem sie das Guggenheim wieder verlassen hatte und das Fach frei war, muss er schnell seine Tasche geholt, die Barbie herausgenommen und in Chris' Fach gesetzt haben. Und steckte den Schlüssel in seine Tasche. Das Fach war natürlich auf Fingerabdrücke und sonstige Spuren untersucht worden, aber er hatte so sauber wie auch sonst gearbeitet. Er hinterließ nur die Spuren, die er hinterlassen wollte.

Sie ärgerte sich, dass Chris ihr die Verabredung mit Heiliger verschwiegen hatte. In der Sitzung, als es um die Barbie gegangen war, hatte Paula ihr eine ziemliche Anspannung angemerkt, aber von ihrem Date mit Heiliger hatte sie erst im Café erzählt.

Chris' Verdacht in Bezug auf Heiliger hatte sich damit verdichtet. Dennoch hatte Paula ein Problem: Während die Morde sehr raffiniert waren, erschien ihr die Aktion mit der Barbiepuppe ziemlich dilettantisch. Wenn Heiliger dahintersteckte, würde er sich doch nicht mit Chris zur gleichen Zeit und am selben Ort verabreden.

Wenn er es jedoch getan hatte, um den Kitzel für sich zu erhöhen, müsste er ja auf jeden Fall wieder Kontakt zu ihr aufnehmen, um zu überprüfen, wie sie darauf reagierte.

Paula saß mit angezogenem Bein auf dem Badezimmerhocker. Wenn Chris ihr noch mehr verheimlichen würde als die Verabredung mit Heiliger, könnte sie sich in ziemliche Gefahr bringen.

Als Paula in die Küche ging und den Kühlschrank öffnete, klingelte ihr Handy. Marius fragte, wann sie am Clipper City Hotel sein könne.

31

Zwanzig Minuten später klopften sie an die Zimmertür. Der Mann mit dem Leberfleck unter dem linken Auge öffnete. Er war Mitte vierzig, trug einen sandfarbenen Cordanzug, ein hellblaues Hemd und eine rotblau gestreifte Krawatte.

Marius hatte den Mann an der Rezeption überzeugt, Walter Kemper nicht über ihren Besuch zu informieren.

Paula hatte bemerkt, dass er sich noch beim Öffnen der Tür schnell das Jackett übergezogen hatte. Das war der Typ, der sich Ziele steckte, Planungen einhielt und Zwischenziele abhakte. »Herr Kemper?«, fragte Paula.

Er zog die Augenbrauen hoch.

Sie hielt ihm ihren Ausweis hin. »Ich bin Hauptkommissarin Zeisberg, Leiterin der neunten Mordkommission, und das ist mein Kollege, Oberkommissar Seefeld. Sie sind uns als Zeuge genannt worden, der uns sagen kann, wo und wann er Frau Arndt und Frau Frenzi zuletzt gesehen hat.«

»Ich kenne keine Frau Arndt.«

Paula schenkte ihm ein charmantes Lächeln und fragte, ob sie einen Moment hereinkommen dürften.

Kemper öffnete die Tür weiter und ließ sie eintreten. Die Tür fiel hinter ihm ins Schloss, und er schaute sie erwartungsvoll an. Es gab zwei Sessel und einen Schreibtischstuhl, aber er bot ihnen keinen Platz an. Er war so überrascht, als Paula bestimmt auf einen der beiden Sessel wies, dass er sich hinsetzte und auch nicht protestierte, als sie in dem anderen Sessel am Rauchtisch Platz nahm und Marius sich auf dem Bett niederließ, auf dem aufgeschlagene Akten lagen.

Paula war klar, dass der Erfolg ihres Besuches davon abhing, ob sie imstande war, einen Kontakt zu Kemper herzustellen. Er wirkte selbstsicher und verschlossen. Sie hielt es für zweckmäßig, ihn gleich zu Anfang in die Knie zu zwingen. Dabei vertraute sie auf ihre bewährte Taktik und schwieg.

Sie wusste, dass Kemper vier Tage lang vor Johannas freien Tagen täglich ins Lindencafé gegangen war und immer wieder versucht hatte, Johanna in Gespräche zu verwickeln. Johanna Frenzi hatte das abgeblockt, und er bemühte sich dann, von ihren Kollegen Informationen über sie zu bekommen. Obwohl er auch da abgeblitzt war, hatte er immer bis zum Schluss ausgehalten und dann draußen auf sie gewartet. Deswegen hatte sie stets zusammen mit ihren Kollegen das Lokal verlassen. Nur am Donnerstag nicht. Dieser 21. September war der letzte Tag, an dem sie gesehen worden war. An diesem Tag hatte sie ihre Kollegin Katharina gebeten, draußen nachzuschauen, ob die Luft rein war. Vorher hatte sie sich im Waschraum umgezogen: eine rote Bluse mit einer roten Holzperlenkette, einen grauen Rock, Nylonstrümpfe und die schwarzen Schuhe mit Absatz und roten Punkten. »Jetzt siehst du noch verführerischer aus«, hatte Katharina kritisch angemerkt und damit gemeint, dass man als Frau in einer solchen Situation besser in Sack und Asche ginge. Nach der Warnung hatte Johanna noch eine Weile gewartet, um Kemper auf jeden Fall zu entgehen.

Das waren erhebliche Vorsichtsmaßnahmen, und jetzt saß der Bursche vor Paula, der der Anlass dazu war: Walter Kemper mit seinen breiten Schultern, muskulösen Armen und kräftigen Händen. Johanna Frenzi musste neben dem Mann wie eine zierliche Puppe gewirkt haben. Auf den Fotos hatte sie etwas Fragiles und Schutzbedürftiges.

Paula hatte noch nichts gesagt, und auch Kemper schwieg. Marius warf ihr einen Blick zu, ob er anfangen sollte.

»Wir haben ein Problem«, sagte sie. »Es hängt mit einer Frau namens Silvia Arndt zusammen. Kennen Sie sie?« Sie rechnete damit, dass ihm der Name aus den Medien bekannt war.

Er schüttelte den Kopf.

»Kennen Sie das Lindencafé?«

Er nickte kurz. Sie musste ihn zum Sprechen bringen. »Dann kennen Sie Frau Frenzi?« Sie spürte seinen Widerstand und hängte gleich die nächste Frage an: »Wo wohnten Sie denn, bevor Sie hier ins Clipper City Hotel eingezogen sind?« Vor ihr auf dem Tisch lag ein Flugticket.

»Worum geht es eigentlich?«, fragte er verstockt.

»Das sagen wir Ihnen gern, wenn Sie mir meine Frage beantworten. Sie wohnen hier seit Montag voriger Woche, aber ich würde doch gern wissen, ob das auch Ihr Ankunftstag in Berlin war.«

Er nickte.

»Darf ich mal einen Blick auf das Ticket werfen?«

Sie wartete seine Zustimmung nicht ab, nahm den Flugschein und stellte fest, dass er Montag, den 18. September, in Tegel angekommen war. »Kennen Sie Frau Frenzi?«

»Warum?«

»Hören Sie keine Nachrichten oder lesen Zeitungen?«

Er schüttelte den Kopf. »Ich muss einen umfangreichen Projektbericht fertig machen, deswegen habe ich mich in der Firma beurlauben lassen.« Er deutete auf die aufgeschlagenen Aktenordner auf dem Bett. »Ich habe kaum eine Minute Zeit.«

»Sie könnten also nicht lange in irgendeinem Café oder Restaurant herumsitzen?«

Er sah sie feindselig an. »Eigentlich nicht.«

Paula erhob sich. Sie ging zweimal auf und ab, blieb vor ihm stehen und erklärte ihm schonungslos, dass Johanna Frenzi gekidnappt, gefoltert, vergewaltigt und ermordet worden war. Er wurde bleich.

»Erzählen Sie uns, woher Sie Johanna Frenzi kennen und was Sie von ihr wollten, als Sie jeden Tag stundenlang im Lindencafé herumsaßen. Und erzählen Sie uns auch, wohin Sie mit ihr gefahren sind, als Sie sie Donnerstagnacht draußen erwartet haben.«

»Entschuldigen Sie.« Kemper stand auf. Marius auch.

»Ich muss ins Bad«, sagte er gepresst.

Marius begleitete ihn. »Sie müssen die Tür offen lassen. Tut mir leid. Vorschrift.«

Paula hörte im Bad Wasser laufen.

Sie erhob sich schnell und überflog die Akten auf dem Bett. Es ging um Produktionsabläufe und den Einsatz einer neuen Maschine. Auf dem Schreibtisch blätterte sie schnell einen Stoß Papiere durch. Es waren technische Notizen und Formeln. Daneben lag ein Diktiergerät. Sie stellte es an, spulte zurück und hörte Kempers Stimme – ein Diktat zu einem technischen Projekt. Marius machte ihr ein Zeichen, sie legte das Gerät zurück und setzte sich.

Kemper kam aus dem Bad. Seine Haare waren nass.

»Wie viel Zeit haben Sie sich geben lassen für Ihre Projektarbeit?«

»Zwei Wochen. Morgen muss ich zurück.«

»Und warum setzen Sie sich dazu in dieses Hotel in Berlin?«

»Ich wollte Johanna nach Stuttgart zurückholen.«

»Wozu?«

»Wir waren verlobt. Wir wollten in einem halben Jahr heiraten.«

»Johanna ist aber schon vor drei Monaten nach Berlin gekommen.«

»Ja, das habe ich nie verstanden.«

»Sie meinen, Sie waren verlobt, und Sie hat Ihnen nicht gesagt, warum sie nach Berlin geht?«

»Nichts hat sie mir gesagt. Sie hat nur eine merkwürdige Andeutung gemacht.«

»Was für eine Andeutung?«

»Sie hat gesagt: Ich bin nicht der Mensch, für den du mich hältst.«

»Das war alles?«

»Ja, mehr war nicht rauszukriegen. Schließlich habe ich gefragt, warum sie mir das jetzt sagt. Sie meinte, sie habe es vorher nicht gewusst. Das klang sehr nebulös, und als sie dann weg war, hielt ich es für eine üble Ausrede. Sie konnte nicht gut lügen, aber wer will schon die Wahrheit sagen, wenn er den anderen betrügt? Immerhin hatten wir angefangen zu bauen. Sie hatte das Grundstück ausgesucht, mit Garten. Sie träumte davon, mit unseren Kindern darin zu spielen. Und außerdem wollte sie für die Kinder ein Pony, das in einem angebauten Stall stehen sollte.«

Paula versuchte, sich darüber klar zu werden, ob die Geschichte stimmen könnte oder nicht. Das, was er hier beschrieb, passte so gar nicht zu den Schilderungen, die sie im Lindencafé gehört hatte: eine schnelllebige, fröhliche Person, mit flüchtigen Amouren, Zigaretten, Alkohol, frei von jeglichen Bindungen. »Sie wollten heiraten, Sie wollten Kinder, Sie bauten schon das Haus – und dann erklärt Ihnen Johanna, sie ist nicht die, für die Sie sie halten, und zwei Tage später ist sie weg – habe ich das richtig verstanden?«

»Ja, so ist es gewesen.«

»Wann haben Sie sie zum letzten Mal gesehen?«

»Donnerstagnacht, als sie aus dem Café kam. Ich bin dann schnell zu ihr nach Hause gefahren, um sie dort vor der Tür zu erwarten. Ich hoffte, in Ruhe mit ihr reden zu können. Ich wollte ihr sagen, dass ich abreise. Aber sie ist nicht gekommen. Bis sechs Uhr habe ich im Auto gewartet.«

»Aber dann sind Sie doch nicht abgefahren.«

»Nein. Ich wollte wenigstens noch mal in Ruhe mit ihr sprechen.«

»Haben Sie sie in den nächsten Tagen im Lindencafé nicht vermisst?«

»Ich hatte dort Lokalverbot.« Er klang bitter. »Aber ich bin vorbeigegangen und habe durch die Scheibe gesehen, dass sie nicht da war. Ich dachte, sie hatte frei. Ihr Handy war ausgestellt, und zu Hause hat sie nicht geöffnet.«

»Wie war sie in den letzten Tagen in Stuttgart, nachdem sie gesagt hatte, sie ist nicht die, für die Sie sie halten?«

»Verändert. Ernst und schweigsam, und ich hatte das Gefühl, dass sie mich meidet. Der absolute Ausdruck für schlechtes Gewissen.«

Seine Enttäuschung und Verletztheit, die er mit Härte zu zügeln versuchte, klang aus jedem seiner Worte und all seinen Bewegungen. Seine starre Mimik, die auf Paula böse wirkte, ließ das spüren. Sie glaubte ihm, dass er nicht fernsah, keine Zeitungen las und sich hier vollkommen hinter seinem technischen Kram verschanzt hatte. Er klang nicht wie jemand, der sich diese Liebesgeschichte ausgedacht hatte.

»Sie meinen, dass sie einen anderen hatte?«

»Das ist die einzige Erklärung.«

Paula fiel das Tagebuch ein, das Max in der Wohnung gefunden hatte. Es war neu, und es stand nur ein einziger Satz darin. Hatte sie es für eine neue Lebensphase angefangen? Sie musste einen Grund gehabt haben, dass sie nicht weitergeschrieben hatte. Wie war der Satz noch? Irgendeine Liebesbeteuerung. ›Ich liebe ihn und kann ihm dieses Schreckliche nicht mitteilen ...‹ oder so ähnlich. »Haben Sie einen Verdacht gehabt, wer der andere sein könnte? Jemand aus Berlin?«

Kemper wehrte ab. »Nein, ausgeschlossen, in Berlin kannte sie niemanden. Ich kenne sie seit ihrer Schulzeit.

Es war auch niemand aus Stuttgart, das war ja das Verrückte, es musste irgendein Durchreisender gewesen sein, wahrscheinlich dieses blöde Klischee von der Liebe auf den ersten Blick: Sie sitzt im Café und sieht ihn, oder im Supermarkt, oder er hat sie auf der Straße angesprochen. Anders kann ich mir das nicht erklären.«

Sie warf Marius einen Blick zu. Solch eine Kränkung konnte einen Mann wie Kemper durchaus in mörderische Rage bringen.

Er schien Paula von Finsternis umgeben.

»Johanna war nicht mehr wiederzuerkennen. Ein Flittchen, eine Hure.« Voll Widerwillen stieß er die Worte hervor.

War es das Geständnis eines Mörders? »Wussten Sie, dass Johanna nicht mehr lange leben würde?«

Er blieb in Abwehr. »Meinen Sie, weil ich sie umbringen wollte?«

»Wollten Sie das?«

»Ich habe sie geliebt. Ich war enttäuscht, aber ich hätte ihr nie etwas angetan.« Sein Gesicht war versteinert.

»Donnerstagnacht haben Sie bis sechs Uhr morgens im Auto vor ihrer Haustür gewartet. Hat Sie da jemand gesehen?«

»Es gingen ein paar Leute vorbei. Und ein Betrunkener hat auf das Autodach gehauen, er wollte, dass ich rauskomme.«

Marius machte sich eine Notiz.

»Sie haben gesehen, wie Johanna aus dem Café kam. Erinnern Sie sich, was sie anhatte?«

»Sie trug eine weiße Bluse und schwarze Jeans.«

»Das hatte sie nicht an. Sie hatte sich umgezogen, bevor sie das Café verließ.«

»Das habe ich nicht mehr gesehen. Es waren schon alle gegangen, sie war mit ihrer Kollegin die Letzte. Ich wusste, dass sie gleich mit ihr zusammen rauskommen würde, und wollte den beiden nicht begegnen. Ich wollte sie allein sprechen und fuhr deshalb schon vor zu ihr nach Hause.«

»Wussten Sie, wo der Wagen von Johanna stand?«

»Er stand fast direkt davor, nicht ganz, etwa dreißig Meter entfernt.«

»Was für einen Wagen haben Sie?«

»Ich habe ein Mietauto von Budget, einen Audi. Es steht unten in der Garage.«

»Ein Personenwagen?«

»Ja, ein normaler Audi.«

»Was haben Sie nach sechs gemacht?«

»Ich bin ins Hotel, habe bis zehn geschlafen, da kam ein Anruf von meiner Firma. Den Tag über habe ich hier gearbeitet.«

»Gibt es dafür irgendwelche Zeugen?«

»Meine Firma hat mehrfach angerufen, und dreimal brachte mir der Room Service zu essen oder zu trinken.«

»Zu welchen Zeiten war das?«

»Gegen elf das Frühstück, gegen fünf habe ich Spaghetti bestellt, und abends um halb acht habe ich mir nach den Nachrichten um 19 Uhr ein Bier bringen lassen. Ach ja, an dem Tag war ja auch noch der Techniker da, weil er den Fernseher reparieren wollte.«

Marius machte sich Notizen. Als Paula schwieg, fragte er: »Herr Kemper, erinnern Sie sich, wo Sie am 18. September waren?«

»Das war der Montag, als ich um 17 Uhr in Tegel gelandet bin. Vorher war ich in Stuttgart. Dann habe ich hier im Hotel eingecheckt. Dann bin ich zu Johanna gefahren, aber sie war nicht zu Haus. Ich habe dann vor dem Lindencafé auf sie gewartet. Aber als sie rauskam, wollte sie nicht mit mir sprechen.«

»Wussten Sie, dass Johanna Frenzi Leberkrebs hatte?«, fragte Paula.

Er richtete sich so abrupt auf, dass Marius schon aufspringen wollte, aber Kemper fragte nur: »Was?«

»Sie wussten es nicht?«

»Nein. Sie hatte Leberkrebs? Woher wissen Sie das?«

»Das ist der medizinische Befund der Obduktion.«

Ein Zittern ging durch seinen Körper, er wandte sich ab und weinte.

Paula gab Marius ein Zeichen. Sie verließen das Zimmer.

Unten an der Rezeption fragte Marius, ob der Gast von Zimmer 314 Zeitungen bezogen hatte. Der Hotelangestellte schaute im Computer nach und verneinte. Kemper hatte auch die Reparatur seines defekten Fernsehers abgelehnt, weil er bei der Arbeit nicht gestört werden wollte.

Paula lud Marius noch auf einen Grappa ein, gleich in der Kneipe nebenan. Sie wollte reden, musste sich nach dem anstrengenden Gespräch im engen Hotelzimmer Luft machen.

»Wie fandest du ihn?«, fragte sie.

»Ein attraktiver Mann, der auf Frauen wirkt, die sich anlehnen wollen. Oder?«

»Attraktiv, na ja, aber der Rest könnte stimmen.«

»Er scheint sie geliebt zu haben. Oder meinst du, er konnte nur nicht verkraften, dass sie gegangen ist?«

Paula beschäftigte etwas anderes. »Findest du es heroisch, deinem Partner nichts zu sagen, wenn du dein Todesurteil erfährst?«

»Du gehst davon aus, dass sie wusste, dass sie Krebs hatte?«

»Das nehme ich an. In ihrem Tagebuch hat sie geschrieben: *Ich liebe ihn und kann ihm das Schreckliche nicht sagen* – zwei Tage, bevor sie Stuttgart verlassen hat. Ich nehme an, dass sich das auf ihre Krankheit bezog.«

Er überlegte. »Sicher ist es nicht, aber wahrscheinlich hast du recht. Wahrscheinlich ist sie nach Berlin gegangen, um zu vergessen. Sie war ja nicht einmal in ärztlicher Behandlung. Wenn sie irgendwo eine Chemo oder eine andere Therapie gemacht hätte, wäre uns das bei den Nachforschungen nicht entgangen. Und die Schilderungen der Kollegen gehen ja auch nur in Richtung Spaß und Liebesabenteuer.«

»Würdest du das auch so machen?«

Er brauchte eine Weile, bevor er antwortete. Paula wartete geduldig, es interessierte sie. Er schüttelte den Kopf, und dann zuckte er mit den Achseln. »Ich weiß es nicht. Und du?«

Sie sagte nachdenklich: »Hinwendung, nicht Abwendung.«

»Okay, ich werde dich dann pflegen. Und was ist sonst dein Fazit?«

Paula überlegte. »Auch wenn Kemper aufgrund seiner Eifersucht ein starkes Motiv hatte, scheint er ein ziemlich wasserdichtes Alibi zu haben. Außerdem müssten wir noch den Tatort finden. Sein Hotelzimmer scheidet aus. Und das erste Opfer? Kemper war zwar zu der Tatzeit bereits in Berlin, lebt aber in Stuttgart. Es ist sehr unwahrscheinlich, dass es eine Verbindung zu Silvia Arndt gab. Andererseits sind die Inszenierungen der Leichen so identisch, dass ich von *einem* Täter ausgehe. Ich halte ihn nicht für den Mörder.«

Als Paula im Auto saß, um nach Hause zu fahren, ließ sie alles noch einmal vor ihren Augen ablaufen und kam wieder zu demselben Ergebnis. Natürlich würden sie seine Angaben überprüfen. Sollten sie sich als richtig erweisen, was sie annahm, dann tat er ihr leid. Dann würde sie ihm das Tagebuch geben. Das Tagebuch mit diesem einen Satz, dass Johanna Frenzi ihn geliebt hatte und auch ausdrückte, dass sie ihn mit ihrer Flucht nach Berlin vor ihrer Krankheit und ihrem baldigen Tod bewahren wollte.

32

»Ja, bis später«, sagte Chris leichthin und legte den Hörer auf. Dann betrachtete sie ihre Hände. Sie zitterten, so aufgeregt war sie. Sie ließ sich aufs Sofa fallen.

Heiliger hatte angerufen, um sich bei ihr zu entschuldigen. Er habe plötzlich nach Hamburg gemusst und kam mit einer langen Erklärung, wieso er nicht dazu gekommen war, sie anzurufen. Sie hatte sich sehr zusammengenommen, als er sagte, dass er sie unbedingt sehen wolle. Er sei gerade zurückgekommen und möchte sie zum Essen einladen, um sein Vergehen wiedergutzumachen. Natürlich hatte sie getan, als ob sie sich sträube, aber als er sich genügend angestrengt hatte und nicht lockerließ, hatte sie nachgegeben. Um 21 Uhr im Borchardt.

Es wurde Zeit, sich fertig zu machen. Aber es wurde auch Zeit, der Wahrheit ins Gesicht zu sehen, dass sie sich mit diesem Fall überforderte. Immer wieder hatte sie das Gefühl, Teil einer Maschine zu sein, die seelenlos, böse und fremd war, aber trotz ihres Widerstandes nicht stoppte, sondern stets an Tempo zulegte.

Barfuß tappte sie ins Bad. Am Waschbecken starrte sie in den Spiegel. Sie war unzufrieden mit dem, was sie sah. Ihr fiel Paulas freundliches Gesicht ein, das selbst bei einem so schwierigen Fall ausgeglichen strahlte. Das Gesicht, das ihr hier entgegenblickte, war angespannt, und die Augen flackerten unruhig. Aufmerksame Menschen sahen sicher ihre Angst. Sie aß in letzter Zeit zu wenig und sah ausgezehrt aus. Aber das hing nicht mit dem wenigen Essen zusammen, sondern mit ihren Sorgen und ihrer Schlaflosigkeit. Sie musste herausfinden, wer hinter ihr her war.

Sie betrachtete sich weiter im Spiegel und sah, dass ihr Entschlossenheit und Zuversicht fehlten. Sie sah verkrampft aus und bleich, die Oberlippe war schmal.

Sie wandte sich ab und ging in die Küche, wo sie am Tag zuvor acht Fläschchen Prosecco in den Kühlschrank gestellt hatte. In das obere Fach, ganz hinten, alle in Reih und Glied, wie eine kleine Leibstandarte. Sie nahm ein Fläschchen, drehte knackend den Verschluss auf, setzte es an die Lippen und ließ den Sekt die Kehle hinunterlaufen. Ihr großer Bruder hatte einmal gesagt, irgendwann würde sie Alkoholikerin. Sie schenkte sich ein Glas Orangensaft ein und bemerkte, als sie das Glas zum Mund führte, dass ihre Hand immer noch zitterte. Sie starrte auf die Küchenuhr und wartete, bis der Zeiger, hart über die Sekunden ruckend, seine Umdrehung vollendet hatte. Ihr Puls wurde ruhiger. Als zweimal 60 Sekunden vertickt waren, fühlte sie sich besser. Sie war nie ein Feigling gewesen, aber diese Angst verzehrte sie.

Die Angst, dass alles gar nicht stimmte und sie wahnsinnig war.

Oder die Angst, dass es sich so verhielt, wie sie es befürchtete, und dass sie dadurch wahnsinnig werden würde.

Als sie gestern zu Bett gehen wollte, hatte sich ihr Gefühl, in Gefahr zu sein, wieder verstärkt. Sie hatte beim Ausziehen innegehalten, dann ihre Scham überwunden und in den Kleiderschrank und sogar unters Bett geschaut. *Nichts, überhaupt nichts,* hatte sie wiederholt, *beruhige dich.* Doch sie hatte auch noch Bad und Dusche inspiziert, das Licht ausgemacht und durch die Vorhänge auf die Straße gesehen. Nichts. Auch dort nichts.

Vorhin, als das Telefon klingelte, hatte sie sich erschreckt und gezögert, den Hörer abzunehmen. Sie befürchtete, dass es Paula oder der Beamte vom Großen Lagedienst wären, um ihr einen neuen Mord mitzuteilen. Schließlich griff sie nach dem Hörer. Aber es war kein neuer Mord. Es war Heiliger.

Sie sagte sich wieder, dass es keinen Grund zur Furcht gebe. Sie würde alles mit Paula absprechen, sodass nichts schiefgehen könnte. Vorher würde sie auch noch von Hubertus Bach Rat einholen. Sicher hatte der eine Idee, wie sie sich psychologisch auf den Versuch einstimmen könnte, von Heiliger Material für eine DNA-Probe zu bekommen. Sein Sperma schied aus, schlafen würde sie auf keinen Fall mit ihm – auch wenn das die leichteste Methode gewesen wäre.

Sie versuchte, Paula gleich auf dem Festnetz zu erreichen. Um diese Zeit hatte Ralf immer das Essen fertig, das war Paulas heilige Stunde, da stellte sie ihr Handy aus.

Chris hatte recht, Paula war zu Hause. Sie erklärte ihr die Situation, doch Paula bedauerte, dass sie die Aktion nicht selbst leiten könne, weil es einen Verdächtigen gab, der nur noch heute in Berlin war. Als Paula von Kemper berichtete, begann Chris wieder zu hoffen. Ein Fremder, der nichts mit ihr zu tun hatte und der nach Berlin angereist war, weil er Johanna Frenzi verfolgt hatte. Würde sich doch alles mit diesem Mann auflösen!

Sie verabredete mit Paula, dass das Borchardt ab 21 Uhr observiert und ein Taxi mit einem Polizeibeamten in Zivil vorfahren würde, sobald sie das Restaurant verließe. Ein anderer Wagen würde außerdem ihrem Taxi hinterherfahren.

Paula war noch nicht im »Wirtshaus der Republik« gewesen, wie das Borchardt genannt wurde, weil da Prominente aus Wirtschaft, Politik und Kultur aßen. Aber Chris konnte Paula beruhigen: Der Raum war geräumig und übersichtlich.

»Ich sorge dafür, dass du drinnen wie draußen unter Beobachtung bist«, sagte Paula.

Chris versprach, noch nachts anzurufen, wie der Abend verlaufen war.

Für einen Moment war ihr wohler. Hubertus Bach erreichte sie ebenfalls zu Hause. Sie entwarf ein kurzes Bild von Heiliger – sein Auftritt als Jogger, sein Verhalten bei der Vernissage, das ertrinkende Liebespaar, seine makabren Theorien über Provokation und Angriff, ihr anschließender Kinobesuch, bei dem Heiliger ihr gefolgt sein könnte, und sie erinnerte ihn daran, dass das zweite Opfer auf demselben Platz wie sie gesessen hatte. Sie erzählte ihm auch von der letzten Entdeckung, die ihm noch nicht mitgeteilt worden war: ihrem Gesicht auf dem Foto im Medaillon der Barbiepuppe.

Bach hörte sich alles ruhig an und sagte dann in seinem typisch wissenschaftlichen Ton: »Das deckt sich alles mit meinem Täterprofil.«

»Ja, ich weiß. Aber bisher reicht es nicht einmal für eine Hausdurchsuchung.«

»Sonst könntet ihr *dort* nach dem Nagellack suchen«, sagte er.

»Ja, genau. So aber brauchen wir Material für einen DNA-Vergleich mit den Haaren an der Baseballkappe aus Johanna Frenzis Wagen. Vielleicht werden diesmal sogar Spermien gefunden – sie wurde ja auch gefoltert.«

Bach fand ihre Verabredung im Borchardt mit den Sicherheitsmaßnahmen in Ordnung. »Ich kann dir nur den Tipp geben, ganz entspannt zu bleiben. Dann bist du spielerisch und flexibel genug, um jede Gelegenheit zu nutzen. Du könntest zum Beispiel Zigaretten mitnehmen und so tun, als ob du rauchst, vielleicht raucht er auch. Und Kaugummi. Vielleicht nimmt er eins.«

»Und wie krieg ich das Kaugummi wieder?«, lachte Chris.

»Versuch, locker zu sein, dann wird sich schon eine Gelegenheit ergeben.«

»Okay, vielen Dank.« Sie war so nervös, dass sie aufhören musste.

»Also toi, toi, toi. Ich wünsche dir Glück.«

»Danke, Hubertus. Das ist nett.«

Sie ging zurück ins Bad. Jetzt duschen, anziehen und schminken. Sie zog sich bewusst geschäftsmäßig an, das schwarz-blaue Kostüm, das ihre Haare noch heller strahlen ließ, und als weiblichen Akzent das schwarze Seidenhemdchen drunter mit der Spitze im Ausschnitt. Sie tupfte Chanel N° 5 auf die Handgelenke und hinter die Ohrläppchen.

Das Überwachungsteam hatte ihr schon für die Hinfahrt ein Taxi geschickt, damit sie den Undercover-Beamten kennenlernte, einen jungen Kerl mit Dreitagebart. Er erzählte ihr, dass er vorher bei einer Nahkampfeinheit der Bundeswehr gewesen sei. Das sollte sie beruhigen.

Als sie ausstieg, sah sie keinen Zivilbeamten. Vielleicht waren sie gar nicht da? Sie atmete tief ein und betrat das Restaurant.

Der Empfangschef begrüßte sie herzlich. Heiliger kam ihr quer durch das Lokal entgegen und gab ihr einen Handkuss. Natürlich hatte er einen der begehrten Tische in der Mitte des Raumes. Er bot ihr galant den Platz mit Blick auf die anderen Gäste an und setzte sich ihr gegenüber.

Sie schaute sich um, als lasse sie die Atmosphäre auf sich wirken. Zu allen anderen Gelegenheiten mochte sie dieses Lokal: den hohen Raum mit Stuck an der Decke, Ornamentfliesen auf dem Boden und vier Marmorsäulen mit korinthischen Kapitellen. Sie saß auf einer der roten Plüschbänke mit Handläufen aus Messing. Alles echt und historisch, nichts nachgemacht.

»Waren Sie schon mal hier?«, fragte Heiliger.

»Nein«, log sie.

Er hatte schon eine Flasche Dom Perignon bestellt. »Mögen Sie Austern? Die sind im September besonders gut.«

»Ich liebe Austern, besonders zu Saisonbeginn.«

Er schien sich zu freuen und bestellte doppelte Portionen.

Dann bestand er darauf, dass sie als Hauptgang das Wiener Schnitzel, für das das Borchardt berühmt war, mit dem ebenfalls berühmten lauwarmen Kartoffelsalat und dem köstlichen Gurkensalat nähme.

Sie mochte kein paniertes Fleisch, gab Heiligers Überredungskünsten aber nach, weil sie hoffte, es würde der Sache nützen.

Er kam gleich auf das zentrale Thema seines Lebens, das er selbst war. Josef Heiliger. Alles drehte sich um ihn.

»Bei meiner Ankunft in Berlin vor einigen Jahren habe ich mir nicht einmal den lauwarmen Kartoffelsalat leisten können. Jetzt kann ich täglich hier essen.« Dabei lachte er wie ein Junge, der den Kopfsprung vom Fünfmeterbrett geschafft hat. Dann erzählte er ohne Umschweife von seinem tyrannischen Vater, der versucht hatte, ihm mit sechs das Lesen reinzuprügeln. Die Mutter lag krank auf dem Sofa, und auf dem Tisch davor lag das Lesebuch der ersten Klasse: *Fröhliche Gedichte und Geschichten.* Sein Vater saß neben ihm. Das Buch war noch zugeklappt. Erst sollte er den Titel lesen. Nach dem ersten Gestammel musste er aufstehen, sich bücken, und der Vater versohlte ihm den Hintern. In dieser bedrohlichen Situation brachte er nicht einmal das erste Wort »Fröhliche« zustande, und als der Vater nach einer weiteren Tracht Prügel die Aufgabe auf den Anfangsbuchstaben reduzierte, brachte er den auch nicht mehr heraus. Dabei hätte er für ein »F« nur zu pusten brauchen. In seiner Erinnerung sah die Mutter mit dem geöffneten Mund aus wie eine Zeichnung von Wilhelm Busch, wie eine Frau, die mit Entsetzen gen Himmel fuhr.

Unter normalen Umständen wäre Chris irritiert gewesen und hätte nicht gewusst, wohin dieser Abend führen sollte. Ihr fiel der Titel einer Geschichte von Balzac ein: *Die wunderbaren Varianten des Lebens*, in der ein zum Tod durch Erhängen Verurteilter redet und redet, als würde ihm dadurch das Leben zurückgeschenkt. Chris hörte zu. Sie wusste nicht, wie aus seinem Monolog eine Unterhaltung zwischen ihnen entstehen konnte. Seine Entschiedenheit faszinierte sie trotzdem.

Inzwischen waren sie bei der zweiten Flasche Champagner, und Heiliger erzählte von seinen beruflichen Erfolgen, von der Vorbereitung einer Ausstellung in Dubai auf der Gulf Art Fair und von einer Einzelausstellung demnächst in Berlin, *dem* Kunstevent des Jahres. Mit anschließender Party im Felix. Zwischendurch machte er ihr Komplimente, die immer anzüglicher wurden.

Der Champagner hatte ihren Zustand verändert, und sie hörte seine Stimme wie ein gedämpftes Bariton-Saxofon. Sie hatte ihre Zigaretten aus der Tasche genommen, sich von dem Kellner Feuer geben lassen und ihm auch eine angeboten. Er lehnte ab. Später bot sie ihm ein Kaugummi an, aber das ging auch daneben. Aber dann kam die Gelegenheit: Er ging zur Toilette. Sie wartete einen günstigen Moment ab, goss den Rest seines Glases in ihres und ließ es in ihrer Handtasche verschwinden. Sie sah sich um. Der Kellner hatte es gesehen, sagte aber nichts, sondern stellte einfach ein frisches Glas auf den Tisch. Als Heiliger zurückkam, tranken sie den Rest, und er schlug vor, noch auf einen Espresso zu ihm zu fahren. Er wollte ihr das Video zeigen, das die Arbeit an seiner letzten Installation zeigte. Sie könne es auf mehreren Monitoren gleichzeitig sehen.

Als sie das Lokal verließen, hielt er Ausschau nach einem Taxi. Er hatte nicht gezahlt; entweder brauchte er nicht zu zahlen, oder die Rechnungen kamen gesammelt am Monatsende, und sein Sekretär erledigte die Zahlungen.

Was für ein unbeschwertes Leben, dachte sie, korrigierte sich aber gleich. Unbeschwert lebte gerade er nicht.

Als die Taxe vorfuhr, erkannte sie den jungen Mann aus der Nahkampftruppe wieder, ließ sich von Heiliger die Tür aufhalten und stieg ein. Er ging um das Auto herum, nahm auf der anderen Seite Platz und nannte dem Fahrer seine Adresse.

Chris wusste, dass der Undercover-Mann Anweisung hatte, sie nicht allein mit Heiliger aussteigen zu lassen, aber dennoch war sie nervös und fummelte an ihrer Handtasche herum.

Plötzlich ergriff er ihre Handtasche und öffnete sie. Er nahm das Glas heraus, fuhr die Scheibe herunter und warf es hinaus. »Wenn du den Abdruck meiner Lippen möchtest – dann nur auf deinen.« Damit gab er ihr die Tasche zurück.

Sie war schockiert und fühlte sich gedemütigt. Wieso gedemütigt? Wie konnte ein Killer sie demütigen?

Sie lehnte sich zurück und sah aus dem Fenster. »Dieser Umgang ist mir zu grob. Ich möchte nach Hause.«

»Wie die Dame wünscht.«

Er hatte dies zum Fahrer gesagt, dessen Blick sie im Rückspiegel auffing. Sie las Verständnis und Mitgefühl darin.

33

Beim Aufwachen spürte sie, wie Ralf sie streichelte. Statt zu reagieren, blieb sie reglos liegen und überlegte, was gestern passiert war. Kemper würde heute abreisen, sie mussten aber noch seine Alibis überprüfen und brauchten eine unterschriebene Aussage. Marius hatte zugestimmt, gleich in der Früh zusammen mit Max ins City Clipper Hotel zu fahren, um Kemper in die Keithstraße zu bestellen oder ihn am besten gleich mitzunehmen – vor seinem Abflug nach Stuttgart.

Dann fiel Paula ein, dass Chris ihr den Ausgang der Aktion im Borchardt noch nachts mitteilen wollte. Sie sprang aus dem Bett, so in Gedanken, dass sie fast über Kasimir gestolpert wäre, der sich maunzend in Sicherheit brachte. Sie ging in die Hocke und zwitscherte wie ein Vögelchen, aber er war eingeschnappt. Sie stellte ihm das Futter hin und hörte Chris' Nachricht auf dem Anrufbeantworter, während sie den Tee einfüllte.

Paula war schon vor dem Ende der Geschichte klar, dass einer der Kellner Heiliger die Geschichte mit dem Glas gesteckt hatte, als er von der Toilette zurückkam. Sie musste sogar lachen, als Chris beschrieb, wie er im Taxi das Glas aus dem Fenster geworfen hatte. Diese Aktion passte zwar zur provokativen Haltung des Täters, wie Bach sie beschrieben hatte, bewies aber nichts. Chris nahm das natürlich als weiteren Hinweis, weil sie meinte, ein Unschuldiger würde auf so etwas gar nicht kommen. Sie war entschlossen, es wieder zu versuchen. Sie war sich sicher, dass es eine weitere Gelegenheit geben würde.

Paula duschte und trank den Tee, während sie sich anzog. Dann fuhr sie ins Büro, ohne noch einmal zu Ralf ins Schlafzimmer zu schauen. Sie war nicht in der Laune für nette Worte, und verstellen mochte sie sich nicht.

Im Büro machte sie sich gleich daran, die Videos zu sichten. Kemper musste drauf sein, und vorsichtshalber wollte sie sich ihn in der Situation mit Johanna Frenzi mal ansehen, bevor sie ihn laufen ließ.

Ulla legte ihr ein Brötchen mit Mozzarella und Tomate hin, aber Paula rührte es nicht an, sondern blieb konzentriert vor dem Bildschirm. Ihr Kopf füllte sich mit Bildern von Menschen, die schwatzten, Kaffee tranken, vor einem Glas Bier oder Wein saßen, eine Suppe löffelten, in einem Salat pickten, die lachten und andere begrüßten, die kamen und gingen, und jeden Morgen von Neuem Kaffee tranken, bis sich das Lokal spät in der Nacht leerte.

Das Telefon klingelte und störte sie in ihren Gedanken, aber sie hatte Ulla gesagt, wichtige Anrufe nehme sie an.

»Hallo, Paula.« Die Stimme elektrisierte sie.

»Jonas!« Mit ihm hatte sie nicht gerechnet.

»Ich bin in Frankfurt. Das Treffen in Islamabad ist verschoben worden. Die Situation erscheint im Moment unübersichtlich. Ich bin aber auf Abruf. Wenn ich das vorher gewusst hätte, wäre ich noch in Berlin geblieben. Bei dir.«

»Nett, dass du das sagst, aber ich hätte sowieso keine Zeit gehabt. Es war schön, aber wir sollten die Vergangenheit ruhen lassen.«

»Wir haben uns vorgestern gesehen, das ist für mich Gegenwart.«

»Machen wir uns nichts vor, Jonas, ich habe einen Mann. Und einen Beruf, der mich voll ausfüllt und viel Zeit braucht.«

»Gut, für mich ist es auch alles sehr schwierig, aber ich würde dich trotzdem gern noch einmal sehen. Vielleicht ist es gegen jede Vernunft, aber es wäre mir wichtig.«

»Es war wirklich sehr schön, dass wir uns getroffen haben – ich habe es mir immer gewünscht. Aber damit habe ich meine Kindheitserinnerungen abgeschlossen. Leb wohl, Jonas. Ich wünsche dir alles Gute.«

»Auf Wiedersehen, Paula.«

»Auf Wiedersehen, Jonas.«

Auf Wiedersehen? Hatte er die Worte bewusst gewählt oder nur gedankenlos als eine Formel benutzt? Sie schaltete sofort das Video wieder an; sie wollte sich ablenken und nicht nachdenken. Es war richtig, sich von Jonas zu verabschieden, denn sie hatte so viel zu tun und wollte sich nicht noch zusätzlich in einen Konflikt mit Ralf bringen.

Die Kellner und Kellnerinnen gingen mit ihren langen weißen Schürzen herum, schleppten Getränke und Speisen an die Tische, trugen abgegessenes Geschirr und leere Gläser weg und begrüßten neue Gäste. Dazwischen spazierte Georg Valentin herum, blieb an Tischen stehen, plauderte, lachte, setzte sich bei einigen dazu, machte Fotos, notierte etwas und verteilte die Notizen, als verschenkte er Gedichte. Wenn er auftrat, ließ Paula die Bilder langsamer laufen und versuchte zu erraten, was gesagt wurde. Das meiste sah sie aber im Schnelldurchlauf.

Sie überlegte, auf welchem Trip der Besitzer des Lindencafés wohl war. Oder hatte er diese sprühende Energie, weil er sich in seinem Aquarium einfach wohlfühlte?

Wenn Johanna Frenzi auftauchte, schaltete sie auf normal oder langsam. Sie bewegte sich temperamentvoll durch die Tische, eine schlanke Frau mit blondem gelocktem Haar und einem rot geschminkten Mund, der oft lachte. Die Gäste sahen sie gern, nicht nur die Männer.

Es klopfte an der Tür. Marius kam herein, Paula drückte auf Stopp und stöhnte, wie viel sie noch vor sich habe.

Er sagte, Kemper sei mitgekommen, und sie entschied, dass *er* das Gespräch mit ihm führen sollte. »Lass Ulla mittippen, dann kann er gleich alles unterschreiben, bevor er abreist. Zieh es möglichst in die Länge, und komm noch mal vorbei, bevor er geht. Ich suche ihn gerade auf den Bändern.«

»Yes, Ma'am«, sagte Marius und nahm eine Scheibe Tomate mit Mozzarella.

»Habt ihr alle Angaben von Kemper überprüft?«, fragte sie.

»Haben wir«, antwortete er kauend. »Habe Tommi und Max gestern Abend losgehetzt, und die haben sogar den Besoffenen aufgetrieben, der Kemper vor Frenzis Wohnung aufs Autodach gehauen hat. Stimmt alles.«

»Gut. Sehr gut.«

»Danke«, sagte er grinsend, nahm zur Belohnung noch mal Tomate mit Mozzarella und verschwand.

Auf den Bändern waren bereits Tage vergangen, und

sie war Walter Kemper immer noch nicht begegnet. Sie ging zu Tommi hinüber, der vor dem anderen Videogerät hockte, solange Marius mit Kemper beschäftigt war. Sie nahm einen Schluck Kaffee und fragte Tommi, ob er etwas entdeckt habe. Er schüttelte den Kopf und ließ ein paar böse, aber witzig gemeinte Kommentare über Leute ab, die er erkannt hatte.

Sie ging in ihr Büro zurück.

Nach ein paar Minuten durchzuckte es sie. Sie ließ das Band ein Stück zurücklaufen, drückte *Play* und sah gebannt auf den Schirm: Die Tür des Lokals ging auf, und ein Typ mit einer Baseballkappe trat ein. Sie stoppte in dem Moment, als die Kamera die beste Position für sie hatte. Leider konnte sie nicht heranzoomen, aber die Kappe war deutlich zu sehen: Sie war schwarz mit einem weißen N und Y darauf. Die gleiche Kappe wie die im Auto des Opfers!

Der Mann war Anfang dreißig, mittelgroß, drahtig, hatte ein fein geschnittenes Gesicht und eine randlose Brille. Er war mit noch jemand gekommen, gleichaltrig, kräftiger, kompakt, ein lebhafter Bursche mit schwarzen Haaren und dunklen Augen. Der eine trug Jeans, ein weißes T-Shirt, ein blaues Jackett und eben die Kappe, der andere einen Anzug. Den Ersten nannte sie *Kappe* und den anderen *Anzug*. Beide suchten nach einem Tisch. Sie wollten sich zu einer jungen Dame dazusetzen, wurden aber abgewiesen und standen säuerlich herum. Dann nahmen sie am Fenster gegenüber der Espressotheke Platz.

Als Johanna erschien und mit dem Block in der Hand nach ihren Wünschen fragte, flirteten und debattierten sie, während die schlanke, hübsche Frau kühl, aber freundlich wartete. Als sie gegangen war, schienen sie über sie zu reden. Sie lachten und schauten immer wieder zu ihr hinüber, in der Hoffnung, ihre Aufmerksamkeit zu gewinnen. Das klappte nicht, also bestellten sie mehrmals Getränke. Jedes Mal wurde diskutiert, jedes Mal stand sie mit erhobenem Block bereit, ihre Wünsche anzuhören. Sie war aber offenbar nur bereit, die Wünsche zu erfüllen, die zu ihrem Job gehörten. Die Situation war eindeutig. Paula lauerte darauf, wie es weitergehen würde. Doch nichts geschah. Die beiden Männer mussten unverrichteter Dinge abziehen.

Paula ließ Marius und Tommi holen, um ihnen die Passage zu zeigen. Sie sollten darauf achten, ob an einem der Folgetage *Kappe* oder *Anzug* wieder auftauchen würden. Marius meinte, es dürfte nicht schwierig sein, die beiden ausfindig zu machen. Er wollte wissen, ob sie Kemper schon entdeckt hatte. Sie schüttelte den Kopf, aber Tommi war fündig geworden und hatte etliche Szenen markiert. Paula schlug vor, sie sich zusammen in Tommis Büro anzusehen. Marius stimmte zu, denn Kemper zeigte sich kooperativ und war bereit, einen späteren Flug nach Stuttgart zu nehmen.

Während Tommi zurückspulte, fragte Paula Marius, ob es bei den Aussagen Kempers Auffälligkeiten gegeben habe.

»Es war der richtige Schachzug von dir, ihm klarzumachen, dass Johanna ihn nicht mit ihrem bevorstehenden Tod belasten wollte und das ganze Theater hier in Berlin nur aus Verzweiflung aufgeführt hat. Er ist jetzt gefasst und tut alles, um uns bei der Aufklärung zu helfen.«

Sie sah, wie Kemper immer wieder in dem Café erschien. Es war sehr deutlich, wie fremd er sich in dem Ambiente fühlte. Das gab ihm noch weniger eine Chance, sein Anliegen vorzutragen. Paula begriff, wie schmerzhaft die Abfuhr für ihn sein musste, die er von der lachenden Frau erhielt, die sich scheinbar in neuem Lebensglück bewegte. Trotz ihrer Krankheit wirkte sie so erotisch – als gäbe ihr der nahe Tod eine zusätzliche Ausstrahlung.

»Der sitzt da wie eine geprügelte Dogge.« Tommi zeigte die Auftritte dicht hintereinander. »Der Arme muss gelitten haben wie ein Hund.«

»Dabei wollte Johanna ihr Leiden nur verstecken«, sagte Marius. »Welche Anstrengung für beide. Welch ein Missverständnis.«

»Und sie wäre nicht ermordet worden, wenn sie in Stuttgart geblieben wäre«, sagte Paula. »Sie wäre würdiger gestorben.« Aufgewühlt ging sie in ihr Büro zurück.

Ulla kam. »Professor Bach ist da und bittet um ein Gespräch unter vier Augen.«

Hubertus Bach kam freundlich lächelnd herein, roch wie der frische Morgen und ein wenig nach einem Eau de Cologne, das Paula nicht kannte. Seine Haare fielen ihm lässig über die rechte Schläfe. Er trug einen seiner pfeffergrauen Anzüge, ein weinrotes Oberhemd mit grauer Krawatte, einen Ton dunkler als der Anzug. Er geht nicht gern einkaufen, dachte sie, vielleicht kauft er die Sachen immer gleich dreimal. Er warf einen kurzen Blick auf den Bildschirm, auf dem eine Szene aus dem Café eingefroren war, und blieb vor ihrem Schreibtisch stehen.

»Frau Gregor hat mich über Ihren Verfolgungsverdacht informiert. Ist das den anderen Teammitgliedern bekannt?«

»Dem Team ist bekannt, dass Frau Gregors Gesicht in das Foto im Medaillon montiert ist. Von ihrem Verdacht und ihren Vorahnungen, die sie schon beim ersten Leichenfund hatte, habe ich nichts gesagt.«

»Ich denke, das ist richtig«, antwortete er und musterte sie mit so klarer Konzentration, als wäre er schon um den Grunewaldsee gejoggt. Aber er war bestimmt nicht der Typ, der joggte. Er würde Sprints machen. Natürlich hätte er dazu die entsprechende Theorie: Muskeln müssten kurz und grenzwertig angespannt werden, oder so ähnlich.

»Ich habe noch einen zweiten Punkt, den ich gern vor der Besprechung mit Ihnen abklären möchte.«

In dem Moment schaute Marius zur Tür herein. Er war mit der Vernehmung Kempers fertig und fragte, ob sie noch etwas hätte, sonst würde er das Vernehmungsprotokoll jetzt unterzeichnen lassen und Kemper verabschieden.

Paula entschuldigte sich bei Bach, nahm Johanna Frenzis Tagebuch vom Schreibtisch und folgte Marius.

Kemper saß so da, wie er im Hotel vor ihr gesessen hatte – ernst, mit akkurat gebundener Krawatte und scharfen Bügelfalten. Er stand unbeholfen auf und schien erstaunt, dass sie so freundlich auf ihn zukam. »Wenn Sie das Protokoll jetzt unterschreiben, habe ich noch etwas für Sie.«

Er zog seinen Füllfederhalter aus der Tasche, um das Papier, das ihm Marius hinschob, zu unterzeichnen. Dann schraubte er den Füller wieder zu und sah sie erwartungsvoll an.

»Es ist nicht ganz korrekt von mir, aber ich denke, es wird Ihnen helfen.« Sie schlug das Tagebuch auf und zeigte auf das Datum. »Ich habe mir die Mühe gemacht, es mit Ihren Angaben zu vergleichen. Ich denke, Johanna schrieb diesen Satz an dem Tag, bevor sie das Untersuchungsergebnis von dem Arzt in Stuttgart bekam. Dieses Tagebuch sollte das schöne Leben begleiten, das sie mit Ihnen erwartete, bevor die Diagnose dann alles zunichte machte.«

Sie hielt Kempers Hand einen Moment. »Hinten im Heft ist ein Aufkleber des Geschäftes, wo Johanna es gekauft hat. Vielleicht erinnert man sich dort, wann sie das Tagebuch gekauft hat. Den Tag der Krebsdiagnose können Sie sicher in der Klinik erfahren. Vielleicht stimmt meine Theorie. Es wäre nett, wenn Sie mich dann noch einmal anrufen.«

Kemper versprach, sich zu melden, und nahm das Tagebuch, als ob er sich daran festhalten wollte.

Als sie in ihr Büro zurückkam, sagte Bach, er habe aufmerksam alle Obduktionsergebnisse von Johanna Frenzi gelesen. Er tendiere zu der Ansicht, dass es zwei symbiotische Täterpersönlichkeiten gebe, und wolle das jetzt in der Sitzung ausführen.

Paula verstand nicht, warum er das vorher mit ihr persönlich abklären wollte. »Sie werden vielleicht eine Gegnerin meiner These sein, aber ich möchte Sie bitten, nicht darüber zu streiten, sondern meine Annahme trotzdem einfach mal so stehen zu lassen. Ich bin Wissenschaftler, und dieses ständige Überzeugenmüssen macht mehr Mühe, als ich mir anmerken lasse.«

»Ich bin einverstanden.«

Er freut sich darüber wie über das Lob einer Lehrerin, dachte sie belustigt, als er die Bürotür hinter sich schloss. Sie ließ sich auf den Stuhl fallen und starrte das stehende Bild auf dem Schirm an. Eigentlich müsste sie die Videos weiter nach dem Typen mit der Baseballkappe durchsehen, aber die Besprechung war dringend, damit alle den gleichen Informationsstand hatten. Außerdem interessierte sie die neue Richtung, die Bach angedeutet hatte. Viel mehr nervte sie die Pressekonferenz, die sie anschließend hinter sich bringen musste.

Sie drückte auf *Play,* und die Szene im Café lief weiter. Georg Valentin begrüßte gerade einen Mann, den Paula tatsächlich als *Anzug* erkannte, aber da klopfte es an der Tür, und sie musste wieder unterbrechen.

Max holte sie zur Besprechung, die anderen warteten bereits. Chris und Bach standen zusammen und unterhielten sich. Paula fragte, was bei der Kleiderermittlung herausgekommen sei.

Waldi berichtete, dass das blaue Kleid von der Modekette C&P in Berlin insgesamt zweiundzwanzigmal verkauft worden war. Die meisten Käufe wurden bar bezahlt, ihnen konnte man nicht nachgehen. Die Käuferinnen, die mit Kredit- oder Bankkarten gezahlt hatten, waren überprüft worden. Jede konnte das gekaufte Kleid vorweisen.

»Die werden kaum noch Spaß daran haben«, murmelte Max und steckte sich ein Gummibärchen in den Mund.

»Oder gerade«, meinte Tommi. »Wo doch das blaue Kleid in allen Medien ist. Es ist berühmt.«

Ulla lachte, und alle fingen an, ihre Meinung darüber zu äußern. Paula ließ es zu. Bei einem so belastenden Fall waren Momente der Entspannung für das Team wichtig.

Bach bat um die Fotos von der zweiten Leiche.

Justus breitete sie einzeln auf dem Tisch aus. Wie ein Simultanschachspieler ging Bach den Tisch entlang, rückte das eine Foto zurecht oder nahm ein anderes auf, um es näher zu betrachten, blieb bei einem dritten länger stehen und erledigte dann drei oder vier schnell hintereinander, indem er sie mit dem Mittelfinger nur kurz antippte. »Gute Arbeit«, sagte er anerkennend.

Tommi erklärte, der Fotograf sei auch einer der besten, und grinste dabei so breit, dass ein Außenstehender wie Bach meinen musste, er mache einen Witz. Paula wusste aber, dass Tommi eine Zeit lang immer eine Kamera dabeigehabt hatte, überall alles fotografierte, aber schließlich aufgab, weil Scholli einfach zu gut war.

Bach nickte Tommi lächelnd zu.

Männer, dachte Paula. Sie verarschen sich gegenseitig, grinsen sich aber an, als erkenne jeder den anderen als Prachtexemplar an. »Meine Herren, wie wär's, wenn wir uns auf die neuen Erkenntnisse durch die letzten Obduktionsergebnisse konzentrieren würden? Ich hoffe, ihr habt den Bericht genau gelesen.«

Alle nickten, aber Paula hatte so ihre Erfahrungen mit dem Lesefleiß. Sie wusste, dass Waldi wenig Zeit zum Lesen hatte, weil er familiär sehr beschäftigt war – er liebte seine Frau, das Kind und die gute Küche –, und dass Tommi kaum dazu kam. Daher bat sie Chris, das Wesentliche zu referieren. Sie war bei der Obduktion dabeigewesen, und Paula wusste, dass sie einen präzisen Bericht liefern würde.

Genau so war es.

Paula brauchte im Anschluss nur die Handlungen des Täters zu akzentuieren, auf die es hier ankam: »Im Gegensatz zum ersten Opfer hatte Johanna Frenzi Verletzungen und kleine Blutgerinnsel in der Nasenschleimhaut. Der Täter muss sie geschlagen haben.« Und mit einem Blick zu Bach: »Entweder war der Täter diesmal brutaler, oder Johanna Frenzi hat sich im Gegensatz zu Silvia Arndt gewehrt. Außerdem lassen die beschriebenen Strommarken im Bereich beider Brüste und der Scham keinen Zweifel daran, dass der Täter sie mit zwei Stahlringen und einem Stahldreieck gefoltert hat, die er vorher zum Glühen brachte. Zusätzlich wurden bei ihr Spermien gefunden, das heißt, er hat sie auch vergewaltigt. Sonst aber hat er seine erste

Tat genau kopiert. Ein Stich ins Herz mit gleicher Nadel, das gleiche blaue Kleid, gleiche Vorbereitungen beim Erstarrungsprozess, auch das Aussetzen der Leiche in ähnlichen Umständen. Der Effekt auf die Öffentlichkeit, der beabsichtigte Schock nämlich, war sicher noch größer. Auffällig ist, dass der erste Teil des Verbrechens an Silvia Arndt – die Phase ihrer Hinrichtung – keine dieser grausamen Merkmale aufweist. Damit stellt sich die Frage, ob wir es mit demselben Täter zu tun haben oder ob hier vielleicht eine Nachahmungstat vorliegt. In der Art der Hinrichtung des zweiten Opfers zeigt sich eine Handschrift, die nichts mit dem krankhaften Ehrgeiz oder der forcierten Ruhmsucht eines Künstlers zu tun hat, wie Professor Bach es im Profil für den ersten Mord entwarf.« Sie sah Bach an und erteilte ihm mit einer Handbewegung das Wort.

Bevor er etwas sagen konnte, ging Ulla dazwischen. »Die Frenzi hat sich offenbar gewehrt und deswegen Schläge auf die Nase bekommen. Hat es denn Sinn, sich als Frau in einer solchen Situation zu wehren?« Ulla hatte vor Aufregung rote Flecken im Gesicht. Paula hatte eine so emotionale Reaktion von ihr noch nicht erlebt.

Bach fing das elegant auf. »Das kommt ganz auf den Tätertyp an. Die Nützlichkeit einer Gegenwehr oder einer klaren Unterwerfung ergibt sich aus der Kommunikation, sprich Interaktion zwischen Täter und Opfer.«

Damit war Ulla nicht schlauer, und sie blickte so drein, als würde sie von nun an abends am besten gar nicht mehr auf die Straße gehen.

Paula schaute zur Uhr und forderte Bach auf, etwas zum Hauptproblem zu sagen.

Ulla entschuldigte sich, sie habe nicht unterbrechen wollen.

»Ich muss als Voraussetzung für meine Darlegung drei Punkte klären.

Erstens: Stellen Sie sich bitte zwei Tätertypen vor – Täter A, der alles ausführt, was bis zur Fesselung der Opfer reicht, und Täter B, der die Opfer fesselt und in Position bringt, sie schminkt und kämmt, ersticht und erstarren lässt und dann dort hinfährt, wo er sie inszenieren will.

Zweitens: Die beiden Morde stehen in engem Zusammenhang – kein Nachahmungstäter könnte das Verbrechen so exakt kopieren. Den Obduzenten nehme ich mal aus.« Die Runde schmunzelte.

»Drittens: Trotz dieser Kongruenz gibt es einen qualitativen Bruch zwischen dem Vorgehen bei Arndt und bei Frenzi. In Silvia Arndts Fall gibt es für den ersten Teil der Begehung keine relevanten Hinweise auf eine Handschrift des Täters. Man kann also – um in unserem Bild zu bleiben – sagen, dass Täter A im Fall Silvia Arndt gar nicht aufgetreten ist. Es gab also nur Täter B, den kalkulierenden Menschen, der mit krankhaftem Ehrgeiz das Äußerste riskiert, um öffentliche Aufmerksamkeit zu erregen.«

»Aber er will ja eigentlich Anerkennung«, meldete sich Tommi.

»In dem Sinne, dass heutzutage Anerkennung gleichgesetzt wird mit extremer öffentlicher Aufmerksamkeit. Die Medien fokussieren nicht auf Qualität und Inhalt, sondern auf Verkaufszahlen.« Paula war sich nicht sicher, ob Tommi das verstanden hatte, aber er schwieg, und Bach fuhr fort: »Zurück zu unserem Täter B. Das Entscheidende ist bei dieser Kennzeichnung, dass ein Tätertyp wie B seine Taten variieren kann, er ist in der Lage, sie jedes Mal anders zu gestalten. Die Gestaltung ist für ihn nur Voraussetzung für den eigentlichen Zweck. In diesem Fall Ruhm. Er will Öffentlichkeit. Nur dafür tötet er. Täter A hingegen will sich an den Frauen vergnügen, brutal, rücksichtslos und grausam. A ist vom Typ her ein alter Bekannter, für die Tatausführung trägt er eine – wie wir sagen – *Handschrift.* B ist ein Novum.«

»Wenn wir in A den typisch zwanghaften Serienkiller vor uns haben, muss es für ihn einen Auslöser geben«, sagte Justus. »Zum Beispiel die blonden Haare, das Alter oder irgendetwas. Er kann sich die Frauen nicht von B aussuchen lassen.«

Bach stimmte zu. »Davon gehe ich auch aus, ja. Er wird im Fall Silvia Arndt auch dabei gewesen sein, wird sie sich ausgesucht haben. Dieser Auslöser ist ganz wichtig, da haben Sie recht. Aber es ist oft unmöglich herauszufinden, was es tatsächlich ist, das so ein zwanghaftes Verhalten ablaufen lässt.«

»Silvia Arndt war ein schüchterner Typ; vielleicht hat es etwas damit zu tun«, sagte Ulla.

Bach goss sich Kaffee aus der Kanne ein, die Ulla ihm hinschob. Er schüttelte den Kopf. »Johanna Frenzi war ja ein anderer Typ. Es muss etwas anderes gewesen sein, das beiden Frauen gemeinsam war. Grundsätzlich kann jeder Opfer eines Serienkillers werden – es kommt darauf an, was der Killer sucht. Es ist wie bei der Liebe auf den ersten Blick. Niemand weiß, was es ist und wie es funktioniert, aber es passiert. Und genauso unvorhersehbar wird ein Serienkiller von dem Blitz getroffen.« Er lächelte. »In dem Fall müsste man sagen: Todeslust auf den ersten Blick.«

»Aber man setzt doch im Strafvollzug Therapeuten ein«, sagte Justus. »Also geht man doch davon aus, dass Serienkiller therapierbar sind, dass es für sie Handlungs- und Entscheidungsspielraum gibt.«

Dieses Thema schien Bach aufzuregen. Paula hatte den Eindruck, dass sich seine Gesichtshaut rötete. Er stand abrupt auf. Mehrmals strich er sich das Haar aus der Stirn und rieb die Hände aneinander. Dann erklärte er: »Während ich die *Handschrift* ebenso als zwanghaftes Verhalten definiere wie das FBI, weiche ich in einem anderen, entscheidenden Punkt vollkommen von den Amerikanern ab: in der Erklärung, *wodurch* dieses zwanghafte Verhalten verursacht wird. Die Überzeugung des FBI beruht auf der Annahme, die Sozialisation habe den größten Einfluss auf den Täter – also sein brutaler Vater oder seine böse Mutter. Für mich hingegen liegt die Ursache in den Genen, in einer genetischen Anomalie. Ich sage, ein Serienmörder wird schon als Serienmörder geboren. Er ist es schon vor seiner Geburt.«

Das Team schwieg. Die These war schockierend.

»Dann wäre ja wohl ein Todesschuss die beste Form der Verhaftung eines Serienkillers«, sagte Max.

»Kann man diesen genetischen Defekt feststellen?«, fragte Tommi.

»Kann man nicht. Noch nicht«, sagte Bach. »Es ist erst einmal nur eine Schlussfolgerung aus dem vielen Material, das ich kenne.«

»Es war immer auch meine Ansicht«, sagte Tommi, »dass viel mehr genetisch festliegt, als man denkt. Aber das ist verhängnisvoll. Wir erleben doch täglich, dass irgendein Gutachter – sorry, nichts gegen Sie – oder Richter die Freilassung besorgt, und damit ist das nächste Opfer dran. Dieser Tätertyp A schändet und foltert, wir müssen einen DNA-Vergleichstest an zig Personen durchführen, extrem teuer, der Steuerzahler zahlt die Rechnung, aber die einzige Chance, ein Leiden auf beiden Seiten abzukürzen, liegt in der

Verhaftung. Und offen gestanden – da gebe ich Max recht – würde ich nicht lange zögern, so einem Kerl in den Kopf zu schießen.«

Bach musterte ihn eine Sekunde. »Schießen Sie gut?«

Max und Waldi nickten und klatschten leise Beifall in Tommis Richtung. Paula wusste auch, dass Tommi ein exzellenter Schütze war, aber es hatte noch nie eine Situation vor Ort gegeben, in der er das beweisen musste. Er spricht über etwas, das er nicht kennt, dachte sie.

»Wird er die Nächste auch wieder mit einer Nadel umbringen?«, fragte Tommi. Paula ärgerte sich, dass er nicht beim Thema blieb. Aber seine Frage schien erst einmal den Druck rauszunehmen, der sich im Team aufgebaut hatte.

Bach antwortete direkt: »Der Stoß mit der Nadel ins Herz fügt sich so perfekt in das ästhetische Konzept, das der Ermordung folgt, dass ich ihn zum *modus operandi* rechne, also Täter B zuordne. B benutzt die Nadel mit der schmückenden roten Glasperle, weil es ästhetisch und zugleich hinterhältig ist. Es ist die Subversität, nach der die Kunst immer strebt. Es ist nicht die zwanghafte Mordweise eines Kranken.«

»Was für ein Typ ist so einer?«, fragte Ulla.

»Seine Persönlichkeit ist ausgereift und strukturiert. Er beherrscht Planung und Organisation in einer hoch qualifizierten Weise. Er ist intelligent und bereitet seine Arbeiten sorgfältig vor. Sein Beruf hat einen hohen theoretischen Anteil. Er könnte Architekt sein, Ingenieur, Lehrer, jemand, der konkrete Projekte durchführt, ein Marketingstratege, ein Arzt. Posch vermutet, dass der Täter ein Arzt ist.«

»Auch wenn er kein Arzt ist«, meldete sich Waldi, der den Obduktionsbericht vor sich liegen hatte, »müsste er auf jeden Fall medizinische Kenntnisse haben. Diese Sache mit der Leichenstarre so genau hinzukriegen klappt nicht ohne Erfahrungen auf medizinischem Gebiet.«

»Zweifellos«, sagte Bach.

»Aber ist es nicht oft so«, fragte Tommi, »dass Serienkiller in ihrer Kindheit schwere Gewalt erlitten haben und wir darauf bei möglichen Verdächtigen auch ein Auge haben sollten?«

Bach lachte. »Ich würde nicht sagen, dass jemand aufgrund einer überfürsorglichen Mutter oder eines gewalttätigen Vaters im Alter von zwanzig bis dreißig zum Serienmörder wird. Aber ein extrem hoher Prozentsatz der Serienkiller hat tatsächlich in der Kindheit Gewalt erlitten, viele von ihnen waren Bettnässer und Tierquäler, meistens hatten sie eine überfürsorgliche Mutter und einen gewalttätigen Vater. Nur ist das nicht die *Ursache*, dass sie zu Mord-Wiederholern werden.«

»Wie würden Sie das typische Profil unseres Killertyps A beschreiben?«

»Er passt nicht in die üblichen Entwicklungstheorien eines Freud oder Kohut. Aber er ist auch kein Psychopath, wie es die Massenmörder sind. Er ist sicher ein Mann, etwa zwischen fünfundzwanzig und fünfunddreißig, kinderlos. Wahrscheinlich lebt er allein oder mit einer dominanten Frau. Seine Intelligenz liegt über dem Durchschnitt. Auch wenn er vieles glänzend macht und imstande ist, verschiedene Rollen zu spielen, ist er wegen seines genetischen Defektes kein vollständiger Mensch. Er ist mordsüchtig, ohne es kontrollieren zu können.« Er lächelte. »Er *muss* als Kind aber nicht sexuell missbraucht oder körperlich misshandelt worden sein.«

Sie fühlten sich erschöpft, nachdem Bach gegangen war.

Über ihnen hing die irritierende Frage, ob es sich bei Typ A und B um ein und denselben Menschen handelte oder ob sie es mit zwei verschiedenen Tätern zu tun hatten.

34

Als Paula zu Westphal ins Büro kam, winkte er gleich ab. »Das klappt nicht, Paula. Die Konferenz ist anberaumt; der Polizeipräsident wird da sein und auch der Innensenator, da ist nichts zu machen. Zieh dir ein anständiges Kleid an, und los. Du hast noch zwei Stunden.«

Ihr fiel ihr auf, dass er einen Anzug trug. Heute also gediegen. Deswegen seine Kritik an ihrer Jeans. Sie würde eine dunkelblaue Jacke über ihre hellblaue Bluse ziehen, damit wäre sie klassisch in Form, und während der Konferenz würde sie sowieso sitzen. Kein Kleidchen für den Innensenator. Sie hatte auch gar keine Zeit, noch nach Hause zu fahren. Außerdem war sie dann ganz in Blau gekleidet, passend zu dem Fall. Vielleicht könnte ihr Ulla noch ein Seidentuch leihen?

»Und einen blauen Hut«, fügte Ulla schmunzelnd hinzu. Sie waren alle versammelt, um ihr für die Konferenz toi toi toi zu wünschen.

Sie standen alle noch unter dem Eindruck der Sitzung. Die Stimmung war gedämpft. Ermutigende Anfeuerungen konnte sie nicht erwarten. »Ich versteh nicht, wieso ihr nicht trällert und zwitschert«, sagte sie mit einem Grinsen. »Wir haben eine verdammt heiße Spur, und ich denke, es wird nicht mehr lange dauern, bis wir zuschlagen können. Vielleicht ist euch das in den Berichten entgangen, aber die Haare in der Baseballkappe, die wir in Johanna Frenzis Auto vor dem Kino gefunden haben, sind von demselben Mann, der zuletzt mit Johanna Frenzi Geschlechtsverkehr hatte, und der fand, nach den Aussagen der Gerichtsmediziner, genau in der Zeit zwischen ihrer Geiselnahme und ihrem Tod statt. Er hat sie geschlagen, gefoltert, vergewaltigt und getötet. Nun müssen wir nur noch den Mann finden, dem die Kappe gehört. Und damit ihr nicht in Lethargie versinkt: Auf den Videotapes habe ich einen Mann entdeckt, der es auf Johanna Frenzi abgesehen hatte und genau die gleiche Kappe trug. Während ich mich von den Journalisten auseinandernehmen lasse, könnt ihr in mein Privatkino gehen und euch diesen Typen und seine Annäherungsversuche anschauen. Ich habe auf den Zettel vor dem Monitor die Stellen notiert. Ich schlage vor, dass Marius diese Stellen dem Personal im Café vorführt. *Kappe* ist da in der Szene mit einem Freund zusammen, den ich *Anzug* nenne, und vielleicht kennt jemand einen der beiden Typen. Außerdem gibt es noch die zweite Schiene über die Barbiepuppe, die auf den verdächtigen Künstler Heiliger zuläuft. Von ihm brauchen wir eine DNA-Probe, und das werden wir schon schaffen, oder?«

Eine der Seiten, für die Paula geliebt wurde, war ihr Gespür für Tiefpunkte und ihre Fähigkeit, die ganze Truppe mit einer Rede wieder in Stimmung zu bringen. Ihre Worte erhielten Beifall. Tommi und Max konnten sich den Ruf »Klinsi, Klinsi!« nicht verkneifen. Dann fuhr Paula ins Präsidium, wo sie mit Chris am Eingang verabredet war.

Sie hatte von Walter Kemper sowie von *Kappe* und *Anzug* Computerausdrucke dabei, um Chris zu fragen, ob sie einen von ihnen kannte oder schon einmal gesehen hatte.

Als Paula aus dem Gebäude in der Keithstraße trat, hielt direkt vor ihr im Halteverbot ein Wagen, ein Mann sprang heraus und lief auf sie zu. Sie kannte ihn, er war Journalist bei *Radio Eins*, aber sie kam nicht auf seinen Namen. Er hielt ihr ein Mikro vor die Nase: »Was glauben Sie, wer der Blaue-Kleid-Killer sein könnte?«

»Ich bin gerade auf dem Weg zur Pressekonferenz – warum kommen Sie nicht dorthin?«

»Nur einen Satz, bitte!«

»Meiner Ansicht nach ist es eine sehr intelligente Person.«

»Die hier in Berlin lebt?«

»Das nehme ich an.«

»Es wird immer wieder behauptet, es ist ein Wahnsinniger, der sich als Todeskünstler sieht. Was meinen Sie?«

»Ich glaube nicht, dass er wahnsinnig ist, sondern an extremer Selbstüberschätzung leidet.«

»Sie meinen die Provokation der Öffentlichkeit?«

»Ja. Er hält uns wohl alle für unfähig, ihm das Wasser zu reichen. Das Kinopublikum, vor dem er aufgetreten ist und aus dem ihn keiner wiedererkannte, die Polizei und alle anderen.«

»Sie meinen, er wird wieder zuschlagen und uns weiter verhöhnen?«

»Könnte sein.« Paula öffnete ihre Autotür. »Entschuldigung, ich muss los, zu Ihren Kollegen.«

Als sie im Auto saß, versuchte sie, sich positiv auf die Presse einzustellen. Jedes Mal fühlte sie sich nach so einer Befragung manipuliert, vor allem, wenn sie es anschließend gedruckt oder als Fernsehbericht sah. Ihre Erfahrung war, dass es den Journalisten nicht um die Fakten ging, sondern darum, ihre Artikel zu verkaufen. Die Sensation war wichtiger als die Wahrheit. Paula überprüfte noch einmal, ob ihre Antworten den eigenen Ansprüchen standhielten.

Aber dann sagte sie sich, ach was, ich habe spontan geantwortet, auch das möchte ich mir leisten.

Auf der Fahrt zum Präsidium hörte sie ihre Mailbox ab. Die erste Nachricht war nur ein Kratzen, Schaben oder Röcheln, wie sie es schon einmal nach der ersten Sitzung im Tauben-Fall hatte. Diesmal beunruhigte es sie. Sie fuhr rechts heran und hörte es noch einmal ab. Es war nur ein merkwürdiges Geräusch. Es hatte keinen Sinn, es der technischen Abteilung zur Analyse zu geben; niemand würde dem etwas entnehmen können. Auf der zweiten Nachricht waren ähnliche Geräusche, und eine Stimme sagte im Stakkato-Ton: *Der Vogel fliegt tot, die Pressekonferenz ist kein Morgenrot.*

Paula war irritiert, empfand aber auch Genugtuung darüber, dass der Täter Kontakt aufnahm, ungeduldig war und vielleicht Fehler machte. Diese Nachricht würde sie zur Stimmenanalyse geben. Die nächste Nachricht war von ihrer Schwester, die sie ermahnte, bei der Suche nach dem Frauenmörder vorsichtig zu sein. Auch ihre Mutter hatte besorgt angerufen. Sie erinnerte sich, dass Paula ein blaues Kleid besaß, und wusste sogar noch, welche Tante es Paula wann geschenkt hatte. Sie riet ihr dringend, es nicht mehr zu tragen. Paula nahm sich vor, beide so bald wie möglich zurückzurufen.

Auf der Martin-Luther-Straße staute sich der Verkehr, als sich ihr Handy meldete. Es war Bach. Er habe gehört, sie sei unterwegs zur Pressekonferenz, und bedaure, dass es vorher keine Absprache gegeben habe, wie die Situation im Hinblick auf den Täter genutzt werden könne.

Spontan bot sie ihm an, es jetzt nachzuholen, da sie sowieso im Stau stand.

Bach begann eine seiner längeren Erklärungen. Sie vergaß ihren Ärger wegen des Staus und stellte wieder mal fest, dass sie intelligente Männer mochte, wenn sie auf die Darstellung politischer Ideologien oder soziologischer Allgemeinplätze verzichteten. Bach hatte ihr zwar Dinge gesagt, die ihr unlogisch oder unglaubwürdig erschienen waren, aber hinterher hatten sie sich als wahr erwiesen. Jetzt sprach er von proaktiven Maßnahmen, die beim FBI ein Kernstück des Fallenstellens bildeten und die einige Erfolge gebracht hatten. Als Beispiel nannte er öffentliche Veranstaltungen wie auch Pressekonferenzen, in denen die Verbrechen des Täters diskutiert würden. Ein publicity-orientierter Psychopath wie dieser Täter würde sicher dort erscheinen und sich zum Thema melden.

Paula bedauerte, dieses Mal sei es zu spät, eine öffentliche Konferenz sei organisatorisch nicht mehr zu schaffen. Bach wollte das nicht einsehen, und sie erklärte ihm, welche administrativen Voraussetzungen erfüllt werden müssten.

»Man könnte doch eine Filmproduktion anrufen, die sofort mit zwei Kamerateams anrückt«, wandte er ein.

»Ich brauche dazu mindestens die Unterschrift meines Vorgesetzten und des Abteilungsleiters wegen der Kosten. Beide sind aber wahrscheinlich, genau wie ich, schon auf dem Weg zur Konferenz.«

»Aber die Kamerateams von den Sendern sind doch dort, die könnte man doch bitten.«

»Richtig. Aber zu dieser Konferenz werden nur Journalisten eingelassen, und Ihre Idee setzt ja voraus, dass die Versammlung öffentlich ist und alle überhaupt nur irgendwie Interessierte anlockt. Oder habe ich das falsch verstanden?«

»Jeder, der dort heute teilnimmt, wird überprüft, ob er Journalist ist?«

»Ja, außer, jemand ist extra eingeladen worden. Es tut mir leid, dass ich vergessen habe, Ihnen eine Einladung zu geben, aber kommen Sie doch einfach, ich werde anweisen, dass Sie durchgelassen werden.«

Er bedankte sich, sei aber noch nicht sicher, ob er es zeitlich schaffe, wolle es aber versuchen.

Als Paula ankam, wartete Chris schon, aber sie versicherte ihr, sie habe den Moment der Ruhe genossen. Dann schlug sie vor, an diesem schönen Herbsttag noch ein paar Schritte zu gehen, und deutete Richtung Luftbrückendenkmal. Die ersten Meter gingen sie schweigend. Paula wollte schon fragen, ob sie Neues von Heiliger gehört habe, aber sie spürte, dass dies nicht der richtige Moment war. Außerdem wäre Chris damit wahrscheinlich sofort herausgeplatzt. Schließlich fragte Chris, wie es mit Ralf gehe. Paula blieb stehen und lachte, sie frage doch sonst nicht nach Ralf. Chris zog sie weiter. »Du lebst mit ihm zusammen. Da kann man schon mal fragen.«

»Ralf geht es gut«, sagte Paula, »er hat jetzt Erfolg. Ich glaube, das bekommt ihm.«

»Woran merkst du das?«

»Er ist nicht mehr so anhänglich.«

Jetzt sah sie bei ihrer Freundin endlich mal wieder dieses verschmitzte Lächeln, das sie an ihr so mochte.

»Oh, gut, das gibt dir mehr Raum. Da kannst du wieder einen Blick auf die Welt werfen.«

»Im Moment bin ich mit Männern beschäftigt, die *dir* nachstellen könnten«, sagte Paula spöttisch. »Zum Beispiel diese drei hier.« Sie holte Fotoausdrucke aus ihrer Tasche von Kemper, *Kappe* und *Anzug*. »Hast du einen schon mal gesehen?«

Chris betrachtete das Bild von Kemper und schüttelte den Kopf. »Er wär schon mein Typ. Aber der lässt dir keine Luft, und dafür ist er dann zu langweilig.«

»Und der?«

Chris warf einen Blick auf *Anzug*. »Der ist überhaupt nicht mein Typ. Der denkt, er wäre *the cream of the dick*. Der sollte im Café Keese fischen gehen.«

»Und der?«

Sie blieb stehen, um das Bild mit *Kappe* genau zu betrachten. »Nein, kenne ich nicht.« Irritiert sagte sie: »Gib noch mal her.« Sie betrachtete es eingehend. »Könnte ein Sado-Maso-Typ sein.«

»Was du alles siehst.«

Chris zuckte mit den Schultern. »Vielleicht auch nicht. Wär jedenfalls nicht meine Ecke.« Sie gab es Paula zurück. »Woher hast du die?«

»Sie hatten mit Johanna Frenzi zu tun. Es hätte ja einer sein können.«

»Von denen ist es keiner.«

Ihr Ton klang angespannt. Paula hatte überlegt, ob sie ihr von dem Gespräch mit Bach berichten sollte und auch von seiner These, dass sich der Mörder bei der Konferenz unter den Journalisten aufhalten könnte, ließ es aber. Chris' Zustand schien ihr zu labil.

Der Saal im Polizeipräsidium war brechend voll. Die Leiterin der Presseabteilung, Frau Ingelheim, die die Konferenz organisiert hatte, flüsterte ihr zu, es seien mehr als vier Kamerateams da, mindestens zehn Teams vom Rundfunk und eine Menge Zeitungsjournalisten, auch ausländische. Vor allem die Russen seien ganz verrückt nach dem Fall.

Das Podium war mit Innensenator Wernigerode und Polizeipräsident Fromberg prominent besetzt. Daneben saßen Referatsleiter Saenger, Abteilungsleiter Schmidt, Paulas Chef Westphal als Leiter aller neun Mordkommissionen und Chris als zuständige Staatsanwältin, neben der Paula Platz genommen hatte.

Der Polizeipräsident begrüßte zuerst den Innensenator, der wegen der besonderen Schwere des Falles erschienen war, und dann die Medien, denen er die einzelnen Beteiligten am Tisch vorstellte. Als Chris vorgestellt wurde, beugte sich Paula vor, um sie besser sehen zu können. Sie saß mit eisiger Miene da, und Paula fand, dass sie ein wenig aussah wie Nofretete.

Fromberg war inzwischen bei der Zusammenarbeit mit den Medien angelangt und betonte zum dritten Mal, wie wichtig bei diesem Fall die Aufklärung der Öffentlichkeit sei. Vor allem gehe es darum, die Frauen sachlich aufzuklären, sie nicht in Angst und Schrecken zu versetzen und die Bevölkerung eindringlich um Hinweise zu bitten, die den Täter entlarven und weitere Morde verhindern könnten.

Paula dachte an den Anruf auf ihrer Mailbox und an Bachs Theorie, der Täter würde die Berichterstattung in den Medien genau verfolgen und versuchen, dabei mitzuspielen. Wenn er sich in die Pressekonferenz einschleichen könnte, würde er es tun, war Bachs Meinung. Bachs Täterprofil beschrieb ihn wie eine Raubkatze, die ihre Opfer permanent im Blick hatte. War der Killer jetzt dabei? Hatte er sich als Journalist eingeschlichen? Würde er sich zu Wort melden? Oder würde er eine andere Rolle übernehmen?

Während der Rede versuchte Paula, die einzelnen Journalisten auszumachen. Bei den Berlinern, mit denen sie schon jahrelang zusammenarbeitete, war das kein Problem.

Der ehrgeizigste von ihnen war der *Hai.* Tommi hatte irgendwann angefangen, den Journalisten Tiernamen zu geben. Der *Hai* saß wie gewöhnlich weit vorne und trug ein braunes Hemd mit schlammfarbenen Cordhosen. In der Nähe der Tür entdeckte Paula die *Gans* vom *Berliner Kurier*, weiter vorn beugte sich Magnus Meier, die *Qualle*, über seine Notizen. Wenn er auf ihrem Display erschien, bekam sie Zustände, weil sie wusste, die *Qualle* würde wieder endlos mit Fragen nerven. Auf der anderen Seite sah sie Gustl Ätsch, den Schwulen von *Kripo live*, den sie wegen seiner bunten Halstücher *Papagei* nannten, Tom Haffner von *taff* und Susi, die *Ziege* von *Inforadio.*

»Ich übergebe das Wort an Kriminalhauptkommissarin Zeisberg, die die Ermittlungen führt und an die Sie später Ihre Fragen richten können. Vielen Dank.«

Paula wartete, bis wieder Ruhe eingekehrt war. Dann bedankte sie sich für das zahlreiche Erscheinen und stellte beide Morde ausführlich dar. Dabei wanderten ihre Augen über die Zuhörer. Ein Mann schob sich in den Saal und blieb gleich in der Nähe der Tür stehen. Er wirkte auf Paula, als konzentriere er sich mehr auf eine mögliche Flucht als auf die Teilnahme an der Veranstaltung. Sie behielt ihn im Auge. Als die Diskussion begann, beteiligte er sich nicht, schrieb nichts auf, hatte weder Kamera noch Rekorder dabei und war äußerst nervös. Sie hatte ihn noch nie gesehen. Als sie einem Fragenden erklärte, dass der Täter seinen Opfern eine Stahlnadel ins Herz gestoßen hatte, grinste er. Sie bedauerte, dass sie nicht jemanden vom Team mitgenommen hatte, den sie jetzt hätte hinschicken können. Zu den Dingen, die sie absichtlich nicht erwähnte, gehörte die Barbiepuppe. Das hatte sie mit Chris so abgesprochen. Wenn Bach glaubte, der Täter wäre anwesend und würde reagieren, so würde er vielleicht eine Frage nach dem Bombenalarm im Guggenheim stellen.

Sie sah, dass Bach jetzt den Saal betrat, und freute sich, dass er es noch geschafft hatte. Unmerklich nickte sie ihm zu, und er lächelte zurück, während er sich durch die Teilnehmer schob. Sie hoffte, er würde nah an den widerlichen Kerl herangehen. Vielleicht würde er ihm dann auffallen.

Die Fragen drehten sich inzwischen um die Kleider, die der Täter den Toten angezogen hatte. »Wir haben herausgefunden, dass dieses Modell bei der Modekette C&P verkauft wird. Wir haben alle Käufe, die mit Kreditkarten getätigt wurden, nachverfolgt. Dort hat sich keine Spur ergeben. Aber wir haben eine Zeugin, die sich an einen männlichen Käufer erinnern konnte, der bar bezahlt hat. Diese Spur verfolgen wir weiter.« Spontan hatte sie sich zu dieser Finte entschlossen. Würde es eine Reaktion geben? Sie schaute Bach an, er nickte zustimmend. Natürlich fragte der *Hai* sofort nach. Er wollte Näheres über diesen Käufer wissen. Paula bedauerte, dass sie dazu noch nichts an die Öffentlichkeit geben könne. Sie sah zu dem merkwürdigen Mann hinüber, konnte aber keine Reaktion feststellen.

»Was tut die Polizei, um die Berliner Frauen zu schützen?«, wollte die *Gans* wissen. Paula schien, als wollte dieser Fremde wieder gehen. »Übernimm«, zischte Paula Chris zu und erhob sich von ihrem Platz. Sie wollte verhindern, dass dieser Mann einfach wieder verschwand. Sie überließ es der Freundin, die Presse darüber aufzuklären, wie sich Frauen vor dem Killer schützen können. Was für eine Ironie des Schicksals, dachte Paula, dass nun ausgerechnet Chris diese Erklärung abgeben musste.

»Natürlich gibt es keine hundertprozentige Sicherheit«, hörte Paula sie sagen, »aber man kann die Gefahr einer Entführung mindern. Auch wenn man nicht weiß, welche Eigenschaften eine Frau zum Opfer machen. Aber Frauen können ihre Umgebung aufmerksam beobachten und wachsam sein. Und natürlich sollten sie nachts keine Abkürzung durch einen einsamen Park nehmen. Auch eine selbstbewusste Haltung und ein energischer Gang können helfen. Bei dem Angriff eines Gewalttäters gelten dann zwei Taktiken. Die eine Taktik: keinen Widerstand leisten, sich nicht wehren. Denn manche Täter suchen den Widerstand und lassen ab, wenn sie ihn nicht bekommen. Die andere Taktik ist genau das Gegenteil: sofort Widerstand leisten, sich wehren und laut schreien. Denn der andere Tätertyp wird gerade davon abgeschreckt. Das Problem besteht in der schnellen Einschätzung des Angreifers. Am besten meidet man gefährliches Terrain.«

Paula hatte den Saal durch den Podiumseingang verlassen, ging den Flur entlang und öffnete vorsichtig die Tür des Haupteingangs, durch die der Nachzügler in den Saal gekommen war. Sie hatte einem Impuls nachgegeben und war gespannt, wie der Mann reagieren würde. Sie wollte ihn unter einem Vorwand einfach nach seinen Personalien fragen.

Sobald sie ihn anblickte, kam er auf sie zu, als wollte er sie etwas fragen. Doch dann drehte er plötzlich ab und ging eilig davon. Als er merkte, dass sie ihm folgte, rannte er los. Sie war entschlossen, ihn nicht entkommen zu lassen. Er erreichte die Treppe und sprang die Stufen in großen Schritten hinunter. Er war gut in Form – sie aber auch. Sie flankte von der einen Treppe über das Geländer auf die andere, kürzte so die Kurve ab. Sie wollte ihn haben – und holte auf. Er sprang die letzten Stufen der Treppe mit einem Satz hinunter. In der Eingangshalle musste er sich orientieren, was ihn Zeit kostete. Da war sie ihm schon nah auf den Fersen. Sie stürzte sich nach vorne, griff seinen rechten Fuß und hielt ihn fest. Er fiel hin, lag vor ihr auf dem Boden und trat mit den Füßen. Sie federte sich mit beiden Füßen vom Boden ab und schmiss sich auf ihn. Sie packte einen Unterarm und riss ihn herum. Er schrie auf. Sie drückte nach, bis er aufhörte, sich zu wehren. Dann lockerte sie den Griff etwas, aber schon bewegte er sich wieder, und sie drückte fester zu. Sie musste Gewalt anwenden, sie hatte keine Waffe bei sich. Der Pförtner stand neben ihr und wollte helfen.

»Blockieren Sie den Eingang!«, rief sie, stand auf und zerrte den Mann hoch.

Er gab auf. Eine andere Möglichkeit hast du auch nicht, dachte sie. Sie ließ sich seinen Ausweis zeigen. Er sagte zerknirscht, dass er frisch auf der Journalistenschule sei und einen Artikel über diese Sitzung habe schreiben wollen. Als sie ihn dann so angesehen habe, um ihn herauszuwinken, war er weggelaufen, weil er keinen Presseausweis habe. Er habe nicht geahnt, dass sie ihn verfolgen würde.

»Und dass ich so gut im Training bin, wie?«, herrschte Paula ihn an. »Wenn Sie sich bei Recherchen so betont unauffällig verhalten, sollten Sie lieber Lotterieverkäufer werden.« Um seine Geschichte zu überprüfen, nahm sie seine Personalien auf und verwarnte ihn, weil er im Polizeipräsidium vor ihr geflüchtet war.

»Verschwinden Sie.«

Der hat etwas gelernt, dachte sie, als sie wieder zur Pressekonferenz hochging, aber für sie war es eine Enttäuschung.

Als sie zurückkam, löste sich die Konferenz gerade auf. Chris stand mit Bach zusammen. Sie bedankte sich dafür, dass er sie im Umgang mit den Journalisten unterstützt hatte.

»Ich habe ihn als *den* Experten vorgestellt und gesagt, dass wir ihn als Berater engagiert haben«, erklärte sie Paula. »Das hat Eindruck gemacht. Auch seine Expertenaussage, dass wir das Täterprofil haben und eine heiße Spur verfolgen, über die wir die Öffentlichkeit natürlich noch nicht informieren können.«

Bach sah Paula an. »War etwas mit diesem Mann?«

»Nichts. Ein Fehlschlag. – Wahrscheinlich war der Täter doch nicht bei der Konferenz.«

Chris fragte überrascht: »Du gehst davon aus, dass der Täter hier war?«

»Von seinem Profil her hätte es sein können«, antwortete Bach und zuckte mit den Achseln. »Mit dieser Möglichkeit musste man rechnen.«

»Also, der Mann war es jedenfalls nicht, auch wenn er sich auffällig verhalten hat«, sagte Paula, und damit war das Thema für sie durch.

35

Sie waren alle im Büro von Justus versammelt, um gemeinsam den Bericht von der Pressekonferenz anzuschauen. Marius stellte den Ton am Fernseher ab. »Ich habe den Typen mit der Baseballkappe gefunden.«

Paula zog die Augenbrauen hoch, sie spürte ihren Herzschlag.

»Du hattest recht, der Besitzer des Cafés kennt *Anzug* – Doktor Matthias Boldt. Georg Valentin wusste zwar nicht, wo er wohnt, aber ihm war bekannt, dass er als Chirurg in der Charité arbeitet, weil er ihm mal Tipps für den Rücken gegeben hat.«

»Und *Kappe*?«

»An den erinnert sich niemand. Wir haben ihn auch nur zweimal auf den Bändern. Als er zum ersten Mal dahin kam, und dann, als er Johanna Frenzi irgendwas auf den Zettel geschrieben hat. Jedenfalls bin ich in die Chirurgie von der Charité, habe im Sekretariat nach Dr. Boldt gefragt, und die Dame meinte, der läuft hier irgendwo rum, wenn Sie sich in die Halle setzen, sehen Sie ihn bestimmt. War auch so. Ich habe ihm erklärt, dass wir seine Aussage brauchen und die von seinem Bekannten. Ich habe ihm das ausgedruckte Foto von *Kappe* gezeigt. Er hat mir die Handynummer gegeben: Doktor Moritz Mendel. Er ist auch Chirurg in der Charité. Boldt ist jederzeit bereit, eine Aussage zu machen.«

»Hast du ihn gefragt, ob er oder Mendel bei Johanna Frenzi Erfolg hatten?«

»Hab ich, war aber nicht so. Er meinte, Mendel ist da gar nicht mehr hingegangen, nur das eine Mal, als er ihm das Café gezeigt hat. Nebenbei bemerkt, ist Mendel verheiratet, und Boldt geht mit ihm gelegentlich Squash spielen.«

Ein Mal war Mendel auf jeden Fall noch ins Lindencafé gegangen, das hatte Paula auf den Bändern gesehen. Es galt herauszufinden, ob es öfter gewesen war und ob Mendel einen Grund hatte, seinem Squash-Freund die weiteren Besuche zu verschweigen. Sie würde sich gleich wieder vor den Bildschirm setzen und bis zum Abendessen weiterschauen.

»Wann können wir Mendel sprechen?«

Marius überlegte. »Während seiner Dienstzeiten ist schlecht an ihn ranzukommen. Am besten bei ihm zu Hause, aber das wäre erst so gegen neun oder zehn.«

»Egal. Wir müssen ihn uns schnappen, und zwar heute.«

»Gut. Ich ruf dich an, wenn er die Klinik verlässt.«

Sie besprachen noch, wie sie die Sache angehen würden, und dann ging sie in ihr Büro, um den Spezialisten von der Kriminaltechnik anzurufen, ob er schon etwas herausgefunden hatte über die Stimme des anonymen Anrufers. Sie war nach der Pressekonferenz gleich dorthin gefahren, damit der Anruf analysiert werden konnte. Es gab noch kein Ergebnis.

Sie stand jetzt mitten im Büro und fragte sich, was sie eigentlich suchte – ah ja, ihren Schlüsselbund. Er lag nicht auf dem Schreibtisch. Hatte sie ihn da nicht hingelegt? Sie hob Papiere hoch, zog Schubladen auf, fand die Schlüssel aber nicht. Sie wühlte in ihrer Handtasche, obwohl sie sicher war, dass sie sie dort nicht hineingelegt hatte. In den Taschen ihrer Jacke waren sie auch nicht. Vielleicht hatte sie sie in Gedanken zu Marius oder Tommi mit rübergenommen. Aber dort waren sie auch nicht. Sie konnte sich nicht erinnern, wo sie sie zuletzt gesehen hatte. Entnervt beschloss sie, morgen in Ruhe weiterzusuchen. Um zu Hause nicht vor verschlossener Tür zu stehen, rief sie Ralf an und erreichte ihn auf dem Handy. Er war unterwegs zu einer Ausstellungseröffnung und schlug vor, sie solle dort hinkommen, um seinen Hausschlüssel abzuholen. Sie hatte keine Lust, aber es blieb ihr nichts anderes übrig. Früher hätte er alles stehen und liegen lassen, um ihr den Schlüssel zu bringen. Die Dinge änderten sich.

Sie sah sich noch eine Stunde Videos aus dem Lindencafé an, dann fuhr sie los.

Ihr erster Blick fiel auf einen Riesen. Die monumentale Figur eines kauernden Jugendlichen sah trotz ihrer Größe echt aus, wirkte sogar verletzlich.

Ein Stückchen weiter sah sie Ralf unter den Besuchern der Vernissage, und gleich darauf spürte sie einen Druck auf dem Magen: Heiliger stand neben ihm, groß und massig, mit kantigem Schädel und dämonischem Blick. Er redete auf Ralf ein, der ihm geduldig zuhörte. Eigentlich stand er Heiliger kritisch gegenüber, aber davon war nun nichts zu merken. Er lachte gerade herzhaft über eine Bemerkung des Meisters, und dabei drückte seine Haltung Nähe aus. Diente er sich auf diese lachhafte Weise dem Erfolg an? Sie verscheuchte den bösen Gedanken und konzentrierte sich auf die Begegnung. Sie würde jetzt einfach hingehen, den Schlüssel holen und fertig. Es waren eine Menge Leute auf der Vernissage, und sie bemerkte erst jetzt, dass die junge Frau daneben zu Ralf und Heiliger gehörte. Paula schätzte sie auf etwa dreißig, sie war blond, groß, schlank, trug Stiefel, einen grauen Glockenrock und ein eng anliegendes rotes T-Shirt. Obwohl Heiliger redete und redete, schien Ralfs Interesse auf die Frau fixiert zu sein. Hatte er etwas mit ihr? Oder bildete Paula sich das ein?

Sie ging auf die drei zu. Heiliger bemerkte sie zuerst.

Er betrachtete sie wie ein Modell, von dem er eine Skizze anfertigen wollte, und statt einer Begrüßung machte er eine Bemerkung über ihr Gesicht. »Es hat einen lasziven Ausdruck«, sagte er, als spräche er von einem Gegenstand.

»Einen intelligenten Ausdruck«, fing Ralf den Übergriff ab und stellte vor: »Josef Heiliger und seine Freundin Antonia. Paula.«

»Wir kennen uns schon«, sagte Heiliger, und es klang, als hätten sie eine Nacht zusammen verbracht.

Ralf machte ein betretenes Gesicht.

Sie erklärte Ralf: »Ich habe Herrn Heiliger gestern in seinem Atelier besucht, weil ich dachte, er könnte uns helfen. Der Experte, den wir hinzugezogen haben, ist der Meinung, die Art, wie die Leichen der Frauen inszeniert sind, habe Ähnlichkeit mit Installationskunst. Und da Herr Heiliger sich dahingehend selbst bereits der ermittelnden Staatsanwältin gegenüber geäußert hat, habe ich es als meine Pflicht angesehen, mich mit ihm zu unterhalten.«

»Und was ist dabei herausgekommen?«, fragte Ralf und tat so, als wäre er ebenso amüsiert wie Heiliger.

»Oh, dass ich kein Alibi habe. Weder für den ersten Mord an Silvia Arndt noch für den zweiten an Johanna Frenzi.« Ganz offensichtlich genoss er es, die Namen der Opfer zu nennen, so, als stehe er ihnen nahe oder als sei er zumindest vollkommen vertraut mit beiden Fällen. Eine Betroffenheit, dass man ihn in Verdacht hatte, war nicht herauszuhören. Es schien ihn alles zu amüsieren.

Paula sagte nichts dazu.

Heiliger betrachtete ihren Mund und fragte Ralf, ohne wegzuschauen: »Wo hast du Sherlock Holmes denn kennengelernt?«

»Ich kenne sie schon lange, wir sind so gut wie verheiratet«, sagte Ralf.

»Oh, Frau Zeisberg«, rief Heiliger gedehnt. »Dann muss ich mich vorsehen, bevor ich die nächste Dame mit einem blauen Kleid ausstaffiere.«

Paula fiel auf, dass er zu wissen schien, dass die blauen Kleider vom Killer stammten. Es gab Leute, wie ihre Mutter, denen das trotz der Medienberichte nicht klar war.

»Ich hoffe, Sie waren zufrieden mit meiner Hamburg-Reise«, sagte er höhnisch.

Heiligers Angaben über seine Hamburg-Reise wurden noch überprüft. Paula wollte bei den Hamburger Kollegen nachhaken und sie drängen, schneller zu arbeiten.

Ralf versuchte einer Konfrontation vorzubeugen. »Ich habe gehört, dass du Chris direkt am Fundort der Leiche angebaggert hast«, sagte er lachend. »Heiliger steht eben für Schock.«

Der nahm das als Kompliment und begann einen Vortrag über »den Schock« und seine Wandlung. In den Siebzigerjahren hätten sich die beiden englischen Künstler Gilbert und George in London auf einem öffentlichen Platz nackt, mit metallischer Farbe bemalt, vor Zuschauern aufgebaut und den alten Gassenhauer *Underneath the arches* gesungen. Das sei damals ein Schock gewesen. Die logische Weiterentwicklung von damals führe heute zu seinem ertrinkenden Liebespaar. Aber die produktive Ästhetik müsse in der Kunst des Schockierens viel weiter gehen.

Paula kannte als Künstler nur Ralf gut, mit dem sie seit Jahren zusammenlebte. Er war bescheiden und fleißig und malte Bilder, die man ansehen und verstehen konnte. Heiligers Verhalten und Gerede war für sie eine Unverfrorenheit. Zwei junge Frauen waren in dieser Stadt gefoltert und umgebracht worden. Die Ermittler versuchten, den Verbrecher zu finden, und so ein Schnösel nahm sich heraus, einer Kunst des Schockierens das Wort zu reden. Einer Kunst, die viel weiter gehen sollte – bis zu der Ermordung dieser Frauen?

Am liebsten hätte sie ihm eine geknallt. Stattdessen wandte sie sich Heiligers Freundin Antonia zu, die nicht zugehört hatte, sondern eine Skulptur betrachtete. Sie bemerkte Paulas Blick und lächelte. Paula mochte ihr Lächeln, es war warmherzig. Wie erträgt sie einen solchen Mann, fragte sie sich. Auf Antonia traf zu, was Heiliger gerade über sie gesagt hatte – sie hatte einen lasziven Ausdruck, zumindest ihr Blick. Vielleicht wegen der langen Wimpern, die ihre Lider herunterzuziehen schienen. Dabei wirkte sie mädchenhaft, hatte volle Lippen und eine weibliche Figur, trotz der geraden Schultern.

Dadurch, dass Antonia sie in eine Unterhaltung verwickelte, unterließ es Heiliger, sie weiter als Zielscheibe für seinen Spott zu nehmen. Antonia sprach über ihre Beobachtungen und Empfindungen in der Ausstellung und war vollkommen offen. Sie hakte Paula unter und zog sie fort. »Kommen Sie, wir schauen uns das zusammen an. Und sagen Sie doch Toni, wie alle.«

»Gut, Toni.«

Sie gingen nah an die überdimensionierte Figur heran. »Heute versuchen viele Frauen perfekte Schönheit zu kopieren und sehen künstlich aus«, sagte Toni. »In dieser Ausstellung hier ist es andersherum: Die Kunst kopiert den Menschen.«

Paula verblüffte die Perfektion – jede Pore war sichtbar, die Haut wirkte so echt, als ob sie atmete.

»Perfekt, nicht wahr?«, sagte Antonia. »Schau'n Sie nur: da, die Härchen in der Nase – und die feinen Äderchen und geröteten Stellen in der Haut. Man möchte sie berühren, weil sie so echt aussieht.« Langsam gingen sie um den künstlichen Menschen herum. Paula mochte Tonis kindliche Begeisterung. Sie erinnerte sie an ihre Schwester, die sie als Kind dafür bewundert hatte. Sie hatte Sandra immer alles nachgeplappert und sogar ihre Strafen hingenommen, weil sie wusste, dass sie ein gutes Herz hatte.

Und das empfand sie jetzt auch bei Antonia – sie hatte ein gutes Herz.

Toni plauderte von ihrer Liebe zu Heiliger. Sie waren seit zwei Jahren zusammen, und nun war sie schwanger und wollte gern heiraten. Aber nicht wegen der Schwangerschaft. »Ich möchte mein Leben mit ihm verbringen«, sagte sie.

»Und er?«, fragte Paula.

»Er will noch warten. Will den Zustand noch nicht verändern.«

Paula sagte nichts.

»Er will die Frische erhalten, hat Angst vor der Gewohnheit«, fuhr sie fort. »Aber wir sind viel zusammen. Auch im Atelier, wenn er arbeitet.«

»Woher kommen Sie?«

»Aus Freiburg. Mein Vater ist Architekt in Brasilien. Wir haben keinen Kontakt.«

»Und Ihre Mutter?«

»Sie hat Alzheimer und ist seit zwei Jahren in einem Heim. Ich besuche sie, so oft ich kann.« Antonia schob ihre Hand wieder unter Paulas Arm und ging ein paar Schritte mit ihr. »Zwei Seelen wohnen, ach, in meiner Brust: Ich möchte ein Familienleben, habe aber auch gern Abwechslung und Bewegung. Deshalb arbeite ich als selbstständige Grafikerin.« Sie lachte. »Das wird meiner Kommunikationsfreude gerecht; ich bin Zwilling.«

Die letzten Worte hatte Heiliger gehört und rief: »Wenn man einen Zwilling als Frau hat, braucht man keine zweite.«

Paula fand, Ralf müsste schon ziemlich gute Gründe haben, um mit diesem Typen auch nur eine Minute mehr als notwendig zu verbringen.

Sie umarmte Antonia, nickte Heiliger kühl zu und verabschiedete sich von Ralf. »Ich leg dir den Schlüssel ins Versteck. Komm nicht so spät.«

»Du musst aber nicht, oder?«, hörte sie Heiligers Kommentar hinter ihrem Rücken.

Während der Autofahrt wünschte sie jeder Frau, dass ihr so ein Mann erspart bliebe.

36

Es regnete das erste Mal seit langer Zeit. Die Schauer wehten wie Schleier über das Auto. Paula drehte das Fenster herunter, um den Regen zu riechen. Sie war auf dem Weg von der Galerie nach Hause, als Marius' Anruf kam. Er hatte versucht, Mendel zu erreichen, und schließlich mit seiner Frau gesprochen. Sie behauptete, nicht zu wissen, wo er stecken könnte, und hatte gefragt, worum es gehe. Das fand Marius eigenartig.

»Warum?«, fragte Paula.

»Normalerweise heißt es, mein Mann oder Papa ist nicht da, und auf die Frage, wann er denn zu Hause ist, erfährt man knapp die mögliche Uhrzeit. Ihr Nachfragen wirkte wie eine Kontrolle.«

Paula hatte mit Marius verabredet, Mendel als möglichen Zeugen für einen Autounfall anzusprechen. Sie wollten ihn überraschen.

»Vielleicht hat Doktor Boldt ihm von deinem Besuch erzählt, und er hat seiner Frau gleich entsprechende Anweisungen gegeben«, meinte Paula.

»Wir werden sehen. Jedenfalls war sie dann einverstanden, dass wir gegen halb zehn kommen, da müsse er zu Hause sein.«

»Gut. Ich komme. Wo ist das?«

»Tieckstraße 30.«

Paula fuhr über die Chausseestraße hinweg, in die Invalidenstraße bis hin zur Tieckstraße. Die nasse Straße glänzte im Scheinwerferlicht. Das Haus war ein sanierter Altbau. Rechts und links parkten die Autos dicht aneinander. Sie fuhr drei Straßen weiter, doch nirgends war ein Plätzchen frei, auch in den Querstraßen nicht. Sie hatte Marius schon vor dem Haus stehen sehen und parkte schließlich an einer Straßenecke.

Zuerst klopften sie sich den Regen von der Jacke, dann klingelte Marius. Sie hörten die Stimme von Frau Mendel und gleich darauf den Summer. Die Wohnung lag im dritten Stock.

Sie nahmen den Fahrstuhl. Moritz Mendel erwartete sie vor der Wohnungstür. Sie erkannte ihn sofort wieder, zumal er dasselbe Jackett wie auf dem Video trug. Die Tür war angelehnt, aber er machte keine Anstalten, sie hereinzubitten. Statt einer Begrüßung schaute er auf die Uhr. Seine Haltung war abweisend. Er sah sie unwirsch an.

»Ich habe den ganzen Nachmittag versucht, Sie zu erreichen«, sagte Marius, »Ihre Frau hat uns gestattet, noch vorbeizukommen. Wir haben nur ein paar Fragen.«

»Und die wären?«

Er war gerade noch höflich, und seine genervte Miene forderte Paula heraus. Vielleicht hatte Boldt inzwischen mit ihm gesprochen. Sie fragte Mendel direkt: »Haben Sie ein Verhältnis mit Johanna Frenzi?«

Er warf einen schnellen Blick auf die angelehnte Wohnungstür und sagte bestimmt: »Kenne ich nicht. Ist das die Frau mit dem Unfall?« Er holte ein Kaugummi aus der Tasche, wickelte es scheinbar gelangweilt aus und schob es sich mürrisch in den Mund. Während er kaute, kugelte er das Papier mit den Fingern zusammen.

Marius wollte etwas sagen, aber Paula kam ihm zuvor. »Ja. Und in dem Zusammenhang wurde jemand in einem anderen Auto gesehen, der eine Baseballkappe trug. Deswegen sind wir hier. Haben Sie eine Kappe mit NY vorne drauf?«

Mendel blickte sie durch seine randlose Brille feindselig an und hob gerade die Stimme an, als seine Frau in der Tür erschien. Vermutlich hatte sie das Letzte gehört und wartete neugierig auf seine Antwort.

»Ich habe so eine Kappe, wenn es das ist, weswegen Sie gekommen sind.« Er kaute jetzt energischer.

Seine Frau schien ein bisschen älter zu sein als er, war ungeschminkt und trug die dunklen Haare hochgesteckt. Die beiden machten keine Anstalten, die Polizisten in die Wohnung zu lassen. Vielleicht nahmen sie an, die Sache würde sich schneller im Stehen vor der Tür erledigen lassen. In Paulas Heimatkaff auf dem Land hätte man nicht gewollt, dass die Nachbarn etwas mitkriegen, aber in der Großstadt war alles so anonym, da gab es diese Hemmungen nicht. Wahrscheinlich hatten sie keinen Kontakt zu ihren Nachbarn. Paula hatte sich bei der Ankunft schnell und unauffällig überzeugt – die Nachbarn waren Ausländer. Vielleicht verstanden sie sowieso nicht, was hier geredet wurde.

Paula lächelte Frau Mendel zu, als würde sie sich mit einer Freundin über einen Jungen amüsieren, der seine Kappe nicht herausgeben will, drang damit aber nicht zu ihr durch.

»Wollen Sie sie sehen, oder was?«, fragte er und schnippte die Papierkugel ins Treppenhaus.

»Das wäre nett, ja«, sagte Marius schnell.

Mendel schaute seine Frau an. »Die Mütze liegt oben im Flurschrank.« Er gab seine Stellung nicht auf. Frau Mendel kam mit der Kappe in der Hand zurück. Mit dem NY. Die Kappe, die sie in Johanna Frenzis Auto gefunden hatten, gehörte nicht Mendel.

Also konnte er nicht der Fahrer des Tatwagens gewesen sein. Paula merkte, wie bei Marius die Spannung nachließ, und auch bei ihr war die Luft raus. Damit waren sie hier an der falschen Adresse.

Mendels Augen blitzten. »Sonst noch was?«

Seiner Ehefrau war die Situation wohl unangenehm, denn sie verschwand mit einem Kopfnicken.

Doch Paula war noch nicht fertig. So einfach machte sie es ihm nicht. Sie holte den zusammengefalteten Fotoausdruck aus der Tasche. Er zeigte Mendel im Café zusammen mit Johanna Frenzi. Paula drückte das Foto mit der linken Hand gegen die Wand, glättete es mit der rechten und hielt es stramm. »Schau'n Sie mal. Das sind Sie.« Sie sagte es, als würde sie ihm eine alte Kindheitsaufnahme zeigen.

Mendel kapierte sofort. »Das ist im Lindencafé. Die Kellnerin wollte, dass ich ihr den Titel der CD aufschreibe, von der ich erzählt hatte.«

Paula faltete den Ausdruck wieder zusammen und steckte ihn ein. »Diese Kellnerin ist Johanna Frenzi. Sie ist in der Nacht vom 23. zum 24. September ermordet worden. Wo waren Sie in dieser Nacht?«

»Im Krankenhaus. Ich hatte Nachtdienst.«

Das ließ sich ja leicht überprüfen. Der Mann mit der Kappe war also eine Sackgasse gewesen. Dennoch war er ihr unsympathisch, sodass sie nur knapp sagte: »Vielen Dank für Ihre Geduld, und entschuldigen Sie die Störung.« Sie gab Marius ein Zeichen, und er folgte ihr in den Fahrstuhl.

Mendel blieb stehen, bis sich der Fahrstuhl in Bewegung setzte. Paula sah noch, wie er den Kopf schüttelte.

Anschließend fuhr sie wieder hinauf und holte das Kaugummi, das Mendel am Ende des Gesprächs auf die Zierleiste an der Flurwand geklebt hatte.

»Warum?«, wollte Marius wissen, als sie wieder unten war.

»Er hat gelogen. Er kannte Johanna Frenzi.«

»Vielleicht nicht den Namen.«

»Ihr Foto war in allen Medien. Selbst als viel beschäftigter Chirurg, der kein Fernsehen sieht, wird er in den Zeitungen über sie gelesen haben.«

Als sie zu Paulas Auto kamen, sah Marius sie fragend an, als wolle er noch ein Bier trinken gehen.

»Was ist?«, fragte sie leicht genervt.

»Was machst du nun damit?«

War das nur ein Vorwand, um sie noch aufzuhalten?

»Der Speichel wird mit dem als Polymerase-Kettenreaktion – oder kurz PCR – bezeichneten DNA-Analyseverfahren untersucht. Dafür hat der Biochemiker Kary Mullis 1993 den Nobelpreis erhalten.«

Marius schmunzelte über die Belehrung und verbeugte sich, als hätte er etwas Neues gelernt.

Paula sagte: »Ich geh nicht mehr auf einen Drink« und stieg ein.

»Schade«, sagte Marius, aber da schlug die Tür schon zu.

Zu Hause hatte sie Glück und fand sofort einen Parkplatz. Sie schloss den Wagen ab. Die Luft war kühler geworden, sie sah hoch zum Himmel. Die Nacht war klar, die Sterne blinkten weit weg, wie immer im Norden.

Sie holte den Schlüssel aus der Tasche, lief nach oben, öffnete die Wohnungstür und rannte wieder hinunter, um den Schlüssel zu verstecken. Zurück in der Wohnung ließ sie die Tasche fallen und streifte die Jacke ab. Sie war hundemüde. Noch ehe sie das Schlafzimmer erreicht hatte, knöpfte sie ihre Bluse auf. Sie ließ sich ins Bett sinken und war schon nach wenigen Minuten eingeschlafen.

Dennoch bemerkte sie, als Ralf nach Hause kam, wie er sich über sie beugte, zu ihr unter die Decke kroch, sich an sie schmiegte und sie streichelte. Sie reagierte erst zärtlich, dann hitziger. Sie umschlang ihn mit Armen und Beinen, machte ihn zum Teil ihres Körpers und küsste seine geschlossenen Augen.

37

Er fixierte sie. Wollte er sie hypnotisieren? Sie aus der kleinen Tapas-Bar hinausführen, in seinen Wagen verfrachten und ihr dann in seinem Folteratelier Schmerz zufügen? An Höllenqualen hatte sie bei der Obduktion von Johanna Frenzi gedacht. Jetzt meinte sie, kleine Blitzer in seiner braunen Iris zu sehen. Er hob das Glas und sagte mit weicher Stimme: »Ich hoffe, dass der Abend harmonisch ausklingt.«

Sie stießen an. Der Wein leuchtete blutrot im Kerzenlicht. Er hatte ihn ausgewählt.

Er hatte sie vorhin spontan angerufen und eingeladen, mit ihm eine Kleinigkeit essen zu gehen. Sie sagte, sie habe nur wenig Hunger, wie wäre es mit Tapas? Da gebe es doch den Spanier in der Rosenthalerstraße. Er war einverstanden.

Sie hatte diese Tapas-Bar schon längst auserkoren und mit dem Chef verabredet, dass alles von ihrem Begleiter benutzte Geschirr unabgewaschen aufgehoben würde. Sie hatte gesagt, sie wisse noch nicht, wann sie mit ihm komme, es gehe um eine Wette mit ihren Freundinnen. Wenn sie verliere, müsse sie das Geschirr abwaschen. Der Wirt, ein Spanier aus Toledo, hatte gelacht und gesagt, kein Problem, er könne Tellerwäscher immer gebrauchen.

Die Tapas-Bar erinnerte sie an ihre Urlaube in Spanien. Die Tische waren so hoch wie in einer Imbissbar, doch man musste nicht stehen, sondern saß auf hohen Stühlen. Es war gemütlich voll. Sie hatte dem Chef kurz vorher angekündigt, dass sie heute komme, und ihn an das Geschirr erinnert. Ihr Begleiter dürfe nichts davon erfahren, das sei Teil der Wette.

Heiliger las langsam die Karte vor, die der Kellner ihnen hingelegt hatte. Nach jedem Gericht schaute er sie fragend an, und wenn sie die Lippen schürzte und nickte, gab er dem Kellner ein Zeichen, der es dann notierte, während er das nächste Gericht vorlas.

Sie wäre nicht bereit gewesen, sich noch einmal mit ihm zu treffen, wenn sie nicht diese verflixte Probe von ihm hätte haben wollen. Hubertus Bach war mit ihrer Idee und dieser Lösung einverstanden gewesen. Paula aber fand, dass sie sich zu sehr verrenne.

Chris war nicht sicher gewesen, ob sie die Angst ein zweites Mal überwinden könnte. Daher hatte sie Hubertus gebeten, später wie zufällig dazuzukommen. Sie würde ihn als alten Studienkollegen vorstellen. Zum Glück hatte er Zeit und war einverstanden.

Es beunruhigte sie, dass der Kellner bereits die ersten Häppchen brachte und Hubertus noch nicht erschienen war.

Heiliger lobte die kross gebratenen Sardinen und hob sein Glas. Wenn er zwischen all den winzigen Gängen jedes Mal anstoßen würde, wäre sie schon vor den Hackfleischbällchen zu betrunken, um noch Kontrolle über die Situation zu haben. Sie spürte wieder seinen intensiven Blick. Dabei fiel ihr ein, dass sich das Team den Kopf darüber zerbrochen hatte, wie es dem Täter gelungen sein konnte, Silvia Arndt mitten in der Stadt unauffällig zum Mitkommen zu bewegen. Er musste einen Trick gehabt haben oder etwas unglaublich Vertrauenerweckendes, dass sie mitgegangen war – und später auch Johanna Frenzi. Heiligers Ausstrahlung würde in einer anderen Situation auf sie auch anziehend gewirkt haben, wenn sie nicht misstrauisch gewesen wäre und ihn nicht verdächtigen würde. Aber so war es nun mal nicht.

Er erzählte von der großen Ausstellung, die ihm ein reicher Sponsor finanzierte. Seine Sätze lagen wie schmeichelnde Basstöne unter dem Stimmengewirr und dem Geklapper von Tellern und Gläsern. Er gab heute nicht den aggressiven Künstler, sondern erfreute sich am Essen und ließ sie auch von seinen Speisen probieren. Eigentlich machte es Spaß, so zu essen. Die Atmosphäre erinnerte sie an die Taverne Paco in Palma de Mallorca, und sie erzählte ihm davon. Er kannte sie auch. Palma hatte in der Kunstszene an Bedeutung gewonnen, und immer wenn er dort war, so berichtete er, gehe er in diese kleine Taverne abseits der touristischen Pfade. »Wir sollten nach weiteren Gemeinsamkeiten suchen«, sagte er.

Sie ging zu Mineralwasser über und streute unbemerkt Salz hinein, weil es die Wirkung von Alkohol verringert. Von dem Rotwein nahm sie immer nur kleine Schlückchen. Heiliger prostete ihr so oft zu, als wolle er sie betrunken machen.

Das Essen war schon halb vorüber, und Hubertus war

noch immer nicht da. Der Mann vor ihr, dessen DNA sie wollte, kam ihr näher – ohne sich ihr äußerlich zu nähern. Unter anderen Umständen hätte sie es genießen können.

In ihre Gedanken hinein fragte er: »Sie werden heute kein Glas einstecken, oder?«

Sie hatte das Abräumen der Teller und Gläser beobachtet, war aber nicht der Meinung, dass die Ausbeute etwas ergeben würde. Jedes Mal, bevor er trank, tupfte er sich den Mund mit der Serviette ab. Er knabberte auch keine Hähnchenknochen ab, die man nach seinem Speichel hätte untersuchen können. Außerdem traute sie der Küche nicht, dass man dort das Geschirr tatsächlich gesondert aufheben würde.

Auf seine provokante Frage hin stellte sie eine harte Gegenfrage: »Wo waren Sie Montagabend, den 18. September?«

»Sie meinen, zwei Nächte vor unserer Begegnung?« Er betrachtete sie amüsiert. »Die war am 20. September. Das habe ich mir gemerkt.«

»Und?«

»Bei meiner Freundin im Bett«, sagte er frech. Und setzte hinzu: »Wenn Sie meinen Speichel analysieren wollen, sagen Sie's doch. Das können Sie einfacher haben.« Er spuckte auf die Papierserviette, faltete sie zusammen und lachte spöttisch.

Sie war nahe daran, ihm die Serviette zu entreißen und wegzurennen, aber in dem Moment kam Hubertus Bach. »Chris! Welche Überraschung, dich mal nicht bei Adnan zu treffen.« Und zu Heiliger gewandt: »Da laufen wir uns sonst manchmal über den Weg.«

Sie versuchte, gelassen zu sein, und stellte die beiden einander vor: Heiliger als Star der Kunstszene und Bach als Studienkollegen, den sie erst kürzlich wiedergetroffen hatte. Sie winkte dem Kellner, damit er ein weiteres Glas brachte.

Heiligers Stimmung rutschte sichtbar in den Keller. Er nahm einen Schluck Rotwein, tupfte sich die Mundwinkel mit der Serviette ab, faltete sie noch einmal und steckte sie wie ein Ziertuch in die Brusttasche seines Jacketts.

Chris schien sie jetzt unerreichbar. Sie orderte Rotwein für Hubertus. Der Kellner öffnete den Rioja, und Heiliger sagte: »Für die Flasche brauchen wir Verstärkung.« Er holte sein Handy aus der Tasche und bestellte unverhohlen seine Freundin in die Tapas-Bar.

Kurz darauf betrat eine blonde Frau das Lokal und kam direkt auf ihren Tisch zu. Sie umarmte Heiliger von hinten, flüsterte ihm etwas ins Ohr, schmiegte ihre Wange an seine und lächelte Chris und Hubertus an.

»Das ist meine Freundin Antonia«, sagte Heiliger. Dann deutete er auf Chris. »Das ist die Staatsanwältin, die sicher wissen will, wo du Montagabend vor zwei Wochen warst.« Damit machte er sich los, stand auf und ging zur Toilette.

Wahrscheinlich ist sie dreißig, dachte Chris, aber sie wirkte jünger. Ihr fielen die langen Wimpern auf, und sie wollte gerade etwas fragen, als Antonia sagte: »Das ist nicht schwer zu beantworten. Montags habe ich immer *ladys talk*, da treffe ich meine Freundinnen.«

Chris lächelte. »Das war einer der Scherze Ihres Freundes. Was machen Sie beruflich?«

»Ich bin Grafikerin.« Dann erzählte sie unbekümmert von ihrer Arbeit. Als Heiliger zurückkam, schob er sie zur Seite, um sich zu setzen. Seine Freundin unterbrach ihre Rede und konzentrierte sich auf ihn. Er war schlecht gelaunt. Seine Feindseligkeit Hubertus gegenüber war offenkundig. Unbeeindruckt aber referierte Bach über die neueste Entwicklung in der Kunstszene und ließ Heiliger keine Chance, etwas einzuwenden oder zu widersprechen. Bach stellte keine Fragen und ließ nichts offen. Ohne jedes Einfühlungsvermögen, dachte Chris, und es fiel ihr zum ersten Mal so deutlich auf. Urteile, Wertungen und Feststellungen türmten sich vor Heiliger auf, und Chris wartete gespannt, was passieren würde. Ihr war klar, dass er sich mit Bachs Fertigphilosophie nicht zuschütten lassen würde.

»Ich muss Ihnen ein Kompliment machen«, sagte Bach schließlich. »Kunst hat viele Seiten, und Sie sind ein Artist darin, den Markt zu bedienen.«

Das war zu viel für Heiliger. »Schneidend!«, brüllte er. »Schneidend scharf beobachtet.« Heiliger hielt sein Besteckmesser in der Faust. »Ich denke, dir kommt es nur, wenn du wie ein KZ-Folterknecht das Messer nimmst –«, Heiliger bewegte das Messer auf Bachs Kehle zu, »– und lustvoll in den Abgrund der Wut blickst, die du kreierst.«

Chris hielt die Luft an. Hubertus bewegte sich nicht, und Heiliger brauchte nur noch eine knappe Bewegung, um ihm das Messer in den Hals zu stoßen. Der Mann vom Nebentisch, der Heiliger am nächsten war, holte aus und schlug zu. Heiliger kippte nach hinten, doch bevor er mitsamt dem Hocker auf den Boden knallte, wurde er von einem anderen Gast aufgefangen. Der Schläger, der Bach gerettet hatte, hielt ein weißes Tuch vor Heiligers Nase, aus der Blut quoll. Dabei versuchte er, Heiliger zu beruhigen.

Alles war blitzschnell gegangen.

Antonia schüttelte den Kopf, als würde sie aus einem bösen Traum erwachen, und schob die beiden Männer zurück. »Überlassen Sie das mir, bitte.« Sie nahm eine Papierserviette und gab sie Heiliger. Es war still im Lokal. Heiliger rappelte sich knurrend auf, stützte sich benommen auf Antonia, drückte sich die Serviette gegen die Nase und ging.

Chris blickte ratlos zu Bach. Das Ganze kam ihr vor wie ein Albtraum.

»Was ist hier eigentlich gerade abgelaufen?«, fragte sie.

»Er hat die Rechnung nicht bezahlt«, sagte Hubertus Bach in dem Ton, der Heiliger so wütend gemacht hatte. Er winkte den Kellner herbei.

»Wir haben Glück gehabt. Oder?«

Sie wunderte sich über seinen nüchternen Ton, als habe er alles nur aus der Distanz beobachtet, obwohl Heiliger ihn jeden Moment mit dem scharfen Messer hätte verletzen können. Erst jetzt fiel Chris der Schläger ein, der das Blut aus Heiligers Nase mit einem Tuch gestillt hatte. Sie wollte ihn danach fragen, denn es enthielt die Blutprobe, die sie brauchte. Doch er war schon verschwunden.

»Wo ist der Typ geblieben, der Heiliger das Tuch unter die Nase gehalten hat?«, fragte sie Bach.

Er schaute sich um und zuckte mit den Schultern.

Chris ging zu den Kellnern, doch der Mann hatte bereits bezahlt und nach dem Vorfall sofort das Lokal verlassen. Der Wirt kam und sagte, jemand habe nun doch das ganze Geschirr in die Spülmaschine gestellt.

Als sie mit Bach das Lokal verließ, bedankte sie sich dafür, dass er gekommen war, und fügte hinzu, sonst wäre es ihr vielleicht an den Kragen gegangen.

»Ich halte den Mann zwar für gefährlich«, sagte Bach, »aber nicht im Sinne unkontrollierter Handlungen. Er ist berechnend. Aber interessant ist, dass er eine andere Seite nach außen trägt.«

»Du hast dich nicht gefürchtet?«

»Nein. Ich habe nicht geglaubt, dass er mir etwas antun würde.«

»Meinst du, er würde mir etwas antun?«

»Ich denke, nein. Er würde einen Ersatz suchen.«

Zum Abschied umarmte sie ihn kurz und sagte: »Vielleicht habe ich dir mein Leben zu verdanken.«

»Ich glaube kaum.« Er lächelte, hob grüßend die Hand und ging.

Als sie mit Paula telefonierte, um ihr alles zu berichten, erfuhr sie, dass weder sie noch Bach in Gefahr gewesen waren, denn Paula hatte dafür gesorgt, dass der Tisch neben ihnen vom MEK besetzt war. Die Sache war mit Bach abgesprochen gewesen. Er sollte Heiliger so provozieren, dass ein Eingreifen der Polizisten gerechtfertigt sein würde.

»Das Tuch mit Heiligers Blut ist bereits in der KT zur Analyse«, sagte Paula.

38

Paula suchte wieder nach ihren Schlüsseln, als der Anruf kam. Sie war morgens extra vor den anderen gekommen. In ihrem Büro waren sie nicht. Sie mussten irgendwo anders sein. Natürlich nicht im Kühlschrank, aber sie konnte nicht widerstehen, ihn zu öffnen. Es waren noch drei Stück von Ullas selbst gebackenem Apfelkuchen da. Sie kämpfte mit sich und wollte gerade zugreifen, da ertönte ihre Handy-Melodie. Dr. Jossele von der KT rettete sie vor dem Kuchen.

»Moin, moin«, sagte er fröhlich. »Haben Sie schon gefrühstückt?«

»Nein, wollte ich gerade.«

»Die DNA-Untersuchungen hatten ja ergeben, dass die Haare an der Baseballkappe und die bei Johanna Frenzi gefundenen Spermien von derselben Person stammen. Aber es ist nicht die Person, von der das Blut an der Serviette ist, die Sie uns zum Vergleich schickten.«

Die Aktion am Rande der Legalität hatte nichts gebracht. Paula hatte ihre guten Beziehungen zum MEK eingesetzt, um die Kollegen zu überzeugen, und hatte dabei verschwiegen, dass Bach Josef Heiliger provozieren wollte. Jedenfalls hatte Chris jetzt Ruhe, was Heiliger anbetraf.

»Aber ein zweiter Vergleich ergab«, fuhr Jossele fort, »dass die Haare und Spermien von demjenigen stammen, der das Kaugummi gekaut hat. Wenn Spermien und Haare vom Täter sind, dann haben Sie Ihren Mann.«

Mendel. Ihr fiel Professor Posch ein, der nach der Obduktion gesagt hatte, der Täter müsse gute medizinische Kenntnisse gehabt haben.

»Sind Sie sicher?«

»Die Fehlerquote des Verfahrens liegt bei eins zu drei Milliarden«, erwiderte Dr. Jossele.

Sie hatte gerade aufgelegt, da klingelte es wieder: ein Hamburger Kollege. Heiliger war am Montag, dem 25. September, im Auktionshaus Ketterer gewesen. Er hatte sich eine Bieternummer geholt. Die Zeit war nicht eingetragen worden. Die Angestellte meinte, es wäre gegen zwölf gewesen. Sie hatte kurz danach ihre Kollegin gebeten, ob sie ihr einen Mittagssnack mitbringen würde. Die Auktion ging bis fünfzehn Uhr.

Apfelkuchen und Schlüssel waren vergessen, Paula rief sofort Chris an. Sie erreichte sie auf dem Weg ins Büro. »Du kannst aufatmen, Chris, wir haben ihn.«

»Heiliger?« Chris' Stimme war so leise, dass Paula sie kaum verstand.

»Nein. Es ist Mendel.«

Stille. Paula dachte schon, die Verbindung wäre unterbrochen. Dann hörte sie so etwas wie einen Seufzer. Leise sagte Chris: »Seid ihr sicher?«

»Ganz sicher, Chris. Bitte fax mir den Haftbefehl für Mendel gleich ins Büro.«

Chris atmete laut aus. »Du glaubst nicht, was für ein Horror das war.«

»Doch, ich glaube dir das. Aber jetzt brauchst du keine Angst mehr zu haben«, sagte Paula, und sie fühlte sich selbst erleichtert.

Aber Chris war noch nicht überzeugt. »Warum bist du denn so sicher?«

»Ich habe eben das Ergebnis der DNA-Untersuchungen gekriegt. Die Leiche von Johanna Frenzi wurde mit dem Auto der jungen Frau zum Filmpalast transportiert. Sie hatte einen Ford Transit, in den der Rollstuhl hinten reinpasste. In dem Auto fanden wir die Kappe, die nachweislich von Mendel getragen wurde. Vor ihrer Ermordung hatte Johanna Frenzi Geschlechtsverkehr, und die Spermien sind von Mendel. Damit sitzt er in der Falle.«

»Und das erste Opfer?«

»Ich nehme an, er wird für die Tatzeit kein Alibi haben. Aber das werden wir sehen.«

»Und die Barbiepuppe?«

»Wir müssen natürlich auch überprüfen, wo Mendel zur

fraglichen Zeit war. Heiliger jedenfalls war in Hamburg bei der Auktion, wie er angegeben hatte.«

Nun lachte Chris erleichtert auf. »Dann muss ich mich ja bei Heiliger entschuldigen.«

Paula grinste. »Du kannst ihm ja rote Rosen schicken.«

»Wenn ich dich nicht hätte. Vor allem wegen der Idee mit den Rosen«, sagte Chris.

»Vergiss den Haftbefehl nicht.«

»Kommt sofort.«

Als Paula und Marius in die Klinik fuhren, überlegte er, wo er nach Mendels Geständnis Urlaub machen könnte.

Paula beschrieb ihm, wie gut ihr Ahlbeck gefallen habe, aber das schien ihm die Laune zu verderben. »Es geht nicht darum, dass ich mit Ralf dort war«, sagte sie. »Ich beschreibe nur einen schönen Seeort, an dem man sich gut erholen kann.« Er muffelte weiter. Um ihn abzulenken, fragte Paula: »Wieso bist du so sicher, dass Mendel ein Geständnis ablegen wird?«

»In Mendel haben wir doch Bachs Täter Typ A vor uns«, sagte er, noch mit missgestimmtem Unterton. »Der Kerl kidnappt, foltert, schändet aus genetischer Mordlust. Weil er nicht möchte, dass wir ihm den Spaß daran verderben, versucht er, mit allen Finessen seiner Intelligenz und beruflichen Erfahrung, seine Taten zu kaschieren, indem er uns mit dieser ausgetüftelten Inszenierung in die Irre führt. Natürlich kennt er sich mit Leichenstarre aus, aber er vertraut darauf, dass die Exaltiertheit seiner Leichenausstellungen uns in eine andere Richtung lenkt.«

»Was ihm vielleicht gar nicht gelungen wäre, wenn Bach das mit seiner Theorie vom erfolgssüchtigen Künstler nicht so unterstützt hätte.« Paula konnte sich diese Bemerkung nicht verkneifen, und ihre anfängliche Aversion gegen Bach war wieder da; obwohl sie inzwischen hohe Erwartungen in den Profiler gesetzt hatte.

»Seine Kunsttheorie ist hin, und nun sieht er gar nicht so gut aus«, gab Marius zu.

»Du hast meine Frage noch nicht beantwortet: Warum sollte Mendel geständig sein, nachdem er so einen Aufwand betrieben hat, um nicht geschnappt zu werden?«

»Er ist Arzt. Keiner weiß besser, dass eine DNA-Spur keinen Ausweg lässt. Wir sollten ihm das gleich sagen. Ich wette, dann kommt er ohne Theater mit.«

Als sie sich im Sekretariat der Chirurgie nach Dr. Mendel erkundigten, wurde ihnen gesagt, dass er gerade operierte.

»Gut«, sagte Paula, »dann warten wir.«

Die Sekretärin bat sie, draußen Platz zu nehmen, aber Paula bestand darauf, direkt vor dem OP-Saal zu warten.

Man wusste nicht, wie lange die Operation dauern würde. Sie saßen auf einer Bank im Flur, und Paula konzentrierte sich zum Zeitvertreib auf die Geräusche um sie herum. Nach einer Weile hatte sie heraus, dass die schnellen Schritte den Ärzten zuzuordnen waren, die etwas weniger schnellen den Schwestern und die langsamen den Patienten. Einmal begegneten sich zwei Ärzte, blieben stehen, sprachen leise miteinander und rannten dann weiter. Als die Tür endlich aufging und jemand im weißen Kittel erschien, war es nicht Mendel. Sie warteten weiter. Als er dann herauskam, war er in Begleitung eines Kollegen.

Paula stand auf und stellte sich ihm in den Weg. »Herr Dr. Mendel.«

»Ja?«, fragte er unwirsch.

Sein Kollege nickte ihnen flüchtig zu und ging weiter.

Paula hielt Mendel den Haftbefehl hin. »Die Spuren im Mordfall Johanna Frenzi legen den zwingenden Verdacht nahe, dass Sie sie getötet haben. Wir müssen Sie bitten mitzukommen.«

»Wie kommen Sie auf diesen Blödsinn?«

»Herr Dr. Mendel, wenn Sie jetzt keine Schwierigkeiten machen, verzichten wir auf Zwangsmaßnahmen, und Sie können uns auf dem Präsidium alles in Ruhe erklären. Die DNA-Vergleiche belasten Sie eindeutig.«

Marius hatte recht, nun gab er nach, wollte sich vorher aber noch umziehen. Paula lehnte ab. Sie wollte kein Risiko eingehen – der Mann war intelligent und gefährlich. »Wir werden Ihre Frau verständigen, die kann Ihnen alles bringen.«

39

Chris schaute durch die Glasscheibe, die auf Mendels Seite wie ein Spiegel aussah. Sie war ins Präsidium gekommen, um festzustellen, ob sie ihn kannte oder ob sie ihn zumindest schon einmal gesehen hatte, etwa, als er sie beobachtete. Er saß auf einem Hocker in der Mitte des leeren Raumes. Er war mittelblond, hatte dichtes Haar, markante Gesichtszüge und eine drahtige Figur. Die Brille gab ihm etwas Intellektuelles, aber Chris bezweifelte, dass er ein Feingeist war. Die Farbe seiner Augen konnte sie nicht erkennen, weil sich das Licht in den Brillengläsern spiegelte. Ihr fiel nicht ein, wo und wie er sie hätte beobachtet haben können.

Chris sah auf das Papier in ihrer Hand. Mendel war am 15. Oktober 1974 geboren, also Waage. Jemand hatte mit Bleistift dahintergeschrieben: Aszendent Skorpion. Sie kannte sich mit Astrologie nicht aus. War man als Waage nicht harmoniebedürftig und konfliktscheu? Zum Skorpion fielen ihr die Stichworte pedantisch und kämpferisch ein, auch selbstquälerisch.

Mendel erinnerte sie an jemanden. Vor Jahren war sie auf einem Seminar zur Strafrechtsreform in Wiesbaden gewesen. In dem Hotel tagte gleichzeitig ein Medizinerkongress, und abends kredenzten Winzer aus der Umgebung ihre Weine. Juristen und Mediziner waren nach und nach zur Weinprobe eingetrudelt, und schließlich war sie mit einem Assistenzarzt auf ihrem Zimmer gelandet. Er war noch in der Ausbildung und wollte Chirurg werden. Am nächsten Morgen war er verschwunden. Im Spiegel entdeckte sie blaue Flecken und Bissmale an ihrem Körper. Sie hatte den Typen nie wieder gesehen und diese unangenehme Erfahrung verdrängt. Noch heute schämte sie sich für diese Nacht, auch wenn der Seminar-Stress und der anschließende Alkohol schuld an dieser anonymen Erfahrung gewesen waren. So etwas war ihr nie wieder passiert. Es wäre absurd, wenn das Mendel gewesen sein sollte. Er wirkte adrett und sah nach guten Manieren aus. Er hatte in zehn Semestern sein Medizinstudium durchgezogen, dann die Fachausbildung zum Chirurgen und war nun Oberarzt mit zweiunddreißig.

Paula und Tommi schleppten einen Tisch herbei, und als Paula zu ihr herüberblickte, schüttelte sie den Kopf, um zu signalisieren, dass sie Mendel nicht kannte. Die beiden trugen den Tisch in den Verhörraum. Paula bat Mendel, aufzustehen und den Hocker beiseitezuschieben, um den Tisch in die Mitte zu stellen. Marius brachte zwei Stühle und platzierte das Mikrofon mit dem Rekorder. Paula reichte Mendel ein Papier und bat ihn zu unterschreiben, dass er mit der Aufnahme des Gesprächs einverstanden sei. Er unterzeichnete. Einen Anwalt hatte er abgelehnt.

»Wozu brauche ich einen Anwalt? Das Ganze ist ein Irrtum, das wird sich gleich herausstellen«, hatte er bei seiner Verhaftung ein paarmal wiederholt. Paula hatte es Chris erzählt und gleich hinzugefügt, dass die, die auf ihre Rechte verzichteten, ihrer Erfahrung nach ebenso schuldig sein konnten wie die Randalierer, die gleich nach einem Anwalt schrien.

Chris kramte in ihrem Gedächtnis, doch es blieb dunkel. Rein äußerlich hätte Mendel der Typ sein können, mit dem Chris sich einlassen würde. Er wirkte sportlich, vermutlich spielte er Tennis, und er wirkte konzentriert, was ihr an Männern gefiel. Er war ernsthaft, und er hatte sicherlich Probleme. Bei einer unvoreingenommenen Begegnung wäre sie aber auf keinen Fall darauf gekommen, dass diese Probleme von so schwerer psychopathologischer Art sein konnten. Jetzt, hier, hinter der dicken Glasscheibe, durch die nur sie ihn sehen konnte, fühlte sie sich sicher und erleichtert. Aber als sie sich vorstellte, wie oft und wo überall er sie beobachtet haben musste, bekam sie Gänsehaut. Er musste ihr aufgelauert haben, und allein der Gedanke war ihr unheimlich. Könnte sie jemals nachts wieder arglos durch ihren Vorgarten gehen?

Sie drehte den Lautsprecher herunter, denn Paula ging nun mit Mendel die persönlichen Daten und den formalen Kram durch, den Chris bereits aus der Akte kannte.

Gestern hatte sie in ihrem Büro gesessen, gerädert von ihrer Angst, dass Mendel der Falsche sein oder vielleicht einen Mittäter haben könnte. Wieder sah sie die toten Frauen vor sich – auf der Bank und im Kinosessel.

Der Angeschuldigte schien sie jetzt direkt anzuschauen,

obwohl er sie durch den Spiegel auf seiner Seite nicht sehen konnte. Am liebsten hätte sie sich auf ihn gestürzt und ihn geschüttelt. »Was wollen Sie von mir?«

An irgendetwas erinnerte er sie – Mendel, Mendel. Sie beobachtete jede seiner Bewegungen, wie er sich vorlehnte oder die Arme aufstützte. Als er sich abrupt zurückwarf, als hätte er kaltes Wasser ins Gesicht bekommen, drehte sie den Ton wieder laut.

»Warum haben Sie bestritten, dass Sie Johanna Frenzi kannten?«

»Meine Frau ist eifersüchtig, ich hätte wochenlang die Hölle gehabt.«

»Warum haben Sie sich überhaupt mit Johanna Frenzi eingelassen, wenn Ihre Frau so eifersüchtig ist?«

»Ich habe mich nicht mit ihr eingelassen, ich habe ihr nur den Titel einer CD aufgeschrieben.«

»Aber Sie erinnern sich nicht mehr, welche CD das war?«

»Doch, es ist mir wieder eingefallen. Es war *Winelight* von Groover Washington junior.«

Jazz passte zu ihm, fand Chris, aber was bedeutete das schon. Sie hatte sich die Videoszene vorhin noch angesehen, und es könnte ebenso seine Telefonnummer gewesen sein.

»Und diese CD haben Sie zusammen in Johannas Auto gehört?«

Chris wartete gespannt. Er verzögerte die Antwort, nahm seine Brille ab und hielt sie gegen das Licht.

»Ich war nicht in ihrem Auto.«

»Und wie kam Ihre Kappe in den Wagen?« Paula legte die Baseballkappe auf den Tisch.

»Das ist nicht meine. Meine ist zu Hause. Sie haben sie ja gesehen.«

Paula legte einen Computerausdruck auf den Tisch und drehte ihn so, dass er ihn lesen konnte. »Der Haftbefehl gründet sich auf die Tatsache, die Sie hier lesen können«, sie hielt inne und beobachtete ihn. »Nein, nicht da – da.« Sie deutete auf eine bestimmte Stelle und las vor: »Die Baseballkappe wurde im Wagen der Ermordeten gefunden. In dieser Kappe befanden sich Haare, die nachweislich von Doktor Moritz Mendel sind. Außerdem ergab die DNA-Analyse, dass die Struktur der bei Johanna Frenzi gefundenen Spermien mit der von Dr. Mendels Haaren übereinstimmt.« Sie sah ihn an. »Sie sind Mediziner, Sie wissen, was eine DNA-Analyse ist. Und Sie kennen auch den wissenschaftlichen Beweiswert.«

Mendel nahm den Haftbefehl in die Hand und las.

Chris war überzeugt, dass nichts für ihn neu war und er sich bloß verstellte. Er hatte bei Johanna Frenzi im Auto gesessen, und er hatte mit ihr geschlafen, bevor sie ermordet wurde, daran gab es keinen Zweifel.

Der Verlobte von Johanna Frenzi, Walter Kemper, war nach Arbeitsschluss an Johanna Frenzis letztem Tag zu ihr nach Hause vorgefahren und hatte mehrere Stunden auf sie gewartet. Aber sie war nicht gekommen, jedenfalls bis morgens um sechs nicht. Das Ergebnis der Spurenermittlung in der Wohnung bestätigte Kempers Aussage, dass sie nicht mehr nach Hause gekommen war. Dort war sie nicht getötet worden. Die Art, wie der Killer sie gefoltert und ermordet hatte, hätte Spuren hinterlassen.

Die Zeugenaussagen der Kollegen im Café belegten, dass Johanna Frenzis letzter Arbeitstag vor ihrem Verschwinden ganz normal verlaufen war. Es gab keinerlei Auseinandersetzungen mit den Gästen. Niemand hatte Nasenbluten bei ihr bemerkt, zu niemandem hatte sie derartige Beschwerden geäußert. Also waren die Verletzungen und das Blutgerinnsel in der Nase nicht vor oder während Johannas Arbeit entstanden, sondern danach. Nach ihrem Kidnapping.

Die Spermaspuren hätte man auch nicht mehr bei ihr feststellen können, wenn sie den Geschlechtsverkehr in der Nacht *vor* ihrem letzten Arbeitstag gehabt hätte. Das wäre zu lange her gewesen. Mendel musste sie nach Verlassen des Cafés Donnerstag gegen 0.30 Uhr abgefangen und verschleppt haben. Man wusste nur noch nicht, wohin.

Chris ließ ihn nicht aus den Augen.

Vermutlich las er gar nicht den Haftbefehl, sondern benutzte die Pause, um sich etwas zurechtzulegen.

Langsam hob er den Kopf, und dann kam es. In leisen Sätzen gab er zu, in jener Nacht mit Johanna Sex gehabt zu haben.

»Ja, ich hatte ihr nicht nur den Titel der CD aufgeschrieben, sondern auch meine Handynummer. Sie rief mich noch am selben Tag an, und wir verabredeten uns. Wir waren vierzehn Tage zusammen, fast jeden Tag. Ich wollte es wegen meiner Frau nicht sagen.«

»Wie spät war es, als sie zu Ihnen in den Wagen stieg?«

»Etwa ein Uhr.«

»Das kann nicht sein. Wenn sie nach der Arbeit in Ihr Auto gestiegen wäre und ihr eigenes Auto dort stehen gelassen hätte, wie wäre es dann vors Kino gekommen?«

»Was weiß ich. Jedenfalls sind wir zu ihr gefahren wie immer.«

»Das kann auch nicht sein. Ein Zeuge hat nachts auf Johanna Frenzi gewartet – vor ihrer Haustür. Sie ist dort nicht angekommen.« Paulas Stimme war angespannt.

Mendel wurde kiebig. »Was soll das Ganze? Was habe ich mit dem Mord zu tun?«

»Die Kleinigkeit, dass Ihre Spermien in der Leiche gefunden wurden.«

»Ich habe mit dem Mord nichts zu tun. Und dass wir Sex hatten, habe ich zugegeben.«

»Das können Sie auch nicht leugnen, weil wir Ihre DNA haben. Aber der Rest ist gelogen. Wo waren Sie Sonntag zwischen 19.00 und 20.30 Uhr? Das ist die Zeitspanne, in der die Tote ins Kino gesetzt wurde. Sie werden das in der Presse verfolgt haben.«

»Um 19 Uhr?« Er schien zu überlegen.

»Haben Sie?« Paulas Ton wurde noch schärfer.

»Habe ich was?«

»Haben Sie die Presseberichte über Johanna Frenzis Ermordung verfolgt?«

»Ja, sicher. Schrecklich.«

Für diese lapidare Reaktion hasste Chris ihn, und sie war sicher, dass Paula ihn am liebsten angebrüllt hätte. Sie blieb aber ruhig. »Und deswegen haben Sie uns anfangs gesagt, dass Sie sie nicht kennen. Nicht wegen Ihrer Frau. So ist es doch, oder?«

»Ich sagte Ihnen doch, meine Frau ist rasend eifersüchtig.«

»Wo waren Sie um 19 Uhr?«

»Ich war zu Hause. Meine Frau geht sonntagabends immer zum Hallentennis, und dann nutze ich die Zeit, meine OP-Berichte zu schreiben.«

»Und Sie haben niemanden, der das bezeugen kann, richtig?« Chris spürte Paulas unterdrückte Wut.

»Ein Freund hat mich angerufen. Auf meiner Festnetznummer. So gegen 20 Uhr.«

»Wie heißt er?«

»Dr. Matthias Boldt, ein Kollege.«

»Wo waren Sie am 18. September, Montag, ab 20 Uhr?«

Mendel sah Paula irritiert an.

Chris wartete gespannt auf seine Antwort. Dies war der Abend, an dem Silvia Arndt verschwunden war.

Mendel überlegte. »Da habe ich operiert. Einen Magendurchbruch.«

Paula stand auf. »Sie bleiben erst einmal in Untersuchungshaft, Herr Mendel, bis wir Ihre Angaben überprüft haben.« In der Tür drehte sie sich noch einmal um. »Sie können sich jederzeit an einen Beamten wenden und ihm den Namen eines Strafverteidigers nennen.«

Als Paula über den Flur ging, hörte sie ihr Handy – sie hatte eine SMS erhalten. »Ich denke an dich. Du auch an mich? Jonas.«

Sie spürte die Versuchung, sich verführen zu lassen, und war wütend. Er sollte sie in Ruhe lassen. »Nein. Keine Zeit.« Ohne Gruß feuerte sie die Antwort los.

Sie ging zu Chris. »Du hast ihn nicht wiedererkannt?«

Die Freundin schüttelte den Kopf. »Das war nicht der Typ in Wiesbaden; eine Unterhaltung mit ihm wäre nach zehn Minuten zu Ende gewesen. Schon allein die Stimme. Mit dem wäre ich bestimmt nicht im Bett gelandet. Am Ende kam er mir wie ein killendes Muttersöhnchen vor.«

»Das gehört ja schon zum Täterprofil«, spottete Paula. »Das ist Bachs Terrain.« Paula schob die Ärmel ihrer Bluse hoch. »Wir haben die Vernehmung gefilmt.«

»Durftet ihr?«

»Er hat schriftlich einem Recording zugestimmt.« Beide grinsten. »Ich werde Bach die Kassette schicken.«

»Und was ist deine persönliche Meinung?«

»Es spricht alles dafür. Aber irgendwas fehlt mir. Ich weiß auch nicht, was. Du?«

»Ich werde Anklage erheben, wenn du mit ihm fertig bist. Das ist nicht der Typ, der sich unschuldig in etwas hineinreitet. Wenn er sich nicht aus der Schlinge zieht, war er es. Was sagt er übrigens zu Silvia Arndt?«

»Kennt er nicht.«

»Was wirst du nun machen?«

»Wir werden seinen Kollegen Boldt fragen, ob und wann er ihn angerufen hat. Mendel will zu Hause gewesen sein, als Johanna Frenzi im Kino abgesetzt wurde. Der Beweis soll sein, dass Boldt ihn dort angerufen hat, um sich mit ihm zum Squash zu verabreden.«

»Das wird stimmen. So blöd wird er nicht sein.«

»Dann hat er die Leiche nicht ins Kino gebracht. Aber vielleicht hat er eine Weiterschaltung vom Festnetz aufs Handy. Dann konnte er den Anruf auch unterwegs entgegennehmen.«

Chris saß auf der Schreibtischkante und spielte an einem Kugelschreiber herum. Chris schien Paula so angespannt, dass sie ihr diese Ablenkung lassen wollte, obwohl es sie nervte. Ein Außenstehender hätte ihre Unsicherheit gar nicht gemerkt, denn sie sah blendend aus, duftete, hatte frisch geföhnte Haare, und ihre Fragen und Antworten kamen schnell. »Was sind seine Schwachpunkte?«, fragte sie.

»Seine Lügen. Gleich zu Anfang: dass er Johanna Frenzi nicht kannte. Dann begreift er die Unwiderlegbarkeit des DNA-Vergleichs, gibt den Sex mit ihr zu, lügt aber, sie seien bei ihr zu Hause gewesen. Wir wissen, dass es nicht so war. Das ist gravierend. Er könnte den wahren Ort ja nennen, wenn es nicht die Folterhölle wäre, die ihn überführen würde.«

»Und die Barbiepuppe?«

»Wir machen gleich eine Hausdurchsuchung.«

»Hoffentlich haben wir bald ein Geständnis von ihm«, sagte Chris, als sie sich verabschiedete.

40

Frau Mendel wurde blass, als Paula ihr den Durchsuchungsbefehl hinhielt. Entgeistert starrte sie die kleine Truppe an, mit der Paula gekommen war – Waldi, Tommi und Max. Marius versuchte derweil bei Doktor Boldt, Mendels Alibi für die Zeit der Ermordung von Silvia Arndt zu überprüfen.

Sieglinde Mendel machte auf dem Absatz kehrt und verschwand in der Wohnung. Waldi leitete die Durchsuchung, und Paula gab ihm das Zeichen, in die Wohnung einzurücken. Paula folgte der Frau in die Küche und bat sie, ihr ein paar Fragen zu beantworten.

Sie nickte, nahm den Topf vom Herd und setzte sich.

Der Geschirrspüler lief mit einem Schleifton, der in Abständen von einem dumpfen Schlag begleitet wurde. Paula hätte das Ding gerne abgestellt, aber die Frau ihr gegenüber sah nicht aus, als würde sie ihr den Gefallen tun. Ziemlich verschlossen saß sie da vor ihr am Küchentisch. Sie war vier Jahre älter als ihr Mann und Krankenschwester im Martin-Luther-Krankenhaus. Der Vater hatte als Allgemeinarzt eine eigene Praxis in Oldenburg, die Mutter war Physiotherapeutin. Sieglinde war mit Moritz Mendel seit neun Jahren verheiratet. Sie wirkte blasser als ihr Mann, und Marius hatte Paula nach ihrem Besuch bei den Mendels gefragt, warum der Arzt wohl diese Frau geheiratet hatte. »Warum nicht?«, war Paulas missbilligende Rückfrage gewesen.

Abweisend saß sie ihr gegenüber, die Hände auf dem Tisch gefaltet. Sie war ungeschminkt. Sie gehörte sicher zu jenen zuverlässigen Krankenschwestern, denen man nachsagte, sie seien zupackend und geradeheraus. Paula zweifelte nicht daran, dass sich Kranke bei ihr aufgehoben fühlten.

Sie erklärte der Frau so schonend wie möglich die Situation, kam aber nicht umhin, sagen zu müssen: »Wir haben Ihren Mann wegen Mordes verhaftet.«

Frau Mendel blieb erstaunlich ruhig, und Paula erklärte ihr weiter die Zusammenhänge, doch nach einer Weile liefen ihr Tränen über die Wangen, und Paula schwieg jetzt. Die Frau erinnerte sie an eine reife Frucht, die aufplatzte. Während sie wartete, dass die Tränen versiegten, wurde ihr wieder das Rauschen mit dem rhythmischen Schlagen des Geschirrspülers bewusst.

Als Sieglinde Mendel sich beruhigt hatte, fragte Paula, wann sie ihren Mann kennengelernt habe.

»Vor elf Jahren«, sagte sie und berichtete, wie sie ihm damals beim Büffeln fürs Examen geholfen hatte. Aus der Studienzeit war dann ganz selbstverständlich ein gemeinsames Leben entstanden. Sie seien ein gutes Team, sagte sie, sie gäben sich gegenseitig Halt und führten eine gute Ehe. Ein Problem sei nur ihre Eifersucht.

Sie schien sich zu öffnen. Paula fragte, ob sie Grund zur Eifersucht habe.

»Eigentlich nicht«, wehrte sie ab, »aber ich sehe im Krankenhaus jeden Tag, was da alles los ist.«

»Hat er sie denn mal betrogen?«, fragte Paula direkter.

»Nein«, kam es entschieden. Und dann mauerte sie: Er brauche seine Unabhängigkeit, sei aber immer nett und freundlich, habe noch nie ihren Geburtstag vergessen und bringe auch zwischendurch Geschenke mit.

Nach jedem Betrug ein Geschenk, dachte Paula und fragte, wann sie denn das letzte Geschenk bekommen habe.

Ein winziges Lächeln erschien auf ihrem Gesicht, und sie sagte, ohne nachzudenken: »Am Montag. Nach der Klinik brachte er mir ein Parfum mit.«

Paula nickte verständnisvoll lächelnd und fragte: »Welches benutzen Sie denn?«

»Cool Water von Davidoff.«

»Und das hat er Ihnen mitgebracht?«

»Nein, er wollte, dass ich mal etwas anderes ausprobiere.«

»Und was war es?«

»Chanel N° 5.«

Paula horchte auf. Das war das Parfum, das Johanna Frenzi benutzt hatte. Sie hatte es in ihrer Handtasche gehabt.

Endlich hörte die Spülmaschine auf. Die beiden Frauen schwiegen. Die Stille stand im Raum.

Paulas Handy-Melodie ertönte, und Chris teilte ihr mit, dass sie gerade darauf gekommen sei, was ihr an Mendel doch irgendwie bekannt vorkam: der Name. Vor einem halben Jahr hatte sie eine Akte mit einer Anzeige wegen Nötigung, Beleidigung und Körperverletzung auf dem Schreibtisch gehabt. Eine Sieglinde Mendel hatte ihren Ehemann beschuldigt, sie geschlagen zu haben. »Ich wollte dir das sagen, vielleicht bist du ja noch bei der Hausdurchsuchung.«

»Ja, bin ich«, sagte Paula. »Schick mir die Akte in die Keithstraße.«

Sie entschuldigte sich bei Frau Mendel für die Störung und fragte, wo sie stehen geblieben waren.

Als hätte es keine Unterbrechung gegeben, sagte sie: »Er ist Chirurg, ein Helfer, er kann keinem etwas antun.« Sie schaute vor sich hin. »Dazu ist er nicht imstande.«

»Frau Mendel, Sie haben ihn vor einem halben Jahr wegen Körperverletzung angezeigt. Hat er sie da an den Brüsten verletzt?« Paula dachte an die Brandmale bei Johanna Frenzi.

Die Frau stand auf, nahm eine Tasse aus der Spüle, füllte sie mit Leitungswasser und trank. »Ich habe manchmal Sodbrennen«, sagte sie, trocknete die Tasse wieder ab und stellte sie zurück in den Schrank. »Was haben Sie gefragt?«

»Wo hat Ihr Mann Sie verletzt?«

Sie starrte sie wie erschrocken an, sagte aber kein Wort.

»Er hat Sie geschlagen – hat er Sie auch an den Brüsten verletzt?«

Sie sagte nichts, aber ihre Kopfbewegung hätte man auch als ein Nicken interpretieren können.

Tommi kam herein, ausgerechnet jetzt. Paula zwang sich zu einem freundlichen Ton. »Was ist?«

Er zeigte ihr die rechte Manschette und die Vorderseite eines weißen Oberhemdes: bräunliche Flecken. Getrocknetes Blut.

Paula fragte Sieglinde Mendel, ob es ihr Blut sei.

Sie schüttelte den Kopf, aber das kam Paula eher wie eine Lüge vor, um ihren Mann nicht zu belasten.

»Wir nehmen das Hemd mit. Tommi, bitte –«

»Schon klar.« Er machte die Tür hinter sich zu.

»Sie tun Ihrem Mann keinen Gefallen, wenn Sie uns die Wahrheit verschweigen. Im Gegenteil, es könnte ihn entlasten.«

Frau Mendel lachte bitter. »Ich habe bestimmt nichts mit einem Mord zu tun. Er aber auch nicht. Auch wenn er manchmal seltsam war und mir wehgetan hat.«

»Was hat er gemacht?«

»Er hat mich geschlagen«, sagte sie tonlos. »Aber nur, wenn er verzweifelt war. Er konnte so verzweifelt sein, dass er die Beherrschung verloren hat, doch dann hat es ihm gleich wieder leidgetan.«

»Hat er sie nicht am Busen verletzt?«

Sie zögerte einen Moment. »Doch. Das war der Grund, warum wir Streit hatten, ich mochte das nicht.«

Als Paula abends im Bett lag, wollte sie lesen, um sich abzulenken, aber sie ließ das Buch schon nach der ersten Seite sinken. Sie starrte an die Decke. Sie hatte die Tür aufgelassen, weil Ralf nicht da war. Kater Kasimir kam hereingeschlichen und legte sich auf ihre Füße.

Paula blieben jetzt nur noch Routinearbeiten, und dennoch konnte sie sich nicht entspannen. In ihrem Körper rauschte es, als würde die Mendel'sche Spüle in ihr weiterlaufen.

Die Kollegen hatten ganze Arbeit geleistet, jedes Fach aus- und eingeräumt, jeden Anzug und jede Bluse abgetastet. Der Besuch bei Mendel hatte mehrere Stunden gedauert, und sie fühlte sich ziemlich erledigt, als sie die Wohnung verließen. Anschließend hatte sie das blutbespritzte Hemd noch zur Kriminaltechnik gebracht und um schnelle Untersuchung gebeten. Sie wollte das Ergebnis gleich morgen früh.

Normalerweise drehte sie sich zum Einschlafen immer auf die rechte Seite und zog die Beine an. Jetzt lag sie auf dem Rücken. Sie versuchte abzuschalten und an nichts zu denken, doch immer wieder arbeitete ihr Verstand an der Beweiskette, als stünde sie vor Gericht. Sie hörte Mendels Strafverteidiger fragen, ob sie dem anonymen Anruf auf ihrer Mailbox nachgegangen sei, und überlegte, wie Mendel ihre Nummer herausgefunden haben könnte. Sie hatte die Sprachaufnahme in der KT untersuchen lassen, aber sie wollten sich nicht einmal festlegen, ob es eine Männer- oder eine Frauenstimme war. Die Stimme lief so monoton, und die Sprechtakte waren so gleichmäßig, dass der Akustiker annahm, die Nachricht wäre auf einen Computer gesprochen und bearbeitet worden, ehe sie auf Paulas Handy gesendet wurde. Es waren keine individuellen Schwingungen festzustellen. Sie hatte seitdem keinen weiteren Anruf mehr erhalten.

Als sich die Gedanken langsam von ihr entfernten und in einen Traum verwandelten, schreckte sie wieder auf, weil ihr Kasimir mit der Pfote auf das Auge tapste. Wahrscheinlich hatten sich ihre Augäpfel unruhig bewegt.

Ärgerlich scheuchte sie ihn weg. Ihr fiel Bachs These ein, der Täter würde bei der Pressekonferenz erscheinen. Dann auch seine Behauptung, der Täter wäre ein Künstler, und Heiliger tauchte vor ihr auf. Bach hatte sich selbst an der Aktion gegen Heiliger beteiligt – man hatte einen Unschuldigen zusammengeschlagen. Sicher war dem FBI-erfahrenen Profiler das jetzt peinlich, dachte sie, und sackte endlich in den Schlaf.

41

Als Paula morgens wach wurde, fühlte sie sich immer noch angeschlagen. Sie war aufgewacht, obwohl der Wecker noch nicht geklingelt hatte, und drehte sich, mit einem neidischen Blick zu Ralf, der tief und fest schlief, noch einmal auf die Seite. Dann fiel ihr wieder Sieglinde Mendel ein, und sie wurde hellwach.

Sie ging ins Bad, hüpfte unter die eiskalte Dusche und stieß kurze Schreie aus. Danach rubbelte sie sich warm und trank in der Küche ihren heißen Tee. Hunger hatte sie noch nicht.

Als sie ins Büro kam, erwartete Marius sie schon. Er machte sich gerade einen Kaffee und sah aus, als ob er Neuigkeiten hätte.

Sie schaute neugierig in die Tüte, die vor ihm lag: zwei Amerikaner. Wie selbstverständlich bediente sie sich und nahm, während sie kaute, zur Kenntnis, dass Boldt Mendel tatsächlich zur fraglichen Zeit angerufen hatte.

»Er wollte sich mit ihm zum Squash verabreden.«

»Aber?«, fragte sie mit vollem Mund.

Marius griente. »Aber er hat die Nachricht nur auf dem Anrufbeantworter hinterlassen können.«

»Bei der Hausdurchsuchung war keine Nachricht drauf. Meinst du, Boldt lügt?«

»Dass er den Anrufbeantworter dran hatte, in Wahrheit aber Mendel persönlich?«

»Wohl kaum.«

»Dass er gar nicht angerufen hat, also auch nichts auf dem AB hinterlassen hat?«

»Das macht keinen Sinn.« Paula schüttelte den Kopf. »Er hat die Nachricht auf dem Anrufbeantworter hinterlassen, Mendel hat sie irgendwann abgehört, tut uns gegenüber aber so, als hätte er direkt mit Boldt gesprochen. Das nutzt ihm doch, er denkt, so hat er ein Alibi.«

»Ein ziemlich dummer Versuch.«

»Ich glaube, der hat nicht damit gerechnet, dass er verhaftet wird. Er ist auf diese Situation nicht vorbereitet. Er kann zwar gut planen, aber wenn dann plötzlich etwas schiefgeht, kommt er nicht klar damit.«

»Wie ist nun also Stand der Dinge?«

»Wir können Mendel zwar nicht beweisen, dass er Johanna Frenzi ins Kino gebracht hat, aber er kann Boldts Anruf nicht als Entlastung benutzen.« Marius schaute in seine Notizen. »Mendels Aussage, seine Frau gehe sonntagabends regelmäßig zum Hallentennis, stimmt allerdings. Sie hat das bestätigt, und ich habe es auch im Club überprüft. Es gibt mehrere Zeugen dafür. Für ihn bedeutet das allerdings: Er hat kein Alibi.«

Marius hatte außerdem noch eine Nachricht, und sie war der Grund für seine gute Laune. Beim Durchgehen der OP-Termine mit der Sekretärin in der Chirurgie hatte sich ergeben, dass Mendel zu den Zeiten, die für die Ermordung Silvia Arndts entscheidend waren, nicht operiert hatte. »Diese Lüge ist ihm vielleicht nicht anzukreiden, denn wer erinnert sich schon nach Wochen an genaue Termine. Gravierend ist aber seine Lüge, Silvia Arndt gar nicht zu kennen. Ich habe ihm im UG noch Fotos vorgelegt, aber er blieb dabei, dass er sie nicht kennt. Aber in Wahrheit hat er sie vor einem halben Jahr am Blinddarm operiert.«

»Wie hast du das denn herausgefunden?«

»Zufall«, grinste er. »Ich wollte von der Sekretärin wissen, wann er in der Zeit, als Johanna Frenzi verschwunden war, operiert hat. Ich habe mir die Termine notiert.« Er schaute auf einen Zettel. »Er war in der Klinik, okay, er hat auch operiert, aber dummerweise dient das alles nicht seiner Entlastung, denn er kann Johanna Frenzi Donnerstagnacht nach der Arbeit gekidnappt haben, sie eingesperrt und gefesselt haben und zwischendurch wieder zur Arbeit gegangen sein.«

»Gut, aber erklärt noch nicht, wie du herausgefunden hast, dass er Silvia Arndt operiert hat.«

»Richtig. Erst gab es irgendein Problem mit dem Computer, die Sekretärin fand seine Termine zunächst nicht. Dabei habe ich überlegt, wo der gute Mendel wohl gesteckt hat, als Silvia Arndt umgebracht wurde, und sage in Gedanken, geben Sie mal Silvia Arndt ein. Dass das unlogisch war, fiel mir erst später auf. Erst einmal dachte ich, ich höre nicht richtig, als die Sekretärin sagte: Silvia Arndt, 19. April, *Zäkum*, Dr. Mendel. Er hat Silvia Arndt am Blinddarm operiert.«

Paula strahlte. »Super Treffer! Da muss man draufkommen.« Sie trank Marius' Kaffee aus, rief die KT an und erfuhr, dass das Blut an dem Oberhemd Mendels, das sie aus seiner Wohnung mitgenommen hatte, nicht von ihm oder seiner Frau war, sondern von Johanna Frenzi.

Damit war Mendels Schicksal besiegelt. Jetzt musste er nur noch gestehen.

Als sie am nächsten Vormittag im UG den Flur zum Vernehmungszimmer entlangging, dachte sie zuversichtlich, dass es für Mendel keine Ausweichmöglichkeit mehr gäbe.

Er saß schon am Tisch, als sie hereinkam. Alleine. Er wollte immer noch keinen Anwalt. Sie nickte ihm grüßend zu, warf ihre Tasche auf den Tisch und nahm auf der anderen Seite Platz. Er war gereizt und klagte, dass er unter Klaustrophobie leide.

Paula kam gleich zur Sache. »Letztes Mal haben Sie gelogen, als Sie gesagt haben, dass Sie Sonntag zwischen 19.00 und 23.00 Uhr zu Hause waren. Als Alibi haben Sie Ihren Kollegen Boldt angegeben. Er hätte Sie gegen 19.30 Uhr zu Hause angerufen. Herr Boldt hat uns aber gesagt, dass er nur auf Ihren Anrufbeantworter gesprochen hat.«

»Das stimmt. Aber ich habe mitgehört. Ich wollte mich beim Schreiben meiner OP-Berichte nicht stören lassen und habe nicht abgenommen.«

»Sie können mir viel erzählen. Ein Alibi ist das nicht. – Außerdem hatten Sie ausgesagt, dass Sie Silvia Arndt nicht kennen. Auch das stimmt nicht. Sie haben sie vor einem halben Jahr am Blinddarm operiert.«

»Ich habe nicht die Namen aller Patienten im Gedächtnis. Schon gar nicht von diesen alltäglichen Operationen, die bei uns wie das Brezelbacken gehen.«

Paula sah ihn an und schwieg. Als er unruhig wurde, wiederholte sie: »Brezelbacken.«

»Das ist ein Vergleich«, sagte er aufgebracht.

»Wieder eine Lüge«, sagte sie ohne die Andeutung eines Lächelns.

Er schnellte hoch. Der Aufsichtsbeamte sprang von dem Stuhl neben der Tür auf und bellte: »Hinsetzen!«

Mendel ließ sich fallen und schüttelte den Kopf. »Sie sind doch nicht ganz dicht. Was wollen Sie von mir? Es wäre weitaus besser, Sie würden den Mörder suchen, statt Ihre Zeit hier mit Unsinn zu vergeuden.«

»Warum haben Sie Johanna Frenzi geschlagen?«

»Habe ich nicht. Wie kommen Sie darauf?«

»Sie lügen schon wieder. Wir haben in Ihrer Wohnung ein Oberhemd mit Blutspuren von ihr gefunden. Das ergab die DNA-Analyse.«

»Johanna hatte Nasenbluten. Davon muss es sein.«

»Die Obduktion hat ergeben, dass sie Verletzungen in der Nase hatte. Wir haben Zeugenaussagen dafür, dass Sie ihr gegenüber gewalttätig waren.« Paula dachte an Katharinas Aussage, dass sich Johanna von ihrem letzten Liebhaber trennen wollte, weil er gewalttätig war. Wenn Mendel seit vierzehn Tagen ein Verhältnis mit Johanna Frenzi hatte, war er derjenige, der mit dieser Aussage gemeint war.

»Außerdem hat Ihre Frau bezeugt, dass auch sie von Ihnen geschlagen wurde.«

Mendel war nun unsicher. Er brütete vor sich hin und rieb seine Hände an der Hose; vermutlich waren sie feucht.

Es dauerte noch eine Weile, bis er sein Geständnis ankündigte. In dem Moment bedauerte Paula, dass sie Marius nicht mit einem Aufnahmegerät dabei hatte. Tatsächlich begann Mendel zu reden. Doch die Geschichte, die er sich zusammengebaut hatte, erklärte zwar die Beweise, die sie ihm vorgelegt hatte, schloss aber aus, dass er der Mörder war. Er gab zu, mit Johanna Frenzi in jener Nacht Sex gehabt zu haben, sogar unter Anwendung von Gewalt – um das Nasenbluten zu erklären. Paula kannte das. Nicht selten versuchten Täter, mit dem Eingeständnis einer kleineren Straftat die Polizei zufriedenzustellen. Die Rechnung ging nie auf. Im Gegenteil, Mendel hatte nun eine Straftat zugegeben, und Paula hatte weniger Schwierigkeiten, ihn weiter in Haft zu halten.

Als sie das UG verließ, rief sie Marius an. Sie hatte Mendel dazu gekriegt, endlich den Ort zu nennen, wo er gegen Johanna Frenzi vorgegangen war. Es war ein Appartement in der Lietzenburger Straße, das er hinter dem Rücken seiner Frau für seine amourösen Abenteuer gemietet hatte. So hatte er es dargestellt. Vermutlich war es der Tatort.

Marius holte Paula vom UG ab und fuhr mit ihr zu der Absteige. Dabei erzählte sie ihm Mendels neueste Geschichte.

»Am 31. August hat er das erste Mal mit seinem Kollegen Matthias Boldt das Lindencafé betreten, sagt er. Sie wollten dort Frauenbekanntschaften machen. Johanna Frenzi fiel Mendel sofort auf. Beide haben auf sie eingeredet, in eine Disco mitzukommen, aber das klappte nicht, und Mendel schrieb ihr seine Handynummer auf. Mit irgendetwas hat er sie geködert, jedenfalls ruft sie ihn tatsächlich am nächsten Tag an. Sie verabreden sich, gehen ins Vox, wo Mendel dreihundert Euro für ein Acht-Gänge-Menü und eine halbe Flasche Rotwein ausgibt. Er lässt sich nicht lumpen. Während des Essens verschwindet sie und kommt erst nach einer Weile zurück. Sie ist schlohweiß, ihr war schlecht geworden, sie hatte sich übergeben. Damit wird nichts mehr aus dem netten Abend. Aber Mendel holt sie am nächsten Abend nach der Arbeit wieder ab, diesmal haben sie Sex in seinem Liebesnest. Nicht nur das – er verliebt sich sogar. Irgendetwas fasziniert ihn an ihr. Eine Verlorenheit, so nennt er es. Sie lebe ganz im Moment, Versprechen oder Drohungen kämen bei ihr nicht an. Sie ist anscheinend nicht korrumpierbar, dabei aber fröhlich wie ein Vogel im Juni. So seine Worte. Er hat solch eine Sorglosigkeit noch nie erlebt. Er kann nicht ertragen, dass sie sich von ihm trennen will, schafft es aber nicht, sie umzustimmen. Das einzige Zugeständnis, das sie ihm macht, ist ein letztes Treffen Donnerstagnacht, weil er zum Schein die CDs zurückfordert, die er ihr geliehen hatte. Er wartet auf sie in seiner Absteige bis etwa gegen ein Uhr. Sie fällt auf seinen Trick rein, weil sie zu korrekt ist, um seine zwei CDs zu behalten. Er versucht, sie ein weiteres Mal zu verführen. Es gibt eine Diskussion. Sie will nicht mit ihm schlafen. Er wird wütend, rastet aus und wendet Gewalt an. Ihre Nase blutet. Sie haben Sex. Danach, so behauptet er, hat er sie gehen lassen, weil er Angst hatte, dass sie ihn anzeigen könnte. Was danach mit Johanna passiert ist, weiß er nicht. Er hat nichts mehr von ihr gehört und erst von mir erfahren, dass sie ermordet wurde.«

Sie waren jetzt in der Lietzenburger Straße, und Paula verständigte Justus, mit Team und Spurensicherung zu kommen. Sie überquerten die Lietzenburger und gingen auf den Hauseingang zu. In der Toreinfahrt nebenan spielten Kinder Verstecken. Paula klingelte bei der Nachbarin, und sofort kam das Surren der Haustür.

»Das scheinen kleine Wohnungen zu sein«, meinte Marius.

Im Hausflur war der Fahrstuhl gleich rechts neben dem Eingang. Man könnte einen Rollstuhl schnell und bequem vom Fahrstuhl zum Ausgang schieben.

Sie fuhren in den 6. Stock. Bei der Nachbarin stand die Tür bereits einen Spalt offen. Paula klopfte, und eine junge Frau mit einem verrotzten Kind auf dem Arm öffnete. Ja, sie habe den Nachbarn manchmal gesehen. Einmal auch mit dieser Frau, sagte sie mit Blick auf das Foto von Johanna Frenzi. Nein, aufgefallen sei ihr nichts, kein Lärm, keine Schreie. Warum hätte sie denn Schreie hören sollen?

Paula nannte ihr die fraglichen Nächte, aber sie hatte nichts gehört. »Haben Sie Herrn Mendel noch einmal mit einer Frau gesehen? Vielleicht mit einer Frau im Rollstuhl?«

»Nein«, sagte sie.

Marius schloss die Wohnungstür auf, an deren Klingelknopf »Menzel« stand. Er war umsichtig, der Herr Dr. Mendel. Sie zogen die Schutzanzüge über, die Marius mitgebracht hatte, und betraten die Wohnung durch eine normale Holztür, die nicht schalldicht verstärkt war. Sie standen in einem kleinen Flur, von dem rechts ein winziges Bad mit Dusche und Toilette abging. Daneben war eine Stehküche und geradeaus der Wohn-Schlaf-Raum. Auf dem großen Bett lag offen das Bettzeug, aber ohne sichtbare Spuren. Davor stand ein Couchtisch mit zwei Sesselchen, gegenüber ein Fernseher mit DVD-Player und mehreren DVDs: Pornos mit Fesselungsszenen. In einer Schublade fand Paula Handschellen und Ketten. Auf dem Stuhl neben dem Bett lagen Klebeband und Stricke. Beide Opfer hatten Fesselungsspuren von Stricken um die Hand- und Fußgelenke. Der Durchmesser der Stricke entsprach der Breite der Markierungen – jedenfalls nach Augenmaß. Das würde genau untersucht werden. Spuren von Klebeband waren zumindest um den Mund von Johanna Frenzi gefunden worden. An diesen Stuhl vor der Wand könnte Mendel die beiden Frauen in der gewünschten Haltung gefesselt haben.

»Es steht kein Rollstuhl herum«, sagte Marius.

»Den hat er doch im Kino gelassen.«

»Meinst du, er brauchte keinen weiteren?«, versuchte er sich grinsend aus der Affäre zu ziehen.

Paula ging darauf nicht ein.

Das Team und die Spurensicherung kamen, und Paula wies sie an, alle Nachbarn zu befragen, alle Spuren zu sichern und die Fesselungsgegenstände in der KT analysieren zu lassen.

»Vergesst den Müll nicht«, sagte sie, bevor sie die Wohnung verließ.

Marius nickte. Vielleicht fanden sie dort die Ringe, mit denen Johanna Frenzi die Brandwunden beigebracht worden waren. Alle waren überzeugt, dass dies der Tatort war.

42

Chris legte den Hörer auf. Es war also eindeutig Mendel, sie hatten seine Absteige gefunden. Der Täter saß hinter Gittern.

Sie freute sich richtig, dass es nicht Heiliger war. Seit der Verhaftung Mendels hatte sie der Gedanke bedrückt, ihm Unrecht getan zu haben. Gerade ihm, der es seit der Kindheit so schwer gehabt hatte, der hart um eine Existenzberechtigung kämpfen musste und es dann endlich doch geschafft hatte. Sie verstand das. Für sie war »endlich geschafft« nicht irgendein Ausdruck. Für sie war »Großes zu schaffen« ein Lebenssinn. Er hatte es also endlich geschafft, war dann eines Morgens die Spree entlanggelaufen, hatte eine Menschenansammlung gesehen, die etwas bestaunte, was er für eine Installation hielt, und mittendrin eine Frau, die ihn faszinierte. In seiner fordernden und ungestümen Art sprang er über die Absperrung und drückte ihr seine Visitenkarte in die Hand. Was er sich nicht hatte träumen lassen: dass sie ihn aufgrund seines auffälligen Gehabes für den Mörder halten würde.

Sie verstand gut, wie viel Kraft und Durchhaltevermögen es ihn gekostet hatte, seinen Weg zu gehen, auf vieles zu verzichten, um etwas zu erschaffen, das ihn befriedigte und mit dem er Anerkennung fand. Durch einen bösen Zufall hätte er nun alles verlieren können. Sie hatte einmal Ähnliches erlebt. Sie sollte vor der ganzen Schule die Pathétique von Beethoven vorspielen, hatte sich sehr darauf gefreut, wurde dann aber plötzlich davon beurlaubt. Es hieß, sie habe sich an einem Schülerdrogenring beteiligt. Was in keiner Weise stimmte. Sie hatte helfen wollen, den Ring aufzudecken, und war in ein großes Missverständnis geraten. Sie würde nie vergessen, wie schmerzlich diese Ungerechtigkeit war.

Abgesehen davon, dass sie ihn faszinierend fand, hatte er auch etwas in ihr berührt. Er hatte sich verletzbar und angreifbar gemacht. Er hatte etwas riskiert, um sie kennenzulernen.

Im Nachhinein konnte sie nicht mehr verstehen, dass ausgerechnet sie Heiligers Stolperstein hätte werden können. Jetzt erschien es ihr unverständlich, dass sie sich in diese Angst vor ihm als ihrem möglichen Mörder hineingesteigert hatte.

Sie musste sich bei ihm entschuldigen. Und sie war neugierig, wie er darauf reagieren würde.

Sie rutschte so tief in die Badewanne, dass gerade noch Mund, Nase und Augen aus dem Wasser lugten. Die Schwere wich aus ihrem Körper, langsam löste sich ihre Angst. Der Horror war vorbei. Sie würde Spanisch lernen und Tennis spielen und wieder mehr Zeit für Kunst haben. Gerade in Berlin war die Kunstszene so aufregend. Sie würde wieder lachen und flirten. Vor Gericht würde sie zweimal lebenslänglich fordern und Hubertus mit seiner These, das Morden sei genetisch bedingt, als Gutachter bestellen, damit diese Bestie nie wieder freikommen würde. *Nein, Euer Ehren, nicht therapiefähig, Wiedereingliederung in die Gesellschaft nicht möglich.*

Sie wollte Heiliger gleich anrufen. Schon als Kind hatte sie gelernt, Fehler einzusehen und auch zuzugeben. Bereits seit Mendels Verhaftung hatte sie darüber nachgedacht:

Die Indizien gegen Heiliger waren von Anfang an unzureichend gewesen, sie hatte einen Fehler begangen, auch wenn er mit seiner provokativen Art den Eindruck unterstützt hatte, der Täter zu sein. Andrerseits konnte sie seinen Zynismus durch seine Kindheitserlebnisse auch verstehen. Er musste früh dichtgemacht haben, um sich zu schützen.

Sie rubbelte sich ab, zog den Bademantel an und wählte seine Nummer.

Sie erwartete einen verbalen Angriff, aber er lachte nur und kam gleich mit einem Vorschlag für ihre Buße: Sie sollte mit ihm beim Deutsch-Amerikanischen Volksfest Achterbahn fahren. Das sei schon als Kind seine Leidenschaft gewesen.

Gut. Sehr gut. Sie war erleichtert, nachdem sie aufgelegt hatte, weil er ihr die Entschuldigung so leicht machte, und zog sich um, Jeans und dazu Stiefeletten mit Absätzen, auch wenn Turnschuhe praktischer gewesen wären, aber so fühlte sie sich weiblicher.

Er holte sie mit dem Wagen ab. Ihr fiel auf, dass er nicht ausstieg, um ihr die Tür aufzuhalten. Schade. Gute Manieren waren ihr wichtig.

Auf dem Festplatz an der Clayallee wurde sie verschluckt von den vielen bunten Lichtern, der lauten Musik der Karusselle, dem Bimmeln der Kinderbahn und den Rufen der Losverkäufer. Das Kreischen der Besucher in der Geisterbahn, die lachenden Gesichter, das Blinken der Karussell-Lichter, ihr Aufheulen, Schrillen und Hupen führte sie in Bilder ihrer Kindheit zurück.

Er kaufte gleich eine Zuckerwatte und biss in den rosa Bausch. Die Fäden klebten ihm auf der Nasenspitze und den Wangen. So standen sie vor der Achterbahn, und sie musste lachen, wenn sie ihn ansah.

Die Achterbahn war eine mit einem Dreifach-Looping. Schon vom bloßen Hinschauen wurde ihr schwindlig, und sie bekam weiche Knie.

Er feixte, als er das sah, und schlug vor, ohne sie zu fahren, wenn er dann einen Wunsch frei hätte.

Sie stimmte zu.

Er drückte ihr den Rest seiner Zuckerwatte in die Hand, sprang in einen Wagen und winkte. In dem Moment rannte sie los und nahm gerade noch rechtzeitig neben ihm Platz. Schon als Kind hatte sie Hemmungen und Angst überwinden müssen, um mit ihren Brüdern mithalten zu können.

Vor dem dreifachen Looping legte er seinen Arm um sie und zog sie eng an sich. Sie stemmte die Beine gegen die Wand und hielt sich an ihm fest.

Als sie taumelnd ausstieg, lief er eng umschlungen mit ihr zum Kettenkarussell. Sie kletterte in ein Körbchen. Aber das Karussell war hoch und stellte sich nach ein paar Runden schräg. Plötzlich meinte sie, die Ketten würden reißen, aber es war nur eine »Flugwelle«. In jeder Runde fuhr ihr dieser Ruck in den Magen. Selbst noch beim x-ten Mal glaubte sie, die Kette wäre gerissen und sie würde mit der Zentrifugalkraft davonfliegen. Sie schrie, und er lachte.

Beim Aussteigen war ihr schwindelig, und sie war froh, wieder festen Boden unter den Füßen zu haben. Als er sie hochhob und zu ihr aufblickte, rief sie strampelnd: »Lass mich runter!«

Er zog sie zu einer Schießbude und drückte ihr ein Gewehr in die Hand. Sie stützte beide Ellenbogen auf die Theke, um ruhig zu zielen, doch sie traf mit keinem der fünf Schüsse.

Dann nahm er das Gewehr, zielte, aufrecht stehend, ohne sich abzustützen, und traf mit jedem Schuss ein Röhrchen. Der Schausteller überreichte ihm einen Eisbären. Nun drängelten sich die Zuschauer und wollten auch schießen.

Er schenkte ihr den Bären, drückte sie an sich und schob sich mit ihr durch die Menge.

Beim Autoscooter war gerade Wechsel, und sie rannten los, um zwei Wagen zu besetzen. Als er mit einem Typen in Streit um seinen Scooter geriet, zog sie ihn fort zu einem anderen und setzte sich ans Steuer. Sie hatte Spaß daran, den anderen Autos auszuweichen, er griff ihr ins Steuer, weil er mehr Spaß daran hatte, die anderen Autos zu rammen.

Danach aßen sie Fischbrötchen, rot kandierte Äpfel, gebrannte Mandeln und tranken Cola.

Als sie den Festplatz verließen, war sie durchgeschüttelt, und der Gedanke, dass er noch einen Wunsch frei hatte, kribbelte in ihr.

Direkt ihrem Haus gegenüber fand er einen Parkplatz. Hand in Hand rannten sie über die Straße. Weil sie ihren Schlüssel nicht so schnell finden konnte, nahm er sie in den Arm und stellte sie auf die erhöhte Stufe vor der Haustür. Jetzt war sie ebenso groß wie er. Doch er bewegte sich an ihr herunter, kniete vor ihr, während seine Hände langsam ihre Knie und die Oberschenkel hinaufglitten.

Wollte er sie hier verführen? Vor der Haustür? Das war ihm zuzutrauen, ihr war es aber unangenehm. Es war zwar dunkel, aber vielleicht würde jeden Moment jemand vorbeikommen. Sie schaute sich um.

Tatsächlich war da jemand! Ein Schatten, eine Gestalt in den Büschen neben ihrem Haus. Sie bewegte sich nicht.

Es irritierte sie, sie konnte nicht wegschauen. Sie griff nach Heiligers Kopf, wollte gerade etwas sagen, da bewegte sich die Gestalt. Etwas blitzte. Seine Zähne, eine Kette oder ein Messer?

Sie krallte ihre Hand in Heiligers Haar, er schrie auf, und der Schatten verschwand.

Heiliger hielt ihren harten Griff für Leidenschaft, richtete sich auf und fiel förmlich über sie her.

Sie hatte Angst, obwohl die Gestalt jetzt verschwunden war. Sie konnte sich hier nicht auf einen verrückten Liebhaber einlassen. Noch während ihr der Gedanke kam, gab sie Heiliger einen Stoß. Er taumelte in die Hecke.

Sie fischte eilig ihren Schlüssel aus der Tasche, schloss die Haustür auf und rannte die Treppen hinauf.

In ihrer Wohnung lehnte sie sich erschöpft gegen die Tür. Es war still und dunkel. Sie fürchtete, dass der Kerl aus den Büschen wieder auftauchen würde, verriegelte die Tür, wagte aber nicht, Licht anzumachen.

Als sie im Bett lag und sich wieder beruhigt hatte, spürte sie noch Heiligers Lippen und bereute plötzlich, ihn nicht hier zu haben.

In der Nacht träumte sie von einer Schaubude auf der Kirmes. Ein Mann hypnotisierte Frauen aus dem Publikum. Plötzlich fixierte er sie, und sie folgte in Trance seiner Handbewegung auf die Bühne. Sie setzte sich auf einen Stuhl und sah in einem großen Spiegel, dass sie ein blaues Kleid anhatte. Sie wollte wegrennen, aber sie war steif, konnte sich nicht bewegen. Dann kam Josef Heiliger, nahm sie in die Arme, löste ihre Erstarrung, und Wärme und Zärtlichkeit erfüllten sie.

43

Es war eine konzentrierte, gut gesteuerte Ermittlung gewesen, und Paula hatte ein befriedigendes Ergebnis. Niemand zweifelte, dass alle Gleichungen stimmten und ein Erfolg am Ende des schon bald beginnenden Prozesses vor dem Schwurgericht auf sie wartete.

Der einzige Makel war eine fehlende Erklärung für die Barbiepuppe mit dem Foto der Staatsanwältin und die seltsame Inszenierung der Leichen. Hier galt es, Bach zu hören, und auch Chris war gekommen, um ihn aufzufordern, den Tätertyp nach allen neuen Erkenntnissen noch einmal zu analysieren und aufgrund der Analyse mögliche Erklärungen zu finden. Nach der Sitzung würde Paula dann gleich ins Untersuchungsgefängnis fahren, um Mendel mit diesem Ansatz Bachs in die Knie zu zwingen. Denn als Glanzstück einer guten Aufklärungsarbeit fehlte noch ein vollständiges Geständnis.

Paula stand Bach wieder skeptisch gegenüber. Die Klärung des Falles war nicht ihm zu verdanken, umso mehr sollte er jetzt zeigen, dass er auf seinem Gebiet etwas draufhatte. Hier ging es nur noch um die Frage, *warum* Mendel all das getan hatte.

Bach hatte am Schrank eine Rolltafel aufgehängt mit den Worten *Alter, Anschrift, Persönlichkeitsmerkmale*, und alle waren gespannt, was er nun vorführen würde.

»Ich habe mich mit allen Ergebnissen auseinandergesetzt, würde aber gern erst einmal Ihre Meinung zu Mendel hören. Passt er als Typ, und passen all die Dinge, die der Täter ausführte, zu seiner Persönlichkeit? Bei unserer letzten Besprechung habe ich nicht ausgeschlossen, dass auch zwei Täter zusammengewirkt haben könnten; ich nannte diese Alternative die A-B-Konstellation. Ich bitte denjenigen, der diesen letzten Fall für möglich und prüfenswert hält, die Hand zu heben.«

Er schaute herum, aber niemand rührte sich.

»Gut. Es wurde auch kein Indiz gefunden, das auf einen zweiten Täter hindeutet. Könnte theoretisch aber möglich sein«, betonte er, fuhr aber gleich fort: »Bei Mendel haben wir es nicht mit einem ehrgeizigen und akribisch planenden Künstler zu tun, dem es um eine spektakuläre Promotion seiner Arbeiten geht, sondern mit einem sex- und mordsüchtigen Serienkiller. Es scheint so, dass der Chirurg Dr. Mendel mit dieser ungewöhnlichen Präsentation seiner Leichen nichts anderes bezweckte, als von seinem eigentlichen Motiv abzulenken. Auf ihn sollten also dieselben Kennzeichen passen, die das Profil eines Serienkillers ausmachen. Ich schlage vor, dass ich die Kriterien nacheinander vorlese, und Sie – jeder für sich – notieren, was Sie im Fall Mendel zutreffend finden.«

Sie legten sich Zettel und Kugelschreiber zurecht.

»Erstes Kennzeichen ist das Alter. Es sollte zwischen zweiundzwanzig und fünfunddreißig liegen.«

Das traf auf Mendel zu.

»Als Kind war er sicher Bettnässer und Tierquäler und hat sich auch schwächeren Kindern gegenüber ruppig oder sadistisch verhalten.«

Dies musste noch überprüft werden. Paula notierte sich das für die Befragungen von Mendels Eltern und Ehefrau.

»Als Erwachsener ist unser Mann narzisstisch, manipulierend und intelligent. Serienkiller, die nach einem bestimmten Muster töten, haben oftmals einen hohen Intelligenzquotienten.« Er ließ diese Information wirken. Dann fuhr er fort: »Er kann, wenn es der *modus operandi* erfordert, einfühlsam oder spontan reagieren, ohne aus dem Konzept zu kommen. Wir gehen ja davon aus, dass er Silvia Arndt nicht kannte, sie aber dennoch überzeugen konnte, mit ihm zu kommen.«

Diese Beschreibung widersprach ihrem Eindruck von Mendel nicht, dachte Paula.

»Familienstand: alleinstehend oder mit dominanter Frau verheiratet.«

Paula schrieb: *verheiratet*, bei *dominant* machte sie ein Fragezeichen.

»Berufstyp: ehrgeizig. Er steckt sich die Ziele so hoch, dass er sie nicht immer erreichen kann, ist unzufrieden und sieht sich oft als Verlierer.«

Paula dachte an Mendels gescheitertes Examensziel und schrieb: *ja.*

»Er hat eine gute Ausbildung, ist intelligent.«

Auch das passte auf Mendel.

»Er hat sich schon vorher wegen Tierquälerei oder Körperverletzung strafbar gemacht, auch wenn es nicht zu einer Klage oder Verurteilung kam.«

Frau Mendel hatte schon mal Anzeige erstattet, sie dann aber zurückgezogen. Paula schrieb: *ja.*

»Dieser Tätertyp hat eine strukturierte Persönlichkeit, das heißt, er ist ein guter Planer. Sein Denken und Vorgehen ist methodisch, er verfolgt aufmerksam die Fernsehberichte und sammelt Zeitungsausschnitte zu dem Fall.«

Sie hatten bei der Hausdurchsuchung nichts dergleichen gefunden, hier machte Paula einen Strich.

Sorgfältig und *obsessiv ordentlich* war Bachs nächster Punkt. »Der Täter will emotionale und physische Kontrolle über seine Opfer.« Das hatte Sieglinde Mendel eher bestätigt als widerlegt.

»Er mag selbstbewusst auftreten, Erfolg haben, aber tief im Innern fühlt er sich unzulänglich, ist weich und manchmal weinerlich. Seine geringe Selbstachtung führt zum Gefühl eigener Unfähigkeit, weswegen er sich gern der Fürsorge einer Frau versichert«, dozierte Bach.

Das traf auf Mendel sicher zu.

»Er ist Sadist. Die Frage, ob Chirurgie Sadismus erfordert, möchte ich hier offen lassen. – Wahrscheinlich ist er ein Nachtmensch und hat Schlafstörungen.«

Das traf auch zu, und Paula staunte über Bachs Liste. Man hätte meinen können, Bach hätte Mendels Persönlichkeit zur Vorlage genommen, um ein Serienkillerprofil zu erstellen. Was würde als Nächstes kommen?

Bach sprach über das unerfüllte Sexualleben des Täters, seine Neigung, pornografische Schriften mit Fesselungen und sadistischen Darstellungen zu sammeln und von seinen Opfern Hingabe zu verlangen, um seine eigene Wut loszuwerden. »Mord«, so schloss Bach, »ist für ihn die Erfüllung seiner Sehnsucht auf Vereinigung. Da gehört ihm die Frau ganz.«

Paula schaute zu Chris hinüber, die sich auch Notizen gemacht hatte und sich jetzt als Erste zu Wort meldete.

»Nach allem, was ich weiß, passt dieses Profil auf Mendel. Ich habe kaum leere Stellen.«

Einer nach dem anderen schloss sich der Staatsanwältin an.

»Ich komme zu dem gleichen Resultat«, bestätigte Paula als Letzte.

Bach lächelte, als hätte er das erwartet. »Dann bin wohl ich der Einzige, der Widerspruch anmeldet.«

Paula sah ihn erstaunt an, und auch alle anderen waren überrascht. Der Mann beeindruckte sie mit seinem Vortrag. Erst schuf er eine gemeinsame Stimme, dann stellte er sich als Einziger dagegen – er verstand sich auf Effekte. Sie war gespannt, ob sich auch dahinter noch etwas verbarg.

»Inwiefern?«, fragte sie.

»Ich frage Sie: Was macht die Annahme zwingend, dass die Spermien bei Johanna Frenzi vom Täter stammen? Sie stammen von Mendel, das wissen wir über die DNA. Aber stammen sie vom Täter?«

»Wie lange vor ihrer Ermordung der Geschlechtsverkehr stattgefunden hat, lässt sich auf die Stunde nicht sagen«, antwortete Paula schroff. »Aber er kann nicht *vor* der Nacht der Entführung stattgefunden haben, sonst hätte die Gerichtsmedizin die Spermien nicht mehr identifizieren können. In dieser Nacht aber hat Johanna Frenzi bis ein Uhr gearbeitet, hat dann das Lindencafé verlassen und ist nicht mehr aufgetaucht. Dass sie das Café während der Arbeitszeit verlassen hatte, um mit Mendel Sex gehabt zu haben, schließen die Zeugenaussagen aus.«

»Wenn Sie recht hätten, dass die Spermien vom Täter stammen, würde das mein Persönlichkeitsprofil zerschlagen.«

»Was meinen Sie damit?«, fragte Justus.

»Meiner Meinung nach entspricht es dem Täter nicht, in die Frauen zu ejakulieren. Er würde es als ein ›Sichverschwenden‹ empfinden. Er verachtet Frauen. Er wird seinen Opfern, die er foltert, nicht sein Bestes, seine Erbinformationen, überlassen.« Alle sahen ihn mit skeptischem Vorbehalt an. »Es gibt Untersuchungen darüber. Nicht wenige Männer empfinden so.«

Wie sollte sie als Frau dagegen argumentieren? Es schien ihr übertrieben, auch im Hinblick auf andere Vergewaltiger. Selbst die Männer im Team schienen Bach in diesem

Punkt nicht zu folgen. Aber es kam kein Widerstand. Sie scheinen über ihr »heiliges Gut« nachzudenken, dachte Paula spöttisch und wartete darauf, was Bach zu der Barbiepuppe sagen würde, denn dies war der wirkliche Schwachpunkt in der Beweiskette gegen Mendel. Sie wusste, dass Mendels Anwälte hier ihre Verteidigung aufbauen würden. Wie oft hatte sie erlebt, dass anderen Mordkommissionen ein Schuldiger wieder aus dem Gerichtssaal spaziert war und in der anschließenden Pressekonferenz Hohn über die Polizisten ausgeschüttet wurde, weil dem Richter ein entscheidender Beweis gefehlt hatte. Ihr war das noch nicht passiert, und es sollte auch in Zukunft nicht passieren. Eine solche Niederlage vor Gericht war noch frustrierender, als den Täter nicht ausmachen zu können. Alles lief auf den Prozess hin, das war die Show, das ausgetüftelte Argumentieren um Details, auf das sich die Medien stürzten. Stellten sich die Ermittlungen als schlampig heraus, konnte das sogar zu Disziplinarverfahren gegen das Team führen. Und es war die Barbiepuppe mit dem Gesicht der Staatsanwältin im Medaillon, die Paula in diesem Fall irritierte. Sie hatten Mendels Terminkalender für die Zeit, als Chris im Guggenheim war, überprüft – er hatte angegeben, in der Kantine gewesen zu sein, ohne Zeugen nennen zu können. Das Foto war eine Fotomontage – wo könnte er die gemacht haben? Zu Hause hatte er keinen Computer, und er schien auch im Krankenhaus keinen zu benutzen. Sie hatten sogar sämtliche Fotoläden abgeklappert, ohne Ergebnis. Er war ein zwanghafter Sexualtäter, aber warum sollte er der ermittelnden Staatsanwältin so umständlich drohen? Als habe Bach ihre Gedanken gelesen, sagte er: »Ich kann mir zudem nicht vorstellen, dass Mendel die ermittelnde Staatsanwältin heimlich verfolgte, um ihr in einer schwer durchschaubaren Situation eine Barbiepuppe ins Schließfach zu legen. Außerdem wurden bei ihm auch keine Zeitungsartikel oder anderes Material zu dem Fall gefunden, das darauf hingedeutet hätte, er habe die Ermittlungen verfolgt oder habe ein wie auch immer geartetes Interesse an Frau Gregor. Wir haben nicht einmal einen Beweis, dass er sie kennt oder dass sie ihm je begegnet ist. Nicht wahr?« Mit der letzten Frage wandte er sich an die Staatsanwältin.

»Ja, so ist es«, sagte sie.

Paula schaute sie an und fragte sich, ob sie nun an Heiliger dachte, auch wenn er längst ein Alibi hatte. Aber immerhin hatte sie bei ihm im Atelier eine Barbie gesehen, und er war mit ihr im Guggenheim verabredet gewesen. Aber die Kollegen in Hamburg hatten ja herausgefunden, dass er sich zu der fraglichen Zeit in der Hansestadt aufhielt und demnach die Barbiepuppe nicht in dem Fach deponiert haben konnte.

Als sie am Ende der langen Sitzung Chris hinausbegleitete, meinte die, auf diesen Schreck hin bräuchte sie einen Scotch. Paula gab dem Team noch ein paar Arbeitsanweisungen und begleitete Chris zu Angelo.

»Wenn Hubertus recht hat, läuft der Killer noch frei herum. Na servus«, sagte sie genervt.

Paula musste über das trockene »Na servus« lachen.

»Du lachst auch noch.«

»Warum nimmst du das überhaupt ernst? Dein Hubertus und seine Theorien. Erst war der Täter ein ruhmsüchtiger Künstler, und nun kommt er mit dieser eitlen Männerthese – Erbinformationen als höchstes Gut. Eine verstiegene Männerspekulation. Absurd.«

Sie hob ihre Tasse und stieß gegen Chris' Whiskyglas. »Vergiss es. Prost.«

»Du willst mich beruhigen. Aber Mendel kennt mich überhaupt nicht«, sagte sie schroff.

»Das wissen wir nicht. Du nimmst nur an, dass du ihn nicht kennst. Bist dir aber nicht hundertprozentig sicher, ob er es damals in Wiesbaden nicht doch war, der dich ramponiert hat.«

»Und die Barbie? Wie soll er an das Foto von mir gekommen sein, das er in das Bild von Silvia Arndt montiert hat?«

»Aus dem Internet.« Chris war eine gute Tennisspielerin, und sie hatte vor einem Jahr die Beamtenmeisterschaften von Berlin gewonnen. Als Paula ihr Gesicht in dem kleinen Medaillonfoto entdeckt hatte, war auch ihre erste Frage gewesen, woher der Täter es haben könnte. Sie hatte dann im Netz recherchiert und einen Bericht von den Tennismeisterschaften gefunden.

Chris mit Siegerlächeln.

Zu Hause lag Kasimir auf der Kommode im Flur. Das war noch nie vorgekommen. Er sprang ihr nicht einmal entgegen, sondern drehte nur den Kopf. Müde oder beleidigt? Auf jeden Fall war es neu. Wurde er alt? Sie streichelte ihn, was er sich gefallen ließ. War er krank? Nein, seine Augen waren klar, sein Fell glänzte, und als sie weiterging, sprang er herunter und folgte ihr.

Sie schob die Küchentür auf. Ralf saß unter der Lampe und verglich Bleistiftskizzen mit Fotos. In letzter Zeit erwartete er sie immer seltener mit einem Essen.

Er sagte »Hallo«, stand auf und nahm sie in den Arm.

»Gibt es etwas zu essen?«

»Ich kann Tomatensuppe machen.«

Sie hatte Hunger und ging mit ihm zum Kühlschrank, um nachzuschauen, was es sonst noch gab. Als das Licht vom Kühlschrank auf seine Schultern fiel, sah sie ein langes blondes Haar. Sie nahm es ab und hielt es ihm hin. Er lachte und sagte, das müsse von Antonia sein, der Freundin von Heiliger. Dann wusch er die Tomaten. Sie schaute hungrig in alle Fächer, schluckte eine Vitaminkapsel und beobachtete ihn beim Schnippeln. Ihr schien, als sei er muskulöser geworden, aber vielleicht war sein Hemd enger als sonst. Es war neu, er konnte es erst gestern oder heute gekauft haben.

»Dein Hintern ist knackiger geworden. Machst du Sport?«

Er antwortete nicht darauf, sagte stattdessen: »Heute war ein Kurator bei mir im Atelier. Er plant eine Ausstellung in der Neuen Nationalgalerie mit dem Thema *Stillleben durch die Zeiten*. Und – stell dir vor – er will drei Bilder von mir dabeihaben.«

»Gratuliere!« Sie nahm ihn in den Arm. »Wer hätte das vor einem Jahr gedacht.«

Sie sah in den Topf, in dem er Tomaten, Zwiebeln und durchwachsenen Speck anbriet. »Neue Nationalgalerie ist nicht schlecht«, meinte er lässig.

Sie klapste ihm zustimmend auf den Hintern.

Er drehte die große Pfeffermühle über dem Sud, rührte Crème fraîche hinein, ließ alles noch einmal aufwallen und füllte den bereitgestellten Suppenteller.

Sie freute sich aufs Essen. Wie konnten andere nur Suppen aus der Dose essen oder sogar aus der Tüte? Ralfs Suppen waren frisch und köstlich.

Er erinnerte sie, dass sie sich Schlüssel nachmachen lassen wollte. Sie könnten sie nicht immer im Kellerfenster verstecken.

Sie hatte so viel gegessen, dass sie sich nicht gleich hinlegen wollte. Er räumte den Tisch ab und setzte sich wieder an seine Zeichnungen. Sie ging ins Wohnzimmer und sah die Tagesschau. Dabei dachte sie an Chris. Was, wenn Bach doch recht hätte?

In Gedanken setzte sie noch einmal die Informationen zusammen: Wenn es stimmt, was Bach sagt, haben wir es mit einem Mörder zu tun, der mit eiskalter Logik vorgeht. Er ist ein Planer, der die winzigsten Details bedenkt. Im Fall der Taubenfrau zieht er das Opfer aus, vergeht sich aber nicht an der Frau. Stattdessen behandelt er sie, wie ein Maskenbildner den Star für die große Szene vorbereitet. Nur sind die Frauen nicht der Star, sondern nur das Double, das *stand-in* für den Star, wie es im amerikanischen Film heißt. Der eigentliche Star ist Chris.

Johanna Frenzi hat er dann gefoltert, wie in einer sich steigernden Fortsetzung. An ihr hat er sich vergangen. Mendels Spermien sind nachgewiesen worden.

Doch nun kommt Bach mit der überraschenden These, dass der Täter nach seinem Profil niemals sein Sperma abgeben würde, und schließt daraus, dass Mendel nicht der Täter sei. Mendel hat den Sex mit Johanna eingestanden, sogar mit Gewaltanwendung und in der fraglichen Zeit nach Johannas Verschwinden aus dem Café. Trotzdem meint Bach, er sei nicht der Täter. Dann müsste Johanna dem Täter nach Mendel in die Hände gefallen sein. Theoretisch wäre das möglich, denn Johanna verschwand Mittwoch nach Mitternacht und wurde erst Sonntagabend tot im Kino gefunden.

Was gegen Mendel spricht, sind die Indizien, die sie in

seinem heimlichen Appartement gefunden haben. Dies könnte die Mörderhöhle sein.

Sie musste Mendel endlich zu einem umfassenden Geständnis bringen.

44

Als Paula am nächsten Morgen aufwachte, schlief Ralf noch fest. Offenbar hatte er lange gearbeitet. Jetzt, da ihm der Erfolg winkte, arbeitete er mehr, auch in den Zeiten, in denen er früher gekocht hatte, auf sie wartete oder mit ihr etwas unternehmen wollte. Daran musste sie sich erst gewöhnen. Eigentlich gefiel es ihr nicht, aber es passte besser zu ihrem Arbeitsrhythmus.

Es war acht. Sie sprang aus dem Bett, ging in Slip und BH ins Wohnzimmer und machte endlich mal wieder die fünf Tibeter. Sie war fitter, als sie dachte. Dann beschloss sie, ihren Frühstückstee bei Ulla im Büro zu trinken, und füllte etwas von ihrem *Morgentau* ab. Neben der Teebüchse lagen zwei Karten, die Ralf wohl gestern Nacht dort hingelegt hatte. *Annual Event – Permission to all levels,* stand darauf.

Paula hatte keine Ahnung, was das bedeutete. Auf dem Tisch sah sie ein Faltblatt in Hochglanzdruck, das offenbar dazugehörte, es war eine Einladung zu dem »größten Kunstereignis Berlins«.

Ralf kam gähnend in die Küche, sah, dass sie die Einladung in der Hand hatte, und erklärte, ein Mäzen veranstalte jedes Jahr eine Riesenparty, die am frühen Abend mit einer Vernissage beginne. Jedes Jahr stehe ein anderer Künstler im Mittelpunkt, diesmal sei es Josef Heiliger.

Dafür würde sie bestimmt keine Zeit haben. Sie ließ die Karten liegen und fuhr ins Büro.

Den Vormittag verbrachte sie mit Mendels Vernehmung. Sie versuchte, ihn dazu zu bewegen, die Tat zu gestehen. Doch er bestritt alles und behauptete immer wieder, mit Johanna Frenzi nur geschlafen zu haben. Die bereits eingestandene Gewalt milderte er im Nachhinein wieder ab.

Als Paula ihm erklärte, dass ein Geständnis seine Situation nur verbessern könne, erklärte er ihr, er habe inzwischen einen Anwalt genommen. Da er die übliche Empfehlung, gar keine Aussage mehr zu machen, nicht einhielt, verbrachte Paula Stunden im Untersuchungsgefängnis, allerdings ohne einen Schritt weiterzukommen. Irgendwann wollte er eine Pause haben, war aber bereit, das Gespräch danach fortzusetzen. Paula ahnte, dass er diese Vernehmungen nur machte, um die quälenden Stunden in seiner Einzelzelle zu unterbrechen.

Während er auf der Zelle sein Mittagessen einnahm, telefonierte Paula mit Chris. Sie habe gestern Abend vergeblich versucht, sie zu erreichen. Chris erklärte, sie habe lange über einem Rechtsproblem in der Bibliothek gesessen.

Paula erzählte von den Einladungskarten, die Ralf hingelegt hatte. »Gleich zwei. Vielleicht dachte er, ich gehe mit dir.«

Chris fand das eine gute Idee. »Man sollte gegen 18.00 Uhr da sein, um auch die Reden zu hören und alles in Ruhe anschauen zu können. Um 21.00 Uhr beginnt die Party im Felix.«

»Okay«, sagte Paula, »ich komme mit, wenn ich vorher das Geständnis von Mendel kriege.«

»Ich hol dich dort ab. Du bist doch in Moabit.«

»Aber nur, wenn ich das Geständnis habe«, wiederholte Paula.

»Natürlich. Ohne Geständnis gehen wir nirgendwohin.«

Da Chris sich ab Mittag freimachen konnte, vereinbarten sie, dass sie vorher bei Paula in der Wohnung die Karten holte. Paula beschrieb ihr den Platz im Kellerfenster, wo die Schlüssel von Ralf lagen. Sie sollte anrufen, falls sie sie nicht finden würde.

Als sie Mendel wieder gegenübersaß, fragte er grinsend, ob sie auch das zähe Katzenfilet gegessen habe.

Sie fand den Scherz abgeschmackt, aber sicher war für Mendel nicht nur das Gefängnisessen, sondern die ganze Situation unbekömmlich. Daran war sie besonders bei akademischen Häftlingen gewöhnt. Seine Frau hätte ihm Essen bringen können, und so wie Paula sie einschätzte, würde sie das auch tun, aber vielleicht wusste er gar nicht, dass er als Untersuchungsgefangener das Recht dazu hatte.

»Wie geht es Ihrer Frau?«

»Gut. Sie ist eine gute Frau. Sie liebt mich.« Er sah Paula herausfordernd an.

Er war jetzt in einer ganz anderen, einer seltsamen Stimmung, fand sie. Vielleicht hatte er Schübe, von denen niemand etwas ahnte. Sie warf einen Blick zu dem Wachbeamten, der auf einem Stuhl neben der Tür saß, seine Uhr abgenommen hatte und sie auf umständliche Weise stellte.

»Wussten Sie, dass Johanna Frenzi Krebs hatte?«

»Davon hat sie nichts gesagt.«

»Obwohl Sie ein gutes Verhältnis hatten – wie Sie sagen –, hat sie Sie als Arzt nicht um Rat gefragt?«

»Die Menschen sind verschieden.«

»Wir waren inzwischen in Ihrem Appartement. Da haben wir Stricke zum Fesseln gefunden. Sowohl Silvia Arndt als auch Johanna Frenzi hatten Fesselungsspuren um beide Handgelenke. Die Spuren waren vier Millimeter breit, das entspricht dem Durchmesser Ihrer Stricke.«

Mendel schwieg.

»Johanna Frenzi wollte keinen Sex mehr mit Ihnen haben. Für sie war Schluss zwischen Ihnen. Sie haben zugegeben, dass Sie Gewalt anwenden mussten, um sie dazu zu bringen.«

»Kommt drauf an, was man unter Gewalt versteht. Auf jeden Fall nicht so rabiat.«

»Ein Schlag auf die Nase ist rabiat, Herr Mendel. Außerdem lag eine große Rolle Klebeband auf dem Stuhl. Wozu brauchten Sie das?«

»Damit hatte ich das Fenster abgeklebt, weil es zog.«

»Wir werden prüfen, ob sich Klebespuren von dem Band an Ihrem Fensterrahmen finden. Wir haben bereits Spuren von Klebeband gefunden, und zwar am Mund von Johanna Frenzi.«

»Klebeband kann jeder überall kaufen. Das ist ein Massenprodukt.«

»Neben den Stricken und dem Klebeband lagen Pornos, in denen gefesselten Frauen der Mund zugeklebt ist.« Paula sah ihn durchdringend an.

Er zuckte mit den Achseln. »Sexpraktiken, die Ihnen privat vielleicht fremd sind. Aber als Polizistin sollten Sie schon mal davon gehört haben, dass es so etwas gibt und dass es nichts Ungewöhnliches ist.«

Natürlich wusste sie von diesen Vorlieben und dass es öfter vorkam, als die Statistiken es auswiesen, doch hier passte es ins Verbrechensbild.

»Gehörte es auch zu Ihren Sexpraktiken, die Opfer anschließend zu töten?«

»Ich habe niemanden getötet. Wozu auch?«

»Eifersucht? Um sie für immer zu besitzen?«

»Wer will schon Frauen für immer besitzen – und auch noch gegen ihren Willen.«

»Sexualtäter wie Sie.«

»Mich interessiert das nicht die Bohne. Ich muss keine fremden Frauen besitzen. Ich habe eine Frau, die alles tut, was ich will.«

»Herr Mendel, Ihre Frau erzählte mir, dass Sie ihr neulich ein Parfum geschenkt haben. Erinnern Sie sich noch, welches es war?«

Mendel zog die Augenbrauen zusammen und musterte sie angestrengt. Entweder versuchte er sich an den Namen des Parfums zu erinnern, oder aber er überlegte, was Paula mit dieser Frage bezweckte.

Paulas Frage ging davon aus, dass er als Täter nicht nur wusste, was Johanna Frenzi in ihrer Handtasche gehabt hatte, sondern dass *er* das Parfum hineingesteckt hatte. Also musste er es auch gekauft haben – oder das Parfum war wirklich Johanna Frenzis gewesen, und sie hatte es dabeigehabt.

Er würde sich wohl an den Namen erinnern, denn immerhin hatte er sie damit eingesprüht und es in ihre Handtasche gelegt, die er im Kino neben sie stellte. Falls er es selbst gekauft hatte, müsste er sich umso mehr an den Namen erinnern.

»Chanel N° 5«, sagte er.

Bingo. Natürlich war das kein Beweis, aber es wäre auffällig, wenn er das Parfum seiner Frau dagegen nicht kennen würde. »Wissen Sie, welches Parfum Ihre Frau normalerweise benutzt?«

Er warf ihr einen eisigen Blick zu. »Keine Ahnung.«

Er kannte das Parfum von Johanna Frenzi, aber nicht das seiner Frau.

»Kennen Sie als Arzt den Verlauf von Leichenstarre?«

»Ja.«

»Eine solche Kenntnis brauchte der Täter.«

»Na und?«

Sein frecher Ton war neu. Er will demonstrieren, dass man ihm nichts anhaben kann, dachte sie.

»Vielleicht sollte Ihr Anwalt dabei sein, damit ich ihm erklären kann, wie ungünstig Ihre Verteidigungstaktik ist.«

»Vielleicht.«

»Wollen Sie hier nicht raus?«

Er lächelte, nahm seine Brille ab und schaute, ob die Gläser verschmiert waren. Dann setzte er sie wieder auf und sagte: »Sie werden mich nicht mehr lange halten können.«

Paula hatte gehofft, sie würde ihn heute Nachmittag weichklopfen, aber das Gegenteil war der Fall – er wurde immer widerspenstiger. Heute würde ihre Mühe sicher vergeblich sein. Sie wollte gerade die Vernehmung abbrechen, als ihr Handy surrte.

45

Chris legte den Hörer auf und sah aus dem Fenster. Sie schob ihren Schreibtischstuhl zurück, stellte die Füße gegen die Schreibtischkante und kippte ihren Stuhl nach hinten. Sie betrachtete ihre neuen Pumps – und dachte, schade, wenn sie solche Schuhe nicht mehr tragen könnte. Ihre Angst machte sich an den Schuhen fest. Absurd. Aber sie wusste, dass Todesangst an ganz banalen Sachen konkret werden konnte. Sie hatte Interviews mit krebskranken Frauen gelesen und dort ähnliche Gedanken gefunden. Sie ermahnte sich, zuversichtlich zu sein. Mendel war der Täter, Punkt, aus. Es gab genug Beweise.

Heute Nachmittag hatte sie eigentlich Bach treffen wollen, um mit ihm seine Einwände durchzugehen. Von ihm hatte sie Hilfe erwartet, aber nun war er es, der diesen Fall in ein problematisches Licht tauchte. Paula hatte lange praktische Erfahrung, ebenso das Team, und es war klar, dass Mendel vor Gericht überführt werden würde. Jeder ihrer Kollegen aus der Staatsanwaltschaft würde sagen, die Beweise reichen, stell den Eröffnungsantrag, soll sich der Richter damit auseinandersetzen. In der Mordkommission ging es zur Sache, hier drängte man nach vorn und quälte sich nicht mit gegenläufigen Perspektiven. Das Motto *Es könnte ja auch alles ganz anders gewesen sein* war hier nicht beliebt.

Aber dieses Mal war in das Spiel eine zusätzliche Regel eingefügt worden: Wenn der Falsche angeklagt wird, muss die Anklägerin sterben. Und das war sie.

Chris sprang auf und sagte wütend: »Erst bringt dieses Arschloch von Bach in seinem Profil alles gegen Mendel vor – und dann behauptet er, der war's nicht!«

Sie ging zum Fenster, wo auf dem breiten Sims der Partyflyer lag. Sie nahm ihn in die Hand, während sie auf die Stacheldrahtkronen der Mauern schaute, hinter denen das Untersuchungsgefängnis als großer Klotz lag. Dort saß Mendel. Sie zog ein angewidertes Gesicht und blickte auf das Foto der Einladung: Heiliger – kräftige Augenbrauen, hohe Stirn, kantiger Schädel, volle Lippen, einen Totenkopfring an der Hand, in die er sein Kinn stützte. Sein Blick fixierte den Betrachter. Heiligers *Annual.*

Josef Heiliger, Maria und Josef, Jo the Saint. Das Ereignis könnte sie ablenken. Die aufregendsten Leute der Stadt würden kommen, sogar Paula kam mit, obwohl es nicht ihr Terrain war. Chris dachte an die Ablenkung, das Lachen, den Champagner. Alle würden von dem Ereignis berichten, angefangen bei der *Vogue*, über *Rai, Art Channel* aus London. Und DJ Hell würde bei der Party auflegen.

Gerade jetzt durfte sie sich nicht herunterziehen lassen. Im Gegenteil, das Zusammensein mit vielen bunt gemischten Menschen würde sie von ihrem Druck befreien. Sie würde hingehen, obwohl Heiliger sauer war, dass sie ihn vor der Haustür weggestoßen hatte und allein hochgerannt war.

Sie schreckte aus ihren Gedanken auf, als sie die Stimme eines Kollegen hörte, der eingetreten war, Staatsanwalt Neuenfeld. »Kommen Sie mit?«

»Ach Sie sind es, Neuenfeld.«

Er flirtete. »Schnell erschrickt sich, wer böse Gedanken hat.«

Chris korrigierte: »Der Fall ist böse.«

Er trat einen Schritt näher. Sein gegeltes Haar hatte er hochgebürstet. Sie hatte den Eindruck, er würde jede freie Minute an sich herumbürsten – Zähne, Fingernägel, Jackett, Schuhe. Sie waren immer spiegelblank.

»Sie hätten ihn mir eben nicht wegschnappen sollen.«

Sie hatte ihm den Fall nicht weggeschnappt, sondern hatte an jenem Morgen Bereitschaftsdienst gehabt. »Sie waren krank«, sagte sie.

»Ich habe mitten in der Nacht einen Anruf gehabt, dass meine Mutter mit einem Schlaganfall ins Krankenhaus eingeliefert worden ist. Da bin ich natürlich sofort nach Frankfurt gefahren.«

»Das tut mir leid.«

»Irgendein Arschloch aus meinem Tennisclub muss den Anruf gemacht haben. Sicher so eine Wette, wie leicht kriegt man jemanden in eine blöde Situation. So etwas wie *Vorsicht Kamera.* Gott sei Dank war meine Mutter wohlauf.« Er machte eine Geste, als würde er ihr aus Fairness den Vortritt lassen. »Nun sind Sie die Glücksfee. Gerade in der Abteilung und schon die Königin der Medien. Mein Neid zwingt mich, Ihnen etwas von Ihrem Glanz zu stehlen, indem ich Sie zum Essen einlade. Wir wär's, *piccata milanese* im Bologna?«

»Geht nicht. Ich habe viel zu tun, muss noch etwas abholen und habe einen frühen Abendtermin, eine Einladung zum *Art Annual.*« Er baggerte sie schon seit zwei Jahren an und konnte nie ein Ende finden.

»Oh, ich werfe mich Ihnen zu Füßen«, spielte er Bewunderung, »nur mit Ihrer Erlaubnis darf ich den Blick noch heben.« Er machte eine groteske Verbeugung. Chris musste lachen.

»Morgen um halb zwei im Bologna.«

Mit witzigen kleinen Verbeugungen und Dankesgemurmel verschwand er aus der Tür.

Sie verließ ihre Wohnung, stieg in den Mini, versprühte den Rest ihres Parfums und warf den leeren Flakon auf den Beifahrersitz. Dann schob sie eine CD in den Player, startete den Wagen und sang laut mit.

In der Stargarder Straße parkte sie direkt an der Kirche, ging über die Straße und beobachtete die Kinder, die vor dem Eisladen anstanden. Es war wieder warm geworden, und die Mütter schaukelten ihre Babys in der Sonne.

Hoffentlich würde sie das Kellerfenster finden. Aber sie sah es schon auf zwanzig Meter Entfernung und nahm den

Hausschlüssel aus dem Versteck. Ein leichtsinniges Versteck, fand sie, aber Ralf und Paula mussten ja wissen, was sie taten.

Im Treppenhaus roch es nach Bohnerwachs, und es gab auch ein paar Graffitis an den Wänden. Chris würde hier nicht wohnen wollen.

Sie schloss die Wohnung auf, ließ den Schlüssel stecken und die Tür halb geöffnet. Sie wollte nur schnell die Tickets und dann noch in einer Parfümerie Chanel N° 5 holen.

Sie hatte Paula noch nie besucht. Sie trafen sich immer in Lokalen, und zwar in ganz unterschiedlichen. Sie liebten diese Abwechslung. Chris schaute sich neugierig um. Die Atmosphäre war anders als bei ihr zu Hause und auch anders, als sie sie sich vorgestellt hatte. Sie sah die Küche, aber sie musste aus Neugierde noch einen Blick ins Schlafzimmer werfen. Das war zwar indiskret, aber sie wollte sehen, im welchem Bett ihre Freundin es mit diesem Langweiler trieb. Vielleicht irrte sie sich ja, und er war gar nicht so langweilig. Vielleicht hatten sie verspiegelte Wände, Bettpfosten zum Fesseln oder schwarze Masken auf dem Nachttisch. Als sie vorsichtig die Tür öffnete, erschrak sie, weil sie meinte, Schritte zu hören. Vielleicht kam Ralf nach Hause und ertappte sie jetzt. Nein, niemand war gekommen. Sie öffnete die Tür und war erleichtert, als sie ein ganz normales Schlafzimmer sah.

Die Wohnung kam anders rüber als auf Ralfs Bildern. Da war sie leerer und kälter. Sie ging über den Flur und öffnete die angelehnte Küchentür, um die Tickets zu holen. Bei dem Anblick, der sich ihr bot, erstarrte sie. Der Schrei in ihr erstickte, als ob jemand sie würgte. Ihr Herz klopfte, Rücken und Hände wurden eiskalt. Auf dem Tisch stand eine gelb-braun gefleckte Katze, aufgerichtet wie im Sprung, mit den Eintrittskarten zwischen den Zähnen, die Lippen gefletscht. Die Katze stand auf den Hinterpfoten, die gespreizten Vorderbeine festgebunden auf der Kante eines Drahtkorbs, in der Brust ein Bratspieß.

Sie war tot. Erstochen.

Chris drehte sich um, wollte weg, blieb aber wie gelähmt stehen, als sie die Eingangstür ins Schloss fallen hörte. Sie gab sich einen Ruck, rannte hin und rüttelte am Drehknauf. Jemand musste abgeschlossen haben. Sie war eingesperrt. Vorhin an der Schlafzimmertür hatte sie Schritte gehört, sie hatte sich nicht geirrt. Sie saß in der Falle.

In ihr hämmerte es, du kannst nicht raus, also musst du dich hier drinnen schützen.

Sie stürzte ins Bad, knallte die Tür hinter sich zu und verriegelte sie. Außerdem schob sie den Stuhl davor und arretierte die Klinke mit der Lehne. Sie japste nach Luft. Dann sank sie auf den Toilettensitz und schluchzte. Sie presste beide Hände vor den Mund, der Killer durfte sie nicht hören. Vielleicht wusste er nicht, wo sie sich verbarg. Sie fischte ihr Handy aus der Tasche und drückte zittrig die Tasten. Das kleine Ding ans Ohr gepresst, lauschte sie dem Tuten.

Nimm ab, nimm doch ab ...!

Endlich Paulas Stimme! Chris wisperte in die Muschel: »Ich bin in der Falle ... in deiner Wohnung ... er bringt mich um ... komm!«

46

Paula hatte ihr Handy am Ohr und war irritiert, begriff aber, dass Chris in Gefahr war. Ihr fiel auf, dass Mendel sie genau beobachtete und jede ihrer Bewegungen verfolgte. Sie sagte dem Beamten, sie müsse sofort gehen.

Sie lief so schnell durch die Halle auf den Ausgang zu, dass der wachhabende Polizist zögerte, den Summer zu drücken. Sie riss ihren Ausweis heraus und knallte ihn gegen die Scheibe der Pförtnerloge. »Hauptkommissarin Zeisberg, ich muss zu einem Überfall!« Die Tür schnappte auf, sie rannte über den Parkplatz zu ihrem Auto.

Sie raste durch die Stadt, Autos hupten, Fußgänger drohten, und schließlich hatte sie eine Streife mit Blaulicht hinter sich.

Als sie vor ihrem Haus anhielt, überholte das Polizeiauto, stellte sich quer und blockierte ihren Wagen. Sie sprang heraus, rannte zur Haustür und rief: »Mordkommission, folgen Sie mir.« Aber sie hatte ja keinen Schlüssel.

Sie presste alle Klingeln und fragte den größeren der beiden Beamten: »Können Sie die Tür aufbrechen?«

Er guckte skeptisch. Sie zog ihren Ausweis und hielt ihn den beiden vor die Nase.

Der Stämmigere nahm Anlauf und donnerte mit der Schulter gegen die Haustür, die krachend aufsprang. »Wohin?«, brüllte er.

»Dritte Etage rechts!«

Die Jungs rannten die Treppe hinauf, Paula dicht hinterher. Sie erreichten gleichzeitig die Wohnung. Die Schlüssel steckten von außen. Paula bemerkte, dass die Tür gar nicht abgeschlossen war, sie hätte also von innen geöffnet werden können. Leise schob sie die Tür auf.

Da Paula keine Waffe mit ins Gefängnis genommen hatte, forderte sie den Kleineren auf, ihr seine zu geben. Als der seinen Kollegen fragend anschaute, griff Paula schon zu. Ihm gefiel das nicht, aber sie hatte die Pistole, entsicherte sie, ging auf Zehenspitzen den Flur entlang und schaute vorsichtig in jedes Zimmer: nichts. Als sie in der Küchentür stand, umkrallte ihre Hand die Waffe. Sie erblickte Kasimir auf dem Tisch – aufgerichtet auf den Hinterbeinen, den Bratspieß in der Brust. Ihr Herz krampfte sich zusammen. Inszeniert wie die toten Frauen. Sie presste sich gegen die Wand neben der Küchentür und gab den Polizisten ein Zeichen, dass sich jemand hinter der offen stehenden Küchentür verbergen könne.

Es war so still in der Wohnung, dass sie auf der Straße ein Kind weinen hörte. Wenn Chris noch am Leben war, würde sie doch wohl rufen – sie müsste sie gehört haben.

Der größere Beamte hatte seine Waffe ebenfalls im Anschlag und stand in Position auf der anderen Seite des Flures, alle Zimmertüren unter Kontrolle.

Sie hörte ein Wimmern. »Chris?«, rief Paula. »Bist du im Bad?«

»Ja«, kam es kläglich.

»Ist dir etwas passiert?«

»Nein.«

»Befindet sich noch jemand in der Wohnung?«

»Ich weiß nicht.«

»Komm raus. Du bist unter Feuerschutz. Ich stehe mit zwei Beamten im Flur, die Waffen im Anschlag. Komm vorsichtig heraus.«

Langsam ging die Tür vom Badezimmer auf, Chris stand da, lebendig und unverletzt. Paula fiel ein Stein vom Herzen.

Chris zog an ihrem Schal, der irgendwo festhing.

»Lass den Schal, komm langsam hierher.«

Sie kam mit unsicheren Schritten. Paula nahm ihre Hand und führte sie zur Wohnungstür, während sie den Flur nach vorne und hinten sicherte. Chris war völlig verschreckt und hatte Angst, aus der Wohnung zu gehen. Paula musste sie eng umarmt hinausführen.

»Wir kontrollieren jetzt die Zimmer«, hörte sie einen Beamten von drinnen.

»Ja, tun Sie das.« Sie streichelte Chris den Rücken, bis die beiden wieder im Hausflur erschienen.

»Niemand. Nichts. Nur die tote Katze auf dem Küchentisch.«

Paula bat sie, vor der Wohnung postiert zu bleiben, bis die Mordkommission käme.

»Für die Katze?«, fragte der Kleinere.

»Ich bin Paula Zeisberg«, erklärte sie. »Ich bearbeite den Frauenmörder.« Sie sah, wie sich die Haltung der beiden veränderte. Respektvoll sagten sie: »Geht klar. In Ordnung.«

Chris schien sich stabilisiert zu haben. »Das ist dein Kater, nicht wahr?«

Paula führte sie ins Wohnzimmer und drückte sie aufs Sofa.

»Ja, das ist Kasimir.« Paulas Stimme war belegt, und ihre Augen waren dunkel.

Sie rief Justus an und teilte ihm knapp die Sachlage mit. Er sollte mit dem Team kommen und die Spurenexperten bestellen.

Paula setzte sich neben Chris und nahm ihre Hand. Sie suchte Halt. Kasimirs schrecklicher Tod ging ihr an die Nieren. Aber sie musste gefasst bleiben und die Situation analysieren.

»Er war in der Wohnung«, sagte Chris.

Paula dachte daran, dass Bach Mendel als Täter ausgeschlossen hatte. Dann fiel ihr seine Ehefrau ein. Mendel hatte gesagt, sie tue alles für ihn. Und er war heute nach der Mittagspause so verändert gewesen – selbstsicher und zynisch. Und dann noch seine Bemerkung mit dem Katzenfilet.

Sie legte ihren Arm fest um die Schulter der Freundin und ließ sich alles genau erzählen.

Der Täter oder ein Mittäter war in der Wohnung gewesen. Sämtliche Spuren mussten aufgenommen und die von Ralf, Chris und ihr selbst ausgesondert werden. Vielleicht blieb etwas Brauchbares übrig.

Paula überlegte, ob der Täter darauf gewartet hatte, dass sie oder Ralf nach Hause kämen. Aber wenn er sie umbringen wollte, hätte er sich nicht die Mühe mit dem Kater machen müssen. Das Ausstellen des Kadavers auf dem Küchentisch deutete darauf hin, dass er Paula als Leiterin der Ermittlungen ein Zeichen setzen wollte. Im Sinne von Bachs Theorie: »Ich bin unantastbar, verletzbar bist du.« Er war in ihre Wohnung, in ihre Privatsphäre eingedrungen. Der Gedanke ekelte sie an. Wollte er die Freilassung Mendels?

Und die Tickets? Sollte er gewusst haben, dass Chris sie abholen würde, und wollte er sie ihr so überreichen? *Hier hast du deine Tickets! Nimm sie aus dem Maul der erdolchten Katze.*

»Er meinte mich«, sagte sie. »Wenn die Kollegen da sind, bringe ich dich nach Hause.«

Chris zitterte nicht mehr, schluchzte nur noch ab und zu. Sie suchte nach einem Taschentuch, und Paula holte ihr aus dem Bad eine Handvoll Papiertücher.

Sie tupfte sich die Tränen ab. »Nicht nach Hause. Es geht schon wieder. Tut mir leid wegen Kasimir. Das muss schlimm für dich sein.«

»Im Moment begreife ich es noch gar nicht. Schlimm wird es heute Abend und morgen früh. Daran will ich jetzt nicht denken. Justus wird das hier übernehmen, da werde ich nicht gebraucht. Ralf ist auf der Party bei Heiliger, der wird erst morgens nach Hause kommen. Ich kann also mit zu dir kommen und bei dir bleiben. Für mich ist es auch gut, rauszugehen.«

Sie hörte von draußen Stimmen, und einer der Uniformierten rief: »Die Kollegen sind da.«

Paula ließ Justus, Tommi, Waldi, Max und Marius herein. Sie hatten bereits die Schutzanzüge an. Paula bat Chris, auf der Couch zu bleiben, während sie den anderen die Küche zeigte und ihnen kurz erklärte, was passiert war.

»Es entlastet Mendel«, sagte Marius. »Oder?«

»Das Seltsame ist, dass er nach der Mittagspause auffällig sicher war, dass wir ihn demnächst laufen lassen müssten. Er sagte auch, dass seine Frau alles für ihn tun würde.«

»Aber wie ist der Täter hier reingekommen? Gibt es irgendwelche Spuren?«, fragte Tommi.

»Keine Spuren«, sagte Paula.

Chris rief aus dem Wohnzimmer: »Aber die Tür war nicht verschlossen, nur zugezogen.«

»Ralf und ich schließen immer ab.«

»Ein Türschloss ist bei Profis kein Problem.«

Justus hatte sich die ganze Zeit über Kasimir von allen Seiten angesehen. »Ein schönes Tier«, sagte er. »Meine Frau hat eine Koratkatze.«

»Danke für die Anteilnahme«, sagte Paula knapp.

Waldi überlegte. »Du meinst, Frau Mendel hat euch beobachtet und deinen Kater umgebracht, um damit einen Beweis zu erbringen, dass ihr Mann nicht der Frauenmörder sein kann?«

»Wäre das so dumm?«, fragte Paula. »Auf jeden Fall möchte ich, dass ihr sie überprüft.«

Max war auf dem Flur und sagte um die Ecke: »Dass es die Staatsanwältin war, scheidet wohl aus.«

»Manchmal sind Witze nicht angebracht. Jetzt zum Beispiel«, sagte Paula und ging ins Wohnzimmer. Sie hörte, wie Tommi Max zusammenstauchte und Max sich verteidigte, es würde ja sonst auch jeder in der Nähe des Opfers überprüft.

»Ich bring dich nach Hause«, sagte sie zu ihrer Freundin.

Doch Chris lehnte das kategorisch ab. Sie fürchte sich davor, zu Hause herumzusitzen. Sie wolle lieber zu dem Kunstereignis.

Im ersten Moment glaubte Paula, sie mache einen Scherz, aber dann merkte sie, dass es ihr ernst war.

Chris legte den Arm um sie und sagte liebevoll: »Es ist auch für dich das Beste nach diesem Schrecken. Hier kannst du jetzt nichts tun. Wir brauchen beide eine Ablenkung. Es ist das Beste, was wir jetzt tun können.« Dabei zog sie sie ins Bad. »Ich hübsche mich ein bisschen auf, mach du dich auch zurecht.«

Paula wäre nie auf die Idee gekommen, jetzt unter die vielen Menschen zu gehen, doch Chris schien fest entschlossen. Es war nur die Frage, ob sie sie allein gehen ließe oder sie begleitete. Vielleicht ist Ablenkung tatsächlich das Beste im Moment, dachte sie.

Sie entschied sich, mitzugehen, auch um in Chris' Nähe zu sein und sie notfalls aufzufangen. Vielleicht hatte sie einen Schock. Bei manchen Menschen kam der Zusammenbruch erst später.

Paula brauchte nicht lange, um sich fertig zu machen, und wartete vor dem Bad auf Chris. Sie wollte schon fragen, ob alles in Ordnung sei, aber da ging die Tür auf, und Chris stand fertig geschminkt vor ihr. »Gehen wir«, sagte sie.

47

Chris schlug vor, ein Taxi zu nehmen, aber Paula wollte unabhängig sein. Bei so großen Partys konnte es schwierig werden, nachts ein Taxi zu bekommen.

Im Auto sah Paula, wie ihre Freundin mit den Ängsten umging, die sie hatte: Sie redete wie aufgezogen und gestikulierte mit den Händen, ihr Parfumduft füllte den Wagen, sie war aufgekratzt und plapperte über die Ausstellungshalle des Deutschen Historischen Museums, die von dem chinesisch-amerikanischen Architekten Ieoh Ming Pei entworfen wurde. »Er ist ein Meister des Lichts und des Raumes, ein Magier. Er ist über neunzig, aber zukunftsweisender als die Jungen.« Dann ließ sie sich über den gläsernen Turm aus. »Er ist wie eine Schnecke gedreht, und der Innenraum hat einen besonders ausgetüftelten Klimaschutz.«

Paula fand das absolut schräg, aber sie wusste, dass Menschen nach einem Schock mit Übersprungshandlungen reagieren. Dazu gehörte auch, dass sie viel reden oder plötzlich einschlafen.

Aber Paula hatte genug von dem Gerede über Architektur. »Vielleicht wird Ralf da auch mal ausgestellt.«

»Ralf? Heiliger ist ein epochemachender Künstler. Er wird ein Markenname werden wie Coca-Cola. In seinen

Installationen entlarvt er die Oberflächlichkeit unserer Welt. Seine Anklage hat zu Recht Erfolg.«

Paula wunderte sich, dass Chris so informiert war. Kunst schien ihr neues Hobby zu sein.

Am roten Teppich drängelten die Fotografen hinter der Absperrung. Sie blitzten gerade VIPs, die vor ihnen gingen und die von den Mädchen mit den Gästelisten durchgelassen wurden. Auch Paula und Chris wurden sofort hineingebeten, weil Ralf sich mit Begleitung angemeldet hatte. Chris verschwand in der Menschentraube vor der Garderobe.

Paula machte einen langsamen Rundgang, um einen Eindruck von der Veranstaltung und den Räumen zu gewinnen. Sie dachte auch, sie würde Ralf treffen, sah ihn aber nicht. Aber sie traf Antonia, die nette Freundin des heutigen Stars, der man die Schwangerschaft heute schon deutlicher ansah. Antonia winkte Paula zu und kam herüber. Das kurze Kleid aus schwarzem Samt mit dünnen Trägern und die roséfarbene Organza-Jacke ließen sie zart erscheinen. Das hochgesteckte Haar gab ihr Gesicht frei, ihre Augen leuchteten. Ein Bild anziehender Sanftmut. Des wilden Künstlers Sonnenschein, dachte Paula. Antonia nahm sie in den Arm, und Paula fragte, wie es ihr und dem Baby gehe.

»Gut, sehr gut. Bald werde ich seine ersten Bewegungen spüren.« Dabei strich sie sich mit der typischen Geste werdender Mütter über den Bauch.

»Wo ist denn der große Künstler?«

»Gute Frage. Alle sind da, nur er nicht. Er wird auch nicht erscheinen. Ich darf es eigentlich niemandem sagen. Also, pscht«, sie legte den Zeigefinger auf die Lippen, »er hat sich im Atelier verschanzt.« Sie schaute in die Menge. »Alle sind da, von überall, nur die Hauptperson fehlt.« Sie lachte. »Der Direktor und der Gastgeber halten bereits ihre Reden und werden die Show ohne ihn eröffnen.«

Jetzt fiel Paula auf, dass eine Rede über Lautsprecher übertragen wurde, aber sie konnte nicht feststellen, wo der Sprecher stand.

Aus einer Gruppe löste sich eine Dame in Pink, mit Stiefeln aus Kuhfell, und kam auf Antonia zu. Sie stellte sie als Redakteurin beim *ART Magazine* vor und sagte, Paula sei die Frau von Ralf Kleen, doch die Redakteurin überhörte das. »Wo ist der Künstler?«

»Er erscheint nicht«, sagte Antonia.

»Alle sind da, nur er nicht«, ereiferte sich die Redakteurin. Anklagend blickte sie in die Runde. »Der Tycoon hat gesprochen, die Show ist eröffnet – aber die Hauptperson fehlt.«

Inzwischen waren noch einige Personen herangetreten. Ein Herr im schwarzen Anzug mit weißem T-Shirt und grau meliertem Haar meinte: »Wahrscheinlich will er sich mit dem Entzug wichtigmachen. Aber was taugen solche Taktiken heutzutage noch? Sollten wir nicht das Blut und den Schlachtabfall, das alles auch der Provokation diente, eintrocknen lassen? Und die Otto Muehls und John Isaacs gleich mit? Hängen uns diese ästhetischen Ausrufezeichen nicht zum Halse raus?«

Antonia antwortete sanft: »Gehen Sie durch die Ausstellung. Die Werke werden Sie berühren. Man sieht es den Besuchern an.«

Antonia tat Paula leid, aber sie wusste nicht, wie sie ihr hätte zur Seite stehen können. Sie konnte ihr schlecht davon abraten, Heiliger zu verteidigen, zumal sie sah, wie entschlossen sie dazu war.

Sie erblickte Chris und verabschiedete sich mit einer Geste von Antonia.

Chris erzählte, dass sich neuerdings eine Arbeit Heiligers im Schottischen Nationalmuseum für Moderne Kunst direkt neben einem Warhol befinde.

Sie kann sich freuen wie ein Kind, dachte Paula, das ist ihr Schutz bei all dem Trouble. Gut, dass sie das auch jetzt nicht verloren hat. »Es ist doch seltsam«, sagte sie, »dass Heiliger die Party verpasst. Für ihn wird das doch alles veranstaltet.«

»Er ist doch viel präsenter dadurch, dass er nicht erscheint. Jeder redet über ihn«, sagte Chris.

Paula lachte über diese Logik. »Wahrscheinlich hast du recht.«

Jemand winkte Chris zu, und im nächsten Moment war sie bereits verschwunden.

Paula stand vor einer Installation, die *Ein unschlagbares Gefühl* hieß. Ein begrenzter Bereich war mit Hausrat vollgestellt, in der Mitte ein Polstersessel. Auf ihm saß eine Barbiepuppe, aber es war genug Platz für einen wagemutigen Besucher, auf den dann der Lauf eines Maschinengewehrs gerichtet sein würde. Paula hörte ein Gespräch zwischen zwei Männern, die die Installation betrachteten. Der eine sammelte offenbar Barbiepuppen und bedauerte, dass dieses alte Exemplar, das er noch nicht in seiner Sammlung hatte, in die Installation eingebaut war. Er erklärte, dieses Modell gehöre zu der Spezialreihe, die die Firma Mattel nur für Sammler herausgebe. Paula dachte gerade an die Barbie in Chris' Schließfach, als der Sammler sie unvermittelt an den Schultern fasste und sie zur Sitzfläche schob, damit sie sich neben die Puppe setze. Dabei zitierte er den Text neben dem Sessel: »Es besteht die minimale Chance, dass das Maschinengewehr in dem Moment losfeuert, wenn Sie Platz nehmen.«

Paula befreite sich aus dem Griff und sagte: »Ich lasse mich nicht in eine Schusslinie schieben.«

Triumphierend sagte der andere zu seinem Kumpel: »Siehst du, es funktioniert«, und griente Paula breit an. Sie hasste solche Typen, die so derb waren wie Betrunkene auf dem Schützenfest.

Sie wollte gerade weitergehen, da kam Ralf durch die Besuchermenge auf sie zu, begrüßte sie und dozierte dann, die Installation erinnere an die Nähe des Todes im Alltag. Paula funkelte ihn böse an, und er fragte unsicher, ob er etwas Falsches gesagt habe.

»Ich brauche diesen Jahrmarkt nicht, um an die Nähe des Todes erinnert zu werden.« Es kam schroffer, als sie es beabsichtigt hatte.

»Ja, ich weiß, dein Beruf, mein Gott.« Ralf war genervt.

Jetzt bereute sie ihre Schroffheit nicht mehr. »Jemand ist in unsere Wohnung eingedrungen und hat Kasimir mit einem Bratspieß erstochen. Könnte das dein Freund Heiliger gewesen sein, um uns an die Nähe des Todes im Alltag zu erinnern?«

Ralf starrte sie entgeistert an. Plötzlich hatte sie ihre Wohnung wieder vor Augen. Die Küche, ihren Kater und ihren Schock, der sich jetzt Luft zu machen drohte. Tränen stiegen in ihr auf. »Entschuldige«, quetschte sie hervor, drehte sich ab und boxte sich durch die Leute zum Klo. Sie schloss sich ein, setzte sich auf den Toilettendeckel und atmete durch. Sie musste einen Moment allein sein. Dann ging sie zum Waschbecken, hielt ein paar Papiertücher unters kalte Wasser und kühlte ihre Stirn. Ralf kam herein, nahm sie in die Arme und hielt sie fest. Seine Körperwärme beruhigte sie. »Das mit Kasimir ist ja furchtbar.«

»Ja.« Sie sah ihn an. »Komm, lass uns raus hier.«

Als sie aus der Damentoilette kamen, erspähte Ralf Antonia, die vor den beiden Männern zurückwich, die Paula schon angemacht hatten. Ralf entschuldigte sich, ließ Paula stehen und ruderte sich durch die vielen Leute, um ihr zu helfen. Also setzte Paula ihren Rundgang fort, bis sie Chris traf, die sie fragte, ob sie ein bisschen frische Luft schnappen wolle. Paula kam das sehr recht.

Chris zog sie zum Ausgang und ging mit ihr die paar Schritte zu der Wiese am Alten Museum. Sie setzte sich auf einen Stein vor der großen Brunnenschale aus Granit und klopfte einladend mit der Hand neben sich. Es war noch angenehm warm, und die Abendsonne tauchte alles in orangefarbenes Licht.

Chris spürte, wie mitgenommen Paula war.

Die Sonne verschwand, und die Scheinwerfer vom Berliner Dom gingen an.

Plötzlich hatte Paula das Gefühl, dass sie beobachtet wurden. War dort an den Säulen nicht jemand gewesen, der sie fotografiert hatte?

»Unsinn«, sagte Chris, nachdem sie angestrengt herumgeschaut hatte. Paula stand auf und wollte unbedingt nach Hause.

Chris überredete sie aber, noch mit ins Felix zu kommen, wo nun die Party steigen sollte.

48

Im Felix traf Paula Ralf wieder, wenn sie in dem Geschiebe auch gleich wieder getrennt wurden. Man musste sich schon aneinander festhalten, um sich nicht zu verlieren. Chris war ihr auch verloren gegangen. Paula wurde in Richtung Bar gedrängt, wo großzügig Champagnergläser herumgereicht wurden. Sie hätte sich innerhalb von Minuten betrinken können.

Später ging ein Raunen durch die Menge. Heiliger, jetzt mit kurz geschorenem Haar, erschien oben auf der Treppe. Ein Spotlight erfasste ihn, und er stieg langsam, Schritt für Schritt, in einen schwarzen Anzug gekleidet, die Stufen herunter – eine wirkungsvolle Inszenierung. Hinter ihr sagte jemand: »Er will Magier der Medien sein und ist doch nur ein Abkassierer.« Auf der Mitte der Treppe blieb er stehen, nahm das Mikrofon und sprach im Stakkato die Worte: »Durch Einseifen, Polieren und Abschleifen vertreibt ihr den Tod aus dem Leben.« Über die Lautsprecher kam ein Bläsersatz, und Heiliger sprach weiter: »Ihr beraubt uns der Lebendigkeit. Ich bringe sie mahnend zurück – auf einer Parkbank Tauben fütternd, und im Kino neben euch sitzend. Es gibt kein Leben ohne den Tod. Nur wer den Tod achtet, achtet auch das Leben.« Wieder der Bläsersatz.

Paula war schockiert und wütend. Sie wollte nicht länger Teil dieser Inszenierung sein. Sie drehte sich um und stand Bach gegenüber. »Wo kommen Sie denn her?«, fragte sie überrascht.

»Ich habe einen Vortrag gehalten und bin jetzt erst gekommen.«

»Ich will gerade gehen. Ich habe einen harten Tag hinter mir, und der Trubel geht mir auf den Geist.«

Er fragte nach ihrem anstrengenden Tag, und sie erzählte vom Einbruch in ihre Wohnung und von der Hinrichtung ihres Katers. Es war so laut, dass sie sich kaum verstehen konnten. Er schlug vor, einen stilleren Platz zu suchen, und nahm sie an die Hand.

Nach ein paar Schritten bat er sie, auf ihn zu warten, er komme allein besser durch und hole sie ab, wenn er ein geeignetes Plätzchen gefunden habe. Sie sah auf die Uhr: Es war zehn. Sie hatte sich vorgenommen, spätestens um halb zwölf zu gehen.

Sie sah, wie Antonia versuchte, sich durch die Menge zum Ausgang zu arbeiten. Ihr Gesicht war bleich. Paula konnte nicht verstehen, dass sie sich in ihrem Zustand solchen Anstrengungen aussetzte. Sie hatte den Impuls, ihr zu helfen, doch da tauchte Ralf schon neben ihr auf und bahnte ihr den Weg. Paula kniff die Augen zusammen, die beiden schienen sich gut zu verstehen. Im nächsten Moment wurden sie von einer Gruppe von Gästen verdeckt, die in die Gegenrichtung zog. Neben ihr tauchte Chris auf. Sie trug jetzt ein schwarzes Wickelkleid.

»Du warst ja zu Hause und hast dich umgezogen«, sagte Paula vorwurfsvoll.

Chris nickte. »Ich war so verschwitzt.«

»Hast du Heiligers Rede gehört?«

Chris schüttelte den Kopf. »Ich bin gerade reingekommen.«

»Da hast du was verpasst. Das war unglaublich. Erzähl ich dir morgen. Ich warte hier auf Bach.«

Sie hielt Ausschau nach ihm und sah, wie sich das Mädchen mit dem Getränketablett geschickt durch die Menge schlängelte. Sie sah Bach winken. Chris war schon wieder verschwunden. Bach schob ein paar Leute zur Seite, damit Paula leichter durchkommen konnte. Dann fiel sie ihm fast in die Arme, weil sie geschubst wurde. Er lachte. »Kommen Sie, ich habe einen stillen Seitenflur gefunden.«

Es war ein Platz in einer Nische, wo es nicht so laut war.

»Haben Sie die Rede von diesem großartigen Künstler gehört?«, fragte Paula.

Bach verzog sein Gesicht, als habe er auf etwas Saures gebissen. »Wollen Sie ein Geständnis darin sehen?«

Paula setzte ihr Glas ab. »Keine Ahnung, was ich darin sehen kann. Es war ungeheuerlich. Dieser Mann hat sich auf unsere Morde bezogen. Oder sehen Sie das anders?«

»Ich nehme an, dass er eine Arbeit vorbereitet, in dessen Mittelpunkt er Silvia Arndt und Johanna Frenzi stellt. Es war wie eine Ankündigung. Er ist ein ausgefuchster Marketingstratege. Das macht heutzutage ja einen großen Künstler aus, oder?«

Seine Worte beruhigten sie. »Mir ist noch nie so klar geworden wie heute, dass ich ein konservativer Mensch bin.«

Er lachte und prostete ihr zu. »Die Sache mit Ihrer Katze tut mir leid.«

Sie erzählte ihm die Geschichte ausführlich und beantwortete seine Fragen. Schließlich fragte sie: »Meinen Sie, es war tatsächlich unser Killer, der in meiner Wohnung war?«

Er überlegte so lange, dass sie schon dachte, er würde keine Schlussfolgerung wagen.

Dann sagte er: »Der Mörder von Silvia Arndt und Johanna Frenzi war in Ihrer Wohnung. Man könnte tatsächlich denken, es war eine Aktion, die Mendels Unschuld beweisen sollte, denn wenn der Täter draußen eine Katze tötet, kann er nicht zugleich im Untersuchungsgefängnis sitzen. Sicher haben Sie Frau Mendel überprüfen lassen.«

Paula nickte.

»Aber wie Sie sie mir beschrieben haben, wäre sie zu dieser Tat nicht imstande und wohl auch nicht bereit. Auch nicht, um ihren Mann zu retten.«

Chris hatte ihren Kollegen Neuenfeld gesehen und sich zu ihm durchgearbeitet. Er stand an der Bar, und als sie ihn erreichte, schob er ihr lächelnd sein Glas hin.

»Wie sind Sie denn hereingekommen?« fragte sie ihn.

»Das ist *mein* Geheimnis. Aber *kein* Geheimnis mache ich daraus, dass dieser gefeierte Künstler geschmacklich voll danebenliegt, wenn er mit Mordfällen das Interesse an seinen Arbeiten anzuheizen sucht.«

Chris konnte dazu nichts sagen, weil sie die Rede verpasst hatte. Doch Neuenfeld schien keine Antwort zu erwarten und redete unverdrossen weiter. Einige Leute hatten angefangen zu tanzen, und jetzt meldete sich auch DJ Hell. Chris' Aufmerksamkeit war darauf gerichtet, Heiliger irgendwo zu entdecken. Sie wollte nicht glauben, dass er schon gegangen war. Sie hätte ihm sagen sollen, dass sie kommen würde.

»Und von wem haben *Sie* Ihre Karte erhalten?«, wollte Neuenfeld gerade wissen.

»Ich bin zusammen mit der Leiterin der Mordkommission hineingekommen. Sie lebt mit einem Maler zusammen, der mit Heiliger mehr oder weniger befreundet ist.«

Neuenfeld schaute immer wieder zur Tanzfläche hinüber, und sie ahnte, dass er gleich fragen würde, ob sie Lust habe zu tanzen. Als er eine Bemerkung über die gute Musik machte, surrte ihr Handy. Heiliger. Es war schwierig, ihn zu verstehen, weil es so laut war.

»Ich bin in der Präsidentensuite im Adlon. Komm doch auf einen Drink hoch. Ich hole dich vom Fahrstuhl in der Tiefgarage ab, der fährt direkt in die Suite.«

Nun würde sie ihn doch noch sehen. Es kribbelte in ihrem Bauch. Sie verabschiedete sich von Neuenfeld, verließ das Felix, lief wenige Meter die Straße entlang und ging dann hinunter in die Tiefgarage. Das Neonlicht sprang an und flackerte über den Boden. Wie begierig sie auch eben noch auf die Begegnung war, jetzt war ihr unheimlich. Sie hatte das Gefühl, jemand beobachtete sie. Sie wollte umkehren, da schoss ihr aber ein Erlebnis ihrer Kindheit durch den Kopf: Ihre Brüder hatten sie ausgelacht, als sie bei einem Geräusch aus dem Keller geflohen war. Sie gab sich einen Ruck und ging weiter.

Plötzlich setzte ein Rauschen ein. Erschrocken blieb sie stehen, um sich zu orientieren. Es war die Entlüftungsanlage, die angesprungen war. Sie ging zögerlich weiter über das abgeschliffene Gummi der Bremsspuren auf dem hellen Beton. Sie hielt sich dicht an der Wand, und ihr wurde klar, dass niemand da war, der ihr hätte helfen können. Sie spürte die Angst im Nacken und lauschte auf das kleinste Geräusch oder Anzeichen einer Bewegung hinter einem der geparkten Wagen. Sie drehte sich um, ob ihr jemand folgte. Aber da war niemand.

Es wusste auch nur Josef Heiliger, dass sie hier war. Ein Porsche fuhr mit quietschenden Reifen so dicht an ihr vorbei, dass sie zusammenzuckte. Sie lehnte sich gegen einen Mercedes und wartete, bis ihr Puls wieder langsamer wurde.

Hätte Heiliger ihr nicht genauer sagen können, wo sich dieser Fahrstuhl befand? Sie wollte schon zurückgehen, da entdeckte sie hinter einem VW-Bus die Fahrstuhltür. Sie öffnete sich gerade – sicher Heiliger, der sie abholen wollte. Sie lief schnell hin, aber der Fahrstuhl war leer. Ein wenig außer Atem betrat sie ihn und wartete, dass Heiliger auftauchte. Dabei fiel ihr Blick auf ein Foto am Boden. Sie bückte sich, um es aufzuheben, und bemerkte einen komischen Geruch. Ihr wurde schwindlig. Sie nahm schnell das Foto auf. Es war die Vergrößerung des Fotos, das in dem Medaillon gesteckt hatte: die Frau im blauen Kleid auf der Parkbank mit ihrem Kopf. Sie wollte schreien, doch ihr wurde plötzlich schwarz vor Augen. Sie bekam noch mit, dass sie hinfiel und die Fahrstuhltür ihre Beine einklemmte.

49

Paula fuhr hoch und lauschte. Auf ihrem Nachttischwecker war es 5.38 Uhr. Sie hatte aus der Küche ein Miauen gehört. Sie sah zu Ralf hinüber, doch der schlief fest. Mit schnellem Griff unters Kopfkissen nahm sie ihre Waffe und entsicherte sie.

Vorsichtig zog sie die angelehnte Schlafzimmertür auf und schlich auf den Flur. Dann schob sie die Küchentür weit auf, um sicherzugehen, dass sich niemand dahinter verbarg. Die Küche lag im grauen Morgenlicht. Sie war ungewöhnlich aufgeräumt – das Ergebnis der ordentlichen Arbeit ihres Teams.

Schnell kontrollierte sie die anderen Räume. Auch nichts. Was hatte sie eigentlich erwartet? Sie ging in die Küche und setzte Teewasser auf.

Sie dachte an das Miauen und überlegte, was sie geträumt hatte. Wahrscheinlich hatte sie von Kasimir geträumt, von seinem Jammern, als er sich einmal verbrannt hatte. Das war ein lang gezogener Ton, wie ein Babyschrei.

Sie goss den Tee auf. Sie hatte nur viereinhalb Stunden geschlafen. Vorsichtig trank sie ein paar Schlucke und beschloss, ins Büro zu fahren. Es war zwar noch früh und auch Samstag, aber es war gut, den Tag ungestört zu nutzen.

Unten im Hausflur sah sie, dass Post da war. Sie fand

ein weißes DIN-A5-Kuvert ohne Anschrift und ohne Absender im Briefkasten. Sie riss den Umschlag auf und zog ein zusammengefaltetes DIN-A4-Blatt heraus. Es war ein Computerausdruck, der eine Barbiepuppe im blauen Kleid mit weißem Gürtel zeigte, doch die Arme und Beine waren nicht die Gliedmaßen der Puppe, sondern die eines Menschen. Der linke Oberschenkel trug als Tätowierung das astrologische Symbol für Schütze. Dasselbe Zeichen wie am Oberschenkel von Johanna Frenzi! Auf der linken Hand erkannte sie eine Narbe auf dem Handrücken – wie auf Silvia Arndts Hand! Sonst glich die Barbie der Puppe aus dem Schließfach 31.

Paula steckte das Bild mit dem Umschlag in die Tasche und verließ das Haus.

Der Täter hatte Fotos von den Opfern gemacht, ihre Beine und Arme an das Foto der Barbie montiert und es ihr geschickt. Glaubte er gewinnen zu können, wenn er sie als Ermittlerin attackierte?

Im Büro lag der Bericht über den toten Kater auf dem Schreibtisch. Justus hatte ihn gestern noch für sie fertig gemacht. Sie nahm einen gelben Marker und ging das Papier Zeile für Zeile durch. Sie brauchte den Gelbstift nicht, ihren Leuten war kein Fehler unterlaufen. Aber dem Kerl, der Kasimir auf dem Gewissen hatte, auch nicht. Es gab keine Spur.

Der Bericht über die Tötung ihres Katers drehte ihr den Magen um. Sie rannte zur Toilette. Als sie wieder an ihrem Schreibtisch war und sich ein Glas Wasser eingoss, polterte Westphal herein. Er war aufgebracht.

»Was hängst du hier so gemütlich rum – in zehn Minuten wird Berlin Kopf stehen!«

Paula hatte keine Ahnung, wovon er sprach.

»Dein Killer hat wieder zugeschlagen. Du musst die Nachricht doch schon längst haben.«

Paulas Handy war noch nicht eingeschaltet, und das Telefon im Büro hatte offenbar geklingelt, als sie gerade draußen war.

»Wo?«

»Am Brunnen vor dem Alten Museum. Ich habe verstärkt Einsatzkräfte dorthin beordert und den Umkreis absperren lassen.« Er schaute zur Uhr. »Fahr los und übernimm.«

Paula wählte Justus' Nummer und beauftragte ihn, alle zu informieren.

»Alle?«

»Großes Besteck! Ich fahre jetzt zum Tatort.«

Sie drückte aufs Gas. Am Brunnen vor dem Museum hatte sie gestern Abend mit Chris gesessen. Sie versuchte, sie zu erreichen, vergeblich. Im ersten Moment machte Paula sich Sorgen, aber dann fiel ihr gleich ein, wie extrem Chris sein konnte. Sicher lag sie nach den gestrigen Ereignissen und dem Alkoholkonsum noch im Koma. Sie würde sich den Tatort ohne Chris ansehen, sie würde dann später dazukommen.

Paula näherte sich dem Museum von Westen über den Boulevard Unter den Linden. Der Mord auf der Parkbank am Spreeufer war dreieinhalb Wochen her. Heute nun der dritte Mord – vor einem Museum.

Sie konzentrierte sich aufs Autofahren. Sie fuhr an der Staatsoper vorbei, an der sanierten Alten Kommandantur gegenüber vom Zeughaus, und bog am ehemaligen Palast der Republik, wo das Stadtschloss wieder aufgebaut werden soll, links ab in die kleine Straße zum Alten Museum, zwischen Berliner Dom und Lustgarten. Am Ende der Straße parkte sie ihren Wagen.

Sie stieg über die Absperrung, fragte nach dem Bereichsleiter der örtlich zuständigen Kripo und ging langsam auf den Brunnen zu. Chris hatte gestern auf genau diesem Platz gesessen. Die Bilder *Parkbank* und *Filmpalast* wirbelten Paula durch den Kopf, aber diesmal war sie selbst dabei gewesen und hatte das Gefühl gehabt, dass jemand sie auf dem Brunnenrand beobachtete.

Schon von Weitem erkannte sie, dass das Opfer in der gleichen Haltung auf dem Stein saß wie Chris gestern. Sie hatte auch das rechte Bein übergeschlagen, ihr Schuh war – wie bei ihr gestern – von der Ferse gerutscht und hing an den Zehen. Genau so hatte Chris dagesessen, und genau so hatte es der Killer arrangiert. Mit dem baumelnden Schuh! Paula erinnerte sich und spürte, wie ihre Halsschlagader pochte. Als sie noch zwei Schritte näher ging, blieb sie geschockt stehen, denn sie kannte die Tote. Es war Antonia, die Freundin von Heiliger. Sie trug das gleiche blaue Kleid wie die anderen.

Paula musste Chris erreichen, sie wollte ihr die Nachricht möglichst schonend beibringen. Der Killer folgte zweifellos ihren Spuren. Als Chris sich wieder nicht meldete, rief sie den Großen Lagedienst an und bat, mit Frau Dr. Gregors Vertretung verbunden zu werden. Jetzt musste gehandelt werden.

Im nächsten Moment hatte sie Staatsanwalt Neuenfeld am Apparat. Paula teilte ihm mit, dass Frau Gregor krank sei, sie aber dringend einen Hausdurchsuchungsbefehl für eine Wohnung und ein Atelier brauche und ihn bitte, das gleich zu erledigen. Sie gab ihm die Namen Antonia Hartmann und Josef Heiliger durch, weil die Ermordete an beiden Adressen gelebt habe. Neuenfeld versprach, mit dem unterzeichneten Beschluss in einer halben Stunde bei ihr zu sein.

Jetzt traf ihr Team ein. Die Polizei hielt die Menge der Journalisten strikt hinter der Absperrung. Der Fall war die Sensation. Auch überregionale und internationale Teams wollten Fotos von der neuen schönen Toten. Viele Neugierige standen herum.

Scholli tauchte neben ihr auf. »Wahnsinn. Das ist der Wahnsinn«, murmelte er und schoss die Ermittlungsfotos so, als handelte es sich um ein Model, das zurechtgemacht auf einem berühmten Platz der deutschen Hauptstadt säße. Als er fertig war, wandte er sich wie ein Modefotograf an Paula: »Möchtest du auch noch eine andere Pose?« Paula war nicht nach Scherzen und blaffte ihn an.

»Das gleiche Blau. Genau das gleiche Kleid«, stellte er ungerührt fest.

»Sieht so aus.« Paula hörte ihre Stimme wie aus der Ferne. »Ich brauche einen Farbausdruck. Möglichst schnell.«

Scholli nickte. »In einer Stunde bin ich zurück.«

Durch die Berichterstattung in den Medien war für Paula zusätzlicher Druck entstanden. Als Mendel verhaftet wurde, richtete sich dieser Druck gegen ihn. Doch jetzt würden die Medien mit Wucht auf sie einschlagen und sie anklagen, den Falschen verhaftet zu haben.

Sie war betroffen von der Kühnheit des Täters, der immer näher rückte und seine Provokation steigerte. Der Mörder spielte Katz und Maus mit ihnen. Paula hatte über die Barbiepuppe strenges Schweigen verhängt und auch über ihren ermordeten Kater. Das Foto aus ihrem Briefkasten heute früh würde sie ebenfalls nicht an die Presse weitergeben. Ob diese Dinge der Öffentlichkeit präsentiert werden sollten, das würde sie nach dieser dritten Toten nur noch in Absprache mit Bach entscheiden. Nur als proaktive Maßnahme in seinem Sinne: um den Täter zu einer unüberlegten Handlung zu provozieren. Dabei gestand sie sich ein, dass Bach nach diesem dritten Mord bei ihr rehabilitiert war. Er hatte sich nicht geirrt.

Sie ging einmal um den Brunnen herum und stellte sich wieder vor die Tote. In ihrer Erinnerung hörte sie sie sagen: *Nennen Sie mich Toni, wie die anderen.*

»Was stehst du hier so versunken?« Marius berührte ihren Arm.

Sie zuckte zurück. Toni war ihr so jung erschienen, so unantastbar – auch in ihrer Schwangerschaft.

Sie war wütend auf diesen Irren, den sie nicht greifen konnte.

Ihr fiel Mendel ein, der so sicher gewesen war, bald entlassen zu werden.

»Ich kenne diese Ecke hier«, sagte Marius. »Ich nehme an, er hat sie vor sechs hergebracht, sonst würde es Zeugen geben.«

Paula wusste, dass Marius sie mit seiner nüchternen Betrachtung ablenken und beruhigen wollte. Sie drückte wortlos seinen Arm und ging hinüber zu Staatsanwalt Neuenfeld, der über die Absperrung stieg. »Danke, dass Sie so schnell reagiert haben«, begrüßte sie ihn. »Es ist wieder der gleiche Fall: eine Inszenierung mit blauem Kleid. Beantragen Sie die Obduktion.«

»Wird gemacht.«

»Und wenn noch etwas ist?«

»Kein Problem, ich bin jederzeit erreichbar.« Er gab ihr seine Handynummer.

Sie sah Scholli zurückkommen und sagte zu Neuenfeld:

»Dann fahre ich jetzt zur Hausdurchsuchung.« Sie bat Marius, sie zu begleiten.

Scholli hielt ihr den Farbausdruck hin. Das Foto hatte eine starke Wirkung auf sie, denn auf dem Bild sah die Tote noch natürlicher aus als am Brunnenrand. Und dabei ging etwas Seltsames von ihr aus.

Sie tippte auf das Foto. »Strange. Oder?«

Scholli nickte. »Es sind die Augen.«

Paula überlegte. »Sind sie zu weit auf?«

Scholli sah genau hin. »Ja, könnte sein. Vielleicht hat er ihr ein Mittel gespritzt.«

»Ja, irgendetwas ist da.«

Scholli stimmte zu. »Unheimlich.«

50

Marius saß auf dem Beifahrersitz und referierte. »Josef Heiliger ist sechsundvierzig Jahre alt, geboren am 17. Februar, also Wassermann, was du ja immer wissen möchtest. Eins vierundachtzig groß, in Oberhausen aufgewachsen, der Vater war Bergmann, die Mutter Hausfrau. Mit sechzehn ist er zu Hause rausgeflogen. Wahrscheinlich stärkte das seine Entschlossenheit, Erfolg zu haben und sich damit am Vater zu rächen. Gestern soll er triumphal im Pei-Bau gefeiert worden sein. Ob er seinen Vater wohl eingeladen hatte?«

Paula musste an der Ampel halten.

Diese Informationen hatte sie nicht im Internet gefunden. »Woher weißt du das alles?«

»Ich habe mich informiert. Er ist ein Künstler, der gerade viel Aufsehen erregt, da dachte ich –«

»Du bist Gold wert. Hast du noch was rausgefunden?«

»Mit siebzehn ging er nach Paris. Die Tage verbrachte er in Galerien, nachts schlief er im Park. Er lernte eine reiche Pianistin und Kunstkennerin kennen, die sich seiner annahm. In dieser Zeit entdeckte er das Bild, das einen entscheidenden Einfluss auf ihn gehabt hat: ein Gemälde von Poussin – eine Mutter, die verzweifelt versucht, einen Soldaten daran zu hindern, ihr Kind mit dem Schwert zu töten. Immer wieder spricht er in den Interviews von dem zum Schrei geöffneten Mund. Für ihn ist es der beeindruckendste Schrei, der je gemalt wurde.«

»Ich kenne nur den Schrei von Munch. Ein Ausdruck tiefer Not, in dem der Mensch sich nicht vom Tier unterscheidet.«

»Tier – du meinst, mit alldem ist Heiliger nah an Bachs Profil von dem Mörder?«

»Bach hat eine Alternative zur Bestie gezeichnet – den vor Ehrgeiz wahnsinnigen Künstler.«

Im Durchgang zum Hinterhof, wo Heiligers Atelier in einem Fabrikgebäude war, wartete schon der Schlüsseldienst.

»Ich habe ihn bestellt«, sagte Marius, »weil er nach seiner Riesenparty gestern bestimmt noch nicht arbeitet.«

Paula nickte. »Aber er wohnt doch im Vorderhaus. Da willst du nicht klingeln?«

»Wozu? Wir haben einen Durchsuchungsbefehl.«

Paula war nicht ganz einverstanden, ließ sich aber darauf ein. Ein verschlafener und ruppiger Heiliger würde nur aufhalten. Sie gab den Auftrag zum Öffnen.

Dann betraten sie das große Atelier.

Paula drehte sich langsam im Kreis, um noch einmal einen Überblick zu gewinnen. Alles war so wie bei ihrem ersten Besuch.

Sie öffnete eine Tür und trat in eine zweite, ebenso große Halle. Dort standen Teile von Installationen herum, Tische mit Farben und Werkzeugen. An den Wänden hingen Fotos, gezeichnete und gemalte Skizzen. Quer über die Decke lief ein Flaschenzug. Marius drückte auf ein Schaltbrett, Scheinwerfer flammten auf und tauchten alles in weißes Licht. Zugleich erklang aus einer Surround-Anlage Musik. Marius warf einen Blick auf das Display. »Philipp Glass«, sagte er.

»Meinst du, wir schaffen das, oder soll ich noch Leute anfordern?«

Marius zuckte die Achseln. »Wir können es ja erst mal versuchen.«

»Wie findest du das alles?«

Marius schaute sich konzentriert um. »Am interessantesten finde ich den Spruch Nummer drei auf der Papierwand in der anderen Halle. Von Luzifer. *Dem Stärksten wird der Adel Luzifers verliehen.* Das scheint sein Programm zu sein.«

»Dann lass uns mal anfangen.«

Der Mann vom Schlüsseldienst fragte, ob sie ihn noch bräuchten. Paula sah einen großen Stahlschrank an der Stirnseite des zweiten Raumes und bat ihn, den auch noch zu öffnen.

Er machte ein bedenkliches Gesicht, aber er schaffte es.

Paula trat näher und warf einen Blick hinein. Wie Kleider waren zwei riesige Fotos an Stahlschienen aufgehängt. Sie ließen sich herausziehen. Auf dem ersten Foto saß Silvia Arndt auf der Parkbank und auf dem zweiten Foto Johanna Frenzi im Kinosessel, einen Schuh auf der Lehne vom Vordersitz. Beide Vergrößerungen waren so riesig, dass sie die abgebildeten Frauen in Lebensgröße zeigten.

»Woher hat er denn Johanna Frenzi? Die Presse durfte nicht ins Kino, und es gab kein Foto davon in der Öffentlichkeit.«

Sie waren sprachlos. »Wir können ihm seine schwangere Freundin noch dazuhängen«, sagte Marius bissig.

Paula holte Schollis Farbdruck aus der Mappe. »Ich habe sie hier, nur nicht so groß.«

Als der Schlüsselmann die andere Flügeltür des Schrankes öffnete, starrten Paula und Marius auf drei blaue Kleider, wie sie die Opfer trugen. Er hatte *noch* drei Kleider! Für wen waren die bestimmt?

In einem Fach des Schrankes fanden sie weitere Fotos der beiden Opfer, wenn auch nicht in dieser Vergrößerung, sondern im DIN-A4-Format. Paula blätterte sie durch. Obenauf lag ein weißer Umschlag, der ein Handy-Foto von Johanna im Kino enthielt. Von ihm war die Vergrößerung gemacht worden. Er musste Johanna in dem Moment fotografiert haben, als das Licht vor dem Hauptfilm im Kino noch einmal anging.

Marius nahm eine Schachtel aus dem Schrank und hielt sie Paula hin: Es lagen mehrere lange Nadeln darin, alle mit verschiedenfarbigen Glasköpfen.

Paula war schockiert.

In weiteren Fächern befanden sich jede Menge Pressematerial über die beiden Mordfälle und zwei Computer-Festplatten. Marius vermutete: »Da sind alle Berichte zu den Mordfällen drauf. Das wird seine Karriere erst einmal bremsen.«

Sie hatte sich auf Mendel eingeschossen. Heiliger hatte sie – wenn sie ehrlich war – als Täter eher für eine Konstruktion ihrer Freundin gehalten. »Meinst du, Mendel und Heiliger haben zusammengearbeitet?«

»Kann ich mir nicht vorstellen.«

»Ich rufe Neuenfeld an. Er soll einen Haftbefehl bringen.«

Neuenfeld zögerte am Telefon. »Das ist nicht irgendwer«, sagte er. »Wenn wir danebengreifen, sitzen wir in der Tinte.«

»Kommen Sie her, und überzeugen Sie sich selbst.«

»Was für ein Motiv sollte er haben?«

»Rufen Sie Professor Bach an. Heiliger entspricht seinem Profil. Bachs Meinung war von Anfang an, dass die Art und Weise, wie die Opfer inszeniert wurden, auf krankhaften Geltungswahn als Motiv hindeutet. Auf einen wahnsinnigen Künstler.«

»Mir scheint das ein bisschen dünn. Aber gut, ich komme.«

Paula war nicht überrascht von Neuenfelds Reaktion. Sie wandte sich an Marius. »Wir sollten die Spurensicherung anfordern. Entweder machen wir jetzt den Deckel zu und haben ihn, oder wir stecken in der Scheiße. Wir brauchen vor allem Spuren von den Opfern. Sieh dir den Raum nebenan genau an. Ich gehe inzwischen den Schrank noch einmal durch.« Dann fiel ihr schlagartig ein, dass Heiliger für die Zeit, als Chris im Guggenheim war, ein Alibi hatte – er war bei einer Auktion in Hamburg gewesen. Aber wann genau war eigentlich Heiligers Bild versteigert worden? Er musste ja gar nicht bis zum Ende der Auktion dort geblieben sein.

Sie besprach die Sache mit Marius, und er schlug vor, im Auktionshaus Ketterer anzurufen. Er hatte schon einmal mit dem Auktionator geredet, wollte aber diesmal den Zeitraum genauer definieren.

Paula durchsuchte währenddessen noch einmal den Schrank. Sie wusste aus Erfahrung, dass jede Hast einen

Erfolg zunichte machen konnte. Sie musste sich jedes Detail in Ruhe ansehen. Aber sie fand nicht mehr als vorher. Sie rief die Spurensicherung an und bestellte fünf Leute ins Atelier.

Ihr Handy klingelte. Wahrscheinlich Neuenfeld. Sie blickte zur Uhr, während sie »Zeisberg« sagte.

»Paula, ich bin in Berlin.«

Jonas. Sie bekam weiche Knie und ärgerte sich darüber. Das konnte sie jetzt gar nicht gebrauchen. »Jonas. Ich habe überhaupt keine Zeit. Wir machen gerade eine Wohnungsdurchsuchung und werden gleich eine schwierige Verhaftung durchführen. Es tut mir leid.«

»Ich habe ja damit gerechnet, dass du auch am Wochenende arbeitest, aber ich bin trotzdem gekommen. Vielleicht für einen Kaffee im Hotel. Ich bin im Kempinski und bleibe auf dem Zimmer. Wenn du irgendwann eine Minute übrig hast, könntest du doch schnell vorbeikommen. Mit weniger Aufwand kann man keinen Menschen glücklich machen.«

»Du machst es mir sehr schwer, aber ich werde ganz sicher keine Zeit haben. Die Dinge überschlagen sich gerade, und ich muss jetzt auch weitermachen.«

»Ich bin hier.«

Marius kam herein, und sie drückte den Anruf weg.

»Ich habe im Auktionshaus nur eine Aushilfe erreicht. Der Geschäftsführer kommt aber gleich zurück. Ich bleibe dran.« Er sah die Fotos in Paulas Hand. »Wieso bist du dir eigentlich so sicher?«

»Das Foto kann nicht von der Presse sein. Das Kino war abgesperrt. Es kann nur vom Täter sein.«

Marius stimmte zu. »Der Täter hat aber auch die Barbiepuppe im Museum deponiert. Das darf sich nicht ausschließen.«

Paula nickte. Sie war dankbar für die Unterstützung, denn sie wusste, wie schwer sich ihre Kollegen taten, wenn der Verdächtige ein Prominenter war. Viele konnten sich nicht vorstellen, dass so jemand ein brutales Verbrechen begehen könnte.

Sie rief Scholli an und sagte, er solle sofort kommen.

Wenig später trat Neuenfeld ein, und sie erklärten ihm die Sachlage. Er stand da und schwieg.

Er hatte schon zweimal vor dem Eisenschrank gestanden und auf die großen Hängefotos der Opfer geschaut, war im Atelier herumgewandert und stoppte jetzt vor dem Tisch, die Hände auf dem Rücken. Den Kopf hatte er gebeugt und betrachtete das Foto im Kino. »Und wenn der Polizeifotograf es ihm verkauft hat? Für einen kleinen Nebenverdienst?«

»Unmöglich. Ich kenne Scholli seit Jahren. Aber natürlich habe ich ihn herbestellt.«

Im gleichen Augenblick kam Scholli herein. Er begutachtete das Handyfoto und die Vergrößerung und war sicher, dass die Aufnahme im Filmpalast gemacht worden war, als das Licht im Saal an war.

»Aber das muss dann doch jemand aus dem Publikum gesehen haben«, sagte Neuenfeld.

»Nicht mit dem Handy und nicht bei einem so cleveren Täter wie unserem«, erwiderte Scholli.

Neuenfeld legte die Hände auf die Tischplatte, beugte den Kopf noch dichter über das Foto und betrachtete es konzentriert. »Das ist total schräg«, murmelte er. Er richtete sich auf, wandte sich Paula zu und sagte: »Das wird ein großer Fall. Ein sehr großer Fall. Worauf warten Sie noch?«

Paula hatte jetzt schon das dritte Mal lange geklingelt, aber es rührte sich nichts. Der Mann vom Schlüsseldienst war wieder da, und Paula gab Order, Heiligers Wohnung zu öffnen.

Geräuschlos gingen sie von Zimmer zu Zimmer und stießen die Türen auf.

Durch die Fensterfront fiel mattes Licht vom Hinterhof herein. Die Wohnung war leer.

Paula nahm an, dass die Feier im Felix lange gedauert hatte. Sie rief im Adlon an und fragte, ob sich Josef Heiliger ein Zimmer genommen habe. Das Adlon und das Felix befanden sich in demselben Gebäude. Man wollte ihr am Telefon keine Auskunft geben. Sie ließ die anderen die Hausdurchsuchung alleine weitermachen und fuhr mit Marius und Neuenfeld ins Adlon.

In den Polstermöbeln der Lobby saßen amerikanische Gäste, die Herren in karierten Anzügen und farbigen Hemden, die Damen onduliert und mit Gold behängt. Ein paar japanische Geschäftsleute mit Dokumentenkoffern hielten ein Meeting ab. In der Mitte plätscherte der Springbrunnen. Erst als sie an der Rezeption Druck machte und sich als Leiterin der Mordkommission auswies, wurde ihr gesagt, dass Heiliger eine Suite gemietet hatte.

Als Paula an der Tür zur Suite klopfte, öffnete Heiliger, offensichtlich noch verschlafen. Er trug einen schwarzen Morgenrock mit einem roten chinesischen Drachen, der vom Rücken über die Schultern bis zum vorderen Gürtel reichte.

Er kniff die Augen zusammen. »Sehe ich richtig? Paula, die Frau meines Künstlerfreundes?« Sein Sarkasmus war deutlich. »Ist dies ein privater Besuch?«

»Für Sie bin ich Kriminalhauptkommissarin Zeisberg.«

Sie deutete nach rechts. »Das ist Staatsanwalt Dr. Neuenfeld. Josef Heiliger, Sie sind verhaftet.«

»Wegen?«

»Mordes in drei Fällen. Sie haben es gestern ja bereits auf Ihrer Veranstaltung verkündet.«

»Drei Fälle habe ich verkündet?«

Paula holte das Polizeifoto von Antonia aus der Mappe und hielt es ihm hin.

Heiliger starrte auf die Frau, die sein Kind erwartet hatte. Es war so still, dass es Paula in den Ohren dröhnte.

Plötzlich schrie Heiliger los. »Das Leben ist absurd, dramatisch und böse! Ich wusste das immer schon.« Er schmetterte sein Handy gegen die Wand und riss beide Arme hoch. »Du musst ihren Blick nur auf etwas anderes konzentrieren, damit sie dich nicht mehr sehen!«, sagte er mit kalter Stimme. »Halte ihnen den Spiegel des Todes vor, und sie starren mit lustvollem Entsetzen hinein.«

»Ist das ein Geständnis?«, fragte Paula.

»Ich soll ein Geständnis bieten? Menschen finden selten zu ihren Instinkten. Ab und zu gelingt es einem Künstler, die Textur des Lebens zu verdichten. Heutzutage gibt es da nur mich. Die anderen *warten* darauf, dass etwas geschieht, aber ich *bin* das Geschehen! Dazu muss man frei sein, ohne Einschränkungen, weder moralisch noch religiös. Das Leben ist eine Abfolge von Empfindungen, die irgendwann aufhören.«

»Haben Sie sich *frei* gefühlt, als Sie dafür sorgten, dass Silvia Arndts Empfindungen *irgendwann aufhörten*?«

Er ging auf Paula los, die beiden Polizisten packten ihn. Er schrie: »Geben Sie mir das Foto! Geben Sie es her!«

»Führt ihn ab«, sagte Paula und legte das Foto in die Mappe zurück.

51

Als Paula ins Büro zurückkam, rief sie sofort Chris an, die sich immer noch nicht gemeldet hatte, und hinterließ ihr nochmals eine Nachricht, sie solle sich dringend melden.

Ulla hatte voller Besorgnis zugehört und wünschte Paula eine erfolgreiche Vernehmung.

»Das wird schwierig«, erwiderte Paula. »Er ist der Typ, der schon bei den Formalien ausrastet. *Wann sind Sie geboren? – Was spielt das für eine Rolle, warum fragen Sie nicht, wie lange ich noch leben werde?* So diese Ecke.«

»Na dann viel Spaß.«

Marius kam grinsend herein. Paula wusste sofort, dass er eine Überraschung brachte. »Was hat er sich diesmal ausgedacht?«

»Er hat gedroht, kein einziges Wort zu sagen, wenn ihm nicht eine Bedingung erfüllt wird.«

»Vier Anwälte?«

»Nein. Er ist viel intelligenter als diese akademischen Affen, die sich nur in seinem Ruhm sonnen. Nein, er besteht darauf, dass alles per Video aufgezeichnet wird und er eine Kopie bekommt.«

Paula konnte nicht anders, sie musste laut lachen, und Ulla rief: »Wunderbar. Das ist doch genau das, was wir wollen!«

Es klopfte. Das war der Schutzpolizist, der Heiligers BlackBerry brachte. Er überreichte ihn Marius in einer Plastiktüte und ließ ihn sich quittieren.

»Hat ja gut geklappt«, sagte Marius. »Ich habe mit der Spurensicherung in Heiligers Hotelzimmer telefoniert, damit sie nach so einem Ding suchen. Jetzt haben wir all seine Telefonnummern und Termine.« Er steckte es ein. »Ach, beinahe hätte ich das Allerwichtigste vergessen: Heiligers Bild ist gegen zwölf Uhr versteigert worden, eine Angestellte und auch der Auktionator haben sich erinnern können aufgrund des Katalogs, in dem die Reihenfolge der Exponate verzeichnet ist.«

»Wenn er danach sofort losgefahren ist, hat er also um 14.30 doch im Guggenheim sein können. Die Schlinge zieht sich langsam zusammen.« Sie schlug vor, gleich mit der Vernehmung zu beginnen.

»Möchtest du vorher noch einen Kaffee?«, fragte Ulla.

»Danke, jetzt keinen Kaffee.« Paula ging mit Marius hinunter in den Verhörraum, wo Heiliger von zwei Uniformierten bewacht wurde. Marius gab dem Kollegen im Nebenraum Bescheid, mit der Aufzeichnung zu beginnen, während sich Paula Heiliger gegenübersetzte.

Er war wie ausgewechselt, ruhig und konzentriert. Sie fragte sich, ob er auf Drogen untersucht worden war. Er trug einen schwarzen, gut geschnittenen Anzug mit weißem Hemd. Paula dachte an Saddam Husseins schwarzen Anzug, den er während der Gerichtsverhandlungen getragen hatte. Sie hatte dieses schmucke Gefieder immer als das Relikt seines schwarzen Regimes gesehen.

»Mein Kollege, Herr Seefeld, hat Sie über alles informiert?«

Heiliger nickte.

»Haben Sie Ihre Lebensgefährtin Antonia Hartmann auf dem Foto wiedererkannt, das ich Ihnen im Hotel zeigte?«

Er schwieg. Sie kannte diesen bohrenden Blick von ihm. Ralf hatte ihn sogar mal mit dem eindringlichen Blick Picassos verglichen.

Marius hatte vorgeschlagen, unmittelbar mit den Alibis zu beginnen. Sie wollte aber erst einmal einen Kontakt herstellen und ihm deutlich machen, dass es ihr erstens um die Sache ging, auch wenn ihr Lebenspartner Ralf sein Kollege war – und zweitens darum, dass sie keine dumme Polizistin war, die seine Worte oder Lebensweise nicht verstand. Er musste sie auf demselben Niveau anerkennen, sonst war bei so einem Typ wie ihm nichts zu holen.

»Ich war gestern auf Ihrer Party –«, begann sie.

»Shit happens«, sagte er, ohne seine Haltung zu ändern.

»– und habe Ihre Ansprache gehört.« Er schwieg. »Auf der Treppe haben Sie gesagt, dass das Leben seine Lebendigkeit verliert, wenn der Tod aus unserer vom Jugendwahn besessenen Gesellschaft verbannt wird.«

Sein Blick blieb stoisch. Marius verfolgte mit wachen Augen, wie sie die Sache anging.

»Sie sagten, Sie hätten uns den Tod – oder die Erinnerung an seine Allgegenwärtigkeit – durch Silvia Arndt und Johanna Frenzi zurückgebracht.«

»Ich sagte, ich *würde* es tun. Ich bezog mich auf die Installation, an der ich arbeite: *Die Frau im blauen Kleid.*«

»Es waren aber zwei. Zwei Frauen. Bis heute Morgen.«

»Es ist immer das gleiche Kleid, es ist immer der gleiche Tod. Das ist eine Metapher: Der Tod wird lebendig in der jungen Frau im blauen Kleid.«

Wenn dieser Mann seine schwangere Freundin vor ein paar Stunden umgebracht hatte und nun so darüber sprach, dann hatte Paula so etwas noch nicht erlebt. Ihr wurde immer klarer, wie bedeutsam diese Reaktionen für die Beurteilung seiner Persönlichkeit waren, und sie bedauerte, dass sie Bach nicht informiert hatte. Natürlich nahmen sie alles auf Video auf, aber der Eindruck war doch unmittelbarer, wenn Bach die Vernehmung hinter dem durchlässigen Fenster mitverfolgen könnte. Auch auf die Gefahr hin, den Fluss des Gespräches zu bremsen, bat sie Marius, Bach zu verständigen. Sie schrieb es auf und gab ihm den Zettel.

Er las ihre Notiz und verließ den Raum.

Paula gab vor, die Anwesenheit ihres Kollegen habe sie im Moment gestört.

»Haben Sie ihm aufgeschrieben: ›Verpiss dich, du Schleimbeutel!‹?«

»Nein.«

Heiliger blieb abweisend. Er gähnte und riss den Mund auf, als wollte er alles verschlingen. Sie erinnerte sich daran, was Marius über den Schrei bei Poussin gesagt hatte.

»Diese Gesichtsverzerrung steht Ihnen nicht«, sagte sie kühl.

»Es gibt keine Schönheit, die nichts Seltsames in der Proportion besitzt«, kam es spöttisch zurück.

Aber sie ließ sich nicht provozieren. Nur wenn sie auf Distanz blieb, konnte sie den Gegner besiegen. Sie hatte in seinem Atelier Springmesser und beidseitig geschliffene Stichwaffen gesehen. Aber ihre Kollegen hatten ihn natürlich gefilzt, bevor sie ihn in den Verhörraum brachten. »Was interessiert Sie an Proust?«

Sie hatte verschiedene Ausgaben von Proust in seinem Atelier gesehen.

Er schien nicht überrascht über ihre Frage. »Mich interessieren Prousts tiefe Einblicke in das quälende Phänomen der Eifersucht.«

»Er kannte das Leiden der Eifersucht. Eines der großen Mordmotive«, sagte sie.

Er reagierte nicht.

»Wie war das Verhältnis zu Ihrem Vater?«

»Ich verbinde mit ihm Gefühle der Bewunderung, er war damals stärker als ich.« Das klang sehr abgeklärt. »Ihm verdanke ich die Sehnsucht, das Symbol der Tyrannei zu demontieren und zu zerstören.«

»Tyrannei, sagen Sie. Verkörperte Ihr Vater das Gesetz für Sie?«

Sein Gesicht verdunkelte sich. »Das Gesetz, ja. Und die Setzung von Grenzen bis in die kleinsten Alltäglichkeiten hinein.«

Paula wusste, dass Gewalttäter, die in ihrer Kindheit und Jugend nicht gewagt hatten, gegen ihren Unterdrücker anzugehen, es später oft nachholten, indem sie das Gesetz brachen, als Versinnbildlichung des despotischen Vaters. Sie hatte gelernt, dass es zwei Paar Schuhe waren, ob ein Killer die Frau *meinte* oder ob er sie nur dazu *benutzte,* das Gesetz zu brechen, indem er sie schlug und tötete. Dieser Täter brauchte die Wut zum Aufruhr, aber eigentlich attackierte er das Gesetz. Es hätte auch eine andere Frau sein können, die er umbrachte. Nach dem, was Marius über die Kindheit Heiligers herausgefunden hatte, und nach all den Provokationen des Künstlers, die sie selbst schon erlebt hatte, schien sein Thema die Revolte gegen den Vater zu sein. Aber würde er da nicht Männer umgebracht haben? Bach fehlte. Und wo blieb Marius?

»Wie war Ihr Verhältnis zur Mutter?«

»Sie steckte hinter allem. Sie machte ihn zum Hampelmann«, sagte er hart.

Paula zog fragend die Augenbrauen hoch.

Im gleichen Ton sagte er: »Sie steuerte sein Verhalten mittels ihrer Sexualität. Ein Bonussystem des Entzugs und der Zuteilung.«

»Warum sind Sie Maler geworden?«

»Edgar Degas hat es so gesagt: Ein Bild erfordert ebenso viel Schurkerei, Gaunerei und Betrügerei wie ein Verbrechen.« Sie sah, wie er sie mit einem überlegenen Lächeln musterte.

Marius kam wieder herein und nickte ihr kurz zu, was Heiliger nicht entging.

»Sie malen aber nicht mehr, sondern machen Installationen. Und Sie leben nicht schlecht davon, wie ich an Ihrem großen Atelier sehen konnte.«

Heiliger hob abwehrend die Hand und zeigte dabei seine teure Armbanduhr. »Ich teile Leonardos Überzeugung nicht, dass kleine Räume den Geist konzentrieren, und bewundere auch nicht Giacomettis Lebensstil, mit dem er einsiedlerhafte Armut zelebrierte.«

»Sie formulieren sehr genau.«

»Ich bin rücksichtslos präzise.«

»Sie würden vor nichts zurückschrecken, wenn es nur außergewöhnlich genug wäre.« Er musste wissen, dass Paula die Morde meinte. Sie merkte, wie auch Marius auf die Antwort wartete.

»Das Leben ist so sinnlos, dass wir ebenso gut versuchen können, außergewöhnlich zu sein«, antwortete Heiliger.

»Warum malen Sie nicht mehr?«

»Es ist alles gemalt worden. Darstellungen geschundener Körper von brutalen Liebesakten, Gesichter, geschwollen vor Lust, verzerrt vor Angst, eingefallen durch Alkohol – die Zeiten sind vorbei. Das können Sie Ralf sagen.« Er lachte auf. »Meine Installationen sollen auf eine Art so genau sein, dass sie zu Lügen werden, die wahrheitsgetreuer sind als die scheinbare Wirklichkeit.«

»Wo haben Sie die blauen Kleider gekauft, die in Ihrem Atelier hängen?«

»Bei C&P. Ich habe sie bar bezahlt.«

»Was haben sie gekostet?«

»Das weiß ich nicht mehr.«

Paula wusste es: 134,50 Euro. Sie ging davon aus, dass er nicht nur drei, sondern sechs Kleider gekauft hatte. »Lag der Betrag über fünfhundert Euro oder darunter?«

»Keine Ahnung. Ich habe noch anderen Krempel gekauft und alles zusammen bezahlt.«

»Haben Sie den Kassenbon noch?«

»Ich leiste mir den Luxus, keine Belege aufzuheben. Es würde mich daran erinnern, dass ich viel zu lange arm war.«

»Aber die Steuer –«, wandte Marius ein, doch Heiliger unterbrach ihn sofort: »Dieses Gestreite mit der Steuer ist nur eine weitere Steigerung von Armsein, nämlich Armseligkeit.«

»Vielleicht wissen Sie aber noch, wie viele Kleider Sie gekauft haben?«, fragte Paula.

»Drei. Sie haben sie im Schrank hängen sehen.«

»Könnten es nicht sechs gewesen sein?«

Heiliger fixierte sie eisig. »Nein.«

»Erinnern Sie sich noch daran, wer Sie bedient hat?«

»Eine kleine Frau mit dunklem Haar, etwa vierzig, sie trug eine weiße Bluse und Jeans. Sie hatte ein Namensschild, aber ich habe es nicht gelesen.«

Marius machte eine Notiz.

»Ich habe Sie so verstanden, dass Sie zwei Kleider brauchen für die Nachbildungen der beiden Opfer Silvia Arndt und Johanna Frenzi. Richtig?«

»Richtig.«

»Und mit dem dritten Kleid wollten Sie eine Nachbildung Ihrer schwangeren Freundin Antonia Hartmann dekorieren?«

»Was soll dieses Scheißspiel?!«, brüllte er. »Ihr verschissenen, hirnlosen Bullen!« Er sprang auf, sein Stuhl flog durch den Raum.

Paula und Marius waren ebenfalls aufgesprungen. Marius hatte dabei den Tisch umgestoßen, und Paula war zur Tür gerannt, um Verstärkung zu rufen. Zwei Beamte stürzten herein, packten Heiliger und drehten ihm die Arme auf den Rücken.

»Durchsucht ihn noch mal«, wies Paula an.

Marius trat auf Heiliger zu, doch der zog plötzlich ein Knie an, sodass Marius zu Boden stürzte. Er hielt sich mit beiden Händen die Nase, aus der Blut quoll.

Die Beamten warfen Heiliger auf den Boden, hielten ihn fest und legten ihm Handschellen an. Paula lief auf die Toilette und holte Papier für Marius. Er stand auf dem Flur, sein Taschentuch war schon blutdurchtränkt. Sie empfahl ihm, sich in seinem Büro auf den Rücken zu legen.

»Sollen wir ihn ins UG schicken?«, fragte einer der Kollegen.

»Nein. Legt ihm Fußfesseln an. Ich vernehme weiter.«

Marius stand unschlüssig da. Paula hatte inzwischen wieder versucht, Chris zu erreichen. Sie nahm Heiligers BlackBerry aus Marius' Tasche und bat ihn, so schnell wie möglich zu Chris' Wohnung zu fahren. Sie hatte heute noch kein Lebenszeichen von ihr erhalten. Vielleicht hatte sie sich abgeschottet, weil ihr schlecht war, aber vielleicht brauchte sie auch Hilfe. »Klopf so lange, bis sie öffnet. Um diese Uhrzeit kann sie nicht mehr schlafen, auch wenn es gestern anstrengend war.«

Bach öffnete die Tür vom Nachbarbüro, von dem aus er die Vernehmung beobachtete. »Alles okay?« Paula nickte, und er zeigte ihr seinen erhobenen Daumen als Bestätigung für ihre Gesprächstaktik.

Sie ging in den Vernehmungsraum zurück. Der Tisch war wieder aufgestellt, und Heiliger saß ihr nun in Hand- und Fußschellen gegenüber.

»Wollen Sie einen Anwalt?«, fragte sie.

»Ich verzichte darauf, wenn Sie auch niemanden dazuholen.« Er grinste.

»Sind Sie lieber mit mir allein?«

»So ist es.«

»Gut«, sagte sie, »Dann erzählen Sie mir, was ich wissen möchte. Sie sind zu intelligent, als dass wir hier ein Katz-und-Maus-Spiel machen müssten. Was halten Sie von meinem Vorschlag?«

»Wenn ich das zu Ihrer Zufriedenheit tue, ist es dann möglich, die Anklage wegen der Körperverletzung gerade eben fallen zu lassen?«

Neben den drei Morden fiel der Angriff auf Marius so gut wie gar nicht ins Gewicht, aber sie spielte das Spiel mit. »Die Anklage wegen gefährlicher Körperverletzung und Widerstand gegen die Staatsgewalt?«

»Nun, wie auch immer, gilt der Deal?«

»Wenn Sie geständig sind, ja.«

»Ich will Ihnen die Wahrheit sagen. Alles, was Sie bei mir gefunden haben, habe ich mir besorgt, weil ich an einer Installation arbeite, die die Situation kopiert, in der die ermordeten Frauen gefunden wurden – die eine auf der Parkbank mit den Tauben und die andere im Kino. Ich habe die Fotos, die ich dann vergrößerte, von einem Pressefotografen gekauft, Hermes. Er kann das bestätigen. Die drei Kleider habe ich von C&P, die Nadeln bekam ich in dem Eisenwarenladen am Savignyplatz. Das Pressematerial und die

TV-Aufzeichnungen auf der Festplatte für den Computer brauche ich auch für die Installationen.« Er hielt inne. »Über den Mord an Antonia bin ich tief betroffen. Aber ich habe schon in meiner Kindheit gelernt, meine Gefühle einzusperren. Jemand hat sie umgebracht, ich weiß nicht, wer, und ich weiß nicht einmal, ob er sie meinte oder mich. Natürlich bin ich voller Hass und habe mich nicht ständig in der Gewalt.«

Paula sah ihn eine Weile an. »Das ist die Wahrheit?«

»Das ist die Wahrheit und nichts als die Wahrheit.«

»Gut. Dann bitte ich Sie noch um einen Moment Konzentration. Sie erinnern sich, dass Sie in Hamburg beim Auktionshaus Ketterer waren, um eines Ihrer Bilder zu ersteigern?«

»Aber sicher. Sehr genau. *Liebende in Flammen.* Aber der Preis ging zu sehr in die Höhe – ich hatte mir ein Limit gesetzt.«

»Das hatten Sie mir bei unserem ersten Gespräch darüber nicht gesagt. Sie haben mir nur gesagt, Sie hätten Ihre Verabredung mit Frau Gregor im Guggenheim Museum nicht einhalten können, weil Sie in Hamburg dieses Bild ersteigern wollten.«

»Okay, ich wollte es zurückkaufen und hab's nicht gekriegt. Das wollten Sie wissen?«

»Nein. Ich wollte wissen, wann Sie die Auktion wieder verlassen haben.«

»Gleich danach. Das Bild war weg, und ich bin zurückgefahren. Ich habe mich nicht geärgert, denn der Preis, der für die *Liebende in Flammen* gezahlt wurde, war schmeichelhaft, aber ich habe mich auch nicht gefreut. Es gab keinen Grund, da noch länger zu bleiben.«

»Wofür zahlen Sie?«

»Für Risiko.«

»Sie haben eine Barbiepuppe in eine Ihrer Installationen eingebaut.«

»Ja.«

»Wissen Sie, wo die Schließfächer im Guggenheim Museum sind?«

»Ja, ich kenne das Ausstellungshaus sehr gut.«

»Wissen Sie, wo das Schließfach Nummer 31 ist?«

Er überlegte einen kurzen Moment. »Oben links.«

Paula zog erstaunt die Augenbrauen hoch. »Nicht schlecht.«

»Ich habe ein fotografisches Gedächtnis.«

»Das bewundere ich. Wann haben Sie nach Verlassen der Auktion das nächste Mal zur Uhr geschaut?«

Er überlegte wieder einen Moment. »Um 13.25 Uhr.«

»Wunderbar. War es der Moment, als Sie das Guggenheim Museum betraten?«

Er grinste breit und musterte Paula. »Mit einer Barbiepuppe unter dem Arm? Nein, ich war auf der Autobahn.«

»Und wo dort?«

»Kann ich nicht genau sagen. Etwa eine halbe Stunde vor Berlin.«

»Warum haben Sie dann zur Uhr geschaut?«

»Es war nach dem zweiten Satz einer Hindemith-Symphonie. Ich wollte sehen, ob ich die noch zu Ende hören kann.«

»Sie hörten sie im Auto?«

»Ja, auf der Fahrt von Hamburg nach Berlin.«

»Sie fuhren alleine, oder?«

»Ja.«

Das waren die typischen Ausreden. Ich war alleine zu Hause, ich war alleine im Kino, ich war irgendwo alleine im Auto. Allerdings konnte sie überprüfen lassen, ob es zwischen dreizehn und vierzehn Uhr irgendwo im Radio eine Hindemith-Sinfonie gegeben hatte. »Wissen Sie noch, welche Sinfonie?«

»Mathis der Maler.«

»Wie beziehungsreich.«

»Ja. Der Maler ist Mathias Grünewald. Ich mochte ihn als Kind.« Er grinste. »Und als Erwachsener mag ich Hindemith, der ja auch Kokoschkas Drama *Mörder, Hoffnung der Frauen* vertont hat.«

Entweder fühlte er sich so sicher, dass er meinte, sich solche Anspielungen leisten zu können, oder er war der irrtümlichen Meinung, dass kleine Witze ihn unschuldig erscheinen lassen würden. Aber sie wollte nur die Fakten. »Konnten Sie die Musik noch zu Ende hören?«

»Ich wusste, wenn ich noch ein bisschen am Schlachtensee entlangfahre, habe ich den ganzen Genuss bis zum Schluss.«

»Sind Sie generell interessiert an moderner Musik?«

»Es ist die musikalische Beschreibung des Isenheimer Altars. Das ist für mich etwas Besonderes.«

»Ich finde es etwas Besonderes, dass Sie ein Foto von Johanna Frenzi im Kinosessel besitzen. Woher haben Sie das? Niemand von der Presse hatte Zutritt. Das können Sie nur selbst gemacht haben, nachdem Sie die Tote dort abgesetzt hatten.«

»Sehen Sie, es gibt immer noch eine andere Möglichkeit. Es ist ein Handyfoto, das mir einer Ihrer Polizisten verkauft hat.«

»Wie heißt er?«, fragte Paula kühl.

»Das sage ich nicht. Solche Informationsträger müssen geschützt werden.« Er fügte höhnisch hinzu: »Vielleicht brauche ich ihn noch einmal.«

»Nicht bei lebenslänglich. Und das bekommen Sie als dreifacher Mörder.«

»Ich bin unschuldig! Das werden Sie als gute Polizistin herausfinden. Ich nenne den Namen nur, wenn es nicht mehr anders geht. Ich verpfeife keinen Informanten. Sie können mir nicht beweisen, dass ich das Foto gemacht habe.«

»Das werden wir sehen.« Paula ließ sich nicht provozieren. »Wo waren Sie Montag, den 18. September, ab 17 Uhr?« Sie hatte ihn schon mal befragt, aber vielleicht bekam sie jetzt eine andere Antwort.

»Das weiß ich nicht aus dem Kopf.«

Paula fasste in die Tasche und legte Heiligers BlackBerry auf den Tisch.

»Oh, schau einer an.« Er stellte ihn an. Eine Weile suchte er, dann sagte er: »Den Nachmittag mit Antonia zusammen und abends war ich im Atelier und habe gearbeitet.«

»Wie lange?«

»Die ganze Nacht.«

»Haben Sie Zeugen dafür?«

Er schüttelte den Kopf.

»Und wo waren Sie am darauffolgenden Mittwoch, morgens gegen fünf?«

»Im Bett. Da hat Antonia bei mir geschlafen.«

Paula blickte ihn skeptisch an. »Das sieht nicht gut für Sie aus. Und wo waren Sie Donnerstag, den 21., nachts, so ab eins?«

Er fummelte an seinem BlackBerry herum und erklärte, die Tage bis Sonntag habe er bei einem Sammler in Potsdam verbracht. Dafür habe er unter anderem Ralf Kleen als Zeugen, der ebenfalls dort war. Wilhelm Peetsch, der Sammler, habe ein großes Grundstück mit einzelnen Gästehäusern.

»Wann sind Sie zu Bett gegangen?«

Er überlegte konzentriert. »Nach dem Dinner. So gegen 23 Uhr, glaube ich. Mein Haus hieß Miró, und da bin ich nach dem Abendessen verschwunden.«

»Und von da an hat Sie niemand mehr gesehen?«

»Nein.«

In einer halben Stunde hätte er in der Berliner City sein können.

»Und am nächsten Tag?«

»Man traf sich gegen 14.30 Uhr zum Tee und trennte sich vor den Abendnachrichten so gegen 18.30 Uhr. Peetsch hatte irgendwo ein wichtiges Treffen.«

Das bedeutete, dass er auch für den Mord an Johanna Frenzi kein Alibi hatte. Für die Zeit, die er gebraucht hätte, um sie zu kidnappen, zu foltern, umzubringen, wollte er in dem Gästehaus gewesen sein. Und auch für die Zeit nach 18.30 Uhr, um sie ins Kino zu transportieren, hatte er kein Alibi. Paula hatte plötzlich Neuenfelds strahlendes Gesicht vor Augen, als er sagte: »Das wird ein großer Fall.«

Paulas Handy surrte. Sie ging sofort ran, weil sie hoffte, dass es endlich Chris war. Aber es war Neuenfeld. Er hatte gerade per Kurier aus dem Adlon einen Umschlag mit einem Foto erhalten.

»Was für ein Foto?«, fragte sie.

Neuenfeld erklärte, es sei im Fahrstuhl zur Präsidentensuite gefunden worden. »Da ist Frau Gregor drauf. Sie sitzt auf der Parkbank in dem gleichen Kleid wie die Opfer. Es könnte aber auch eine Montage sein. Ich bin mir nicht sicher. Das Hotel hat es eben geschickt.«

»Ein Foto? Und was ist mit ihr? Hat man was von ihr gehört?«, fragte Paula aufgebracht. »Wo ist sie?«

Neuenfeld hatte mit dem Hotel telefoniert, und ihm war gesagt worden, der Staatsanwältin sei gestern Nacht im

Fahrstuhl schlecht geworden, sie habe die Besinnung verloren, Gäste hätten sie gefunden. Als sie wieder bei Bewusstsein war, habe sie ärztliche Hilfe abgelehnt und darauf bestanden, mit dem Taxi nach Haus zu fahren.

Nach dem Telefonat ordnete Paula an, Heiliger in die Arrestzelle zu bringen, und drohte: »Wir brauchen nicht mehr lange, der Fall ist bald gelöst.«

Auf dem Weg zum Adlon fuhr sie bei der Staatsanwaltschaft vorbei, um von Neuenfeld das Foto abzuholen. Es war eine Vergrößerung des Fotos aus dem Medaillon.

52

An der Rezeption wurde Paula von dem Hotelmanager erwartet. Herr Meienburg berichtete ihr, dass ein Hotelgast das Foto heute abgegeben habe. Er hatte es in der vergangenen Nacht in der Tiefgarage gefunden, nachdem Frau Gregor mit dem Taxi weggefahren war. Sie musste es verloren haben, es war ihr Gesicht darauf.

»Wieso Tiefgarage? Hat man Frau Gregor nicht in einem Fahrstuhl gefunden?«

»In dem Sicherheitsfahrstuhl von der Tiefgarage zur Präsidentensuite.«

Paula wollte sich das vor Ort ansehen. Meienburg führte sie an dem plätschernden Brunnen vorbei quer durch die Lobby zu den Fahrstühlen.

»Ist dies der Fahrstuhl?«

»Nein, den benutzen alle Gäste des Hauses. Frau Gregor wurde in dem Fahrstuhl gefunden, der direkt zur Präsidentensuite rauffährt. Um ihn zu öffnen, muss man den Code kennen. Ich nehme an, Herr Heiliger hat ihn ihr gesagt.«

In der Tiefgarage zeigte er ihr den Fahrstuhl, der sich gleich neben dem allgemeinen Aufzug befand.

»Hier ist Frau Gregor so gegen 23 Uhr von Hotelgästen gefunden worden. Sie lag auf dem Boden, ihre Beine waren in der Tür eingeklemmt, deshalb konnte der Fahrstuhl nicht losfahren. Als ich kam, war Frau Gregor wieder bei Bewusstsein. Ich habe versucht, sie zu überreden, sich sicherheitshalber ins Krankenhaus bringen zu lassen, aber sie wollte nach Hause. Sie wurde energisch, sie sei Staatsanwältin und müsse sich morgen um einen Haftbefehl kümmern.«

»Und wie kam sie dann nach Hause?«

»Ich bestellte ihr ein Taxi.«

»Wenn man aus der Präsidentensuite hinunterfährt, braucht man dann auch den Code, um den Fahrstuhl zu verlassen?«

»Nein.«

»Ist das Foto hier im Fahrstuhl gefunden worden?«

»Herr Baumgarten, der Hotelgast, fand es davor. Wie gesagt, er hatte es erst entdeckt, als Frau Gregor schon weggefahren war, und hat es an der Rezeption abgegeben, bevor er heute das Hotel verließ. Ich habe es gleich in die Staatsanwaltschaft schicken lassen. Frau Gregor sagte ja, sie müsste heute arbeiten. Wie geht es ihr denn?«

»Ich weiß es nicht«, sagte Paula kurz angebunden. Sie bedankte sich bei Herrn Meienburg für sein umsichtiges Handeln und ließ sich an der Rezeption die Adresse von dem Hotelgast Baumgarten geben.

Auf dem Weg zum Auto rief sie erneut bei Chris an, aber sie meldete sich wieder nicht. War sie überhaupt zu Hause angekommen? Und was wollte sie in dem Fahrstuhl?

Zurück in der Keithstraße, ließ sie Heiliger wieder vorführen. Nachdem er Platz genommen hatte, hielt sie ihm das Foto vor. »Wo haben Sie das her?«

»Ich habe das Foto noch nie gesehen.«

»Es ist in dem Fahrstuhl gefunden worden, der zur Präsidentensuite führt und den man nur benutzen kann, wenn man den Code kennt.«

»Ja und? Ich bin doch nicht der Einzige, der diesen Code kennt.«

Marius rief an. Er war vor der Wohnung der Staatsanwältin. Er hatte laut geklopft und gerufen, aber sie hatte nicht geöffnet. Stattdessen hatte die Nachbarin geöffnet und neugierig gefragt, ob alles in Ordnung sei. Über Frau Gregor konnte sie ihm nichts sagen. Weder wann sie nach Haus gekommen war, noch ob sie das Haus bereits wieder verlassen hatte. Paula bat ihn, sich vor der Haustür zu postieren, bis sie ihn wieder anrufen würde.

Sie stand auf. »Nun mal Schluss mit lustig.« Sie stützte die Hände auf den Tisch und kam Heiliger mit ihrem Kopf nahe. »Wo haben Sie Frau Gregor hingebracht?«

»Wieso? Wo ist sie?«

»Ich stelle hier die Fragen. Also!«

»Ich habe Frau Gregor nicht gesehen. Was soll das?«

»Natürlich haben Sie Frau Gregor gesehen, sie hat es mir erzählt. Und gestern Nacht ist sie im Adlon zuletzt in dem Fahrstuhl zu Ihrer Suite gesehen worden. Da ist sie zu Ihnen gefahren.«

Er polterte los. »Das stimmt nicht. Ich weiß nicht, was Sie mir anhängen wollen. Aber das stimmt nicht.«

»Wir vermissen Frau Gregor, und sie ist seit gestern Nacht verschwunden. Sagen Sie mir auf der Stelle, wo Sie sie hingebracht haben.«

Heiliger schaute sie finster an. »Ich habe Frau Gregor gestern nicht gesehen.«

»Ich habe Zeugen, die sie in dem Fahrstuhl zur Ihrer Suite gesehen haben. Warum hätte sie dort sein sollen, wenn sie Sie nicht besuchen wollte?«

Er zuckte mit den Achseln und schwieg.

Paula ging auf den Flur und rief Marius an. »Du musst die Wohnungstür öffnen und alles nach einem schwarzen Wickelkleid absuchen. Das hat sie gestern Abend zuletzt getragen. Ich will wissen, ob sie zu Hause war. Wenn ja, hat sie sich ganz sicher umgezogen, und das Kleid muss da sein. Zeugen haben sie gestern ohnmächtig im Fahrstuhl vom Adlon gefunden. Das ist ein Fahrstuhl, den man nur mit Code öffnen kann und der direkt in die Präsidentensuite führt, in der wir Heiliger verhaftet haben.«

»Meinst du, er hat sie entführt?«

»Tatsache ist, sie ist verschwunden.«

Marius versprach, sich gleich wieder zu melden.

Paula setzte sich wieder Heiliger gegenüber. »Was ist mit Frau Gregor?«

Er antwortete nicht. Auch sie schwieg. Sie wollte ihre Wut unter Kontrolle halten und Marius' Anruf abwarten.

»Sie sehen mich so seltsam an«, sagte er.

»Ich überlege, was für ein Mensch Sie sind.«

»Und was für einer bin ich?«

»Ich verstehe Ihre Reaktion auf den schrecklichen Mord an Ihrer schwangeren Freundin nicht.«

Heiliger sackte zusammen. Jetzt krieg ich ihn, dachte sie.

Mit leiser Stimme sagte er, eigentlich nur zu sich selbst: »Ich werde meinen Schmerz nicht zeigen. Niemandem.« Er holte Luft, richtete sich auf und sagte laut: »Schmerz und

Schrecken zeigen sich vielfältig. Durch großes Entsetzen können wir zur Katharsis gelangen.«

»Sie finden Entsetzen belebend und reinigend?«

»Es öffnet die Tür zur Wahrheit.«

»Sie vergleichen Ihre tote Freundin mit einem Kunstwerk?«

»Der Mensch ist ein Kunstwerk. Tot oder lebendig.«

»Ihrer These nach könnte also ein Mord den Mörder reinigen?«

Bevor er antworten konnte, meldete sich Marius. Er hatte Chris' Wohnung aufgebrochen. Sie war nicht da. Das Bett war gemacht, keine Nachrichten auf dem Anrufbeantworter. Nichts Auffälliges. Das schwarze Wickelkleid war nicht zu finden. Nicht in den Schränken, nicht in der Wäsche, nirgendwo.

Diese Nachricht erschreckte Paula. Das hieß, Chris war gar nicht nach Hause gekommen.

Paula konnte ihre Wut nicht mehr beherrschen. »Wo haben Sie Frau Gregor hingebracht? Halten Sie sie als Geisel gefangen, damit wir Sie gehen lassen? Wo ist sie?«

Heiliger schwieg mit undurchdringlicher Miene.

Paula zwang sich zur Sachlichkeit und Distanz; die musste sie bewahren – auch in der größten Sorge um Chris.

»Sie schildern mir jetzt, wie Sie den gestrigen Abend verbracht haben, und zwar jede Minute. Mit wem Sie wann irgendetwas zu tun hatten.«

»Ich war gegen 21 Uhr in der Suite. Dort erhielt ich einen Anruf von einem Sammler aus New York. Mit dem habe ich etwa eine halbe Stunde gesprochen. Das lässt sich bestimmt nachprüfen. Dann habe ich meine Rede auf der Treppe gehalten.« Er grinste. »Das können Sie ja bezeugen. Anschließend bin ich wieder in die Suite gegangen und hatte Besuch von Donna Valencia, der Modemacherin aus Mailand. Sie will eine Installation von mir kaufen. Gegen 22.30 Uhr ist sie gegangen. Dann habe ich Besuch von Bach gehabt –«

»Professor Bach?«

»Ja, Ihrem Berater. Er hatte mich nach meiner Rede angesprochen und wollte mir Hinweise zu den Mordfällen geben. Das hat mich natürlich interessiert. Dann war er kurz da, hat mir aber leider nichts erzählt, was ich nicht schon wusste.«

»Sie haben ihn eingeladen in Ihre Suite? Obwohl Sie neulich diesen Auftritt mit ihm in der Tapas-Bar hatten?«

»Wenn mir jemand Informationen geben will, die mich interessieren, dann ist es mir egal, von wem sie kommen. Man muss schon Beamtin sein, um sich die Rolle der beleidigten Leberwurst leisten zu können.«

»Mich würde interessieren, warum Sie alles tun, um verdächtig zu werden.«

»Auch falsch. Ich tue nicht alles, um verdächtig zu werden. Doch ich vergeude meine Energie nie mit angestrengtem Widerlegen falscher Bezichtigungen. Das ist ein Unterschied.«

»Professor Bach kann nicht bei Ihnen in der Suite gewesen sein. Sie haben das Pech, dass Bach ein Alibi hat. Mich. Ich hatte auf der Party ein längeres Gespräch mit ihm. Nach Ihrer Rede auf der Treppe.«

Heiliger zuckte mit den Achseln.

»Also spielen wir das durch. Wie und wann ist er in Ihre Suite gekommen?«

»Ich hab ihn in der Tiefgarage mit dem Fahrstuhl abgeholt. Er ist aus dem Felix rübergekommen. So gegen elf? Ich weiß es nicht mehr genau.«

»Und dann?«

»Es war uninteressant, was er mir erzählt hat.«

»Ich meine, wie ist er wieder rausgekommen?«

»Er ist mit dem Fahrstuhl runtergefahren.«

»In die Tiefgarage?«

»Das nehme ich an. Er hätte aber auch in der Lobby aussteigen können.«

»Was haben Sie dann gemacht?«

»Ich war hundemüde. Eigentlich wollte ich noch ein paar Skizzen machen, aber ich habe gleich geschlafen.«

»Sie behaupten, Sie hätten Frau Gregor weder gesehen noch gesprochen?«

»Ich wusste gar nicht, dass sie auf der Party war.«

»Haben Sie ihr den Code für den Fahrstuhl genannt?«

»Nein.«

Sie ließ ihn abführen.

Vorher bestand er noch darauf, mit seinen Anwälten zu telefonieren. Er schien zu begreifen, dass er in Bedrängnis war.

53

Das gleichmäßige Rattern des Zuges war beruhigend. Das Abteil war fast leer. Chris schaute aus dem Fenster, nahm aber die Häuser draußen nicht wahr.

Sie ließ die letzten Stunden noch einmal Revue passieren. Sie hatte eine schreckliche Nacht gehabt. Etwas war ihr den Hals heruntergekrochen, und sie hatte sich dagegen wehren wollte. Sie hatte sich davor geekelt, aber keine Kraft gehabt und wieder das Bewusstsein verloren. Als wieder aus dem Dunkel der Albträume bizarre Gestalten auftauchten, war etwas auf ihren rechten Handrücken getropft.

Sie war hochgeschreckt, hatte die Augen geöffnet und gesehen, dass sie in ihrem Bett lag. Erschöpft war sie wieder in die Kissen gesunken.

Als sie dann nach Stunden wieder aufgewacht war, fühlte sie sich fiebrig und vergrippt. Sie war schweißgebadet, ihr linkes Bein schmerzte oberhalb des Knöchels, ihre Zunge war pelzig, und ihr rechtes Augenlid zuckte. Sie legte ihre Hand darauf, es zuckte aber weiter. Sie war aufgestanden, ins Bad gegangen und hatte sich den Angstschweiß abfrottiert. In der Küche bereitete sie sich einen Pfefferminztee zu, trank den heißen Tee, schleppte sich zurück ins Bett und schlief weiter.

Als sie nach ein paar Stunden wieder erwachte, fühlte sie sich besser, und das Auge zuckte auch nicht mehr. Sie war bewegungslos liegen geblieben, hatte versucht, ihre Träume von der Wirklichkeit zu unterscheiden und sich zu erinnern, was letzte Nacht geschehen war.

Was war auf der Party passiert? Heiligers Anruf war ihr eingefallen. Zunächst ihre Enttäuschung, weil sie seinen Auftritt verpasst hatte, dann ihre Freude über seine Einladung, dann ihre Angst in der Garage und das Foto mit ihrem lachenden Gesicht auf dem Boden im Fahrstuhl. Es roch dort so komisch, und sie war ohnmächtig geworden. Als sie wieder zu sich kam, standen Hotelgäste um sie herum und wollten einen Krankenwagen rufen. Sie wehrte sich dagegen, obwohl alle auf sie einredeten, aber sie hatte sich durchgesetzt und war mit dem Taxi nach Hause gefahren. Sie hätte ihnen sagen können, dass Heiliger sie umbringen wollte. Aber sie sagte nichts, sie behielt es für sich, dass er versucht hatte, sie in eine Falle zu locken. Nur er hatte gewusst, dass sie auf dem Weg zu ihm war. Sie war sicher, dass sie niemand sonst gesehen hatte.

Sie grübelte und kam zu dem Schluss, dass sie in dem Fahrstuhl vergiftet werden sollte. Oder wenigstens betäubt, um dann verschleppt zu werden – in den VW-Bus gezerrt, der direkt vor dem Fahrstuhl gestanden hatte.

Sie war sicher, dass sie nicht aus Schwäche ohnmächtig geworden war. Trotz der Aufregung vorher – in Paulas Wohnung mit dem erstochenen Kater, mit den vielen Menschen anschließend auf der Vernissage und dem Champagner auf der Party. Dann war das Foto vor ihr auf dem Boden im Fahrstuhl wie ein Schlag in den Magen gewesen, aber das war nicht der Grund, weshalb sie das Bewusstsein verloren hatte. Sie nahm an, dass im Fahrstuhl Gift versprüht worden war, weil sie sich an den komischen Geruch erinnerte. Und das konnte nur Heiliger getan haben.

Sosehr sie auch nachdachte, sie konnte sich nicht erklären, wie sie der Situation entkommen war. Sie hatte im Fahrstuhl gestanden, das Foto gesehen, ihr war schwindlig geworden, sie war gestürzt, und die Fahrstuhltür hatte ihre Beine eingeklemmt. Wer hatte sie da herausgeholt?

Jetzt, in der S-Bahn, machte sie sich Vorwürfe, dass sie sich überhaupt mit Heiliger eingelassen hatte. Sie hatte versagt – das war auch ihr letzter Gedanke gewesen, bevor sie zu Hause endlich ins Bett gesackt und eingeschlafen war. Es musste ein Betäubungsmittel gewesen sein, denn sonst hätte sie nicht eine Nacht und fast einen ganzen Tag durchgeschlafen. Immer noch hatte sie sich schwer wie Blei gefühlt, als sie sich dann zum Anrufbeantworter geschleppt hatte. Sie wollte unbedingt wissen, was inzwischen passiert war. Vielleicht gab es sogar angenehme Neuigkeiten. Irgendwo außerhalb in ihrem Bekanntenkreis war die Welt ja weitergegangen – mit Partys, Tennis, Konzerten, gemeinsamen Abendessen.

Insgesamt hatte sie elf Nachrichten vorgefunden. Eine war von Neuenfeld, der sich gefreut hatte, sie gestern Abend getroffen zu haben, in der nächsten Nachricht bat Marissa, eine frühere Studienkollegin, um Rückruf, weil sie dieses Wochenende in Berlin sein würde. Alle anderen Anrufe waren von Paula oder Marius Seefeld, die unbedingt wollten, dass sie sich bei ihnen meldete. Schließlich hatte Paula den Grund für ihre Anrufe auch benannt: Heiligers Freundin war ermordet worden! Sie hatte die Nachricht noch einmal mit zitternder Hand abgespielt. »Hallo, Chris, hier ist Paula. Ich wollte es dir persönlich sagen, aber ich kann dich nicht erreichen. Wir haben einen neuen Fall, wieder eine Frau im blauen Kleid. Es ist Antonia Hartmann, die Freundin von Heiliger. Ich rufe aus Heiligers Atelier an. Neuenfeld wird gleich kommen. Also, falls du krank bist, beruhige dich, er wird dich vertreten. Bis später.«

Sie hatte Antonia nur kurz in der Tapas-Bar kennengelernt. Nun war sie also auch tot.

Es war noch ein Anruf auf der Maschine. Sie hörte Hubertus' Stimme. Er teilte ihr mit, dass Heiliger verhaftet worden war. »Ich habe die Vernehmung verfolgt. Ich denke nicht, dass Paula Zeisberg die Sache unter Kontrolle hat. Wie konnte es ihr passieren, dass der Haftbefehl wieder aufgehoben wurde? Er ist der Täter. Ich habe den Beweis und möchte mit dir darüber sprechen. Ruf mich an.«

Nach diesen beiden Nachrichten hatte sie sich setzen müssen. Wenn sie Hubertus Bach richtig verstanden hatte, war Heiliger auch der Mörder seiner Freundin. Er musste ein Besessener sein, ein Monster.

Nachdem bei Hubertus zu Hause der Anrufbeantworter geschaltet war, erreichte sie ihn auf seinem Handy. »Was hast du gegen ihn gefunden?«

»Ich habe mir sein Atelier angesehen, als die Neunte und die Spurensicherung da noch bei der Arbeit waren. Mir fiel eine Kleinigkeit auf, die Justus als bedeutungslos beiseitewischte, obwohl ich ihn darauf hinwies. Ich wollte aber keinen Ärger und bin der Sache selbst nachgegangen. Das ist der entscheidende Beweis gegen Heiliger.«

Jetzt saß sie in der S-Bahn und betrachtete ihr Spiegelbild in der Scheibe. Ihr fiel ein, dass ihr Vater immer sagte, sie sei nicht totzukriegen. Diesen Zuspruch brauchte sie jetzt.

Allmählich spürte sie die Erleichterung, dass gleich alles zu Ende sein würde. Es war eine schwierige Zeit gewesen, voller Schrecken und Irritationen. Manchmal war sie nachts von einem Geräusch aufgewacht und hatte überlegt, ob es aus ihrer Wohnung kam oder von draußen und ob sie die Tür verriegelt hatte.

Als sie aus dem S-Bahnhof trat, stand er schon neben seinem Wagen, um ihr die Tür aufzuhalten. »Hallo, schön, dass du da bist, ich warte schon eine Weile.« Mit der Bemerkung, dass sie sich ein Taxi hätte nehmen können, ließ er sie einsteigen.

»Hallo, Hubertus. Wo fahren wir hin?«

»Lass dich überraschen.« Er ging um den Wagen herum, und ließ den Motor an.

54

»Da ist ein Anruf vom Gerichtsmedizinischen Institut«, sagte Ulla. »Soll ich durchstellen?«

»Ja, bitte. Gibt es inzwischen etwas von Frau Gregor?«

»Nein, nichts.«

Professor Posch war am Telefon, um ihr zu sagen, dass Antonia Hartmann nicht von Josef Heiliger schwanger war.

Paula setzte sich kerzengerade auf und begann, mit der freien Hand ihre Kopfhaut zu massieren, während sie Posch zuhörte. Gleich nach der Einlieferung Antonia Hartmanns zur Obduktion hatte er sie angerufen und um genetisches Vergleichsmaterial gebeten, das man zur Bestimmung des Vaters brauchte. Aus einer seltsam drängenden Intuition heraus hatte sie das Material gewählt. Außer Heiligers Blutprobe hatte sie auch eine Haarprobe von Ralf eingereicht. Völlig verrückt. War es Eifersucht? Das Bild, als Ralf mit Heiliger und der jungen Frau zusammengestanden hatte, als sie in der Galerie den Wohnungsschlüssel abgeholt hatte, war ihr nicht aus dem Kopf gegangen. Sie hatte gespürt, dass die Frau eher zu Ralf gehörte als zu Heiliger. Und auch das Frauenhaar auf Ralfs Hemd war ihr wieder eingefallen. Er hatte zugegeben, dass es von Antonia war.

Der Hintergrund war sicher, dass sie Ralf seit Monaten als verändert empfunden hatte, höflicher und förmlicher. Zunächst hatte sie es als Verständnis für ihre starke berufliche Beanspruchung interpretiert. Der vorige Fall, vor dem Urlaub, hatte sie schon sehr angestrengt. Aber selbst in dem schönen Urlaub an der See war ihr seine Distanz aufgefallen, sie hatte ihre Beobachtung aber wieder beiseitegeschoben und ihn nicht darauf angesprochen.

Ein weiteres Indiz, dem sie aber zunächst keine Bedeutung beigemessen hatte, waren die vielen Telefonate, die er mit Antonia geführt hatte. Nach der Ermordung Kasimirs war ihre Wohnung genau untersucht und sämtliche aus- und eingehenden Telefonate waren geprüft worden. Waldi hatte auf der Liste mit den ausgedruckten Telefonnummern dazugeschrieben, von wem die Anrufe stammten und wer von Ralf oder Paula angerufen worden war. Antonia war Ralfs häufigste Gesprächspartnerin in den letzten Monaten gewesen. Sie war nicht dazu gekommen, mit Ralf darüber zu sprechen. Als sie Ralf dann mit Antonia auf der Heiliger-Party sah, hatte sie noch liebevoll gedacht, wie fürsorglich er sich um sie kümmerte, zumal Heiliger das versäumt hatte. Schon zu Anfang, als Paula ihr in der Nähe der Garderobe begegnet war, hatte sie einen ziemlich verlassenen Eindruck gemacht. Der Künstler war nicht da, und so hatten einige Leute seine Freundin Antonia stellvertretend angegriffen. Als sie Ralf dann dabei beobachtet hatte, wie er Antonia aus dem Felix hinausbegleitete, hatte sie einen eifersüchtigen Stich verspürt.

Als Posch genetisches Vergleichsmaterial anforderte, hatte sie spontan Ralfs Haarbürste mit in die Gerichtsmedizin geschickt und auf den Umschlag »Mendel« geschrieben. Er saß noch als Verdächtiger in Untersuchungshaft. Sie rechnete natürlich damit, dass Heiliger als Vater festgestellt werden würde.

»Frau Zeisberg, Sie haben uns Vergleichsmaterial von zwei Verdächtigen zugeschickt, das eine ist beschriftet mit ›Heiliger‹ und das andere mit ›Mendel‹.«

»Ja, richtig«, sagte sie.

»Der Vergleich hat ergeben, dass Mendel der Vater des Kindes ist.«

»Sind Sie absolut sicher?« Paula fühlte sich wie erstarrt.

»Selbstverständlich. Sie wissen doch, dass DNA-Vergleiche für Zweifel gar keinen Spielraum lassen.«

»Die Proben könnten versehentlich vertauscht worden sein. Das kommt doch vor.«

»Ausgeschlossen, Frau Zeisberg.«

Paula hörte Poschs Stimme: »Hallo, Frau Zeisberg? Sind Sie noch dran?«

Sie versuchte, gleichmäßig zu atmen, und hämmerte sich ein: Du kannst nicht fallen, du sitzt, du kannst nicht fallen. Sie starrte den Hörer auf dem Tisch an. Die Stimme im Telefon rief wieder nach ihr. Sie nahm den Hörer, bedankte sich für die Information und legte auf.

Sie wusste nicht, wie lange sie bewegungslos gesessen hatte, als die Tür aufgerissen wurde, Marius hereinkam und aufgebracht sagte: »Der Richter hat den Haftbefehl für Heiliger aufgehoben. Sie haben ihn schon entlassen.«

Sie nickte nur.

»Das lässt dich völlig kalt?« Marius war enttäuscht über ihre ausbleibende Reaktion.

»Welchen Anwalt hat er?«

Marius boxte mit seiner rechten Faust in die linke Hand. »Klar, wenn man sich Severing, Klages & Partner leisten kann, muss man nicht lange in der Kiste sitzen!« Er blickte Paula mit Augen an, die dunkel vor Wut waren. »Das sind Sachen, die mich fertigmachen.«

»Wir können heute nichts mehr unternehmen, Marius. Geh nach Hause, und sammle deine Kraft für morgen.«

Er nickte und ging zur Tür.

»Tu mir noch einen Gefallen, bitte.«

»Gern, Paula.« Er lächelte sie an, als ob er seinen Ärger schon vergessen hätte.

»Sag allen, dass wir uns morgen früh schon um acht hier treffen, bevor der ganze Rummel anfängt.«

»Bach auch?«

»Der auch.«

»Okay, Paula. Erhol dich.«

Als er draußen war, erhob sie sich müde und entschloss sich, nach Hause zu fahren.

Sie fuhr langsam und drückte nicht aufs Gas wie sonst, als die Ampel auf Gelb zu springen drohte. Auf dem Beifahrersitz lag der selbst gebackene Apfelkuchen von Ulla. Sie hatte ihn ihr überreicht, als sie sich verabschiedete. »Für dich und Ralf als Dessert«, hatte sie gesagt und Paula umarmt, als wollte sie ihr Trost spenden.

In ihrem inneren Tumult konnte Paula nicht auseinanderhalten, ob Eifersucht in ihr tobte oder ein unvorstellbarer Verdacht. Natürlich wäre es besser, sie würde das klären, bevor sie Ralf begegnete. Der Betrug war das eine, aber da saß sie im Glashaus, denn schließlich hatte sie ihn auch einmal betrogen. Doch irgendwie war die Sache anders gewesen, sie war in Marius nicht nur verliebt, sondern es gab auch so viel Gemeinsames zwischen ihnen. Und das war in Beziehungen ja die eigentliche Grundlage. Je mehr Gemeinsamkeiten, desto länger hielten die Ehen. Ralf und sie waren sehr verschieden. Sie verstand nicht viel von seiner Welt, und er interessierte sich nicht sehr für ihre. Das war nicht neu, das hatte sie schon damals gewusst, und als dann die Sache mit Marius passierte, war sie entschlossen gewesen, es Ralf gleich zu gestehen und sich von ihm zu trennen. Aber Ralf hatte so viel in Bewegung gesetzt und so viel versprochen, dass er sie schließlich erweichte und sie sich von Marius trennte statt von ihm. Sicher hätte sie mit Marius nicht als seine Chefin im selben Team arbeiten können, aber das hätte sie regeln können. Doch sie hatte Ralfs Bemühungen nachgegeben.

Vielleicht hatte sich Ralf Antonias wegen auch von ihr trennen wollen und hatte bisher nur noch nichts gesagt. Oder vielleicht auch andersherum: Vielleicht hätte er die Sache mit Antonia nicht so gelebt, wenn er gewusst hätte, dass es dann zwischen Paula und ihm zu Ende sein würde.

55

Nachdem sie die drei Treppen zur Wohnung hinaufgestiegen war, schloss sie die Tür auf, machte sie leise hinter sich zu und lauschte. Sie hörte Geräusche aus der Küche, Ralf hatte ihr gesagt, er würde heute Abend kochen. Automatisch hielt sie Ausschau nach Kasimir und war traurig, dass er nicht mehr da war – heute besonders.

Ralf stand in der Küche, breitbeinig, grinsend und schüttelte etwas mit beiden Händen durch die Luft. »Hallo, da bist du ja. Hier, unsere neue Anschaffung.«

»Was ist das?«

»Ein Cocktail-Shaker. Habe ich heute erstanden. Für dich. Ich mixe gerade etwas, du wirst es lieben.«

»Wusste Heiliger, dass das Kind, das Antonia Hartmann erwartete, von dir ist?«, fragte sie unvermittelt.

Er stoppte mitten in der Bewegung. Aus dem offenen Shaker tropfte dicke, honiggelbe Flüssigkeit. Ralf war bleich. Er sah sie an, und seine Augen schienen dunkler als sonst. »Wenn er es wüsste, dann wüsste er mehr als ich.«

»Nun weißt du es zumindest.«

»Und du«, sagte er leise.

»Und ich, richtig. Seit wann hattest du ein Verhältnis mit ihr?«

Ralf schwieg. Dann sagte er langsam, wie unter Schock: »Seit etwa drei Monaten.«

»Aha. Seit du also nicht mehr darüber geklagt hast, dass mich mein Job so viel Zeit kostet. Ich habe mich schon gewundert.«

»Vielleicht können wir in Ruhe –«

»*Wir* können gar nichts mehr, weder in Ruhe noch sonst wie.«

»Dann kann ich das Abendessen wohl aus dem Ofen nehmen.«

»Sehr wohl, kein Bedarf.«

Er stellte den Topf mit lautem Krachen in den Ausguss. Erst war sie schockiert darüber, verstand aber gleich, dass es eine aggressive Reaktion auf die Nachricht war. Sie hatte im Moment ihrer Rage vergessen, dass er noch gar nicht wusste, dass Antonia tot war.

Jetzt wankte er auf einen Stuhl zu und fragte mit zitternder Stimme: »*Erwartete?* Antonia ist also tot?«

»Ja. Ermordet, wie die anderen Frauen.« Sie hatte kein Mitleid mit ihm. Der Schmerz brannte wie ein Fegefeuer in ihr.

Es war totenstill in der Küche.

Sie sah, dass sich Ralfs Augen mit Tränen füllten. Er schaute runter und schwieg weiter. Fast hätte Paula ihn in den Arm genommen, sie tat es aber nicht.

Ohne sie anzusehen, fragte er mit leiser Stimme: »Was weißt du über Antonias Tod?«

»Ich weiß nicht, warum er sie getötet hat, wenn du das meinst. Und wenn – dann müsste er auch die anderen Frauen umgebracht haben. Wusste er, dass du eine Beziehung mit ihr hattest?«

»Nein. Sie hat ihn geliebt, aber sie war auch unglücklich mit ihm und –«

»– und da hast du sie getröstet«, unterbrach sie ihn.

»Wenn du so willst.«

»Ich wollte es nicht so, du verdammter Idiot!« Im nächsten Moment ärgerte sie sich, dass sie ihn angebrüllt hatte. Sie wollte keine Schwäche zeigen.

Er stand auf und lehnte sich gegen die Spüle.

»Warum hast du es mir nicht gesagt?«

»Hast *du* mir immer alles gesagt?«

»Nein«, sagte sie kalt. »Hast du sie geliebt?«

»Geliebt? Nein. Ich war verliebt. Und ich habe sie geschätzt wegen ihrer Aufrichtigkeit.«

»So aufrichtig, dass sie Heiliger dein Kind unterschieben wollte?«

»Sie hat nicht daran gezweifelt, dass es von ihm war.«

»Und hat sie ihm gesagt, dass sie mit dir schlief?«

»Nein.«

»Hast du es ihm gesagt?«

»Nein. Er hätte es mir nicht geglaubt, weil er mich nicht ernst nimmt.«

»Hättest du es auch getan, wenn du gewusst hättest, dass es unsere Beziehung beenden wird?«

Er machte zwei Schritte, als suchte er einen Ausweg, und stützte sich auf das Fensterbrett. Er starrte in die Nacht. Ohne sich umzudrehen, sagte er: »Muss ich dich darauf hinweisen, dass du mich auch mal betrogen hast?«

»Das ist billig. Und außerdem tangiert deine heimliche Liebschaft meine Arbeit. Ich werde dich vorladen müssen, um deine Aussage zu Protokoll zu nehmen. Sie kommt dann in die Akte, die jeder in meinem Team kennen muss, bis hin zur Staatsanwaltschaft.«

»Das sind Äußerlichkeiten. Es würde keine große Bedeutung haben, wenn wir uns verzeihen könnten.«

Sie ließ sich auf den Stuhl am Küchentisch sinken und sah die Fotos vor Augen, die Scholli am Brunnenrand von der Toten gemacht hatte, und sie erinnerte sich, wie Posch sie gefragt hatte, ob er den Fötus herausschneiden solle. Sie hatte darauf verzichtet. Der grobschlächtige Heiliger hatte viel Platz für einen rücksichtsvollen und zärtlichen

Mann wie Ralf gelassen. Eine Konstellation mit einer fast zwingenden Dynamik.

Sie konnte nicht anders, sie musste ihm die Frage noch einmal stellen: »Würdest du es auch getan haben, wenn du gewusst hättest, dass es unsere Beziehung beendet?«

Sie hörte, wie er Atem holte, als setzte er dazu an, das zu verneinen, doch dann stieß er die Luft wieder aus, ohne ein Wort zu sagen.

Er stand reglos da, mit gesenktem Blick, und hielt sich am Fensterbrett fest. Sekunden verstrichen in angespanntem Schweigen.

Hatte *sie* ihn je gekannt? Hatte *er* je gewusst, wie sie empfand, wie sie dachte und wer sie war? Leise sagte sie: »Ich denke, du solltest jetzt gehen.«

Er hob den Blick. »Wohin?«

»Wenn du es nicht weißt, gehe ich.«

Er richtete sich auf. »Nein, nein, ist schon okay.« Er zögerte, es fiel ihm sichtlich schwer. Es war klar, er wollte Versöhnung. »Aber morgen muss ich hier wieder rein.«

»Ja, ab acht. Wenn ich gegangen bin.«

Er ging zur Tür und drehte sich noch einmal um. »Es tut mir leid. Ich bitte dich um Verzeihung. Es tut mir wirklich leid.«

Sie sah ihn an. »Mir auch, Ralf.«

Als er auf dem Flur war, rief sie: »Kannst du morgen um elf in der Keithstraße sein?« Sie hörte, dass er stehen blieb.

»Soll ich einen Anwalt mitbringen?« Seine Stimme bebte.

»Das musst du wissen.«

Sie hatte erwartet, dass er nun die Tür knallen würde, aber es blieb mucksmäuschenstill.

Ihr Magen zog sich zusammen, auch ihr Herz, und sie musste der Versuchung widerstehen, ihn zurückzurufen.

Nach einer Weile ging sie in den Flur, um zu schauen, ob er gegangen war, weil sie die Wohnungstür nicht gehört hatte. Sie schaute ins Schlafzimmer, Wohnzimmer, Bad, auch ins Gästezimmer. Er musste schon weg sein.

Leise ging sie zur Wohnungstür und warf einen Blick ins Treppenhaus. Niemand war dort, sie hörte nicht einmal Schritte. Sie schloss die Tür, verriegelte sie von innen und hängte die Kette vor. Ihre Hände zitterten, und als sie durch die Wohnung ging, kam ihr alles fremd vor. Und kein Kasimir, der ihr um die Beine strich.

Sie ging ins Schlafzimmer, brachte Ralfs Sachen ins Gästezimmer und bezog das Bett frisch. Dann sammelte sie im Bad seine Handtücher ein und steckte alles in die Waschmaschine. Sie warf das halb fertige Essen in den Mülleimer und räumte die Küche auf. Den Cocktail-Shaker wusch sie ab und brachte ihn auch ins Gästezimmer, wo schon sein Rasierzeug und seine anderen Sachen aus dem Bad lagen.

Als sie sich ins Wohnzimmer setzte, hatte sie alle Bereiche der Wohnung, in der sie sich bis morgen früh zu Dienstbeginn aufhalten würde, von Ralfs Spuren gereinigt.

56

Steif und halb erfroren lag Chris auf der Pritsche. Es war eiskalt hier unten im Keller, und da hatten die zwei Decken nicht gereicht, zumal sie eine unterlegen musste, weil es sonst zu hart gewesen wäre. Sie hatte es erst anders versucht, aber schon bald schmerzten ihre Schultern und Hüften.

Sie hatte fürchterliche Träume gehabt, doch ihre Angst, als sie wach wurde, war noch schrecklicher. Sie war von einem Geräusch aufgewacht, und im ersten Moment wusste sie nicht, ob es aus ihren Träumen kam. Aber da war es wieder – ein Geräusch, als ob etwas schnell über den Boden rutschte. Ein Tier? Oder ihr Kidnapper?

Sie sah nichts, es war stockfinster. Sie zog ihre Knie an, um zu prüfen, ob sie sich noch bewegen konnte. Dann setzte sie ihre nackten Füße auf den Steinboden, erhob sich leise, tastete sich bis zu den Stäben und kroch in eine Ecke, als könnte sie sich dort verstecken. Möglichst leise atmend blieb sie dort hocken.

Doch dann hörte sie es – ein Mann schlich die Treppenstufen herunter. Aber das konnte nicht sein, er hätte ja vorher die Klappe öffnen müssen, und Licht wäre hereingefallen. Vielleicht war der Strom im ganzen Gebäude ausgefallen. Dann könnte die Dunkelheit sie zwar schützen, doch er würde wissen, wo sie sich versteckte.

Was war es, das da auf leisen Sohlen näher kam?

Chris kroch noch weiter zurück, sie presste ihren Rücken gegen die Gitterstäbe.

Sie versuchte zu begreifen, dass sie keine Chance mehr hatte. Sie hatte die Obduktionen ihrer Vorgängerinnen gesehen, und Posch hatte die Folter angedeutet. Wäre es besser, Abschied zu nehmen und auf den Tod zuzugehen, anstatt das Rauschen des eigenen Blutes wie einen Angriff des Ungeheuers zu erleiden? Aber wie sollte sie sich auf die Schmerzen einstellen, wenn sie sich nicht vorstellen konnte, wie sie sich anfühlen würden?

Sie kniff sich in die Brustwarzen, um das bevorstehende Leiden zu erahnen. Aber das, was kommen würde, war jenseits dessen, was sie kannte. Es blieb unvorstellbar.

Es verging noch unendlich viel Zeit, bis er wirklich kam. Das Licht im Keller flammte an, die Klappe wurde aufgerissen, und seine braunen Schuhe erschienen. Ängstlich klebte sie in der Ecke wie eine Fliege im Netz der Spinne.

Sie zuckte zusammen, als er das Glas aus seiner Hand von oben auf den Steinboden des Kellers fallen ließ.

Geh weg, dachte sie. Komm nicht näher! Löse dich auf! Bitte sei ein Traum!

Sie schlüpfte aus dem Winkel und sprang aus dem Käfig, dessen Tür sich wie von Geisterhand geöffnet hatte, und stieß einen Schmerzensschrei aus, als sie in das zersprungene Glas trat und ein Splitter sich in ihre nackte Fußsohle bohrte.

Sie flüchtete in die äußerste Ecke des Kellers. Bei jedem Schritt zuckte sie zusammen. Wenn sie sich nicht bewegte, um ihn zu beobachten, stand ihr Fuß sofort in einer kleinen Blutlache.

Verhalte dich ganz ruhig, dachte sie. Vielleicht hat er vergessen, dass es dich gibt. Vielleicht will er nur einen Eimer aus dem Keller holen.

Dann fiel ihr das Blut ein. Sie hinterließ eine Blutspur. Und plötzlich hörte sie auch seine Schritte, das Geräusch von Schuhsohlen auf dem Stein und den Glassplittern. Die Schritte folgten ihren blutigen Fußspuren, die vor dem Käfig begannen.

Sie dachte daran, wie die Taubenfrau gestorben war, mit dem Nadelstich ins Herz, und ebenso die Kinogängerin. Die hatte er vorher noch vergewaltigt und mit Strom gefoltert. Wie ein Tier ging er voran, nichts konnte ihn aufhalten.

Er rief ihren Namen.

Sie humpelte in die andere Ecke hinter dem Käfig. Mit den Händen tastete sie sich an der Wand entlang, als könnte sie dort eine Öffnung finden.

Wie kann ich diese Qualen abkürzen?, fragte sie sich.

Der Glassplitter bohrte sich tiefer in ihre Sohle. Sie blickte sich um; er kam näher.

Es war nicht mehr weit bis zur hintersten Wand, und vorsichtig setzte sie einen Fuß vor den anderen, um verzweifelt ihrem Mörder zu entkommen, der sie gleich packen würde.

Dann dachte sie: *mein Handy.* Aber sie wusste nicht einmal, wo die Kleider waren, die sie getragen hatte, als sie hierherkam.

Sie stürzte, ignorierte die Schmerzen in ihrem Fuß und kroch weiter. Ihr Atem war hastig, ihr Puls jagte.

Langsam schlossen sich seine Finger um ihre Hüfte. Er zog sie hoch, stellte sie auf die Füße und drehte sie zu sich. Ihr Blick ging an die Decke, wanderte bis zur Treppe, die Wand entlang, sprang schließlich in sein Gesicht.

»Der schmerzfreieste Weg ist, wenn du genau das tust, was ich dir sage.« Er lächelte. »Wenn ich dir zum Beispiel sage, lege dich hin und empfange mich.«

Will er nur mit mir schlafen? Der Gedanke ließ sie hoffen.

»Oder ich sage, beiß dir die Spitze deiner Zunge ab.«

57

Die Leuchtziffern des Weckers zeigten halb sechs.

Wo war sie? Sie hob den Kopf und sah sich um. Ralf war nicht da. Sie sackte stöhnend wieder in die Kissen. Sie hatte ihn rausgeschmissen und die Wohnung so gut wie möglich von seinen Spuren befreit. Dann hatte sie sich ein Glas Rotwein eingeschenkt, mit dem sie sich vor den Fernseher setzte, ohne ihn anzustellen. Doch sie ließ das volle Glas stehen und nahm lieber ein heißes Bad, um alles Gift auszuschwitzen. Dann hatte sie sich kräftig frottiert, über einen Schlafanzug noch ihren Jogginganzug angezogen und sich ins Bett gelegt. Sie fühlte, wie Verletzung, Kränkung und Enttäuschung in ihr rumorten. Sie schwitzte, bis sie, schwer wie ein Stein, in den Schlaf fiel. In ihren Morgenträumen lief sie dem Mörder hinterher, kam ihm aber nicht näher. Sie rannte an einem Scheiterhaufen vorbei, auf dem eine Frauenleiche verkohlte, und wollte anhalten, um nachzuschauen, ob es Chris war. Doch in dem Moment drehte sich der Mörder um und starrte sie an. Es war Ralf.

Im nächsten Augenblick war sie aufgewacht, ihr Herz hämmerte gegen die Rippen, und sie war schweißnass. Sogar der Jogginganzug war durchgeschwitzt. Sie hatte ein lautes Kratzen gehört. Kasimir? Nein, er war tot. Sie hatte angestrengt gelauscht, und dann hatte sie gehört, dass die Geräusche aus der Wohnung über ihr kamen. Der Wecker zeigte inzwischen 5.40 Uhr. Sie hievte sich aus dem Bett, zog die nassen Sachen aus und tastete im Dunkeln nach dem Bademantel. Sie fror. Im Flur schaltete sie das Licht ein und ging in die Küche, um Tee zu machen.

Es fiel ihr schwer, einen klaren Gedanken zu fassen. Der Mann, mit dem sie seit vielen Jahren zusammenlebte, hatte sie betrogen und war nun durch diesen Betrug in den Mordfall verwickelt, den sie bearbeitete. Sie trank einen Schluck Tee. Sie hätte gern mit jemandem gesprochen, mit Chris oder ihrer Schwester, um zu erzählen, was passiert war. Aber die Erklärungen hätten ihre ganze Energie verbraucht. Außerdem war es zu früh, jemanden anzurufen.

Sie beschloss, ins Büro zu fahren, um die bisherigen Ergebnisse noch einmal durchzugehen. Die Situation war zwiespältig – Beweise gab es ausschließlich gegen Mendel. Doch nicht er, sondern Heiliger passte in das Bild. Aber der war entlassen worden, und stattdessen würden sie nun Ralf vernehmen. Theoretisch hatte er ein Mordmotiv, denn vermutlich hatte er gewusst, dass Antonia von ihm schwanger war, und vielleicht hatte sie das Kind gegen seinen Willen zur Welt bringen wollen. Zwar war es absurd – Ralf ein Mörder –, doch das war die Situation, in die er sich selbst gebracht hatte.

Der Tee beruhigte sie. Sie musste aus dieser Situation herausfinden. Ihr Leben war gerade zusammengebrochen, aber Chris war in Lebensgefahr. Dagegen war ihr eigener Schmerz nichts. Sie überlegte, Chris zur Fahndung auszuschreiben, aber dazu müsste sie aufdecken, dass die Staatsanwältin von dem Mörder bedroht wurde. Dazu konnte sich Paula nicht entschließen. Vielleicht ist das ein Fehler, dachte sie und versuchte dann, sich auf den bevorstehenden Tag zu konzentrieren.

Sie hatte Marius gestern noch gebeten, alle zur Teambesprechung um acht zu bestellen. Sicherlich hatte er ihnen auch gleich die schlechte Nachricht überbracht, dass Heiligers Haftbefehl aufgehoben worden war und er sich auf freiem Fuß befand. Sie ahnte, dass die Medien ab halb neun mit ihrer Belagerung beginnen würden, um ihren

Kommentar zu der Entlassung aufzunehmen. Deswegen hatte sie den Arbeitsbeginn vorverlegt.

Als sie ins Büro kam, waren Ulla und Bach schon da. Ulla hantierte an der Kaffeemaschine und regte sich darüber auf, dass der Richter Heiligers Haftbefehl aufgehoben hatte. Sie wusste, dass ein Entlassungsbeschluss die mühselige Polizeiarbeit zunichte machen konnte.

»Ich habe Pfefferminztee für Sie besorgt, Professor Bach. Möchten Sie einen?«, fragte Ulla.

Auf dem Tisch vor Bach lagen drei Bücher und eine Akte. Er saß darübergebeugt und machte in einem Heft Notizen.

Paula begrüßte ihn. Er war frisch rasiert und duftete nach Eau de Cologne.

»Guten Morgen, Frau Zeisberg. – Pfefferminztee immer. Vielen Dank, Frau Ulla.«

Paula erinnerte sich, wie sie Bach das erste Mal wahrgenommen hatte. Sie hatte ihn nicht ausstehen können, er war ihr affektiert und eingebildet vorgekommen. Sie hatte ihn für den Typen gehalten, der sich ein Fach ausgesucht hatte, in dem keine eindeutigen Prognosen zu machen waren, und der genau das nutzte, um sich mit überraschenden Behauptungen aufzuspielen. Inzwischen wusste sie, dass sie sich geirrt hatte. Denn seine Thesen hatten sich als Erkenntnisse entpuppt. Ohne ihn würden sie jetzt vielleicht mit leeren Händen dastehen. Aus einem aufgeblasenen Wichtigtuer war ein zuverlässiger Mitarbeiter geworden, und in dem Maße, wie er Teil des ermittelnden Teams geworden war, hatte er Paulas Achtung gewonnen. Auf Heiligers Party war sie ihm dann zum ersten Mal privat begegnet und hatte ihn sogar sympathisch gefunden. Dabei war ihr zum ersten Mal aufgefallen, dass er auch nicht unattraktiv war.

Sie schaute zur Uhr, es war genau acht. Sie wusste, wie wenig Zeit Bach hatte. »Es tut mir leid, es sollten eigentlich schon alle da sein.«

Er lächelte. »Lassen Sie sich ruhig Zeit, ich bin versorgt.« Er deutete auf die dicke Akte vor sich.

»Unser Fall?«

Er sagte schelmisch: »Frau Zeisberg, welcher sonst?«

»Okay, Herr Professor. Ich brauche noch einen Widerhaken, sonst geht mir Heiliger von der Angel.«

Inzwischen waren alle eingetroffen, aber sie nickte ihnen nur zu, ohne sich zu unterbrechen. Sollten sie sehen, wie sie hinterherkamen. »Ich brauche etwas, um ihn zu einem Geständnis zu kriegen.«

»Zu Befehl, Misses Holmes«, schäkerte er.

Man konnte mit ihm sogar flirten. »Versprochen?«

»Versprochen«, wiederholte er ernst.

Sie wandte sich den anderen zu: »Wir haben zwei Probleme. Das eine kennt ihr bereits – wir mussten Heiliger laufen lassen. Und das andere: Die ermittelnde Staatsanwältin Chris Gregor ist verschwunden. Sie wurde das letzte Mal vorgestern Nacht im Hotel Adlon gesehen. Wie uns bekannt ist, hatte der Täter ein Internetfoto benutzt, auf dem sie als Siegerin eines Tennisturniers zu sehen war. Er hat ihren Kopf auf den Körper von Silvia Arndt montiert und das Foto der Barbiepuppe im Medaillon um den Hals gehängt. Wir können die Möglichkeit nicht ausschließen, dass er die Staatsanwältin genau wie die anderen Frauen gekidnappt hat. Wir wissen von Johanna Frenzi, dass er sie erst gefangen hielt, bevor er sie umbrachte. Wenn das hier auch der Fall ist, könnte Frau Gregor noch am Leben sein, und wir hätten eine Chance, sie zu befreien, wenn –« Sie hatte plötzlich ein so starkes Sodbrennen, dass ihr die Stimme versagte. Sie trank einen Schluck Wasser und fuhr dann fort: »Wenn wir sie finden, wollte ich sagen.«

»Die erste Maßnahme muss die Observierung Heiligers sein«, sagte Justus.

Er hatte zweifellos recht, und sie bat ihn, sofort das MEK anzurufen und die Sache auf den Weg zu bringen.

»Gut, ich mach das von Marius' Büro aus, dann störe ich euch nicht«, sagte er und verließ den Raum.

»Vielleicht ist sie ja inzwischen wieder zu Hause«, sagte Tommi.

Paula gab Marius ein Zeichen, und er berichtete von seinen Versuchen, die Staatsanwältin zu finden, von der Durchsuchung ihrer Wohnung, vor der er anschließend einen uniformierten Beamten postiert hatte. Er hatte sich bisher nicht gemeldet.

Waldi hatte immer wieder leise Flüche ausgestoßen. Jetzt sagte er: »Die einzige Möglichkeit ist, über das Fernsehen eine Bitte an den Täter zu richten, Frau Gregor nichts anzutun und sie laufen zu lassen.«

Das hatte Paula auch schon erwogen und eigentlich kein Argument dagegen gefunden. Sie diskutierten eine Weile über das Für und Wider und beschlossen, Waldi mit der Durchführung zu betrauen.

Am längsten dauerte die Auseinandersetzung über die Chancen eines Polizeigroßeinsatzes. Paula hatte Erfahrung damit und wusste, wie lang der Behördenweg war, um zusätzliche Einheiten aus den verschiedenen Referaten, von den uniformierten Polizeitruppen und aus den Berliner Randgebieten zu bekommen. Da sie überhaupt keinen Hinweis hatten, wohin der Täter die Frauen verschleppte, um sie zu töten und herzurichten, hätte man sämtliche Verkehrsknotenpunkte Berlins absperren und kontrollieren müssen. Eine Aufgabe, die kaum ohne Militär zu leisten war.

Bach hatte die ganze Zeit nichts gesagt, was möglicherweise auch dazu beitrug, dass sich in diesem Moment von Ohnmacht der Frust gegen ihn wandte. Man forderte von ihm Anhaltspunkte für den Aufenthalt des Täters, die sich aus dem Profil seiner Persönlichkeit und seiner Gewohnheiten ergäben. Dabei benutzte jeder Zitate von ihm, Aussagen, die er über den möglichen Täter irgendwann gemacht hatte; auch Paula beteiligte sich daran.

Bach ließ alles über sich ergehen, und als niemandem mehr etwas einfiel, sagte er ruhig: »Er wird wieder töten, das ist Ihre Chance.«

Dieser Satz traf Paula. Vom Zeh bis zum Scheitel setzte er ihren Körper unter Spannung, die nach einer heftigen Aktion verlangte. Stattdessen blieb ihr nichts, als auf die Uhr zu schauen und darauf zu warten, dass Ralf erschien, um die Fragen zu beantworten, die in einer solchen Ermittlung auf jeden warteten, der einem der Opfer oder dem Täter zu nahe gekommen war.

Es war schon zehn nach elf, und der sonst so pünktliche Ralf war noch nicht da.

Vielleicht war er beim Pförtner hängen geblieben oder in ein falsches Büro gegangen oder Justus in die Arme gelaufen. Doch Justus kam gerade herein, um allen mitzuteilen, dass seine Bemühungen vergeblich gewesen waren. Das MEK hatte zwar sofort reagiert und Leute eingesetzt, aber Heiliger war nirgendwo zu finden.

»Ist er verschwunden?«, fragte Paula aufgebracht.

Justus nickte. »So sieht es aus.«

»Was können wir tun?«, fragte Bach.

»Sie bemühen sich weiter und werden sich sofort melden, wenn sie irgendeinen Hinweis haben«, antwortete Justus.

Da er es auch war, der Ralf befragen sollte, weil Paula befangen war, erkundigte sie sich, ob er Ralf begegnet wäre oder irgendetwas von ihm gehört habe.

»Ich habe ihn kurz nach elf auf dem Handy angerufen, weil ich wissen wollte, wann er kommt.«

»Und?«

»Er sagt, es geht ihm nicht gut, er kann nicht kommen.«

Paula entschied: »Wir fahren hin.«

Justus nickte. »Dann sollten wir noch einen von uns mitnehmen. Du zählst ja nicht.«

»Nein, ich zähle nicht.« Der Doppelsinn der Worte hinterließ einen schlechten Geschmack im Mund. »Aber ich will dabei sein. Ich muss wissen, was Ralf zu dem Fall zu sagen hat.«

Justus widersprach nicht, stattdessen sagte er: »Schöne Scheiße.« Es sollte wohl Mitgefühl ausdrücken.

»Worum geht es?«, fragte Bach verwundert.

Paula erklärte ihm die Zusammenhänge zwischen Ralf, Antonia Hartmann und Josef Heiliger, soweit sie sie bisher wusste, dankte allen und hob die Sitzung auf.

»Wir können in meinem Wagen fahren, ich geh schon mal vor und fahr ihn vor die Tür. Ihr kommt dann gleich, okay?«

Justus und Marius nickten. Sie wollte den mitleidigen Blicken der Teammitglieder so schnell wie möglich entgehen und verließ das Büro.

58

Als Paula zu ihrem Wagen ging, fiel ihr wieder Jonas' überraschender Anruf ein. Von Frankfurt nach Berlin zu fliegen, um ein halbes Stündchen bei einer Tasse Kaffee plaudern zu können, ist schon ziemlich verrückt. Allerdings eine Verrücktheit, die ihr schmeichelte. Plötzlich musste sie lachen. Außerdem erinnerte sie jeder Anruf von ihm an seinen damaligen Anruf, als er sie kurz vor ihrem Abi zu einer Party eingeladen und damit glücklich gemacht hatte. Diese Erinnerung klang in ihr auf wie eine Melodie aus der früheren, sehr verliebten Zeit. Heiter stieg sie ins Auto und schickte Jonas eine SMS: »Treffen unmöglich. Chaos. Paula.«

Gleich kam eine SMS zurück: »Ich bin hier und warte. Jonas.«

Wie schön, dachte sie, aber leider hat er keine Ahnung.

Als sie mit dem Wagen vorfuhr, standen Justus und Marius schon vor der Tür und warteten. Justus stieg vorne ein, Marius hinten. Während Justus erzählte, dass es tatsächlich die Hindemith-Sinfonie im Radio gegeben hatte, die Heiliger auf der Fahrt von Hamburg nach Berlin gehört haben wollte, wurde Marius nachdenklich. Paula erinnerte sich, wie oft er auf Ralf eifersüchtig gewesen war.

Als Paula die Wohnungstür aufschließen wollte, war sie von innen verriegelt. Ralf hatte sie ausgesperrt, wie sie ihn gestern.

Sie klingelte, aber nichts passierte. Schließlich klopfte sie laut.

Sekunden verstrichen.

Sie wollte eben ein zweites Mal klopfen, als die Tür aufging und Ralf vor ihnen stand. Er sah sie mit müden Augen an, sein Blick war traurig.

»Du wolltest doch um elf –« Sie brach ab, weil er sich einfach umdrehte und wegging. »Mir geht es nicht gut, ich bin krank«, hörte sie ihn ein wenig röchelnd sagen.

Sie folgten ihm.

»Hast du getrunken?«, fragte sie.

Er murmelte etwas, was sie als Bestätigung verstand, und war in der Küche verschwunden.

Selber schuld, dachte sie, gab Justus und Marius ein Zeichen und hielt ihnen die Tür zur Küche auf.

Ralf goss sich aus der angebrochenen Flasche ein weiteres Glas Rotwein ein. Mürrisch blickte er in die Runde und hob fragend die Flasche, ob sonst noch jemand etwas wollte. Sie schüttelten den Kopf.

»Setzt euch«, forderte Paula sie auf.

Marius nahm gegenüber von Ralf Platz und Justus am Kopfende des Küchentisches. Paula blieb stehen und lehnte sich gegen die Spüle.

Ralf fragte die Männer zynisch: »Habt ihr Handschellen dabei?«

»Die brauchen sie nicht«, sagte Paula. »Sie möchten nur deine Aussage, das ist alles.«

Er trank sein Glas aus und goss sich neu ein. »Ja, natürlich. Nur ein bisschen aussagen. Vielleicht sollte ich doch einen Anwalt anrufen, was meint ihr?« Er wandte sich zu Paula. »Du solltest es mir sagen, du bist meine Frau, von dir kann ich Hilfe erwarten. Was soll ich tun?«

Warum machte er so ein Theater? Hatte er doch etwas zu verbergen?

»Es kann nie schaden, einen Anwalt zu haben«, sagte sie.

Er ging darauf nicht weiter ein, sondern trank wieder einen Schluck und musterte ihre Kollegen am Tisch. »Ich muss noch die Schuhe anziehen, wenn ihr mich verhaften wollt – falls ihr nichts dagegen habt«, sagte er nach einem kurzen Moment des Schweigens.

Paula merkte, dass er sich in der Stimmung befand, in der ihm alles zuzutrauen war. Sie hätte Marius warnen sollen. Ralf wirkte immer so milde und manchmal auch ein bisschen durch den Wind, so wie jetzt, als hätte er zu viel getrunken oder als wäre er zerstreut, aber er konnte überraschend schnell und geistesgegenwärtig sein. Unberechenbar. Sie waren einmal an einer U-Bahn-Station in eine Schlägerei geraten, wo Jugendliche einen Rentner verprügelten, da hatte sich Ralf in null Komma nix in einen Derwisch verwandelt. Ehe sie überhaupt Luft holen konnte, lagen drei von den Typen auf dem Bahnsteig, und er rannte hinter den anderen beiden her. Sie hätte das nie für möglich gehalten. Hinterher wollte er nicht darüber sprechen, so als wäre es ihm peinlich. Stattdessen hatte er ein hervorragendes Essen gekocht und war sehr zärtlich im Bett gewesen. Von da an hatte sie ihn anders wahrgenommen und seine Kraft gespürt.

Marius schien ihn unausstehlich zu finden. So wirkte es jedenfalls auf Paula. Justus hatte ein kleines Aufnahmegerät aufgestellt und vorgeschlagen, das Gespräch aufzunehmen. Ralf könne es dann gelegentlich unterschreiben, und die Sache sei vom Tisch.

Ralf war einverstanden. Er gab sich gleichgültig, war dabei aber frostig und beantwortete Justus' einleitende Fragen kurz und knapp. Offenbar hatte er sich entschlossen, die Sache möglichst schnell hinter sich zu bringen.

»Seit wann kennen Sie Josef Heiliger?«

»Seit etwa vier Jahren.«

»Und seit wann Antonia Hartmann?«

»Seit einem Jahr.«

»Wie haben Sie sie kennengelernt?«

»Am Eröffnungstag der Franzosen, die das MoMA nach Berlin ausgeliehen hat. So konnten wir uns den Flug nach New York sparen.«

Paula arbeitete mit Marius bei Befragungen deshalb gern zusammen, weil er nie etwas durchgehen ließ, das er nicht verstand. Er achtete auf jede Formulierung, jeden Begriff, jeden Zusammenhang bei den Aussagen und fragte immer nach, um alles zu klären, Widersprüche und die möglichen Lügen dahinter. Das brachte er jetzt auch, als er fragte: »MoMA? Was ist das?«

»Das ist das Museum of Modern Art«, sagte Ralf in betont nachsichtigem Ton, der bedeuten sollte, *das weiß doch schließlich jeder.* Paula ärgerte sich darüber.

Marius ließ nicht locker. »Und was haben die Franzosen damit zu tun?«

Paula starrte auf das Schauspiel, das sich zwischen den beiden Männern abspielte.

Ralf beließ es nicht bei einem kurzen Hinweis, sondern hielt einen erschöpfenden Vortrag über die Ausstellung. Natürlich wusste er, dass es für Marius nicht von Interesse war, aber er genoss es, weit auszuholen und Marius' Geduld zu strapazieren.

Paula musste sich zusammenreißen, um nicht einzugreifen.

Justus saß da, als würde er das Vorüberfahren eines langen Güterzugs abwarten, ehe er die Bahnschienen überqueren könnte, um weiterzukommen.

Als aber dieser Güterzug kein Ende nahm, unterbrach

sie doch: »Warum hast du die Ausstellungseröffnung erwähnt?«

Ralf schaute sich zu ihr um. »Die Frage war, wann und wo ich Antonia Hartmann kennengelernt habe.« Sie sah seine Augen ironisch blitzen.

»Und wo war das?«, fragte Marius, als wäre er aus einem Schlaf erwacht.

Ralf wiederholte genussvoll seine erste Antwort: »Bei der MoMA-Eröffnung.«

»Wie kam es dazu?«, sprang Justus ein.

»Ich stand vor Claude Monets ›Garten von Sainte-Adresse‹ aus dem Jahr 1867, als mich eine junge Frau ansprach, ob ich das Bild auch falsch gemalt finde. Ich antwortete, ich wünschte, ich könnte so falsch malen. Daraufhin kamen wir ins Gespräch. Tatsächlich verstand sie sehr viel von Malerei. Während wir von Bild zu Bild gingen, machte sie weiter originelle Bemerkungen. Als wir schließlich vor einem Bild von Salvador Dalí standen, pries ihn Heiliger neben uns als den großen Vorläufer der Postmoderne, als instinktsicheren Markt- und Vermarktungskenner. Es war sehr provokant, und Antonia lachte. Es gab eine hitzige Diskussion zwischen den beiden, dann stellten wir uns vor, und Heiliger lud uns in die Bar vom Hyatt ein. Ich schlug die Einladung allerdings aus, weil ich für Paula kochen wollte.«

Paula wurde es heiß. In dieser Erzählung fand sie sich als biedere Ehefrau wieder, die auf das Essen wartete, während Antonia vor Originalität sprühte. Es machte ihr plötzlich etwas aus, dass Justus in seinem rostroten Hemd mit der altmodischen Krawatte die einzelnen Phasen ihrer privaten Beziehung wie ein Registrierbeamter aufzeichnete.

Trocken fragte er: »Dann hat Josef Heiliger seine Freundin Antonia Hartmann durch Sie kennengelernt?«

»Genau.«

»Und wie entwickelte sich das Verhältnis zwischen Heiliger und Frau Hartmann weiter?«

»Antonia war fasziniert von ihm. Sie wollte von ihm lernen, wollte für ihn arbeiten und mit ihm zusammenleben.«

»Sie wollte ihn heiraten«, verbesserte Paula.

Ralf lächelte mit feiner Ironie. »Ja, das wollte sie.«

Paula dachte an die Kränkungen, die er in den letzten Jahren erfahren hatte. Erst die zunehmenden Bemerkungen über seinen ausbleibenden beruflichen Erfolg, dann seine Begegnung mit dem extrem erfolgreichen Heiliger, der ihn als Schlappi verachtete, und schließlich die Begegnung vor dem Monet mit der jungen Frau, die den großen Franzosen kess herabsetzte, um sich dann gleich dem Star der Berliner Kunstszene, Josef Heiliger, zuzuwenden. Das muss eine Abfuhr für Ralf gewesen sein. Und sie selbst war damit konfrontiert, dass sie die ganze Zeit nichts gemerkt hatte.

»Und dann?«, fragte Justus nüchtern.

»Was dann?«

»Wie entwickelte sich Ihr Verhältnis zu Antonia Hartmann?«

»Ich traf sie bei verschiedenen Anlässen.«

»Allein oder mit Josef Heiliger?«

»Meistens mit ihm. Aber auch allein. Sie war ein offener Mensch, da war man schnell befreundet.«

»Wie würden Sie Ihre Beziehung zu ihr beschreiben?«

Ralf warf Paula einen schnellen Seitenblick zu. »Freundschaftlich.«

Dann war unsere Beziehung wohl auch freundschaftlich, dachte sie bitter und wusste, dass sie ungerecht war.

Marius hakte ein: »Schließt *freundschaftlich* sexuelle Kontakte ein?«

Ralf saß reglos und hielt den Kopf gesenkt. Sie kannte diese Haltung und wusste, dass er erregt war.

Nun zog Justus seine Daumenschrauben an, wie er das immer nannte. »Die Ermordete war schwanger, und der Vater dieses Kindes sind Sie. Wussten Sie das?«

Paula zeigte keine Regung. Sie wollte sehen, wie er mit dieser Situation fertig werden würde. Sie hatte oft genug ihre Verwunderung darüber geäußert, dass er sich so viel in der Gegenwart Heiligers aufhielt. Und Ralf hatte immer wieder betont, Erfolg habe für ihn keine Anziehung und könne sein Tun, Denken oder Fühlen nicht beeinflussen.

»Ich hatte ein Verhältnis mit Antonia.« Ralf sah vor sich hin und goss sich Wein nach. Er ließ die Hand am Glas, trank aber nicht.

»Von wann an?«

»Ein Dreivierteljahr nachdem wir uns kennengelernt hatten.«

»Erinnern Sie sich noch an das Datum? Oder an das Ereignis?«

»Ich war an einer Sammelausstellung in der Fine Arts Gallery beteiligt. Heiliger hatte auch fünf Skizzen dabei. Er kam mit Antonia zur Vernissage, blieb aber nicht lange. Für ihn war das nur Pipifax. Er ließ Antonia allein zurück. Sie interessierte sich für meine Arbeiten. Hinterher gingen wir ins Oxymoron. Wir haben uns lange über die Ausstellung unterhalten, auch einiges getrunken, und dann wollte sie, dass ich sie nach Hause bringe, weil es in der Gegend einige Nächte davor einen Überfall gegeben hatte. Zum Dank lud sie mich noch auf einen Kaffee ein. Und dann bin ich geblieben.«

Paula wusste, welche Ausstellung er meinte. Für ihn war es endlich ein Schritt in die Öffentlichkeit gewesen. Er hatte sie dabeihaben wollen, und sie wäre auch mitgegangen, aber sie stand kurz vor Abschluss eines großen Falles. Sie hatte eine ausgedehnte Verkehrskontrolle organisiert, um die Täter, die vom Balkan eingereist waren, zu schnappen, und musste die nächtlichen Stunden in dem Überwachungswagen verbringen. In der Zeit hatte er sich also mit Antonia amüsiert. Gegen vier, halb fünf war der absolute Tiefpunkt erreicht. Die Täter waren noch nicht aufgetaucht, sie fror und war müde. Sie hatte ihn zu Hause angerufen, um zu sagen, dass es noch dauern könnte, ihn aber nicht erreicht. Sie hatte sich nichts dabei gedacht, war viel zu beschäftigt und erschöpft. Später hatte sie nachgefragt, und sie erinnerte sich jetzt noch genau an seine Antwort: Ich habe nichts gehört, sehr tief geschlafen.

»Haben Sie Ihrem Freund Heiliger erzählt, dass Sie mit Antonia Hartmann ins Bett gingen?«

Ralf sah Justus verächtlich an. »Heiliger ist nicht mein Freund. Ich habe es ihm auch nicht erzählt. Antonia wollte das nicht, und ich hatte ihr versprochen, niemandem etwas zu sagen.« Wieder warf er Paula einen schnellen Blick zu. Wollte er damit etwa Betrug und Lüge entschuldigen, weil er es dieser Frau versprechen musste? Und überhaupt, warum wollte sie es geheim halten, wenn sie so ein offener Mensch war?

Genau das fragte Marius jetzt, und Paula wartete gespannt auf die Antwort.

Missmutig antwortete Ralf: »Paula hat es doch schon gesagt – sie wollte ihn heiraten.«

»Und dazu muss man lügen?«, fragte Justus.

»Bei Heiliger, ja. Er hätte sie in die Hölle verbannt, wenn sie mit einem anderen nur geflirtet hätte.«

Marius beugte sich leicht vor. »Warum hat sie es dann überhaupt getan?«

Ralf blickte ihn mit einer Mischung aus Wut und Verachtung an und sagte nichts. Er wollte sich Rotwein nachgießen, aber die Flasche war leer.

Marius stand auf und nahm ein Mineralwasser aus dem Kasten neben dem Kühlschrank. Er setzte sich wieder und füllte Ralfs Weinglas mit Wasser. Paula wusste, dass Marius nur gelegentlich ein Gläschen trank und es gar nicht mochte, wenn sich Menschen betranken.

Ralf griff mit einer fahrigen Bewegung nach dem Glas und trank gierig. Er war erschöpft und ausgelaugt.

Das war genau der Moment, um den Druck zu erhöhen. Auch Paula erkannte die Gelegenheit, sie machte aber keinen Gebrauch davon. Nicht bei Ralf.

Marius beugte sich vor: »Warum haben Sie es denn getan?«

»Gehört das hierher?«

»Josef Heiliger ist der Tat noch nicht überführt, und jeder, der mit Antonia Hartmann eng zusammen war, könnte ein Motiv haben.«

Es war totenstill in der Küche. Ein leises Zischen war zu hören, als Ralf zwischen zusammengebissenen Zähnen durch den Mund ausatmete. Er nahm sein Glas, rührte damit auf dem Tisch herum, hob es und trank es mit einem Schluck leer. »Für Liebe muss man manchmal Risiken eingehen«, sagte er.

Paula wusste, dass er sie damit verletzen wollte, weil sie ihn dieser Situation aussetzte.

»Welche Risiken meinen Sie?«, fragte Marius.

Ralf kochte innerlich, und sie erwartete, dass er Marius jetzt angreifen würde, dass so etwas kommen würde wie: *das Risiko, mich von einem Arschloch wie dir verhören zu lassen, zum Beispiel.* Aber sie hatte sich geirrt, er war gemeiner.

Er lächelte fein und sagte leise: »Liebe ist eine Sache von Vertrauen. Aber auch von Mut und Glauben. Man muss an eine Frau glauben. Man darf nicht ängstlich an alltäglichen Dingen kleben, sondern muss den Sprung wagen. Man muss auch etwas riskieren. Aber das verstehen Sie nicht, Herr Kriminaloberkommissar Seefeld.«

Marius schluckte. Es war ganz klar eine Anspielung darauf, dass Marius aus beruflichen Gründen auf Paula verzichtet hatte.

Paula reagierte schnell. »Antonia Hartmann hat viel Zeit bei Heiliger im Atelier verbracht. Sie muss also gewusst haben, woran er arbeitet und wie er seine Abende verbringt. Und du warst ihr Liebhaber. Da hat sie dir sicher das eine oder andere erzählt.«

Er schaute sie nicht an. »Ja, sie hat von seiner Arbeit gesprochen. Sehr begeistert.«

»Hat sie erzählt, woran er zuletzt gearbeitet hat?«

»Nein, sie war überrascht, als er auf seiner Party erklärt hat, dass er an einer Installation über *Die Frau im blauen Kleid* arbeitet.«

»Woher weißt du, dass sie überrascht war?«, fragte Paula.

»Das hat sie mir gesagt.«

»Wann hat sie dir das gesagt?«

Er musterte sie. »Auf der Party, wo sonst?«

»Wann? Kannst du dich an die Uhrzeit erinnern?«

»Ich habe sie gegen halb elf – glaube ich – zum Ausgang vom Felix gebracht. Ihr Auto stand in dieser kleinen Straße neben dem Holocaust-Denkmal. Ich wollte sie hinbringen, aber sie wollte allein gehen. Natürlich habe ich ihr nachgeschaut, ob sie gut ankommt.«

»Sie ist zu ihrem Auto gegangen. Und was dann?«

»Keine Ahnung.«

»Ist sie mit dem Wagen losgefahren?«

»Nein.«

»Aber das ist doch seltsam. Sie sagt dir, ihr ist nicht gut, sie will nach Hause, du bringst sie raus, sie geht zum Auto und steigt ein. Dann fährt sie aber nicht los. Das hätte dich doch wundern müssen.«

Marius klopfte schon seit ein paar Minuten mit einem Bleistift rhythmisch auf den Tisch. Ralf griff plötzlich zu und feuerte den Stift quer durch die Küche.

Bevor die Situation eskalieren konnte, sagte Justus mit fester Stimme: »Danke, Herr Kleen.« Und dann zu Marius: »Das Geklapper stört bei der Aufnahme. Lass bitte den Bleistift.«

Marius, der aufgesprungen war, setzte sich nun wieder.

Ralf brummte, als wäre nichts gewesen: »Keine Ahnung, was da war. Sie ist eingestiegen, und ich hab nicht mehr länger hingeschaut.«

Paula hatte ihre Haltung nicht verändert. »Was hast du dann gemacht?«

»Ich hatte die Schnauze voll von der Party und bin ins Atelier gefahren, um zu malen.«

»So spät nachts hast du deine Skizzen oft zu Hause gemacht. Warum bist du nicht in die Wohnung gefahren?«

»Einer von deinen Kunden hatte unseren Kater umgebracht. Ich hatte keine Lust auf die Wohnung.« Und plötzlich brüllte er: »Denkst du, ich bin hinter ihr hergegangen und habe sie umgebracht?!« Er nahm sein Glas und schleuderte es quer durch die Küche. Es zersplitterte an der Wand über dem Herd. »Ihr seid doch krank.«

Justus öffnete eine Mappe mit Fotos, legte sie vor Ralf auf den Tisch und klappte sie auf. »Sie sehen da auf dem Brunnenrand Antonia Hartmann in einem blauen Kleid. Hatte sie das vorher schon einmal an?«

Ralf warf einen kurzen Blick darauf und klappte den Ordner wieder zu. »Nein.«

Paula dachte, dass er den Anblick seiner toten Geliebten nicht ertragen konnte. Wie groß war seine Leidenschaft zu ihr gewesen? Hatte er darunter gelitten, dass er sie mit Heiliger teilen musste?

»Haben Sie bei Josef Heiliger mal so ein Kleid gesehen? Oder hat Antonia Hartmann irgendwann erwähnt, dass Heiliger solche Kleider hat oder in seiner Arbeit verwendet?«

Ralf schüttelte den Kopf.

»Hat Heiliger Barbiepuppen in seinen Arbeiten verwandt?«

Ralf starrte ihn an, und Paula glaubte, er würde gleich wieder ausrasten. Er sagte aber ruhig: »Ja, in der Arbeit *Ein unschlagbares Gefühl.*«

Justus schlug die Fotomappe wieder auf, nahm einige Fotos beiseite und deutete auf eine Vergrößerung. »Das Foto zeigt die Staatsanwältin Chris Gregor in dem gleichen blauen Kleid. Können Sie dazu etwas sagen?«

Ralf legte seine Ellenbogen auf den Tisch und beugte sich vor. »Ja.«

»Und das wäre?«, fragte Justus nach.

»Wenn man so eine ist wie Chris Gregor, dann muss man mit allem rechnen.« Ralf grinste, und in diesem Moment hätte Paula ihn am liebsten geohrfeigt.

Justus erhob sich. Paula wusste, dass er innerlich empört war über die Beleidigung einer Staatsanwältin, auch wenn er es sich nicht anmerken ließ. Er sagte entschieden: »Für heute haben wir genug. Zur Unterschrift des Protokolls werden wir Sie dann aufs Präsidium bitten.«

Ralf blieb sitzen und nahm die Rotweinflasche in die Hand. »Bitten Sie, bitten Sie!«, blökte er.

Justus ließ Marius und Paula an sich vorbei und drehte sich noch einmal um. »Falls Sie nächstes Mal wieder nicht erscheinen, werden wir Sie vorführen lassen. Einen schönen Tag, Herr Kleen.«

Justus schloss die Küchentür hinter sich. Dann hörten sie, wie etwas gegen die Wand krachte und laut splitterte. Wahrscheinlich die Weinflasche.

Auf der Fahrt zurück ins Büro überließ sie Marius das Steuer. Justus saß vorn auf dem Beifahrersitz. Sie wollte allein sitzen und hatte darum gebeten, dass die beiden eine Weile schwiegen.

Sie zitterte. Ralfs Verhältnis mit Antonia schmerzte. Aber sie wollte sich nun klar werden über die nächsten Schritte. Sie leitete die Ermittlungen, und sie musste die Richtung bestimmen.

Ralf hatte ein intimes Verhältnis mit Antonia Hartmann gehabt. Sie war ein offener Typ, vermutlich war er ein enger Freund gewesen, dem sie alles anvertraute, was ihr mit Heiliger passierte. Paula hielt es für ziemlich ausgeschlossen, dass Heiliger die Beziehung zwischen Ralf und Antonia verborgen geblieben war. Er war nicht der Typ, vor dem man so ein simples Doppelspiel abziehen konnte. Schließlich musste er auch die anderen Frauen getötet haben. Das wies ihn als brillanten Planer und genauen Beobachter aus. Man musste sich den Täter wie ein Raubtier vorstellen und nicht als jemanden, der sich von Ralfs Schachzügen hinters Licht führen ließ. Wenn Antonia nichts gemerkt hatte von Heiligers Mordaktivitäten, so konnte das nur daran liegen, dass sie sehr naiv war.

Ralf hatte in letzter Zeit überraschend Karriere gemacht, und immer war irgendwie Josef Heiliger im Spiel gewesen. Wenn sie sich recht erinnerte, hatte Ralf seine Einladung zur Art Basel, auf die er sehr stolz war, ebenfalls Heiligers Einfluss zu verdanken. Könnte es sein, dass Ralf alles wusste, aber dieser Vorteile wegen schwieg? Auch geschwiegen hatte, um seine Liebesaffäre mit Antonia fortzusetzen?

Justus' Fragen hatten den Verdacht allerdings auf Ralf direkt gelenkt, so als nähme er an, dass Ralf Antonia Hartmann im Auftrag Heiligers getötet haben könnte. Oder ihm dabei zur Hand gegangen war. Um endlich auch eine große Karriere zu starten?

Das konnte sie nicht glauben. Sie spielte es dennoch analytisch durch, und es bewegte sie stark.

Gleich, als sie wieder im Büro war, ging sie ans Telefon und rief zu Hause an, in der Hoffnung, dass Ralf noch da war. Er nahm tatsächlich ab.

Sie musste sich erst einmal seine Empörung über Marius und Justus anhören. Dann sagte sie: »Es ist deine Entscheidung gewesen, neben unserer Beziehung noch eine andere Frau zu haben, aber ich möchte doch wissen, warum das so gekommen ist. Warum bist du mit ihr ins Bett gegangen und hast mir nie etwas davon gesagt? Ich hätte es vielleicht verstanden.«

»Es ist passiert.«

»Das weiß ich. Aber was war dann?«

»Es ist passiert. Weil du nie Zeit hattest.«

»Aber warum hast du mir nichts davon gesagt? Vielleicht hätte ich dann etwas geändert.«

»Es war, wie ich erzählt habe: Ich hatte ihr von Anfang an versprechen müssen, niemandem auch nur das Geringste zu sagen. Vielleicht war das falsch, aber ich habe es versprochen und gehalten.«

»Aber warum wollte sie das unbedingt?«

»Sie hat Heiliger bewundert. Wahrscheinlich hat sie ihn geliebt. Irgendwie.«

»Irgendwie? Wie meinst du das?«

»Sie hatte wenig Sex mit ihm.«

»Was heißt das, wenig Sex?«

»Das ist sein wunder Punkt.«

»Was denn?«

»Er hat Probleme mit dem Sex.«

»Heißt das, er kann nicht?«

»Er hat Potenzprobleme. Und leidet darunter.«

»Dann war es ihm vielleicht ganz recht, dass sie dich als Liebhaber hatte?«

»Er hat es nicht gewusst. Vielleicht hat er es geahnt und nichts gesagt. Auf jeden Fall dachte er, dass das Kind von ihm war.« Dann fragte er aufgeregt: »Du meinst, er könnte Zweifel daran gehabt haben?«

Darauf ging Paula nicht ein. Sie dankte Ralf für seine Offenheit und beendete das Gespräch.

Eine Weile starrte sie gegen die Wand.

Dann gab sie sich einen Ruck, stand auf und verließ das Büro.

59

Paula setzte sich ins Auto und fuhr los. Sie wusste nicht, wohin. Während der Fahrt gestand sie sich dann ein, dass sie zum Kempinski fuhr. Falls Jonas da sein sollte, würde sie ihn kurz sehen, sie konnte eine Aufmunterung gebrauchen. Nach dem Kaffee würde sie gleich weiterfahren und sich den nächsten Schritt überlegen, der jetzt möglich war. Im Moment konnte sie sowieso nicht denken.

Als sie an der Rezeption nach Dr. Schumann fragte, stellte der Concierge sie durch und reichte ihr den Hörer. Jonas freute sich und bat sie hochzukommen.

Sie spürte ihren Herzschlag bis zum Hals, als sie klopfte.

Lächelnd stand er in der Tür. »Ich hatte so gehofft, dich wiederzusehen.« Er zog sie ohne ein weiteres Wort an sich und hielt sie im Arm. Ihr gefiel, wie zärtlich er war, und sie küsste ihn. Sie zog ihn zum Schlafzimmer, und sie fielen aufs Bett.

Als er in ihr war, spürte sie Vertrautheit und Hitze. Sie bebte. Das Gefühl war so groß, dass sie gleichzeitig weinte und lachte. Schließlich lag sie wohlig in seinen Armen. Er hielt sie fest, und am liebsten hätte sie die Zeit angehalten.

»Ich liebe dich«, sagte er leise und so oft, bis sie in einen kurzen Dämmerschlaf fiel.

Als sie die Augen öffnete, betrachtete er sie. »Ich habe dich immer schon geliebt.«

»Wolltest du nicht mal heiraten?«

»Ich hatte große Angst vor diesem Augenblick, dachte aber, es würde schon alles klappen. Aber dann war ich plötzlich in Panik.«

»Wieso?«

»Jemand hatte meinen Namen gerufen, vielleicht einer der Hochzeitsgäste oder irgendjemand von den Trauzeugen, keine Ahnung, doch in dem Moment klang es für mich wie deine Stimme. Es war völlig verrückt, aber dadurch wurde mir mit einem Schlag klar, dass es um Wahrheit geht und ich kurz vor einer großen Lüge stand.«

»Wieso Lüge?«

»Ich wusste, dass ich dich liebe.«

»Mein Gott.«

»Ja. Du weißt, dass ich dann weggelaufen bin. Es war ein Skandal.«

»Meine Mutter hat mir davon erzählt. Niemand im Dorf konnte sich das erklären.«

»Nun weißt du es. – Wie fühlst du dich?«

»Wie im Märchen.« So meinte sie es auch.

»Und wie soll das Märchen weitergehen?«

Sie seufzte. »Ich weiß es nicht.«

»Wie wünschst du es dir denn?«

»Dass du mich auf einem fliegenden Teppich jeden Abend besuchst.« Sie lachte. »Außer mittwochs. Da gehe ich mit meiner Staatsanwältin Tennis spielen.« In diesem Augenblick konnte sie sich nicht vorstellen, dass Chris irgendetwas passieren würde.

»Dann schaue ich euch zu.«

Paula wälzte sich mit einem Schwung auf ihn und fasste fest in sein Haar.

»Das geht nicht.« Sie biss ihm leicht in die Nasenspitze.

»Warum nicht?«

»Sie würde dich verführen. Sie kriegt jeden Mann.«

»Du lebst doch mit einem zusammen. Hat sie ihn schon gehabt?«

»Sie will ihn nicht. Aber dich würde sie wollen.«

»Ich würde dir treu sein. Ich war es ja schon bis jetzt.«

Paula lächelte sanft. »Im Wesentlichen.«

Er lächelte ebenfalls. »Du bist sehr genau.«

»Wir beschließen einfach nichts. Wir warten ab, was passiert.«

»Das kann ich dir sagen: Du musst den Täter jagen, und morgen früh geht meine Maschine.«

»Das sind die Welten, in denen wir leben.«

»Aber wenn du den Täter hast, komme ich, und wir feiern deinen Sieg.«

Sie hätte diese Stimmung noch etwas genießen wollen, aber seit sie Chris erwähnt hatte, hallte ihr der Name durch den Kopf. Sie sprang auf und zog sich an.

»Was ist denn los mit dir?«

»Ich muss los. Ich ruf dich später an.«

60

Als sie aus dem Hotel kam, bedankte sie sich bei dem Portier dafür, dass sie ihren Wagen auf einen der Hotelparkplätze stellen durfte.

»Da braut sich was zusammen«, sagte der Mann mit einem Blick zum Himmel.

»Das geht vorüber«, rief sie, während sie schon den Wagen aufschloss. Sie lächelte. Im Moment schien ihr, als würde alles Unheil vorüberziehen. Sie reckte sich, bevor sie in den Wagen stieg. Natürlich wäre sie gerne noch geblieben, aber die Sorge um Chris hatte sie nur für eine kurze Zeitspanne losgelassen.

Sie rief Justus an, um zu hören, ob das MEK Heiliger aufgespürt habe, doch sie hatten ihn nicht aufgefunden, er war verschwunden. Es war ein Fehler gewesen, dass er nach seiner Entlassung nicht gleich observiert worden war, denn womöglich hätte er sie an den Ort seiner Verbrechen geführt. Es blieb ihr jetzt nichts anderes übrig, als all seine Aussagen im Einzelnen zu überprüfen.

Langsam fuhr sie den Kurfürstendamm hinauf und ging Heiligers Angaben Satz für Satz durch, insbesondere seine Aussage über Bachs Besuch in seiner Suite. Irgendetwas daran kam ihr sonderbar vor.

Warum hatte Bach Heiliger nach seiner Rede angesprochen? Er hatte ihn in der Tapas-Bar bedroht, und dennoch geht Bach zu seiner Party und spricht ihn an. Für Heiliger war er als Profiler interessant, und es war für Bach vermutlich nicht schwierig, Heiliger dazu zu kriegen, ihn in seine Suite einzuladen. Was hatte Heiliger angeblich zu ihm gesagt? »Kommen Sie doch auf einen Sprung hoch.« Wer wollte nun unbedingt den anderen treffen: Heiliger – Bach oder: Bach – Heiliger? Wenn Bach diese Begegnung geplant hatte – und so war Heiligers Darstellung angelegt –, warum hatte er sie dann nicht vorher davon unterrichtet? Schließlich war sie die Ermittlerin und er nur Berater. Laut Heiliger hatte Bach unten vom Fahrstuhl aus angerufen, damit er ihm die Kombination sagte und er hinauffahren konnte. Aber oben habe er nichts Interessantes zum Besten gegeben, sodass Heiliger sich fragte, wieso Bach überhaupt gekommen war. Damit schien Heiliger von sich ablenken zu wollen, um Bach in Verdacht zu bringen. Wenn Bach aber tatsächlich die Kombination für den Fahrstuhl von Heiliger erhalten hatte, dann hätte er den Fahrstuhl betreten, das Foto dort hinlegen und ein Gift versprühen können, um Chris zu betäuben. Das würde allerdings voraussetzen, dass er über ihren beabsichtigten Besuch bei Heiliger in der Hotelsuite informiert gewesen war. Doch wenn es stimmte, dass Heiliger sie gar nicht angerufen hatte? Dann müsste Bach sie angerufen und sich als Heiliger ausgegeben haben. Vielleicht war das möglich: Während der Party war er auf Chris' Handy wegen des Lärms sowieso schwer zu verstehen. Paula hatte ja ein längeres Gespräch mit ihm geführt. Doch Bach hätte sich dennoch unbemerkt zurückziehen können, um Chris eine Nachricht zu hinterlassen.

Während sie an einer Ampel hielt, ließ sie diese Gedanken auf sich wirken. Dann ging sie noch einen Schritt weiter: Wenn es stimmte, dass der Täter Chris auf der Parkbank hatte kopieren wollen, dann musste er davon ausgegangen sein, dass sie als Staatsanwältin zum Tatort kommen würde. Denn wenn er ihr Angst machen wollte, dann wollte er, dass sie der Toten gegenüberstand, die auf dem Platz saß, auf dem sie in ihren Mittagspausen auch gesessen hatte. Zuständig für den Mordfall Silvia Arndt war aber eigentlich Staatsanwalt Neuenfeld, Chris nur im Falle seiner Abwesenheit. Er hätte also Neuenfeld ausschalten müssen.

Inzwischen war Grün, aber die Frau vor ihr fuhr nicht los.

Paula nahm ihr Handy und rief Neuenfeld an. Chris hatte ihr zwar erzählt, weshalb Neuenfeld ausgefallen war, aber sie wollte es sich jetzt ganz genau erklären lassen.

Er war gleich dran. »Ich hatte in der Nacht Dienst, aber gegen drei habe ich einen Anruf bekommen, meine Mutter sei ins Krankenhaus eingeliefert worden und ich müsste kommen.«

»Da sind Sie sofort losgefahren.«

»Ich bin nachts über die Autobahn gerast, in der Angst, meine Mutter vielleicht nicht mehr lebend anzutreffen.

Aber bei meiner Ankunft stellte sich alles als übler Scherz heraus. Zum Glück war sie wohlauf.«

»Haben Sie herausgefunden, wer Sie angerufen hat?«, fragte Paula.

»Nein. Ich habe das Ganze überhaupt nicht witzig gefunden und habe hin und her überlegt, wer der Anrufer gewesen sein könnte. Meine Tenniskollegen, die immer zu Streichen aufgelegt sind, haben empört abgewehrt. Sie fanden es einen zu makabren Scherz, jemanden an das Sterbebett seiner Mutter zu rufen.«

»Allerdings«, sagte Paula. »Können Sie sich an die Stimme erinnern? Hatte sie etwas Besonderes, irgendwelche Eigenarten?«

»Es war ein Mann. Er hat sich als Arzt ausgegeben.«

»Hat er seinen Namen genannt?«

»Ja, ich habe ihn notiert: Dr. Bernanke. Aber den gab es in der Friedberger Klinik nicht.«

»Hatten Sie die Stimme schon mal gehört?«

»Nein.«

»Sie ist Ihnen auch nicht wieder begegnet? Im Amt oder irgendwo?«

»Nein.«

Sie bedankte sich bei Neuenfeld und legte auf.

Theoretisch könnte ihn der Killer angerufen haben, um Neuenfeld aus dem Dienst zu ziehen.

In Halensee bog sie in die Königsstraße ein, schon ganz in der Nähe von Bachs Haus, als Marius anrief. »Wir haben endlich den Taxifahrer gefunden. Er hat Chris gegen 23.45 Uhr vor ihrer Wohnung abgesetzt.«

»Danke.«

»Was machst du gerade?«

»Ich fahre zu Bach, zu seinem Haus in der Wissmannstraße.«

»Meinst du, er kann dir sagen, wo sie ist?«

»Weiß ich nicht – ich muss etwas tun. Lass dein Handy an.«

Paula parkte direkt vor Bachs Bungalow aus weißem Klinker. Die letzten Rosen im Vorgarten rochen süß und schwer. Sie klingelte, aber alles blieb still. War er nicht da? Sie klingelte und klopfte, aber nichts passierte.

Sie lief um das Haus herum und rief laut seinen Namen. Wieder keine Reaktion. Kurz entschlossen ging sie die Treppe hinunter, die vom Garten ins Souterrain führte, und schlug mit einem Stein die Scheibe der Kellertür ein. Sie durchquerte die Waschküche und lief die Stufen hinauf zur Wohnung. Das konnte natürlich Ärger geben, aber Bach würde schon verstehen, dass sie in großer Sorge war, nachdem Chris so lange verschwunden war. Immerhin bestand auch die Möglichkeit, dass sie vielleicht eine Nachricht auf seinem Anrufbeantworter hinterlassen hatte. Sie hatte ihn ins Team geholt und vieles mit ihm besprochen.

Von dem Flur gingen mehrere Zimmer ab. Sie rief noch ein paarmal seinen Namen, aber er war nicht zu Hause.

Sie öffnete eine Tür: sein Arbeitszimmer. Dort stand ein großer Holzschreibtisch mit grüner Arbeitsplatte, dahinter ein schwarzer Lederdrehstuhl. Ringsherum waren Regale voller Bücher, Akten und DVDs. Gegenüber der Fensterfront stand eine mobile Pinnwand, bespickt mit Fotos und Zetteln, in der Ecke war ein TV-Set. Sie sah den Anrufbeantworter und drückte auf Wiedergabe. »Hubertus, ich muss dich dringend sprechen. Bist du bei deiner Mutter? Ich versuch's jetzt auf dem Handy. Ruf bitte sofort zurück, mein Handy ist an.«

Paula war erleichtert, Chris lebte. Jedenfalls zur Zeit dieses Anrufs. Das gab Paula Hoffnung.

Sie wählte zum wiederholten Mal ihre Nummer – ohne Erfolg.

Würde sie noch irgendeinen Hinweis finden? Paula schaute in die anderen Zimmer. Sie waren alle bis unter die Decke mit Büchern vollgestopft, nur eines nicht. Der Raum war merkwürdig anders möbliert als die übrigen Zimmer. In der Ecke stand ein altmodisches Eichenbett mit einem Läufer davor, daneben ein Nachttisch mit Marmorplatte und einem Steinkrug, weiter links eine Kommode und an der Längswand ein hölzerner Kleiderschrank, auch aus Eiche.

Überrascht sah sie sich um. Ein Gästezimmer? Es wirkte museal, so, als hätte hier nie jemand geschlafen. Auf der Kommode stand ein Foto im silbernen Rahmen. Eine Frau im blauen Kleid. Paulas Atem stockte. Auf der Rückseite stand in ausgeblichener Tinte: Waltraud 1970. Bachs Mutter mit etwa dreißig. Das Kleid sah aus wie das der Toten. Es hatte den gleichen Kragen und war vorn durchgeknöpft.

Paula öffnete die Schubladen der Kommode, sie waren leer. Eine war verschlossen, der Schlüssel steckte nicht. Sie sah sich um. Manche Leute versteckten die Schlüssel in einer leeren Vase. Sie machte zwei schnelle Schritte auf den Nachttisch zu, schüttelte den Steinkrug und drehte ihn um. Es fielen zwei Schlüssel heraus. Sie stutzte. Der eine hatte einen so merkwürdigen Bart, der fiel ihr auf. Sie zog ihren neuen Haustür- und Wohnungsschlüssel heraus und legte sie nebeneinander. Sie glichen sich wie ein Ei dem anderen. Deswegen hatte sie ihren Schlüssel neulich vergebens gesucht. Bach hatte ihn genommen, um ihn nachmachen zu lassen.

Sie probierte den anderen Schlüssel an der Kommodenschublade aus. Dort passte er nicht, doch der Kleiderschrank ließ sich mit ihm öffnen. Sie starrte auf etliche blaue Kleider, wie sie die Toten getragen hatten! Sieben Stück in verschiedenen Größen.

Hastig erfragte sie über die Telefonauskunft die Adresse von Waltraud Bach. Zum Glück gab es nur eine Frau mit diesem Namen.

Paula rannte zum Auto und war so hektisch, dass sie zwei Fehlstarts machte. Dann gab sie Gas.

Es hämmerte in ihrem Kopf – Bach hatte ihren Kater getötet. Morgens vor der Teambesprechung war er zu ihr ins Büro gekommen, da musste er ihren Schlüssel genommen haben, den sie abends vergeblich gesucht hatte. Auf der Party war er dann so unverfroren gewesen, ihr zu sagen, dass es der Täter war, der den Kater in ihrer Wohnung getötet hatte. Was für eine perfide Arroganz! Sie kochte. Die ganze Zeit war der Mörder im engsten Ermittlerkreis gewesen. Auf diese Idee war natürlich niemand gekommen, und irgendwie begriff sie es jetzt auch noch nicht wirklich. Ihr war, als ob sie sich im falschen Film befand, in einem Film, in dem sie ihre Rolle nicht gekannt hatte.

Fieberhaft wählte sie Chris' Handynummer.

Sie erreichte wieder nur die Mailbox und schrie: »Ruf mich an! Bach will dich umbringen! Hau ab!«

Wenn Chris Bach schon in die Falle gegangen war, hatte sie kaum noch eine Chance. Aber Panik half nicht. Sie musste sich konzentrieren. Dabei fiel ihr ein, wie Bach die mögliche Kindheit des Killers beschrieben hatte. Hatte er damit seine eigene Kindheit beschrieben? Hatte er jeder Toten ein blaues Kleid angezogen, weil seine Mutter so eines besessen hatte? Bei der Beschreibung eines FBI-Falles hatte er einen Kinderkeller erwähnt. Vielleicht gab es im Haus seiner Mutter so einen Kinderkeller. Und benutzte er ihn als Verlies, so wie der Serienkiller, über den er referiert hatte?

61

Chris war in purer Todesangst und begriff dabei ihre Situation glasklar. Ihr Hirn war nicht mehr vernebelt. Sie wollte überleben. Um jeden Preis.

Sie konnte sich nicht bewegen; er hatte sie aus dem Keller heraufgeholt und an das große Bett gefesselt, ihr die Augen verbunden und bereitete nun irgendetwas vor. Sie hörte nur gelegentliches Scharren und Kratzen und seine Schritte, wie er hin und her ging.

Sie konnte es nicht fassen. Wie einen Freund hatte sie ihn empfunden, voller Vertrauen war sie hier herausgefahren, voller Hoffnung, endlich eine schlimme Zeit hinter sich zu haben, weil er ihr nun den entscheidenden Beweis gegen den wahren Mörder übergeben würde. Aber der wahre Mörder war er, und ihm war sie direkt in die Hölle gefolgt.

Welch eine unschuldige Begegnung, als er sie von der S-Bahn abholte – *Hallo, schön, dass du da bist, ich warte schon eine Weile*, hatte er gesagt, ihr galant die Autotür aufgehalten und sie einsteigen lassen, *hoffentlich ist dir die lange Fahrt nicht auf den Nerv gegangen, du hättest doch ein Taxi nehmen können*, und während sie sich anschnallte, hatte sie ahnungslos gefragt: »Wo fahren wir hin?«

Er hatte den Motor angelassen, in den Rückspiegel geschaut und sich in den Verkehr eingefädelt.

»Lass dich überraschen.«

Sie hatte alles noch glasklar vor Augen. Seine strahlend blauen Augen, als er kurz zu ihr herübersah und mit überzeugender Stimme sagte: »Jetzt haben wir ihn.«

Sie war ihm dankbar und erinnerte sich daran, dass sie schon mehrfach im Leben verzweifelt gewesen war, weil sie glaubte, eine Situation würde sich zum Schlimmsten entwickeln, dann aber schon bald feststellen konnte, dass sich wieder alles aufgelöst hatte. Wie in der Natur bei schnellen Wetterumschwüngen. Noch einige Stunden zuvor, nach ihren Albträumen im Bett, hatte sie nicht geglaubt, dass dieser Spuk, der sie täglich verfolgte, überhaupt jemals vorbei sein könnte.

»Warst du in ihn verliebt?«, hatte Bach gefragt.

»In Heiliger? Das meinst du doch nicht ernst?« Sie erwartete Zustimmung, aber wahrscheinlich hatte er sie durchschaut. Sie hatte sich inzwischen eingestanden, dass sie Heiliger – neben der Angst, die er ihr machte – anziehend fand.

Bach wirkte nicht so, als ob er sein Herz an etwas hängen würde. Dadurch war er überlegen. In diesem schwierigen Mordfall hatte er mit seinen Voraussagen recht gehabt – bis hin zu dem überraschenden Moment, als er Mendel entlastete, den alle bereits als Täter gesehen hatten. Aber nun war klar, warum er immer alles so genau gewusst hatte.

Im Auto war es ihr sogar unangenehm gewesen, nicht offen zu sein, und sie hatte hinzugesetzt: »Ich muss zugeben, er hat mich fasziniert.«

»Faszination kann verführerisch sein«, sagte er daraufhin. »Viele Frauen haben eine Affinität zu den falschen Männern.«

»Kann sein – vielleicht bin ich auch nicht frei davon.«

»Das ist eine harte Lektion für dich, und es tut mir leid, dass du das erleben musst.«

Sie hatte den Doppelsinn natürlich nicht verstanden, hatte ganz naiv ihre Hand auf seinen Arm gelegt und gefragt: »Das ist nett von dir, aber was meinst du damit?«

»Ich habe euch in der Tapas-Bar bereits beobachtet, bevor ich dazukam.« Er hatte beim Fahren zu ihr herübergeschaut, mit diesem jungenhaften Lächeln, das für ihn typisch war. »Ich denke, ich verstehe etwas von Menschen«, hatte er hinzugefügt.

Sie hatte an die Tapas-Bar gedacht, wie sie dort ungeduldig gewartet hatte, dass Hubertus auftauchen würde, und jetzt im Auto erfuhr sie, dass er sich vorher schon dort versteckt gehalten hatte, um sie zu beobachten.

»Aber was wären wir ohne Erfahrungen«, hatte er lächelnd hinzugesetzt.

Naiv hatte sie weitergesprochen: »Auf die Erfahrung mit Heiliger könnte ich gut verzichten.«

»Warst du in ihn verliebt oder nicht?«

Sie fand nicht, dass das ein geeignetes Thema war, und fragte: »Was ist eigentlich mit dir?«

»Wie meinst du das?«

»Mit dir und den Frauen. Oder hast du immer nur gearbeitet?«

Er räusperte sich. »Da ist jemand. Aber ich möchte nicht darüber sprechen.«

»Und wer ist sie?«

»Ich möchte nicht darüber sprechen.« Er lächelte.

»Kenne ich sie?« Spontan dachte sie, vielleicht könnte es Paula sein, verwarf das aber gleich wieder. »Aus unserer Studienzeit?«

Er antwortete nicht.

»Also ja«, neckte sie ihn. »Aber wen kenne ich, den du auch kennst?«

»Gib dir keine Mühe. Du sollst wissen, dass ich immer für dich da bin.«

Sie drehte den Kopf zur anderen Seite, damit er nicht sehen konnte, wie seine Worte sie berührten. Ihre Brüder waren immer grob mit ihr gewesen, und auch ihr Vater hatte sie hart angepackt. Daher fühlte sie warme Dankbarkeit, als nun Hubertus, der von ihr bewunderte Studienkollege, seine Fürsorge anbot. Eigentlich war er immer schon nett zu ihr gewesen, dachte sie. Allerdings hatten ihr seine Worte auch das Gefühl gegeben, bedürftig zu sein, und das wollte sie nicht.

Deswegen hatte sie in betont leichtem Ton gesagt: »Aber jetzt ist alles vorbei.« Doch das schien nicht die Antwort zu sein, die er erwartet hatte, und sie fügte schnell hinzu: »Dafür bin ich dir sehr dankbar, Hubertus. Ohne dich würde Heiliger wieder freikommen.«

Bach hatte geradeaus gesehen und nichts gesagt.

Irgendwie hatte sie es vermasselt. »Ohne dich würde er sein Leben weiterführen«, versuchte sie es noch einmal.

»Ja«, sagte er, »ohne mich würde er weitermachen.«

Irgendwie war die Stimmung sonderbar, und sie überlegte, wie sie Paula doch noch hinzuholen könnte. »Ich glaube, ich brauche einen Kaffee. Besteht da eine Chance?«

Er lächelte. »Du bekommst gleich alles, was du brauchst.«

Diesen Satz hatte sie in seiner tatsächlichen Bedeutung natürlich nicht verstanden. Sie hatte sich bei ihm aufgehoben gefühlt. Jetzt begriff sie erst, wie naiv sie gewesen war.

»Ich habe Heiligers zweites Atelier gefunden. Seine Hölle würde er es wohl nennen.«

»Und das ist dem dämlichen Justus entgangen?«

»Wundert dich das?«

Er bog von der Straße auf ein Industriegelände ab und fuhr auf eine Halle zu.

»Wo sind wir?«

»Am Tatort. Damit haben wir ihn.«

Mit einer Fernbedienung öffnete er ein Garagentor und fuhr hinein.

Sie stiegen aus, und das Garagentor schloss sich automatisch.

Er hatte ihr die Tür zum Atelier aufgehalten, die klein war, aber dick wie eine Panzertür. Dumpf war sie hinter ihnen ins Schloss gefallen.

Eingesperrt, hatte ihr Instinkt signalisiert, aber sie war überhaupt nicht auf den Gedanken gekommen, dass sie in eine Falle lief, als sie die ersten Schritte in die Halle machte.

Im Gegenteil – auf den ersten Blick war sie enttäuscht gewesen. Sie hatte einen gefährlich wirkenden Raum erwartet, aber es war nur eine weiß getünchte Halle mit dem Notwendigen, was man zum Wohnen brauchte, abgesehen von den großen Studiomonitoren an den Wänden. In der Mitte stand ein Bett, an der linken Wand ein frei stehender Rollschrank mit Küchengeräten, hinter dem Waschbecken eine frei stehende Badewanne, daneben ein Holzstuhl. Dann sah sie die grüne Gasflasche mit dem Schweißgerät und Stromkabeln über dem Stuhl, die mit Metallstücken verbunden waren – zwei Ringen und einem Dreieck. Sie dachte an die Brandmale auf der Haut der toten Johanna und fröstelte. In einiger Entfernung vom Bett stand ein Rollständer, an dem ein blaues Kleid auf einem Bügel hing. Sie fragte sich, ob Heiliger das für sie bestimmt hatte. Sie war so auf ihn als Täter ausgerichtet, dass sie alles nur aus diesem Blickwinkel gesehen hatte.

»Gemalt hat Heiliger in diesem Atelier nicht«, sagte sie gepresst.

»Sieht nicht so aus«, bestätigte Hubertus. »Hier hat er Happenings veranstaltet – um in seinem Kunstvokabular zu bleiben. Allerdings unter Ausschluss der Öffentlichkeit.« Er ging auf den Stahlschrank zu. »Schau mal, was ich entdeckt habe.« Er rollte den Schrank zur Seite und zeigte auf eine Bodenplatte. Er hievte sie an dem herausklappbaren Griff hoch, und Chris sah Stufen, die in den Keller führten.

»Geh mal runter«, forderte er sie auf, »ist interessant.«

Zögernd machte sie ein paar Schritte. »Ist das sein Kinderkeller?«, fragte sie mit belegter Stimme und dachte an den FBI-Fall, von dem Bach im Zusammenhang mit der Barbiepuppe berichtet hatte.

»Habe ich das nicht vorhergesagt?« In seiner Stimme schien beleidigter Ehrgeiz mitzuklingen. Sie erschrak, als sie im Keller den Käfig mit der Pritsche sah. Die Tür war offen. Ihr war klar, dass Johanna Frenzi bis zu ihrer Ermordung hier eingesperrt gewesen war.

»Den muss ihm jemand gebaut haben«, überlegte sie laut.

»Wahrscheinlich hat er es selbst gemacht. Oben steht ja ein Schweißgerät.«

»Mit Metallringen an den Stromkabeln. Grauenhaft.«

»Weiß Gott«, stimmte er zu.

Sie ging nicht in die Nähe des Käfigs, sondern blieb an der Kellertreppe stehen. »Gehen wir wieder hoch«, sagte sie.

Er nahm immer zwei Stufen auf einmal und war oben.

Sie sah, dass er die schwere Eisenklappe in der Hand hatte. »Lass sie bloß nicht fallen.«

Er bückte sich und griff ihr mit der freien Hand unter den Ellbogen. Und dabei hatte sie sogar noch gedacht: Er ist immer Kavalier. Sie machte einen großen letzten Schritt und war froh, wieder oben zu sein. »Damit wird Heiliger verurteilt. Ich rufe jetzt Paula an, damit sie mit der Spurensicherung kommt.«

»Ja. Nach der Kinovorstellung.«

»Welche Kinovorstellung?«

»Ich spiele dir ein Video vor, das du unbedingt sehen musst. Setz dich aufs Bett.«

Auf dem Monitor erschien der Käfig im Keller. Auf der Pritsche lagen Decken und darunter eine Frau. Sie sprang auf, umklammerte die Gitterstäbe, und man sah sie schreien. Doch man hörte es nicht, weil die Aufnahme ohne Ton war. Dann legte sie sich zurück auf die Pritsche.

»Johanna Frenzi«, sagte Chris. Ihr wurde übel. Jetzt sah sie eine Männerhand auf dem Bildschirm. Sie wirkte bedrohlich. Sie hatte das Gefühl, diese Hand könnte aus dem Viereck des Bildschirms verschwinden und der Mann im nächsten Moment aus dem Keller heraufkommen und nach ihr greifen.

Die Hand umfasste jetzt einen Gitterstab, und dabei wurde das Handgelenk mit der Uhr sichtbar.

Sie sah hin, um zu erkennen, wie spät es auf der Uhr war, auf dem achteckigen Ziffernblatt, das von acht kleinen Schrauben festgehalten war. Die Ziffern waren einfach gerade Striche. Auf der Uhr war es 17.43 Uhr. Die gleiche Zeit wie jetzt, überlegte sie. Unwillkürlich blickte sie auf Hubertus' Arm neben ihr. Auf seiner Uhr war es eine Stunde später, aber die Zeigerstellung war so ähnlich, dass sie für einen Moment glaubte, der Film werde live aufgenommen – wie bei den Überwachungskameras in den Banken.

Im nächsten Moment schoss ihr ein Adrenalinstoß durch den Körper, als sie bemerkte, dass die Uhren identisch waren. Im Film und am Handgelenk von Hubertus: Das war dieselbe Uhr!

Plötzlich brannte es lichterloh in ihr. Sie wollte es nicht glauben, wusste aber, dass sie die Wahrheit erkannt hatte. Sie saß in der Falle und versuchte, ihren Schock zu verbergen. Sie wollte weiterhin ahnungslos wirken und wagte nicht zu sprechen, aus Angst, dass ihre Stimme zittern könnte. Verstohlen sah sie ihn aus den Augenwinkeln an.

»Das ist eine Royal Oak.« Er hielt ihr seine Uhr hin und lächelte. »Nummer dreiundsiebzig. Eine der ersten.«

Sie hatte so sehr auf eine Erklärung gehofft, die alles auflösen und ihr die erstickende Angst nehmen würde. Sie zwang sich, sachlich zu sprechen. »Wir sollten Paula anrufen.«

»Das ist nicht nötig«, antwortete er. »Ich habe heute Morgen mit ihr eine lange Besprechung gehabt. Sie lässt dich grüßen.«

Er sprach in ganz normalem Ton. Vielleicht würde sich der Spuk doch noch auflösen?

»Aber ich kann ja mal sehen, was bei mir drauf ist.« Er hörte seine Mailbox ab, stellte das Handy wieder aus und steckte es weg. »Sie nehmen an, dass Heiliger dich als nächstes Opfer auserkoren hat.« Es amüsierte ihn. »Stell dir vor, sie würden deine Leiche in seinem Atelier finden. Aus einer solchen Fallgrube käme der Herr Künstler nicht mehr heraus, oder?«

Das war also sein Plan. Er wollte sie hier umbringen und dann zu Heiliger schaffen. Sie spürte, wie ihre Angst sie blockierte, versuchte aber trotzdem, das Richtige zu tun. »Heiligers Atelier ist unter Polizeiverschluss«, sagte sie.

»Weißt du, dass dieser Heiliger seinen Häschern sogar noch in die Hände spielt? Paula hat mich das Verhör vom Nachbarraum mitverfolgen lassen: Er vertraut ganz darauf, dass er freikommt, und führt sich in diesem Vertrauen wie ein Verdächtiger auf, um in den Medien erst einmal als Täter gehandelt zu werden. Er rechnet damit, dass sich dann seine Unschuld erweist und die Medien die ganze Story noch einmal rückwärts bringen. Wenn er dann später als falsch Beschuldigter und glänzend Rehabilitierter seine Installation *Die Frau im blauen Kleid* ausstellt, läuft das Kunstwerk die Medien rauf und runter. Er ist ein genialer Medienstratege. Hat er dich deswegen so fasziniert?«

»Er hat mich nicht wirklich fasziniert.« Bach schien eifersüchtig zu sein, und sie hoffte hier inständig auf ein Schlupfloch.

»So fasziniert, dass du mit ihm nach eurem Kirmesausflug sogar ins Bett gegangen wärst. Ich konnte es dir ansehen. Du wolltest dich ihm hingeben. Wenn er dich nun aber in Leichenstarre in seinem Atelier findet, kann er dich nur noch anbeten. Ein Leben lang aus seiner finsteren Zelle zu dir aufblicken, zu der schönen Chris mit dem ewigen Tennissiegerlächeln.« Er lachte. »Der Künstler und seine Madonna.«

Sie musste etwas Konkretes ansprechen, etwas, das ihr helfen könnte. »Ist das alles, was Paula gesagt hat?«, fragte sie jetzt im strengen Ton. Vielleicht half das.

»Eine kluge Frage. Ihre letzten Worte waren: Wie kann ich euch erreichen?« Er wartete auf die Wirkung seiner Worte. »Fällt dir nichts auf?«

Chris schwieg.

»Du bist schön wie eine Göttin, aber du hast nicht mein Gespür. Sie fragt: Wie kann ich *euch* erreichen, wo sie doch gar nicht wissen kann, dass wir zusammen sind. Es ist ihr feiner Instinkt. Sie sagte es nicht bewusst, es schlüpfte ihr heraus, sie wittert es. Sie wittert, dass ich der Priester bin, der dich mit Heiliger für die Ewigkeit vereinen wird.«

Sie hatte nur noch einen Gedanken und merkte nicht, dass sie laut dachte. »Wie kann Paula uns erreichen?«

Er hatte gelächelt. »Gar nicht.«

Dann hatte er sie im dunklen Keller in den Käfig gesperrt.

Seine Schritte kamen näher, sie hörte seinen keuchenden Atem, als er, über sie gebeugt, die Augenbinde durchschnitt. Er sagte nichts, sein Gesichtsausdruck war völlig verändert. Er hatte etwas in der Hand, das er vor ihr verbarg, als er sie von den Fesseln löste.

Die Spannung der Jagd treibt den Täter, hatte er gesagt. *Könnte man seine Hautreaktion messen, würde man feststellen, dass es die gleiche ist wie bei einem Löwen auf der Jagd.* Sie musste den Reiz der Jagd verlängern. Sie dachte, *ich muss reden und ihn zum Reden bringen.* Alles, was den Todesstoß verzögerte, war gut.

»Warum Silvia Arndt, warum Johanna Frenzi? Und warum Antonia Hartmann?«, fragte sie.

»Drei Fragen auf einmal, tz tz tz.« Missbilligend schüttelte er den Kopf. »Kapriziere dich nicht auf diese Frauen. Ich meinte nur dich.«

»Schon damals im Studium? Hat es da schon den Auslöser gegeben?«

»Auslöser?« Er lachte höhnisch. »Wen interessieren Auslöser? Nur die, die eine Theorie für die Ermittlung suchen und eitle Bücher darüber schreiben. Die, die nichts wissen über die dämonische Begierde.«

Chris sah sich als Taubenfrau im blauen Kleid, erstarrt in Sitzhaltung. So, wie es schon auf dem Foto im Medaillon angekündigt worden war und dann noch einmal auf der Vergrößerung davon im Fahrstuhl. Sie dachte an die verkrümmte Haltung der Frauen auf dem Sektionstisch. So wollte sie nicht enden.

»Wir können doch alles miteinander unternehmen«, sagte sie mit fester Stimme.

»Es ist unmöglich zu wissen, was dieses zwanghafte Verhalten auslöst. Unmöglich!« Er schrie das Wort. Dann sprach er wieder normal: »Den Sinn des Mordens zu erfassen ist so unmöglich, wie den Sinn des Lebens zu erfassen. Mörder ist man schon *vor* der Geburt. Man kommt als Killer zur Welt.«

»Aber du warst doch beim FBI. Oder stimmt das gar nicht?«

»Das stimmt alles. Es ist nur die andere Seite derselben Münze. Ich bin zu intelligent, als dass ich nicht irgendwann begriffen habe, was mit mir los ist. Mit dieser Intelligenz habe ich versucht, mir zu helfen, indem ich Jäger für Mörder wurde. So wie jeder Drogenberater die Droge liebt, seine Sucht aber auf den Drogenabhängigen lenkt, den er dann liebt oder verachtet. Er greift nicht mehr zum Stoff, beschäftigt sich aber Tag und Nacht mit dem Süchtigen. Ich war rasend in meiner Jagd nach den Mördern und ihren Dämonen, die mir so bekannt sind. Deswegen hatte ich eine hohe Erfolgsquote.«

»Und deine große Liebe?«

»Große Liebe? Quatsch. Ich habe dich nie vergessen. Wie verhängnisvoll, dass ich dir wieder begegnet bin!« Voller

Zärtlichkeit sah er sie an. »Chrissie, ich will dich haben. Damals habe ich mich zum Schutz in die Ausbildung als Profiler geflüchtet. Als ich dich wiedergesehen habe, war das alles hinfällig.«

Sie hatte sich gefreut, als sie ihn vor drei Monaten wiedergetroffen hatte. Ahnungslos war sie auf ihren Mörder zugegangen und hatte ihn zum Kaffee eingeladen.

»Ich will dich winseln sehen.«

Damals in der Forbachstraße war er als Student ein angenehmer Mitbewohner gewesen. Es gab nie Streit. Und wie er sich eingesetzt hatte für die Kinder, deren Mutter an Krebs erkrankt war. Er hatte sich immer Zeit genommen für die beiden, obwohl er ehrgeizig sein Studium verfolgte. Die Mutter lag im Krankenhaus, und der völlig überforderte Vater musste weiterarbeiten. Hubertus lenkte die Kinder ab und brachte sie zum Lachen. Sie liebten ihn, und ihr hatte es Kraft gegeben zu sehen, welche Freude er ihnen bereitete. Er war ihr einfühlsamer erschienen als andere Männer. Und nun wollte er sie vor Angst winseln sehen. Er, der ihr vertrauenswürdig erschienen war. Im Gegensatz zu Heiliger, der im Alltag die Fratze eines Monsters trug und aggressiv und grob war.

Plötzlich hatte Bach den Flammenwerfer in der Hand und ließ das Feuer wie eine Schlange auf ihre Beine los.

Sie schrie auf, und er drehte die Flamme herunter.

»Und Heiliger und Mendel?«, rief sie, um ihn abzulenken.

»Sie sind in mein Netz gelaufen«, sagte er. »Ich habe es genossen, sie darin zu verstricken, sie zu benutzen, um deine Angst zu steigern. Welch glücklicher Umstand, dass Mendel seine Spermien hinterlassen hatte. Ich habe nie meine Erbinformationen hinterlassen. Diese Schwachköpfe Mendel und Heiliger boten sich dafür an, meine

Lust als heimlicher Meister des Spiels zu verlängern. Es war ein Leichtes, dich dazu zu bringen, mich als Berater zu engagieren. Das Spiel hat immer in meiner Hand gelegen.«

Paula, Hilfe, schrie sie innerlich. Sie versuchte, sich auf Paula zu konzentrieren, sie herbeizudenken. Sie glaubte nicht an Übersinnliches, jetzt hoffte sie aber auf alles. Mit jeder Faser ihres Körpers wollte sie überleben. Dafür war ihr alles recht. Sie musste ihm Genuss am Spiel verschaffen, ihm einen Anreiz geben, das Ziel hinauszuzögern.

Als hätte er ihre Gedanken gelesen, befahl er ihr, sich auszuziehen. »Ich kenne deinen Ehrgeiz und deine guten Noten, nahe am *summa cum laude* vorbei, aber ich kenne deinen Körper nicht. Zeig ihn mir!«

Sie bückte sich, um ihre Schuhe auszuziehen, und stellte sie sorgfältig nebeneinander, als machte diese Ordnung Sinn. Als sie sich aufrichtete, starrte er sie an, als wäre er von Dämonen besessen. Ihr Blick suchte die Wände ab, die Fenster in den Wänden. Aber sie waren von außen mit Brettern zugenagelt oder sogar zugemauert. Das Licht in der Halle konnte von draußen nicht gesehen werden. Er konnte sich ungehemmt seinem Wahn widmen, der für sie tödlich war. Er hatte nichts zu befürchten, konnte in Ruhe ihren Schmerz steigern und sich dabei so viel Zeit lassen, wie er wollte.

Obwohl es in der Halle kühl war, schwitzte sie. Ihr Herzschlag dröhnte in ihrem Körper.

Er beobachtete, wie sie sich entkleidete, und weidete sich daran, wie sie sich zitternd bewegte. Sie musste sich nackt drehen und ihre Brüste hüpfen lassen. Vor ihren Augen sah sie, wie der Sektionsgehilfe den Kopf der Leiche von Ohr zu Ohr aufschnitt. Das Gesicht fiel zusammen wie eine

Gummimaske. Sie blickte hinunter auf ihre tanzenden Füße, um sich abzulenken, doch das schützte sie nicht vor der Erinnerung an das sirrende Kreischen der Säge, mit der der Schädel aufgesägt worden war.

Atemlos blieb sie stehen.

»Die gefolterten Frauen waren meine Offenbarungen an dich«, sagte er wie eine Liebeserklärung. »Meine dir gewidmeten Erkenntnisse. Während Posch Spuren aus den Körpern las, solltest du meine Erfahrungen aus ihnen lesen.« Er lächelte fein. »Sie waren Zeichen, die ich dir sandte, damit du dich auf die Begegnung mit mir vorbereitest, mit mir, deinem Luzifer.« Er fixierte sie und schien in einen Rausch zu geraten, als er ihre Todesangst sah, mit der sie auf die Stahlnadel in seiner Hand starrte. Verzweifelt versuchte sie, sich an etwas zu erinnern, das sie ihm zurufen könnte, um ihn mit seiner Existenz zu versöhnen. Damals war sie mal mit ihm und den Kindern der Vermieter im Zoo gewesen. Der Vater war im Krankenhaus, als es mit der Mutter zu Ende ging und er nicht wollte, dass die Kleinen dabei wären. Hubertus und sie hatten die zwei auf den Schultern und tanzten mit ihnen vor dem Affenkäfig herum. Sie imitierten die Tiere. Die Kinder jubelten. Und als sie schließlich alle zusammen Eis aßen, hatte Hubertus gesagt: »Wir sind eine kleine Familie. Nur sie kann uns Menschen Frieden und Einklang geben.« Später hatte sie manchmal an diese Worte gedacht.

»Hubertus, erinnerst du dich –«

Er sprang sie an und warf sie auf das Bett.

Er nahm zwei Handschellen, die mit Ketten an den Bettpfosten befestigt waren, und als sie um sich schlug, drohte er, ihr die Nadel ins Auge zu stoßen, wenn sie sich nicht fesseln ließe.

Sie hielt still, er legte ihr auch Fußschellen an und spannte die Seile. Sie lag mit gespreizten Armen und Beinen da.

Die Geflügelschere bitte, hallte Poschs Stimme in ihrem Kopf. *Lasst uns den Brustkorb öffnen.*

Bach legte zwei Metallringe mit Stromkabeln um ihre Brüste und das Metalldreieck auf ihre Scham.

»Ich werde jetzt den Regler als Musikinstrument benutzen, das deine Stimme erklingen lässt. Ich werde ihn langsam hoch- und wieder herunterschieben, gerade so, wie ich dein Wimmern hören möchte. Das ist die Ouvertüre für unsere Vereinigung.«

62

Ganz in der Nähe vom Westhafen, in einer schmalen Sackgasse parallel zur Seestraße, war eine kleine, dörflich anmutende Siedlung, im Karree gebaut. Fast verwunschen, wie aus einer anderen Zeit. Paula glaubte nicht, in Berlin zu sein. Die kleinen Reihenhäuser waren aus rotem Klinkerstein im Fachwerkstil gebaut. Während sie auf das Haus zuging, wählte sie noch einmal Chris' Handy an. Wieder die Mailbox.

Paula klingelte bei Waltraud Bach. Es dauerte eine Weile, bis sie schlurfend die Haustür öffnete. Mit dem jugendlichen Foto im blauen Kleid hatte diese dicke Frau kaum noch Ähnlichkeit.

»Wissen Sie, wo Hubertus ist?«, fragte Paula, ohne sich vorzustellen. »Ich brauche ihn dringend beruflich.«

Die Mutter betrachtete Paula. »Wer sind Sie denn, junge Frau?«

»Ich arbeite mit ihm an einem Fall zusammen. Ich bin

Paula Zeisberg, die Leiterin einer Mordkommission, die Hubertus berät.«

»Ach so. Der kommt gleich. Kommen Sie herein.«

Sie ging Paula voran und konnte sich, so übergewichtig wie sie war, nur langsam bewegen. Paula war klar, dass jetzt jede Sekunde zählte, wenn Chris noch am Leben war, aber sie wusste auch, dass sie mit Hektik nichts erreichen würde. Sie fühlte sich wie festgehalten, obwohl sie sprinten wollte. »Wann erwarten Sie ihn denn?«

»Er müsste eigentlich schon da sein.«

Sie zeigte zum Küchentisch. Paula war in Versuchung, der Frau einen zweiten Stuhl unterzuschieben, als sie sich setzte. Auf dem Tisch standen eine Kaffeekanne und eine Tasse, die aussah, als ob sie sie schon seit dem Morgen benutzte.

»Wo ist er denn?«

»Unterwegs hierher. Setzen Sie sich, er wird gleich kommen. Aber nehmen Sie sich vorher eine Tasse aus dem Schrank, oder trinken Sie keinen Kaffee?«

Paula nahm sich eine Tasse, obwohl Kaffeetrinken das Letzte war, was sie jetzt wollte. Sie setzte sich und hoffte, irgendetwas aus der Frau herauszubekommen.

»Sie haben ein schönes Heim. Ist Hubertus hier geboren worden?«

»Ich bin schon hier geboren worden. Berti auch. Schau'n Sie mal – das Foto auf der Anrichte.«

»Ist das Hubertus?«

»Ja, mit vier. Der Berti war ein ganz liebes Kind. Aber manchmal kriegte er diese Anfälle, dann kippte er einfach um.« Sie schob Paula die Milch hin. »Nehmen Sie Zucker? Wir dachten, er verstellt sich, weil er irgendwas nicht will.«

»Sicher hat er es gut gehabt bei Ihnen. Hatte er ein eigenes Zimmer?« Paula dachte wieder an den Kinderkeller – an Bachs Bericht von dem amerikanischen Killer, der auch einen Kinderkeller hatte, in dem er seine Aggressionen auslebte. Dort quälte er später auch seine Opfer.

Frau Bach reagierte nicht auf Paulas Frage. »Ich weiß noch, wie er vor der Treppe ohnmächtig geworden ist. Er lag da, ohne runterzufallen. Er hat laut vor sich hin geredet. Aber das war nicht seine Stimme. Ich sag noch, pass auf, dass du nicht runterfällst. Der hat mich gar nicht gehört und weitergeredet, aber seine Stimme war anders.«

»Oh, mein Gott. Was hat er denn gesagt?«

»Das hätten Sie seinen Vater fragen müssen.«

»Und wo ist der?«

»Der ist tot.«

Paula stutzte. Aber sie verfolgte den Kinderkeller. »War das an der Kellertreppe?«

»Probleme mit seinem Vater hatte er nicht. Nur so Kleinigkeiten. Er hatte Berti das Baden verboten. Er hat gesagt, das warme Wasser ist zu teuer. Berti schrie seinen Vater an – man hätte meinen können, er wollte eine Tracht Prügel. Aber sein Vater hat das nie getan.«

»Mein Bruder hat immer am liebsten im Keller gespielt, selbst wenn die Sonne draußen schien. Berti auch?«

»Berti war etwas Besonderes. Wir mussten tagelang auf seine Geburt warten, und als er kam, war er ganz blau.«

»Da haben Sie Angst bekommen.«

Frau Bach nickte, krümmte die Finger ihrer rechten Hand und schob ihre Dauerwelle hinter das Ohr. »Die Ärzte haben alles mir überlassen. Bis zum vierzehnten Monat musste ich ihm täglich Einläufe machen.«

»Wozu das?« Welch eine Tortur für ein Baby.

»Einläufe und auch Zäpfchen.« Sie nickte. »Aber seine Probleme fingen schon vor der Geburt an. Er hat im Mutterleib gekotet, und dadurch hatte er Atembeschwerden.«

So etwas hatte Paula noch nie gehört.

Die Mutter erklärte: »Das nennt sich Mekoniumaspiration. Davon hatte Berti Atmungsstörungen auch nach seiner Geburt. Deswegen die Einläufe und Zäpfchen.«

Paula schauderte. Die Mutter hatte ihr Baby mit Einläufen und Zäpfchen malträtiert, ohne Anweisung von Ärzten. Aber es war gleich 18.30 Uhr, und sie wusste immer noch nicht mehr über den Kinderkeller. »Sind Sie sicher, dass Hubertus kommt?«

»Er hat angerufen, er ist jede Minute hier. Eigentlich kommt er samstags, und auch viel früher. Heute ist eine Ausnahme.«

Paula sah nach, ob von Chris eine Nachricht gekommen war. Nichts. Chris hatte auf Bachs Anrufbeantworter gesprochen, aber sie wusste nicht, wann. Als Paula Chris um 17.30 Uhr angerufen hatte, war die Mailbox dran. Wahrscheinlich hatte Chris Bach erreicht, und sie hatten sich getroffen. Davon musste Paula ausgehen. Es war noch nie vorgekommen, dass Chris nicht zurückgerufen hatte.

»Natürlich hat er geschrien wie am Spieß, wenn er seine Einläufe bekam«, fuhr Waltraud Bach fort.

»Sie haben mir meine Frage noch nicht beantwortet, wo der kleine Berti am liebsten gespielt hat.«

»Am liebsten hat er mit Puppen gespielt. Barbiepuppen.«

Paula fröstelte.

»Sein Vater konnte das gar nicht leiden. Er war streng.« Sie goss Paula wieder Kaffee ein. »Warmes Wasser, das gab es nicht. Er ging unter die eiskalte Dusche, und Berti musste das auch. Mit sauberen Händen an den Tisch, die Schuhe immer blank und Sonntag ein weißes Hemd und Schlips. Und Lernen für die Schule natürlich. Aber da hatte er Glück mit meinem Berti. Er war immer der Beste in der Schule, und ohne weißes Hemd ging es nicht, sogar in der Woche. Ich musste immerzu bügeln.«

Paula stand unter Strom. Sie fragte jetzt direkt: »Kann ich mal Ihren Keller sehen?«

»Da sind nur Kohlen. Seit ich Heizung habe, war ich nicht mehr im Keller. Die hat mein Mann während meiner Schwangerschaft eingebaut. Er war geschickt. Er ist dann am Gehirntumor gestorben. Letzten Endes an den Verwundungen. Die Ärzte wollten ihn wegen seiner Kriegsverletzungen nicht operieren. Er hatte dauernd Kopfschmerzen. Da ging es ihm mal besser und mal schlechter, dann war er gewalttätig. Dann ist er ins Krankenhaus gekommen, total gelähmt. Kurz bevor er gestorben ist, hat er gesagt, pass auf den Hubertus auf, der ist mir unheimlich.« Sie lachte. »So verrückt war er zum Schluss.«

Paula stand auf, um selbst nach dem Keller zu sehen. Sie fragte noch einmal nach den Einläufen und Zäpfchen, mit denen die Mutter Hubertus als Baby behandelt hatte.

»Ich weiß nicht, wovon Sie sprechen. So was habe ich nicht gesagt.« Sie schnaufte. »Bei der Geburt ist der andere Zwilling gestorben. Ein Mädchen, das hätte mir besser gepasst. Aber Berti war ein guter Sohn, dafür habe ich schon gesorgt.« Sie trank einen Schluck aus ihrer schmuddeligen Tasse. »Wir stehen uns sehr nah. Mit acht ist er die Kellertreppe runtergefallen, beim Schlafwandeln. Es ist ihm nichts passiert, bis auf einen Leberfleck. Den hat er vorher nicht gehabt. Ein Leberfleck auf der Brust, wie bei mir.

Dieselbe Form. Aber meiner war weg. Bis heute. Er ist wie ich. Er kann auch nachts nur vier Stunden schlafen. Ich hab immer gesagt, du hast zwei Tage, wo andere einen haben. Er ist immer allen voraus.«

Beantwortete die Mutter ihre Fragen deswegen nicht, weil sie eine instinktsichere Verbindung mit ihrem Sohn hatte?

»Wo hat er denn mit den Barbiepuppen gespielt? Sicher in einem Versteck, wenn der Vater das nicht leiden konnte.«

»Ja, immer in seinem Kinderkeller.«

»Hier im Keller?«, fragte Paula in harmlosen Ton.

»Nein, da sind nur Kohlen. In der Halle da drüben. Wir haben nur Kinderkeller dazu gesagt. Ich weiß auch nicht, warum.« Sie wuchtete sich hoch und schob sich zum Fenster. »Sie können die Halle von hier sehen.«

Hinter einer holprigen Wiese mit wild gewachsenen Büschen stand ein alter Flachbau.

»Was ist da drin?«, fragte Paula ruhig, obwohl sie unter Hochspannung stand.

»Sein Kinderkeller«, wiederholte die Mutter, als ob Paula nicht zugehört hätte. »Vor Jahren hat eine Firma das alles gemietet, aber die Halle steht leer. Ich weiß auch nicht, was das soll. Durch die Büsche hatte Berti seinen Geheimpfad.« Sie lachte. »Da war er sicher vor seinem Vater.«

Die Halle stand auf einem Gewerbegrundstück, das sich vermutlich noch weiter in die andere Richtung hinstreckte.

»Eine richtige Pampa. Sogar mit Füchsen. In der ollen Halle hat er sein Kinderparadies gehabt. Konnte ich mit meiner Fuchtel nicht hin.« Sie gluckste und schob wieder ihre Locke hinters Ohr.

63

Kinderkeller Kinderkeller Kinderkeller, dröhnte es in Paulas Kopf, als sie durch die Wiese lief und die wild wachsenden Büsche zur Seite schob. Sie blieb an einer Bodenwurzel hängen und fiel mit dem linken Arm und dem Gesicht in die Brennnesseln. Jede Bewegung tat weh. Sie meinte, jemanden schreien zu hören. Chris? Oder war es nur ihre Einbildung in der Panik?

Sie sprang auf, achtete nicht auf die Brennnesseln und rannte weiter. Sie versuchte, so schnell wie möglich voranzukommen, ohne Lärm zu machen. Doch die morschen Bretter auf dem Boden krachten unter ihren Füßen. Die letzten Schritte ging sie besonders vorsichtig. Zwischendurch drehte sie sich einmal kurz um – die Mutter stand am Fenster.

Die Halle auf einem wuchtigen Betonsockel war aus rotem Backstein, die Fenster waren mit Brettern zugenagelt und mit Teer überstrichen. An dieser Seite war keine Tür zu sehen. Sie tastete die Bretter ab. Sie waren fest ineinandergefügt.

Von drinnen klangen dumpfe, erstickte Schreie. Das musste Chris sein. Chris lebte! Paulas Herz tat einen Freudensprung, und ihr gesamter Körper spannte sich noch konzentrierter, jetzt in dem Vertrauen, dass sie es schaffen könnte, Chris zu retten.

Paula schlich bis zum äußersten linken Fenster, um alle Bretter zu überprüfen. Es waren fünf Verschläge. Der mittlere ein zugezimmertes Hallentor, davor war eine Rampe, wie zum Be- und Entladen von Lastwagen. Auch hier war alles voller Brennnesseln und Holundergestrüpp.

Sie betastete jedes Brett. Alle waren fest. Weiter, weiter. An der Rampe stieg sie die zugewachsenen Stufen hinauf. Sie fand ein flaches, rostiges Stück Eisen und hob es auf, um zu versuchen, damit ein Brett abzubiegen.

An dem Holztor des alten Halleneingangs fand sie eine Querverstrebung, die sie mit dem Eisen lösen konnte. Darunter war morsches Holz. Mühsam bekam sie einen schmalen Spalt frei, durch den sie in den Innenraum sehen konnte. Sie konnte nicht jedes Geräusch vermeiden, aber die Schreie drinnen übertönten das Knirschen. Endlich war der Ausschnitt so groß, dass sie einen Teil der Halle sehen konnte. Sie blinzelte und erkannte einen Stahlschrank auf Rollen und an der Wand den Teil eines großen Monitors.

Sie bräuchte Verstärkung. Aber die Zeit war zu knapp, Chris konnte jeden Moment getötet werden.

Jetzt sah sie Bachs Schulter. Er bewegte sich. Er tat etwas, das Paula nicht sehen konnte, er schien sich dabei anzustrengen.

Paula entsicherte ihre Waffe. Ein Schulterschuss wäre zu riskant, dann wäre er nur verletzt, und Chris hätte keine Chance mehr. Da war Bach wieder aus ihrem Blickfeld verschwunden. Paula hob die Waffe und konzentrierte sich auf die Sicht durch den Schlitz. Sie wartete darauf, dass er sich wieder zeigte, um auf ihn zu schießen.

Jetzt kam er wieder in ihr Blickfeld, weil er einen Schritt rückwärts machte. Diesmal sah sie den ganzen Körper, doch er bewegte sich und verschwand wieder. Paula stand regungslos, bis er wieder erschien. Sie zielte auf seinen Kopf. Er öffnete zwei Knöpfe seines Hemdes und zog es über den Kopf, auf den sie anlegte. In dem Moment, als er das Hemd auf den Boden fallen ließ, drückte sie ab. Er stürzte zu Boden.

Paulas Herz hämmerte. Sie hatte Bach getroffen. Er

war aus dem schmalen Gesichtsfeld der Ritze verschwunden, aber sie wusste nicht, ob sie ihn kampfunfähig gemacht hatte. Vielleicht war er nur angeschossen und noch imstande, Chris zu töten oder als Geisel zu nehmen. Vielleicht war sie auch schon schwer verletzt. Paula konnte nicht abwarten, ob dieser Kerl wieder in ihrem Sichtfeld auftauchen würde, sie musste in das Gebäude eindringen.

Sie suchte einen Eingang und rannte die Rampe entlang, sprang am Ende herunter und lief weiter bis zur Ecke des Gebäudes. Zweige schlugen ihr ins Gesicht, und sie musste wieder durch ein Brennnesselfeld. Dann bog sie links um die Ecke und musste über einen Maschendrahtzaun klettern. Er war mehr als zwei Meter hoch und oben wacklig. Sie hatte Mühe, die Balance zu halten. Doch aus Angst um Chris warf sie sich ohne Rücksicht nach vorn. Sie strauchelte, konnte sich aber gerade noch am Draht festhalten und hing jetzt in der Luft. Beim Loslassen riss sie sich die Haut am linken Handballen auf. Sie achtete nicht darauf, sondern rannte sofort weiter, nachdem sie auf dem Boden gelandet war. Sie kam zu dem Fabrikhof mit der Zufahrt zur Straße.

Die Halle war auch auf dieser Seite verrammelt und vernagelt. Sie leckte das Blut von ihrer Hand ab und lief weiter.

Wie viel Zeit mochte seit ihrem Schuss vergangen sein? Hatte sie ihn überhaupt getroffen? War er noch handlungsfähig?

Auf jeden Fall wusste er nun, dass er entdeckt war. Würde er fliehen mit Chris als Geisel? Oder würde er sie vorher töten? War sie überhaupt noch am Leben? Und wie viel Zeit hatte Paula noch, um sie zu retten?

Die Gedanken rasten ihr durch den Kopf und verschärften ihre Spannung. Sie stand jetzt vor dem Eingang zur Halle, einem schweren Garagentor aus Metall. Wie sollte sie es öffnen? Das Eisenstück half ihr da nicht. Kurz entschlossen spurtete sie über den Fabrikhof Richtung Straße.

Doch niemand war dort zu sehen, kein Fußgänger, kein Auto. Sie erreichte Ulla über Handy, gab ihr hastig die Adresse und forderte einen Hubschrauber an.

Ulla begriff und stellte keine Fragen.

Jetzt kam ein Pkw die Straße entlang. Endlich. Paula sprang mitten auf die Fahrbahn, stand mit gespreizten Beinen und ruderte mit den Armen. Der Opel bremste quietschend und kam kurz vor ihr zum Halten.

Mit zwei Sätzen war sie an der Fahrertür, riss sie auf, hielt dem Mann im grauen Kittel ihren Polizeiausweis vor die Nase und rief: »Kriminalpolizei! Ihr Wagen ist beschlagnahmt zur Verbrechensbekämpfung! Steigen Sie aus!«

Der Mann war verblüfft und zögerte. Sie packte ihn am Oberarm und riss ihn aus dem Wagen. Er taumelte noch, als sie schon hinterm Steuer saß und Gas gab. Der Motor heulte auf, sie riss das Steuer herum und raste auf den Fabrikhof. Dann bremste sie den Wagen noch einmal kurz ab, schnallte den Sicherheitsgurt um und gab wieder Gas. Sie trat das Gaspedal bis zum *kick down* durch und fuhr das Auto krachend in das Garagentor. Der Gurt drückte schmerzhaft auf Paulas Brustkorb.

Der Aufprall hatte das Tor einen Spalt hochgedrückt, hoch genug, um hineinzukriechen. Paula stemmte sich gegen ihre Fahrertür, aber sie war verklemmt und ließ sich nicht öffnen. Mit einem Ruck öffnete sie den Gurt und zwängte sich über die Rückenlehne auf die hintere Sitzbank. Sie öffnete die hintere Tür, kletterte aus dem Wagen und kroch unter dem Garagentor durch. Sie zog ihre Waffe und entsicherte sie. Der Lärm des Aufpralls war drinnen natürlich zu hören gewesen. Sie musste damit rechnen, dass Bach schussbereit auf sie wartete.

Sie lief geduckt an dem Mercedes und dem VW-Bus vorbei auf die kleine Eisentür zu und drückte den Griff herunter, aber die Tür war verschlossen.

Sie duckte sich hinter den VW-Bus und feuerte auf das Türschloss. Sie lud nach und wartete. Stille. Dann schlich sie zur Tür und drückte sie mit einem Ruck auf.

Sie sah Chris sofort. Sie war auf einen Stuhl gefesselt und trug das blaue Kleid der Toten. Sie bewegte sich nicht. Mein Gott, ich bin zu spät, durchfuhr es Paula.

Aber wo ist er?

Sie sah ihn nicht.

Er hat sie umgebracht und ist geflohen.

Die Waffe im Anschlag, machte sie ein paar vorsichtige Schritte. Dann sah sie ihn. Er lag hingestreckt auf dem Boden, mit dem Gesicht in einer Blutlache.

Sie hatte den Kopf getroffen. Aber war er wirklich tot? Achtsam näherte sie sich, hockte sich hinter seinen Kopf und drückte ihm die Pistole auf den Scheitel. Aber er bewegte sich nicht. Er war tot.

Sie ließ die Waffe fallen und rannte zu Chris.

Sie saß immer noch bewegungslos. Ihr Mund war verklebt. Neben ihr stand eine große Gasflasche mit Schweißgerät und Stromkabeln, die mit Metallstücken verbunden waren. Paula rannte zu dem Rollschrank, griff ein Küchenmesser und lief zu Chris, um die Fesseln zu zerschneiden. Chris sah sie mit weit aufgerissenen Augen an, als ob sie der Killer wäre, der sie umbringen wollte. Sie lebte!

»Ich bin's, Paula. Erkennst du mich?«

Ein undefinierbares Stöhnen.

Paula fasste mit der Linken den Arm der Freundin und zerschnitt mit der Rechten vorsichtig die Stricke. Dann streichelte sie sanft ihre Wange. »Ich bin's, Paula.« Chris starrte vor sich hin. Ihre Augen waren stumpf, als ob das Leben in ihr erloschen war. Paula bewegte vorsichtig ihre Arme und legte sie um ihren Oberkörper, damit sie sich an ihr festhalten konnte. Dann griff sie ihr unter die Achseln und zog sie hoch. Endlich reagierte Chris. Sie hielt sich an ihr fest.

Paula hielt sie fest an sich gedrückt. »Es ist alles vorbei«, flüsterte sie. »Es ist alles gut.« Dabei streichelte sie ihr beruhigend den bebenden Rücken. Chris liefen lautlos die Tränen über das Gesicht.

Paula sprach weiter auf sie ein. Langsam schien sich ihre Verkrampfung zu lösen. Sie legte ihren Kopf an Paulas Schulter, und die Tränen liefen weiter. Dann hob sie ihren Kopf und schluchzte, als ob sie hastig nach Luft schnappte. Stockend sagte sie: »Das überleb ich nicht.«

»Du hast es überlebt«, sagte Paula besänftigend. »Du hast überlebt. Du lebst.« Paula atmete tief durch. »Du lebst!«, schrie sie laut. Dann lachte sie los, wollte sich ihre Anspannung herauslachen. Chris' schluchzendes Weinen mischte sich jetzt auch mit Lachen.

Sie hörten das Dröhnen des Hubschraubers, der vor der Halle landete.

Sie lachten und weinten gleichzeitig.

Und neben ihnen lag Bach in seiner Blutlache tot auf dem Boden.

EPILOG

An dem Tag, als Chris aus dem Krankenhaus entlassen wurde, fuhr Ralf zur Eröffnung seiner Einzelausstellung nach Zürich, seinem Entree in die europäische Kunstszene. Paula war froh, dass die Vernissage gerade jetzt stattfand.

Seine offizielle Vernehmung, die ihm unter die Haut gegangen war, mit seinem Geständnis vor Marius und Justus, Paula betrogen zu haben, und dem Verdacht, irgendwie in ein Verbrechen verwickelt gewesen zu sein – das alles hatte Ralf zugesetzt.

Seine erste Reaktion war, sich von Paula zu trennen, die ihm diese Vernehmung zugemutet hatte. Aber dann merkte er, wie sehr er sie liebte und dass er sich unmöglich trennen konnte.

Paula war es erst einmal darum gegangen, alle Missverständnisse zu klären, um dann herauszufinden, wie sie nach allem zu Ralf stand. Es war ihre Pflicht gewesen, ihn offiziell zu befragen: Sie hatte ihren Beobachtungen und den Indizien nachgehen müssen.

Geblieben waren die Verletzungen, Enttäuschungen und ihre Traurigkeit. Darüber hinaus erinnerte sie sich, wie die Liebe sie zusammengeführt hatte und all die Jahre hatte zusammenleben lassen. Es ging darum, sich gegenseitig zu verzeihen. Und das wollte sie – ihm verzeihen. Sie wollte ihm von Jonas erzählen, später, aber jetzt wusste sie nicht, wie sie ihm dieses fast unwirkliche Erlebnis hätte verständlich machen sollen. Sie hatte es versucht, als sie mit ihm darüber sprach, dass sie ausziehen würde. Doch schon das hatte ihn sehr getroffen, und er wollte es nicht. Er wollte auf jeden Fall in der Wohnung bleiben, weil er dort gut malen konnte und mehr Inspirationen hatte als in seinem Atelier, auch weil die Räume mit dem Mobiliar die Vorlage für seine Stillleben waren. Paula schlug ihm vor, das Atelier aufzugeben und wieder in der Wohnung zu malen. Ohne sie hätte er dann genügend Platz.

Sie wollte sich jetzt erst einmal eine neue Wohnung suchen. Sie brauchte frischen Wind in ihrem Leben und den richtigen Abstand zu Ralf. Und sie wollte endlich ein paar Pfund abnehmen.

Die letzte Nacht war seltsam. Sie hätte am liebsten allein geschlafen, aber nach den tagelangen Auseinandersetzungen waren sie plötzlich wie im Fieber aufeinander losgegangen, hatten hitzigen Sex und lagen schließlich schweißgebadet nebeneinander auf dem Bett. Er hatte ein großes Badetuch geholt, sie darin eingewickelt, und dann war sie in den Tiefschlaf gesackt.

Auch um ihm zu zeigen, dass sie ihm vergeben hatte, brachte sie ihn am nächsten Morgen zum Bahnhof. Der sonnig-warme Herbst ging zu Ende. Als sie aus dem Haus traten, merkte sie, dass sie mit ihrem dünnen Sommermantel zu leicht angezogen war. Die kalte Luft legte sich um ihren Körper, und ihr Atem färbte die Luft weiß. Als der Zug losfuhr, winkte sie mit dem ausgeblichenen Taschentuch, das er ihr einmal geschenkt hatte.

Im Auto, auf dem Weg vom Bahnhof zum Büro, ertönte ihre Handymelodie, und aus der Ferne drang Jonas' Stimme an ihr Ohr. Sie fuhr rechts ran und hielt, um in Ruhe sprechen zu können. Er rief aus Islamabad an und wollte wissen, ob sie seine Liebe über die Distanz spüren könne. In dem Moment begannen die Glocken der Gedächtniskirche zu läuten. »Deine Liebe läutet mir ins Gedächtnis«, scherzte sie.

»Woran denkst du?«

»An alte Teenieträume und unsere Hotelstunden.«

»Ich habe dich nicht verstanden, ich höre nur Hochzeitsglocken.«

Sie lachte.

Er sagte: »Ich fahre gerade nach –«, da brach die Verbindung ab.

Als sie vom Auto ins Büro ging, kam die Sonne durch, und es wurde wieder so angenehm warm wie in den letzten Tagen. Die erneute Begegnung mit Jonas kam ihr wie ein Wunder vor. Mitten in den Alltag tritt die große Liebe ihrer Jugend in Fleisch und Blut, Jonas, fassbar und real, kein Kleinmädchentraum mehr, sondern ein erfahrener, zärtlicher Mann.

Doch jetzt ist er wieder davon, wieder in den Lüften ihrer Träume und Fantasien? Passt so jemand überhaupt zu einem bodenständigen und handfesten Menschen, wie sie es ist? Sie hatte keine Zeit, weiter darüber nachzudenken, denn sie musste die Akte fertig machen, bevor sie Chris aus dem Krankenhaus abholte.

Der Fall war nun abgeschlossen. Es blieb noch die Vorbereitung der Anklage wegen Vergewaltigung gegen Dr. Moritz Mendel. Wenn sie seine Aussagen las, tauchten vor ihren Augen die Bilder von Johanna Frenzi als lebenslustiger Kellnerin auf.

Nachdem sie die Arbeit beendet hatte, klemmte sie sich den Ordner unter den Arm, sagte Ulla kurz Bescheid und ging zur Treppe.

»Hallo, Frau Hauptkommissarin!«

Sie drehte sich um. Marius stand da und zog lächelnd die Augenbrauen hoch.

»Hallo«, sagte sie kurz und blieb nur stehen, ging nicht auf ihn zu.

»Der Moment ist vielleicht nicht sehr passend, aber ich wünsche schöne Resturlaubstage.«

»Danke.« Sie wollte weiter, aber er hielt sie noch einmal auf.

»Werden Sie wieder in demselben Hotel auf Usedom absteigen?«

Sie musste lachen. »Ich glaube kaum.«

»Schade. Es wäre eine Gelegenheit gewesen, mir das nette Strandhotel von Ihnen zeigen zu lassen. Ich weiß immer noch nicht, wohin ich fahren könnte.«

Sie nahm seinen ironischen Ton auf. »Es gibt bei Ulla ein kleines Heftchen: *Hilfen zur Entscheidungsfindung.* Das wird sie Ihnen gerne ausleihen. Vielleicht schauen Sie da mal hinein.«

»Gute Idee, danke. Falls Sie in Berlin bleiben – kommen Sie doch einfach mal auf einen Kaffee vorbei, wenn Sie Zeit haben.«

»Ich werde dran denken.« Sie nickte ihm grinsend zu und lief die Treppe hinunter. Marius liebte Ironie, dann konnte er immer das sagen, was er wollte, und es war doch nur ein Spiel.

Als sie zum Krankenhaus fuhr, blendete sie das Licht der schon winterlich tief stehenden Sonne. Sie nahm die Sonnenbrille aus dem Handschuhfach und legte ihr Handy in den Schoß. Vielleicht würde Jonas noch einmal anrufen.

Als sie dann vor der Klinik ausstieg, hatte es nicht wieder geklingelt, aber schon der Gedanke an die Möglichkeit hatte ihr ein warmes Gefühl im Bauch gemacht.

Im Fahrstuhl drückte sie den Knopf zum dritten Stock, als gerade noch eine mollige Krankenschwester hineinsprang, bevor sich die Tür schloss. Sie lachte, weil es so knapp war, und Paula lachte zurück.

»Sie sind so fröhlich. Wo wollen Sie hin?«, fragte die Schwester.

»Ich hole eine Freundin ab. Sie wird heute entlassen.«

»Das ist ein Grund zur Freude«, sagte die Schwester, und ihr rundes Gesicht strahlte unter dem blau gefärbten Pony.

Paula nickte. »Besonders an so einem schönen Herbsttag.«

»Genießen Sie ihn. Morgen wird mit dem schönen Wetter Schluss sein. Es soll einen Kälteeinbruch geben.«

Der Fahrstuhl hielt, und die Tür öffnete sich leise zischend. »Gegen trockene Kälte habe ich nichts«, sagte Paula. Sie nickte der Schwester zu und ging über das glänzende Linoleum zur Station.

Als sie das Krankenzimmer betrat, packte Chris gerade ihre Sachen. Dabei fiel Paula das schwarze Wickelkleid ein, das sie auf Heiligers Party getragen hatte und das Marius in ihrer Wohnung nicht finden konnte. »Wo ist eigentlich dein Kleid von der Party?«, fragte sie.

»Ich habe es gleich bei Frau Heincken unten im Haus abgegeben; sie arbeitet in einer Reinigung. Das ist herrlich bequem. Warum fragst du?«

»Als du dich überhaupt nicht gemeldet hast und Marius auch dein Kleid nicht finden konnte, dachten wir, du wärst nach der Party gar nicht zu Hause angekommen.«

»Meine Sachen für die Reinigung hänge ich immer gleich an Frau Heinckens Tür. Ich habe extra zwei Beutel dafür.«

Paula lachte. »Da hat Marius nicht nachgeschaut.«

Sie nahm den Koffer. Chris' Bein mit der Brandwunde vom Flammenwerfer war verbunden und tat ihr noch weh.

Im Auto fragte sie Chris, wo es hingehen solle.

»Zu mir nach Hause, wohin sonst?«

»Es hätte ja sein können, dass du dich in einen der Ärzte verliebt hast.«

»In einen Chirurgen?«

»Es muss ja nicht gerade ein Chirurg sein.«

»Ein Psychiater vielleicht?«

»Auf gar keinen Fall, aber vielleicht ein Homöopath.«

»Damit ich mich auf homöopathische Dosen einstelle?«

Sie lachten. Das tat gut nach allem, was geschehen war.

Chris drehte das Radio an und fragte, wie es Ralf gehe.

»Ich habe ihn heute Morgen zum Zug gebracht. – Übrigens hat mir ein Journalist gesteckt, dass Heiliger heute eine Pressekonferenz gibt. Vielleicht möchtest du dir das ansehen?«

Chris zögerte. »Ach nee. Ich weiß nicht.« Sie dachte nach. »Aber vielleicht wäre es doch gut. Dann könnte ich sehen, wie ich jetzt nach allem auf seinen Anblick reagiere. Ja, doch, lass uns hinfahren.«

Paula war unsicher, ob es wirklich so eine gute Idee war. Vielleicht sollte die Freundin doch lieber erst einmal Abstand gewinnen, sich eine Woche Urlaub nehmen und zu ihren Eltern oder irgendwo anders hinfahren. Aber Chris blieb dabei.

Paula fuhr Richtung Alt Moabit.

»Wo fährst du denn hin?«, fragte Chris verwundert.

»Heiliger gibt nicht einfach irgendeine Presseerklärung. Er inszeniert seine Entlassung aus dem Gefängnis.«

»Aber er ist doch schon vor Tagen entlassen worden.«

»Deswegen sage ich ja: Er inszeniert sie.«

»Unglaublich.«

Vor dem Ausgang der Strafvollzugsanstalt nach Alt Moabit, gegenüber der Spenerstraße, war ein Auflauf von Journalisten, Fotografen und Kamerateams. Polizisten sorgten dafür, dass der Verkehr weiterlaufen konnte. Alle starrten auf das hellgraue Schleusentor. Die Medienleute drängelten sich bis in den Vorhof, zwischen dem Tor der Anstalt und dem hohen Gitterzaun, der um das Gelände des Strafvollzugs lief.

Paula parkte um die Ecke auf dem Bürgersteig und klemmte ihr Kriposchild hinter die Windschutzscheibe. Als sie sich unter die Journalisten mischten, glitten die beiden Hälften des Schleusentors auseinander, und Heiliger erschien im schwarzen Anzug mit weißem Oberhemd. Er stand im Blitzlichtgewitter: ein Liebling der Medien. Er schindete Eindruck, indem er sich betont zurückhaltend gab. Er kündigte an, dass er sich erst einmal zurückziehen werde, um seine Installation *The Blue Dress* zu Ende zu bringen. Jetzt könne ihm nur die Arbeit helfen, mit der Trauer um seine Freundin zurechtzukommen.

»Ist es richtig, dass Frau Hartmann von Ihnen schwanger war?«

Heiliger bestätigte das. »Meine Installation *The Blue Dress* sollte zur Geburt meines Kindes fertiggestellt sein«, sagte er – und fügte hinzu: »Es war diese Arbeit, die mich zum Opfer der Justiz gemacht hat.«

Ein Journalist wollte wissen, ob er nicht mit schuld daran sei, dass er in Verdacht geraten war.

Heiliger wurde wütend. »Ich habe in dieser depravierenden Zelle gesessen, habe herabwürdigende Verhöre über mich ergehen lassen müssen, wurde der Welt als Bestie vorgestellt, und Sie kommen und reden von Mitschuld?! Vielleicht ist es Ihnen entgangen: Der Killer hat mit der Behörde, die mich hinter Schloss und Riegel brachte, zusammengearbeitet.«

Paula fragte Chris, ob sie noch weiter zuhören möchte.

Sie war blass. »Nein, lass uns gehen.«

Als sie sich abwandten, hörten sie Heiliger laut rufen: »Selbsthass ist eine wichtige Quelle, um als Künstler authentisch arbeiten zu können.«

Paula sah Chris an und schüttelte den Kopf.

Im Auto erzählte sie Chris, dass Heiliger sich in der Vernehmung nicht wie ein Unschuldiger aufgeführt habe. »Er hat darauf gesetzt, dass wir den Täter finden.«

»Damit er dann seinen Medienauftritt als unschuldig Verhafteter zelebrieren könnte?«

»Ja.«

»Dabei hing sein Schicksal aber an einem seidenen Faden«, sagte Chris. »Es wäre das Aus gewesen für Josef Heiliger, wenn du nicht in Bachs Haus eingebrochen wärst und dort die blauen Kleider gefunden hättest.«

»Wieso?«

»Bachs Plan zielte darauf, Heiliger den Mord an mir unterzuschieben.«

»Wäre ihm das gelungen?«

Chris nickte. »Er hätte mich ebenso präpariert wie die anderen und in Heiligers Atelier gesetzt. Er hätte dich dann verständigt, und du hättest mich als Teil von Heiligers neuester Installation gefunden. Heiliger hätte alles bestritten, doch da wäre er nicht mehr rausgekommen.« Paula sagte spöttisch: »Das wäre ja vielleicht sein Traum gewesen, immerhin hat er damit kokettiert.«

Chris sprach schnell weiter. »Bach hatte mir noch versprochen, den letzten zwingenden Beweis zu liefern. Das Versprechen hat er gehalten!«

Sie schwiegen. Im Radio wurde Dave Brubecks *Take Five* gespielt.

»Wie geht es dir?«

»Gut. Es ist ja vorbei.«

Paula trug den Koffer in die Wohnung. Das Treppensteigen war für Chris mühsam mit dem verletzten Bein.

Beim Auspacken erzählte sie, wie *monströs* sich Heiliger aufgeführt habe, dabei war der immer freundliche Bach das *Monster* gewesen. Plötzlich starrte Chris Paula an. »Er ist doch tot, oder?«

»Mausetot.« Paula nahm sie in den Arm und streichelte sie. »Sei ganz ruhig. Der Spuk ist vorbei. Für immer.«

Als sie sich verabschiedete, drückte sie sie noch einmal ganz fest und sagte sanft: »Und sei mit Männern in Zukunft etwas vorsichtiger.«

In einer Seitenstraße vom Ku'damm hielt sie vor einem schönen Altbau, ging in den vierten Stock und schloss die Wohnungstür auf, eine leere Drei-Zimmer-Wohnung, die frisch gestrichen war. Freunde von ihr waren gerade ausgezogen und hatten ihr den Schlüssel gegeben. Zwei Monate lief deren Mietvertrag noch, Zeit für Paula, sich alles gut zu überlegen.

Langsam ging sie durch die hellen Zimmer. Bis auf die Stimmen von zwei spielenden Kindern im Garten war es vollkommen ruhig. Das ist eine Wohnung, in der ich gut leben könnte, dachte sie. Nachdenklich schaute sie auf die Krone der großen Kastanie direkt vor dem Fenster.

Ihr Handy klingelte. Sie ging schnell ran, aber es war

nicht Jonas, sondern Walter Kemper. Er berichtete, dass er den Papierladen gefunden hatte.

»Welchen Papierladen?« Paula brauchte einen Moment, um sich zu erinnern – Walter Kemper war der Verlobte von Johanna Frenzi.

»Der Laden, in dem Johanna das Tagebuch gekauft hat. Sie haben recht gehabt. Sie hat es an dem Tag gekauft, bevor sie ihre Krebsdiagnose bekam.« Kempers Stimme war bewegt. »Ich bin froh, dass Sie mir das Tagebuch gegeben haben. Jetzt weiß ich, dass sie mich noch liebte und mich durch ihre Flucht nach Berlin vor ihrer Krankheit schützen wollte. Ich wünschte, sie hätte es mir erzählt. Wie anders wäre dann alles verlaufen.« Er machte eine kleine Pause. »Ich konnte jetzt aber Frieden mit ihr schließen, und dafür wollte ich mich bei Ihnen bedanken.«

Paula war gerührt. »Ihre Liebe kann Ihnen keiner nehmen. Ich wünsche Ihnen alles Gute, Herr Kemper. – Danke, dass Sie mich angerufen haben.« Paula war froh, dass sie Kemper das Tagebuch gegeben hatte, in dem sich Johanna Frenzi zu ihrer Liebe bekannte.

Als Paula das Haus verließ, schlug ihr ein kalter Wind entgegen. Feucht und frostig fegte er ihr ins Gesicht. Sie hielt ihren dünnen Mantel am Hals zu, beugte sich bei der nächsten Bö nach vorn und trat in eine Wehe pappigen Herbstlaubs. Sie fröstelte und dachte an Glühwein.

DANK

Zu ganz besonderem Dank bin ich verpflichtet:

Kriminaldirektor Manfred Schmandra und Kriminalhauptkommissarin Elke Fabian vom Berliner Landeskriminalamt für ihre Hilfe bei Fragen zu ermittlungstechnischen Abläufen.

Professor Dr. Klaus Püschel, Leiter der Hamburger Gerichtsmedizin, für seine fachliche Beratung in allen medizinischen Fragen.

Meiner Freundin und Lektorin Katja Schreiber für ihre Hilfe und auch ihre Geduld bei allen unseren Diskussionen. Ihr als Berlin-Kennerin besonderen Dank für die Unterstützung bei den Recherchen.

Britta Hansen für ihre Offenheit, vertrauensvolle Zuverlässigkeit und Freundschaft.

Und schließlich meiner Familie für das Verständnis, das sie meiner Arbeitsleidenschaft immer wieder entgegenbringt.